Oliver Clements

Im Dienst der Königin

GOLDMANN

Oliver Clements

Im Dienst der Königin

Historischer Roman

Aus dem Englischen
von Peter Pfaffinger

GOLDMANN

Die amerikanische Originalausgabe erschien 2021 unter dem Titel
»The Queen's Men« bei Leopoldo & Co/Atria Books, New York.

MIX
Papier aus verantwortungsvollen Quellen
FSC® C014496

Penguin Random House Verlagsgruppe FSC® N001967

1. Auflage
Deutsche Erstveröffentlichung Dezember 2022

Umschlaggestaltung: UNO Werbeagentur GmbH
Umschlagmotive: FinePic®
Redaktion: Beate De Salve
LS · Herstellung: ik
Satz: Uhl + Massopust, Aalen
Druck und Bindung: GGP Media GmbH, Pößneck
Printed in Germany
ISBN: 978-3-442-49350-0

www.goldmann-verlag.de

Für meine Schwester Gwendollyn,
die dafür sorgt, dass Lichter leuchten,
Geheimnisse geheim bleiben
und Drachen fliegen.

Hatfield House, Hertfordshire, erste Novemberwoche 1577

Zum ersten Mal zeigt sich der Große Komet im zwanzigsten Regierungsjahr Ihrer Majestät, Königin Elizabeth von England. Tief am Himmel taucht er über dem westlichen Horizont auf, und weithin wird angenommen, dass er das Ende aller Tage ankündigt, eine Zeit, da der Menschensohn kommen wird, um über sämtliche Völker der Erde zu richten, ehe sich die Meere erheben, die Sonne schwarz wird und flüssiges Feuer vom Himmel fällt.

Zwanzig Meilen nördlich von London, im Hatfield House in Hertfordshire, liegt die Königin krank in ihrem Bett. Sie schwitzt, ihre Glieder schmerzen, und ihre Eingeweide verkrampfen sich. Als sie von dem Kometen erfährt, schickt sie ihre Ärzte fort und lässt stattdessen Dr. John Dee zu sich rufen. Allerdings ist es heute zu spät, um noch eine Nachricht an ihn zu senden.

In dieser Nacht schläft Ihre Majestät sehr schlecht, sie

hat Albträume von kochendem Feuer und kreischenden Männern. Als sie wach wird, erklärt sie ihren Kammerfrauen, dass sie in den Whitehall Palace zurückkehren möchte. Dort weiß sie ihre Londoner in der Nähe, kann mit ihren Geheimräten tagen und wird bereits an Ort und Stelle sein, wenn John Dee eintrifft.

Ihre Ärzte und Kammerfrauen raten ihr ebenso davon ab wie Sir John Jeffers, der just an diesem Tag zum Hauptmann ihrer Leibgarde ernannt wurde.

»Die Straße ist sehr schlecht und das Wetter nicht minder«, warnt er Lettice Knollys, die Erste Kammerfrau, die zu ihm geschickt wurde, um ihn über die Wünsche der Königin in Kenntnis zu setzen. »Und da Ihre Majestät schon jetzt krank ist …«

Seine Stimme erstirbt unter Mistress Knollys' vernichtendem Blick.

»Nun gut«, gibt er sich seufzend geschlagen, »ich werde mich darum kümmern.«

So beaufsichtigt er am späten Vormittag eines scheußlichen Tages mitten im Regen, der von einem pechschwarzen Himmel herabprasselt, die Reisevorbereitungen der unmittelbaren Vertrauten Ihrer Majestät, die in fünf Kutschen das Allernötigste mitnehmen – unter anderem den Toilettenwagen, damit sie sich unterwegs erleichtern kann. Als sie sich schließlich auf der Landstraße in Richtung Osten und Waltham Cross in Bewegung setzen, hoffen sie, London vor Einbruch der Dunkelheit zu erreichen.

Doch Jeffers behält recht: Zu dieser Jahreszeit ist die Straße tatsächlich in einem erbärmlichen Zustand. Bald bricht an der Hauptkutsche der Königin eine Achsenfeder, und dann beginnt auch noch ein Pferd im Gespann vor dem zweiten Wagen zu lahmen, sodass sie es in Waltham Cross zurücklassen müssen. Bevor sie kurz nach Mittag die große Weggabelung erreichen und in südlicher Richtung abbiegen, müssen sie zusätzlich dreimal anhalten, damit sich Ihre Majestät in den Toilettenwagen begeben und ihre Gedärme – komfortabel und von niemandem gestört – entleeren kann. Jedes Mal muss der ganze Konvoi stehen bleiben und alle mit abgewandtem Blick warten, während die Königin von einem Wagen zum anderen geführt wird. Unter den Frauen bricht ein Streit darüber aus, bei wem Ihre Majestät einsteigen soll, und bald weiß Jeffers nicht mehr, wo ihm der Kopf steht.

»Wir hätten bis morgen warten sollen«, hält ihm sein Sergeant vor, als sie wieder einmal zu einer Pause gezwungen sind.

»Versuch doch mal, das Mistress Knollys zu sagen.«

Es wird bereits Abend, als sie sich dem großen Wald südlich von Waltham nähern. Kurz bevor sie ihn erreichen, gerät der Zug erneut ins Stocken, denn sie kommen einfach nicht an einem hoch mit Mist beladenen Karren vorbei, von dem eine widerwärtige Dampfwolke aufsteigt.

»Nur fürs Düngen zu gebrauchen«, kommentiert der Sergeant.

Jeffers fordert den Fuhrmann auf, den Weg frei zu machen, dann bläst der Trompeter ein Signal. Doch der Karren ist einfach zu breit und der Weg zwischen den hohen Hainbuchen zu schmal, sodass dem Kutscher wenig anderes übrig bleibt, als fester auf sein Tier einzuschlagen.

Die Prozession der Königin – jetzt von einem stinkenden, primitiven Karren angeführt – kriecht im Schneckentempo dahin. Eine gute Stunde lang geht das so weiter, bis der Weg immer sumpfiger wird und ihnen an den Rändern wachsende Brombeerbüsche die Haut zerkratzen. Schließlich bleibt der Karren im Schlamm stecken, und das Zugpferd müht sich vergeblich damit ab, ihn auch nur einen Zoll weiterzubewegen.

»Dem gehört doch Scheiße ins Maul gestopft!«, schimpft der neben dem Kutscher sitzende Hauptmann.

Jeffers will gerade aufstehen, um irgendetwas zu tun – was, das weiß er selbst nicht –, als auf der Ladefläche des Karrens zwei Männer aus dem Stroh auftauchen. Sie wirken wie Dämonen. Einen Moment lang starrt Jeffers sie nur an und traut seinen Augen nicht. Die Kerle haben Hakenbüchsen, und der vom Stroh aufsteigende Dampf war in Wirklichkeit Rauch. Sie haben die Lunten ihrer Waffen entzündet, und die brennen jetzt unaufhaltsam. Jeffers wirft sich zur Seite, als vor ihnen zwei Blitze zucken und die Waffen mit einem dumpfen Donnerschlag explodieren. Gleich darauf macht er einen gewaltigen Satz und kracht auf die Erde. Im selben Moment zerfetzen die Kugeln aus den zwei Hakenbüchsen dem Kutscher das Gesicht. Sein Kopf schnellt zurück, und mit in die Höhe fliegenden Armen wird er aus seinem Sitz geschleudert.

Benommen versucht Jeffers aufzustehen, doch nun tauchen aus den Schatten über seinem Kopf immer mehr Schemen auf, jeder mit Hakenbüchse und brennender Lunte. Unter wirrem Gebrüll versucht Jeffers, sein Schwert zu ziehen. Als das nicht gelingt, will er wenigstens zurück auf den Kutschbock klettern, rutscht aber im Schlamm aus. Für Ihre Majestät würde er sich vor jede Waffe werfen, doch bevor er zu irgendetwas ansetzen kann, erleuchtet ein Dutzend Blitze das Dach aus Baumkronen, und ein ohrenbetäubendes Donnern erfüllt die Luft. Stachel aus grauem Rauch kommen aus der Dunkelheit geschossen, und blitzschnell werden zehn oder sogar zwölf Löcher in die bunt bemalte Holzvertäfelung der königlichen Kutsche gestanzt.

Auf ihren Sitzen in den anderen Fahrzeugen schreien die Leibwächter Ihrer Majestät vor Wut und werfen eilig die durchnässten Umhänge ab. Entschlossen springen sie dann aus den Kutschen, rutschen unfreiwillig die steile Böschung am Wegesrand hinunter und bemühen sich in aller Eile, sie wieder zu erklimmen. Doch bevor sie oben ankommen, ja sogar bevor sich der Rauch aus den Schusswaffen verzogen hat, sind die Schützen, Phantomen gleich, mitsamt ihren Hakenbüchsen verschwunden.

John Jeffers führt die Verfolger an. In wilder Jagd brechen sie durch den Wald und geraten auf dem unebenen Gelände immer wieder ins Stolpern, während ihnen alle Arten von Zweigen und Ästen ins Gesicht peitschen und die Haut zerkratzen. Doch die Schützen scheinen sich wie durch Hexerei in Luft aufgelöst zu haben. Ein ersticktes Wut- und Schmerzgeheul dringt an John Jeffers' Ohren, und er bemerkt, dass es aus seiner eigenen Kehle kommt.

»Himmelherrgott!«, brüllt er, als er in der Dunkelheit auf die Knie stürzt. »Verflucht!« Er schlägt mit dem Kopf auf die Erde. »Verflucht!«

Nach einer ganzen Weile rappelt er sich wieder auf.

Rings um ihn haben sich seine Männer postiert, jeder von ihnen mit gezücktem Schwert. Er hört sein eigenes Herz schlagen, seine Männer keuchen und den Regen aufs Laub prasseln. Bis auf einige Kratzer im Gesicht ist keinem etwas passiert. Und Jeffers hat seinen Hut verloren. Stumm stehen sie da und starren ins Leere, alle wie gelähmt.

Das ist das Ende.

Jeffers gibt sich einen Ruck. »Nun«, sagt er und stockt.

Hat sie vielleicht doch überlebt? Haben die Attentäter am Ende danebengeschossen?

Er holt tief Luft. »Los, weiter.«

Jeffers setzt sich in Bewegung, und seine Männer folgen ihm schweigend. Es ist, als gingen sie zum Schafott. Schon sind von der Straße Schluchzen und das verstörte Schnauben von Pferden zu vernehmen. Eine Frau weint. Über dem scharfen Geruch von verbranntem Schießpulver zieht eine erdigere, blutigere Note heran, wie von einem Schlachtfeld.

»Um der Liebe Gottes willen, zündet eine Laterne an!«, befiehlt Jeffers.

Die Frauen haben bereits die Türen der königlichen Kutsche aufgerissen. Eine von ihnen dreht sich zu Jeffers um. Es ist Jane Frommond, eine der jungen Hofdamen. Ihre Handflächen sind von Blut und Staub schwarz verfärbt, und ihr verschmutztes Kleid sieht aus wie die Schürze eines Metzgers.

»Sie ist verletzt«, sagt sie. »Eine Kugel. In der Schulter. Und eine hier, im Bauch.« Sie zeigt auf ihren eigenen Leib.

Jeffers bekreuzigt sich mit zitternder Hand. Er hat in den Niederlanden gegen die Spanier gekämpft. Solche Wunden sieht er nicht zum ersten Mal. Er weiß, was sie bedeuten.

»Wir brauchen einen Arzt!«, ruft eine andere Ehrendame, Mary Sidney. »Bringt sie nach London.«

Das Beste wäre es, sie bequem zu betten, denkt Jeffers. Bei ihr zu sitzen und sie in der nächsten Stunde einfach zu halten, denn es wird ihre letzte sein.

»Gut«, willigt er dennoch zögernd ein, denn niemand sollte sie jetzt untätig herumstehen sehen. Sie müssen beschäftigt wirken. Darum …

Er befiehlt seinen Männern, den Heukarren von der Straße zu schaffen, und schickt einen Reiter voraus, einen blutjungen Burschen, dem er sein bestes Pferd gibt. Er soll dem Hofstaat Meldung erstatten und einen der Leibärzte der Königin holen, dazu den Pfarrer Ihrer Majestät, die Mitglieder des Kronrats und – vor allem – Master Francis Walsingham.

1

Whitehall Palace, London,
derselbe Abend, erste Novemberwoche 1577

Sir William Cecil, First Baron Burghley, steht mitten auf dem Hof des Whitehall Palace im Dunkeln, direkt neben Sir Christopher Hatton, den die Königin erst kürzlich in den Kronrat berufen hat – laut einem von Cecil gestreuten Gerücht einzig und allein, weil er ein außergewöhnlich anmutiger Tänzer ist. Beide starren hinauf zum Großen Kometen am Nachthimmel.

»Dort. Seht Ihr ihn nicht, Sir Christopher? Sein Schweif zeigt auf die Niederlande«, erklärt Cecil in scherzhaftem Ton.

Damit reicht er dem anderen die Hand zur Versöhnung. Er ist bereit, endlich einen Streit beizulegen, bei dem die Parteien im Kronrat seit Monaten erbittert darüber diskutieren, ob man Truppen entsenden und den protestantischen holländischen Armeen im Kampf gegen die Spanier und die katholischen Holländer beistehen soll.

Cecil hatte gehofft, der Zwist hätte ein Ende gefunden, da die Königin sich zu guter Letzt zu einem militärischen Eingreifen entschieden hat – ganz im Sinne der von Cecil und Walsingham geführten Partei, während Hattons Anhänger das Nachsehen hatten. Doch allem Anschein nach ist Hatton noch nicht so weit, seine Niederlage zu akzeptieren und die ihm entgegengestreckte Hand zu ergreifen.

»Das kann alles und nichts bedeuten«, erwidert er abfällig.

»Nein«, widerspricht Cecil. »Es bedeutet, dass schon bald gute protestantische Engländer ihren holländischen Vettern zu Hilfe eilen und wir gemeinsam die Spanier zurück hinter ihre Grenze treiben werden. So Gott will, werden wir ihnen einen solchen Schlag versetzen, dass das christliche Abendland ein für alle Mal vom papistischen Aberglauben befreit wird.« Erneut spricht er halb im Scherz.

»Dennoch halte ich es für einen großen Fehler«, entgegnet Hatton ernst. »Wir sollten ihnen nicht einmal Geld schicken, ganz zu schweigen von Truppen. Damit plündern wir nur unsere Staatskasse, schwächen unsere Armee und vereinen Spanien und Frankreich gegen uns. Mehr noch, wir geben ausgerechnet denjenigen Auftrieb, die sich gegen ihren rechtmäßigen König erheben. Ihre Majestät sät den Wind, und wir werden den Sturm ernten.«

Cecil seufzt. »Diese alte Leier hören wir nun schon seit Jahren. Es ist schlicht und ergreifend eine Tatsache, dass die Spanier Holland zermalmen werden, wenn wir sie lassen. Und danach werden sie sich gegen uns wenden und *uns* zermalmen. Auch so wird es Kämpfe geben, ich weiß, und die werden uns sowohl Gold als auch Blut kosten. Aber es wird erheblich weniger sein, wenn sie jetzt geführt werden, und zwar von den Holländern. Wer heute Geld ausgibt, spart morgen. Ich bin froh, dass die Königin endlich Vernunft angenommen hat.«

Hatton lässt alle Luft durch den Mund entweichen. »Zwanzigtausend Pfund? Zehntausend Mann? Dabei wird es kaum bleiben, Lordschatzmeister!«

Cecil weiß, dass es Hatton gar nicht ums Geld geht. Es ist vielmehr der alte Glaube, den dieser Mann herbeisehnt. Die Rückkehr in den Schoß der römischen Kirche. Und das ist der eigentliche Grund, warum die Königin ihn in den Kronrat berufen hat: nicht etwa wegen seiner ansehnlichen Waden – obwohl er die durchaus hat –, sondern weil sie in Angelegenheiten wie dieser von Natur aus sehr vorsichtig ist und die Risiken sieht, die sie bergen. Hatton dient ihr also als Bollwerk gegen Master Walsinghams Eifer.

»Nun«, brummt Cecil, »jetzt geschieht es jedenfalls.«

»Wir werden sehen«, erwidert Hatton. »Man soll den Tag nicht vor dem Abend loben.«

In plötzlich aufflammendem Zorn wirbelt Cecil zu ihm herum. Dieser Streit währt schon länger. Mal scheint die eine Seite zu gewinnen, mal die andere. Es gibt nichts Neues mehr zu sagen.

»Was meint Ihr damit, Hatton?«

Hatton ist größer, jünger und sehr viel beweglicher. Doch Cecil ist Sir William Cecil, Lord Burghley, der Lordschatzmeister von England, und niemals sind zwei

Soldaten der königlichen Leibwache mehr als zehn Schritt von ihm entfernt.

»Nichts«, sagt Hatton beschwichtigend. »Nichts weiter, das versichere ich Euch.«

Knurrend zieht Cecil die über seine Schultern drapierten Pelze gerade. Insgeheim wundert er sich über seinen Ausbruch. Vielleicht, weil er weiß, dass er andere – zumindest teilweise – recht hat? Als die protestantischen holländischen Provinzen sich vor nunmehr fünf Jahren zum ersten Mal gegen den katholischen König von Spanien erhoben, wandten sie sich an die Engländer um Hilfe – Geld, Truppen oder wenigstens Schiffe –, doch Ihre Majestät war sich der göttlichen Stellung des Königs nur allzu bewusst. Außerdem hatte sie große Angst davor, die Spanier zu vergrämen, sodass sie zauderte und es fünf Jahre dauerte, bis Cecil und Walsingham sie dazu überreden konnten, den Holländern zu helfen.

Doch selbst wenn sie jetzt endlich handelt, kann man nie wissen, ob sie es sich nicht nächste Woche wieder anders überlegt. Oder übernächste. Und vorausgesetzt, sie bleibt bei ihrem Entschluss: Wird die Verheißung von Geld wirklich genügen, um die brüchige Allianz mit Holland zu bewahren? Den sogenannten Frieden von Gent? Wenn die Calvinisten unter Wilhelm von Oranien im Norden zu viel Macht gewinnen, werden die katholischen Staaten im Süden mit Sicherheit unter Philippe de Croÿ zu König Philipp von Spanien zurückkehren. Und dann wird England wieder dort sein, wo es schon einmal war, nur dass zwanzigtausend Pfund weg sein und zehntausend Engländer ihr Leben verloren haben werden.

Doch gegenwärtig ist Cecil zufrieden. Und da keine Arbeit ansteht, die nicht bis zum nächsten Tag warten kann, denkt er gerade daran, nach Hause zu gehen, als er plötzlich die Kirchenglocken in der ganzen Stadt läuten hört.

»Was, in Gottes Namen, ist das denn? Ein Feuer?«

Einen Augenblick später wird Sir John Jeffers' junger Diener – vor Schmutz starrend, stinkend und tränenüberströmt – über den Hof zu ihm ins Amt geführt.

»Nun, mein Junge, was ist da draußen los?«

Kaum sind die ersten Worte gesprochen, ziehen sie sich bestürzt in Walsinghams Privatgemächer zurück, wo sie den Jungen sofort eindringlich befragen. Dieser ist schon heiser, nachdem er durch die ganze Stadt gelaufen ist und in allen Straßen verkündet hat, dass die Königin tot ist.

»Aber du hast ihre Wunden nicht gesehen?«, vergewissert sich Hatton.

Der Junge schüttelt den Kopf. »Kaum war es passiert, hat mich Captain Jeffers sofort hierhergeschickt, Sir. ›Melde ihnen, dass auf sie geschossen wurde‹, hat er gesagt. ›In den Bauch. Von einem Dutzend Männer … alle mit Hakenbüchsen … bei Waltham Forest.‹ Ich hab die Kutsche gesehen. Voller Löcher war sie, Sir, wie ein Sieb. Und ihre Begleiterinnen haben geweint und sich die Haare gerauft. Und Mistress Frommonds Hände waren voller Blut.«

Zur Verdeutlichung zeigt er ihnen seine von Leder bedeckten Handflächen, als wären auch sie blutbefleckt. Seine Augen glühen wie die eines Irrsinnigen, und er hat seine Kappe verloren.

»Aber als du losgeritten bist, war sie nicht tot?«, erkundigt sich Hatton erneut.

»Ich wollte nicht rumstehen, bis es so weit ist.«

»Verstehe«, murmelt Cecil. Er dankt dem Jungen und schickt ihn in die Küche. »Nur erschreck mir unsere Köche nicht«, schärft er ihm ein. »Wir haben eine lange Nacht vor uns und werden ihre Dienste noch benötigen.«

Rasch ordnet er an, dass die Ärzte der Königin alarmiert werden sollen, dann entsendet er berittene Boten zu Robert Dudley, dem Earl of Leicester, und auch zu Master Walsingham. Als Nächstes fordert er mehr Kerzen an und befiehlt seinen Dienern, im Kamin ein Feuer zu schüren. Zu guter Letzt verlangt er, dass der im Kellergewölbe aufbewahrte Sarg nach oben geschafft werden soll. Danach setzt er sich an den Tisch und wird für einen Moment ganz still. Nur seine Finger trommeln auf dem Holz einen Rhythmus aus seiner Kindheit.

»Lieber Gott«, sagt er, mehr zu sich selbst als an Hatton gerichtet. »Himmelherrgott. Und jetzt?«

Hatton erwidert nichts darauf. Stattdessen beginnt er, im Dunkeln herumzutigern wie eine Katze. Cecil hat förmlich vor Augen, wie er unruhig mit dem Schwanz zuckt.

Im nächsten Augenblick führt ein Diener zwei Träger herein, die den Sarg bringen. Nachdem sie die Totenbahre auf den Tisch gewuchtet haben, machen sie sich daran, das Kaminfeuer und die Kerzen anzuzünden.

Cecil bleibt am Tisch stehen, den Blick starr auf den Sarg gerichtet. Er weiß, dass er jetzt den Code zur Verschlüsselung von Mitteilungen aus seinem Wams angeln und damit beginnen sollte, all die Boten zu sich zu rufen, die er benötigen wird, um die Kunde zu verbreiten und die für einen möglichen Notfall schon vorab verfassten Briefe zu versenden: an George Talbot in dessen Burg bei Sheffield, damit er gewarnt ist und Mary, die Königin von Schottland, noch schärfer bewachen lässt, denn höchstwahrscheinlich steckt sie hinter diesem Komplott zur Ermordung von Königin Elizabeth und ist wohl auch das Zentrum all dessen, was noch folgen wird. Unbedingt sollte er auch den Lord Warden of the Cinque Ports, verantwortlich für die Hafenstädte Dover, Hythe, Hastings, Romney und Sandwich, in Kenntnis setzen; dazu Edward Clinton, den Großadmiral der Flotte im Schmalen Meer zwischen England und Westeuropa, um ihn vor einem jeden Moment möglichen Überfall aus Spanien zu warnen. Gleichermaßen sollte ein Brief an den Govenor von Berwick gehen, dass er sich für feindliche Einmärsche aus Schottland wappnen muss. Über all das hinaus muss er die Miliz von London mobilisieren und den Konstabler des Towers anweisen, seine Festung auf die Ankunft eines Hofstaats ohne Königin vorzubereiten.

Das alles haben sie für den Notfall geplant, doch jetzt, da dieser eingetreten ist, kommen ihm seine Maßnahmen so nutzlos vor.

Völlig sinnlos.

Denn Elizabeth Tudor ist tot. Lang lebe Mary Stuart.

Cecil starrt immer noch schweigend den Sarg an, auf den sich eine Staubschicht gelegt hat, die so dick ist, dass man sie für ein zerknittertes Tuch halten könnte. Er kann einfach nicht glauben, dass sie tot sein soll. Elizabeth, die

Königin, die so viel erlitten und die so vielen Menschen so viel bedeutet hat. Die Königin, auf der all ihre Hoffnungen ruhten.

Gott im Himmel!

Eine Überraschung ist es natürlich nicht, schließlich ist es lange angedroht und lange erwartet worden. Doch sosehr er auch über die Jahre versucht hat, es sich vorzustellen und sich – wie alle anderen auch – darauf vorzubereiten, hat er bis heute nie wirklich begriffen, wie es sich anfühlen würde. Selbst als sie 1562 mit den Pocken darniederlag, glaubte er nicht, dass sie tatsächlich *sterben* würde. Nach allem, was sie durchgemacht hatte, nach all den Gefahren, die sie überstanden hatte, als es um sie herum von Männern wimmelte, die ihr erbittert nach dem Leben trachteten, war der Gedanke, dass sie ihrer eigenen körperlichen Schwäche erliegen sollte, einem Affront gleichgekommen.

Hatton sitzt ihm schweigend gegenüber. Er wartet. Es kursiert das Gerücht – laut Walsingham ist es realistisch, laut Hatton jedoch völlig aus der Luft gegriffen –, dass Hatton Mary von Schottland versprochen hat, der Erste zu sein, der nach Schottland kommt und sie abholt, sollte Elizabeth ohne Erben sterben. Dass er bei der feierlichen Prozession durch London ihr königliches Schwert vor sich hertragen wird, bis sie den Thron besteigt.

Und doch sitzt er immer noch da, mit seiner langen Nase, dem kunstvoll geformten Bart und seiner Samtkappe, die mit einem Band aus vergoldeten Perlen und einer kecken weißen Feder geschmückt ist. Dazu trägt er ein mit goldenen Fäden durchwirktes Schultertuch, das sich vom dunklen Stoff seines Wamses abhebt und im Kerzenlicht herrlich schillert. Dass er ein Prachtstück wie dieses ausgerechnet heute Abend trägt, kann man ihm wahrlich nicht vorwerfen – wie hätte er schließlich ahnen können, was geschehen würde? Dennoch nimmt Cecil es ihm übel.

Er beugt sich zu ihm hinüber. »Sir Christopher, müsstet Ihr jetzt nicht irgendwo anders sein?«

Hatton blickt ihn herausfordernd an. »Nein, Mylord.«

Zufrieden mit der Spitze, die er ausgeteilt hat, lehnt Cecil sich zurück.

»Der Lord of Leicester dürfte bald bei uns eintreffen«, lässt er sein Gegenüber wissen. »Und auch Master Walsingham.«

Hatton schnalzt mit der Zunge. »Sehr gut. Vielleicht wird Master Walsingham dann in der Lage sein, uns darüber aufzuklären, wie das geschehen konnte. All seine teuflischen Verschwörungen und Pläne, dieses Spionieren in jedem größeren Haus, die Siegel, die er aufgebrochen hat, dieses Schnüffeln in den Angelegenheiten fremder Prinzen – wozu? Für nichts!«

»Aber für Euch ist es doch gar keine so große Katastrophe, oder, Sir Christopher?«, stichelt Cecil. »Das Einzige, was Ihr bedauert, ist schließlich, dass Ihr nun nicht auf dem Maskenball zum Geburtstag Ihrer Majestät über die Tanzfläche wirbeln könnt, nicht wahr? Oder habt Ihr etwa eine andere Art von Tanz im Sinn – einen horizontaler Natur mit der neuen Königin? Ist es das?«

»M… Mylord Burghley«, stammelt Hatton, sichtlich betroffen. »Ich bin … Mein Einwand gegen Hilfe für die Holländer ist nicht so … Niemals würde ich … Das Leben Ihrer Majestät … Ihr beschuldigt mich eines …«

Hatton ist tatsächlich so schockiert, dass er keinen zusammenhängenden Satz mehr herausbringt. Auch scheint ihm nicht ganz klar zu sein, was Cecil ihm eigentlich vorwirft.

Nun, ganz genau weiß Cecil das auch nicht, aber er hat das Gefühl, dass er großes Unrecht erlitten hat – dass *England* großes Unrecht erlitten hat – und dass wegen dieser verhängnisvollen Nacht eine bedeutende Frau tot und Cecils Lebenswerk ein Scherbenhaufen ist. Und dort, am anderen Ende des Tischs, sitzt ihm jener Mann mit dem prächtigen Bart, den goldüberzogenen Perlen und dem golddurchwirkten Wams gegenüber, dem das Schicksal plötzlich wohlgesonnen zu sein scheint.

Mortlake, im Westen von London, erste Novemberwoche 1577, derselbe Abend

Dr. John Dee steht zusammen mit seinem Nachbarn und Freund, Thomas Digges, in seinem Garten. Sein optisches Glas an ein Auge gepresst, beobachtet er den feuerroten Himmelskörper mit dem grellweißen, langen Schweif.

»Was, um alles in der Welt, kann dieser Komet bedeuten, Sir?«, fragt Thomas Digges.

»Vielleicht«, erwidert Dee, ohne die Augen vom Fernrohr zu nehmen, »besteht eine seiner wichtigsten Aufgaben darin, dich darauf hinzuweisen, dass du mich angesichts unserer nun schon seit zwanzig Jahren oder noch länger bestehenden Bekanntschaft mit meinem Vornamen ansprechen solltest, zumal ich dich als meinen Freund betrachte und annehme, dass es sich umgekehrt ebenso verhält. Wie siehst du das?«

Darüber denkt Digges einen längeren Moment nach.

»Glaubt Ihr … glaubst *du* denn, dass der Himmel so

viel Aufhebens um eine solche Bagatelle machen würde?«, fragt er schließlich zurück.

»Eine bemerkenswerte Frage, Thomas. Wie viel Kraft könnte es Gott wohl kosten, einen Kometen wie diesen auszusenden? Wenn Er allmächtig ist – und das ist Er –, würde Er dann nicht beliebig viele Kometen aussenden, um die Menschheit an alle möglichen Kleinigkeiten zu erinnern: dass wir die Schuhe in der Nacht mit der Öffnung nach unten aufstellen sollen, damit sich die Dunkelheit nicht in ihrem Inneren zusammenballen kann; dass wir unseren Gänsen das Schnattern austreiben sollen, damit sie dem Fuchs nicht zum Opfer fallen; dass ...«

»... wir dem Buchhändler zahlen sollen, was wir ihm schulden«, unterbricht ihn Digges, »damit er nicht auf die Dienste von Schuldeneintreibern zurückgreifen muss?«

»Ja, das auch«, bestätigt Dee. »Aber solche Leute schickt ja nicht Gott, oder?«

»Und wenn Er es täte?«

»Dann würde ich natürlich rechtzeitig daran denken, dem Buchhändler sein Geld zu geben, damit Gott nicht zu all den anderen Maßnahmen gezwungen wäre.«

Dee gibt Digges das optische Glas zurück. Für eine Weile schweigen sie einträchtig, und jeder hängt seinen Gedanken nach, bis schließlich Digges wieder das Wort ergreift, jetzt in ernsthafterem Ton.

»Worauf, glaubst du, weist der Komet wirklich hin, John? Verkündet er das Ende der Zeiten, wie es Luther vorhersagt?«

Dee atmet aus. Luther hat sich ausgiebig mit dem nahenden Ende der Welt befasst, das scheinen die Deutschen alle gemeinsam zu haben. Es ist fast, als würden sie Geschmack daran finden: Feuer und Schwefel, plötzlicher Tod durch Gewalt.

Komisch, denkt er.

»Vielleicht, vielleicht«, sagt er. »Und sieh nur, sein Schweif zeigt nach Osten, auf die Niederlande.«

Digges wartet.

»Johannes Trithemius erinnert uns daran, dass engelhafte Geisterwesen jeweils für eine Zeit von 354 Jahren über die Planeten herrschen werden, und es kann sein, dass dieser Komet auf das Ende einer Periode und den Beginn einer neuen hinweist«, fährt Dee fort. »Darum kündigt er vielleicht gar nicht das Ende der Zeiten an, von dem Luther spricht, sondern den Beginn einer neuen Ordnung, die von einem tugendhaften Engel überwacht wird. Es ist durchaus möglich, dass es der Welt bestimmt ist, unter einem letzten Herrscher vereint zu werden, geistig wie politisch. Möglicherweise kommt eine Zeit, da alle Sünden getilgt werden und wir in einen Zustand der Reinheit zurückkehren, wie wir sie nicht mehr erlebt haben, seit Adam von der verbotenen Frucht gegessen hat.«

Er klingt optimistisch. Digges ist es nicht.

»Aber wurde nicht auch in dem Jahr der Schlacht von Hastings ein Komet gesehen?«

Digges meint den Himmelskörper, der 1066 über England auftauchte und nicht nur auf den nahenden Tod des letzten englischen Königs, Harold, verwies, sondern auch auf die Thronübernahme durch den französischen Eroberer Wilhelm.

Plötzlich verdüstert sich die Atmosphäre. Beide denken

an die gegenwärtige Throninhaberin: Königin Elizabeth, deren Leib und Leben von allen Seiten bedroht wird. Wie muss sie sich beim Anblick eines solchen Zeichens fühlen?

»Wirst du sie aufsuchen?«, erkundigt sich Digges. »Ihre Majestät?«

Dasselbe fragt sich Dee, seit er den Kometen zum ersten Mal gesehen hat. Er kann sich einfach nicht vorstellen, dass sie die Erscheinung in diesem Augenblick nicht ebenso beobachtet wie er – wenn auch unter weitaus bequemeren Bedingungen, vermutlich in Zobel gehüllt und ohne die stinkende Themse, die hier ständig gegen seine Zehen schwappt. Und schon gar nicht kann er sich vorstellen, dass sie nicht an ihn denkt, so wie seine Gedanken bei ihr sind.

»Wenn sie nach mir ruft, gehe ich natürlich zu ihr«, erklärt Dee, ohne ein *Aber* hinzuzufügen.

Schweigend hält sich jetzt der junge Digges das Glas ans Auge.

»Es kann natürlich auch sein, dass der Komet auf irgendeine große Entdeckung hinweist«, fährt Dee fort, darum bemüht, einen hoffnungsvolleren Ton anzuschlagen. »Auf einen Schatz vielleicht? Oder vielleicht, so Gott will, auf das Ende unseres großen Unterfangens, auf die Entdeckung dessen, wonach wir all die Jahre gesucht haben.«

Digges lässt das Fernrohr sinken. »Meinst du das Erz, mit dem Frobisher zurückgekehrt ist?«

»Nun ja, das auch«, murmelt Dee, der das Erz ganz vergessen hat – immerhin fast zweihundert Tonnen –, das der

Admiral aus der Neuen Welt mitgebracht hat. Dabei hat er selbst eine Probe davon ergattert, damit Roger Cooke, sein Assistent bei den alchemistischen Experimenten, versuchen kann, daraus Gold herzustellen – bisher leider ohne Erfolg. »Aber eigentlich dachte ich an etwas anderes. An etwas, was eher in unseren Bereich fällt.«

Damit meint er natürlich den *lapis philosophorum*, den Stein der Weisen.

Digges schnappt nach Luft. »Bist du der Lösung so nahe?«

»Ganz nahe!«, bestätigt Dee lachend. »Vielleicht noch eine Destillation.« In Wahrheit meint er damit zehn mal zehn mal zehn.

Beinahe hätte seine Ankündigung Digges vom Kometen abgelenkt.

»Aber John, das ist ja eine großartige Neuigkeit!«, ruft der junge Mann. »Glückwunsch, mein Freund! Dann wirst du dich nie wieder wegen irgendwelcher Rechnungen von Buchhändlern grämen müssen.«

Dee lächelt. Ja, es ist nicht wirklich verwunderlich, wenn ein Mann, der sich so sehr für Ferngläser begeistern kann, auch danach strebt, die Mächtigen zu einem belanglosen Etwas schrumpfen zu lassen.

»Das Gold wäre durchaus nützlich«, räumt Dee ein, »aber es ist das Elixier des Lebens und damit der Ewigkeit, das mich in das größte Entzücken versetzen würde.«

Just in diesem Moment ertönt vom Fluss her ein Ruf. Ein Boot nähert sich.

»Wer kann das so spät am Abend sein?«, fragt Digges.

2

Whitehall Palace, London, derselbe Abend, November 1577

Die Kutsche der Königin ist noch nicht in Whitehall eingetroffen, als Master Francis Walsingham, der Erste Privatsekretär Ihrer Majestät, und sein eigener Sekretär, Robert Beale, von vier streng dreinblickenden Gardesoldaten ins Kabinettszimmer geführt werden. Bei glitzerndem Kerzenlicht sitzen sich Cecil und Hatton am Ende des langen Tischs gegenüber. Die Stimmung ist düster.

»Endlich.« Etwas schwerfällig erhebt sich Cecil und schlurft Walsingham entgegen, um ihn zu umarmen. Obwohl er ein untersetzter Mann mit kurzen Armen ist, hat es etwas Tröstliches, seinen von einem Pelz gewärmten Körper zu spüren. Und Trost hat Walsingham in diesem Moment dringend nötig.

»Gott schütze dich, Francis«, murmelt Cecil. »Gott schütze uns alle, denn ich fürchte, dass wir bald auf Seine Gnade angewiesen sein werden.«

»Dann ist es also wahr?«, fragt Walsingham leise.

Er wirft Hatton einen verstohlenen Blick zu, als Cecil stumm nickt, doch sein Sekretär sitzt mit abgewandtem Gesicht da und schweigt.

»Sie ist noch nicht hergebracht worden, aber wir haben mit dem Knaben gesprochen. Sie wurde hier und hier von Kugeln getroffen.« Cecil deutet auf die jeweiligen Stellen. »Das hat genügt, um uns davon zu überzeugen, dass sie nur noch durch ein Wunder gerettet werden kann.«

»Oh Gott.«

Hatton starrt immer noch vor sich hin. Er bringt es nicht einmal fertig, zu Walsingham aufzublicken.

»Sir Christopher«, begrüßt ihn dieser. »Gott schenke Euch einen guten Abend. Es erstaunt mich, dass Ihr noch nicht auf dem Weg zur Burg von Sheffield seid.«

Es war Walsingham, der herausfand, dass Hatton Mary, die Königin der Schotten, aufgesucht hatte, als sie in Tutbury weilte. Wie ihm Hattons Kammerdiener später meldete, hatte sie ihm eine Privataudienz gewährt. Zwei Tage danach musste Hatton einen Apotheker zu sich bestellen und sein Gesäß mit gewissen Heilsalben behandeln lassen, weil seine Haut dort übel verletzt war, »wie bei einem dieser Flagellanten«.

Soweit Walsingham ermitteln konnte, ist Hatton seitdem nicht mehr nach Tutbury zurückgekehrt, aber ganz sicher kann man nie sein. Dafür hat Walsingham mit eigenen Augen den Brief gelesen, den Hatton kurz nach dem Besuch an Mary geschrieben hat. Darin schwört er ihr, dass er als Erster an ihrer Seite stehen wird, wenn Elizabeths letzte Stunde geschlagen hat.

Natürlich muss jeder Mensch die Zukunft im Blick haben, daran ist nichts Verwerfliches. Dennoch hat es Walsingham von Anfang an gewundert, dass Hatton auf die Idee kam, Elizabeth könne vor Mary sterben. Immerhin sind beide ungefähr gleich alt. Es sei denn, er wusste etwas …

Erst jetzt rührt Hatton sich. Wütend fährt er hoch.

»Gottverdammt, Master Walsingham! Wie konntet Ihr das zulassen? Ihr seid doch der Maulwurfjäger hier! Man sollte meinen, dass Ihr diese elenden Viecher erwischt, bevor sie aus ihren Löchern kriechen! Mit all Euren Fallen und Intrigen, mit Euren Spitzeln und diesen an Pisse schnüffelnden Siegelbrechern! Aber sie haben nichts erreicht, oder? Und Ihr ebenso wenig! Großer Aufwand und nichts dahinter. Alles umsonst!«

Walsingham setzt sich mit ruhiger Miene.

»Ihr ereifert Euch, Hatton«, sagt er. »Und zwar recht stark für jemanden, der in dieser Angelegenheit Intrigen geschmiedet hat.«

Hatton springt so abrupt auf, dass sein Stuhl hinter ihm zu Boden poltert. Erregt drischt er mit den Fäusten auf den Tisch.

»Für Euch heißt es immer noch *Sir Christopher* Hatton, *Master* Walsingham!«, schreit er. »Wie könnt Ihr es überhaupt wagen? Wie könnt Ihr es wagen, mich einer solchen Ungeheuerlichkeit zu bezichtigen? Ich habe mich nie an irgendwelchen Machenschaften beteiligt, egal welcher Art!«

»Dann habt Ihr sie eben bloß ins Auge gefasst. Also, warum gebt Ihr es nicht einfach zu?«

»Es gibt niemanden, der der Königin treuer ergeben ist als ich.«

»Oh, sicher. Fragt sich nur: Welcher Königin?«, versetzt Walsingham.

Er nimmt an, dass es nicht allzu schwer sein dürfte, Hatton zu verhaften. Und wenn dieser Intrigant und Königin Mary bereits eine Vereinbarung getroffen haben, könnte der heutige Abend sogar die letzte Gelegenheit sein, einen solchen Schlag auszuführen.

Cecil hüstelt. »Meine Herren, das führt doch zu nichts. Wir müssen herausfinden, *was* geschehen ist, *wie* es geschehen ist und was wir in dieser Angelegenheit unternehmen können.«

»Fragt *ihn*, was geschehen ist! Fragt *ihn*, warum es geschehen ist!«, fordert Hatton.

Walsingham öffnet schon den Mund, um Cecil zu bitten, Hatton zu fragen, warum es seiner Meinung nach geschehen ist, doch Cecils wütender Blick lässt ihn verstummen. Jäh wird ihm bewusst, dass Hatton ja recht hat: Er – Walsingham – *hat* versagt.

Beklommen legt er die Hände auf die Tischplatte. Sie fühlen sich an, als gehörten sie einem anderen, einem Toten. Vielleicht ist es tatsächlich so …

»Hast du in dieser Sache schon Erkenntnisse«, will Cecil wissen. »Weißt du, auf wessen Geheiß der Mord begangen wurde? Wer die Tat geplant hat?«

Zum ersten Mal in seinen vielen Dienstjahren als oberster Spion Ihrer Majestät muss Walsingham sich eingestehen, dass er nicht die leiseste Ahnung hat. Und diese Einsicht verunsichert ihn vollends. Ihm wird flau im Magen und schwindlig. Schweißperlen treten ihm auf die Stirn.

»Nein«, ächzt er schließlich.

»Nein?« Cecil starrt ihn fassungslos an. *»Nichts?«*

Der andere schüttelt fast unmerklich den Kopf. Wenn er jetzt den Mund aufmachte, würde sich der ganze Inhalt seines Magens über den Tisch ergießen.

Hatton stößt einen Laut aus, der halb Lachen und halb Seufzen ist. »Bei Gott, was habt Ihr denn die ganze Zeit *getan*?«

Walsingham erwidert nichts. Für ihn steht fest: Hatton täuscht sich, wenn er ihn einen Maulwurffänger nennt. Er ist vielmehr eine Spinne. Eine Spinne, die auf Geheiß Ihrer Majestät über viele Jahre hinweg mit Tausenden von Pfund aus dem eigenen Vermögen das ganze Land mit einem Netz aus feinen Fäden überzogen hat. Fäden gewoben aus zahllosen Informationen, die hin und her geflogen sind zwischen Männern und Frauen, ob von hohem oder niederem Stand, ob nah oder fern, sodass sich im ganzen Königreich nichts unbemerkt regen kann, ohne dass er davon erfährt. Er weiß alles.

Zumindest hat er das bisher geglaubt. Jetzt wird ihm klar, dass er sich getäuscht hat.

Und was gibt es wohl noch, was er nicht weiß?

Plötzlich starrt ihn Cecil an, als würde er ihn kaum kennen. Ausgerechnet Cecil, der sich auf ihn verlassen hat wie ein Krüppel auf seine Krücke. Und Hatton. Der Mann, der an den Hof gekommen ist, um seine Gavotten, seine Sarabanden und seine Saltarelli zu tanzen. Der Mann, der karamellisierte Mandeln isst und Rheinwein aus Silberbechern trinkt, während er beim Maskenball im Palastgarten von Greenwich die frisch eingetroffenen Gäste beobachtet. Hatton, der durch schattige Gartenlauben schlendert und dabei Lieder über Liebeskummer singt, während die Königin hingebungsvoll an ihrer Laute zupft.

Und dann gibt es andere, die bei jedem Wetter auf Pferden unterwegs sind und denen am Abend die Hose von der wund geriebenen Haut geschält werden muss, damit sie nachts arbeiten können, um in der Morgendämmerung auf derselben Straße weiterzuziehen. Dann gibt es wieder andere, die das Abschlagen von Köpfen, das Herausreißen von Eingeweiden bei lebendigem Leib, das Strecken von Gelenkbändern und das Zertrümmern von Knochen anordnen müssen. Es gibt wieder andere, die in den Nächten von üblen Träumen heimgesucht werden und halb in ihrem eigenen Schweiß ertrunken sind, wenn sie aufwachen. Es gibt Männer, die von Nierensteinen geplagt werden, Männer, die humpeln, andere, die nach jahrelangem Brüten über Tintenkritzeleien bei schlechtem Licht halb blind geworden sind. Und dann gibt es noch einmal ganz andere, Männer wie Francis Walsingham.

Und jetzt blicken sie ihn an und fragen: *Was habt Ihr getan?*

»Versagt habt Ihr, das ist das Einzige, was es dazu zu sagen gibt, Master Walsingham!«, fährt Hatton fort. »Bei Eurer wichtigsten Aufgabe, die darin bestand, die Königin am Leben zu erhalten, habt Ihr versagt. Indem Ihr sie im Stich gelassen habt, habt Ihr das ganze Land im Stich gelassen. Es ist Euch nicht gelungen, die neue Religion zu bewahren, obwohl sie Euch angeblich so viel bedeutet; und somit seid Ihr in allem gescheitert. Ihr habt uns im Stich gelassen. Die einzige Genugtuung, die uns bei all dem Versagen bleibt, ist, dass Ihr dabei Euch selbst als Versager bloßgestellt hab. Euch und Euresgleichen.«

Damit greift er auch Cecil an, und Walsingham erkennt, dass die Stimmung im Raum umgeschlagen ist. Hatton selbst scheint mit jedem Satz anzuschwellen wie eine mit Goldfäden behangene Kröte. Es ist, als saugte er alle Macht und Kraft von Cecil und Walsingham ab.

Ach, denkt Walsingham, *würde nur Dudley, der Günstling der Königin, hereinplatzen und Hatton mit seinem von noch edleren Goldfäden gezierten Wams in den Schatten stellen*.

»Glaubt Ihr etwa, Mary von Schottland wird auch nur einem von Euch für die Mühen danken, die es Euch in den letzten Jahren gekostet hat, sie hinter Schloss und Riegel zu halten?«, setzt Hatton nach und spricht damit aus, was längst nur allzu bekannt ist. »Glaubt Ihr etwa, sie wird vergessen, was Ihr ihr an Demütigungen und Unrecht zugefügt habt – ganz zu schweigen vom Tod so vieler ihrer Unterstützer, die auf Euer Geheiß das Leben verloren, während sie darauf gewartet hat, ihren rechtmäßigen Platz auf dem Thron einnehmen zu können? Glaubt Ihr nicht eher, dass sie verlangen wird, Euer beider auf Lanzen gespießte Köpfe präsentiert zu bekommen?«

Wie merkwürdig, denkt Walsingham, *dass wir, die wir uns bemüht haben, Elizabeth auf jede nur erdenkliche Weise das Leben zu retten, die wir Recht und Ordnung aufrechterhalten haben, nun auf einmal diejenigen sein werden, die den*

Preis für ihren Tod zahlen müssen, während die anderen, die Wegelager und Mörder, bald schon mit Ehrungen überschüttet werden.

Der einzige Fetzen Genugtuung, an den er sich klammern kann, besteht darin, dass Königin Mary mit der von ihr in Auftrag gegebenen Ermordung ihrer Großcousine ihre ganz persönliche Büchse der Pandora geöffnet hat. Bei ihrer Krönung zur Königin von England wird sich jeder Protestant im ganzen Land ihren Tod wünschen und tatsächlich auch die Möglichkeit haben, eigenhändig dafür zu sorgen, dass sein Traum Wirklichkeit wird.

Dann wieder sagt er sich: *Oh nein, Mary wird niemanden für den Mord an ihrer Verwandten belohnen. Vielmehr wird sie sich von diesen Kerlen distanzieren, ihr Treiben öffentlich verurteilen und ihre Hälse am Galgen strecken lassen.*

Zumindest würde er das an ihrer Stelle tun. Und danach würde er sein Werk fortsetzen und die alten Rechnungen mit all jenen begleichen, die Elizabeth treu geblieben sind.

Doch das sind Zukunftsvisionen. In der Gegenwart redet Hatton immer noch.

»Und als Erstes müssen wir die Königin von Sheffield aus – oder wo immer Ihr sie habt einkerkern lassen – in einem festlichen Umzug mit allen Ehren, die der rechtmäßigen Herrscherin von England zustehen, hierherbringen lassen.«

Es ärgert Walsingham zu sehen, wie Hatton aufgestiegen ist: von niedrig zu hoch, von schwach zu stark. Und all das verdankt er einem einzigen schmerzhaften Nachmittag, den er in der Gesellschaft der schottischen Königin verbrachte – und einem Versprechen, das in dem Moment, da es gegeben wurde, übereilt erschienen sein mag, ihm jetzt aber offenbar nutzt, auch wenn er es ihr womöglich nur gab, um schnell das Weite suchen zu können.

»Und dann …« Hatton spricht immer noch. »… werden wir mit der großen und langwierigen Aufgabe beginnen, in diesem Land den Status quo ante wiederherzustellen. Wir werden es zur wahren Religion – dem römischen Glauben – zurückführen und den ganzen Schaden wiedergutmachen, der durch das Techtelmechtel des Hauses Tudor mit der sogenannten reformierten Religion angerichtet worden ist.«

Cecils normalerweise rundliches, rotes Gesicht ist in sich zusammengesackt, sodass die Knochen hervortreten und seine Haut eher an einen schlaff herabhängenden, alten Wandbehang erinnert: staubig, ausgeblichen, von Motten zerfressen.

»Nun«, murmelt er, »wir wussten ja schon immer, dass es eines Tages geschehen würde. Dass wir irgendwann gezwungen sein würden, unsere Reisetruhen zu packen.«

»*Truhen?*«, wiederholt Hatton lachend. »*Truhen?* Das trifft es nicht einmal ansatzweise. Ihr werdet mehr als nur Eure Reisetruhen packen müssen. Ihr werdet Euer ganzes Leben zusammenpacken müssen – und zwar jeder von Euch! Und all Eure Spitzel mit ihren dunklen Gewändern und Eure widerwärtigen, hinterhältigen Agenten! Jeden schmierigen Strohmann und sonstigen Judas auf Eurer Lohnliste! Denn ich sage Euch schon jetzt, dass die Rache derer, die Ihr in den letzten Jahren unterdrückt, denen Ihr Unrecht getan, die Ihr durch die Mangel gedreht oder sonst wie gefoltert und umgebracht habt, wahrhaft schrecklich ausfallen wird!«

Walsingham denkt daran, dass er allmählich nach Hause gehen muss, zurück in die Papey, wie er sein Anwesen liebevoll nennt. Er muss alle Spuren des Netzwerks vernichten, das er in den letzten zehn Jahren geschaffen hat. Vor allem muss er das Buch mit den Namen seiner Geheimagenten vernichten: Drake, Raleigh, Marlowe, Frobisher und sogar John Dee. Sollten seine Unterlagen Marys Agenten oder gar – Gott behüte – der Inquisition in die Hände fallen, dann würden selbst die schrecklichen Tage unter der Herrschaft von Königin Mary der Blutigen den Leuten vorkommen wie ein sonniger Tag im Mai. Und er weiß nur zu gut, wie das damals war: Die Luft schmeckte nach verbranntem Menschenfleisch, und Smithfield war mit Ringen aus fettiger Asche gesprenkelt, die in den Nächten von den Hunden aufgeschleckt wurden.

Cecil wirkt immer noch grau, aber nicht so grau, wie Walsingham sich fühlt.

Hat er irgendwelche Notfallpläne?, fragt sich Walsingham. *Einen Beutel voller Gold unter dem Bett? Darauf wette ich. Und bestimmt hat er ein Haus in der Gegend um Poitou. Eines aus der Zeit der Kriege des alten Königs Henry. Eines, das ringsum von einer drei Fuß dicken Mauer umgeben ist, hinter einem Wassergraben voller Fische liegt und außerdem ein Gewölbe tief unter der Erde hat, das nicht nur mit ausreichend Schießpulver vollgestopft ist, sondern auch mit einem Jahresvorrat von diesem deutschen Wein, den er so gerne mag.*

Er stellt sich Säcke voller getrockneter Erbsen vor,

die zusammen mit gepökeltem Fleisch und geräucherter Wurst von den Dachsparren herabhängen.

Himmel!

Und was ist mit ihm, Francis Walsingham?

Wie sich jetzt herausstellt, war er eine der elftausend Jungfrauen, die noch feucht hinter den Ohren waren. Während andere sich für den Fall der Fälle ein zweites Nest gebaut haben, hat er im Auftrag der Königin seinen ganzen Vorrat an Kerzen abgebrannt, ohne je einen Gedanken an sich selbst oder seine Familie zu verschwenden.

Er lächelt ein unsichtbares, wehmütiges Lächeln. Wenigstens etwas, wofür er dankbar sein kann: Er hat im Namen der Königin dermaßen hohe Schulden aufgehäuft – Geld, mit dem er seine Agenten bezahlt und sich an fremden Königshöfen den Weg geebnet hat –, dass nun nichts mehr übrig ist, was ihm die neuen Herrscher wegnehmen könnten.

Außer natürlich sein Leben und das seiner Angehörigen.

Fluss Themse, London,
derselbe Abend in der ersten Novemberwoche
1577

Dee sitzt mit offenem Kragen und über die Schultern gelegtem Umhang auf der Ruderbank und greift nach der Flasche.

»Beim Blut Gottes, John, was das nur ist? Was das nur ist?«

Robert Dudley, First Earl of Leicester, heißt der Mann, der ihm die Flasche gereicht hat. Jetzt, da sie sich Whitehall nähern, ist sie nur noch zu einem Drittel voll.

»Hast du das vorausgesagt? Hast du es in den Sternen gesehen? Ist es das, was dieses verdammte Ding zu bedeuten hat?«

Dudley zeigt in Richtung Bootsheck, über dem – wie hoch darüber, das ist eine Frage für eine andere Zeit – kalt und unpersönlich der Große Komet am Nachthimmel steht. Einen Moment lang bildet John Dee sich ein, die Erscheinung ergötze sich an der Katastrophe, die sie ausgelöst hat.

»Ich hätte mir jedenfalls eine Vorwarnung erhofft, du nicht auch, John?« Dudley wird jetzt lauter, als wollte er den Kometen in ihr Gespräch einbeziehen. »Etwas mehr Rücksichtnahme gewissermaßen. Ich meine, du bist ein Stern, ein Komet, aber sie war eine Königin, verdammt noch mal! Sie war *unsere* Königin!«

Dudley nimmt die Flasche wieder an sich, noch bevor Dee einen Schluck trinken kann.

»Darum geht es nicht«, sagt Dee.

»Was?«

»Verzeih mir, Robert. Ich … ich glaube nicht, dass der Komet etwas mit Bess' Tod zu tun hat.«

»Nenn sie nicht so, John. Nenn sie nicht so.«

Darauf erwidert Dee nichts.

»Du hast ihr doch ein persönliches Horoskop erstellt, nicht wahr?«, wechselt Dudley nach einer Weile das Thema.

Wieder – immer noch – schweigt Dee.

»Stand darin, dass sie in einer Kutsche erschossen werden würde? In Waltham Forest? In diesem verdammten Waltham Forest? Antworte mir, Dee! Stand das darin?«

»Natürlich nicht. Wie du sicher weißt, muss man Horoskope anders lesen.«

»Wieso? Wieso muss man sie anders lesen? Ich glaube, man muss sie wörtlich verstehen. Man geht zu jemandem, der sich ein bisschen mit so was auskennt. Zu diesem Franzosen beispielsweise … wie heißt er noch? Der mit dem Stein?«

»Nostradamus.«

»Genau der. Man geht zu ihm, zahlt ihm dreißig Livres, und er sagt einem exakt, was man zu erwarten hat. Wenn die Königin *ihn* aufgesucht hätte, dann hätte er ihr gesagt … ach, ich weiß nicht … dass sie an dem bewussten Tag keine Kutsche nehmen soll, damit irgendein dahergelaufener Katholik sie nicht mit Eisenkugeln totschießen kann.«

»Angenommen, er hätte das voraussehen können – was er nicht konnte –, hätte er es ihr trotzdem verschwiegen«, erwidert Dee. »Denn als Franzose wollte er bestimmt, dass es geschieht.«

»Eben. Genau darauf wollte ich hinaus.«

»Außerdem ist er tot.«

Dee ist froh, dass Dudley vorhin mit seinem Boot am Ufer angelegt hat, um zu erfahren, ob Dee die Nachricht schon gehört hat, und ihn notfalls in die Stadt mitzunehmen.

»Es müssen Entscheidungen getroffen werden, John«, hat er das Gespräch eröffnet, und Dee nimmt an, dass das für jeden Haushalt im ganzen Land gilt. Wenn Königin Elizabeth wirklich tot ist und eine zweite Königin Mary das Szepter ergreifen wird, ist es womöglich an der Zeit, die Kruzifixe abzustauben, die alten katholischen Gebetsbücher hervorzukramen und die protestantischen in die Flammen zu werfen.

Jetzt genehmigt sich Dudley einen weiteren Schluck.

»Das Problem mit dir, John, ist … Weißt du, was es ist?«

»Nein.«

»Willst du es wissen?«

»Nein.«

»Du gibst den Leuten einfach nicht, was sie wollen. Du erstellst ein Horoskop und übersiehst dabei, dass die Person, die dir für dieses Horoskop Geld gegeben hat, in der Woche nach Allerheiligen erschossen werden wird. Verstehst du, was ich meine? Das ist ein wichtiger Punkt für die Betroffenen. Für dich vielleicht nicht, aber für sie schon. Sie wollen genau darüber Bescheid wissen. Aber du verrätst es ihnen nicht, oder?«

Dee wünscht sich, Dudley würde den Mund halten.

»Verstehst du also, warum jemand vielleicht gar nicht den Wunsch hat, dich zu bezahlen? Oder dich zum königlichen Astrologen zu ernennen?«

»Bitte …« Dee hat keine Lust, noch einmal mit alldem anzufangen.

»Es ist wie mit deiner Alchemie.« Dudley ist einfach nicht zu bremsen. »Du bist ohne Zweifel der klügste lebende Mensch. Du weißt alles. Und trotzdem gibt die Königin ihr Geld nicht dir, sondern irgendeinem dahergelaufenen zwergenhaften Holländer, von dem jeder weiß, dass er ein notorischer Betrüger ist. Wie hieß er doch gleich?«

»Cornelius de Lannoy.«

»Genau. Das war der Name. Und weißt du, warum sie das tut?«

Himmel! An einem anderen Tag würde er vielleicht mehr über Dudleys Erkenntnisse zu diesem kleinen Rätsel erfahren wollen, aber ganz sicher nicht heute.

»Das liegt daran, dass dieser Zwerg behauptet hat: ›Ich kann für Euch Gold im Wert von dreiunddreißigtausend Pfund herstellen. Und das kann ich jedes Jahr wiederholen. Jahr für Jahr.‹ Also hat sie ihm alles gegeben, was er wollte: Das Somerset House und jährlich eine Pension von hundertzwanzigtausend Pfund! Dazu alle Destillierkolben, Geistrohre, holländisches Glas … was ein Alchemist eben so alles braucht!«

»Aber er hat nichts hergestellt!«, entfährt es Dee. »Sie haben ihn in den Tower gesteckt.«

»Das stimmt! Aber weißt du auch, warum? Es war Cecil, der ihn in den Tower werfen ließ. Allerdings nicht weil sie dachten, er hätte sie mit seiner Behauptung, er könne Gold herstellen, betrogen. Sie haben ihn eingesperrt, weil sie dachten, er *stehle* all das Gold, das er herstellt! Denn davon, dass er jedes Jahr Gold im Wert von über achthunderttausend Pfund produziert, waren sie nach wie vor überzeugt. Sie haben ihm geglaubt, verstehst du? Weil er ihnen das gesagt hat, was sie hören wollten.«

»Herrgott, Robert, jetzt ist doch nicht die Zeit …«

»Aber was macht man, wenn jemand auf einen zutritt und einen darum bittet, Gold zu fabrizieren?«

Dee seufzt. »Es ist nicht so einfach.«

»Genau!« Jetzt lacht Dudley lauthals. »Also faselt man etwas von Engeln und der Kabbala und dem Wahren Elixier. Man redet über verborgene Sprachen und erzählt den Leuten, dass eins plus zwei plus drei plus vier zehn ergibt, und tut dabei so, als ob das etwas ganz Besonderes wäre und nicht bloßer Zufall. Und weißt du was? Das Einzige, was die Leute wirklich wollen, ist ein Zauberer, der was von seinem Handwerk versteht.«

»Whitehall!«, kündigt der Fährschiffer an.

Gott sei Dank, denkt Dee.

Mit einem Seufzer schleudert Dudley die Flasche in den Fluss.

»Tut mir leid, John. Ich weiß nicht, was in mich gefahren ist. Ich wollte dir nur erklären, dass du ehrlich zu dir sein sollst. Damit du weißt, warum sie nicht … warum sie dir das Leben nicht leichter gemacht hat. Aber sie hat dich geliebt, John. Darauf wollte ich eigentlich die ganze Zeit hinaus: Sie hat dich fast am meisten geliebt. Am meisten von *uns* allen, soll das heißen. Natürlich wäre da nie und nimmer etwas möglich gewesen. Aber das weißt du selbst. Sie wusste es auch. Du bist ein Gemeiner. Und bei Gott, sieh dich nur an! Du bist gekleidet wie ein Sack Scheiße. Aber sie … sie hat immer gesagt: ›Wo ist mein John Dee? Er wird es wissen. Er weiß alles. Er ist meine Augen.‹ Ich habe dich beneidet; das haben wir alle getan. So viel Zeit hast du mit ihr verbracht. Im Tower. Ihr wart beide Gefangene. Dir wurde die Freiheit gestattet, oben auf der Brüstung des Bell Tower frische Luft zu schnappen, und sie … Na ja, wenigstens das können sie euch nicht wegnehmen!«

Dee erinnert ihn nicht daran, dass auch er, Dudley, damals im Tower eingesperrt war. Allerdings war er in jener Zeit zu vielen Bedrohungen ausgesetzt, um Dees Gedanken über die *Monas Hieroglyphica* zu folgen oder auf Lady Elizabeth zu achten, die damals weit davon entfernt war, Königin zu werden. Zudem standen Roberts Vater und Bruder kurz davor, geköpft zu werden – ein Umstand, der jeden nervös macht –, und auch Dudley selbst hat in jenen Tagen verzweifelt darum gekämpft, diesem Schicksal zu entgehen.

Dee denkt an diese Zeit zurück – es ist nun schon mehrere Jahre her –, da er zum Privatlehrer jenes Mädchens ernannt wurde, das eines Tages, zur Überraschung vieler, seinen Weg gehen und Königin von England werden sollte. Bei Gott, wie begabt sie war! Das feuerrote Haar und diese Leidenschaft! Sie beschritt sämtliche Forschungswege, war ständig auf der Jagd nach Erkenntnissen, Wissen, Weisheit und Einsicht – wie ein Falke bei der Verfolgung eines Kiebitzes. Er hat ihr kaum etwas beibringen müssen. Es genügte, ihr die Richtung zu weisen, dann stürmte sie auch schon los. Seite an Seite, die Köpfe über Bücher gebeugt, haben sie glückliche Monate miteinander verbracht und alles in sich aufgesogen.

Natürlich war das zu Ende gegangen, wie das bei derlei Dingen immer der Fall ist. Nun ja, nicht jedes Mal enden sie mit einer Verhaftung, zumindest wenn es um die Erstellung von Horoskopen geht. Elizabeth war damals achtzehn und damit sechs Jahre jünger als er. Alt genug, um Herrin im eigenen Haus zu sein. Und vielleicht wäre sogar etwas daraus geworden, hätten die Planeten sie nicht in eine andere Richtung gezogen.

»Noch etwas«, meldet sich Dudley wieder zu Wort. »Erinnerst du dich an die Zeit, als du ihr das Leben gerettet hast? Auf ihrem Boot vor Limehouse? Ich war damals krank. Und danach hat sie mit Walsingham gesprochen, damit er sich um dich kümmert. Und zwar immer. Vielleicht nicht auf die Art und Weise, wie du es dir gewünscht hast. Er sollte … Ach, ich weiß nicht. Er hat da wohl so etwas wie einen Geheimdienst. Du kennst Walsingham ja. Du sprichst mit ihm darüber. Du liebe Güte,

John! Was wird aus uns? Was sagen die Sterne darüber? Über uns?«

Dee nimmt sich vor, sich all das später noch einmal durch den Kopf gehen zu lassen und zu versuchen, irgendwie daraus schlau zu werden. Aber im Augenblick plappert Dudley einfach munter weiter und schweift von einer Sache zur nächsten.

Dann, plötzlich, stupst das Boot gegen den Steg, und er gerät ins Taumeln. Dee kann ihn gerade noch auffangen.

»Himmelherrgott, wo ist die Flasche? Habe ich sie etwa ins Wasser geworfen?«

»Sie war ohnehin leer.«

Dee hilft Dudley, auf den Steg zu klettern, wo dieser schwankend stehen bleibt.

»Seemannsgang«, nuschelt Dudley.

Er riecht stark nach Ambra, Alkohol und Schweiß, ist aber nicht so betrunken, wie es den Anschein hat.

»Los, komm schon«, sagt er. »Lass uns Cecil suchen. Walsingham. Rausfinden, was, in Gottes Namen, diese Kerle zu alldem zu sagen haben.«

Die königlichen Leibgardisten erkennen Dudley auf Anhieb und treten auseinander, um ihn und Dee in seinem Schlepptau vorbeizulassen.

»Wo steckt Cecil?«, ruft Dudley ein ums andere Mal. »Wo steckt Walsingham?«

Als sie in die Privatgemächer geführt werden, treffen sie auf Sir Christopher Hatton, der Walsingham Vorhaltungen macht, weil dieser es versäumt hat, ihn mit seinem Titel anzusprechen.

»Zeigt etwas mehr Respekt, Master Walsingham!«

Walsingham verdreht die Augen, doch wie Dee auf Anhieb bemerkt, hat es eine Veränderung in den Machtverhältnissen gegeben. Dann fällt ihm wieder ein, worauf Walsingham schon lange Wert legt: Alle sollen über Hatton und Mary, die Königin der Schotten, Bescheid wissen.

Plötzlich läuft es ihm eiskalt den Rücken hinunter. Wenn Hatton aufgestiegen ist, stimmt es wohl: Elizabeth muss tot sein.

»Was macht er hier?«, verlangt Hatton zu wissen und deutet auf Dee, der nicht dem Kronrat angehört.

»Und was tut *Ihr* hier?«, blafft Dudley zurück. »Immer noch?«

»W-w-was zum Teufel soll das bedeuten, Dudley?«, stammelt Hatton. »Ich bin ein vereidigtes Mitglied des Kronrats.«

»Ja, ja, natürlich seid Ihr das. Fragt sich nur, *wessen* Kronrats?«

Der am anderen Ende des Tischs sitzende Walsingham grinst. Es scheinen tatsächlich alle über Hattons Techtelmechtel mit der schottischen Königin Bescheid zu wissen.

Doch Hatton gibt sich nun ebenfalls amüsiert.

»Es besteht wirklich keine Eile. Ich genieße das alles«, behauptet er.

Dee nimmt das Gezänk zur Kenntnis, hört aber nicht wirklich hin. Er hat sich am entfernten Ende des Tischs postiert, und obwohl das sich in der geschliffenen Tischplatte spiegelnde Kerzenlicht nicht sonderlich hell leuchtet oder viel offenbart, liest er etwas Besonderes darin, wie eine Art Mitteilung. Seit jeher bemüht er sich, offen für derlei zu sein, sich stets der Möglichkeit bewusst zu sein, dass Engel zu ihm sprechen könnten. Es geht nur darum, gewappnet zu sein, die Botschaft zu verstehen und richtig zu interpretieren, wie er sich oft sagt. Und darum, die Sprache, die der Erzengel für seine Nachricht wählt, zu beherrschen.

Plötzlich wird Dee von einer unnatürlichen Hitze überflutet, und er nimmt an, dass er zum ersten Mal in seinem Leben Mitteilungen aus der Sphäre der Engel erhält. Es ist, als wäre aus der geschliffenen Tischplatte die Kristallkugel einer Wahrsagerin geworden, und unvermittelt sind Dees Sinne schrecklich überreizt, als würden sie mit einer Distel malträtiert. Bis zu diesem Augenblick hat er immer geglaubt, er brauche eine Art Übersetzer, jemanden, der ihm die Botschaften der Engelwesen erklärt und ihn so in die Lage versetzt, einen Sinn darin zu erkennen. Doch jetzt bündelt der Tisch die von der Engelsphäre ausgehenden Strahlen und reflektiert sie genau auf ihn. Vielleicht kann das nur in dieser Zeit der extremen kosmischen Krise geschehen, und auch bloß dann, wenn der Schleier zwischen den Lebenden und den Toten am dünnsten ist, nämlich an Allerheiligen oder eben in einem Moment, da die Seele einer gesalbten Königin von einer Sphäre in eine andere hinübergleitet. Aber jetzt scheint Dee so dicht wie noch nie davorzustehen, ein Verständnis der himmlischen Emanationen zu gewinnen – die anscheinend auch seine Stimme lenken.

»Nein«, sagt er laut.

Für einen Moment unterbrechen die Männer um ihn herum ihren Streit und drehen sich zu ihm um. Schon weiß er weder, was er gerade gesagt hat, noch, ob er etwas hinzufügen will und was das überhaupt sein sollte. Es ist, als hätte eine fremde Macht seine Zunge unter ihre Kontrolle gebracht und benutzte seinen Körper als Instrument. Sein Blut fühlt sich an wie warmer Honig, sein Körper vibriert. Licht durchflutet ihn.

»Was?«, fragt Dudley.

»Nein«, wiederholt er. »Sie ist nicht dabei. Sie ist nicht bei den Engeln. Der heilige Michael. Er … Sie ist …«

Er verstummt. Sein Körper kühlt ab, und das Licht ist verschwunden. Jäh ist er wieder auf sich zurückgeworfen, bar jeder Erleuchtung.

»Herrgott«, flucht Hatton, »wovon redet dieser Trottel da?«

Die anderen beobachten Dee scharf, warten darauf, dass er weiterspricht.

Doch er bringt kein Wort hervor. Stattdessen kämpft er mit den Tränen.

Unvermittelt dringen aus einem abgelegenen Teil des Palasts Geräusche herüber, das Poltern vieler Füße, das Knallen zuschlagender Türen; dann Stimmen, eindringlich und grell. Jetzt fahren die Männer im Kabinettszimmer zur Tür herum, denn der Lärm schwillt an. Er klingt wie das gegen einen Kieselstrand brandende Meer und füllt Dees Ohren.

Als im nächsten Augenblick die Tür auffliegt, springen alle von ihre Sitzen, Licht strömt herein, und der Boden erbebt unter den Tritten von rotgesichtigen Männern, die alle nach nasser Wolle, Pferd und altem Leder stinken. Massige Kerle mit Brustplatten, Helmen, Stiefeln und Waffen füllen den Raum. Einen Moment lang glaubt

Dee, das seien Elizabeths Attentäter, die gekommen sind, um ihr Werk zu vollenden. Doch was diese Männer ausstrahlen, passt nicht dazu. Im Gegenteil, nun weichen sie einen Schritt zurück, und in ihrer Mitte offenbart sich, einer Perle gleich, niemand anders als die Königin höchstpersönlich, leibhaftig und unversehrt. Und auch wenn ihr Gesicht von Sorgen, Krankheit und Erschöpfung ausgezehrt ist, steht sie aufrecht da. Sie lebt!

»Eure Majestät!« Es ist Cecil, der als Erster Worte findet, ihr Schatzmeister.

»Wir haben Euch für tot gehalten!« Walsingham schreit es beinahe heraus.

»Bess«, murmelt Dee.

Obwohl sie müde und sichtlich erschüttert ist, lässt die Königin einen warnenden Blick aufblitzen. Dennoch gilt ihre Aufmerksamkeit jetzt nicht Dee, sondern Dudley, der auf die Knie gefallen ist und mit ausgestreckten Armen auf Ihre Majestät zu rutscht, unfähig, einen zusammenhängenden Satz auszusprechen.

»Lisch«, nuschelt er, »Liss …«

Die Königin und ihre Kammerfrau – ist es Lettice Knollys? – weichen zurück. In einer Mischung aus Fassungslosigkeit und Abscheu starren sie ihn an. Hat er wirklich vor, die Arme um ihre Hüften zu schlingen und das Gesicht gegen ihren Bauch zu pressen?

Elizabeth wendet sich abrupt ab, und die Männer und Frauen um sie herum treten auseinander, damit sie sich diesem betrunkenen Irrsinnigen entziehen kann. Eilig verschwindet sie in ihr Schlafgemach. Hinter ihr bleibt Dudley auf den Knien zurück.

»Was, in Gottes Namen, hat das zu bedeuten?«, fragt Hatton jetzt Sir John Jeffers, der sich herrisch hereingedrängt hat, als gehörte der Raum ihm.

»Sie haben auf die falsche Kutsche geschossen!«, meldet Jeffers; er wirkt fast verrückt vor Erleichterung. »Die Königin ist in ihrer Toilettenkutsche gereist! Sie hatte Durchfall! Dünnschiss!«

3

Whitehall Palace, folgender Tag, erste Novemberwoche 1577

Die Kirchenglocken läuten im ersten Licht des Tages, während die ganze Stadt verwirrt, aber begeistert die glückliche Wendung des Schicksals feiert und die Berater Ihrer Majestät sich erneut im Kabinettszimmer des Whitehall Palace versammeln, um die Untersuchung des Attentats einzuleiten.

Mit dabei ist auch Dudley. Die Buntglasscheiben des Fensters lassen seine schlaffe Haut grünlich erscheinen. Mit geschlossenen Augen und am ganzen Körper schwitzend, lässt er sich nieder.

Cecil, der neben ihm Platz nimmt, ist wenigstens gewaschen und wirkt von den vieren noch am frischesten. Er hält mehrere Schriftrollen umklammert, und seine Miene verrät dabei die Erleichterung eines Mannes, der gerade von einem gewaltigen Haken gelassen wurde.

An seiner anderen Seite nimmt Walsingham Platz. Er

fühlt sich so zerschlagen, als wäre er vom Pferd gefallen. Dazu hat er fürchterliche Zahnschmerzen, und all seine Glieder tun ihm weh. Im Augenblick vermag er keinen klaren Gedanken zu fassen. Wie Cecil befingert er seine Dokumente. Doch so erbärmlich er sich auch fühlt, der Gedanke daran, wie schlecht es erst Sir Christopher Hatton ergehen muss, der isoliert am anderen Ende hockt, die Augen starr auf die Tischdecke gerichtet und immer noch unter Schock nach der plötzlichen Wendung der letzten Nacht, muntert ihn doch auf.

Anwesend ist auch Walsinghams Privatsekretär Robert Beale, der heute Morgen immer noch verärgert wirkt, nachdem er gestern Abend mit Engelszungen auf die Ratsherren eingeredet hat und es ihm trotzdem nicht gelungen ist, die Nachricht von der Rettung der Königin unter Verschluss zu halten, damit er beobachten kann, wie sich das Komplott nach dem vermeintlichen Erfolg weiterentwickelt hätte.

»Hätten wir die Kunde von ihrem Überleben doch nur noch ein klein wenig zurückgehalten. Dann hätten sich diejenigen, die hinter dem Attentat stecken, aus der Deckung gewagt und wir die ganze Kette bis zum Kopf der Bande verfolgen können.«

Natürlich hat er recht, und Walsingham weiß das. Jeder weiß das. Entsprechend sind alle niedergeschlagen, insbesondere Walsingham, der gestern Abend in Panik geriet und fast übergeschnappt wäre, als ihm bewusst wurde, was er alles verloren hätte, wäre die Königin tatsächlich gestorben. Nur der jüngere Beale, bei dem viel weniger auf dem Spiel steht, hat einen kühlen Kopf bewahrt.

»Eine gute Gelegenheit wurde versäumt«, gibt Walsingham nun zu.

»Dann müssen wir eben … Ja, was? Wie können wir die Fährte der Attentäter aufnehmen? Jetzt ist alles vorbei, und die Kerle sind in der Dunkelheit verschwunden.«

»Heute Morgen haben wir eine dringende Botschaft an alle Agenten gesandt, die hinter den Linien der Papisten arbeiten, und diejenigen alarmiert, die den Auftrag haben, Mary von Schottland auf ungewöhnliche Aktivitäten hin zu beobachten«, erklärt Walsingham. »Vielleicht lässt sich so eine Verbindung zwischen ihr und den Schützen nachweisen. Außerdem haben wir Männer losgeschickt, damit sie sämtliche Sheriffs, Konstabler, Nachtwächter und Kirchenmänner in der näheren Umgebung vernehmen; kurz, wir werden das ganze Gebiet nach Spuren der Attentäter durchkämmen. Den Einschusslöchern in der Kutsche Ihrer Majestät nach zu urteilen, müssen es mindestens zwölf Schützen gewesen sein. Eine derart große Bande wird man zwangsläufig bemerkt haben. Sie *muss* irgendeine Spur hinterlassen haben. Gastwirte, Schmiede, Kuriere … irgendjemand hat sie ohne Zweifel auf der Landstraße gesehen. In Pferdeställen, Gaststätten, dieser Art von Häusern. Wir werden sie finden.«

»Aber woher wussten sie, dass sie genau zu dieser Zeit an genau diesem Ort sein mussten?«, sinniert Cecil.

Eine sehr gute Frage. Es ist leicht genug, irgendwo am Straßenrand zu stehen und mit einer Hakenbüchse auf eine vorbeifahrende Kutsche zu feuern, überlegt Walsingham. Das könnte sogar ein Kind. Aber ein solches Unterfangen wird umso komplexer, je mehr Männer man daran beteiligt. Der Schwierigkeitsgrad steigert sich weiter, wenn man es auf eine bestimmte Person abgesehen hat, und wächst sich schier ins Unendliche aus, wenn diese Kutsche die Königin von England transportiert – eine Kutsche, mit der niemand gerechnet hat und mit der sie am betreffenden Tag eigentlich gar nicht hätte reisen sollen.

Waren die Attentäter einfach Glückspilze, weil sie genau zu dem Zeitpunkt am Straßenrand standen und funktionierende Hakenbüchsen hatten, die mit Kugeln geladen waren, die trafen, als die Königin vorbeifuhr? Oder waren sie Pechvögel, weil sie letztlich scheiterten?

»Vielleicht gab es ein Signal? Eines aus Hatfield, das ihnen den Aufbruch Ihrer Majestät meldete?«

Möglicherweise.

»Ich werde den Haushofmeister um eine Auflistung der ihm untergeordneten Bediensteten bitten«, verspricht Beale. »Aber wir müssen auch an das Personal Ihrer Majestät denken.«

»Wir werden ihre Dienerinnen vernehmen müssen«, meint Hatton. »Das werde ich gerne für Euch übernehmen.«

Walsingham dankt ihm. Er ist über jede Hilfe froh, denn die Königin reist für gewöhnlich mit genügend Männern, Frauen und Kindern, um ein großes Dorf zu bevölkern, vom Kaplan – davon gibt es sogar vier – bis hinunter zu den Lakaien, von denen sie gewiss zwanzig hat. Eine wirklich hübsche Liste, die es abzuarbeiten gilt.

»Wem könnte sie als Erstes ihren Wunsch, nach Whitehall aufzubrechen, anvertraut haben?«, fragt Cecil in die Runde.

»Einer ihrer Kammerfrauen«, mutmaßt Walsingham. »Lettice Knollys ist die Erste in der Rangordnung. Sie wird es wissen.«

Sofort lassen sie nach ihr schicken, und während sie warten, wenden sich Walsinghams Gedanken der Frau zu, die anstelle der Königin in der Kutsche Ihrer Majestät gestorben ist, bevor sie den Palast erreicht haben.

»Wer war sie?«, fragt er. »Wissen wir das?«

»Alice Rutherford«, antwortet Beale. »Tochter von Sir John Rutherford.«

Der Name ist Walsingham ein Begriff. Der Mann stammt von irgendwo aus Lincolnshire. Parlamentsabgeordneter, unantastbarer Mann der Kirche, dem jetzt der Dank und die Kondolenzbekundungen der ganzen Nation gebühren.

»Und sie war erst siebzehn oder achtzehn.«

Schweigen. Walsingham denkt an seine eigenen Töchter, die zehn und fünf Jahre alt sind.

»Die Mutter?«, setzt er nach.

»Starb im Kindbett bei der Geburt des einzigen Sohnes. Rutherford hat danach nicht wieder geheiratet.«

»Armer Kerl«, murmelt Cecil.

»Wir werden ihre Leiche in den Norden schicken, bevor das Wetter umschlägt. Versiegelter Sarg, einverstanden?«

Knappes Nicken reihum.

Gleich darauf kehrt der Zeremonienmeister aus den Gemächern der Königin zurück – allerdings nicht mit Lettice Knollys. Sie lässt ausrichten, dass die Königin zu bekümmert sei, um auf sie zu verzichten. So kommt nur Jane Frommond mit, das Mädchen, in dessen Armen Alice Rutherford starb.

Jane ist jung – vielleicht zwanzig – und größer als Walsingham, fast so hoch aufgeschossen wie Hatton, und ihr intelligentes, hübsches Gesicht wird von honigfarbenem Haar umrahmt. Geziert wirkt sie nicht, eher natürlich, eines jener Mädchen mit rissigen Lippen. Ihre Röcke und Ärmel sind von der Farbe polierter Hakenbüchsen, aber bei Weitem nicht so glänzend. Um den Hals trägt sie zwei Ketten aus Perlen von bescheidener Größe, und um die Taille hat sie eine Goldkette geschlungen, an der ein Miniaturporträt der Königin baumelt, vielleicht ein Werk von Nicholas Hilliard, aber wohl eher nicht.

Vom Kopfende des Tischs aus blickt sie den Männern nacheinander fest in die Augen, als fühlte sie sich ihnen allen ebenbürtig. Man kann sehen, dass sie geweint hat.

»Bitte, Mistress Frommond, setzt Euch«, fordert Walsingham sie auf.

Es wäre ihm lieber, seine Augen befänden sich jetzt nicht auf der Höhe ihrer Brüste, die von einem modischen französischen Mieder, verstärkt mit Streifen aus Fischbein, nach oben gedrückt werden und nur von dünnem Leinen bedeckt sind, sodass sie seine überhitzte Fantasie in Bereiche rasen lassen, für die jetzt einfach keine Zeit ist.

Gehorsam setzt sie sich ihm gegenüber. So wirkt sie auf einmal kleiner als die hier versammelten Männer.

Eine optische Täuschung?, überlegt Walsingham, aber vermutlich sind einfach die Beine ihr längster Körperteil.

Sie ist nicht so prachtvoll herausstaffiert wie manch andere Hofdame, denn schließlich ist sie bloß eine Hofdame und bekleidet nicht den Rang einer Kammerdienerin oder gar der Ersten Kammerfrau. Walsingham erleichtert das durchaus. Allein der Gedanke daran, Lettice Knollys einem Verhör zu unterziehen, treibt ihm den kalten Schweiß auf die Stirn.

Als Erstes erkundigt er sich nach der Königin.

»Alice Rutherfords Tod hat sie sehr bestürzt, sogar noch mehr als der Anschlag auf ihr eigenes Leben, glaube ich.«

Das überrascht Walsingham nicht. Seit jeher hat die Königin sich für unsterblich gehalten oder es jedenfalls ausgeschlossen, dass es mit ihr so bald zu Ende gehen könnte.

»Und wie ging es ihr, bevor Ihr von Hatfield aufgebrochen seid?«, will Cecil wissen. »Sie soll sich nicht wohlgefühlt haben, heißt es.«

Jane Frommond nickt. »Und sie ist immer noch in keiner guten Verfassung. Sie kann sich nicht weiter als dreißig Fuß vom Toilettenstuhl entfernen, sonst muss sie nach der Wäschemagd rufen.«

»Wirklich?«, entfährt es Hatton. Damit meint er: *Kann es wirklich sein, dass die Königin nach einer Wäschemagd rufen muss?*

»Nein«, wiegelt Mistress Frommond ab. »Ein Scherz. Verzeiht mir. Derlei Albernheiten sind wahrhaftig nicht angebracht.«

Wieder bricht sie in Tränen aus. Stillschweigend gibt ihr Walsingham recht. Für Späße ist es tatsächlich zu früh, auch wenn er sich ein Grinsen nicht ganz verkneifen kann. Er merkt, dass ihm diese Mistress Frommond irgendwie gefällt.

Jetzt reagiert Cecil und reicht ihr sein Taschentuch. Als sie sich damit die Tränen abgewischt und geschnäuzt hat, gibt sie es ihm zurück, sodass Walsingham die Befragung fortsetzen kann.

»Lag das an etwas, was sie gegessen hat?«

»Womöglich.« Mistress Frommond wiegt den Kopf. »Eine Auster vielleicht? Schwer zu überprüfen. Man kann schlecht einen Vorkoster an jeder einzelnen knabbern lassen.«

Walsingham nimmt sich vor, Ihrer Majestät in Zukunft Austern zu verbieten. Besser man bleibt bei Lachs. Zugleich beschließt er, eine ganze Ladung Austern nach Sheffield zu schicken, für Mary, die Königin der Schotten. Einfach um zu sehen, wie sie ihr schmecken.

Sie bedrängen Jane Frommond mit Fragen zu den Aktivitäten des Hofstaats am Morgen vor dem Anschlag und dazu, ob jemand vielleicht eine Möglichkeit hatte, die Attentäter von Waltham Forest mit einem Signal darauf aufmerksam zu machen, dass die Königin vorhatte, Hatfield an diesem Tag zu verlassen. Die junge Frau gibt jedes Mal kurz und bündig Antwort, und während sie spricht, fällt Walsingham ihr bemerkenswert klarer Blick auf. Aus irgendeinem Grund, den er sich später nicht erklären kann, sinniert er darüber nach, wie es wäre, neben einer solchen Frau aufzuwachen. Er stellt sich vor, wie ein Bündel Sonnenstrahlen zwischen den Fensterläden und den Vorhängen hereinfällt und von einer bernsteinfarbenen Iris gebrochen wird. In der nächsten Sekunde sagt er sich, dass er wohl langsam alt wird, weil er über dergleichen nachsinnt, obwohl klar ist, was gestern Abend alles hätte geschehen können.

»Und hat sich bei den Reisevorbereitungen irgendetwas Ungewöhnliches ereignet?«, fragt er.

Nach kurzem Überlegen schüttelt Jane Frommond den Kopf.

»Ihr meint, ob ich … etwas gesehen habe? So etwas wie Männer mit Capes, die durch Löcher im Zaun verschwunden sind?«

So wie sie ihre Gegenfrage formuliert, klingt der Gedanke albern, und plötzlich muss Walsingham fast über sich selbst lachen, weil er sich tatsächlich genau das vorgestellt hat.

So wie offenbar auch Cecil.

»Das ist doch gar nicht so weit hergeholt«, murmelt er.

»So lässt sich also erklären, aus welchem Grund die Königin sich für die Kutsche mit dem Toilettenwagen entschieden hat«, fährt Walsingham fort. »Aber warum ist Alice Rutherford allein in der Kutsche Ihrer Majestät gereist?«

Zum ersten Mal wirkt Jane Frommond, als fühle sie sich unbehaglich.

»Dafür gab es keinen bestimmten Grund, es hat sich einfach so ergeben. Vier Frauen in der hinteren Kutsche, eine bei Ihrer Majestät im Toilettenwagen und eine eben allein. Alice ist ursprünglich mit der Königin in der zweiten Kutsche gereist, aber dann lahmte das Pferd, und der Wagen musste in Waltham Cross zurückgelassen werden. Und Alice … nun ja … Die Königin wollte sie nicht bei sich und Mistress Knollys in der Kutsche mit der Toilette haben, und im hintersten Wagen war kein Platz mehr, deshalb hat sie in die Kutsche gewechselt, in der die Königin am Anfang gesessen hatte.«

Allmählich glaubt Walsingham, dass dieses aufrichtig wirkende Mädchen lügt. Bloß warum?

Danach scheint Jane Frommond nicht mehr viel zu sagen zu haben. Walsingham bedankt sich und begleitet sie zur Tür. Unvermittelt folgt er ihr ins Freie und schließt die Tür hinter sich.

»Darf ich?«, fragt er, als sie kurz zögert, ehe sie sich anschickt, den Hof in Richtung der königlichen Gemächer zu überqueren.

»Ich habe gehofft, dass Ihr mich begleitet«, gesteht sie.

»Weshalb?«

Sie geht in der kalten Novemberluft einfach weiter. Walsingham folgt ihr. Es riecht penetrant nach Kohlenrauch. Wenn der Komet wirklich nicht das Ende der Welt bedeutet, wird es bald Winter sein.

Winter! Herrgott, wie sehr er den Winter hasst!

Der Innenhof ist recht hübsch angelegt, niedrige Hecken winden sich in einem kunstvollen Muster um Kieswege. In der Mitte befindet sich ein großer Steinsockel mit einer darin eingelassenen Sonnenuhr, die jetzt – ebenso wie zu den meisten anderen Zeiten – zu nichts nütze ist. Während sie über einen der Wege schreiten, kann Walsingham Frommonds Füße auf dem Kies knirschen hören, ohne diese unter den langen, weiten Röcken zu sehen.

Sie ist ja nur ein kleines bisschen größer als ich, denkt er. *Da sehen wir doch bestimmt nicht lächerlich aus, wenn wir nebeneinander hergehen.*

Ihr Haar ist säuberlich zu Zöpfen geflochten, und sie trägt keinen Ehering. Walsingham fragt sich, ob sie vielleicht verlobt ist, und sinniert darüber nach, wie es kommt, dass er so wenig über die Hofdamen der Königin weiß. Es hat etwas Verführerisches zu glauben, sie würden den ganzen Tag mit Sticken und dem Erlernen neuer Tänze verbringen, doch das kann nicht sein, oder?

Er wartet darauf, dass sie das Wort ergreift. Als sie am weitesten von allen Fenstern entfernt sind, tut sie es schließlich.

»Alice Rutherford«, sagt sie.

»Ja?«

»Sie war schwanger.«

Aha! Walsingham bleibt stehen.

»Das ist ein großes Unglück«, erwidert er und beeilt sich, um sie wieder einzuholen. »Wusste die Königin Bescheid?«

»Sie hatte es gerade erst erfahren. Das ist der Grund, warum Alice allein in der Kutsche der Königin gereist ist. Ihre Majestät hat Alice nicht mehr in ihrer Gegenwart geduldet. Aber das wollte ich Euch nicht im Beisein der anderen Herren sagen.«

»Und Ihre Majestät war verärgert?«

Frommond verdreht die Augen. »Lasst es mich so sagen: Es war ein Segen, dass sie sich vor Übelkeit nicht rühren konnte.«

Das glaubt Walsingham gern. Jeder weiß, dass die Königin es auf den Tod nicht ausstehen kann, wenn eine ihrer Hofdamen sie um die Erlaubnis bittet, heiraten zu dürfen. Und es ist kein Geheimnis, dass sie diese Genehmigung bisweilen verweigert, wenn das Mädchen ihrer Meinung nach zu jung oder die Ehe nicht vorteilhaft genug ist, und auch, wenn sie eine persönliche Abneigung gegen den Bräutigam hat.

Wichtig ist dabei, dass die korrekte Prozedur eingehalten wird. Wenn etwas aus dem Rahmen fällt, flammt ihr Jähzorn auf, und der ist berüchtigt. Erst vor einem Jahr hat sie Mary Shelton mit einem Kerzenständer einen Finger gebrochen, als herauskam, dass das Mädchen heimlich Sir John Scudamore geheiratet hatte. Wie würde sie erst toben, wenn ans Licht käme, dass eine ihrer Hofdamen es mit einem verheirateten Mann getrieben hat?

»Und wie hat sie erfahren, dass das Mädchen in anderen Umständen war?«

»Alice war immer gertenschlank – was Ihre Majestät stets geärgert hat –, aber in letzter Zeit mussten die Bänder um ihre Kleider loser geschnürt werden, und außerdem war ihr oft speiübel.«

Jane bleibt abrupt stehen und schlägt sich in einer rührenden, wenn auch nicht ganz nachvollziehbaren Geste die Hände vors Gesicht. Nach einem Moment setzen sie sich wieder in Bewegung.

»Kennen wir auch den Vater?«, will Walsingham wissen.

Mistress Frommond schüttelt den Kopf. »Sie wollte es mir nicht verraten. Dabei haben wir uns Kammer und Bett geteilt.«

»War geplant, sie nach Hause zu schicken?«

»Nicht nach Hause, nein. Eher in den Tower, fürchte ich.«

»In den *Tower*?«

»Das hat die Königin ihr angedroht. Weil sie sich geweigert hat, den Namen des Vaters preiszugeben.«

Herrgott, was für ein Drama! Doch Walsingham leuchtet immer noch nicht ein, was diese Sache mit dem Hinterhalt zu tun haben könnte.

Sie gehen weiter. Vor ihnen stehen zwei Gardesoldaten am Eingang zu den Gemächern der Königin Wache.

»Habt Ihr denn einen Verdacht, was den Vater betrifft? Es wird unter uns bleiben, das verspreche ich Euch.«

Jane Frommond schüttelt den Kopf.

»Aber Ihr müsst doch etwas wissen, wenn Ihr im selben Bett geschlafen habt!«

Erneut schüttelt sie den Kopf.

»Wann, glaubt Ihr, ist es passiert?«

»Könnt Ihr mit einem Abakus umgehen?«, fragt die junge Frau zurück.

»Einigermaßen. Oh! Also ungefähr … im August?«

»Genau das ist meine Vermutung.«

»Sie wollte Euch nicht einmal den Tag verraten?«

Neuerliches Kopfschütteln.

»Oder den Ort? Aber sie müsste in der Nähe Ihrer Majestät gewesen sein, richtig? Und Ihre Majestät war …«

»Auf Reisen«, sagen beide wie aus einem Mund.

Walsingham seufzt. Noch ein Grund, diese jährlichen Umzüge zu hassen, bei denen Ihre Majestät den gesamten Hofstaat aufscheucht und alle London verlassen, um herumreisen – dreihundert Fuhrwerke; über zweitausend Pferde; beinahe viertausend Männer, Frauen und Kinder, die jede Woche fast achthundert Pfund allein an Lohn und Pferdefutter kosten. Und das alles nur, um wie eine biblische Heuschreckenplage über das Land zu ziehen, von Haus zu Haus, von Schloss zu Schloss. Sie jagen, sie tanzen, sie vergnügen sich mit Maskenbällen und allen möglichen anderen Arten der Unterhaltung.

Letztes Jahr weilten sie bei Edmund Mervyn in Bramshott, danach bei John Caryll in Brockhampton, in Portsmouth beim Earl of Sussex, und schließlich führte Ihre Majestät sie in die Midlands. Das Ergebnis: eine Spur der Zerstörung und eine Schar von ruinierten Gastgebern.

»Es könnte also … jeder gewesen sein?« Walsingham vollführt eine ausladende Geste, als wollte er die gesamte Weltbevölkerung umfassen.

Jane Frommond überlegt einen Moment lang, dann bringt sie so etwas wie ein Nicken zustande.

»Zu jeder anderen Zeit würde ich diesen Mann aufspüren«, knurrt Walsingham. »Und wenn ich feststellte, dass er diesem Mädchen unrecht getan, ihr auf egal welche Weise Schaden zugefügt hat, dann würde ich persönlich dafür sorgen, dass er am Galgen baumelt.«

»Aber?«, fragt die junge Frau.

»Aber …« Walsingham zuckt mit den Schultern. Auf einmal fühlt er sich unsäglich müde.

Jane Frommond versteht. Sie bedenkt ihn mit einem langen, traurigen Blick.

»Ja«, murmelt sie. »Vielleicht ist es närrisch von mir, derart Anteil zu nehmen. Ich möchte jetzt allein weitergehen, Master Walsingham.«

Er dankt ihr für ihre Zeit und für ihre sorgfältigen Antworten. Gerade überlegt er, welche tröstlichen Worte er ihr noch mit auf den Weg geben könnte, als Robert Beale im Schlosshof auftaucht. Er hält ein Dokument umklammert. Seine Miene ist sehr ernst.

»Master Walsingham!«, ruft er und wedelt mit dem Papier. »Eine Nachricht von Ihrer Majestät!«

4

Mortlake, westlich von London, zweite Novemberwoche 1577

Vier Nächte später überrascht John Dee sich selbst, denn er träumt weder von Kometen noch von Schüssen aus Feuerwaffen oder von Mitteilungen des Erzengels Michael, sondern von Flüssen, Ufern, Rinnsalen, Wehren und Schleusen. Auch Dämme und Wassermühlen tauchen auf. Beim Aufwachen wundert er sich über all diese Visionen und wünscht sich, er würde mehr von jenen goldenen Momenten im Kabinettszimmer des Whitehall Palace träumen, als er endlich mit dem Erzengel in Verbindung stand. Doch ihm ist klar, dass es keinen Zweck hat, mit seinem Unterbewusstsein zu debattieren. Darum trägt er diese Visionen in sein Traumtagebuch ein und interpretiert sie als Hinweis darauf, dass seine Gaben und Talente von ihrer wahren Bestimmung ferngehalten werden und eine fremde Macht seine Fähigkeiten für ihre eigenen Zwecke benutzt.

Doch wer oder was ist diese Macht? Und was bezweckt sie?

Dies zu erraten ist im Grunde nicht schwer: Sir William Cecil, Francis Walsingham, Sir Christopher Hatton … sie alle bemühen sich zu verhindern, dass er die Königin – seine Bess – trifft.

Seit dem Auftauchen des Kometen und dieser Mitteilung des Erzengels Michael ist eine Begegnung mit ihr allerdings nur umso dringlicher geworden. All seine Erkenntnisse, all die Jahre, in denen er über die wirre Esoterik der *Steganographia* von Johannes Trithemius nachgrübelte, sich durch das dreifache Dickicht der *De Occulta Philosophia* von Agrippa von Nettersheim schlug und auch über Paracelsus' schier unzugänglicher *Astronomia Magna* brütete, haben ihn gelehrt, dass solche Zeichen kein bloßer Zufall sind. Sie haben eine Bedeutung. Sie weisen auf etwas hin.

Und das kann nur eines sein: der Beginn eines letzten großen Zeitalters, in dem die Welt endlich unter einer mächtigen Herrscherin vereint sein wird – Königin Elizabeth von England. Um das zum Wohl der ganzen Menschheit zu erreichen, muss sie damit beginnen, ihr verlorenes Reich, Artus' verlorenes Reich, zurückzuerobern. Anfangen muss sie mit den Niederlanden, genauer gesagt mit den Provinzen Holland und Zeeland, und natürlich auch mit der Picardie in Nordfrankreich. Außerdem muss sie die Welt auf ihre Ahnenreihe hinweisen, die belegt, dass sie die rechtmäßige Erbin der Throne von Kastilien, Aragón und Jerusalem ist. Und diese Titel machen sie zur legitimen Herrscherin der gesamten übrigen Welt. Die letzte Herrscherin, die über die ganze Welt regiert. Die letzte Herrscherin, die über das letzte Imperium gebietet. Über das Britische Weltreich.

Natürlich hat Dee Elizabeth schon einmal davon erzählt, mehrmals sogar, doch ihre Antwort hing jedes Mal davon ab, welchem Höfling sie gerade ihr Ohr schenkte. Wenn es Cecil, Dudley oder Walsingham war, hat sie sich enthusiastischer gezeigt, war es dagegen der Neue, dieser Sir Christopher Hatton, musste Dee sich ihren Hohn gefallen lassen und ist wütend geworden.

Aber nichts von alldem ist jetzt noch wichtig. Der Große Komet und die Tatsache, dass der Erzengel zu ihm gesprochen hat, wenn auch nur kurz, können nur eines bedeuten: Die letzte Stunde hat geschlagen. Elizabeth kann nicht länger warten.

Er muss sofort zu ihr. Er muss es ihr sagen.

Er schlägt sein Traumtagebuch zu und hält noch einen Moment lang inne, um durch die offene Tür hinüber in die Werkstatt zu spähen, wo sein alchemistischer Assistent, Roger Cooke, einen winzigen Zinnoberkristall auf einen Spatel schiebt und über das letzte Glasfläschchen hält, das aus Dees Zeit in Löwen stammt. Es ist sein Lieblingsstück und zugleich sein einziger Pelikan. Den Namen hat es bekommen, weil es an die Gestalt dieses Vogels erinnert, wenn er mit gesenktem Schnabel im Wasser steht und sich anschickt, sich in die Brust zu stechen, um dann das eigene Blut aufzusaugen und an seine Küken zu verfüttern.

Dees »Pelikan« befindet sich über einem Schmelztiegel, in dem ein mit Lammfett getränktes Stück Holzkohle brennt. Die Flamme ist gelb und raucht, aber sie brennt stetig. Unterdessen blubbert der Inhalt des Fläschchens vor sich hin. Dee hat den Stöpsel abgenommen, sodass Dampf entweichen kann. Der Zinnober oder die Messerspitze müssen stetes feucht sein, damit das sorgfältig abgemessene Metall nicht herunterrutschen und verloren gehen kann.

Sei vorsichtig, flüstert Dee leise vor sich hin. *Komm bloß nicht mit dem Glas an den Tiegel, sonst …*

Doch schon geschieht seinem Assistenten just dieses Missgeschick, und an der Wand des Pelikans entsteht, begleitet von einem winzigen, hohen *Ping*, ein feiner Riss.

Cooke blickt auf, und ihre Blicke begegnen sich. Der Assistent legt den Spatel ab, geht zur Tür und schlägt sie dem im Nachbarraum stehenden Dee praktisch ins Gesicht.

Gut. So bleibt es ihm wenigstens erspart zu sehen, wie das Fläschchen ausgeleert und gleich all den anderen Gläsern, die Cooke im Laufe der Jahre zerschlagen hat, weggeworfen wird.

Ihm fällt wieder ein, was Dudley seinerzeit über den Holländer Cornelius de Lannoy gesagt hat, dem die Königin so viel Geld gegeben hatte. Wenn Dee sich richtig erinnert, hatte de Lannoy edelste Waren von den besten niederländischen Glasmachern, allesamt herrlich klar geblasen, sodass man die sich darin abspielenden alchemistischen Vorgänge auf das Genaueste beobachten konnte. Sie waren allem, was die Engländer bisher fertiggebracht haben, turmhoch überlegen. Er selbst ist wiederholt unter gewaltigem Zeit- und Geldaufwand in die Niederlande gereist, um sich dort mit Nachschub einzudecken.

Kann es am Ende sein, dass Teile seiner Sammlung noch im Somerset House oder im Tower herumstehen? Freilich dürften solche Dinge dort keine lange Lebensdauer haben. Wie auch immer, er wird sich bei der Königin danach erkundigen.

Er sucht gerade nach seinem Mantel, als seine Mutter mit sechs in einem heißen Tontopf gegarten Eiern hereinkommt.

»Du musst frühstücken«, verkündet sie.

Er lächelt sie an und setzt sich gehorsam an den Tisch. Aufmerksam von ihr beobachtet, taucht er den Löffel in das erste Ei. Der Dotter ist von einem kräftigen Gelb.

Sie blinzelt mit kurzsichtigen Augen in seine Richtung.

»Ich wusste doch, dass du bald Gold findest, John«, sagt sie mit einem fast zahnlosen Lächeln.

Ob sie scherzt oder es ernst meint, ist nicht klar. So wie die Zeit ihr die Zähne geraubt hat, hat sie auch ihrem Verstand übel mitgespielt, und oft ergibt ihr Gebrabbel keinen Sinn.

»Diesmal nicht, Mutter«, gibt John zu. »Vielleicht beim nächsten Versuch.«

»Das ist die richtige Einstellung. Du gibst nie auf. Wie dein Vater.«

Doch im Moment hat er alles nur noch satt. Vor allem diesen schrecklichen Geldmangel. Das Leben wäre wirklich um so viel leichter, wenn er nur einen kleinen Goldbarren herbeizaubern könnte. Dann könnte er sich vielleicht sogar einen Wahrsagekristall leisten, wie dieser fette Betrüger Nostradamus einen besaß. Vor Kurzem hat er einen gesehen, der genau das Richtige für ihn wäre. Bei einem Goldschmied in Cheapside war das – ein wahres Prachtexemplar, wie es ihm noch nie unter die Augen gekommen ist. Allerdings kostet das Stück acht Pfund, und wie soll er acht Pfund auftreiben?

»Neulich waren diese Männer wieder da«, erzählt ihm seine Mutter. »Die mit dem Hund, weißt du noch?«

John glaubt sich zu erinnern. Bob und Bill. Bill und Bob. Die Schuldeneintreiber.

»Haben sie gesagt, was sie wollten?«

»Sie wollten Geld für Bücher einsammeln.« Erneut schenkt sie ihm dieses Lächeln. Ihr Gaumen ist so pinkfarben wie der eines Säuglings und ihr Lächeln bezaubernd. John fragt sich, was »Geld für Bücher einsammeln« ihrer Meinung nach bedeutet.

»Wollten sie Geld für einen Buchhändler einsammeln?«

Sie nickt und lächelt ihn an. »Wie ich es gesagt habe, mein Lieber.«

»Und haben sie dir auch mitgeteilt, wann sie zurückkommen?«

»Heute Morgen, haben sie gesagt.«

Tatsächlich ist just in diesem Augenblick ein Hämmern an der Haustür zu vernehmen.

»Das werden sie sein.«

Dee legt ihr die Hand auf den Arm.

»Lass mich gehen«, flüstert er.

Er nimmt an, dass nur einer von ihnen an der Tür stehen wird, während der andere, derjenige mit dem Hund, in den Garten gelaufen sein dürfte, um Dee den Weg zum Fluss zu versperren. Es wird etwas unangenehm sein, aber wenn er schnell ist … Schon jagt er die Treppe hinauf zurück in seine Schlafkammer und stemmt sich durch das Mansardenfenster. Irgendwie hat er das Gefühl, genauso flink zu sein wie der Affe, den Bess einst hatte.

Dann landet er schwankend auf dem Dach und klettert sogleich noch höher hinauf. Unter seinen Füßen liegt jetzt das Labor, über dem er zum Schutz vor Bränden Ziegel angebracht hat. Einen Moment später packen seine Hände den First. Seine Zähne klappern, und Tauben flattern auf, doch er lässt nicht los.

Im nächsten Augenblick krabbelt er ganz zum First hinauf. Oben schwingt er ein Bein auf die andere Seite und robbt sitzend weiter. Von hier aus führt das Dach in Richtung der Mauer, die sein Grundstück von Thomas Digges' Kräutergarten trennt.

»Seid Ihr das da oben, Dr. Dee?«

Die Stimme gehört Roger Cooke, der gerade vom Plumpsklo zurückkehrt.

Dee hält sich den Zeigefinger an die Lippen. Cooke mag zwar etwas begriffsstutzig sein, ist aber nicht völlig blöde. Außerdem weiß er aus bitterer Erfahrung – wenn seine Entlohnung ausblieb – von den etwas unregelmäßigen Einkünften seines Dienstherrn.

Unten donnern gerade wieder Bills oder Bobs Fäuste gegen die Tür.

»Wir wissen, dass Ihr da drin seid, Dee!«

»Er ist nicht da!«, ruft jetzt Cooke. »Er ist in Wales!«

»Ganz richtig!«, bestätigt seine Mutter. »Ich habe ihm gerade sein Frühstück gebracht. Sechs Eier. Und bis auf eines hat er alle gegessen!«

»Seid Ihr das, Mrs. Dee?«, fragt Bill oder Bob. »Möchtet Ihr uns vielleicht ins Haus lassen, damit wir diese Eier sehen können?«

Dee bleibt nicht mehr viel Zeit. Eilig rafft er seinen Umhang bis zur Hüfte und fragt sich einmal mehr, warum er ihn überhaupt trägt, wo doch ein Wams und eine Kniebundhose so viel praktischer wären. Dann richtet er sich ganz oben auf dem Dachfirst auf und blickt sich kurz um. Es ist einer jener trügerischen Herbsttage mit viel Sonnenschein und milder Luft, die einem vorgaukeln, der Winter könnte erträglich werden. Von seiner Warte aus kann Dee den größten Teil von Mortlake sehen: die sich um den Turm der St.-Mary's-Kirche scharenden Hausdächer und den von Wehren und Reusen gesäumten Fluss. Eine Sekunde lang überlegt er, ob es diese Aussicht war, auf die ihn sein Traum hinweisen wollte.

Zu spät bemerkt er, dass er nun seinerseits ins Blickfeld von Bill oder Bob geraten ist. Jedenfalls fängt unten ein Mann an zu rufen und zu gestikulieren, und der verdammte Hund bellt wie wild, begierig darauf, endlich wieder Dees Handgelenk zwischen die Fänge zu bekommen – beim letzten Mal mussten sie aufgestemmt werden. Zum Glück trägt Dee seine weichen Schuhe, die ihm auf der Dachschräge einen gewissen Halt geben und es ihm sogar ermöglichen, einen kurzen Anlauf zu nehmen. Vom tiefsten Punkt des Dachs aus sind es aber immer noch zwei Mannshöhen bis zum Boden hinunter. Doch weiter vorne steht eine Esche, auf deren Ast Digges als Kind immer hinüber zu Dees Garten geklettert ist, wenn er ihm bei der Arbeit zuschauen wollte.

Dee springt. Kurz fliegt er durch die Luft, scheinbar schwerelos.

Wie ein Engel, denkt er, *allerdings einer, der in schwarze Wolle gehüllt ist.*

Er schwebt über die Steinmauer hinweg, dann wird der Flug zum Sturz. Seine Handflächen rutschen über den rauen Ast der Esche, doch zum Glück gelingt es ihm gerade noch, sich daran festzukrallen. Es gibt einen gewaltigen Ruck, der ihm beinah die Schultern auskugelt. Der Ast zittert und biegt sich immer tiefer durch. Dee sinkt noch etwa sechs Fuß, bis das Holz bricht und er – mehr oder weniger anmutig – in einem Beet Winterzwiebeln landet.

»Ach, Dr. Dee! John!«, ruft Thomas Digges, der einen Spaten in den Händen hält und gerade damit beschäftigt ist, ein Beet anzulegen.

Dee rappelt sich auf.

»Gott möge dir einen schönen Tag schenken, Thomas«, erwidert er in einem Tonfall, als wäre nichts geschehen. »Hast du es schon gehört? Die Königin ist gerettet! Die Attentäter haben auf die falsche Kutsche geschossen!«

Digges antwortet mit einem breiten Grinsen. Er hat es schon erfahren. Sein hübsches Gesicht erstrahlt im warmen Licht der Spätherbstsonne. Doch hinter Dees Schultern, auf der anderen Seite der Mauer, ertönt ein Geräusch, das sich anhört, als würden die Hühner auseinanderstieben.

»Dee?«, weht eine Stimme zu ihnen herüber. »Ihr könnt nicht ewig davonlaufen. Wir holen uns heute die Proben, es sei denn, Ihr erstattet Master Inglestone in der Gutherons Lane die ausstehenden zwei Pfund, sechs Schilling und acht Pence.«

»Der Buchhändler?«, fragt Digges.

»Ein Missverständnis«, erklärt Dee mit einer wegwerfenden Geste.

»Schon wieder?«

»Schon wieder.«

»Und welche Proben?«, bohrt Digges nach.

»Hoffentlich die von Frobisher«, antwortet Dee.

Vielleicht haben die zwei ja mehr Glück bei der Goldsuche als er.

»Kann ich dir heute auf irgendeine Weise behilflich sein, John?«, fragt Digges.

»Ein Mantel wäre gewiss von Nutzen, Thomas, wenn du denn einen hast. Und vielleicht ein bisschen Kleingeld?«

Thomas Digges leiht Dee einen Mantel und ein paar Pennys, und nach einer kurzen Diskussion über die Bedeutung des Großen Kometen, die ohne Ergebnis bleibt, verlässt Dee das Anwesen seines Freundes durch das Seitentor, hinter dem ein bei Kuhhirten und deren Schützlingen sehr beliebter rutschiger Pfad zur Themse hinunterführt.

»Wohin gehst du jetzt?«, will Digges zum Abschluss noch wissen.

»Zur Königin.«

»In dieser Aufmachung?«

»Sie hat mich schon in schlechteren Kleidern gesehen.«

Digges weiß, dass Dee und die Königin eine gewisse Zeit gemeinsam im Tower verbracht haben. Vielleicht will er dennoch die eine oder andere Frage dazu stellen, doch er kommt nicht mehr dazu, da in diesem Augenblick am Fluss unten eine Jolle herantreibt und auf das Ufer zuhält, um Dee aufzulesen. Dieser zieht sich rasch die Schuhe aus, damit sie nicht nass werden, und klettert in das Boot. Darin sitzt kein anderer als Jiggins, der darauf brennt, Einzelheiten über den Anschlag auf die Königin zu erfahren und über den Großen Kometen zu diskutieren, der seiner Meinung nach das Ende der Welt ankündigt.

Dee widerspricht ihm.

»Aber denkt doch nur an diesen Jungen in Lincoln«, entgegnet Jiggins. »Das Baby, das mit dem Gesicht einer Ente geboren wurde.«

»Warum ist es immer eine Ente?«, will Dee wissen.

Der Bursche gibt verärgert auf. Wie er das sieht, kann man mit Dr. John Dee kein vernünftiges Gespräch führen. So verläuft der Rest der Fahrt bis auf das Knarren der Ruder in den Dollen und das Klatschen des stinkenden Flusswassers gegen das kleine Boot in völliger Stille.

Auf der Themse herrscht an diesem Morgen reger Verkehr, doch Dee nimmt jedes Boot, das unterwegs ist, genau unter die Lupe – auch diejenigen, die vor Hammersmith und dem alten Bischofspalast in Fulham liegen, um Passagiere an Bord zu nehmen. Als sie um die Kurve fahren und sich nordostwärts halten, wird der Fluss breiter, und prompt sticht Dee eine kleine königliche Barge ins Auge, die gegen die Strömung direkt auf sie zuhält.

Doch nicht etwa die Königin selbst, oder?

Nein. Nur ein Mitglied ihres Hofstaats, das in offizieller Mission unterwegs ist und von einem halben Dutzend behelmten Hellebardisten begleitet wird. Dee beobachtet sie im Vorbeifahren.

Bob und Bill kommen ihm in den Sinn, die jetzt wohl gerade Frobishers Proben fortschaffen. Was, wenn sie tatsächlich Gold entdecken? Er wünscht ihnen viel Glück.

Die Wachmänner am alten Watergate mustern ihn skeptisch.

»Ihr seid nie und nimmer Dr. Dee«, sagen sie. Und: »Was, *der* Dr. Dee?« Und schließlich: »Na gut, dann zeigt uns eine Kostprobe von Eurer Magie.«

Derjenige, der um eine Kostprobe bittet, ist der jüngste und närrischste der Männer, und die anderen entfernen sich vorsichtshalber ein wenig. Dee möchte gerne glauben, dass sein Ruf als Magier auf seine Tage in Cambridge zurückgeht, als es ihm gelang, den Eindruck zu erwecken, er könne einen mannsgroßen, goldbemalten Käfer fliegen lassen. Doch natürlich weiß er auch, dass über ihn gemunkelt wurde, er könne Dämonen heraufbeschwören und sei der beste Freund von Höllenhunden. Seine Rivalen, wie zum Beispiel dieser holländische Betrüger Lannoy, verweisen mit Vorliebe auf seine Verhaftung 1555 und auf den Umstand, dass im Jahr darauf einer der Söhne seines Anklägers erblindete und der andere starb.

Die Nachricht von seiner Ankunft verbreitet sich von unten nach oben in der Hierarchie, vom Wachhäuschen zu immer prächtiger werdenden Räumen. Schließlich erreicht ihn aus einem weit entfernten Privatgemach die Kunde, dass die Königin ihn in ihrer Bibliothek empfangen wird – ein Ort, den er gut kennt, aber nicht mag, weil es dort nur eine Tür gibt. Da man ihm nicht zutraut, dass er allein dorthin findet, führen ihn vier streng dreinblickende Soldaten zu einem Raum, in dem er von einem äußerst elegant gekleideten Diener in Empfang genommen wird, der bestürzt auf Dees schlecht sitzenden Mantel und die mit Schlamm bespritzten Schuhe starrt.

»In Mortlake tragen wir solche Sachen«, erklärt Dee dem Mann ungerührt.

»Aber … Ihre Majestät …«

»Hat ihn schon in schlimmerem Zustand gesehen. Komm rein, John.«

In Kleidern aus heller Seide steht sie in der Mitte des düsteren Raumes, in dessen Nischen sich links und rechts mit Büchern beladene Regale bis zur Decke türmen. Flankiert wird sie von zwei Dee nicht bekannten Hofdamen. Sie wirken, als wären sie allzeit bereit, die Königin aufzufangen, und tatsächlich sieht sie nicht so aus, als hätte sie sich bereits von den Strapazen auf der Straße erholt. Oder aber vielleicht leidet sie an einer langwierigen Krankheit. Wie auch immer, Dee vollführt seine tiefe Verbeugung, und sie streckt ihm ihre behandschuhte Hand zum Kuss entgegen.

»Bitte, John, können wir …?«

Sie deutet auf einen Tisch und eine Bank in einer der Nischen, in der – halb verborgen und mit dem Rücken zum Fenster – ausgerechnet Sir Christopher Hatton steht, edel herausstaffiert mit blutrotem Samt und einer leuchtend gelben Halskrause. Sein Bart glänzt von Öl.

»Hatton«, ächzt Dee.

»Für Euch immer noch *Sir* Christopher, Dr. Dee.«

»Oh, ja, ja.«

Mit einer wegwerfenden Handbewegung dreht Dee sich wieder zur Königin um, die sich in einem gewissen Abstand niedergelassen hat, als wollte sie auf einen inneren Widerstand hinweisen. Heute wirkt sie besonders zerbrechlich, fast durchsichtig, wie feinstes chinesisches Porzellan, wenn es gegen die Sonne gehalten wird.

»Bess …«

»John.« In ihren Augen blitzt Stahl auf. »Bitte nenn mich nicht so.«

»Es tut mir leid, Eure Majestät. Bitte vergebt mir.« Er verbeugt sich erneut. Aus den Augenwinkeln sieht er, dass Hatton sich anschickt, etwas zu sagen, doch Dee kommt ihm zuvor. »Aber ich habe einen Vorschlag, Eure Majestät. Einen Plan. Einen Plan, um den Anschlägen auf Euer Leben ein für alle Mal ein Ende zu berei…«

»Ihre Majestät ist für Euer Geschwätz von einem Weltuntergang nicht zu haben«, fällt Hatton ihm ins Wort.

Dee ignoriert ihn, die Königin ebenso.

»Sprich weiter«, ermuntert sie Dee.

»Die Wahrheit, Eure Majestät …«, fährt Dee fort. »Die Wahrheit ist doch, dass in der ganzen christlichen Welt Millionen von rechtschaffenen Männern und Frauen sich damit begnügen, ihre Schafe zu hüten, ihre Kinder aufzuziehen und ihrem Liebchen bei Sonnenuntergang ein Lied vorzusingen. Doch unter den vielen Tugendhaften gibt es überall auch einige wenige Böse – ob in London, Madrid, Rom, Paris oder Prag –, die sich nicht damit zufriedengeben, ihre Tage in von Gott geschenkter Harmonie zu verbringen, sondern in einem fort neue Intrigen schmieden, um sich zu bereichern und sich noch mehr

Macht, Ansehen und Besitztümer zu verschaffen, ohne auf die Kosten zu achten, die das für die Ehrenhaften in Hinsicht auf Gesundheit, Wohlstand und persönliches Glück bedeutet.«

»Pff!«, schnaubt Hatton. »Eine hübsche Ansprache. Und doch nichts als leeres Geschwätz.«

Aber da die Königin sich nicht von ihm abwendet, fährt Dee, trotz aller Verunsicherung, fort.

»Die bösen Kräfte schrecken vor nichts zurück, wenn es darum geht, ihre Ziele zu erreichen, egal wie tief sie dabei sinken. Ihr Lieblingstrick besteht darin, dem Tugendhaften vorzugaukeln, sein Nachbar sei sein ärgster Feind und wolle ihm Böses. Um die Guten zu verwirren, peitschen sie sie mit Hetztiraden auf, entfesseln Angst und rasenden Hass. Sie spalten, um zu herrschen. Sie stellen Heere auf, entsenden Flotten und beschwören die Inquisition herauf.«

»So war es schon immer, John«, murmelt die Königin. »Oder?«

»Aber das heißt nicht, dass es für immer so sein sollte.«

Die Königin und Hatton wechseln einen Blick. Sie wissen, dass Dee von Männern – und Frauen – wie ihnen beiden spricht.

»Was schlägst du also vor?«, fragt die Königin.

»Dass wir nicht gegen Spanien kämpfen. Dass wir nicht gegen das Kaiserreich kämpfen. Dass wir nicht einmal gegen Katholiken kämpfen. Sondern dass wir vielmehr in unserem täglichen Tun ihrem König, ihrem Herrscher, ihrem Papst zuwiderhandeln.«

»Ich bin nicht bereit, den Tod von Prinzen zu befehlen, John. Das weißt du genau.«

Das weiß er in der Tat.

»Es tut mir leid, Eure Majestät. Mir geht es aber gar nicht darum, sie körperlich zu bekämpfen. Vielmehr sollten wir sie geistig besiegen.«

Das bringt ihm ein weiteres *Pff* von Hatton ein.

»Geistig?«, fragt die Königin.

»Wir benutzen ihre Gier und ihren Ehrgeiz, um sie mit ihren eigenen Waffen zu schlagen.«

»Und wie stellt Ihr Euch das vor?«, faucht Hatton. »Denkt Ihr an Eure magischen Pulver? Oder wollt Ihr sie bei den Engeln anschwärzen? Oder habt Ihr womöglich vor, sie mit einem Eurer fliegenden goldenen Riesenkäfer einzuschüchtern? Gott bewahre! Eure Majestät, dieser Mann ist ein Possenreißer!«

Dee wird immer klarer, dass er Hatton nicht ausstehen kann. Er spürt aber auch, dass es gar nicht so wichtig ist, welche Vorstellung dieser Mann von ihm hat. Unwillkürlich muss er grinsen.

»Nein, Eure Majestät«, sagt er. »Wir benutzen die Wissenschaft.«

»Wissenschaft, dass ich nicht lache!«

»Sir Christopher«, knurrt die Königin.

Hatton verneigt sich und verstummt.

»Was schlägst du vor, John?«

Dee holt tief Luft.

»Es gibt ein Buch – oder eher ein Manuskript –, das so geheim ist, dass es keinen Namen hat.«

Dann berichtet er ihnen von diesem Werk, von dem er gehört hat. Davon, dass es in einer höchst ungewöhnlichen Geheimschrift verfasst und mit überaus erstaunlichen Illustrationen gespickt sein soll. Und davon, dass es den Schlüssel zur geheimnisvollen Sprache der Engel enthalte, deren Kenntnis es den Eingeweihten erlaube, nicht nur die wahre Natur der von Gott verborgenen Struktur der weltlichen und himmlischen Sphären zu begreifen, sondern auch die Gedanken aller Menschen, wer immer und wo immer sie sein mögen, zu lesen – und zu beeinflussen.

»Wenn dieses Buch in unseren Besitz gelangt«, verkündet er, »wird England nicht nur für alle Zeiten erhalten bleiben, sondern darüber hinaus den Lauf der Geschichte verändern.«

Beide starren ihn skeptisch an.

»Wo soll dieses Buch sein?«, fragt Hatton.

»Irgendwo in Polen.«

»Irgendwo in Polen?« Hatton lacht. »Wisst Ihr, wie groß Polen ist, Dee?«

»Und wie viel wird dieses Unterfangen kosten?«, setzt Ihre Majestät hinzu. In Geldfragen ist sie natürlich stets überaus vorsichtig.

»Ich werde mein Möglichstes tun, um es zu beschaffen«, verspricht Dee.

Dennoch zögert die Königin.

»Wie auch immer«, ergänzt Dee. »Es geht nicht darum, dass wir das Buch haben. Entscheidend ist vielmehr die Tatsache, dass jeder weiß, dass es existiert.«

»Und ist das so?«, fragt die Königin. »Ich meine, existiert es?«

»Ich bin mir nicht sicher«, räumt Dee ein.

»Verdammt noch mal, Dee!«, flucht Hatton.

»Verdammt noch mal, *Dr.* Dee!«, korrigiert ihn Dee.

»*Dr.* Dee!« Hatton lacht abfällig. »Wir sind im Belagerungszustand und werden von allen Seiten bedrängt. Da kann Ihre Majestät es sich nicht leisten, auch nur einen Mann zu erübrigen, damit er durch Europa zieht und nach irgendwelchen Büchern sucht, die vielleicht existieren, vielleicht aber auch nicht. Nicht einmal auf Euch kann sie verzichten!«

Elizabeth hebt die Hand. »Ihr überschreitet Eure Kompetenzen, Sir Christopher!«

Hatton neigt den Kopf, und Dee schweigt. Er kann hören, wie schnell der Atem der Königin geht. Schließlich ergreift sie wieder das Wort.

»Es geht nicht darum, dass Wir nicht einmal auf dich verzichten können, John. Es ist vielmehr so, dass gerade du es bist, auf den Wir *in gar keinem Fall* verzichten können. Ohne dich an Unserer Seite, können Wir nicht ruhig schlafen.«

»Aber, Eure Majestät, ich kann doch nicht tatenlos herumstehen, wenn gewisse Leute Eure Ermordung pla…«

»Aber Ihr werdet ja nicht tatenlos herumstehen, Dee«, unterbricht ihn Hatton. »Das ist ja der Grund, warum wir nach Euch geschickt haben. Wir haben eine Aufgabe für Euch. Wir bedürfen Eurer … besonderen Talente.«

Dee will schon aufbegehren und die anderen darauf hinweisen, dass es *seine* Idee war, Ihre Majestät aufzusuchen, doch dann bleibt er stumm, denn plötzlich spürt er in seinem tiefsten Inneren einen Stich. Er empfindet einen starken, fast unwiderstehlichen Drang zu helfen, mahnt sich aber zugleich zur Vorsicht: Als er zuletzt von einem Mitglied des Kronrats um Hilfe gebeten wurde, hätte das beinahe zu seinem Tod im Sand unterhalb des Mont Saint Michel geführt.

Darum richtet er seine nächste Frage an die Königin, nicht an Hatton.

»Wie kann ich Euch von Nutzen sein, Eure Majestät?«

Er nimmt an, dass sie dank ihrer früheren Freundschaft über seine Gaben Bescheid weiß und ihn dazu aufrufen wird, auf sein schier unermessliches Wissen nicht nur über die Bewegungen der Planeten, Monde und Sterne, sondern auch über die Mitteilungen der Engel zurückzugreifen. Oder wird es um seine Fähigkeit gehen, die Zukunft vorauszusagen?

Doch sie schwankt und fasst sich mit einer Hand an den Bauch, während ihr Gesicht einen graugrünen Ton annimmt.

»Sagt Ihr es ihm bitte, Sir Christopher.«

Hatton presst die Fingerkuppen aneinander. »Ihre Majestät hatte einen Traum.«

Einen Traum. Träume sind eines der Themen, denen Dees besonderes Interesse gilt.

»Fahrt fort«, sagt er.

Er brennt darauf, von der Vision der Königin zu erfahren, so wie er ihr auch unbedingt von seiner erzählen möchte: von Flüssen, Wassermühlen, Schleusen, Dämmen, aber auch von Umwegen, Blockaden und ungenutztem Potenzial. Doch Elizabeth schaut ihn nicht an. Stattdessen huscht ihr Blick durch den Raum, als suche sie nach irgendetwas, worauf es sich gemütlich ruhen lässt.

»Ihre Majestät hat von einem Griechischen Feuer geträumt«, antwortet Hatton anstelle der Königin, und sein Tonfall wirkt spöttisch.

Unwillkürlich fragt Dee sich, ob dieser Mann auch so sprechen würde, wenn Elizabeth bei bester Gesundheit wäre.

Er macht ein skeptisches Gesicht.

»Griechisches Feuer?« Sonst nichts? Er ist enttäuscht.

»Richtig«, bestätigt Hatton. »Griechisches Feuer, eines, das nie ausgeht. Ihre Majestät hat davon geträumt, dass unsere Kriegsflotte davon Gebrauch macht, um die Spanier zu schlagen. In diesem Traum wurden die spanischen Schiffe in Brand gesetzt und alle Soldaten an Bord in die Hölle befördert.«

Was ist das für eine Frau, die so etwas träumt?, sinniert Dee. Offenbar eine, die gerade erst ein Attentat überlebt hat. Eine, die sich permanent sorgen und grämen muss.

»Ein Griechisches Feuer wäre da in der Tat genau das Richtige«, bestätigt er.

»Was wisst Ihr darüber, Dr. Dee?« Hatton spricht immer noch in demselben höhnischen Tonfall, und Dee fragt sich erneut nach dem Grund dafür.

»Nun«, meint er achselzuckend, »irgendwann vor dem Fall von Jerusalem wurde es von im heutigen Syrien lebenden Juden erfunden. Später nutzten es auch die Byzantiner, um sich zu Wasser und zu Lande gegen die Türken zu verteidigen. Es ist eine Flüssigkeit, die – wenn sie erst einmal entzündet ist – alles, was sie berührt, in Brand setzt: Holz, Wasser, Haut. Das Feuer lässt sich nicht löschen, es sei denn, man erstickt es mit Sand oder verwendet alten Urin, glaube ich. Die Flüssigkeit wird mithilfe eines Schlauchs und einer Pumpe verspritzt, aber warum beides nicht Feuer fängt, ist mir bis heute ein Rätsel. Die Formel dafür ist schon in der Zeit der Byzantiner verloren gegangen, und seitdem ist es niemandem mehr gelungen, sie wieder aufzuschreiben. Selbst denjenigen nicht, die Vorräte davon aufbewahren konnten.«

Hatton wirft der Königin einen verschwörerischen Blick zu. Zwar geht sie nicht darauf ein, doch Dee riecht den Braten sofort: Hatton will Dees Fähigkeiten für eine obskure alchemistische Untersuchung benutzen, deren Ziel es wäre, Griechisches Feuer zu erschaffen. Eine Substanz, die nicht dazu geeignet ist, ein neues goldenes Zeitalter der paradiesischen Unschuld herbeizuführen, sondern vielmehr dazu, Menschen bei lebendigem Leibe zu grillen.

Schon ermatten seine Lebensgeister wieder.

»Griechisches Feuer ist nicht der Weg, um die Spanier zu besiegen«, wiederholt er.

»Aber was ist mit dem Traum Ihrer Majestät?«, fragt Hatton mit tückischem Unterton. »Daran werdet Ihr doch sicher nicht zweifeln.«

Dee setzt dazu an, die Bedeutung ihres Traums infrage zu stellen, weiß aber plötzlich nicht, wo er anfangen soll. Der Raum, der ohnehin schon im Dunkeln lag, wirkt jetzt, da Dees erhabene Visionen verblassen, noch düsterer.

»Aber ich habe weder die richtigen chemischen Stoffe noch die nötigen Werkzeuge und auch nicht die geeigneten Fläschchen.« Der zerborstene Pelikan kommt ihm in den Sinn. »Auch gibt es in meiner Werkstatt keinen … keinen Feuerschutz.«

Er denkt an seine mit wertvollen Manuskripten gefüllte Bibliothek, mindestens viertausend Bücher in der wohl größten Sammlung Englands, allesamt in den letzten zehn Jahren mühevoll und zu ruinösen Preisen erworben. Man stelle sich vor, im Raum direkt daneben würde Roger Cooke – der liebe, arme und ungeschickte Kerl – mit *Feuer* herumhantieren!

»Nein«, sagt er bestimmt. »Ich kann und werde keine Methode ausarbeiten, mit der man Menschen bei lebendigem Leib verbrennen kann – selbst wenn es Spanier sind.«

»John«, beginnt die Königin mit zittriger Stimme, »halte dir doch nur vor Augen, was sie Uns in den letzten Tagen angetan haben. Mörder haben sie auf Uns losgelassen! Stell dir vor, was fünftausend spanische Haudegen, die in Suffolk landen, mit ihren Spießen anrichten könnten. Wir – die du angeblich liebst – bitten dich, diesem Land – das du angeblich ebenfalls liebst – zu helfen und unsere Fortschritte zu sichern, die wir in sämtlichen Wissenschaften gemacht haben, ob Geometrie, Astronomie, Astrologie oder in der Religion. Willst du wirklich, dass wir in die alten Zeiten zurückfallen? Dass wir Bilder anbeten? Dass wir von Mönchen angelogen werden? Dass der Bischof von Rom über uns herrscht? Dass aller Fortschritt verloren geht? Dass unsere Aufklärung, für die du in unermüdlicher Arbeit mit deinen Beiträgen zur Naturphilosophie gesorgt hast, von einem spanischen Prinzen ausgelöscht wird? Dass wir alle unter das Joch der Inquisition gezwungen werden?«

Bevor Dee antworten kann, packt die Königin plötzlich die Armlehnen ihres Stuhls und schnellt hoch. Dee und Hatton erheben sich ebenfalls.

»Eure Majestät?«

Ihre Miene verrät Panik, als hätte sie etwas gehört, was ihnen entgangen ist. Wie herbeigezaubert stehen nun auch ihre Hofdamen bei ihr. Von ihnen umringt, verschwindet sie im Nu durch eine Dee bis dahin unbekannte Tür in der Holzvertäfelung hinter ihr, und die Damen geben Hatton – und vor allem Dee – mit einem bösen Funkeln zu verstehen, dass sie ihr nicht folgen dürfen.

Die zwei Männer bleiben zurück. Für einen Moment herrscht Stille, in der sich beide fragen, ob Elizabeth noch einmal zu ihnen zurückkehren wird.

Schließlich bricht Hatton das Schweigen.

»Sollen wir?« Er deutet auf die Stühle.

»Ich glaube nicht, dass es noch viel zu sagen gibt, oder?«

Hatton nickt. »Schön, dass wir einer Meinung sind. Stellt doch eine Liste mit all den Dingen zusammen, die Ihr aus Eurer Werkstatt und Eurem Haus braucht – ein neues Hemd zum Beispiel wäre nicht fehl am Platz. Ich werde alles besorgen und zu Euch bringen lassen.«

»Besorgen? Aber ich brauche doch nichts. Ich gehe jetzt nach Hause und ziehe mir ein frisches Hemd an oder nicht.«

Hatton antwortet mit einem hässlichen Lächeln. »Ich weiß, dass Ihre Majestät ihren Wunsch in eine Frage gekleidet hat, aber jetzt sage ich Euch Folgendes: Sie hat mir diesen Auftrag erteilt, und ich werde dafür sorgen, dass er erledigt wird. Wenn Ihr damit nicht einverstanden seid und Euch weigert, mir zu helfen, lasse ich Euch auf der Stelle wegen verbotener Hexerei verhaften. Dann kommt Ihr in den Tower, wo Ihr Euch entweder fügen oder sterben werdet.«

5

London,
zweite Novemberwoche 1577

Zwei Tage später – wieder ist es ein grauer Morgen, an dem die Luft nach den ersten echten Vorzeichen des nahenden Winters riecht – ist Robert Beale von der St.-Pauls-Kathedrale ostwärts durch das Viertel Cheapside unterwegs. Weiter vorne am Ende der Straße erscheint die wuchtige Gestalt des White Tower, und er fragt sich, ob es wirklich wahr sein kann, dass sich der holländische Alchemist Cornelius de Lannoy mit Gold aus diesem Verlies freigekauft hat. Hätten dann nicht die Königin, Cecil, Walsingham oder der Konstabler des Towers auf die Idee kommen müssen, ihn zu fragen, woher er es hat?

Erneut geht es für Beale nach Waltham Forest, um die Befragung der Sheriffs und Wachmänner fortzusetzen. Es müssen sich einfach Spuren der Männer finden lassen, die das Attentat auf die Königin verübt haben, selbst wenn er nicht wissen kann, nach wie vielen er fahndet.

Was ihn wirklich verblüfft, ist der Umstand, dass das ganze Unternehmen in aller Stille geplant wurde, ohne dass ein Wort nach draußen drang. Weder Walsinghams bezahlte Agenten noch irgendwelche besorgten Untertanen wurden gewarnt. Normalerweise hätte sich wenigstens einer von den Bediensteten gemeldet, vielleicht ein Pferdeknecht in der Hoffnung auf eine Belohnung oder ein Hufschmied, der noch eine Rechnung offen hat. Doch nichts, die Sache ist ein einziges Rätsel.

So wie bisher können sie nicht weitermachen. Und auf keinen Fall können sie sich ein weiteres Drama leisten. Es muss etwas geschehen. Die Frage ist nur, was?

Beale dreht und wendet diesen Gedanken noch hin und her, als er eine Stimme seinen Namen rufen hört. Er blickt sich um und sieht an der Ecke zur Gutter Lane einen alten Freund stehen: Nicholas Hilliard, ursprünglich Goldschmied, inzwischen der beste Miniaturporträt-Maler der Christenheit. Er ist ein stattlicher Mann von etwa dreißig Jahren und überraschend gut gekleidet: schwarzer Anzug und ein Halstuch aus edlem Leinen. In seinen Augen funkelt der Schalk. Seit einiger Zeit arbeitet er in Paris, wo es ihm, seiner Kleidung nach zu urteilen, gut zu gehen scheint.

»Du bist zurück?«, stellt Beale das Offensichtliche fest, und zur Bestätigung vollführt Hilliard eine kunstvolle Verbeugung mitsamt weit ausholender Armbewegung.

»*Oui*«, antwortet er. »Bis Weihnachten.«

»Und wie ist es dort?«

Zwischen den beiden flackert etwas auf, ein winziges Signal, das gleichermaßen erkannt und ignoriert wird.

»Schwer«, gibt Hilliard zu. »Aber wir machen weiter.«

Er meint das Leben der Protestanten in Frankreich – und dort vor allem in Paris –, aber auch noch etwas anderes, das unausgesprochen bleibt: Sie arbeiten beide für Walsingham.

»Darf ich dir ein Glas spendieren?«, fragt Hilliard. »Und eine Pastete? Es ist fast schon Essenszeit.«

Beale hat noch einen langen Ritt vor sich, aber er hat noch nie erlebt, dass Hilliard ihn zu etwas eingeladen hat. Also …

»Warum nicht?«

Sie gehen ins »Mitre«, das bei Goldschmieden sehr beliebt ist, doch in der Tür hält Hilliard kurz inne, um die verrutschten Spitzen seines Wamses gerade zu richten, sodass Beale vorangehen muss. Hinter ihm bittet Hilliard ihn darum, schon einmal einen Hasenbraten und ein Glas Bier für ihn zu bestellen, und natürlich muss Beale zahlen. In diesem Moment fällt ihm wieder ein, dass Hilliard wegen der Spitzen, die seine Wämser zieren, im Bekanntenkreis häufig auch »Points« genannt wird, »Der Mann mit den Spitzen«.

Sie finden einen freien Platz, und als sie endlich sitzen, gesteht Hilliard, wie sehr er in Frankreich das gute englische Ale vermisst hat. Unvermittelt hält er inne und mustert Beale eingehend.

»Du wirkst merkwürdig verstört, Robert. Irgendetwas liegt dir auf dem Herzen. Dabei hat die Königin den Anschlag doch überlebt, oder?«

»Gewiss, Gott sei Dank. Es ist nur …«

Beale kann es nicht fassen, aber es ist nun einmal eine

Tatsache, dass immer noch kein Plan dafür vorliegt, wie es weitergehen soll, wenn Ihre Majestät irgendwann stirbt – schließlich wird das auch ihr nicht erspart bleiben. In all den Jahren haben sie versucht, das Nachfolgeproblem durch gutes Zureden zu lösen: Sie solle heiraten und ein Kind bekommen, vorzugsweise einen Knaben, denn dann würde es kein Durcheinander wie nach dem Tod ihres Vaters geben. Und die Königin hat sie hoffen lassen, dass sie das vielleicht tun könnte. Dass sie es vielleicht tun würde. Dass sie es tun *wird*.

Und doch. Und doch. Die Jahre vergehen. Sie ist immer noch jung, immer noch schön, immer noch gebärfähig, aber ewig wird sie das nicht sein. Sie wird den Weg allen Fleisches gehen, und wenn das geschieht, werden ihre Berater hektisch nach einem geeigneten Thronfolger suchen. Dabei lauert hinter den Kulissen die Nächste in der Erbfolge, die schottische Königin Mary – eine Katholikin – schon längst auf den passenden Zeitpunkt oder lässt, wie allgemein vermutet wird, ihre Beziehungen spielen, um irgendwann an der Spitze der spanischen Armee gen Whitehall zu marschieren, bereit, die Uhr zurückzudrehen und England wieder der römischen Kirche zu übergeben. Dann werden all die schrecklichen Geburtswehen des modernen Englands vergebens gewesen sein.

Beale hat erkannt, dass die Methoden, mit denen Männer wie Cecil und Walsingham versuchen, die Zukunft zu sichern, nicht funktionieren. Ihre Zeit wird bald vorbei sein, und dann werden aufstrebende Männer wie er selbst und vielleicht auch Robert Hilliard eine neue, eine radikale Lösung finden müssen.

Aber wie könnte die aussehen?

Er fragt, ob Hilliard in Paris irgendetwas über den Anschlag auf die Königin gehört habe. Dieser schüttelt den Kopf.

»Das klingt ganz nach einer hausgemachten Sache«, mutmaßt er. »Vielleicht von Schottland ausgehend?«

»Aber die schottische Königin steht doch unter ständiger Beobachtung.«

»Da gibt es einen Spanier oder Italiener, der eine Methode ersonnen hat, eine Mitteilung auf das Weiße eines hart gekochten Eis zu schreiben, ohne es zu schälen …«

»Das ist der Grund, warum wir Marys im Backrohr pochieren«, brummt Beale.

»Wirklich? Na gut, wenn das mit einem Ei möglich ist, warum nicht auch mit einer Möhre?«

»Einer Möhre?«

»Nur als Beispiel.«

Beale versucht, sich Mary, die Königin der Schotten, mit einer Möhre vorzustellen.

»Oder einer Steckrübe«, ergänzt Hilliard eilig. »Die Schotten essen doch immer diese billigen Sachen.«

»Hör auf.«

Einzelheiten der Finte, mit der die schottische Königin Walsingham im Winter 1572 ins Bockshorn gejagt hat, sind längst bekannt, und diejenigen, von denen niemand weiß, sind frei erfunden.

»Das hatte ich ganz vergessen«, sagt Beale. »Du hast sie einmal porträtiert, nicht wahr?«

Hilliard hält seinem Blick stand und nickt.

Schweigen tritt ein.

Dann kommt das Bier. Hilliard nimmt einen ordentlichen Schluck und erschauert leicht.

»Bin mir nicht mehr so sicher, ob ich es wirklich vermisst habe«, murmelt er.

Daraufhin will Beale wissen, was ihn zurück nach London geführt hat.

»Ach, das Übliche. Geld.«

Nun, natürlich geht es ihm wohl auch darum, Master Walsingham zu treffen.

»Du solltest mehr als drei Pfund für deine Arbeit verlangen«, rät Beale.

»Sicher.« Hilliard nickt. »Aber dann heißt es gleich: ›Die Porträts sind doch so klein; wie können sie da so viel kosten?‹ Ich hatte es gerade mit so einem komischen alten Soldaten aus Suffolk zu tun, einem Burschen mit hochrotem Kopf, dessen junge Frau für mich Porträt gesessen hat. Er hat mir gesagt, ich solle ihr gefälligst Geld geben, wo sie doch so schön sei. Da hab ich geantwortet: ›Das Bild ist so klein, da sollte wohl eher sie mir was zahlen.‹«

Beale grinst. »Und ist sie es? Schön, meine ich?«

»Oh ja.« Hilliard nickt. »Was für ein komischer Zufall. Hier habe ich das Porträt. Schau.«

Er lässt die Hand in die Tasche seines Wamses gleiten, fördert ein in einen Kokon aus Seide und Leder gewickeltes Amulett zutage und legt es auf den Tisch.

Beale betrachtet es. Es hat einen vergoldeten Rand und ist in der Tat wunderschön. Dabei ist es winzig, kaum größer als sein Handballen. In seiner Mitte prangt eine Frau mit schlichtem Kleid, aber herrlichen Perlen, die so lebensecht wirken, dass man fast glaubt, sie aus dem glasierten Bild herauspflücken zu können, wenn man nur eine entsprechend kleine Pinzette hätte.

Und das Gesicht ist ihm nicht unbekannt …

»Ihre Majestät«, ächzt Beale.

Er nimmt an, dass Hilliard da ein Fehler unterlaufen ist, doch der grinst nur.

»Eben nicht. Schau hin. Diese Stelle, siehst du sie?«

Er hat eine kleine, dicke Linse dabei, die er jetzt über das Gesicht der Frau auf dem Porträt hält. Sie vergrößert einen winzigen Fleck auf ihrer Wange.

»Ein Muttermal«, raunt Hilliard. »Es unterscheidet sie von der Königin. Aber meiner bescheidenen Meinung nach macht es dieses Mädchen nur noch schöner. Nun, das ist natürlich nur eine Frage des Geschmacks – und der Diskretion.«

Beale starrt das Mädchen durch die Lupe an. »Warum gibst du dem Mann nicht eines deiner alten Porträts der Königin mit einem hineingetüpfelten Fleck?«

Hilliard gibt sich entsetzt.

»Das wäre ja so, als würde sie sich als die Königin ausgeben!« Er lacht.

Nach einer Kunstpause wickelt er das Porträt wieder ein.

»Was man hier nicht sehen kann: Sie hat sogar die gleichen schönen Hände! Und auch ansonsten gleicht sie der Königin wie ein Ei dem anderen. Ehrlich gesagt, bei Dunkelheit …«

Er lässt seine Stimme ersterben und verdreht die Augen.

»Wie heißt sie?«, fragt Beale.

»Ha! Das ist auch so eine Sache: Ihr Name ist Ness. Ness, nicht Bess, verstehst du?«

»Allerdings. Ness und wie noch?«

»Ness Overbury. Ihr Mann heißt John Overbury.«

Diesen Namen hat Beale noch nie gehört.

»Ein widerwärtiger alter Grobian. Hat in den Niederlanden gekämpft und seitdem nie wieder etwas getan, was ihm mehr Spaß gemacht hat. Wenn ich mir vorstelle, wie seine Finger über ihre Haut …«

»Wie alt ist sie?«

In Beales Vorstellung nimmt unwillkürlich ein Gedanke Gestalt an.

»Wie alt? Ungefähr … Ich weiß nicht … dieses perfekte Alter eben, du weißt schon. Weder alt noch jung.«

»Also in deinem Alter?«

»Das hast du wunderbar ausgedrückt!«

»Und sie ist noch da? In deinem Atelier?«

Hilliard hebt seinen Krug, um drauf hinzuweisen, dass er jetzt trinkt und nicht in der Verfassung ist, präzise zu arbeiten.

»Nein, sie sind im ›Dolphin‹ bei der St.-Botolphs-Kirche und warten auf dieses Porträt. Ich war eigentlich gerade auf dem Weg dorthin, um es auszuliefern.«

»Lass mich mitkommen. Ich würde dieses Wunder gerne in natura sehen.«

Hilliard mustert Beale schräg von der Seite. Er ist ein gewitzter Bursche. So ist es ihm am Hof der Valois gelungen, dem König von Frankreich weiszumachen, sein Französisch reiche allenfalls fürs Einkaufen auf dem Marktplatz, während er tatsächlich in seiner Kindheit zwei Jahre lang in Genf gelebt hat und die Sprache fließend beherrscht. Wenn er dort malt, trennen ihn keine zwei

Yards von Männern wie König Heinrich von Frankreich oder Herzog François von Orléans, jenem Mann, der die Königin vielleicht heiraten wird oder vielleicht auch nicht. Er verzieht keine Miene, während sie sich mit ihren Beratern darüber unterhalten, wie merkwürdig es ist, dass ein so vollendeter Künstler wie Hilliard aus einem so abscheulichen Land wie England kommt, wo es nichts als Nebel, widerwärtige Grobiane, leichte Frauen und grässliches Essen gibt. Beim Porträtsitzen fangen sie immer bald an, sich zu langweilen, und werden überheblich. Und da er grundsätzlich nicht reagiert, löst sich ihre Zunge immer mehr, und sie plaudern Dinge aus, die ungesagt bleiben sollten. Das wiederum ist einer der Gründe, warum Hilliard für sie arbeitet.

»Was hast du vor?«

»Es ist nur … eine Idee …«

6

Whitehall Palace, derselbe Tag, zweite Novemberwoche 1577

Da Mistress Jane Frommond stets das Bett mit Alice Rutherford geteilt hat, ist sie diejenige, die von Mistress Blanche Parry, der Mutter der Dienstmädchen, gebeten wird, die Besitztümer der Toten aus dem Gemach, in dem die Hoffräulein untergebracht sind, zu bergen und zusammen mit ihrer in einem versiegelten Sarg aufgebahrten Leiche dem in Lincolnshire lebenden Vater zu schicken.

»Was für eine Heimkehr«, sagt Jane seufzend.

Mistress Parry senkt den Blick auf das säuberlich gemachte Bett hinter den geflickten Seidenvorhängen.

»Es zerreißt einem das Herz«, murmelt sie.

Über Alice wird seit ihrem Tod viel diskutiert. Einerseits herrscht natürlich tiefe Trauer. Dennoch wissen alle, dass die Königin das Mädchen trotz ihrer Erkrankung – oder vielleicht gerade deswegen – aus ihrer Gegenwart verbannt hat. Ja, sie hat sogar damit gedroht, dass Alice das Kind im Tower gebären und aufziehen müsse! Sie ließ sich nicht einmal erweichen, als Soldaten das schluchzende Mädchen abführten.

»Warum, glaubst du, hat sie sich geweigert, uns den Namen des Vaters zu verraten?«, erkundigt sich Mistress Parry.

Dieselbe Frage hat Jane gestellt, mehrmals sogar, bevor alle davon erfuhren, dass Alice in anderen Umständen war.

Ist es jemand, den wir alle kennen? Bist du in ihn verliebt? Oder war es eine Vergewaltigung?

Doch Alice hat jedes Mal stumm den Kopf geschüttelt und die verweinten Augen fest zusammengekniffen. Auch als Jane Frommond ihr erklärt hat, dass sie und auch sonst niemand etwas für sie tun könne, solange sie nicht rede, hat Alice zwar schluchzend gemeint, dass sie das wisse, aber ihre Haltung konnte und wollte sie nicht ändern.

»Hätte sie das getan«, sinniert Mistress Parry, »wäre ihr das Mitleid Ihrer Majestät sicher gewesen, weil sie noch so jung und dumm war. Vor allem dann, wenn sich erwiesen hätte, dass sich ihr der Mann gegen ihren Willen aufgezwungen hat.«

Es ist mehr Hoffnung als Gewissheit, die aus ihren Worten spricht. Und als Mutter der Mädchen möchte Mistress Parry natürlich glauben, dass Alice vergewaltigt wurde, dass sie Opfer eines von einem unbekannten Mann verübten Verbrechens war, denn das würde sie von dem Vorwurf, ihre Fürsorgepflicht verletzt zu haben, entlasten.

»Ach, wie oft ich es ihr gesagt habe!«, jammert Mistress Parry. »Ich habe sie darauf aufmerksam gemacht, so wie ich es bei dir getan habe, als du hier am Hof angefangen hast, und wie ich es allen Ehrendamen Ihrer Majestät erkläre: Die Königin ist eine keusche, züchtige und ehrbare Frau, die keinerlei Schamlosigkeit und Liederlichkeit duldet. Am Hof gibt es freilich Versuchungen zuhauf – so manchen ansehnlichen jungen Mann mit strammen Beinen und einem betörenden Lächeln, der gern seufzt und den sterbenden Schwan spielt und für euch Verse schmiedet. Aber ihr repräsentiert, ebenso wie ich, Ihre Majestät. Und wenn ihr den Schmeicheleien solcher Männer erliegt und euch entwürdigt, indem ihr eure Reinheit befleckt, dann entwürdigt ihr *sie*, dann befleckt ihr *ihre* Reinheit, und dann helfe euch Gott, denn ich werde das nicht mehr tun, und auch sonst niemand.«

Jane Frommond weiß all das längst, denn Mistress Parry hat dasselbe schon mehrmals gepredigt, seit Alice' Schwangerschaft bekannt wurde.

»Hat sie nie mit dir darüber gesprochen, was ihr zugestoßen ist oder was sie getan hat? Wenn ihr zusammen im Bett lagt?«

»Über solche Dinge haben wir uns nie unterhalten«, erklärt Jane, was in diesem Fall stimmt.

Sie hat versucht, sich den Sommer ins Gedächtnis zu rufen, hat überlegt, ob es einen bestimmten Moment gab, nach dem Alice verändert war. Einen Moment, in dem ihr irgendetwas Besonderes an Alice aufgefallen ist. Angestrengt denkt sie auch jetzt darüber nach, ob sie Alice je weinen sah – ein Hinweis darauf, dass sie geschändet oder gedemütigt worden war. Aber das ist nie vorgekommen. Auch gab es nie einen Moment, in dem Alice vor Liebe entbrannt wirkte, wie es bei den Dichtern so schön heißt.

Weder hat sie seufzend zum Mond emporgesehen, noch gab es je einen anderen Hinweis auf einen abwesenden Geliebten.

»Und sie hat nie einen Namen fallen lassen?«, will Mistress Parry nun wissen. »Sie hat nie von irgendeinem Mann gesprochen, der sie vom rechten Weg abgebracht hat? Im Schlaf vielleicht?«

Und selbst wenn, was hätte sie wohl gesagt? John? Jeder dritte Engländer heißt John. Und wenn nicht John, dann Thomas. Und wenn es weder John noch Thomas ist, muss es William sein.

Jane Frommond schüttelt den Kopf, und Mistress Parry lässt unzufrieden die Luft zwischen den Zähnen ausströmen.

»Nun denn, es tut mir leid für dich. Es muss sehr schwer sein.«

Das ist es allerdings, denkt Jane, *und noch dazu kam es so unerwartet.*

Es fing mit dem Schock wegen dieser Gewalttat an – die Schüsse und das Blut. Sie erinnert sich an den Scherz, den sie so furchtlos riskierte, als sie mit Master Walsingham, Lord Burghley und Sir Christopher Hatton sprach. Doch jetzt ist sie von Trauer erfüllt, und Tränen um ihre tote Freundin quellen ihr aus den Augen.

»Gut«, sagt Mistress Parry. »Ich lasse dich jetzt ihre Sachen suchen und schicke dann einen Träger zu dir, der alles holen wird.«

Die Kammer der Mädchen liegt im dritten Stockwerk des Flügels, in dem sich auch die Privatgemächer der Königin befinden. Sie ist lang und schmal und hat zwei

Fenster mit Blick auf den Hof. An einer Wand stehen drei Betten mit Vorhängen, an einer anderen zwei Kleiderschränke sowie eine Vitrine. Die Wände sind weiß getüncht, die Decke dagegen ist mit von Balken gestützten Brettern verschalt, an denen sich der vom oberen Dienstbotengemach herabrieselnde Staub niedergelassen hat.

Jede der unverheirateten Hofdamen darf einen Teil von einem der Schränke nutzen, und Jane Frommond hat dazu noch eine Truhe, die genau unter den Lattenrost passt, wenn die Stahlfedern fest angezogen sind. Alice Rutherford hatte ebenfalls eine Truhe, die allerdings zu hoch war für ihr Bett, aber bequem daneben untergebracht werden konnte und normalerweise von einem zerschlissenen Teppichrest und dem unvermeidlichen Staub bedeckt war.

Heute jedoch liegt der Teppich wie eine abgeworfene Schlangenhaut hinter der Truhe auf dem Boden. In der dicken Staubschicht auf dem Deckel der Truhe sind Kratzspuren zu sehen. Jemand muss sich erst kürzlich daran zu schaffen gemacht haben.

Merkwürdig, denkt Jane. *Wer hätte etwas davon? Eine der Bediensteten?* Sie wird sich erkundigen müssen.

Sie hebt den Deckel an. Er ist schwer. Zum Schutz gegen Motten ist die Truhe aus massivem Holz gefertigt. Sie enthält ein paar von Alice' persönlichen Gegenständen: einen Kamm, der noch alle Zinken hat; eine silberne Haarnadel, so lang und spitz wie ein italienischer Dolch; ein hellgrünes Wollknäuel; einen leider zerbrochenen Fächer und einen kleinen Stickrahmen, in den ein Stück Leinen eingespannt ist. Darüber hinaus findet Jane ein altmodisches Halstuch, einen Tonkrug mit irgendeiner Salbe, die nach Nelken riecht, sowie eine hübsch gebundene und nicht allzu abgegriffene Ausgabe des Gebetsbuchs, das – wie die Widmung verrät – Alice' Vater ihr letztes Jahr bei der Abreise an den Hof der Königin schenkte. Am Boden der Truhe schließlich entdeckt Jane verschmutze Seidenreste und ein paar Krümel, die vielleicht von einem Stück Marzipan stammen.

Doch Briefe oder Papierstücke, egal welcher Art, gibt es nicht. Merkwürdig. Dabei weiß Jane, dass Alice' Vater ihr regelmäßig aus Lincolnshire schrieb, in der Regel das Neuste über ihren kleinen Bruder, an dem sie sehr hing, und ihren Hund, aber auch kurze Beschreibungen seiner Jagdausflüge – wer mitkam, auf welchen Pferden sie geritten sind und wer am Ende beim Würfeln die Beute gewonnen hat.

Alice schrieb ihm ebenfalls, und zwar nicht nur, um ihn um Geld zu bitten – auch wenn das ebenfalls ein Grund war. Ihr ging es um Stoffe und neue Spielkarten, weil sie die ihren in einem fort verlor; einmal um eine Schere, die sie an der erst kürzlich von der Königin eröffneten *Royal Exchange* kaufen wollte. Doch was sie verband, war mehr als bloß Alice' Wünsche. Nachdem die Mutter bei der Geburt des jüngsten Sohnes gestorben war, hat der Vater nicht wieder geheiratet. Er und Alice blieben einander nahe, und es war ihr wichtig, dass er über alles Bescheid wusste, was sie unternahm. Jane ist sich sicher, dass Alice diese Briefe in ihrer Truhe aufbewahrt hat – wo auch sonst? –, aber jetzt fehlt jede Spur davon.

Womöglich hat sie die Briefe nach Hatfield mitgenommen. In einer ihrer Taschen vielleicht?

Angestrengt denkt Jane darüber nach, was aus den Taschen geworden sein mag, denn Alice muss mindestens drei besessen haben. Wie auch immer, sie nimmt sich vor, sie alle aufzuspüren, bevor – oder falls – sie zusammen mit dem Sarg zurück zu Alice' Vater geschickt werden.

Als Nächstes legt sie die Sachen in der Truhe ordentlich zusammen, um Platz für die Dinge aus dem Schrank zu schaffen, den sie gemeinsam mit Alice benutzte: Bettwäsche; ein Paar Ärmel; ein salbeigrünes Kleid; mehrere Unterkleider; Strümpfe; ein zweites Paar Handschuhe. Alles duftet nach Alice, die stets einen Hauch von Lindenblüten verströmte, doch das Parfüm selbst ist nicht zu finden.

Als Jane Alice' Sachen aus dem Schrank nimmt und in der Truhe aufeinanderstapelt, kommt ihr einer der Unterröcke schwerer vor als die anderen. Bei näherem Hinsehen fällt ihr eine verdickte Stelle auf. Es fühlt sich an wie ein Knoten auf einem Stück Holz oder Samen in ihrer Hülse. Offenbar ist im Stoff etwas verborgen!

Jane kommt nicht auf Anhieb an das Ding heran. Sie zupft am Stoff, bis sie eine kleine Öffnung entdeckt. Richtig, der Saum ist mit einem einfachen Stich zusammengestickt worden. Da die Stickerei in der Mitte unterbrochen ist, bewegt Jane den verborgenen Gegenstand mit Daumen und Zeigefinger behutsam auf die Öffnung zu, bis er ihr in die Hand fällt.

Es handelt sich um ein in dunkles Gold gefasstes Medaillon mit dem Bildnis eines jungen Mannes – nur Kopf und Schultern – vor himmelblauem Hintergrund. Jane geht damit zum Fenster. Bei Tageslicht erkennt sie einen

Zwanzigjährigen, dessen rötliches Haar unter einer tiefroten Samtkappe mit einer Art goldenem Abzeichen darauf hervorlugt. Er trägt einen sehr spärlichen Bart; darunter macht sie einen schlichten Kragen und ein dunkles Wams aus. Der Mann fixiert Jane mit einem scharfen, herausfordernden Blick. Obwohl sie ihn noch nie gesehen hat, ist ihr schon jetzt klar, dass er der Vater des Kindes sein muss.

Ihr wird vor Erleichterung ganz warm, und ihre Wangen röten sich, als hätte sie den Tag in der Sonne verbracht. Was sie in der Hand hält, ist eine Liebesgabe. Jetzt ist sie sich sicher: Ja, Alice trieb Unzucht, das ganz gewiss, und ja, sie war durchtrieben, sittenlos und unwürdig. Doch nun ist sie tot, und für ihre Sünden hat sie einen hohen Preis gezahlt. Aber ist dieses Porträt nicht der Beweis dafür, dass sie liebte und geliebt wurde? Und könnte es nicht bedeuten, dass sie mit diesem Mann verlobt war? Könnte es nicht der Beginn einer glücklichen Geschichte gewesen sein, die ein schreckliches Ende nahm? Könnte es nicht darauf hinweisen, dass das Kind in tiefer Liebe gezeugt wurde?

Oder ist das zu viel gehofft? Überfrachtet sie dieses kleine Amulett aus Gold, Velinpapier und Farbe mit Bedeutung?

Einen Moment lang verharrt sie regungslos, das Kleinod in der hohlen Hand. Winzige Goldbuchstaben verraten ihr, dass das Bild letztes Jahr angefertigt wurde: *AD 1576*. Sie fragt sich, ob der Vater des Kindes ein ähnliches Porträt von Alice bei sich trägt, angefertigt von demselben Künstler – vielleicht gegen ein Honorar für zwei Werke zum Preis von einem. Während der Sommerreise des Hofstaats getrennt voneinander angefertigt, wanderten sie wohl von einer Hand in die andere, während einer Gaillarde oder irgendeines Spektakels – eines Feuerwerks oder eines Lanzenstechens – oder während Akrobaten, Jongleure, Possenreißer oder dressierte Hunde ihre Kunststücke aufführten.

Unwillkürlich vergleicht sie das Bildnis in ihrer Hand mit demjenigen von der Königin, das an ihrem Gürtel baumelt und das ihr beim letzten Neujahrsfest zusammen mit einem Deckelbecher geschenkt wurde. Hinsichtlich Größe, Form und Farbe bestehen gewisse Ähnlichkeiten, doch während die Königin auf ihrer ovalen Scheibe nur vage zu erahnen ist – als wäre sie aus einem anderen Bildnis kopiert worden, das für einen niederen Höfling bestimmt gewesen sein mochte –, ist die Darstellung dieses Jünglings gestochen scharf und pulsiert förmlich vor Leben. Der junge Mann reckt das Kinn und wirkt irgendwie …

Hart, denkt sie. *Ehrgeizig. Stolz.*

Genau, er weiß, was er will, und seine Ziele übersteigen das Übliche. Ihm geht es nicht um ein Pferd, ein golden besticktes Wams oder eine jährliche Rente von vierzig Pfund.

Nun, vielleicht liegt sie auch komplett daneben. Vielleicht ist nur die Fantasie mit ihr durchgegangen.

Dann fragt sie sich plötzlich, wie dieser junge Mann wohl erfahren wird, was Alice zugestoßen ist, und wie er darauf reagieren wird. Ob sie ihm bereits gesagt hat, dass sie sein Kind in sich trägt?

Sosehr Jane glauben möchte, dass der Junge von Alice'

Schwangerschaft wusste und dass ihm die Nachricht von ihrem Tod das Herz brechen wird, stellt sich doch auch zugleich ein härterer, finsterer Teil ihrer selbst vor, dass er eine gewisse Erleichterung verspüren wird, denn nun wird es ihm erspart bleiben, für seine große Sünde zu bezahlen. Im Tower hätte Alice wohl kaum den Mund halten können. Selbst in dessen besseren Räumen hätte mit Sicherheit ein Tag genügt, um sie zu brechen – und das obwohl vermutlich ihr Vater gekommen wäre, um zu protestieren. Wahrscheinlich hätte er auch ihren Bruder und ihren Hund mitgebracht.

Jane hat Alice schon immer für ein zerbrechliches, kleines Wesen gehalten. Doch immerhin weigerte sich das Mädchen beharrlich, den Namen ihres Geliebten zu verraten, obwohl die Königin und ihre Ehrendamen mit Macht darauf drängten. Das muss großen Mut erfordert haben.

Jane erinnert sich an den Trotz in Alice' Augen, als sie in Waltham Cross allein in die Kutsche der Königin stieg und ihren Platz einnahm. Alice hätte das Kind wohl bis zur Niederkunft in stoischem Schweigen ausgetragen. Was hätte die Königin dann wohl getan? Sie in aller Stille gehen lassen? Oder sie in ihren Diensten behalten, bis Alice alt wurde und ihr Kind zu einem erwachsenen Menschen heranwuchs, ohne dass irgendjemand Näheres erfuhr?

Wer ist nun dieser junge Mann?

Natürlich müsste Jane eigentlich Mistress Parry einweihen, und tatsächlich will sie sich gerade auf den Weg zu ihr machen, als der Junge vorstellig wird, um Alice' Truhe abzuholen. Er ist etwa zwölf Jahre alt, mager und steht da wie ein Häufchen Elend. Rasch nimmt er seine Kappe ab und knetet sie mit den dünnen Fingern, während Jane eilig fertig packt, die Kleider fest zusammendrückt und den Deckel schließt, ohne zu wissen, was nun aus dem Reststück von dem türkischen Teppich werden soll.

Just in diesem Moment erinnert sie sich wieder daran, dass jemand Spuren im Staub hinterlassen hat, als er den Teppich entfernte und hastig in Alice' Habseligkeiten herumwühlte. Er muss etwas gesucht haben. Ein paar Münzen? Wohl kaum. Die Briefe von Alice' Vater und ihrem Bruder? Ebenso unwahrscheinlich.

Aber vielleicht das Porträt? Ob es jemand an sich bringen wollte?

Einer Eingebung folgend, zeigt sie es dem Jungen.

»Kennst du diesen Burschen?«

Einen Moment lang zögert der Junge, dann schüttelt er hastig den Kopf.

»Tut mir leid, Mistress. Den kenne ich nicht.«

Er errötet, vermutlich aus Schüchternheit.

»Vielleicht jemand, den du um den Palast herum gesehen hast? Oder auf einer Reise? Bist du nicht im Sommer mit der Königin durchs Land gefahren?«

»Schon, Mistress, aber …«

Er schüttelt den Kopf. Am liebsten würde er die Truhe packen und verschwinden, das sieht sie ihm an.

»Wisst Ihr, diese Kerle sehen doch alle gleich aus.«

Er meint die Adligen, nicht die einfachen Leute.

»Wohin willst du damit?«, fragt sie und deutet mit dem Kinn auf die Truhe.

»Zu den Stallungen, Mistress. Dort sind auch ihre anderen Taschen und ihr … ihr …« Er läuft aus Scham über seine Ungeschicklichkeit rot an.

»Ich komme mit.« Jane lässt den türkischen Teppich zu Boden gleiten und stößt kurzerhand die Tür auf. Dem Jungen bleibt nichts anderes übrig, als hindurchzuschlüpfen.

Sie keucht ihm hinterher, erst eine Treppe hinunter, die sie noch nie benutzt hat, dann durch die Korridore für die Bediensteten, weiter durchs Salzhaus, die Vorratskammer, die Spülküche und so weiter. Endlich erreichen sie den mit Kopfsteinen gepflasterten Innenhof, in dessen Mitte ein Hufschmied gerade bei den Hinterbeinen eines Zugpferdes kauert und sie mit neuen Eisen beschlägt.

»Hier entlang, Mistress!«, ruft der Junge und eilt weiter zu einem Tor.

»Wenn es Euch nichts ausmacht …«

Jane hebt den Riegel von einer in das Tor eingelassenen Tür an und tritt zur Seite, um den Jungen vorbeizulassen. Einen Moment später schwingt das komplette Tor auf. Dahinter steht ein kleiner Teil der königlichen Kutschen. Sofort wird Janes Blick von der Hauptkutsche angezogen. Obwohl sie im Schatten eines Balkens, auf dem Tauben brüten, nur schemenhaft zu sehen ist, entdeckt Jane die Einschusslöcher an der Seitentür.

Langsam, als würde sie auf ein Grab zugehen, nähert sie sich dem Gefährt. Bevor sie es erreicht und die durchlöcherte Tür berühren kann, bleibt sie stehen. Sie bringt es einfach nicht über sich, ins Innere zu blicken. Immerhin ist Alice darin gestorben.

Völlig zusammenhangslose, chaotische Erinnerungen an jene Nacht strömen auf sie ein. Sie denkt daran, wie sie die Tür als Erste öffnete. Wie sie Alice wimmernd in der sich rasch ausbreitenden Blutlache fand. Wie sie sich neben Alice setzte und sie an sich drückte, während die Mörder flohen. Wie sie Alice immer noch hielt, als sie starb, so, wie Sir John Jeffries es vorausgeahnt hatte.

Als sie in ihrem Rücken den Jungen vor Anstrengung ächzen hört, dreht sie sich um. Soeben wuchtet er Alice' Truhe auf die Ladefläche eines anderen Karrens, und mit einem erschrockenen Aufschrei erkennt sie, dass dort schon der Sarg steht.

Zögernd tritt sie darauf zu. Natürlich ist dies nicht das erste Mal, dass sie einen Sarg sieht. Ihre Eltern und auch ihre kleine Schwester sind schon lange bei Gott – alle dem Schweißfieber erlegen. Darum sollte dieser sperrige Kasten sie eigentlich nicht erschrecken. Dennoch … Nur eine Handbreit trennt sie von Alice' erkalteter Leiche, und unwillkürlich überläuft sie ein Schauer.

Im nächsten Augenblick entdeckt sie, was sie gesucht hat: die Taschen, die Alice nach Hatfield mitgenommen hat – sie enthalten die Gegenstände, die sie bei ihrem Tod bei sich hatte. Als Erstes schnürt Jane die kleinste auf. Übermäßig ordentlich war Alice gewiss nicht, dennoch hätte sie Gepäckstücke niemals so wahllos in eine Tasche gestopft, wie es hier geschehen ist.

Jemand hat den Inhalt durchwühlt, schießt es ihr durch den Kopf, *und das war kein Gelegenheitsdieb, denn, siehe da, hier ist Alice' Spiegel.*

Alice hing an diesem Spiegel, und er hat viel Geld gekostet. Ein Dieb hätte so etwas auf alle Fälle mitgenommen.

In einer anderen Tasche entdeckt sie Alice' teures Mieder, das mit Perlen bestickt ist, die so groß sind wie die Zähne eines Kleinkinds. Und hier ist noch ein Handschuh – nur einer – von ihrem Lieblingspaar. Sie ließ ihn dunkelrot wie eine Weihnachtskugel färben, und an einen Finger hat sie einen silbernen Ring genäht, damit er nicht verloren gehen konnte. Von dem zweiten Handschuh fehlt allerdings jede Spur.

»War vor mir jemand da, der diese Taschen durchsucht hat?«, fragt sie den Jungen.

Der Kleine zuckt mit den Schultern und blickt sich um, als stünde jemand hinter ihm, den er fragen könnte.

»Wo sind eigentlich die Leute alle hin?«, fragt Jane.

»Sie sind bei der Totenwache«, antwortet der Junge mit belegter Stimme.

»Totenwache? Für wen?«

Dann begreift sie jäh: der Kutscher! In dieser Nacht ist noch jemand gestorben – nur haben ihn Männer wie Walsingham und Frauen wie sie vergessen.

»War er …?« Sie weiß nicht so recht, wie sie es ausdrücken soll. War er sehr beliebt? Mochten ihn die Leute? War er ein anständiger Kerl, oder schlug er seine Frau?

»Mein Pa«, murmelt der Junge und lässt den Kopf hängen.

Jane schnappt nach Luft.

»Willst du … willst du nicht zur Totenwache gehen?«

»Da war ich schon. Aber dann hat mich die Mistress rausgeholt und mir gesagt, dass ich für Euch die Gänge erledigen soll. Vielleicht wusste sie nicht, dass er mein Pa war.«

Bestürzt bekundet sie ihm ihr Beileid und fordert ihn auf, sofort zu seiner Familie zurückzukehren. Sie drückt ihm eine Münze in die Hand, doch er zögert.

»Geh ruhig«, setzt sie nach. Er scheint gehorchen zu wollen, zaudert aber immer noch.

»Danke, Mistress Frommond«, sagt er schließlich. »Ich werd nach Eurem feinen Herrn Ausschau halten.«

Damit verschwindet er schließlich und lässt Jane allein bei der von Kugeln durchlöcherten Kutsche und der Leiche ihrer Freundin zurück.

Eine Weile verharrt sie nachdenklich. Zu guter Letzt legt sie die Hand auf den Sargdeckel, traurig und unsicher zugleich.

»Ich werde ihn finden, Alice«, flüstert sie. »Und ich werde ihm Trost spenden, wenn er das verdient. Aber wenn ich merke, dass er dich bloß benutzt hat, werde ich ihn in die Hölle stoßen.«

7

Tower, London, vierte Novemberwoche 1577

Eine Woche ist vergangen, seit Dr. Dee in den Tower gesperrt wurde, und der heutige Tag ist einer von der Art, auf die London sich anscheinend spezialisiert hat: ein feuchter, von Kohlenstaub verdunkelter Himmel und ein Ostwind, der direkt von Moskau herüberzuwehen scheint.

Dee steht an der Südmauer des Well Tower und wünscht sich eine Fellkappe – egal von welchem Tier, ob Katze oder Ratte – und einen gefütterten Mantel, wie ihn der Vogt der Festung trägt, der ihn aus sicherem Abstand von den Zinnen des Lanthorn Tower aus im Auge hat. Dennoch sollte ihnen allen mit Gottes Segen und ein bisschen Glück bald warm genug werden.

»Ich bin bereit, wenn Ihr es seid, Doktor!«, ruft Roger Cooke von seinem Platz am Blasebalg herüber.

Bekleidet mit einer Schmiedeschürze aus gefettetem Leder und einem aus der Waffenkammer geborgten

Stahlhelm mit Visier, verharrt er dort in einer Entfernung von etwa fünfzehn Schritt. Trotz seiner Ausstattung hat er sichtlich Angst, und das kann Dee durchaus nachvollziehen, denn was sie hier unternehmen, ist ihr erster großer Versuch, das Geheimnis des Griechischen Feuers zu lüften. Vorangegangen ist eine Serie von Experimenten auf gut Glück, bei denen nacheinander jedes einzelne von Cornelius de Lannoys herrlichen Glasgefäßen und noch viele weitere Gegenstände kaputtgingen, darunter ein Eichentisch (verbrannt) und zwei Glasfenster (in tausend Teile zertrümmert). Der Konstabler des Tower, ein anständiger Mann, hat ihm nichts davon übel genommen, und dafür ist Dee ihm dankbar.

Seine letzten Aufenthalte im Tower hat Dee hinter Schloss und Riegel verbracht. Übermäßig ungemütlich waren sie zwar nicht, aber auch nicht unbedingt vergnüglich.

Dieses Mal verhält es sich ganz anders: Solange er nicht versucht, die Ringmauer zu überwinden und zu fliehen, steht es ihm frei, über das ganze Gelände zu spazieren und auf den erlauchten Spuren der hohen Damen und Herren zu wandeln, denen hier in früheren Jahren sämtliche Annehmlichkeiten eines Königspalasts zuteilwurden, anstatt der sonst in diesen Verliesen üblichen Qualen. Die Kerker dünsten allerdings einen gewissen Geruch aus, und so meidet Dee geflissentlich den Hof vor der Kapelle, auf dem bekanntermaßen die Mutter der Königin und viele andere ihr Ende fanden.

»Danke, Master Cooke. Ja, sehr gerne, wenn Ihr einen Augenblick Zeit habt«, flötet Dee jetzt.

Cooke beginnt zu pumpen. Die Blasebälge, alle von Dee entworfen, erfordern eine enorme Anstrengung; dazu machen sie ungefähr so viel Lärm wie zehn Schwäne, die beim Abflug Wasser aufwirbeln. Doch dafür sind sie extrem wirkungsvoll. Sie pressen eine riesige Luftmenge durch eine Röhre aus fest vernähtem Leder und von dort hinunter in einen Lederbeutel, der sich oberhalb eines Fasses mit verdickten Wänden befindet. Das Fass wiederum ist mit dem Ergebnis ihres neuesten – und hoffentlich – letzten Versuchs, ein Griechisches Feuer zu erzeugen, gefüllt und nahezu versiegelt. Nur von einem Loch obendrauf führt ein weiterer Schlauch etwa zehn Yards an der äußeren Mauer des Towers entlang. Ganz oben ist er mit zwei Eisenbügeln am Wehrgang vernietet. Wenn sich der Lederbeutel aufbläht und sein Inhalt sich in das Fass ergießt, wird dieser nach oben und weiter durch den zweiten Schlauch gepresst, der nach wenigen Yards zwischen zwei Zinnen hinaus ins Freie führt. Die Halterung, die hierfür benötigt wird – Dee hat sie nach dem Vorbild des Stativs für Hakenbüchsen konstruieren lassen –, ragt aus der Mauer heraus. Auf diese Weise können die Mauern auch dann nicht in Brand geraten, wenn die Flüssigkeit nicht in einem kräftigen Strahl herausschießt, sondern lediglich tröpfelt. Am Ende des Schlauchs ist eine Düse angebracht, die, so glaubt Dee, in einer zukünftigen Version im Sinne einer besseren Durchflussregelung noch verengt werden muss. Unten, etwa dreißig Fuß jenseits des Grabens, befindet sich auf halbem Weg zum Fluss ein großer Sandhaufen, auf dem ein kaputter Eimer und ein toter Hund liegen.

Unterdessen pumpt Cooke munter weiter. Das Leder knallt und donnert immer lauter, in der Röhre rauscht und gurgelt es, das Fass erbebt in seiner Halterung, und der zweite Schlauch versteift sich. Jetzt tritt Dee in Erscheinung, mit einem Stab bewaffnet, an dessen Ende – wie bei den Geräten der Laternenanzünder – eine brennende Zündschnur hängt. Als er ihn über die Brustwehr direkt an den Ausgang der Düse hält, schießt aus dieser plötzlich die Flüssigkeit, die er schon jetzt Griechisches Feuer nennt.

Mit einem lauten *Wuff* wie von einem riesigen Hund fangen die Dämpfe Feuer, und für einen kurzen Moment tanzen Flammen in der Luft. Einen Wimpernschlag danach explodiert die Flüssigkeit mit einem ohrenbetäubenden Brüllen. Ein Wirbel aus Feuer macht einen gewaltigen Satz über den Graben und prallt in unmittelbarer Nähe der Sandfläche und des Hundekadavers auf. Selbst auf dem Wasser brennt es weiter, und es hört auch nicht auf, als es auf die Steinmauer zwischen dem Graben und dem Fluss spritzt. Dabei erinnert der rauchende gelbe Strahl, der aus der Burgmauer hervorschießt, alle Männer im Umkreis unwillkürlich daran, wie sie zum ersten Mal an einem kalten Tag von einer Mauer herunterpinkelten. Es ist in der Tat ein beeindruckender Anblick, und Dee hört den Jubel all derer, die herbeigeströmt sind, um sich das Spektakel anzuschauen. Denn, bei Gott, genau das ist es: ein Spektakel.

Doch dann erlischt die Flamme, dafür fängt jetzt der zweite Schlauch Feuer. Mit schier unglaublicher Geschwindigkeit rasen die Flammen auf das mit der Flüssigkeit gefüllte Fass zu.

Cooke und Dee sehen es gleichzeitig, werfen alles beiseite, was sie in der Hand haben, und rennen los, der eine westwärts auf der Mauerbrüstung, der andere ostwärts. Dee schafft es gerade noch zur Biegung und duckt sich, als die Flammen die Flüssigkeit erreichen. Cooke hat nicht so viel Glück.

In der feuchten Luft ist die Explosion verblüffend laut – wie der Untergang der Welt, so wird es der Konstabler des Towers später erzählen. Mit einem kurzen, aber ohrenbetäubenden Knall, der bestimmt im ganzen Abendland, wenn nicht sogar darüber hinaus, zu hören ist, geht der Inhalt des Fasses in die Luft. In wilder Flucht flattern sämtliche Tauben auf, Holz- und Eisensplitter fliegen in alle Richtungen.

Cooke, der den weiteren Weg hat und dazu durch das Gewicht des Helms und zweier Schmiedeschürzen – eine vorne, eine hinten – beeinträchtigt ist, wird rücklings auf den Boden des Wehrgangs geschleudert, bevor er hinter dem Cradle Tower Deckung suchen kann.

Die Flammen breiten sich nun über die ganze Mauer aus, erreichen jeden Spritzer, der sich bei der Explosion ergossen hat, und finden so immer neue Nahrung. Schwarzer Rauch steigt in den grauen Himmel.

Der Konstabler und seine Wachmänner brüllen Befehle, damit ihre Gehilfen die Flammen mit Sand und Eimern voller Urin, die getrennt vom Kot in einer Ecke stehen, löschen. Das gelingt tatsächlich, allerdings um den Preis, dass es an allen Ecken und Enden brutzelt und zischt. Ein fauliger Gestank lässt die Männer reihenweise würgen.

Cooke liegt benommen am Boden, als die Flammen sich den Wehrgang entlang auf ihn zu wälzen. Und Dee kann nichts für ihn tun, da ihm das Feuer den Weg versperrt und sich überdies ein klaffendes Loch aufgetan hat, über das kein Mensch springen könnte.

Cooke mag ein Einfaltspinsel und Tollpatsch sein, doch er ist immer noch ein Christenmensch und hat seinen Nutzen. Kurz, Dee möchte ihn nicht verlieren, vor allem nicht auf diese Weise: bei einem Unfall, den er selbst herbeigeführt hat. Also jagt er die Treppe hinunter und über den Hof hinüber zum Cradle Tower, um dort die Stufen hinaufzupoltern. Er erreicht den Wehrgang just in dem Moment, da die Flammen gerade zum ersten Mal verstohlen an den Sohlen von Cookes Stiefeln lecken.

Dee packt ihn an den Schulterriemen seiner Lederschürze und zerrt ihn mit sich. Cookes Sohlen glimmen schon, und seine Fußspitzen ziehen eine glühende Spur, die ihn bis zur Türöffnung verfolgt, wo sie schließlich in der Dunkelheit erlischt.

»Cooke? Cooke!«

Dee kann sehen, dass aus Cookes hinterer Schürze knapp unterhalb des rechten Schulterblatts ein schwarzer Gegenstand ragt und Blut das Leder befleckt. Doch immerhin lebt er offensichtlich, denn er bewegt sich und stöhnt.

Dee zieht die Scherbe heraus – sie ist heiß wie das Höllenfeuer – und schleudert sie in die Dunkelheit, wo sie mit einem Klirren aufprallt.

»Tja«, sagt er, an Cooke gewandt. »Gar nicht so übel. Hier und dort noch ein bisschen nachjustieren, aber ansonsten gar nicht so schlecht.«

Der Konstabler zeigt sich weniger erfreut.

»Ihr habt meinen Wehrgang zerstört! Seht nur!«

Mitten im Wehrgang klafft ein rauchendes Loch, und ringsherum sind die Mauern vernarbt und verrußt. Doch der eigentliche Schaden scheint unten angerichtet worden zu sein: Ein Kran, der normalerweise zum Entladen von Booten benutzt wird, brennt fröhlich vor sich hin. Der Sand hingegen ist mitsamt dem toten Hund und dem kaputten Eimer verschont geblieben.

»Aber es hat funktioniert, oder?«, vergewissert sich Dee.

»So wie beabsichtigt?«, fragt der Burgvogt zurück.

Er ist ein eleganter kleiner Mann mit sorgfältig gepflegtem Bart und lederartiger Haut wie ein Schiffskapitän, der es gewohnt ist, mit zusammengekniffenen Augen über endlos weites Wasser zu starren, in dem sich grell das Sonnenlicht spiegelt. Tatsächlich war er genau das.

Nun hat er seinen Umhang abgelegt, sodass ein sehr dunkler blauer Kammgarnanzug zum Vorschein kommt, und steht zusammen mit den anderen im Hauptgemach des Bell Tower vor dem Kaminfeuer.

»Nicht ganz«, gibt Dee gezwungenermaßen zu. »Irgendetwas hat nicht gestimmt. Bei der Zufuhr vielleicht? Oder der Mischung? Mehr Kiefernharz, weniger Alkohol? Mehr Talg vielleicht? Auf jeden Fall werden wir neue Pferde benötigen.«

Der Burgvogt kann Dees Fragen nicht beantworten.

»Und wie geht es Eurem Mann?«, fragt er stattdessen zurück und genehmigt sich einen Schluck aus dem Zinnbecher, ohne Dee etwas anzubieten.

»Cooke? Dem geht es gut.«

»Als ich ihn zuletzt gesehen habe, rauchten seine Stiefel.«

»Berufsrisiko«, murmelt Dee. »Hört zu, ich will nicht länger bleiben, als Ihr mich hier haben wollt, und es tut mir weiß Gott leid, dass ich einen Teil von Eurem Wehrgang in die Luft gejagt und ein paar Sachen hinter Eurer Mauer verbrannt …«

»Für die Ihr noch die Rechnung bekommen werdet.«

»Für die ich noch … Einen Moment, die solltet Ihr Hatton schicken. Er ist der Mann, der mich beauftragt hat, diesen ganzen Unsinn hier zu veranstalten.«

»Er hat Euch aber nicht damit beauftragt, den Kran abzufackeln, oder? Genauso wenig hat er Euch befohlen, diesen Turm – einen königlichen Palast, vergesst das nur nicht – mit Euren widerwärtigen Dünsten zu verpesten oder uns die Ohren mit Euren infernalischen Explosionen zuzudröhnen.«

»Edler Herr«, erwidert Dee, um einen vernünftigen Ton bemüht, »ich versuche lediglich, eine Substanz zu erschaffen, die man nur aus Mythen und Legenden kennt, vom Hörensagen. Ganze Tage habe ich über jedem einzelnen Buch gebrütet, in dem davon auch nur am Rande die Rede ist, aber es gibt nur sehr wenige schriftliche Zeugnisse und mit Sicherheit kein Rezept oder einen Wegweiser. Deshalb muss ich mich gewissermaßen ganz allein durch fünf oder sechs Jahrhunderte der Dunkelheit und der willentlichen Verschleierung vorantasten. Da darf ich doch vielleicht hoffen, dass Ihr versteht, warum ich meinen Weg nicht kartografisch erfassen kann und wieso Irrtümer unvermeidlich sind. Ebenso erhoffe ich Euer Verständnis dafür, dass ich nicht für unabsichtlich entstandenen Schaden oder den einen oder anderen Unglücksfall verantwortlich gemacht werden kann.«

Der Vogt seufzt. Beide wissen, dass sie gemeinsam eine Lösung finden müssen, und in einer Geste der Versöhnung schenkt er Dee schließlich ein Glas gewürzten Wein ein.

»Seit Euren ersten Anstrengungen habt Ihr es weit gebracht, Dr. Dee, das muss Euch der Neid lassen.«

»Danke, hoher Herr, und ich hoffe, noch weiterzukommen. Allerdings glaube ich, dass uns ein bestimmtes Element fehlt.«

»Und welches wäre das? Lord Burghley hat mich beauftragt, Euch mit allem auszustatten, was Ihr benötigt.«

»Burghley? Was hat er damit zu tun? Ich dachte, Hatton wäre derjenige, der mich hierher befohlen hat.«

»Sir Christopher ist die Verantwortung für die Organisation der Feierlichkeiten zum Geburtstag Ihrer Majestät übertragen worden. An seiner Stelle nimmt jetzt Lord Burghley regen Anteil an Euren … Unternehmungen.«

Dee lacht auf. Natürlich: Hatton, der Partyplaner. Nur ist er sich nicht so sicher, ob es ihm gefällt, dass nun Burghley an der Sache mit dem Griechischen Feuer beteiligt sein soll. Alles in allem stellt sich Burghley bei der Verwirklichung praktischer Dinge recht geschickt an. Vielleicht würde es ihm sogar gelingen, jene bestimmte Zutat zu entdecken, die Dee ihm eigentlich vorenthalten möchte.

»Nun«, sagt er gedehnt. »Das könnte schwierig werden. Ich glaube nicht, dass die Substanz, die ich brauche, in diesem Land existiert – und auch nicht im übrigen Abendland.«

Der Burgvogt starrt ihn erschrocken an. »Worum handelt es sich genau, und wo gibt es sie?«

»Es ist eine Art Erz, das nur in flüssiger Form existiert. Und es heißt, in bestimmten Teilen von Persien würden Tropfen davon aus der Erde sickern.«

»Persien?«

Dee nickt.

»Und wie heißt das flüssige Erz?«

»In den Schriften wird es ›dickes Wasser‹ genannt. Und im Buch der Makkabäer steht, dass es bei Opferungen benutzt wird, weil es sich entzündet, sobald die Sonne darauf scheint. Das stimmt mit dem überein, was in anderen Büchern darüber gesagt wird. Aber was den Namen betrifft, ist das alles, was ich gefunden habe.«

»Also … Wie kann ich dann Lord Burghley danach fragen?«

»Er wird einen Perser auftreiben müssen«, meint Dee.

»Und wo genau können wir im Abendland einen Perser auftreiben?«

Dee lächelt.

Eben, denkt er.

8

Themse, östlich von London, nächster Tag, vierte Novemberwoche 1577

Walsingham sitzt zusammen mit Robert Beale in einer Barge, die ihn nach Whitehall bringen soll. Dort muss er William Cecil die lange erwartete Nachricht aus dem Piemont überbringen, dass der Herzog von Parma mit seiner Legion nordwärts in Richtung der Niederlande marschiert und binnen einem Monat in Antwerpen sein wird. Wenn die Meldung erst Phillipe Croÿ und Wilhelm von Oranien erreicht, gibt Walsingham der holländischen Allianz noch höchstens eine Woche. Danach werden die Niederlande fallen. Und dann England.

Himmelherrgott, hätte Ihre Majestät es sich nur anders überlegt! Hätte sie nur Geld und Soldaten entsandt! Eine kleine Geste nur, und sie hätte alle Trümpfe in der Hand gehabt, als die Dinge noch in der Schwebe hingen. Jetzt hingegen … na ja. Jetzt ist alles, was sie noch an möglichen Trümpfen haben, die Sache mit dem Griechischen

Feuer, die von der Königin erträumt und Dee zur Verwirklichung übertragen wurde.

Walsingham weiß noch nicht, was er darüber denken soll. Einerseits erkennt er Dees Talente an und glaubt, dass man dem Mann durchaus eine Aufgabe anvertrauen kann – aber auf dem Festland, im Kampf gegen den Feind, nicht im Tower. Andererseits gilt nun einmal das Wort Ihrer Majestät: *Lasst ihn mir bloß nicht übers Schmale Meer und schon gar nicht von der Leine. Wer weiß, in welches Unheil er das Land dann stürzt.*

»Führ ihn am besten an der kurzen Leine, Francis«, lautet auch Cecils Mantra, und vielleicht ist das richtig. Aber wie viele Anschläge auf das Leben Ihrer Majestät können noch scheitern oder von Walsingham vereitelt werden, ehe schließlich doch einer gelingt?

Wenn sie ihm nur freie Hand ließen! Stattdessen hat er Robert Beale sowie eine Schar anderer Agenten Hertfordshire und Essex nach Hinweisen zu den Schützen von Waltham Forest durchkämmen lassen, doch die Täter sind wie vom Erdboden verschluckt.

Auch hat Walsingham nichts über den Angriff selbst gehört. In seinem gesamtem Netzwerk aus Informanten und bezahlten Spitzeln ist kein einziges Wort darüber gefallen. In keinem nach Frankreich oder von Frankreich aus gesandten Brief ist darüber geschrieben worden. In keinem Gespräch vor einem spanischen Kamin ist davon die Rede gewesen. Der Kaiser in Prag weiß nicht das Geringste darüber, und auch die schottische Königin wurde im Dunkeln gelassen. Kurzum, es können nur Landsleute dahinterstecken, und das, obwohl Walsingham in jedem besseren Haus Männer untergebracht hat und alles über sie weiß. Wenn eine katholische Messe gefeiert wird, kennt er die Priester, die sie lesen, und auch die Löcher, in denen sie sich verkriechen, wenn seine Männer nach ihnen suchen.

Dennoch tappen sie in dieser Sache immer noch im Dunkeln, und jetzt, eine Woche danach, sind er und Beale auf dem Weg zu Cecil, um ihn von diesem betrüblichen Umstand Bericht zu erstatten. Allerdings treffen sie ihn nicht in seinem Kontor an, sondern im Palastgarten, wo er – gegen den Rat seiner Ärzte – die kalte Novemberluft einatmet. Mit all seinen Pelzen ist er so breit wie ein Bär, und beim Gehen benutzt er einen Stock wie der Bürger auf dem Weg zum Gottesdienst in jenem flämischen Gemälde, auch wenn sein Gehstock einen prachtvollen silbernen Griff hat. Er blickt grimmig drein, und sein Gesicht wird angesichts der Nachrichten aus Holland und aus Hertfordshire noch ernster.

»Wenigstens haben wir noch Dr. Dee«, sagt er seufzend, und aus seinem Mund steigen Kondenswölkchen auf. »Allerdings hat er uns vor ein gehöriges Problem gestellt. Ach ja, kennt einer von Euch einen Perser? Ich brauche nämlich einen. Oder vielmehr er, also Dee, braucht einen.«

Beale bringt ein Lachen zuwege. »Mir geht es manchmal auch so.«

Cecil blickt ihn skeptisch an. Soweit er weiß, hat Walsingham drei Spitzel am osmanischen Hof, aber keinen einzigen in Qazvin.

»Warum?«, fragt Beale.

»Dee benötigt eine Substanz, die es nur in Persien gibt.«

»*Persien?*« Beale ächzt, als ginge es um den Mond.

»Richtig«, bestätigt Cecil.

Walsingham seufzt. »Anthony Jenkinson«, sagt er dann. »Er ist der Einzige, den ich empfehlen kann.«

»Er ist mir auch in den Sinn gekommen. Aber lebt er überhaupt noch?«

»Irgendwo in Lincolnshire. Es kann aber sein, dass er nicht bereit ist zu helfen. Wegen dir.«

»Ach, ist er mir immer noch böse wegen dieses Briefs? Gott im Himmel, das war vor fast zwanzig Jahren!«

Die Sache geht auf Anthony Jenkinsons Zeit als Handelsbeauftragter der Muscovy Company zurück, in deren Namen er von Moskau über das Kaspische Meer reiste und beim Schah von Persien vorsprach. Er war der erste Engländer, den man dort sah, und überbrachte einen Brief Ihrer Majestät, in dem sie den Schah als den Kaiser aller Perser, aber auch der Meder, Parther, Zaza und Gilaker würdigte. Damit erregte er freilich bei den Persern nicht wenig Anstoß, denn der Schah war seit den Tagen von Kyros dem Großen, der beinahe ein halbes Jahrtausend vor Christus gelebt hatte, nicht mehr Kaiser genannt worden. Nach seinem misslungenen Einstand sollte Jenkinson auch später nie in Persien Fuß fassen, sodass er nach drei verlorenen Jahren finanziell ruiniert zurückkehrte.

»Die Königin wurde schlecht beraten«, räumt Cecil ein. »Die Informationen, die wir hatten, waren veraltet.«

»Du hast sie wohl aus dem Alten Testament bezogen!« Walsingham gestattet sich ein Lachen, was er nur äußerst selten tut.

»Er hätte den Brief vor der Übergabe lesen und anhand von Tatsachen überprüfen müssen«, verteidigt sich Cecil.

»Und das Große Siegel Ihrer Majestät brechen?«

»Es wäre nicht das erste Mal gewesen. Wie auch immer, kannst du ihm nicht eine Nachricht senden, Francis? Oder jemanden zu ihm schicken, wohin auch immer es ihn verschlagen hat? Jemanden, der ihm die Wahrheit aus der Nase zieht? Master Beale zum Beispiel? Oder vielleicht übernimmst du es selbst?« Cecil hält einen Brief hoch. »Von Dee. Ist über den Konstabler des Towers zu mir gelangt. Hier wird beschrieben, hinter was er her ist.«

Seufzend ergreift Walsingham den Brief und verstaut ihn in seinem Ärmel. In diesem Moment setzt ein kalter Regen ein, und da Walsingham nicht die geringste Lust verspürt, erneut den Fluss zu überqueren, leihen sie sich stattdessen im Stall der Königin Pferde und reiten zu ihm nach Hause. Es lockt die Aussicht auf Hirschbraten und warmen Wein, ebenso ein Rollbett für Master Beale.

Auf dem Weg dorthin geht es durch Cheapside, und als sie das »Mitre« passieren, kommt Beale auf das Thema Nicholas Hilliard zu sprechen.

»Ein feinsinniger Menschenkenner«, meint Walsingham.

»Er hat eine Frau namens Ness Overbury gemalt«, erzählt Beale.

Dieser Name ist Walsingham kein Begriff. Er sinniert laut darüber nach, wie lange es dauern mag, ein solches Gemälde anzufertigen.

»Zehn Minuten?«, schätzt er.

»Habt Ihr schon einmal seinen Pinsel gesehen? Er ist

so dünn.« Dicke Lederhandschuhe sind nicht für detailreiche Gesten geeignet, aber Walsingham versteht auch so.

»Von mir aus. Was hat es denn nun mit dieser Ness Overbury auf sich?«, fragt er.

»Wisst Ihr nichts über sie? Ich habe sie und ihren Mann neulich kennengelernt.«

»Nicht das Geringste. Warum? Sollte ich denn?«

»Ich glaube, ja.«

Da Walsingham klar ist, dass Beale noch sehr viel mehr zu diesem Thema zu sagen hat, sprechen sie es erst wieder an, als sie erneut vor dem Kamin sitzen, und zwar auf denselben Stühlen wie neulich, als sie vom Attentat auf die Königin erfuhren. Nach Walsinghams Empfinden ist auch die Stimmung ungefähr die gleiche, denn Beale wirkt genauso ernst und besorgt wie damals, obwohl er gerade draußen war und von der Kälte rote Wangen hat.

»Heraus mit der Sprache, Robert. Worum geht's?«

Beale greift in seinen Lederbeutel und fördert nach einigem Wühlen ein rautenförmiges Amulett mit einem Porträt der Königin zutage. Nur trägt sie hier keinen Schmuck wie auf den anderen Bildern, die Hilliard von ihr gemalt hat – das Pelikan-Porträt zum Beispiel –, sondern ein schlichtes schwarzes Kleid mit einer Halskrause und einer doppelreihigen Perlenkette und sieht damit – ob man es glaubt oder nicht – noch besser aus.

»Von Hilliard?«, will Walsingham wissen.

»Ja, ich habe es kürzlich von ihm geborgt.«

»Hm. Sehr schön, aber was ist damit? Was hat es mit Ihrer Ness Overbury zu tun … oder mit ihrem Mann?«

»Das hier *ist* Ness Overbury.« Beale tippt mit dem Zeigefinger auf das Amulett.

Nun sieht Walsingham genauer hin.

»Unglaublich! Ihrer Majestät wie aus dem Gesicht geschnitten.«

»Nur dass sie ein Muttermal hat«, bemerkt Beale und schiebt eine Lupe über den Tisch zu Walsingham.

Dieser studiert das Bild eingehend.

»Schön, schön«, brummt er und blickt wieder auf.

Offenbar überlegt Beale angestrengt, wie er ihm etwas, was ihm auf den Nägeln brennt, am besten eröffnen kann.

»Ich habe nachgedacht«, beginnt Beale schließlich. »Über die Sache neulich. Als wir die Königin für tot hielten und Sir Christopher Hatton schon entschlossen war, uns Königin Mary vor die Nase zu setzen.«

Walsingham kann gerade noch einen Schauder unterdrücken. »Fahrt fort.«

»Und dann habe ich darüber nachgedacht, wie uns die Königin bei verschiedenen Plänen, das Reich in Zukunft zu sichern, einen Strich durch die Rechnung gemacht hat.«

Walsingham versteht, dass Beale die Regelung der Erbfolge meint. Rasch erhebt er sich und vergewissert sich, dass niemand an der Tür lauscht. Gespräche wie dieses zu führen ist unklug, selbst in einem Haus wie seinem. Als Nächstes kontrolliert er die Fensterläden und zieht die Vorhänge ganz zu.

»Was ich vorschlage«, fährt Beale mit gedämpfter Stimme fort, »ist keine dauerhafte Lösung des Problems, sondern ein … ein …«

Er ringt um das richtige Wort.

»Eine Art Bandage«, lautet seine Lösung. »Ein Verband, wie ihn Soldaten auf dem Schlachtfeld benutzen, bis sie ihre Verletzung irgendwann später einem Knochensäger zeigen können.«

Walsingham wird nicht schlau daraus.

»Nun, ich denke zum Beispiel an neulich, als wir alle dachten, die Königin wäre tot, und daran, wie gelähmt wir waren. Da haben wir doch alle nur eine Möglichkeit gesehen – die aber außer Hatton keiner wollte.«

Walsingham muss ihm recht geben.

»Damals hatten wir Glück, weil die Königin überlebt hat. Aber wenn das wieder passiert – was zweifellos der Fall sein wird – und es immer noch niemanden gibt, der besser für die Thronfolge geeignet ist als Mary von Schottland, was dann?«

Walsingham hebt die Hand. »Robert, wir können keinen Nachfolger herbeizaubern, bloß weil wir einen brauchen. Hat der Vater der Königin nicht alles Erdenkliche getan, um einen zu finden, und … nun, sie wachsen eben nicht auf Bäumen. Und wir können doch nicht einfach irgendjemanden wählen wie deine Ness Overbury, bloß weil sie der Königin zufällig ähnlich sieht …«

Er verstummt. Die zwei Männer blicken einander an.

»Es sei denn …«

Beale nickt.

»Es sei denn, Ihr meint keine Nachfolgerin für den Fall, dass die Königin sterben sollte, sondern einen … Ersatz? Eine Fortführung?«

Beale lehnt sich zurück.

»Ganz genau«, bestätigt er. »Jemanden, der uns Zeit verschafft.«

Walsingham lässt sich nach hinten sacken. Die Möglichkeiten und Vorteile, die eine solche Lösung mit sich bringen würde, ziehen an seinem inneren Auge vorbei. Die Königin und doch nicht die Königin. Eine Frau, die sie dazu bringen können, dass sie heiratet, einen Sohn bekommt und Truppen nach Holland schickt. Dass sie Geld für die Befestigung von Plymouth und Southampton bewilligt, Waffen an die Mauren in den Barbareskenstaaten verkauft und ihn endlich von dem Stachel in seinem Fleisch erlöst, den die Königin von Schottland darstellt. Dazu, dass sie den Krieg in Spanien führt ...!

Aber nein! Das darf nicht sein!

»Aufhören!«, schreit Walsingham. »Aufhören!«

Er springt auf.

»Robert«, sagt er, »um der Liebe Gottes willen. Kein Wort mehr davon! Schlagt es Euch aus dem Kopf. Was Ihr Euch da ausgedacht habt, ist gegen das Leben der Königin gerichtet. Euer Vorschlag ist die schwärzeste aller Formen von Verrat!«

9

Whitehall Palace, nächster Tag, letzte Novemberwoche 1577

Am nächsten Morgen nimmt die Königin eine klare Suppe zu sich, und endlich gibt es eine gute Nachricht von ihren Ärzten. Sie haben an ihrem Atem und Urin gerochen und verkündet, dass sie auf dem Wege der Besserung ist. Die Glocken läuten, und es herrscht große Freude, auch wenn sie nur auf den Whitehall Palace begrenzt ist, da Schnee in der Luft hängt und ganz London gegen den Winter verrammelt ist.

In Lammwolle gekleidet und mit einem hübschen fellbesetzten Hut auf dem Kopf, sitzt Jane Frommond auf einem grauen Pony, einem Falben, und lässt sich von einem alles andere als warm eingehüllten Stalljungen ins Freie führen, fort vom Palast.

»Seid Ihr wirklich sicher, Mistress?«, fragt der Junge.

Es ist derselbe, der vor vier Wochen Alice Rutherfords Truhe abgeholt hat. Sein Name ist John.

»Ganz sicher.«

»Weil es mächtig kalt ist, wenn man an einem Tag wie heute draußen ist.«

Der Junge hat Stiefel, die ihm zu groß sind – sicher gehörten sie seinem Vater –, aber natürlich keine Handschuhe. So schmiegt er sich an das Pony, presst die Handflächen auf den warmen Nacken des Tieres. Sie reihen sich in die lange Schlange derer ein, die in die Stadt strömen. Darunter ist der eine oder andere Karren mit eisenbeschlagenen Rädern, aber meistens handelt es sich um Lastpferde und -esel, beladen mit großen Säcken. Überall sind die Köpfe gesenkt und die Schultern hochgezogen. Der von den vielen Menschen aufsteigende Dampf vernebelt die Luft.

Sie überqueren den Fluss Fleet und betreten die Stadt durch das Ludgate. Aus den auf Kniehöhe befindlichen Fenstern des Schuldnergefängnisses unmittelbar daneben dringen die üblichen erbärmlichen Schreie der Gefangenen, die mit flehentlich durch die Gitter gestreckten Händen nach irgendetwas betteln, das ihnen helfen könnte, den Tag zu überstehen oder lebend herauszukommen. Normalerweise gibt Jane einem von ihnen einen Penny, denn so viel kann sie sich leisten. Doch heute wabert ein derart ekelerregender Gestank aus dem Fenster, dass ihr die Magenflüssigkeit in die Kehle steigt. Außerdem zerrt John ungeduldig an den Zügeln des Ponys. Für diese Leute hat er keine Zeit.

»Sie sind uns eine Warnung, dass man keine Schulden machen darf, nicht wahr, Mistress?«

Weiter vorne stehen selbst bei diesem Wetter noch mehr

Bettler auf der Straße, und bei den Katakomben unter der St.-Pauls-Kathedrale treibt sich die übliche Meute von Dieben herum. Begierig warten sie darauf, dass ihre Opfer für einen kurzen Moment nicht aufpassen, obwohl mehrere Sheriffs und deren Helfer über allem wachen.

In Janes Augen sind die Schurken und die ehrbaren Bürger äußerlich nicht zu unterscheiden, und sie fühlt sich von der ungehobelten Menge bedroht. Ängstlich zieht sie den Kopf ein und wünscht sich, sie hätte das braune Pony genommen.

»Die Gutter Lane ist dort vorne«, verkündet der Junge, sobald sie Cheapside erreicht haben.

Die Straße, die zum Tower führt, ist an beiden Seiten von Gold- und Silberschmiedewerkstätten gesäumt. Hier ändert sich die Atmosphäre spürbar, und Mistress Frommonds Angst lässt nach. Ein kurzes Stück geht es geradeaus, dann biegen sie in eine dunkle Gasse ein, die Gutter Lane.

»Wir müssen zu einem Mann namens Nicholas Hilliard«, erinnert Jane den Jungen.

Sie hat sich bei einer der Hofdamen danach erkundigt, an wen sie sich wegen eines Amuletts mit einem Porträt wenden könne, und Hilliard war der Erste, der dieser in den Sinn kam.

John spricht einen Jungen von ungefähr seinem Alter an. »Kennst du einen Mann mit dem Namen Nicholas Hilliard?«

»Ihr wollt ein Medaillon in Auftrag geben, Mistress? Mein Meister kostet die Hälfte und is' doppelt so schnell. Master Hilliard braucht einen Monat, verlangt ein Vermögen, und seine Bilder sind so klein, dass man sie nich' mal am Johannistag in der Mittagssonne sehen …«

»Wir möchten ihn persönlich sprechen«, unterbricht ihn Jane.

»Schon gut, Mistress, schon gut. Seine Werkstatt is' dort vorne rechts, aber um diese Zeit werdet Ihr ihn eher im ›Mitre‹ antreffen.«

Er deutet mit dem Kinn auf die Schenke, an der sie gerade vorbeigegangen sind.

Jetzt steckt Jane in der Klemme, da sie unbegleitet kein Gasthaus betreten darf. John kann sie auch nicht mitnehmen, denn wer passt dann auf das Pony auf? Und erst recht kann sie nicht vor der Tür warten, während John sich drinnen umhört. Wer weiß schon, was einer Dame zustoßen kann, die ganz allein an einer Ecke steht?

Sie ist bereits im Begriff, irgendeinen Fremden zu bitten, in die Schenke zu gehen und Master Hilliard Bescheid zu sagen, als ein hochgewachsener Mann die Straße hinuntergeeilt kommt. Er trägt ein langärmeliges, vornehmes moosgrünes Samtwams, das in deutlichem Kontrast zu seinem Hemd mit dem abgewetzten Kragen, der abgetragenen Hose und den nicht gerade wetterfest wirkenden Stiefeln steht. Er wirkt irgendwie gehetzt und trägt eine offenbar schwere Tasche bei sich.

»Ach, da ist ja Dr. Dee!«, ruft John.

Dee zuckt zusammen, als stände er einem Büttel gegenüber. Dann erkennt er den Jungen und schenkt ihm ein erleichtertes Lächeln. »John«, sagt er, »Gott schütze dich!«

Sie reichen einander die Hand, fast als wären sie von gleichem Rang, und Dee spricht John sein Beileid für den

Tod seines Vaters aus, nicht ohne sich dafür zu entschuldigen, dass er nicht an der Beerdigung teilnehmen konnte.

»Ich hab gehört, dass Ihr im Tower eingesperrt wart«, sagt John.

Dee starrt ihn erschrocken an. »Das hast du aber nicht in Whitehall gehört, oder?«

Jetzt ist der Junge verwirrt. Jane ebenso.

»Wie meint Ihr das?«

»Ach, nichts«, wiegelt Dee ab. Er wirft einen Blick über die Schulter, dann wendet er sich an Jane, die geduldig auf ihrem Pony sitzt und wartet. »Mistress Frommond, ich kenne Euch von der Nacht, in der auf die Königin geschossen wurde.«

Höflich nimmt er seine Kappe ab. Stahlgraues Stoppelhaar, das gerade noch die Kopfhaut bedeckt, kommt zum Vorschein. Auf einer Seite prangt eine grobe Narbe, vielleicht die Folge eines Schwertkampfs oder eines schiefgegangenen Experiments mit erhitztem Metall.

»Ihr habt aber ein schönes Wams, Dr. Dee«, sagt Jane, obwohl ihr Blick auf den angesengten Kragen geheftet ist.

Sie stutzt. Bildet sie sich das nur ein, oder verströmt dieser Mann tatsächlich einen ganz merkwürdigen, scharfen Geruch?

»Ha! Dieses alte Ding? Ich werde Euer Kompliment an meinen Schneider weitergeben. Er wird sich freuen.«

Mit der freien Hand schiebt er einen Ärmel zurück. Jetzt kann man sehen, dass er auch prächtige Handschuhe trägt: edles Leder von der Farbe bester Butter. Aber im nächsten Augenblick scheint er seine Kleider vergessen zu haben. Schon wieder blickt er sich um.

»Wartet Ihr auf jemanden?«, fragt Jane Frommond.

»Ich lege großen Wert darauf, *nicht* auf irgendjemanden zu warten, Mistress Frommond«, erwidert Dee lachend. »Aber Ihr – seid Ihr wegen jemand oder etwas Bestimmtem gekommen? Oder ist etwa die Schenke der Grund? Ich selbst werde zu dieser Tageszeit stets von einem schier unlöschbaren Durst auf Ale überfallen, dem ich dann oft erliege. Sollte es auch Euch danach verlangen, dann ist das wirklich keine Schande.«

Sie schüttelt den Kopf.

»Wir suchen einen Kerl mit dem Namen Hilliard«, erklärt sie.

»Ach, Points, der Mann mit den Spitzen? Der Maler? Nicholas Hilliard? Wollt Ihr ein Amulett mit Eurem Abbild anfertigen lassen, Mistress?«

»Nein. Ich möchte mich wegen eines Porträts erkundigen, und wir glauben, dass er dort drin ist.«

Sie deutet auf das Gasthaus. Das heruntergekommene Etablissement sieht noch genauso aus wie im letzten Jahrhundert, als noch Ordensbrüder und deren Gefährten zu seinen Stammgästen zählten.

»Dann lasst uns doch einfach hineingehen«, schlägt Dee vor. »Wir sind alte Freunde, Points und ich, auch wenn ich mich nicht darauf verlassen würde, dass er uns einen ausgibt.«

»Ich bin nicht auf eine Einladung aus, Doktor.«

Sie lassen den Jungen beim Pony zurück und betreten die Schenke. Auch drinnen wirkt alles unverändert. In der Mitte der haushohen Gaststube brennt ein Feuer. Der dabei entstehende Rauch zieht nicht durch einen Kamin ab, sondern steigt einfach auf, um sich durch die Ritzen im Dach zu verflüchtigen. Von den Sparren hängen mächtige Speckschwarten herab, von denen bisweilen wohlriechende Fetttropfen auf die Köpfe der Gäste unten fallen.

Die Mönche mochten das, erzählt Dee. Sie standen gern mit ausgestreckter Zunge da und schlossen Wetten darüber ab, wer den nächsten Tropfen abbekommen würde.

Um das Feuer herum sind hufeisenförmig Tische aufgestellt, und auf den Bänken sitzen, dicht aneinander gedrängt, Männer in Kammgarnanzügen. Die von Rauchschwaden durchwaberte Luft ist gefüllt mit den Gerüchen von nasser Wolle, brennender Kohle und in der Pfanne brutzelndem Schweinefleisch.

Als Mistress Frommond eintritt, fliegen sämtliche Köpfe herum, denn in diesem Gasthaus verkehren praktisch nur Männer. Sogar die Mädchen, die hier bedienen und einiges gewohnt sind, schauen hin.

John Dee scheint bei den Stammgästen des »Mitre« wohlbekannt zu sein, und einigen schuldet er Geld, darunter auch Hilliard, der etwas abseits der Menge mit zwei Männern in ein Gespräch vertieft ist. Die drei merken sofort, dass Dee zu ihnen will, und rücken bereitwillig zusammen. So können die Neuankömmlinge sich auf der Bank gegenüber des Mannes niederlassen, der von Dee als »Points« begrüßt wird, sich Frommond aber als Nicholas Hilliard vorstellt.

Jane zieht den rechten Handschuh aus, und sie reichen einander die Hand. Seine ist lang und kühl, sein Griff nicht zu fest. Der Blick, den er ihr dabei zuwirft, ist der gleiche wie bei den meisten anderen Männern, und sie schlägt die Augen nieder. Er lächelt, alles andere als gekränkt – wer nicht bittet, bekommt auch nichts.

»Womit kann ich Euch dienen?«, fragt er.

Dee bietet an, allen etwas zu trinken zu holen, was Hilliard gerne annimmt, da er knapp bei Kasse ist.

»Nur vorübergehend«, beteuert er. »Ich warte gerade auf das Geld für ein Amulett, das ich erst letzte Woche angefertigt habe.«

Selbst in Jane Frommonds Ohren klingt das so, als könnte er dasselbe schon öfter gesagt haben. Hilliards Blick wandert weiter und bleibt an Dees Mantel hängen.

»Ihr dagegen, Doktor, seht aus, als würden Eure Geschäfte gut gehen.«

Dee lacht auf. »Ich war im Tower und habe die Annehmlichkeiten dort genossen.«

Er greift in den Beutel, den er bei sich trägt, und zieht ein Goldstück heraus. Hilliard starrt es verblüfft an.

»Ihr habt es geschafft? Ihr habt Gold hergestellt?«

Dee fordert ihn mit erhobener Hand auf zu schweigen, dann reibt er mit dem Daumen über die Münze.

»Nicht ganz«, gibt er zu. »Nach zwei Tagen wird es immer grün. Vielleicht zu viel Kupfer? Leider hat der bedauernswerte Roger Cooke gestern den letzten Destillierkolben des Oberaufsehers im Tower kaputt gemacht. Darum habe ich jetzt keine Möglichkeit mehr, das Rezept zu verbessern. Aber immerhin hält das Ganze zwei Tage lang, wie diese Münze beweist.«

Dann zieht er ein Beutelchen aus der Manteltasche und entnimmt ihm einen wunderbar glatt polierten roten Stein, der sich geradezu in seine Handfläche schmiegt.

»Was ist das?«, fragt Hilliard.

»Ein Wahrsagekristall«, erklärt Dee. »Ich habe ihn eben erst einem Goldschmied für acht Pfund abgekauft.«

Hilliard pfeift anerkennend durch die Zähne.

»Aber das ist Diebstahl, Doktor!«, ruft Jane.

»Ich betrachte es eher als einen Schuldschein, Mistress Frommond. Wenn der Goldschmied morgen oder übermorgen sieht, dass sein Gold matt ist, wird er sich sagen: ›Dieser verfluchte John Dee!‹ Aber er weiß ja, wo er mich findet.«

»Da wird er sich wohl in einer langen Schlange anstellen müssen«, meint Hilliard schmunzelnd.

»Genau.« Dee lacht ebenfalls. »Und bis dahin muss man schließlich leben. Ale?«

»Wein, wenn Ihr zahlt.« Hilliard stupst seinen Becher in Dees Richtung.

Jane dagegen hat ihr eigenes Geld dabei, und zwar echtes. Sie winkt einer Kellnerin und bestellt für alle einen Krug warmen Wein gegen die Kälte sowie jeweils eine Portion Aal mit einer Scheibe Brot dazu. Dem jungen John, der draußen beim Pony steht, lässt sie eine Pastete bringen.

»Und?«

Jetzt ist es an Jane, in ihre Tasche zu greifen und das Amulett mit dem Bild von Alice Rutherfords … Nun, was ist er eigentlich? Sie weiß immer noch nicht, als was sie ihn bezeichnen soll. Ihr Mann, Liebhaber, Vergewaltiger, Verlobter? Sie hat nicht den Schimmer einer Ahnung von der Natur dieser Beziehung.

Als Hilliard das Kleinod unter die Lupe nimmt, lässt

sie ihn nicht aus den Augen. Alles an ihr ist angespannt, Geist und Körper. Hoffentlich wird er gleich sagen, der Name des Jungen sei – wie auch immer – und dass das Stück von ihm stammt. Doch das geschieht nicht.

»Gut gemacht, sehr zarte Pinselführung«, lobt er stattdessen. »Und seht Euch nur den Gesichtsausdruck des Jungen an. Man hat das Gefühl, ihn zu kennen. Wer ist das?«

Jane sackt in sich zusammen. »Das weiß ich leider nicht.«

»Aber Ihr wüsstet es gern?«

Sie seufzt. »Nur weil ich eine Frau bin, glaubt ihr Männer immer gleich, es wäre etwas Romantisches.«

Dee lacht entzückt auf. »Darf ich es auch sehen?«

Sie zeigt es ihm, und er betrachtet es eingehend.

»Ich bin mir sicher, dass ich den Kerl schon einmal gesehen habe. Nur wo?«, überlegt er.

Sie starrt ihn an.

»War er ein Student?«, murmelt er vor sich hin. »In Cambridge vielleicht. Oder in Löwen? Ich sehe ihn irgendwo ganz am Rand. Steht er hinter einer Schulter? Könnte es ein Diener sein?« Er schüttelt den Kopf. »Nein.«

Jetzt nimmt sich Hilliard das Bild noch einmal vor.

»Dieses Abzeichen … Sieht aus wie eine Pilgerplakette. Wie die Sachen, die die Katholiken sammeln.«

»Oh, ich bin mir sicher, dass er kein Katholik ist«, erklärt Jane, ohne zu wissen, wie sie darauf kommt. »Wie auch immer«, fährt sie nach einer Pause fort, »bitte denkt noch einmal darüber nach, Doktor.«

»Das werde ich«, verspricht Dee. »Sicher fällt es mir mitten in der Nacht ein, und dann werde ich es sofort laut verkünden.«

In diesem Moment wird der Wein serviert. Hilliard entschuldigt sich für seine Vermutung vom Anfang, dann entsteht eine kurze Pause, in der sie an ihren Tassen nippen.

»Das Amulett stammt also wirklich nicht von Euch?«, fragt Jane nach dem ersten Schluck.

»Nein. Gewiss nicht. Wenn ich raten darf, würde ich sagen, es sieht ganz nach Mistress Teerlincs Hand aus.«

Von einer Mistress Teerlinc hat Jane noch nie gehört.

»Levina Teerlinc. Die Tochter von Simon Bening«, erklärt Hilliard. »Ihr habt doch sicher … Nein? Nun, sie hat den Platz von Hans Holbein am Hof eingenommen. Sie hat den Vater der Königin, ihren Bruder und ihre Schwester gemalt, wenn ich mich richtig erinnere. Sie hat mich fast alles gelehrt, was ich über die Kunst der Amulettmalerei weiß.«

»Und Ihr glaubt, dieses hier stammt von ihr? Wo finde ich sie?«

Auf einmal macht Hilliard ein betrübtes Gesicht. »Ihren Leichnam könnt Ihr in Stepney finden, aber ihre Seele ist in den Himmel aufgefahren. Möge Gott ihr gnädig sein.«

Jane lässt sich enttäuscht zurücksinken. Also war alles umsonst: die Reise, der Krug Wein, die Portion Aal.

»Allerdings stehe ich mit ihrem Sohn Marcus in Verbindung«, setzt Hilliard nach. »Von allen Menschen auf der Welt ist er zufällig derjenige, der mir Geld schuldet.«

Einmal mehr senkt er den Blick auf das Amulett. »1576. Letztes Jahr. Wenn dieses Stück von ihr stammt, müsste es demnach eines ihrer letzten Werke sein. Marcus wird sich bestimmt daran erinnern. Er ist ebenfalls Maler – oder so etwas in der Art –, und ich glaube, er hat in ihrem Atelier alles so gelassen, wie es war.«

»Könntet Ihr mich hinbringen?«, bittet Jane ihn.

»Wir kommen beide mit«, mischt sich Dee ein.

»Habt Ihr nichts Besseres zu tun, Dee?«, knurrt Hilliard.

Dee lächelt. »Das bekomme ich ständig zu hören.«

Also geht es nach Stepney.

»Bist du sicher, dass du mitkommen willst, John?«, fragt Jane den Stalljungen, nachdem sie die Rechnung beglichen und die Schenke verlassen hat. »Es ist ein weiter Weg.«

Doch er möchte unbedingt weiter dabei sein.

»Ich werde Euch nicht im Stich lassen«, verspricht er und muss fast selbst über seinen salbungsvollen Ton lachen.

Als sie in Stepney eintreffen, finden sie sich in einem hübschen Dorf wieder, dessen mit Zinnen versehene Kirche dem heiligen Dunstan gewidmet ist. Aber Hilliard lotst sie nicht dorthin, sondern durch eine holprige Gasse bis zu einem verwitterten Häuschen mit zwei Räumen. In dem Garten davor haust ein angekettetes Schwein, und auf der Seite steht ein Schuppen, dessen eingesacktes Schindeldach sich gegen einen aus Ziegeln erbauten Schornstein lehnt, aus dem eine dünne Rauchschwade aufsteigt.

»Marcus!«, ruft Hilliard.

Bald darauf erscheint Marcus Teerlinc in der Schuppentür, ein Mann mit langem Hemd, Holzpantoffeln wie ein Holländer und sehr nahe beieinanderliegenden Augen. Er hat auffällig lange Arme, und seine großen Hände sind von Holzkohle verschmutzt.

»Master Niklas!«

Im nächsten Augenblick scheint er etwas zu begreifen, denn seine freundliche Miene gefriert, und er weicht einen Schritt zurück.

Hilliard und Dee verstehen sofort und brechen in Lachen aus.

»Ich bin nicht wegen des Geldes hier«, versichert ihm Hilliard.

Schlagartig legt sich Teerlincs Anspannung.

»Es sei denn, Ihr habt es.«

Teerlincs Züge erstarren erneut. Natürlich hat er nichts.

Lachend tätschelt ihm Hilliard den Rücken, während Dee anbietet, Jane aus dem Sattel zu helfen. Da sie in seinen Augen etwas entdeckt, was ihr gefällt – ein Art freundschaftliches Interesse –, nimmt sie das Angebot an. John bleibt wieder einmal draußen beim Pony.

Bei dem Schuppen handelt es sich um eine Werkstatt, deren Wände mit durchhängenden Regalen gesäumt sind, allesamt beladen mit Tontöpfen, Flaschen, Krügen, in denen sich einmal Wein befunden haben mag, und einer Unmenge von struppigen Pinseln. Zudem lagern hier Sägen, auf einer Werkbank liegt Zimmererwerkzeug, und in einem Schraubstock steckt ein gespannter Gemälderahmen, bei dem man auf den ersten Blick sieht, dass er nie quadratisch sein wird. Im Kamin flackert ein aus nicht ganz trockenem Holz entfachtes kleines Feuer, und vor einem Bett, das von einem Tuch in erstaunlich kräftigem Blau bedeckt ist, steht eine Bank voller Kerzenstummel.

»Immer noch eifrig dabei, Marcus?«, fragt Hilliard.

»Ich tu mein Bestes.« Teerlinc greift nach seinen Augengläsern, baut sich damit vor Jane auf und mustert sie von oben bis unten, als wollte er Maß nehmen. »Tut mir leid, Mistress«, entschuldigt er sich dann. »Ist bei mir eine Gewohnheit, die mein Beruf mit sich bringt.«

»Was genau ist Euer Beruf?«

»Master Teerlinc stellt Holzschnitte für Buchdrucker her«, antwortet Hilliard an seiner Stelle. »Bücher von einer Sorte, die Ihr wohl eher nicht in der Bibliothek der Königin finden werdet.«

Teerlinc schnalzt mit der Zunge. »Sind Chaucer und Boccaccio denn zu anstößig für die Königin? Oder Dante?«

»Allerdings«, erwidern Dee und Hilliard wie aus einem Munde und brechen erneut in Lachen aus.

Um ihr Erröten zu überspielen, hebt Jane das Amulett mit dem Bildnis des jungen Mannes hoch und hält es Teerlinc entgegen.

»Ich bin gekommen, weil ich dachte, Ihr könntet mir etwas über das hier sagen«, erklärt sie. »Ich habe gehofft, es könnte ein Werk Eurer Mutter sein.«

Bei der Erwähnung seiner Mutter werden Teerlincs Züge weicher.

»Von *Moeder*? Darf ich?« Er ergreift das Amulett und stellt sich damit vor das hohe Fenster, um es ausgiebig zu betrachten.

»Oh ja«, sagt er schließlich, ohne aufzublicken. »Es stammt wirklich von *Moeder*. Ihr letztes. Ich erinnere mich daran. Und ich erinnere mich an ihn.«

Plötzlich wird Jane von Aufregung erfasst. Ob Alice als glückliche Frau oder mit einem gebrochenen Herzen starb, hängt ganz davon ab, was sie jetzt gleich erfahren wird.

Teerlinc hält den Blick weiter auf das Bildnis gesenkt. Seine Züge haben sich wieder verhärtet.

»Marcus?«

Er wendet sich den anderen zu.

»Oh«, sagt er, »doch, ja, ich kann mich gut an ihn erinnern. Der Kerl hat *Moeder* regelrecht in den Wahnsinn getrieben. Er hat ihr Jahre ihres Lebens geraubt. Er kam und ging, wann er wollte, und das zu den unchristlichsten Zeiten. Mal war er da, dann war er mehrere Wochen verschwunden. Und wenn er gezahlt hat, dann nur die Hälfte, wenn überhaupt.«

»Aber *wer* war er? Wie war sein Name?«

»Den habe ich nie erfahren, persönlich habe ich ihn nie kennengelernt.« Teerlinc schüttelt den Kopf. »Das wollte ich auch gar nicht. *Moeder*, möge sie in Frieden ruhen, sagte, dass er … Dämpfe absonderte. Dass er giftig sei – wie eine Schlange, versteht Ihr? Es hat ihr gar nicht gefallen, dass er herkam. Sie hasste seine Art. Ich schwöre Euch – selbst wenn das jetzt albern klingt –, aber ich schwöre Euch, er hat sie vorzeitig ins Grab gebracht. Ich erinnere mich gut: An dem bewussten Tag ging es ihr blendend, sie hat fröhlich vor sich hin gemalt. Es war das letzte Mal, dass er hier war. Sie war froh, dass sie mit dem Werk, dass sie mit *ihm* fertig war. Aber es geschah an diesem Abend, kurz nachdem er gegangen war. Sie hatten gestritten. Er hatte nicht zahlen wollen – aber schaut ihn nur an, schaut seine Kleider an! Er hatte genug Geld. Wie auch immer, sie … sie hat sich einfach hingesetzt, war vollkommen erschöpft. Und dann legte sie sich ins Bett. Das Atmen ist ihr schwergefallen. Ich bin sofort losgelaufen, um den Arzt zu holen. Aber als wir zurückkamen, hustete sie Blut, und wir konnten nichts tun, um das zu beenden. Sie schien sich förmlich die Lunge aus dem Leib zu speien, versteht Ihr? Oder das Herz … So viel Blut!«

Seine Augen füllen sich mit Tränen.

»Die Schuld gebe ich immer noch ihm«, murmelt er. »Die Schuld gebe ich immer noch diesem Kerl.«

Resigniert steckt Jane das Amulett wieder ein.

»Aber Eure Mutter muss doch irgendwelche Dokumente dazu gehabt haben«, drängt Hilliard. »Quittungen? Rechnungen? Sogar ich habe so etwas.«

Halb hilf-, halb hoffnungslos blickt Teerlinc sich um, mustert die Regale mit den Krügen voller Spinnweben.

»Ich weiß nicht.« Er stöhnt. »Ja, vielleicht.«

Gemeinsam machen sie sich daran, die Überbleibsel des künstlerischen Lebens der alten Dame zu sichten. All die zerzausten Pinsel; all die eingetrockneten Farbtöpfe; die verstaubten Paletten, die schon vor Langem von einem der auf einem Haufen liegenden rostigen Messer abgekratzt wurden; das vertrocknete Gabelbein eines seit Ewigkeiten toten Huhns; zu Stein verhärteter Pulverlack in diversen Schälchen. Dazu an allen Ecken und Enden uralter Mäusekot und Spinnennetze.

»Das hier vielleicht?«, fragt Hilliard, als er auf einer Werkbank eine Ledermappe entdeckt.

»Nein!« Teerlinc erreicht ihn mit einem gewaltigen Satz und fällt ihm in den Arm. »Das ist eine Arbeit von mir. Für … für einen Privatsammler.«

Unter der Mappe liegt aber noch eine andere, verstaubt, gewellt und von Mäusen angeknabbert.

»Ja, versucht es damit«, meint Teerlinc, die erste Ledermappe an seine Brust gepresst.

So schlägt Hilliard die andere auf. Sie enthält fünf oder sechs Papierbogen und eine mit getrockneter Tinte beschmutzte Feder. Er reicht das Ganze Teerlinc.

»Nur Beschreibungen von Gemälden«, murmelt dieser. »Aufträge für das eine oder andere Bild. Ein Stier vor einem Tor. Ein alter Mann mit Stock. Und hier ein Vertrag mit einem Vergolder. Zwei Rahmen für ovale Miniaturporträts. Eine Vereinbarung zu einem Frettchenzahn. Was soll das denn?«

»Da ging es wohl um das Polieren von Silber«, mutmaßt Hilliard. »Aber die Dokumente sind teilweise zehn Jahre alt. Dieses hier zum Beispiel. Da war sie noch am Hof, nehme ich an.«

Teerlinc zuckt mit den Schultern, während Dee immer noch dabei ist, die sich unter der Last von Büchern biegenden Regale zu studieren. Schließlich greift er nach einem Zinnbecher, in dem sich ein zusammengerolltes Stück Papier befindet, das im Vergleich zu den zehn Jahre alten Dokumenten ziemlich neu wirkt. Er reicht den Krug an Teerlinc weiter, der das Dokument mit zwei Fingern herauszieht und sogleich entfaltet.

»Könnte dies das Schriftstück sein, auf das es ankommt?«, fragt er. »Eine Vereinbarung zur Anfertigung zweier Porträts im neuen Stil. Ein Mann und eine Frau, separat, zu je fünf Pfund, umgehend zu liefern und spätestens am Johannistag des letzten Jahres zu bezahlen.«

»*Fünf* Pfund?« Hilliard schnappt nach Luft. »Kann ich das mal sehen?«

Achselzuckend reicht ihm Teerlinc die Rechnung.

»Oh!«, ruft Hilliard verblüfft. »Das ist ja auf Holländisch!«

Teerlinc nickt. »*Moeder* fühlte sich in der alten Sprache immer sicherer.«

»Steht auch ein Name darauf?«, will Jane wissen. »Wer ist der Mann?«

»Hier steht ein Name. So etwas wie … John Sterling oder so ähnlich. *Moeders* Handschrift war schon nie leicht zu entziffern, aber seine ist noch schlimmer.«

Jane nimmt das Papierstück. Es ist so groß wie die Handfläche eines Mannes. Die Worte sind in Schreibschrift verfasst, und die Tinte ist teilweise fast bis zur Unlesbarkeit ausgeblichen.

»John Sterling …?«, überlegt sie.

»Nein!« Der Ausruf stammt von John Dee. »Jetzt fällt es mir wieder ein: Jan Saelminck.«

»Jan wer?«

»Saelminck.«

»Seid Ihr sicher?«

»Vollkommen.«

»Und wer ist das?«

»Ein Flame. Er war einer der Gehilfen von Cornelius de

Lannoy, des sogenannten Alchemisten. Ich wusste doch, dass ich ihn schon einmal gesehen habe.«

Nur ein Gehilfe. Jane fragt sich, was sie sich eigentlich erhofft hat. Vielleicht, dass sich Alice' Liebhaber als Herzog entpuppen würde, als Earl oder Lord, zumindest als Dichter. Doch sein Name scheint niemandem bekannt zu sein.

Allerdings wird ihre Neugier gerade dadurch geweckt, dass der Mann so häufig verschwunden war und nicht zu den Porträtsitzungen kam. Was heißt, dass er dann und wann anderswo benötigt wurde. Offenbar hatte er Pläne, wie auch immer die ausgesehen haben mögen, also hatte er viel zu tun.

Sie streicht mit einem Finger über den Namen. Die Handschrift ist ganz schmucklos. Nüchtern. Unpersönlich. Sie spiegelt nichts wider außer – wie es Jane jäh klar wird – eine fast absichtlich wirkende Anonymität. Eine gewollte Unsichtbarkeit.

Und warum überhaupt zwei Porträts?

»Gibt es …?«

»Ah«, fällt ihr Dee ins Wort und zieht ein zusammengeknülltes Stofftuch aus dem Zinnkrug. Er breitet es auf der Werkbank aus. Erst jetzt offenbart sich, was darin eingewickelt ist.

Ihm entfährt ein anerkennendes Pfeifen. Und Jane, die über seine mit Samt bekleidete Schulter späht, schnappt nach Luft.

Da ist Alice. Die schöne Alice. Als perfekte Miniatur blickt sie von einer Laube aus herrlich zarter Seide hinaus in die Welt. Auf ihrer blassen Kehle prangt ein Edelstein, den Jane noch nie gesehen hat, und ihre Lippen sind zu einem nun für immer verlorenen Lächeln verzogen. Sie spricht aus dem Grab zu all jenen, die willens sind, ihr zuzuhören – aber was sagt sie?

»Ist sie das?«

Jane nickt.

»Ah!«, ruft Teerlinc, der sich zu ihnen herüberbeugt. Er verbreitet einen strengen Modergeruch. »Ich erinnere mich. Wahrhaftig schön. Sie saß *Moeder* zwei- oder dreimal Modell. Bei mir nie. *Moeder* erlaubte mir nicht einmal, sie danach zu fragen. Sie war …«

Unerreichbar.

»Aber was macht sie dann hier?«, fragt Hilliard.

Teerlinc deutet auf das Amulett in Janes Hand.

»Das ist die Antwort. Der Junge! Da! Schaut nur. Sie sind ein Paar. Die zwei Bilder gehören zusammen.« Zur Verdeutlichung legt er die beiden Amulette nebeneinander. »Jetzt erinnere ich mich wieder. Sie wurden zusammen gemalt. Für jeden eines, versteht Ihr? Als Andenken. Aber als die Bilder fertig waren, hat sich dieser Scheißkerl – verzeiht mir, Mistress –, da hat sich dieser Scheißkerl geweigert, den vollen Preis zu zahlen.«

»So etwas kommt vor«, murmelt Hilliard.

»Ich wünschte, ich wäre hier gewesen, aber ich war an dem Tag woanders«, fährt Teerlinc fort. »Wie auch immer, er hat *Moeder* nur die Hälfte des vereinbarten Preises angeboten, fünf statt zehn Pfund. Deshalb hat ihm *Moeder* nur eines der Amulette überlassen. Sie hat angenommen, er würde dieses hier nehmen …« Er deutet auf die Darstellung von Alice. »… aber er hat das andere gewählt.«

Er legt den Finger auf den Jungen, Jan Saelminck. »Ihr Porträt wollte er gar nicht. Er wollte ihr nur seines geben, damit sie glaubt, dass er sie liebt.«

10

Seething Lane, London,
erste Dezemberwoche 1577

Seit einer Woche oder noch länger sitzen Walsingham und Beale nun schon im Sattel – auf schlechten Pferden, auf schlechten Straßen, bei schlechtem Wetter. Aber jetzt, südlich von Northampton, sind sie endlich auf dem Rückweg nach London, zu all den Annehmlichkeiten ihrer eigenen Betten, ihrer eigenen Feuerstellen, ihrer eigenen Hunde. Ihnen folgt, unter Führung des kürzlich von der Leibgarde der Königin abkommandierten Sir John Jeffers, eine schwer bewaffnete zehnköpfige Eskorte, immer zwei Männer nebeneinander. Was die Soldaten von der ganzen Angelegenheit halten – bei diesem Wetter auf winterlichen Straßen –, ist nicht schwer zu erraten.

»Nun gut, Robert, wenigsten haben wir für Cecil einen Perser aufgetrieben«, murmelt Walsingham.

Beale bekundet mit einem Grunzen seine Zustimmung.

Es ist eine nervenaufreibende Mission. Nach ihrer Konfrontation in Walsinghams Haus am Abend vor dem Aufbruch hatten beide mit verletzten Gefühlen und schlechter Laune zu kämpfen, sodass sie am ersten Tag schweigend nebeneinanderher ritten. Ihr Auftrag lautete, die Reise Ihrer Majestät durch Waltham Forest nachzustellen. Dabei sollten sie überall dort absteigen, wo die Kutsche der Königin auf dem Weg nach London angehalten hatte, und nach Spuren suchen. Und was haben sie gefunden? Nichts.

Am Spätnachmittag erreichten sie das Hatfield House, und obwohl das Licht schon nachließ, bestand Walsingham auf einem neuerlichen Kontrollgang entlang der Grundstücksgrenzen, fast als wollte er die inzwischen abgeschafften Bittprozessionen der Katholiken wiederbeleben. Dabei gab es wirklich nichts Neues zu entdecken. Sie kamen aus der Kälte bei den Bewohnern hereingeschneit und begannen, denselben Leuten dieselben altbekannten Fragen zu stellen, nur um dieselben altbekannten Antworten zu erhalten. Kurz und gut, nach dem Abendessen verzichteten sie auf ihr übliches Gespräch und legten sich sofort schlafen.

Am nächsten Morgen waren sie im ersten Licht wieder auf den Beinen. Mit Hafer, Kuhmilch und einem kleinen Bier zum Frühstück wappneten sie sich für einen langen Tag im Sattel. Für die siebzig Meilen nach Market Harborough hatten sie eigentlich zwei Tage eingeplant, aber sie bewältigten sie an einem einzigen. Als Walsingham am Abend vor dem Gasthof am Marktplatz von seinem Pferd stieg, knickten ihm allerdings die Beine ein, und er musste sich in den Empfangsraum helfen lassen. Dort saßen sie eine Weile lang schweigend nebeneinander und brachten kaum die Kraft auf, ihre Ale-Krüge zu heben.

Am Morgen danach war Walsingham steif wie ein Galgen.

»Hier war ich schon einmal«, erzählte er Beale. »Im Auftrag des Kronrats musste ich ein Mädchen verhören, eine gewisse Alice Bowker, von der es hieß, sie habe eine Katze auf die Welt gebracht. Eine rote, ungefähr so lang.«

Er deutete mit ausgebreiteten Armen etwa zwei Yards an. Darauf brach Beale in Lachen aus – ein erstes Anzeichen von Tauwetter zwischen ihnen. Danach ritten sie los, um Master Anthony Jenkinson zu suchen, den einzigen Engländer, der je nach Persien gereist ist, auch wenn sich sein Horizont mittlerweile auf Market Harborough beschränkt.

Jenkinson lebt in einem ungewöhnlichen, aber hübschen neu erbauten Haus, das inmitten eines ebenfalls ungewöhnlichen Gartens steht.

»Ich dachte, er wäre bankrott?«, fragte Beale.

»Das war er auch, aber dann hat er alles zurückbekommen. Er ist kein Dummkopf, obwohl …«

Jenkinson empfing sie in einer eigenartigen Tracht aus wallender Seide, von der Walsingham annahm, dass sie persisch sein musste. Seinen beleibten Oberkörper zierte eine Schärpe, und von der Hüfte hing eine vermutlich aus Perlmutt gefertigte Scheide mitsamt Krummschwert. Um den Kopf hatte er einen Turban aus schneeweißem Leinen gewickelt, und seine Füße steckten in herrlichen Schnabelschuhen aus senffarbenem Leder. Unter seinen so wunderschön beschuhten Füßen lagen zwei prachtvolle türkische Teppiche, die gut und gerne auch die Wände hätten zieren können. Der eigentlich Wandschmuck bestand aus aufsehenerregend fein gewobener Seide, bestickt mit Darstellungen von Jagdgesellschaften, Elefanten und seltsamen gestreiften Katzen, die es nicht einmal in der Menagerie der Königin gab. Während sich Walsingham und Beale noch vergeblich nach einer Sitzgelegenheit umsahen, kredenzten ihnen Jenkinsons Diener – allesamt junge Männer, keiner davon aus Market Harborough – Fruchtsäfte und eine überzuckerte Kaumasse, die nach Rosenwasser schmeckte.

Walsingham und Beale blieben zwei Tage lang als Jenkinsons Gäste in seinem Haus und bekamen alle möglichen Geschichten über seine vielen Reisen zu hören. Die erste davon hatte ihn zum Sultan der Osmanen geführt, dem er Handelskonzessionen abgewann, großzügig genug, um die Botschafter Frankreichs und Portugals zu erzürnen. Darüber hinaus war er im Auftrag der Muscovy Company vom Weißen Meer im eisigen Norden nach Moskau gefahren, wo er sich mit Zar Iwan angefreundet und ähnlich günstige Verträge ausgehandelt hatte. Von dort war er südwärts über das Kaspische Meer gereist und danach tiefer in den Osten vorgedrungen, als es bis dahin je einem Engländer gelungen war. Auf diesem Weg hatte er Qazvin erreicht, die große kaiserliche Hauptstadt des Safawiden-Reichs, wo ihm nach einer Wartezeit von vielen Monaten eine Audienz bei Schah Tahmasp gewährt wurde.

»Ehrlich gesagt«, vertraute Jenkinson seinen Gästen an, »hat mich Tahmasp nicht sonderlich beeindruckt, aber ich ihn offenbar auch nicht. Nicht angesichts dieses elenden Briefs von Cecil, den ich ihm im Auftrag Ihrer Majestät überbrachte. Ihr hättet die Gesichter dieser Leute sehen sollen, als sie die Übersetzung zu lesen bekamen. Völlig entgeistert. Wer waren die Karmanier? Die Hyrkanier? Die waren doch schon vor Jahrhunderten ausgestorben. Vor Jahrtausenden! Es war schlimmer, als wenn einer von ihnen in den Whitehall Palace gekommen wäre und laut darüber nachgedacht hätte, warum Ihre Majestät nicht Boudicca vom Stamm der Icener ist und auf den Gemälden nicht nackt und blutbefleckt dargestellt wird.«

Walsingham vertrieb eilig das Bild, das vor seinem inneren Auge entstand.

»Wohlgemerkt, ich mache ihr keine Vorwürfe. Es war Cecil, der mir den Brief gegeben hat. Dieser verdammte Narr! Aber auch ich war ein Narr: Ich hätte vorher lesen sollen, was darin stand. Wie auch immer, der Schah fand es überhaupt nicht komisch, versteht Ihr? Als ich vor ihn trat, hatte ich meine Schuhe an. Dazu war ich von einem unserer Leute angewiesen worden. Aber das tut in Persien niemand, weil der heilige Boden nicht befleckt werden darf. Und als ich den Schah dank dieses Briefs unverrichteter Dinge verließ, folgte mir ein Mann mit einem Eimer Sand, den er über meine Spuren schüttete, um sie vom Antlitz seiner Erde zu tilgen.«

Bei dieser Formulierung brach Jenkinson in derart unbändiges Lachen aus, dass der Edelstein, der seinen Turban krönte, heftig hin und her wackelte. Walsingham nahm an, dass er diese Geschichte schon mindestens tausendmal erzählt hatte.

Dann endlich kamen sie, wie Jenkinson es ausdrückte, zum Kern der Sache.

»Griechisches Feuer, was? Na gut, die Perser nannten es Römisches Feuer, weil die Byzantiner es gegen die Türken einsetzt haben. Aber ich weiß schon, was Ihr meint. Und dieser Dr. Dee glaubt tatsächlich, die Rezeptur entdeckt zu haben?«

Sie zeigten ihm Dr. Dees Beschreibung, worauf der alte Mann so breit grinste, dass sein zerschlissenes Gesicht nur noch aus Falten zu bestehen schien.

»Ich habe dieses Gerede schon einmal gehört. Im Süden von Persien war das. Sie nennen das *Naft*, was ganz einfach ›nass‹ bedeutet. Sie benutzen es wie Harz, füllen es in große Töpfe ab, zünden es an und stellen es dann an der Küste auf, um den Seeleuten den Weg fort von Felsen, Sandbänken und dergleichen zu weisen. Nur verbreitet dieses Zeug einen entsetzlichen Gestank. Tödlich für Mensch und Tier.«

»Klingt nicht gerade nach etwas überaus Kostbarem.«

Darauf verengten sich Jenkinsons Augen und nahmen einen listigen Ausdruck an.

Nun ja, dachte Walsingham, *er ist schließlich Kaufmann, ein Händler durch und durch und obendrein einer, der an Gott und Gewinne glaubt, an die Gesetze der Wirtschaft.*

»Es ist wie bei allem anderen auch«, sagte Jenkinson langsam. »Es kommt immer darauf an, *wann* man etwas will.«

Walsingham und Beale wechselten einen Blick.

»Cecil sagt, es sei wichtig …«, begann Beale.

»*Cecil?*«, unterbrach ihn Jenkinson. Sein Gesicht hatte sich schlagartig verfinstert. »Diese erbärmliche Schlange!«

Walsingham unterdrückte ein Stöhnen.

»Er handelt doch nur im Interesse Ihrer Majestät«, brachte er mühsam hervor. »Und es dient der Sicherheit des Reichs. Und natürlich wird er Euch für Eure Mühen bezahlen. Dafür würde ich persönlich sorgen.«

»Ha! Wie beim letzten Mal, meint Ihr?«

Walsingham fragte sich, ob er Jenkinson mitteilen sollte, dass er nicht der Einzige war, dem die Krone Geld schuldete. Er selbst stotterte immer noch die Zinsen für ein Darlehen ab, das er einmal aufgenommen hatte, um bei der Botschaft Ihrer Majestät in Paris einen hohen Betrag auszulegen. Nun, vielleicht hielt er besser den Mund.

»Aber wir bitten Euch doch nicht, an unserer Stelle nach Persien zu reisen«, sagte Beale. »Wir haben uns nur gefragt, ob Ihr dort noch Leute kennt. Andere Kaufleute, mit denen Ihr in Verbindung steht.«

Das tat Jenkinson sehr wohl.

»In Moskau habe ich noch viele Verbindungen. Aber zu dieser Jahreszeit ist es dort noch schlimmer als in Schottland. Kein Mensch verlässt das Haus, außer um zur Toilettenhütte zu gehen. Wenn Ihr also wirklich derart verzweifelt hinter diesem *Naft* her seid, gibt es nur eine Möglichkeit, es zu erlangen, bevor es Frühling wird und das Eis schmilzt: über das Mittelmeer.«

»Und was ist mit den Türken?«

Jenkinson neigte den Kopf und bedachte sie mit einem zweifelnden Blick.

Soll das ein Scherz sein?, schien er sich zu fragen.

»Fangt Ihr jetzt an zu begreifen, wie tief das Problem reicht? Als Erstes werdet Ihr jemanden finden müssen, der bereit ist, Euch dieses *Naft* zu liefern. Das allein wird schon nicht leicht sein, denn dieser Mann wird vom Schah eine Genehmigung benötigen, mit einem Christen Handel zu treiben – was einen beträchtlichen Betrag in Gold erfordern wird. Oder aber er wird die Gesetze umgehen müssen, was ebenfalls einen hohen Betrag in Gold erfordern wird, denn die Risiken, die ein solcher Weg mit sich bringt, sind gewaltig.«

An dieser Stelle zwickte sich Jenkinson in die Nase und verzog das Gesicht, als hätte er vor Augen, was mit Männern geschah, die solcherlei Risiken eingingen und daran scheiterten.

»Dann«, fuhr er fort, »wird Euer Mann eine Schmuggelroute für sein Frachtgut finden müssen, denn es wird in jedem Fall durch von den Türken kontrollierte Gebiete transportiert werden. Und dabei haben wir noch gar nicht erörtert, wie viel *Naft* Ihr überhaupt erwerben wollt. Mein Gott! Wie auch immer, sollte der Mann irgendwie an den Türken vorbeikommen, wird er ein Schiff auftreiben müssen, dessen Eigentümer bereit ist, es durch das gesamte Mittelmeer zu steuern, durch ein Gewässer, das von Piraten förmlich verseucht ist, und wenn nicht von Piraten, dann von spanischen, venezianischen oder genuesischen Schiffen. Und dann geht es durch die Meerenge von Gibraltar …«

Jenkinson holte Luft. Er war noch lange nicht am Ende angelangt.

»Und schließlich, vorausgesetzt es gelingt Eurem Kaufmann, den spanischen Schützen auf der Insel oder den Kanonenbooten aus Cádiz zu entkommen, hat er immer noch die portugiesischen Gewässer vor sich. Dort droht zu dieser Jahreszeit die größte Gefahr nicht von Piraten oder fremdländischen Kriegern, sondern vom Wetter: von den Stürmen, die den Ozean heimsuchen, von Wellen, die höher sind als Kirchentürme und die Euch gegen jede Küste schleudern können, ob Trafalgar oder Tilbury.«

Danach trat Stille ein. Walsingham und Beale wechselten einen langen Blick.

Na ja, wenigstens haben wir es versucht, schien er zu sagen.

Walsingham setzte soeben zu einer Entschuldigung an, wie leid es ihm tue, dass sie Jenkinson mit ihrem Anliegen belästigt hätten, doch erneut kam er nicht zu Wort.

»Natürlich soll das nicht heißen, dass es ein Ding der Unmöglichkeit ist«, fügte Jenkinson hinzu. »Es muss sich nur der richtige Mann darum kümmern.«

»Und kennt Ihr den richtigen Mann?«, fragte Walsingham nach einem Moment der kompletten Verblüffung.

»Oh ja«, antwortete Jenkinson mit einem breiten Grinsen. »Durchaus. Aber sein Preis wird *astronomisch* sein.«

Walsingham erinnerte sich an Cecils Worte.

»Ihre Majestät ist bereit, jeden Preis zu zahlen«, versicherte er schnell.

»*Jeden* Preis?«

»In einem vernünftigen Rahmen.«

»Ha! Und was soll das nun wieder bedeuten?«

»Jeden Preis eben. Sie wird Euren Kaufmann mit Gold überschütten. Mit Juwelen.«

»Mein Kaufmann ist aber ein großer Mann. Ein großer Türke.«

»Ein Türke? Obwohl dieses Zeug aus Persien kommt?«

»Wenn es uns nicht über das Gebiet des Zaren erreicht, wird es den Umweg über die Länder des Sultans machen müssen.«

»Ich weiß es nicht.« Walsingham warf stöhnend die Hände in die Höhe. »Was immer erforderlich ist.«

Jenkinson nickte. Sein Blick wirkte dabei seltsam verhüllt, wie Walsingham bemerkte.

»Ihr werdet den Brief selbst schreiben müssen«, erklärte Jenkinson. »Ich werde Euch sagen, was drinstehen muss.«

So nahm Walsingham am Pult Platz, und Jenkinsons Diener brachten ihm Stift und Papier. Dann schrieb er die Mitteilung nach Jenkinsons Vorgaben. Am Ende angelangt, musste er sogar darauf verzichten, ihn zu unterzeichnen. Jenkinson wollte von einem möglichen Geschäft nicht ausgeschlossen werden – ganz so, als wäre er ein englischer Prinz, ein Mann von Ansehen und Macht.

»Er wird nichts lesen, was nicht von einer ebenbürtigen Person stammt.«

»Nicht einmal eine Nachricht der Königin?«

»Einer *Frau*? Wollt Ihr Euch über mich lustig machen? Schreibt, als ob Ihr der Earl of Leicester wärt. Schreibt, als ob Ihr der *Vater* des Earls of Leicester wärt.«

»Und das wird ihm gefallen?«, fragte Beale.

»Er wird es respektieren«, erwiderte Jenkinson schulterzuckend. »Es ist die einzig Möglichkeit, mit ihm umzugehen.«

Also wurde der Brief in einem hochmütigen Befehlston verfasst, der, wie Walsingham glaubte, jeden Mann garantiert beleidigen und jede Möglichkeit für ein Abkommen zunichtemachen würde. Bevor sie ihn verließen, überreichte Jenkinson Beale ein Krummschwert, das, so behauptete er, vom besten Silberschmied der Stadt Boghar angefertigt worden war. Walsingham schenkte er ein in Seide gebundenes Büchlein, das in der Sprache des Schahs verfasst worden war und das man – eine weitere Behauptung von ihm – von rechts nach links lesen musste.

»Raffiniert, nicht wahr?«

Walsingham konnte das kaum glauben, aber wie sollte er sich je sicher sein?

So ist es also dazu gekommen, dass sie jetzt südwärts reiten, geplagt von der Reue nach einem teuren Kauf.

»Letztendlich ist es ohne Belang, weil Cecil ohnehin nicht jeden Preis zahlen wird«, versucht Beale, seinen Herrn zu trösten.

»Das ist wahr«, erwidert Walsingham.

Am Abend erreichen sie Dunstable. Im Gasthaus, wo es zu dieser Jahreszeit ruhig zugeht, serviert man ihnen saures Bier und fettige Pastete, aber immerhin wärmt sie das Feuer, und der Wirt ist nicht zu aufdringlich. Nachdem sie sich gesättigt haben, bestellt Walsingham noch ein Glas Wein und bittet um ein weiteres Holzscheit für das Feuer.

»Robert, ich habe nachgedacht«, sagt er dann. »Über Euren Plan.«

Beale mustert ihn schweigend.

»Wer genau ist diese Frau? Diese … Ness Overbury?«

»Ihr könnt Euch selbst ein Bild von ihr machen, wenn

Ihr wollt. Sie lebt in Suffolk. In einem der Dörfer dort.« Beale deutet in Richtung Osten.

»Wir müssen morgen in London sein«, meint Walsingham. »Aber sagt mir: Ist sie überhaupt zu so etwas bereit? Weiß sie, worauf sie sich womöglich einlässt?«

»Ich habe sie noch nicht darauf angesprochen«, räumt Beale ein. »Wie würdet Ihr eine solche Frage formulieren?«

Walsingham versteht, worauf er hinauswill.

»Ist ihr denn nicht bewusst, wie sehr sie Ihrer Majestät ähnelt? Hat ihr das noch niemand gesagt?«

»Sie hat die Königin nie gesehen. Abgesehen von Hilliard kennt sie auch niemanden, der Ihrer Majestät je über den Weg gelaufen ist. Ich könnte mir vorstellen, dass sie aufgrund von Beschreibungen von Leuten, die auf der Straße einen Blick auf sie erhascht haben, eine ungefähre Vorstellung von ihr hat. Aber solche Eindrücke sind immer …«

Er hält sich die Hand vors Gesicht und tut so, als würde er sich pudern, eine Krone aufsetzen und Schmuck anlegen. All das ist dazu angetan, von den eigenen Gesichtszügen abzulenken.

»Aus welchem Grund, glaubt Ihr, könnte sie wohl zu so etwas bereit sein?« Wieder einmal streicht sich Walsingham über den Bart. »Wird sie sich denn der Gefahren überhaupt bewusst sein?«

»Als mir die Idee kam, war ich mir da keineswegs sicher. Zunächst einmal musste ich mich ja vergewissern, dass es grundsätzlich möglich ist. Und als ich sie dann kennengelernt habe – sie war im ›Dolphin‹ am Bishopsgate abgestiegen –, war ich von ihrer Persönlichkeit ungemein beeindruckt. Sie ist … voller Leben, voller Wissbegierde. Sie ist so hungrig auf Dinge, die anders sind als das, was sie hat, auf Dinge, die anders sind als ihr Alltagsleben.«

»Ihr hört Euch an wie …«

»Was?«

»Nichts. Nichts.«

Einen Moment lang herrscht Stille.

»Aber Euch ist bewusst, was Ihr anregt, nicht wahr?« Walsingham hält kurz inne. »Ihr sitzt mir gegenüber und sagt mir, dass Ihr hofft, eine Frau zu finden, die im Falle von Elizabeths Tod in die Rolle der Königin schlüpft. Ich kenne Euch und weiß, wie Ihr seid und dass Ihr nur Gutes beabsichtigt. Aber stellt Euch vor, was Hatton denken wird, wenn er von dieser Sache Wind bekommt. Oder wenn die Königin selbst davon hört. Sie wird annehmen, dass Ihr vorhabt, sie durch jemand Fügsameren zu ersetzen, den Ihr nach Euren eigenen Vorstellungen formen könnt. Damit Ihr diese Frau dazu bringt, Euch zu heiraten, und Ihr am Ende – warum nicht? – selbst König werdet. Begreift Ihr? Leuchtet Euch ein, wie leicht Eure guten Absichten falsch interpretiert werden können?«

Beale versteht. Er ist ja nicht dumm. »Aber das wäre eine absichtliche Fehlinterpretation.«

Jetzt lacht ihn Walsingham trotzdem aus. Vielleicht ist der Junge doch dumm. »So etwas tun Feinde nun einmal.«

»Aber sie brauchen es doch nicht zu erfahren. Oder erst, wenn es zu spät ist.«

Walsingham schüttelt den Kopf. »Wie würdet Ihr es überhaupt bewerkstelligen?«

»Darüber habe ich schon nachgedacht. Wir bringen ihr alles bei, was die Königin bekanntermaßen weiß.«

»*Alles? Jede* Einzelheit? Auf *jedem* Wissensgebiet?«

»Ich behaupte ja nicht, dass es leicht sein wird. Aber sie braucht nicht buchstäblich alles zu wissen. Und sie muss nicht jeden täuschen. Es genügt, wenn sie *uns* täuscht, versteht Ihr?«

Walsingham starrt ihn verdattert an. »Uns?«

»Euch. Und den Kronrat. Hauptsache, sie wirkt glaubwürdig genug, um die Lüge aufrechtzuerhalten, solange sie gebraucht wird. Wer sonst ist denn noch da, um sie anzufechten?«

»Beliebig viele! Der ganze Hof! Die Kammerfrauen der Königin und deren Ehemänner, die Hofdamen und deren Ehemänner, die Ehrenmägde, die Diener, die Kaplane, die Leibärzte Ihrer Majestät!«

»Die meisten von ihnen stehen bereits hinter der Sache«, behauptet Beale. »Und wer dagegen ist, kann fortgeschickt werden. Oder man überzeugt ihn. Neue Hofdamen, neue Kammerfrauen, neue Mägde, neue Diener und vor allem neue Ärzte.«

Walsingham verschlägt es die Sprache.

»Es braucht ja nur einen Monat zu dauern«, setzt Beale nach. »Ein Jahr. Oder, wenn es gelingt, so lange, wie sie eben benötigt wird.«

»Und am Schluss?«

Beale lehnt sich zurück. »Hier geht es nicht um einen Schluss. Die ganze Sache dient nur dazu, uns Zeit zu verschaffen. Oder vielleicht … vielleicht heiratet die Königin ja Dudley, und dann …«

»Herrgott, denkt nicht einmal daran!«

»Oder Anjou.«

»Einen Moment … Ist sie nicht schon verheiratet?«

»Ness Overbury? Ja.«

»Wird ihr Mann dann nicht ein Wörtchen mitreden wollen?«

»Der ist doch mindestens schon sechzig. Ein Grobian. Wenn sie eines Nachts verschwindet, kann man ihm sicher einreden, dass sie mit irgendeinem jungen Burschen durchgebrannt ist.«

»Wirklich?«

»Oh, dergleichen geschieht in Suffolk ständig.«

»Wisst Ihr noch, was mit Lady Jane Grey passiert ist? Sie hat versucht, die gesetzliche Erbfolge zu durchbrechen, und war neun Tage lang Königin, bis sie …« Er stellt mit Händen und Armen einen Axthieb dar.

»Aber wir setzen Ness ja gar nicht als neue Königin ein. Wir behalten diejenige, die wir schon haben. Denkt nur daran, was beim letzten Attentat auf die Königin geschehen ist: Ganz London hat sie für tot gehalten, und tatsächlich sprach auch alles dafür. Aber als wir am nächsten Morgen bekannt gegeben haben, dass sie lebt, dass sie in ihren Gemächern gesehen worden ist – wisst Ihr noch? –, ging das Leben am Hof und in der Stadt weiter wie immer.«

Das ist wahr, denkt Walsingham.

»Aber was, wenn sie tatsächlich gestorben wäre? Ihr habt Hatton gehört: Dann wären wir alle unter dem Joch von Mary, der Königin der Schotten, dem von Rom und in aller Wahrscheinlichkeit nach dem der Inquisition. Es sei denn, wir hätten jemanden wie Ness Overbury, damit sie den Platz der Königin an der Spitze ihrer Hofdamen einnimmt, von mir aus mit einem Schleier über dem Gesicht, und im Land wieder für Ruhe sorgt, solange es nötig ist.«

Walsingham stößt einen tiefen Seufzer aus. »Aber die Risiken! Und wo wollt Ihr ein solches Hochverratsmanöver abhalten, ohne dass Männer wie Hatton den Braten riechen? Er wird ohne Zweifel merken, dass etwas im Gange ist, denn dieser Plan ist mitten auf sein Herz gerichtet, versteht Ihr? Er zielt auf alles ab, worauf dieser Mann seine Hoffnungen setzt.«

»Man müsste Ness an einen abgelegenen Ort bringen. In eine der kleineren Abteien, die unter der Herrschaft des Vaters der Königin aufgelöst wurden.«

»Pff! Davon gibt es Unmengen!«

»Und dann bräuchten wir jemanden, der sie anleitet. Jemanden, der ihr beibringt, was sie noch alles wissen muss und wie sie sich zu verhalten hat, damit man sie der Welt mit einem guten Gefühl als Ihre Majestät präsentieren kann. Ich habe an einen der Tutoren der Königin gedacht. An jemanden, der sie in- und auswendig kennt, der alles weiß, was sie weiß, und der mit ihren Eigenheiten so vertraut ist wie eine Kammerfrau oder Ehrendame. An jemanden, der Ness in der höfischen Etikette unterweisen kann. An jemanden, der weiß, wen sie kennt, und der weiß, welche Spitznamen sie für wen hat. All das.«

Walsingham schweigt.

Jane Frommond, schießt es ihm durch den Kopf.

Und außerdem – oh Gott – John Dee.

11

Richmond Palace, westlich von London, nächster Tag, erste Dezemberwoche 1577

Es ist noch dunkel. Sir William Cecil hat noch nicht gefrühstückt, findet sich aber wieder einmal im Audienzsaal des Richmond Palace und erneut mit gebeugtem Knie vor Ihrer Majestät, Königin Elizabeth von England, wieder.

»Er ist *was*?«

»Geflohen«, gesteht Cecil.

»Aus Unserem Tower? Wie das?«

»Er hat ein Loch in die Mauer zwischen dem Cradle und dem Well Tower gesprengt.«

Eigentlich müsste die Königin aufgebracht sein, doch sie scheint sich ein Lächeln nicht verkneifen zu können.

»Und wie hat er das angestellt?«, verlangt sie zu erfahren.

»Ein alchemistisches Experiment, Eure Majestät, auf der Suche nach dem Griechischen Feuer. Ich muss noch ermitteln, ob es als gelungen oder gescheitert zu bewerten ist.«

»Aha. Opfer?«

»Ein Schwan.«

»Ein *Schwan*?«, wiederholt die Königin.

Jetzt lässt sie sich auf der äußersten Kante ihres Throns nieder, als wäre er eine Holzbank in irgendeinem Flur, und schaut gedankenverloren zum Fenster hinaus.

Cecil kniet stumm da, den Blick auf die Stufen vor ihr geheftet.

Gott sei Dank sind wir allein, denkt er, *ohne einen Zeugen meiner Blamage.*

»Und wo ist er jetzt?«, fragt die Königin.

»Sein Aufenthaltsort ist unbekannt.«

»Findet ihn. Wir brauchen ihn hier an Unserer Seite.«

»Aber ... Eure Majestät ...«

»Lord Burghley, es ist jetzt einen Monat her, dass Alice Rutherford umgebracht wurde, und immer noch fehlt von ihren Mördern jede Spur. Sie könnten genauso gut Phantome sein. Mir ist bewusst, dass Ihr Eure eigenen Methoden habt und dass Master Walsingham an jedem Faden des Spionagenetzes zieht, das er und Ihr um Unser Reich gesponnen habt. Dennoch treiben bis heute immer noch mehr als ein Dutzend Männer draußen im Lande ihr Unwesen, alle mit Hakenbüchsen bewaffnet und bereit, ja, sogar darauf aus und – soviel Wir wissen – auch in der Lage, Uns zu töten. Ihr hattet einen Monat Zeit, und bis heute hat es keine einzige Verhaftung gegeben, keinen einzigen Verdächtigen. Wir wissen nicht einmal, wie das alles organisiert wurde, wie es dazu kam. Allmählich beschleicht Uns der Eindruck, Ihr seid bereit, Anschläge auf Unser Leben hinzunehmen.«

Aufgeregt wedelt Cecil mit seinen zitternden kleinen Händen.

»Eure Majestät«, beginnt er noch einmal, »nichts könnte weiter von der Wahrheit entfernt sein. Wir tun alles, was uns möglich ist. Wir folgen jeder Spur, jedes Dickicht wird durchkämmt. Es gibt nichts, was ein Mensch noch tun könnte. Es ist nur so, dass …«

»Es ist nur so, dass Ihr eine neue Methode braucht, um die Kerle, die diese abscheuliche Tat begangen haben, zu stellen. Deshalb befehlen Wir Euch nun, John Dee aufzusuchen. Ihr müsst ihn zurate ziehen.«

»Aber … Eure Majestät …«

»Wir wissen, was Ihr als Nächstes sagen werdet, Lord Burghley. Ihr sagt es ja immer, sobald sein Name fällt. Und Wir stimmen mit Euch darin überein, dass einige seiner Methoden unorthodox sind. Doch er hat oft genug bewiesen, dass seine Herangehensweise, die Männern wie Euch und Sir Christopher Hatton ein Gräuel ist, tatsächlich zum Erfolg führen kann. War nicht er es, der Euch versichert hat, dass Wir in der Nacht, als auf Uns geschossen wurde, gar nicht gestorben sind? Sir Christopher Hatton hat es Uns so berichtet.«

Hatton? Mein Gott, denkt Cecil. *Diese Schlange hat sich hinter meinem Rücken Privataudienzen bei der Königin erschlichen! Vielleicht hat er in den letzten Wochen sogar an ihrem Bett gesessen. Warum hat mir niemand etwas davon gesagt? Womöglich hat er sie mit Pflanzen aus seinem eigenen Garten gesund gepflegt? Mit speziellen Tinkturen? Suppen? Aufgüssen? Damit muss Schluss sein. Ich muss unbedingt mit Lettice Knollys darüber sprechen.*

»Er schien in der Tat etwas zu ahnen«, räumt Cecil ein. »Er hat geglaubt, der ungeschliffene Tisch sei eine Art provisorischer Wahrsagekristall.«

»Sehr Ihr? Habt Ihr etwa eine solche Gabe, Lordschatzmeister?«

Cecil gesteht, dass dies nicht der Fall ist.

»Habt Ihr überhaupt einen Wahrsagekristall?«

»Ich habe einen geschliffenen Tisch. Eigentlich sogar zwei oder drei, Eure Majestät.«

Er besitzt sogar noch mehr in seinen vielen Häusern.

»Aber in Eurem seht Ihr nur die Spiegelung Eures Gesichts, Lordschatzmeister, in der Regel beim Essen. Dee hingegen sieht die Wahrheit. Das ist der Grund, warum Wir ihn ›Unsere Augen‹ nennen.«

Cecil neigt den Kopf.

»Macht Euch also auf die Suche, und wenn Ihr ihn gefunden habt, ermittelt Ihr mit seiner Hilfe, wer auf Uns geschossen hat. Stellt die Kerle, die Unsere Ehrendame und den Kutscher ermordet haben.«

Cecil verbeugt sich so tief, wie es seine reichlich gepolsterten alten Knochen erlauben, und verlässt rückwärts den Audienzsaal. Draußen wird er von Walsingham in Empfang genommen, der schon auf ihn gewartet hat.

»Du siehst ja völlig durchfroren aus, Francis.«

»Eine weite Reise«, erklärt Walsingham seufzend.

Dann erzählt er dem anderen von Anthony Jenkinson und seinem türkischen Kaufmann.

»Endlich ein Fortschritt!«, ruft Cecil erfreut. »Und solltest du mir jetzt noch sagen, dass du die Kerle, die auf Ihre Majestät geschossen haben, nicht nur gefangen hast, sondern auch dafür gesorgt hast, dass sie gestreckt, gehängt, durch die Mangel gedreht und ausgeweidet werden – dafür, dass ihre Leichen gevierteilt, gepökelt und in Teer getaucht worden sind und jetzt darauf warten, an verschiedene Stadttore genagelt zu werden, damit die Krähen sich daran laben können –, dann würde ich dich küssen.«

»Nicht ganz«, gibt Walsingham zu und weicht einen Schritt zurück. »Von ihnen fehlt immer noch jede Spur. Sie scheinen sich in Luft aufgelöst zu haben.«

Cecil stöhnt. »Nun gut, Francis. Ihre Majestät wünscht, dass Dr. Dee kommt und uns weiterhilft. Aber der hat sich erst kürzlich einen Fluchtweg aus dem Tower frei gesprengt, und die einzige Spur, die ich habe, ist die Anzeige eines aufgebrachten Goldschmieds aus Cheapside, der mit Gold betrogen wurde, das sich über Nacht grün verfärbt hat. Weißt du zufällig, wo er steckt?«

Walsingham schüttelt den Kopf. »So merkwürdig es ist, ich befinde mich gerade ebenfalls in einer Lage, in der ich ihn brauche.«

»Großer Gott im Himmel, warum?«

Walsingham tritt von einem Bein aufs andere, was er nur tut, wenn er nicht mehr weiterweiß.

»Aus einem bestimmten Grund, den ich mit dir erörtern muss. Hättest du einen Augenblick Zeit?«

Cecil versteht, dass die Angelegenheit diskret behandelt werden muss, und neigt den Kopf.

»Im Garten?«, schlägt er vor.

Es ist eisig kalt, aber ein Stück vom Fluss entfernt lässt es sich im fahlen Sonnenschein aushalten. An den Eiben hängen glitzernde Tropfen, und die Steine darunter sind dunkel. Während sie im windgeschützten Innenhof auf und ab schreiten, über ihnen die Privatgemächer der Königin, berichtet Walsingham Cecil von Beales Plan.

Seinen Worten folgt Stille. Im Weitergehen denkt Cecil scharf nach. Jetzt ist nur noch das Klappern ihrer Sohlen auf den Steinfliesen zu hören, während aus ihren Nasen und Mündern Atemwolken steigen.

»Die Vorteile liegen auf der Hand«, sagt Cecil schließlich. »Aber die Sache ist mit Gefahren befrachtet.«

»Wohl eher überfrachtet.«

»Ja. Aber …«

Wieder nachdenkliches Schweigen.

»Wir könnten das Risiko aufteilen«, regt Cecil an.

Walsinghams Blick bohrt sich in Cecils Augen.

»Sprich weiter«, fordert er ihn auf.

»Wie gern magst du Robert Beale?«, fragt der andere.

»Sehr«, antwortet Walsingham.

»Schade.«

Vier Schritte weiter. Cecil wartet darauf, dass Walsingham ein Lichtlein aufgeht.

»Oh«, entfährt es Walsingham. »Aber es war *sein* Vorschlag. *Seine* Idee.«

Cecil nickt.

»Und wenn er sie weiterverfolgen will, dann …«

Cecil zuckt mit den Schultern.

»Du hast ja wohl nichts schriftlich festgehalten, oder?«, fragt er. »Nichts, was deinen Anteil daran beweist?«

»Meinen Anteil *woran*?«

Cecil gestattet sich den Anflug eines Lächelns.

»Setz einen Mann auf ihn an, damit er ihn beobachtet.

Einen, dem du vertraust. Der darauf achtet, dass die Sache nicht den Rahmen sprengt.«

Walsingham nickt.

»Zu guter Letzt könntest du ihm eine Warnung zukommen lassen«, setzt Cecil nach. »Ihn wissen lassen, dass der Plan auf keinen Fall ans Licht kommen oder deine Person auch nur im Entferntesten damit in Zusammenhang gebracht werden darf – weil dir sonst wirklich keine andere Wahl bleibt, als ihn hinauszuwerfen, mit einer Frist von höchstens einem Tag. Mach ihm klar, dass du ihn dann nicht mehr schonen könntest und ihn die volle Wucht des Zorns Ihrer Majestät treffen würde, ausgeführt durch deine Hand.«

Walsingham nickt. Immerhin bringt er den Anstand auf, betreten dreinzuschauen.

»Tatsächlich gibt es sogar eine Möglichkeit, die ganze Sache mit etwas Nützlichem zu verbinden«, schickt Cecil hinterher. »Zumindest wäre es ein Balsam zur Linderung der Schmerzen, falls das Unternehmen scheitert und wir Robert Beale verlieren.«

»Ja?«

»Hast du nicht Dee als Lehrer vorgeschlagen?«

Walsingham hebt den Kopf, und ein Lächeln erhellt sein Gesicht.

»Danke, Sir William. Ein kluger Rat, wie immer. Ich gehe ihn sofort suchen. Hoffentlich ist er nicht mit irgendeinem geheimnisvollen Experiment in Mortlake beschäftigt.«

12

Mortlake, westlich von London, derselbe Tag, erste Dezemberwoche 1577

Dee erwacht vor dem Morgengrauen, einmal mehr erstaunt darüber, dass er schon wieder von Wasser geträumt hat – diesmal in Zusammenhang mit einem kohlschwarzen Kahn, der in einem sanft fließenden Gewässer vertäut ist, umgeben von herbstlichen Nebelschwaden. Er hat sich ihm durch die immer gleichen grünen Fluten genähert, nur um festzustellen, dass er nicht hineinklettern kann.

Nach dem Aufwachen grübelt er darüber nach, ob er dieses Boot schon einmal gesehen hat. Ist es ein Blick in die Zukunft oder eine Erinnerung an etwas Vergangenes, möglicherweise an irgendetwas Unerledigtes? Hat er es damals irgendwo in den Poldern gesehen, als er durch die Niederlande reiste?

Die Stadt Löwen kommt ihm in den Sinn, und schon verliert er sich in Erinnerungen an diesen Ort und die Freunde aus dem ganzen Abendland, die er dort gefunden hat. Er denkt an den armen Gemma Frisius, der so jung gestorben ist, aber dennoch so vieles geleistet hat. Er hat Dee kurz vor seinem Tod einen Satz herrlich gefertigte Messingringe geschenkt, die er bis heute aufbewahrt.

Dees Gedanken wandern weiter zu Gerhard Mercator, mit dem er bis heute in Verbindung geblieben ist und dessen Karten ihm geholfen haben, Frobisher über den Ozean zu lotsen. Damit hat Dee es ihm nicht nur ermöglicht, jenes Erz nach Hause zu bringen, von dem Bill und Bob später Proben beschlagnahmt haben, sondern auch die Nordwestpassage zu entdecken.

Das bringt ihn irgendwie auf Abraham Ortelius, der glaubte, die Kontinente würden über die Oberfläche der Erde treiben, und den der spanische König Philipp kürzlich zu seinem Kartografen ernannt hat. Nun, wenn Philipp geduldig genug ist, hat Dee einmal lachend verkündet, wird Spanien eines Tages vielleicht gegen England prallen, womit sich dann eine Invasionsflotte erübrigt. Ortelius, dieser knochentrockene alte Griesgram, fand das allerdings nicht besonders lustig, und das war es im Nachhinein auch tatsächlich nicht.

Dee fragt sich, was dieser Tage in Löwen los ist. Haben die Spanier die Kontrolle zurückerlangt? Werden sie wieder all jene verfolgen, die sie als Häretiker betrachten? Werden sie die Inquisition an der Universität durchsetzen? Was gäbe er nicht dafür, könnte er jetzt mit einem Boot hinüberfahren – dem kohlschwarzen aus seinen Träumen –, es mit all den Büchern beladen, die dort wohl bald verbrannt werden, und dazu auch mit all den Männern, denen dasselbe droht.

Ihm wird schlecht beim Gedanken an diese Verschwendung, an diesen teuflischen Krieg gegen jedes Wissen, und wieder einmal beschließt er, etwas dagegen zu unternehmen. Ein weiteres Mal wird er bei Ihrer Majestät vorstellig werden und darum bitten, nicht dieses entsetzliche Griechische Feuer erforschen zu müssen, sondern stattdessen seine andere Idee verfolgen zu dürfen – eine Maßnahme, bei der niemand bei lebendigem Leib verbrannt wird, sondern die Frieden und Aufklärung bringt. Er stellt sich vor, dass sein Plan die Feinde Ihrer Majestät dazu veranlassen wird, aus ihren Schwertern Pflugscharen zu schmieden und aus ihren Speeren Heckensicheln. Wenn nur Männer wie Hatton und Cecil auf ihn hören würden und ihn allein mit Ihrer Majestät sprechen ließen, könnte er sie sicher davon überzeugen …

Er schwingt seine Beine aus dem Bett und tapst hinüber zu den bedenklich schwankenden Bücherstößen. Dabei fällt sein Blick auf den Wahrsagekristall, von dem er bisher keinen einzigen Hinweis darauf erhalten hat, was die Engel vorhaben könnten. Allmählich hält er es für möglich, dass der Goldschmied ihn betrogen haben könnte, so wie er ihn geprellt hat.

»John?«

»Was ist, Mutter?«

»Möchtest du ein Ei?«

»Warum nicht? Wenn die Hennen welche legen.«

Es ist ein herrlicher, stiller Morgen. Der Fluss liegt wie glatt poliert da, es ist Gezeitenwende. Die Wasseroberfläche spiegelt den östlichen Himmel in einem kräftigen Indigoblau wider.

Noch ist es nicht allzu kalt. Die eisigen Temperaturen werden erst im Januar kommen und sich bis Ende Februar halten. Im März werden sie einen Rückzug vortäuschen, bis der April sie endlich wahrhaftig vertreiben und neues Wachstum entstehen wird.

Bis dahin dauert es noch lange, denkt Dee. *Erst müssen wir den Winter überstehen.*

»Bist du gestern Nacht lange wach geblieben?«, erkundigt sich seine Mutter, während sie ein Ei aufschlägt und den Inhalt über das Brot gibt.

»Der Komet«, antwortet er und deutet mit dem Daumen nach oben.

»Ach, dieses alte Ding.«

Er lächelt zerstreut. Erst im Nachhinein werden ihm ihre Worte so richtig bewusst. *Das alte Ding*. Was sie gemeint hat, registriert er erst im Nachhinein.

»Das ist ein Komet, Ma, der Große Komet.«

»Solange die Hühner Eier legen, kann er sich nennen, wie er will«, erwidert seine Mutter.

Das ist natürlich ein bewundernswerter philosophischer Standpunkt, obgleich er vielleicht etwas eng gefasst erscheint.

Dee will gerade in sein Brot beißen, als draußen gegen das Hoftor gedonnert wird. Sofort beginnt sein Herz zu rasen. Doch er kann sich nicht vorstellen, dass das Bob und Bill sind, es sei denn, sie haben sich eine neue, weniger unverblümte Taktik zurechtgelegt. Und dass die Leibgarde der Königin angerückt sein könnte, um ihn erneut in den Tower zu schleifen, hält er gleichfalls für ausgeschlossen, denn die würde mit dem Boot kommen und durch den Garten stürmen. Das Poltern ihrer Stiefel wäre meilenweit zu hören.

Er lauscht noch immer angestrengt, als Roger Cooke zum Gartentor geht und mit lauter Stimme fragt, wer da ist.

»Hä?«, ruft Roger dann und drückt sein Ohr ans Tor.

Cooke ist ein bisschen schwerhörig geworden, denkt Dee und fragt sich, ob Explosionen auf die Dauer das Gehör schädigen können. Wahrscheinlich.

Er erhebt sich, worauf sich das Eigelb über die ganze Brotscheibe ausbreitet, und tritt in den Hof hinaus.

»Wer ist es, Roger?«

»Eine Frau, Herr Doktor«, antwortet Cooke, der fast panisch wirkt.

»Gut, dann wollen wir sie hereinlassen.«

Cooke öffnet das Tor, und ihm gegenüber steht, wunderschön mit ihren Stiefeln und dem dunklen Reitumhang, niemand anders als Mistress Frommond.

»Doktor«, sagt sie, »hoffentlich störe ich nicht.«

Und ob sie stört! Und zwar den gesamten Haushalt, alle drei, obwohl alle drei sie hereinbitten und seine Mutter ihr sogleich ein Ei und ein Ale aufdrängen will. Doch Jane Frommond verweist mit großem Bedauern darauf, dass sie schon im Richmond Palace gespeist hat, von wo aus sie gerade hierhergeritten ist.

Allerdings wirkt sie ziemlich durcheinander, und im nächsten Augenblick platzt sie mit dem Grund ihres Besuchs heraus.

»Könntet Ihr mit mir nach Hertfordshire kommen?«

»Nach Hertfordshire?«

Das ist immerhin ein Tagesmarsch.

»Ihr werdet mein Anliegen merkwürdig finden, aber ich wünsche mir schon die ganze Zeit, an den Ort zurückzukehren, wo Alice Rutherford gestorben ist. Wo sie erschossen wurde.« Sie hat tief liegende, bernsteinfarbene Augen und eine unendlich aufrichtige Miene. »Ich würde Eure Hilfe sehr zu schätzen wissen, denn ich habe keine Diener, die mitreiten würden, und auch keine Freunde, die ich zurate ziehen könnte.«

»Heute noch?«

»Wenn Ihr nicht zu viel zu tun habt.«

»Aber ich habe kein Pferd.«

»Ich habe zwei mitgebracht. Wenn Ihr sie anschauen möchtet? Jetzt gleich? Sie sind fertig gesattelt. Zaumzeug ist auch dabei, und die Hufe sind ganz neu beschlagen. Vom königlichen Stall in Richmond.«

Während sie spricht, wirft Dee über ihre Schulter hinweg Cooke einen Blick zu. Dessen Augen sind geweitet, und er deutet aufgeschreckt auf den Fluss. Mit den Lippen bildet er stumm den Namen *Walsingham*.

»Entschuldigt mich für einen Moment, Mistress Frommond«, bittet Dee und eilt in die Bibliothek, von wo aus man über den Garten bis hinunter zum Fluss schauen kann.

Zwischen den kahlen Zweigen der Bäume sieht er vier oder fünf Soldaten Ihrer Majestät stramm auf sein Haus zu marschieren. Ihnen folgen zwei finster dreinblickende Gestalten, der Privatsekretär Ihrer Majestät und seine rechte Hand, Robert Beale. Hinter ihnen am Ufer wartet, mit aufgeklappter Landungsbrücke, eines der Boote Ihrer Majestät, über die noch mehr Soldaten strömen.

Er wendet sich vom Fenster ab.

»Zu den Pferden also, Mistress Frommond«, sagt er und wagt es, die junge Ehrendame Ihrer Majestät am Arm zu ergreifen und sie schneller, als es die Regeln der Höflichkeit erlauben, aus dem Haus, über den Hof und weiter durchs Tor zu führen, das er rasch hinter sich zuschlägt.

Zwei Pferde, wie versprochen, mit rotem Leder gesattelt.

»Wirklich sehr stattlich«, lobt Dee.

Dann verschränkt er beide Hände auf Höhe seiner Knie ineinander. Mistress Frommond, die einen Fuß darauf stellt, hält sich an seiner Schulter fest und schwingt sich mit geübter Leichtigkeit in den Sattel.

»Was meint Ihr?«, fragt sie. »Sollen wir ihnen ein bisschen Auslauf gönnen?«

»Gern«, antwortet er.

Also geben sie den Pferden die Sporen, sprengen die Straße nach London hinunter und lassen das Tor, das im nächsten Moment erneut aufschwingt und drei Soldaten Ihrer Majestät hindurchlässt, zügig hinter sich.

»Ihr habt ja gar keinen Umhang, Doktor!«, ruft Jane Frommond.

»Ich habe die Liebe meiner Königin, die hält mich warm«, erwidert Dee lachend, nur um sich gleich darauf zu fragen, ob diese Liebe ausreichen wird, um ihn auch auf dem Rückweg von Hertfordshire am Leben zu halten.

Doch dann sieht er weiter vorne Thomas Digges und dessen Mutter vom Markt zurückkehren, beide ordentlich gegen die Kälte eingewickelt, Digges in den üppigen Samtmantel, den Dee ihm nach seinem Aufenthalt im Tower statt seines eigenen zurückgegeben hat.

»Thomas!«, ruft Dee und zügelt sein Pferd zu einem gemächlichen Trab, damit die alte Dame keinen Schrecken bekommt.

Höfliche Floskeln werden ausgetauscht und Segnungen ausgesprochen. Nur zu gerne will Digges seinem Freund ein zweites Mal seinen Mantel leihen.

»Vor allem, wenn er bei der Rückgabe noch erhabener ist als beim letzten Mal«, meint er.

Gleich nach diesem kleinen Handel reiten Dee und Mistress Frommond weiter gen Osten in Richtung Southwark.

»Was genau habt Ihr denn vor?«, erkundigt sich Dee.

»Nach Hertford reiten«, lautet die Antwort.

»Wusstet Ihr womöglich, dass Walsingham hinter mir her ist?«

»Ich habe heute Morgen Teile ihres Gesprächs im Richmond Palace aufgeschnappt. Sie haben irgendeinen Plan, der Eure Person betrifft, und ich habe angenommen, dass es darum geht, Euch wieder in den Tower zu werfen.«

»Mistress Frommond, ich stehe in Eurer Schuld.«

»Doktor, ich gestehe, mir ist nicht klar, warum Ihr und Master Walsingham zerstritten seid.«

»Ist das eine Frage, Mistress?«

»Wenn Ihr so wollt.«

Dee seufzt. »Ich möchte niemandem Übles nachsagen, Mistress …«

»Aber?«

»Ich muss zugeben, dass ich ihn als steif und stur empfinde. Außerdem beschützt er die Königin mit einem völlig überflüssigen Eifer, insbesondere vor mir. Dabei ist er sogar so weit gegangen, meine Ernennung zum königlichen Astrologen zu verhindern – jedenfalls vermute ich das. Offenbar glaubt er, ich würde einen schlechten Einfluss auf sie ausüben. Ihr Flausen in den Kopf setzen und sie zu etwas aufwiegeln, das im Widerspruch zu den Zielen steht, die er klammheimlich verfolgt.«

»Inwiefern?«

Dee zögert. Auf einmal ist er sich seiner Sache nicht mehr so sicher.

»Sein Verstand ist wie eine stählerne Falle, was bei bestimmten Dingen durchaus etwas Gutes ist. Doch dann wieder ist er derart verbohrt, was seine Verschwörungen, Intrigen und all die Verhörmethoden seines merkwürdigen Geschäfts mit Daumenschrauben und dergleichen angeht, dass er keine Zeit findet, auch einmal über den Tellerrand zu blicken. Oder ihm fehlt schlichtweg die Fantasie, über Dinge zu spekulieren, die jenseits des Horizonts liegen. Insbesondere des westlichen Horizonts.«

»Sein Geschäft ist also die nackte Realität?«

Erneut blickt Dee sie eindringlich an. »Ihr habt mit ihm gesprochen?«

»Eher er mit mir«, erwidert sie lächelnd.

Dee lacht auf. »Das ist etwas ganz Neues. Normalerweise wartet er schweigend, bis man sich selbst beschuldigt.«

Einen Moment lang herrscht Stille, und Dee sinniert über Walsinghams Art.

»Aber ich glaube, ehrlich gesagt, gar nicht, dass wir jetzt noch so sehr verfeindet sind, wie wir das einmal waren«, nimmt er schließlich das Gespräch wieder auf. »Wir bringen es nur nicht über uns, das zuzugeben. Wir kommen einander ins Gehege, und oft übt er die Macht, die er über mich hat, mit einem gewissen Übereifer aus – so zum Beispiel heute mit seinem Plan, mich wieder im Tower unter Arrest zu stellen.«

Mistress Frommond schüttelt stumm den Kopf und lächelt erneut. Unwillkürlich fragt sich Dee, ob sie Freunde hat, die einfach nur das sind.

Vielleicht, denkt er. *Das ist weniger anstrengend und trotzdem etwas fürs Herz.*

»Ein schöner Morgen«, beendet sie die Stille. »Wunderbar für einen Ausritt.«

Er gibt ihr recht, dann reiten sie in etwas befangenem Schweigen weiter, bis die ersten Häuser im Süden von Southwark in Sicht kommen und Dee plötzlich auffällt, dass seine Begleiterin lautlos weint.

»Oh, Mistress Frommond! Was habt Ihr?«

Sie erklärt ihm, dass ihr nichts fehlt, sie aber seit Alice Rutherfords Tod immer wieder ohne jeden Anlass zu weinen beginnt, meistens dann, wenn sie eigentlich rundherum zufrieden ist.

»Ich habe bestimmt schon eimerweise Tränen vergossen. Das hat nichts zu bedeuten.«

Sie wehrt seinen Versuch, sie zu trösten, ab, und erneut schießen ihr dabei Tränen in die Augen.

Dee überlegt, ob er sie an die englische Mystikerin Margery Kempe erinnern soll, die unaufhörlich weinte und damit ihre ganze Umgebung in den Wahnsinn trieb. Dann sieht er ein, dass diese Geschichte wenig hilfreich wäre. Wieder wirft er einen Blick zu ihr hinüber, und jetzt wirkt Jane Frommond auf einmal so sonnig und glücklich, dass man leicht vergessen kann, welchen Verlust sie vor Kurzem erlitten hat.

»Und wie lang ist es her, dass es … geschehen ist?«

»Einen Monat. Auf den Tag genau.«

»Ah«, murmelt er. »Ein sehr bedeutsamer Monatstag für Euch.«

Er denkt an Alice Rutherfords Freunde und Verwandte, die nicht an der Trauerfeier teilnehmen konnten und sich jetzt, einen Monat später, an ihrem Grab versammeln. Und nun reitet er an der Seite Jane Frommonds, der es verwehrt ist, daran teilzunehmen.

»Seid Ihr sicher, dass Ihr dorthin zurückkehren wollt?«, fragt er. »Dorthin, wo es geschehen ist? Wäre etwas … anderes nicht vielleicht besser?«

»Das mag töricht klingen«, erwidert sie, »aber ich wollte das Miniaturporträt von Jan Saelminck mitnehmen und begraben. Und zwar dort, wo es geschehen ist. Dort, wo Alice umgebracht wurde. Aber jetzt, da ich weiß, dass er Alice gar nicht geliebt und sich kein Stück um ihr Bildnis geschert hat, will ich das seine nur noch loswerden. Ich habe vor, es an einer Stelle liegen zu lassen, an der es in den Dreck getreten wird, so wie sie. Klingt das verrückt?«

Verrückt – oder vernünftig? Dee weiß es nicht. Er kann es nicht beurteilen, vielleicht weil auch er eine gewisse Trauer empfindet.

»Nein, Mistress Frommond«, sagt er. »Es klingt … angemessen.«

Und weiter geht es zur London Bridge, die wegen der gegen ihre Pfeiler prallenden Wellen und der sich darüber drängenden Menschenmassen ständig erbebt. Sie halten sich auf der linken Straßenseite – diese Brücke ist der einzige Ort im ganzen Land, an dem es diesbezüglich eine Vorschrift gibt – und traben in der Menge mit, bis sie die Zugbrücke in der Mitte erreichen, wo gerade ein Haus abgerissen wird und sie eine Weile warten müssen, bis mehrere Holzbalken fortgeschafft worden sind.

»Was wird hier gemacht?«, fragt Dee einen Arbeiter.

»Sie schaffen Platz für ein Haus, das gerade drüben in Holland für uns gebaut wird«, erklärt der Mann, während sie warten, bis der Staub aus einem Sack, den er soeben über dem Fluss ausgeleert hat, verweht ist. »Die Einzelteile werden dann mit dem Schiff gebracht und hier zusammengesetzt. Wirklich geschickte kleine Scheißer, diese Holländer – entschuldigt bitte meine Wortwahl, Mistress.«

Zu guter Letzt werden sie durchgelassen, und im Weitergehen erkundigt sich Jane nach Saelminck.

»Ich habe ihn nur vom Sehen gekannt«, bekennt Dee. »Er war so etwas wie ein Gehilfe von Cornelius de Lannoy, wenn das der echte Name dieses Betrügers und falschen Alchemisten war.«

Von der Brücke aus können sie rechts durch gelegentliche Lücken zwischen den Häusern den Tower erspähen. Dee fragt sich wieder einmal, ob das Loch, das er dort in die Mauer gesprengt hat, inzwischen repariert worden ist. Wohl eher nicht.

»War er auch so ein geschickter kleiner … nun, was dieser Mann gerade gesagt hat?«

»Saelminck? Unbedingt. Na ja, sie sind doch mit dem ganzen Geld, das sie Bess mit ihrem Schwindel abgeluchst haben, aus dem Land geflohen, oder? Allerdings frage ich mich, warum er zurückgekommen ist. Und ich frage mich, wie sie sich kennengelernt haben. Er und Alice.«

Dieselbe Frage hat sich auch Jane gestellt.

»Laut dem Datum auf dem Amulett müssen sie sich bereits vor über einem Jahr begegnet sein«, erklärt sie Dee. »Aber ich nehme an, dass sie schon drei Monate lang guter Hoffnung war, als sie umgebracht wurde. Wenn er der Vater ist, muss er sich also im Sommer mit ihr getroffen haben, als sie mit Ihrer Majestät durch das Land gezogen ist.«

»Das macht die Sache nicht besser, oder?«

Jane schüttelt den Kopf. »Wenn der ganze Hofstaat auf Wanderschaft geht, herrscht ein schrecklicher Trubel. So viele Leute, und das die ganze Zeit ... Wenn wir eine Unterkunft erreichen, kann es sein, dass es auch so schlicht zugeht wie hier, nur dass die Leute besser gekleidet und auch etwas sauberer sind.«

Sie deutet auf die Menschenmenge beim Aquädukt in der Gracechurch Street und die Massen, die zum Marktplatz von Eastcheap und weiter zum Bishopsgate strömen. Dann endlich kommen sie an der St.-Botolphs-Kirche und dem Bedlam-Siechenhaus vorbei und verlassen die Stadt durch das Bishopsgate, Jane in ihren Gedanken versunken, Dee darauf bedacht, keine Fehler zu machen.

»Erinnert Ihr Euch noch an den Abend, an dem auf die Königin geschossen wurde?«, fragt er.

»An jeden einzelnen Moment«, antwortet sie. »Es ist, als würde ich ihn jedes Mal aufs Neue erleben, sobald ich die Augen schließe. Es hört nie auf.«

Dee kann das nachvollziehen. Nachdem er Mistress Cochet im Treibsand unter dem Mont-Saint-Michel zurücklassen und zusehen musste, wie sie ertrank, ging es ihm lange Zeit ganz genauso.

Jetzt schweben graue Wolken über ihnen, sie haben den Wind im Gesicht und den Wald vor sich. Dee erschauert, und Frommond macht ein ernstes Gesicht. Es geht bergan, und bald schon reiten sie durch den Wald, der tiefer, dunkler und feuchter ist, als Dee ihn in Erinnerung hat. Es ist sonderbar still hier. Kein Vogelgesang, und die Straße ist völlig leer, sowohl vor als auch hinter ihnen.

Erneut überläuft es Dee eiskalt. Er ist froh, dass er seinen Mantel dabeihat. Jane ist leichenblass geworden.

»Wir können umkehren und ein andermal zurückkommen … wenn die Sonne scheint.«

Jane schüttelt den von einer Haube bedeckten Kopf.

»Wir sind schon fast da. Es sind nur noch …« Sie weist ihm mit dem Kinn die Richtung. »Dort.«

Es ist ein trostloser Flecken Erde, wo die Straße zwischen zwei hohen Böschungen in Schlamm übergeht, Wurzelgeflechte das Vorankommen erschweren und Holunder- und Brombeersträucher den Weg überwuchern.

Dee zieht an den Zügeln. Noch bevor er ihr seine Hilfe anbieten kann, gleitet Jane aus ihrem Sattel. Also bleibt er sitzen und lässt wachsam den Blick schweifen.

An der Böschung kann man immer noch erkennen, dass hier eine Schneise geschlagen wurde, um den Heukarren von der Straße zu bekommen. Ansonsten fehlt jeder Hinweis auf das, was an jenem Nachmittag vor einem Monat geschehen ist.

Dennoch sieht Dee alles vor sich. Oder zumindest fast alles. Schützen, die mit ihren Hakenbüchsen von beiden Seiten auf die Straße feuern. Sie müssen hinter Bäumen versteckt auf der Lauer gelegen haben. Aber wie lange? Den ganzen Tag? Oder waren sie sogar jeden Tag dort?

»Master Walsingham glaubt, dass jemand ein Signal gesandt hat«, sagt Mistress Frommond, als hätte sie Dees Gedanken gelesen. »Von Hatfield aus.«

Sie bindet ihr Pferd an einer aus der Erde ragenden Wurzel fest.

»Hat er eine Ahnung, wer das gewesen sein könnte?«

»Nein.«

Natürlich nicht, sonst hätten sie den Mann längst auf die Streckbank gespannt, denkt Dee, doch laut sagt er: »Jeder hätte das tun können. Es muss nicht unbedingt ein Mitglied ihres Hofstaats gewesen sein. Genauso gut hätte jemand in der Nähe am Straßenrand warten und den Zug abpassen können. Er brauchte ja nicht mehr als ein gutes Pferd. Er sieht die Königin mit ihrem Tross und reitet sofort los, um den Rest der Bande aufzuscheuchen. Allerdings würde das bedeuten, dass die anderen ganz in der Nähe gewartet haben.«

»Sie haben ausschließlich auf die Kutsche der Königin geschossen. Das heißt, sie wussten, welche es war, obwohl die anderen mehr oder weniger genauso aussahen.«

»Habt Ihr eine Vermutung?«

Mistress Frommond zuckt mit den Schultern. »Sie waren mindestens zu zwölft. Eine kleine Armee.«

»So etwas bleibt nicht unbemerkt.« Dee verzieht das Gesicht. »Irgendjemand *muss* sie gesehen haben.«

»Master Walsingham hat aber keine Spur von ihnen entdeckt. Er sagt, dass er in einem Umkreis von hundert Meilen in jedem Stall jedes Gasthofs war und die Leute verhört hat. Und niemand will eine so große Gruppe bemerkt haben. Jetzt vernimmt er die Schmiedemeister und Waffenschmiede in den zwei Grafschaften und lässt sämtliche Stadttore beobachten. Aber immer noch hat niemand etwas Besonderes bemerkt. Er spricht von Phantomen.«

Nun steigt auch Dee ab, klettert die Böschung auf der rechten Seite hinauf und schaut sich das Gelände von oben an. Zu seinem Verdruss beschmutzt er dabei den Mantel mit Schlamm. Digges – oder vielmehr seine Mutter – wird nicht begeistert sein.

»Haben sie hier gestanden?«, fragt er.

Mistress Frommond blickt auf und nickt. Sie ist weiß wie die Wand.

Hoffentlich fällt sie nicht in Ohnmacht, denkt Dee.

Dann stellt er sich vor, wie es für die Attentäter gewesen sein muss, als sie warteten und warteten, bis endlich der Moment kam und sie den Abzug ihrer Hakenbüchse betätigten, die glimmende Zündschnur die Pulverpfanne berührte – und – *Bumm!*

Er selbst hat nie eine Hakenbüchse abgefeuert. Bloß eine Pistole, und damit auch nur auf ein Schloss. Und selbst das hat er nicht richtig getroffen.

»Hat es geregnet?«

»In Strömen«, bestätigt sie.

Dee fragt sich, wie die Kerle ihr Pulver trocken halten konnten. Er blickt hinauf ins Laubdach der Bäume. Dann dreht er sich langsam um, diesmal mit dem Rücken zur Straße.

»Sind sie in diese Richtung geflohen?«

»Ich glaube, ja. Jedenfalls ist Jeffers ihnen in diese Richtung gefolgt. Was immer das genützt haben mag.«

Dee hilft Jane, die Böschung zu erklimmen. Dabei hält sie sich an seinem Handgelenk fest und gestattet ihm, das ihre zu ergreifen.

»Ihr seid gut angezogen, Mistress Frommond«, bemerkt er. »Aber auch passend für einen Waldspaziergang?«, fügt er fragend hinzu.

Er hat natürlich recht. Ihr Umhang ist von einem erlesenen Blau, und darunter macht er ein sehr enges Mieder aus, wie es am französischen Hof üblich ist, ein besonders edles mit einem steifen Einsatz vorne. Den Unterkörper bedeckt ein Reifrock. Ihre Ärmel sind gebauscht, und sie trägt lange Handschuhe, aber keine Ringe.

»Ich war am Hof«, erinnert sie ihn. »Und dann musste es schnell gehen. Schließlich mussten wir Master Walsingham zuvorkommen, der bereits auf dem Weg zu Euch war.«

»Erneut muss ich Euch meinen Dank aussprechen, dass Ihr an mich gedacht habt, Mistress Frommond. Aber ist dieser Aufzug nicht unbequem?«

»Ein bisschen vielleicht, aber inzwischen habe ich mich daran gewöhnt.«

Er versteht nicht ganz, was sie meint.

Sie bemerkt seinen fragenden Blick und klopft mit den Knöcheln gegen ihr Mieder.

»Walknochen«, erklärt sie.

»Ah!«, ruft er. »Miederstangen aus Walknochen. Was es nicht alles gibt.«

Sie wenden sich voneinander ab. Dee spürt, wie ihm beim Gedanken an Mistress Frommonds Unterwäsche wärmer wird.

Vor ihnen türmt sich ein undurchdringliches Gestrüpp aus Holunder- und Brombeerbüschen auf.

»Die Leibgardisten Ihrer Majestät haben sich hier Haut und Kleider aufgerissen«, berichtet Mistress Frommond.

Dee sieht förmlich vor sich, wie die Soldaten der Königin – mit Brustplatten und Stahlhelmen bewehrt – ihre Schwerter und Hellebarden schwingen. Dann widmet er sein Augenmerk der Umgebung und erkennt, dass die Attentäter ihren Fluchtweg genau geplant haben müssen. Jetzt, bei Tageslicht, sieht er mehr als das, was Jeffers damals in der Abenddämmerung vergönnt war: einen von Füchsen oder Rotwild genutzten oder vielleicht auch von Jägern ausgetretenen Pfad. Bald macht der Weg einen Knick nach rechts, und Dee folgt ihm, ohne zu zögern.

»Und die Pferde?«, fragt Jane.

»Wir gehen ja nicht weit.«

Der Pfad windet sich immer weiter, ist aber nur als Weg zu erkennen, wenn man Bescheid weiß, zumal ihn überdies frisch gefallenes Herbstlaub bedeckt. Er führt ostwärts, und Dee folgt ihm wie gebannt durch Grüppchen aus beschnittenen Ulmen und dicht beieinanderstehenden Hainbuchen; dann über Lichtungen, bewachsen mit kärglichen, verkrüppelten Holunderbüschen; weiter durch eine Ansammlung von hohen Fichten, deren Stämme bereits mit einem hingepinselten Kreuz als zukünftige Schiffsmasten markiert wurden. Von hier an fällt das Gelände sanft ab.

»Dr. Dee!«, ruft Jane plötzlich. »Anhalten!«

Zu Tode erschrocken wirbelt er herum und sieht, dass seine Begleiterin vor irgendetwas zurückgewichen ist, das unter einer der Fichten liegt, und es anstarrt.

»Was?« Er eilt zurück. »Was ist?«

Sie antwortet nicht. Ihr Gesicht ist ganz verzerrt vor Entsetzen und noch etwas anderem, was er nicht benennen kann. Sie zeigt auf etwas. Zwischen den Wurzeln liegt auf herabgefallenen Fichtennadeln eine Art roter Fetzen. Dee beugt sich darüber und nimmt ihn in Augenschein. Ein bis zum Ellbogen reichender Handschuh aus scharlachrotem Leder mit zerknautschten Fingern.

»Ein Handschuh?«

Dee will den Gegenstand schon aufheben, bemerkt dann aber gerade noch, in welchem Zustand er ist. Er thront auf wurstförmigem Kot, bei dem auf Anhieb klar ist, dass er nur von einem Menschen stammen kann. Und die Art und Weise, wie die Finger verdreht sind, verrät ihm, dass er nur für einen einzigen Zweck benutzt worden sein kann.

Er steht wieder auf. Mistress Frommond ist bleicher als je zuvor, ihre Augen weit aufgerissen.

»Der ist von ihr«, ächzt sie. »Das ist ihr anderer Handschuh. Der von Alice.«

Dee betrachtet ihn erneut. »Von Alice?«

»Das war ihr Lieblingspaar. Ein Geschenk von … von … mein Gott – von *ihm*? Aber Ihre Majestät hätte ihr nie erlaubt, diese Handschuhe zu tragen. Darum trug sie die nur, wenn sie allein war. Ich würde sie überall erkennen.«

Mithilfe der Schuhspitze schubst Dee den Handschuh von seinem inzwischen verhärteten Ruheplatz. Das Leder ist teilweise ausgeblichen, doch an anderen Stellen leuchtet es fast kirschrot.

»Seid Ihr sicher?«

Sie nickt. »Darauf könnte ich schwören.«

»Was, in Gottes Namen, macht er hier?«

Das kann sie nicht sagen, er genauso wenig.

Wind kommt auf, und über ihnen beginnen die Baumkronen zu säuseln, in dringendem Tonfall miteinander zu flüstern.

Wird man je beweisen können, dass Bäume Mitteilungen austauschen?, sinniert Dee. *Über ihre Wurzeln vielleicht, wenn deren Spitzen einander tief unten in der feuchten, dunklen Erde berühren.*

Dann fragt er sich, was sie ihm jetzt wohl berichten würden. Dieses Rätsel um das Auftauchen des Handschuhs lässt seine Gedanken galoppieren.

»Wir sollten ihn mitnehmen«, schlägt er vor, obwohl ihm nicht wirklich klar ist, warum. »Das ist jedenfalls besser, als ihn liegen zu lassen.«

»Und ihn ihrem Vater zukommen lassen? Er wird bestimmt gemerkt haben, dass er fehlt.«

»Wird er ihn denn haben wollen?«

»Der Schmutz wird mit der Zeit verschwinden.«

Nach kurzem Zögern bückt Dee sich nach dem Stück und ergreift es mit spitzen Fingern, um es gegen den Baumstamm zu dreschen, bis die daran klebende Masse abfällt. Danach weiß er nicht so recht, was er damit anfangen soll. Schließlich rollt er den Handschuh zusammen und schiebt ihn in seine Wamstasche.

»Lasst uns jetzt zurückgehen«, meint Mistress Frommond. »Ich mache mir Sorgen um die Pferde.«

»Nur noch einen kurzen Augenblick«, bittet Dee.

Eine Veränderung der Lichtverhältnisse vor ihnen hat seine Neugier geweckt. Die Bäume stehen dort weiter auseinander, und der Wald endet, aber statt anzuhalten, marschiert Dee einfach weiter, den Hügel hinab. Jane muss ihm wohl oder übel folgen. Alles in allem haben sie sich inzwischen etwa zweitausend Schritt von den Pferden entfernt. Doch jetzt öffnet sich das grüne Dach endgültig und gibt den Blick auf einen grauen Himmel frei. Vor ihnen tauchen Eichen und Erlen auf, während sie mit den Füßen durch Morast waten, bis Dee abrupt stehen bleibt.

»Was ist?«, fragt Mistress Frommond.

»Ein Fluss«, sagt er. »Da ist ein Fluss.«

Tatsächlich erstreckt sich vor ihnen ein vielleicht fünf Yard breites Band aus trübem braunem Wasser, gesäumt von vertrockneten Sträuchern und Disteln an beiden Ufern. Verblüfft starren sie erst den Fluss, dann einander an.

»Glaubt Ihr, dass Master Walsingham von seiner Existenz wusste?«, fragt Jane.

Dee nimmt eher an, dass der andere gar nicht so weit gekommen ist. Wozu denn auch?

Walsingham ist eine Spinne, denkt er, *kein Bluthund.*

Und das bringt ihn auf die Frage, warum Walsingham am Tag nach den Schüssen eigentlich nicht mit Bluthunden angerückt ist. Zu viel Regen? Zu viel Durcheinander? Vielleicht zu viele Fußabdrücke von Jeffers und dessen Männern? Und nicht zu vergessen die Verfassung, in der Walsingham an jenem Abend war. Er war fast verrückt vor Sorge und auch am nächsten Tag zu nichts zu gebrauchen.

»Die Attentäter …«, beginnt Mistress Frommond. »Hätten sie nicht mit einem Boot hier herauffahren und später damit fliehen können?«

Dee hört kaum hin. Er hat sich wieder in Bewegung gesetzt.

»Fühlt Ihr Euch wohl, Dr. Dee?«, fragt Jane besorgt.

Die Wahrheit ist, dass es ihm nicht gut geht. In seinem Kopf dreht sich alles – oder die Welt wirbelt um ihn herum –, denn er war schon einmal hier: und zwar im Schlaf. All das hier hat er in seinem Traum gesehen. Genau diesen Fluss.

Er wendet sich nach rechts und folgt dem Uferpfad stromabwärts, stapft in südlicher Richtung durch Morast und Schlamm, wo Karden und Rohrkolben wachsen, deren Stiele sich im Wind mit einem merkwürdigen Schnarren biegen. Dann hört er im hohen Schilfgras einen anderen Laut, ein leises Knarren. Wenig später stiehlt sich von hinten eine kleine Nussschale von einem Boot heran, die unter einem vielfach ausgebesserten Segel den Fluss hinuntergleitet.

Dee winkt dem Schiffer. »Wie heißt dieser Fluss?«

»Lea!«, ruft der Mann in einem gequetschten Dialekt zurück.

»Wo fließt er hin?«

»Oh, der bleibt, wo er ist.«

Der Mann bricht über seinen eigenen Scherz in ein schallendes Lachen aus. Außer ihm befindet sich an Bord ein Junge, der ebenfalls lacht. Und dann entdeckt Dee einen gedrungenen Hund, der ihn anknurrt. Er hofft, dass das Vieh nicht schwimmen kann.

Dee wagt einen anderen Ansatz. »Woher kommt er, und wohin führt er?«

»Vom Norden oben.« Der Mann weist in diese Richtung. »Broxbourne und noch ein Stück dahinter. Und er fließt bei Leamouth ins Meer. Bei der Isle of Dogs.«

Der Hund bellt wie zur Bestätigung.

»Schnauze!«

Dee erklärt, dass er noch nie von einem Fluss mit dem Namen Lea gehört hat, was den Schiffer freilich nicht wundert.

»Das werdet Ihr schon noch!«, ruft der Mann, der jetzt immer lauter werden muss, da er sich inzwischen ein gutes Stück entfernt hat. »Wenn sie diese Scheißschleuse je fertig bekommen!«

»Welche Schei… Welche Schleuse?«

»Ein Stück weiter unten. Diese Scheißer aus Holland bauen seit Monaten daran, aber jetzt haben sie sich wieder in ihre Scheißheimat verkrümelt.«

Das sind seine letzten Worte, im nächsten Moment ist er verschwunden. Dee und Jane bleiben allein am morastigen Ufer zurück.

Sie verzieht das Gesicht. »Sind die Holländer denn derart unbeliebt?«

»Nun ja, gegenwärtig treiben sich recht viele bei uns herum. Kriegsflüchtlinge. Aber sie sind so wunderbar fleißig und haben findige Ingenieure. Sie verstehen es, Moore trockenzulegen und alles Mögliche zu bauen. Brücken, Mühlen, Wehre, Schleusen und so weiter …«

Dees Stimme verliert sich, denn auf einmal sticht ihm etwas ins Auge, was ihn in seinen Bann zieht: die Wassermühle aus seinem Traum mit einem sich in der Strömung drehenden Rad. Und am Ufer sieht er noch weitere Gebilde dieser Art, alle mit mächtigen, aus dem Wasser ragenden Rädern. Kann es sein, dass seine Träume ihn hierhergeführt haben?

Jane ruft nach ihm, doch er geht einfach weiter, ohne auf sie zu achten. Nur am Rande bekommt er mit, dass sie ihm folgt.

»Dr. Dee! Es ist wegen der Pferde! Ich mache mir Sorgen!«

»Denen wird es gut gehen!«, ruft er über die Schulter. »Sie sind aus dem Stall der Königin. Jemand wird sie zurückbringen.«

Da ist sie sich nicht ganz so sicher.

»Ihr macht noch eine Pferdediebin aus mir!«, beschwert sie sich, holt ihn aber wieder ein.

»Ich werde mich für Euch verbürgen«, verspricht er und strebt weiter. »All das hier habe ich gesehen, in meinen Träumen. Kanäle, Wassermühlen, Schleusen. Einen Kahn.«

Schließlich erreichen sie ein Becken, in dem mehrere Boote an einem Baumstumpf festgebunden sind. Sie sehen aus wie das des Schiffers.

»Sind das die gleichen Kähne wie der in Eurem Traum?«, will Jane Frommond wissen.

Dee schüttelt den Kopf. »Meiner war schwarz. Und groß. Für Kohlen vielleicht? Und mit irgendetwas abgedeckt war er auch.«

Es ist Gezeitenwechsel. Das Wasser steigt wieder.

Dee und Jane gehen weiter. Etwas weiter stromabwärts erreichen sie den Treidelpfad längs des Westufers. Schweigend folgen sie ihm etwa eine Meile. Es ist jetzt Nachmittag, und sie sollten allmählich umkehren, doch Dee denkt nicht daran. Und Jane folgt ihm, bis sie das finden, wonach er gesucht hat: die Schleuse, die von den Holländern gebaut wird.

Dee ist fasziniert von solchen Gebilden und bewundert die Art und Weise, wie sie funktionieren. An jedem Ende eines geraden Flussabschnitts werden hohe Gestelle errichtet, jedes davon ist mit Winden und Flaschenzügen ausgestattet. Dee vermutet, dass sie eines Tages mit Tauen bestückt sein werden, dick genug, um die gigantischen Holztore, die momentan noch in einer Werkstatt am Ufer zusammengezimmert werden, anzuheben und herabzulassen. Für heute ist die Arbeit jedoch schon eingestellt worden, und niemand ist mehr zu sehen.

Dee starrt zum Wasser hinunter.

»Ist das Euer Kanal?«, will Jane Frommond wissen.

»Ja. Oder er wird es vielmehr sein. Träume deuten meistens nur an und sind nur selten präzise.«

Dennoch, dort vorne, hundert Schritt stromabwärts, liegt, an den Stamm einer Erle vertäut, der Kahn. Vierzig Schritt lang; alles kohlrabenschwarz, nur der geölte Mast aus Fichtenholz nicht, der jetzt auf dem Kabinendach ruht. Er ist so massiv wie der Rumpf eines Mannes. Von

Haltestangen hängen schmutzige Taue herab. Längs des Masts sind die Segel aufeinandergestapelt; man könnte gut und gerne darauf schlafen.

Es handelt sich um einen jener Frachtkähne, die den Kohlehandel zwischen Newcastle und Calais bedienen. Wie Dee vermutet, gehört er zu denen, die vor der englischen Küste auf und ab kriechen und darauf warten, dass der richtige Wind und die Gezeiten die Überquerung des Schmalen Meers gestatten. Das Schiff wirkt abweisend, aber aus seinem Ofenrohr ringeln sich zarte, blasse Rauchwolken.

Eine Weile betrachten die beiden den Kahn.

»Die Attentäter ... könnten sie hier gehaust und auf das Signal gelauert haben, dass die Königin unterwegs ist?«, überlegt Dee halblaut. »Sie könnten ja an der Schleuse gearbeitet haben, dann hätte sich niemand etwas dabei gedacht. Wahrscheinlich hätte deswegen auch niemand Master Walsinghams Ermittlern etwas davon erzählt. Was meint Ihr?«

Wahrlich ein bis ins Letzte ausgeklügelter Plan.

»Aber sind sie immer noch da? Der Schiffer hat gemeint, sie seien verschwunden«, erinnert ihn Jane.

»Ja, vielleicht sind sie weg.« Dee nähert sich dem Kahn wie von einer magischen Kraft angezogen. Ihm ist, als schwämme er in einer Luft so dicht wie Wasser.

»Hallo?«, ruft er dann. »Hallo?«

Plötzlich herrscht eine ganz eigenartige Stille, als hätte jemand etwas jäh unterbrochen, nur dass auch schon vorher nichts zu vernehmen war. Kann es sein, dass jemand aufgehört hat zu atmen?

Nein. Es ist lediglich eine Katze, die ihr Säuberungsritual in der Kajüte beendet hat, um sie über die Schulter hinweg anzustarren.

»Was für ein hässliches Vieh«, murmelt Jane.

»Hallo!«, ruft Dee erneut.

Nichts. Sie blicken einander an. Dee hebt eine Augenbraue. Er hat einen Holzblock entdeckt, in den jemand Stufen gehauen hat, um einen Landungssteg zu schaffen. Er steigt hinauf und erreicht das hintere Deck. Die Katze macht einen Buckel und faucht ihn an. Schildpattartig gemustertes graues Fell, eingerissenes Ohr, gelbe Augen.

»Du bist aber schön«, versucht Dee, das Tier zu beruhigen, erntet jedoch ein noch böseres Fauchen. »Verfluchtes Vieh.«

Jenseits einer Luke entdeckt er zwei Türen, beide mit Hanfseilen statt Klinken. Dee zieht daran. Verriegelt.

»Hallo!«, ruft er erneut.

Immer noch nichts.

Über einen Laufgang schlurft er in Richtung Bug und kommt dabei an dem Ofenrohr vorüber, das sie von unten gesehen haben. Rasch nimmt er seine Mütze ab, rollt sie zu einem Ball und stopft sie in das Rohr. Jane, die das vom Ufer aus beobachtet, muss ein Lachen unterdrücken.

Dee huscht weiter auf den Bug zu, wo es eine weitere Luke gibt. Diese starrt vor Schmutz und ist voller tiefer Kratzer. Dee nimmt an, dass sie zum Laderaum führt. Dahinter befinden sich wieder zwei Türen, die jeweils mit einem Eisenriegel verschlossen sind. Bei einer schiebt er den Riegel zurück und öffnet sie. Sie ist schwer, aus massiver Eiche gezimmert.

Aus der Dunkelheit schlägt ihm ein übler Geruch entgegen, eine Mischung aus abgestandenem Wasser und Kohlenstaub. Dee dreht sich der Magen um. Trotzdem späht er hinein. Durch die offene Luke sickert etwas Licht hinein. So sieht er – oder glaubt es wenigstens – eine Menge von in Leinen eingewickelten Rohren, die wie Würste von der Decke herabhängen.

Er zieht den Kopf zurück und inhaliert die frische Luft.

»Was ist?«, ruft Mistress Frommond vom Ufer herüber.

Dee ist unschlüssig. Dass er die Waffen gesehen hat, mit denen ihre Freundin umgebracht wurde, will er ihr erst sagen, wenn er sich dessen sicher ist. Er stellt einen Fuß auf die unterste Sprosse einer gegen die Wand gelehnten Leiter und blickt auf – nur um Jane Frommond nun ebenfalls aufs Deck treten zu sehen. Alice war ihre Freundin. Da will sie natürlich alles in Erfahrung bringen, was es zu wissen gibt.

»Nicht doch«, sagt er und will irgendetwas Beruhigendes hinzufügen, doch dazu kommt er nicht mehr.

Plötzlich dringt aus der Kabine hinter Jane ein Hämmern und Dröhnen, und dann geht es Schlag auf Schlag. Die Kabinentür fliegt auf, und heraus quillt eine Rauchwolke. Hinter Mistress Frommond taucht ein Mann auf. Von Angst gepackt, fährt sie herum. Der Kerl hat ein furchterregendes, gebogenes Eisen in der Hand, einem Schürhaken nicht unähnlich, und geht mit vor Zorn hervorquellenden roten Augen auf Jane los. Die junge Ehrendame wirbelt herum und will wegrennen, doch er ist schneller. Schon hat der Kerl ihr den Haken von hinten um die Kehle geschlungen und reißt sie von den Füßen.

Im nächsten Moment lässt er die Waffe fallen, und Jane knallt der Länge nach aufs Deck, ihr Kopf klemmt in der eisernen Schlinge.

»Wer seid ihr?«, brüllt der Mann. »Wer seid ihr? Was wollt ihr hier?«

»Hör auf!«, schreit Dee zurück. »Du tust ihr weh! Lass sie sofort los!«

»Wer zum Teufel bist du, dass du mir gibst Befehle? Auf meine Boot! Wer bist du? Was willst du hier?«

Ist das ein holländischer Akzent? Oder ein flämischer? Oder stammt der Mann aus Frankreich?

Holländer oder nicht, es ist ein baumlanger Kerl mit schmalen Schultern, struppigem, unter dem Kinn verfilztem Bart und einem selbst zusammengeflickten Hemd, das ihm bis zu den nackten Knien reicht.

»Lass sie einfach los«, fordert ihn Dee auf. »Lass sie los, und wir sind weg.«

Doch jetzt hat der Mann eine Klinge in der Hand, und die sieht nicht so aus, als gehörte sie zu einem Buttermesser.

»Sag mir, was ihr wollt hier!«, brüllt der Mann erneut.

Dee muss etwas tun. Den anderen irgendwie beschwichtigen. Ihn vielleicht etwas fragen …

»Arbeitest du an der Schleuse? Wir suchen den Vorarbeiter.«

Der andere starrt ihn verächtlich an. »Es gibt keine verfluchte Vorarbeiter.«

»Es tut uns leid«, entschuldigt sich Dee. »Wir haben einen Fehler gemacht.«

»Große Fehler. Jetzt runter in Laderaum. Sofort!«

»Ich bin kein …«

Plötzlich drückt der Mann Jane Frommond die Klinge an die Wange. Schon hat er ihr die Haut aufgeritzt, und Blut quillt hervor. Sie zischt schmerzerfüllt und stemmt die Absätze ihrer Stiefel in den Boden. Ihr Leinenkragen färbt sich rot.

»Runter in Frachtraum!«, bellt der Mann. »Oder ich stechen Auge aus!«

Dee weicht zurück zu der Luke am Bug. Eigentlich will er dem Mann sagen, dass er nicht vorhat, dort hinunterzusteigen. Doch ein Blick auf das Messer, dessen Spitze jetzt fast Mistress Frommonds Augapfel berührt, genügt, und sein Fuß findet die oberste Leitersprosse. Dann dreht er sich um und nimmt die nächste und die übernächste.

Unbarmherzig steigt der Gestank auf, umhüllt ihn, legt sich ihm auf die Zunge, wickelt sich um seine Zähne. Er schmeckt wie brackiges Wasser. Und es geht immer weiter hinunter. Vier Sprossen, fünf Sprossen …

Noch einmal dreht er sich um und schaut zum Deck empor. Der Mann drückt Jane Frommond mit den Knien nieder – so, wie man das mit Schafen beim Scheren macht. Sie stemmt sich mit beiden Händen gegen den Haken, der ihr die Luft abzudrücken droht, doch die eigentliche Gefahr geht von dem Messer aus.

»Runter!«, brüllt der Mann in Dees Richtung.

Dee schlittert und poltert die letzten Sprossen hinab. Dann versinken seine Füße in einer klebrigen, schleimigen Masse. Von draußen hört er das gedämpfte Dröhnen des gegen den hölzernen Rumpf des Kahns schlagenden Wassers. Hinzu kommt ein leises Fiepen, das ihn wissen lässt, dass er hier unten nicht allein ist. Jetzt ist der Himmel über ihm nur noch ein Quadrat.

Und dann hat er drei Geräusche in den Ohren: das Grunzen des Mannes, Jane Frommonds erstickte Schreie und das Kratzen ihrer Absätze auf dem Deck. Jäh verdunkelt ihre Gestalt die Sicht auf das leuchtende Quadrat.

Obwohl Dee bloß noch Schatten über sich sieht, erkennt er, dass der Mann den Haken von Janes Hals löst. Das ist wirklich ein scheußliches Werkzeug, und in der ersten Schrecksekunde glaubt Dee, dass der Mann ihr die Kehle aufgeschlitzt hat. Vor Grauen stößt er ein animalisches Brüllen aus, in der Erwartung, dass gleich Blut auf sein Gesicht herabregnen wird. Doch zum Glück scheint ihre Kehle unversehrt zu sein und der Kopf immer noch auf den Schultern zu sitzen.

Im nächsten Moment kracht sie gegen Dee. Ihre ausgestreckten Hände krallen sich an ihn, und ihr Kopf prallt gegen seine Wange. Dee torkelt drei Schritte zurück, doch er fällt nicht und schafft es sogar, sie beide vor dem Sturz in die schleimige Brühe zu bewahren.

Allerdings wird die Luke über ihnen von dem Mann mit dem Haken und dem Messer blockiert. Er keucht heftig, die glühenden Augen verdreht wie die eines Irren oder Verzweifelten.

Dann fällt die Luke mit einem Knall zu, und die Dunkelheit senkt sich über Dee und Jane Frommond.

13

Old North Road, Essex, zweite Dezemberwoche 1577

Es ist Mitte Dezember, die Zeit, in der die Tage am kürzesten sind. Gerade noch rechtzeitig vor Einbruch der Dunkelheit erreichen Robert Beale und Nicholas Hilliard nach sieben Stunden im Sattel das Städtchen Great Dunmow, wo sie in einer nahe beim Marktplatz gelegenen Herberge unterkommen. Dort müssen sie sich ein Bett mit Sir John Jeffers teilen und das Zimmer mit zwei Soldaten von der königlichen Eskorte, von denen einer derart laut schnarcht, dass das Gebälk wackelt und gewiss alle nur erdenklichen Arten von Ungeziefer aufwachen.

Am nächsten Tag nehmen sie frische Pferde zusätzlich zu denjenigen aus dem königlichen Stall, die sie im Wald unterhalb von Waltham Cross entdeckt haben. Dass die Tiere ihnen ausgerechnet dort zugelaufen sind, wo auf die Königin geschossen wurde, hat sie gestern den ganzen Tag wild spekulieren lassen, wenn auch ohne schlüssiges

Ergebnis. Und je weiter sie ritten, desto unwahrscheinlicher kam es ihnen vor, dass sie die Sache je ergründen würden.

»In diesem Wald wimmelt es von Rätseln«, knurrt Jeffers nun, da sie den Weg zur alten Römerstraße nach Bury St. Edmunds einschlagen.

Die Straße führt über sanft geschwungene Hügel und vorbei an von Hecken eingefassten Weiden und Weilern, die sich um prachtvolle Kirchen aus von Flechten überwachsenem Naturstein scharen. Beide Männer haben sich wegen des Ostwinds, der ihnen unablässig ins Gesicht bläst, in warme Mäntel gehüllt.

»Kannst du mir noch einmal erklären, warum wir das schon wieder auf uns genommen haben, Robert?«, stöhnt Hilliard.

Beale kann seinen alten Freund gut verstehen. »Bedauerst du jetzt, dass du mir dein Amulett mit dem Bild von Mistress Overbury gezeigt hast?«

»Zutiefst!«

Beale lacht. »Ich werde dafür sorgen, dass es der Mühe wert ist, versprochen.«

Freilich hat er Hilliard kein Sterbenswörtchen von seinem Vorhaben verraten, und so glaubt dieser weiter fest daran, dass Beale sich bis über beide Ohren in Mistress Overbury verliebt hat – was auch tatsächlich zutrifft. Als er sie zum ersten Mal im »Dolphin« erblickte, lachte sie gerade über eine Bemerkung, die irgendjemand – oder sie selbst? – gemacht hatte, und er sah ihr Gesicht nur im Profil. Doch als sie sich zu ihm umgedreht hat und sie einander in die Augen geschaut haben, hat es Beale jäh den Atem verschlagen, und sein Herz setzte einen Schlag aus.

»Dafür kann ich kein Geld von dir verlangen, Robert«, sagt Hilliard jetzt, obwohl beide wissen, dass er das sehr wohl tun wird.

Und das hat eine ganze Reihe von Gründen. Erstens musste er John Overburys derbe, beleidigende Witze über sich ergehen lassen, als er Beale ins »Dolphin« mitnahm, wo er dann vorgab, er hätte das Amulett entgegen der Vereinbarung noch nicht fertiggestellt. Zweitens musste er es Beale danach aus Gründen, die dieser für sich behielt, leihweise überlassen. Drittens musste er eine Kopie des Originals anfertigen. Und viertens – und das ist das Schlimmste – muss er jetzt sechs oder sieben Tage lang durch die Gegend reiten, um das Machwerk abzuliefern.

»Dabei hasse ich Pferde doch«, hat er zu Beale gesagt.

»Gewiss, das ist alles meine Schuld«, gab Beale zu. »Aber nicht, dass sie im tiefsten Suffolk leben.«

Und so sind sie nun unterwegs. Der zweite Tag endet mit einem sehr verwässerten Ale in einem heruntergekommenen Gasthof südlich von Bury, der dritte und letzte Tag auf John Overburys Anwesen in einem kleinen Dorf, aus dem angeblich die Sippe der bei König Henry in Ungnade gefallenen Howards stammt. Henrys fünfte Frau, die später wegen Untreue geköpfte Catherine Howard, soll dort sogar geboren sein! Wie auch immer, das Anwesen hat schon bessere Tage gesehen, und die Hunde bestehen nur noch aus Haut und Knochen.

Overbury wundert sich darüber, dass Hilliard eine Eskorte dabeihat, zeigt sich aber auf seine grobschlächtige

Art erfreut darüber, in der Gesellschaft von echten Haudegen zu sein. Als er erfährt, dass Sir John Jeffers in Flandern gekämpft hat, taut er sogar richtig auf.

»Ihr seid hier, um meine Ness zu sehen, was?«, bellt er. »Da müsst ihr aber früher aufstehen.«

Er ist keine sechzig, wie Hilliard behauptet hat, ja, vielleicht noch nicht einmal fünfzig, aber ein soldatischer, raubeiniger Bursche, der stolz darauf ist, dass er die Dinge so ausspricht, wie er sie mit seinen verschlagenen Schweinsaugen sieht. Er besitzt Ness wie andere einen Morgen Wald und ärgert sich über jeden Penny, den er für sie ausgeben muss, nur damit sie zum Entzücken anderer Männer aufblüht.

»Wir sind auf dem Weg nach King's Lynn, Master.« Jeffers ist eingeschärft worden, dass er lügen muss. »Außerdem haben wir Master Hilliard Geleitschutz bis zu Eurer Tür gegeben.«

Die Hellebardiere glauben, dass sie tatsächlich auf dem Weg nach Norfolk sind und Hilliard aus Gefälligkeit eskortieren.

»Ihr könnt kostenlos in der Scheune schlafen«, bietet ihnen Overbury an. »Dort ist auch Platz für die Pferde. Aber für das Futter müsst ihr zahlen. Für eures auch. Schnauze!«

Letzteres gilt einem bellenden Hund, dem er im gleichen Moment einen Hieb in den Nacken verpasst.

Während er spricht, taucht Ness, umrahmt vom Licht aus dem Inneren des Hauses, in der Türöffnung auf. Es dauert nur einen Augenblick, und sie hat sich einen Eindruck gemacht: eine Gruppe junger Männer, die sich alle zu ihr umwenden wie Margeriten zur Sonne, darunter auch Beale. Sie weiß sofort, warum er gekommen ist, oder glaubt zumindest, es zu wissen.

Kurz verharrt sie wie eine Katze. Es ist, als würde ihr blitzartig klar, dass sie auf der Schwelle zu etwas ganz Neuem steht und jetzt nicht zurückweichen darf, weil es ihr sonst entgeht und sie zurückbleibt – im Nirgendwo. Wenn sie hingegen die Schwelle überschreitet …

Sie trägt eine lose Leinenhaube, die ihr schönes goldbraunes Haar nicht zu bändigen vermag, und schiebt sich eine verirrte Strähne zurück hinters Ohr. Dann gibt sie sich einen Ruck und tritt vor ins Tageslicht. Fast kann man dabei zusehen, wie sie buchstäblich die Vergangenheit hinter sich lässt und weiter in die Gegenwart vorangeht, in die Zukunft. Von dem, was war, zu dem, was sein wird.

»Ach, Master Hilliard, Master Beale!« Sie lächelt. »Möge Gott Euch einen guten Abend schenken.«

Overbury knurrt wie ein Wachhund aus den Tiefen seiner Brust. Die Botschaft lautet: *Das geringste Zucken, und ich reiße dir die Kehle auf.*

Später in der Nacht zeigt Hilliard ihnen das Amulett.

»Aber ich habe ein großes bestellt«, sagt Overbury lachend.

Hilliard seufzt vernehmlich.

Am nächsten Tag geht das Feilschen um den Preis für das Amulett weiter. Overbury hat am Abend zu viel Wein getrunken und bis lange nach Mitternacht Anekdoten mit Sir John Jeffers ausgetauscht. Am Morgen darauf ist er deshalb sehr reizbar. Er weiß, dass es um mehr geht als ein Amulett, und nimmt an, dass Beale gekommen ist, um seine Ness zu sehen. Auf keinen Fall wird er mehr als zwei Drittel des Preises zahlen!

Beale ermutigt Hilliard, durchzuhalten und die Verhandlungen in die Länge zu ziehen, denn bislang hat er noch keine Möglichkeit gefunden, mit Ness allein zu sein. So verstreicht die Zeit, während Ness mit ihren Pflichten beschäftigt ist: in der Speisekammer, in der Milchkammer, in der Räucherkammer … Falls sie bis morgen bleiben müssen, wird es aussehen, als wären sie als Besatzer hier eingefallen.

Am Morgen des zweiten Tages lockt Beale eine von Overburys Doggen mithilfe eines aus dem Kochtopf entwendeten Knochens einigermaßen weit vom Haus fort und wirft diesen dann in einen Schafpferch, der, wie er in Erfahrung gebracht hat, Overbury gehört. Er glaubt nicht, dass die Knechte Overbury rufen würden, wenn es darum ginge, einen fremden Hund zu töten, der bei seinen Schafen eingedrungen ist. Aber wenn es sich um Overburys eigenen Hund handelt, hält er das durchaus für möglich.

Und tatsächlich: Schon kommt ein Junge von der Weide herbeigerannt und schlägt Alarm. Overbury will zunächst nicht glauben, dass es sein Hund ist, der die Schafe reißt, doch dann bemerkt er, dass das Tier nicht auf dem Hof ist. Also reißt er seine Jacke vom Haken und lässt alles stehen und liegen, um zu retten, was zu retten ist.

Wie der Blitz huscht Beale auf Socken die Stufen zum Schlafzimmer hinauf, wo Mistress Overbury gerade das Wenden einer Matratze beaufsichtigt. Als er um ein Gespräch unter vier Augen bittet, gelingt es den Mägden gerade so eben, sich im Hinausgehen ein Kichern zu verkneifen.

»Mistress Overbury«, beginnt Beale hastig, »ich habe Euch sehr viel zu sagen und dafür nur äußerst begrenzte Zeit.«

Sie mustert ihn schweigend. Als das durchs Fenster hereinfallende Licht auf die Staubflocken und ihre alabasterfarbene Haut fällt, die durch das Muttermal auf ihrer rechten Wange nur noch schöner wird, und sie ihm mit halb geöffneten Lippen lauscht, ergreift ihn das dringende Verlangen, seinen Mund auf ihren zu pressen. Da jetzt keine Zeit ist, sein Ansinnen näher und mit Nachdruck zu erklären, sagt er ihr nur, dass sie Königin und Land in gottgefälligster Weise einen unschätzbar wertvollen Dienst erweisen könne, dieser aber von ihr absolute Diskretion erfordern würde.

»Ihr wollt also, dass ich mich an etwas beteilige – an irgendeinem Vorhaben –, über das Ihr jetzt und hier in diesem Raum nicht sprechen könnt und von dem ich weder meinem Mann noch sonst irgendwem erzählen darf?«

Sie macht sich natürlich über ihn lustig, und er kann nicht verhindern, dass er feuerrot anläuft.

»Ja«, antwortet er mit fester Stimme und versucht, ihr zu erklären, dass sein Vorhaben nicht von der Art ist, wie sie glaubt, und dass er das, was er über die Königin und das Land gesagt hat, vollkommen ernst meint.

Doch dann merkt er selbst, wie absurd seine Worte klingen, und verheddert sich immer mehr. So endet er damit, dass er sie allein treffen muss, weil er Zeit braucht, ihr zu erläutern, was genau sie für ihn tun soll – die Umstände, ihre Aufgabe und die Folgen, die das Ganze haben könnte. Er kann es nicht riskieren, ihr jetzt zu erklären, was sie für ihn tun soll, wenn *sie* ihm nicht vorher versichert, selbst ein Interesse daran zu haben, und ausschließen kann, dass anderweitige Verpflichtungen dem Vorhaben entgegenstehen.

»Ich werde in Bury St. Edmunds sein«, sagt er, »und zwar bis zum zweiten Tag nach dem Markt in einer Woche. Ich werde im Haus des Arztes Dr. Paley wohnen. Das ist in der Nähe des ›Angel Inn‹, gleich an der Straßenecke – Ihr erkennt es an einem Schild mit zwei Hunden darauf. Wenn Ihr für meinen Vorschlag offen seid, dann kommt bitte dorthin.«

»Das ist ganz schön viel auf einmal«, antwortet sie.

Er stimmt ihr zu. Zugleich sieht er, dass sie sehr schnell atmet und ihre Augen vor Erregung funkeln.

»Komm her«, sagt sie.

Eine Woche später sind Hilliard, Jeffers und die zwei Soldaten wieder nach London abgereist und haben Beale in Bury St. Edmunds zurückgelassen. Es ist immer noch klirrend kalt, aber trocken, und er hat jetzt unter dem Strohdach des »Angel Inn« ein Zimmer für sich allein mit Blick auf das Tor der alten Abtei. Gesellschaft leisten ihm eine Katze und eine streng riechende Dienstmagd, die ihn für einen Knabenschänder hält, weil er keinerlei Anstalten macht, sie zu berühren.

Dann, am fünften Tag, sieht Beale Ness Overbury in einem grünen Wollkleid über den Marktplatz schreiten.

Begleitet wird sie von ihren Dienstmägden, die hinter ihr hertrippeln wie Küken hinter ihrer Mutter.

Seit sie sich in dem Zimmer mit der gewendeten Matratze geküsst und aneinandergepresst haben, geht sie ihm nicht mehr aus dem Kopf. Seitdem onaniert er notgedrungen jeden Tag viermal – an einem waren es sogar sechsmal – und kann nicht mehr auf einem Pferd reiten, ohne sich selbst größeren Schaden zuzufügen.

Bei ihrem Anblick springt er auf und eilt durch ein Gewirr von Hinterhöfen zum Haus des Arztes Dr. Paley, der ebenfalls zu Master Walsinghams Männern gehört. Paley ist ein schwerhöriger älterer Herr und hat eine Sicht, die höchstens noch durch die Blasen verschlechtert werden kann, die sich zwischen seinen fingerdicken Augengläsern gebildet haben. Beale schiebt ihn zur Haustür hinaus, bevor Ness anklopfen kann.

Ihr erstes Stelldichein ist feucht und atemlos. Kaum ist die Tür zugefallen und verriegelt und sie sind allein in Dr. Paleys Praxis, kann es gar nicht schnell genug gehen. Jeder zerrt an der Wäsche des anderen, ohne darauf zu achten, was sie neben ihren Kleidern noch alles auf den Boden befördern: eine gläserne Phiole, die für Urinproben gedacht ist; Zweigbündel; in Leinenbeuteln aufbewahrtes getrocknetes Laub und einen steinernen Mörser, der ein rötliches Pulver enthält, zerriebenen Zimt vielleicht. Noch bevor das Pulver auf dem Boden landen kann, sind sie halb nackt, ihre Schenkel um seine Hüften geschlungen und sein Penis steckt tief in ihr. Einen Fingerbreit voneinander entfernt, starren sie sich in die Augen und atmen dieselbe Luft ein. Nicht ein Wort haben sie gewechselt.

Als er glaubt, dass er sein Glied nun herausziehen sollte, drängt sie sich an ihn und flüstert ihm ins Ohr, dass sie unfruchtbar ist.

Wir werden ja sehen, denkt er noch, aber dann denkt er gar nichts mehr, da alles in einer gewaltigen Explosion der Lust gipfelt, bei der er sogar glaubt, in Ohnmacht zu fallen.

Ness lacht und klammert sich an ihn, während er nach Luft schnappt wie ein am Ufer gestrandeter Fisch.

Dann sagt sie ihm, dass es überhaupt nicht so ist, wie ihr Bruder es macht, und er erstarrt.

Sie lacht noch mehr.

»Das ist ein Scherz«, erklärt sie. »Über die Leute in Suffolk.«

Er bringt ein Lachen zustande, löst sich von ihr und wälzt sich auf den Boden, wo er neben ihr liegen bleibt. Dann blinzelt er sich den Schweiß aus den Augen. Um ihn herum riecht alles nach dem rötlichen Pulver, das jetzt auch an seiner Haut klebt.

Als er wieder normal atmen kann, dreht er sich zur Seite und stützt sich auf den Ellbogen, um sie zu betrachten. Ihre Haut ist sehr blass und leicht mit Sommersprossen gesprenkelt. Eine Brustwarze richtet sich auf, als er sie berührt. Sanft streicht er über ihren Bauch und verbindet die größeren Flecken, als zeichne er die Sternkonstellationen nach: der Große Bär, der Kleine Bär, Skorpion, Stier, Jungfrau.

Auf Fleckchen wie diesen kann man eine verschlüsselte Botschaft verfassen, geht es ihm durch den Kopf. *Eine Ziffer. Einen von den Codes, die Girolamo Cardano ersonnen hat:*

Man legt ihn auf einen Text, auf den man sich zuvor geeinigt hat, und jede Perforation offenbart einen Buchstaben. Das könnte man genauso gut hier machen.

Ness beobachtet ihn.

»Nun«, sagt sie. »Und jetzt?«

Sie tun es noch einmal, weniger dringlich jetzt, auch wenn sie früh genug den Höhepunkt erreichen, ihre Ohren und Wangen glühen und Ness sich mit fast beängstigender Wildheit an Beale klammert, während ihr Körper sich ohne ihr Zutun windet.

Danach bleibt sie zitternd und keuchend auf dem Rücken liegen. Eine einsame Träne rinnt aus ihrem Auge und zieht eine feine Spur zu dem flaumartigen roten Haaransatz an ihrer Schläfe.

»Mein Gott«, flüstert sie. »Das war bitter nötig.«

Auch er ist erschöpft und geschwächt, doch das liegt nicht allein an seinen Bemühungen. Er bringt kaum die Kraft auf, nach Ness' Kleidern zu greifen und sie ihr zu reichen – ein zerknülltes Stück nach dem anderen –, geschweige denn seine eigenen anzulegen.

»Du hast ja nicht mal deine Stiefel ausgezogen!« stellt sie kichernd fest. »Das schafft sogar mein Bruder.«

Beale sitzt auf der Bank, Ness auf der Binsenmatte. Er sieht ihr dabei zu, wie sie einen Strumpf überstreift, und versucht, sie sich als die Königin vorzustellen und sich einzureden, dass er soeben mit der Königin von England geschlafen habe. Derlei gehört doch gewiss zu den Dingen, die Männer einander in Schenken erzählen?

Ich habe die Königin gevögelt. Und wie ich es ihr besorgt habe!

Aber das kann er nicht. Er ist in ein Loch gefallen, aus dem er nicht mehr herausfindet.

Als sie sich beide angekleidet und die Instrumente des Arztes so gut wie möglich in die alte Ordnung gebracht haben, nimmt er auf dem Stuhl des Doktors Platz und sie auf dem der Patientin.

»So, und worum geht es nun wirklich?«, fragt sie.

»Worum es *wirklich* geht?«

»Du kannst doch nicht den ganzen Weg bloß wegen der Sache gerade eben gekommen sein, so schön es auch war!«

Er verrät es ihr, und sie hört aufmerksam zu.

»Die Königin?«

Er nickt, worauf sie in Lachen ausbricht. Ness hat tatsächlich Hände wie die Königin. Eine hält sie sich beim Kichern vor den Mund, exakt so wie die Königin. Ihr Lachen allerdings … nun, wie das der Königin klingt es nicht gerade.

Während er spricht, wandert ihr Blick hin und her, und unentwegt entdeckt sie eine neue Hürde, ein neues Gegenargument, doch stets weiß er eine Antwort darauf. Außer bei der Frage, wie mit Overbury zu verfahren ist, während sie lernt, wie Elizabeth Tudor aufzutreten.

»Es gibt zwei denkbare Methoden, deinen Gemahl aus dem Weg zu schaffen«, lässt Beale sie wissen. »Eigentlich drei. Die erste besteht darin, eine Unternehmung zu finden, die ihn von hier fortführt, eine Tuchmesse in Antwerpen zum Beispiel … Hm, wenn es nicht vor Kurzem zerstört worden wäre … Na gut, dann eben Amsterdam. Das ist die kommende Stadt, was Tuchwaren betrifft.«

»Er ist ein alter Soldat, sagt er immer. Gäbe es jetzt einen Marschbefehl und man würde ihn in den Tod auf irgendwelchen schlammigen Schlachtfeldern schicken, dann wäre er wie der Blitz dort.«

Beale denkt sofort an Irland.

»Und was sind die anderen zwei Methoden?«, erkundigt sie sich.

»Wäre er eingesperrt – sagen wir, in einem Gefängnis –, dann hättest du einen guten Grund, in ein Haus dort in der Nähe zu ziehen. Um ihn besuchen zu können.«

»Und dort wärst dann du? In diesem Haus? Zusammen mit meinen Lehrern?«

Beale nickt. »Ich würde einziehen und *dich* ›besuchen‹.«

»Dort einziehen und mich besuchen!«, wiederholt sie kichernd. Sie weiß genau, was er meint. Allerdings klingt ihr Lachen wirklich nicht so wie das der Königin. »Und die dritte Möglichkeit?«

Das will Beale nicht laut aussprechen.

»Das könntest du?« Ness' Augen weiten sich. »Ihn umbringen?«

Beale antwortet nicht. Er will nicht zugeben, dass er das in Auftrag geben könnte. Aber ja doch.

Sie lacht erneut, lautlos diesmal, und er sieht förmlich, wie sie versucht, sich ihr Leben ohne Overbury auszumalen.

»Ist es denn so schlimm?«

»Mit John? Nein. Solange man tut, was er sagt.«

»Wie konntest du ihn bloß heiraten?«

»Willst du die Wahrheit wissen? Ich war schwanger. Er hat damals dem alten König Henry gedient, zusammen mit meinem Vater, und hat behauptet, dass er nichts gegen ein Frauenzimmer mit Erfahrung hätte. Genau so hat er es gesagt. Er war schon Witwer und nicht mehr der Jüngste, kinderlos. Und er hat ein Einkommen von vierzig Pfund im Jahr.«

»Was ist aus deinem Kind geworden?«

»Pff«, schnaubt sie. »Eine Woche nach der Hochzeit hatte ich einen Abgang.«

»Und danach hattest du ihn am Hals?«

»Ja.« Sie stößt einen tiefen Seufzer aus. »Manchmal frage ich mich, ob … ob das wirklich schon alles ist, was wir vom Leben erwarten dürfen. Wir sprießen und gedeihen und werden nach und nach … abgeschnitten. Manchmal habe ich das Gefühl, dass unsere Seelen vergeudet werden bei unserem Streben nach … Ich weiß gar nicht, wonach eigentlich … Einem neuen Kleid aus rotem Samt?«

»Und was ist mit der Belohnung im Paradies?«

»Ach ja, das!«

Ness rückt ihre Haube gerade und macht sich offenbar ausgehfertig. Doch Beale wird erneut von der Lust ergriffen und will schon alle Vorsicht in den Wind blasen, aber diesmal bremst sie ihn mit erhobener Hand.

»Ist das wirklich dein Ernst?« Sie meint das Auftreten als Königin.

Beale nickt.

»Darüber muss ich nachdenken. Ich sage dir Bescheid.«

»Natürlich«, murmelt er enttäuscht. »Das, worum ich dich bitte, ist ja auch keine Kleinigkeit.«

»Bis Weihnachten?«

Er ist einverstanden. »So Gott will, können wir Ihre Majestät bis dahin am Leben erhalten«, sagt er, nur halb im Scherz.

Sie steht da, genau so, wie es die Königin manchmal tut. Das Einzige, was sie deutlich von Ihrer Majestät unterscheidet, ist das Muttermal über ihrer Lippe. Aber das lässt sich gewiss verbergen. Außerdem hat sie keine Narben wie die Königin. Allerdings ist Ihre Majestät ohnehin immer so dick gepudert, dass es nicht auffallen würde, wenn Ness noch mehr Puder auftrüge. Wenn es nur seinen Zweck erfüllt.

Bevor Ness sich endgültig verabschiedet, umfasst sie sein Glied, und als sie spürt, wie es bei ihrem Ruf sogleich wieder stramm steht, spielt um ihre Lippen ein eigenartig zufriedenes Lächeln. Dann ist sie weg.

Beale bleibt mit einem Gefühl zurück, keine Knochen und keinen Tropfen Blut mehr im Leib zu haben.

»Mein Gott«, stöhnt er. »Mein Gott.«

14

Seething Lane, London,
dritte Dezemberwoche 1577

Es ist Ende Dezember, und Walsingham ist seit zehn Tagen ans Bett gefesselt. Der Grund ist ein Fieber, von dem die Ärzte vermuten, dass er es sich auf dem Weg nach Lincolnshire zugezogen hat. Sie packen ihn in Bilsenkrautwickel, begraben ihn unter dicken Wolldecken und sperren ihn in seinem Gemach ein.

Gelegentlich kommen sie zu ihm und bearbeiten ihn mit einem Gebräu, hergestellt aus Verjus und der Leber von Bärenwelpen, das sie in den Gärten von Southwark kaufen.

»Davon darf er aber nicht mehr als einen Löffel pro Stunde bekommen, sonst wird es ihn töten.«

Der Gedanke an seinen Tod ist das Einzige, was ihn am Leben hält.

Walsingham träumt von brennenden Schiffswerften und ertrinkenden Seemännern, außerdem von einem riesigen Türken, den man stehend unter Goldmünzen begraben hat. Er träumt von hartem Schwarzbrot, von Rädern aus Weichkäse und von einem Säugling, der in der Ferne schreit wie ein Pfau.

Am zehnten Tag seiner Krankheit hat er sich so weit erholt, dass man Tageslicht hereinlässt – das winterliche wohlgemerkt –, gefiltert durch das trübe Glas seines Fensters, und am elften Tag wird das Fenster einen Spaltbreit geöffnet.

Am zwölften gestattet man ihm, für kurze Zeit aufzustehen.

Und am dreizehnten besucht ihn Sir William Cecil.

»Wir haben um dein Leben gefürchtet, Francis«, gesteht er. »Wir haben für dich gebetet.«

Walsingham weiß die Besorgnis aller zu würdigen – wer immer sie auch sind – und lässt für ihre Gebete danken.

»Irgendwelche Neuigkeiten?«, erkundigt er sich dann.

Cecil wiegt den Kopf. »Die schlechten zuerst?«

»Die schlechten«, bestätigt Walsingham.

»Parma hat Luxemburg erreicht.«

Walsingham hatte gehofft, dass es während des Feldzugs der Spanier und ihrer Verbündeten zu irgendeiner Katastrophe kommen würde: eine Lawine auf einem Alpenpass, eine plötzliche Dürre, eine Schlangenplage.

»Wir müssen beten, dass sein Heer in der Kaserne bleibt, bis der Krieg im Frühling weitergeht.«

»Und dass es ein strenger Winter wird. Amen.«

»Noch etwas?«

»Erinnerst du dich an Jane Frommond?«

»Lebhaft.«

»Sie ist verschollen.«

»Wie das?«

»Sie hat im Stall von Richmond zwei Pferde gemietet – das war an dem Vormittag, an dem wir auch dort waren, einen Tag vor deiner …« Mit einem Wedeln der Hand spielt Cecil auf Walsinghams langwierige und äußerst unpassende Erkrankung an. »Und dann ist sie verschwunden. Die Pferde wurden allerdings gefunden. Sie waren gesattelt an einen Baum am Straßenrand gebunden, und zwar ausgerechnet in Waltham Forest, wo laut Sir John Jeffries die Kutsche Ihrer Majestät überfallen wurde.«

Walsingham versucht, sich einen Reim daraus zu machen. Es gelingt ihm nicht.

»Habt ihr den Wald durchsucht?«

»Ich habe wahrhaftig keine Zeit, mich mit der Suche nach weggelaufenen Hofdamen abzugeben, Francis.« Cecil macht ein beleidigtes Gesicht. »Deine lange Abwesenheit war eine zusätzliche Bürde.«

»Aber ihr kann etwas zugestoßen sein, William. Wir können doch nicht einfach …«

Plötzlich muss er husten, und seine Frau kommt hereingestürzt.

Cecil steht eilig auf und versucht, sie zu beruhigen.

»Es ist alles in Ordnung, Ursula«, sagt er, den kurzen Arm nach ihr ausgestreckt. »Ich habe nur ein unerfreuliches Thema angesprochen, über das jetzt kein Wort mehr fallen wird.«

»Francis?«, fragt Ursula misstrauisch.

Walsingham schenkt ihr das strahlendste Lächeln, zu dem er fähig ist. Er weiß selbst: Sie hat zuletzt viel durchgemacht, und das nicht nur wegen seiner gerade erst überstandenen Krankheit.

Schließlich lässt sie die beiden wieder allein, nachdem Cecil ihr versichert hat, dass es nicht lange dauern wird und er nicht vorhat, Themen anzusprechen, die ihren Mann überfordern würden.

»Erwähne vor allem John Dee nicht«, mahnt sie in dem Versuch, einen Scherz zu machen.

In gespieltem Entsetzen wirft Cecil die Arme hoch. »An dieser Front kannst du vollkommen beruhigt sein, meine liebe Ursula, denn da gibt es wirklich nichts zu sagen. Er zeigt sich kaum noch in der Öffentlichkeit, und obwohl ich bald gezwungen sein werde, ihn von seinen alchemistischen Büchern loszureißen, werde ich trotzdem darauf achten, dass er deinen Gemahl nicht behelligt, solange er nicht vollständig genesen ist.«

Das beruhigt Ursula wenigstens einigermaßen. Mit einem letzten besorgten Blick auf ihren Mann verabschiedet sie sich und schließt leise die Tür hinter sich.

»Was hat Dee jetzt wieder angestellt?«, erkundigt sich Walsingham.

»Nun ja«, meint Cecil. »Es geht weniger um das, was er getan hat, als eher um das, was er zu tun gedenkt. Das ist die einzige gute Nachricht, die ich dir bringen kann. Sie ist von Anthony Jenkinson. Sein Sarazener hat Ihrer Majestät ein Fass von diesem *Naft* geschickt. Ein kleines, als Vorgeschmack auf das, was noch kommen wird. Jenkinson sagt, dass er – der Türke, dessen Namen er nicht preisgeben will – über das, was er von Ihrer Majestät gehört hat, zutiefst betrübt ist.«

»So bald schon?«

»Dein Mann, Robert Beale – er hat deine Botschaften geöffnet, als du so krank warst –, glaubt, dass Jenkinson mit einigen jüdischen Bankiers aus Spanien in Verbindung steht, die ein ganzes Heer von Brieftauben unterhalten, mit denen Botschaften binnen einer Woche von uns hier nach Konstantinopel geschickt werden können.«

»Und, wie viel verlangt er?«

»Ja ...« Cecil seufzt. »Das ist wirklich merkwürdig: Ich weiß es immer noch nicht. Der Lieferung war ein Gedicht beigefügt, von dem Jenkinson behauptet, es würde die Bedingungen enthalten.«

Wieder beginnen Walsinghams Augen zu schmerzen; er mutet ihnen eindeutig zu viel zu.

»Ein *Gedicht*?«, fragt er dennoch.

Cecil zieht ein quadratisches Stück Papier aus der Tasche. »Es ist auf Spanisch geschrieben, aber Gott sei Dank ist auch ein zweiter Bogen dabei, auf dem, wie ich glaube, die Übersetzung ins Lateinische steht. Ich habe sie deinem Mann, Philipp, überlassen für den Fall, dass das Ganze eine verschlüsselte Nachricht enthält, aber bisher hat er nichts Nennenswertes darin entdeckt. Möchtest du es hören?«

»Nicht auf Lateinisch. Dafür reichen meine Kenntnisse nicht aus.«

»Ich habe es übersetzt, aber es klingt etwas hölzern. Wie du weißt, bin ich kein Verseschmied.«

»Immer heraus damit.«

»Gut, dann wollen wir mal sehen, was du davon hältst. Vergiss nicht, es ist nur ein erster Versuch.«

Und er beginnt mit wohltönender Stimme zu rezitieren:

»Von der Liebe heißt es:

Das Herz ward eines Tages gefangen von einem Prinzen.
Doch lange schon ist meines
im Bann von Englands Juwel mit dem zweifachen Zepter,
und auf jeder Seite mag der Weise
die heil'ge, die himmlische Ziffer seh'n,
für die selbst der Löwe und der Drache
den Winden zum Trotz beenden ihren Lauf.
Oh, Hoca! Jedes Antlitz glüht für uns,
die erhabene Pforte, Ehrfurcht gebietend,
und doch rötet sich das geplagte Herz,
Mohn in wüstem Land.
Aus gütigen Wolken fällt nun
Regen aufs darbende Herz,
und die unbefleckte Gemme quert der Meere Wogen,
der Plejaden Lauf zu vollenden,
so wie der Becher Wein in der Freunde Runde
auch uns erreicht in sel'ger Stunde.
Der ersehnte Schluck, oh Geliebte,
so köstlich und labend!«

Cecil verstummt und blickt Walsingham erwartungsvoll an. Er ist sichtlich stolz auf sein Werk.

»Was denkst du?«, erkundigt er sich.

»Sehr hübsch.«

»Irgendwelche Gedanken dazu?«

»Die erhabene Pforte steht für den osmanischen Hof in Konstantinopel, aber wer oder was ist ›Hoca‹?«

»Das kann ich dir nicht sagen.«

»Und darin wird der Preis genannt?«

»Offenbar.«

»Aber es wird nichts erwähnt. Kein Wort über Pfund oder Goldmark. Nur Juwel. ›Englands Juwel mit dem zweifachen Zepter‹. Wenn wir herausfinden, was das ist, sind wir wohl halbwegs am Ziel. Aber warum sollte ein Juwel ein Herz gefangen halten?«

»Nun ja, vielleicht ist meine Muse ein wenig mit mir durchgegangen«, gibt Cecil zu.

»Und was ist die ›heil'ge, die himmlische Ziffer‹? Das klingt ganz nach … oh Gott, nach Dr. Dees Territorium. Auch wenn ich ihn wirklich nicht als ›Weisen‹ bezeichnen würde.«

»Sicherheitshalber habe ich einen meiner Gehilfen damit beauftragt, die Edelsteine Ihrer Majestät zu sichten«, sagt Cecil. »Und das hier überlasse ich dir, damit du noch einmal darüber nachdenken kannst. Jenkinson sagt, dass wir erraten müssen, was er meint, und bereit sein müssen, den vollständigen Preis bei Lieferung zu zahlen, sonst landet das *Naft* woanders.«

»Woanders?

»Woanders.«

Also womöglich in Spanien.

15

Fluss Lea, Essex,
dritte Dezemberwoche 1577

Im tiefsten Keller des White Tower gibt es eine Zelle mit dem Beinamen »Little Ease«, die so klein, eng und niedrig ist, dass man darin weder liegen noch sitzen und schon gar nicht stehen kann. Ein Gefangener muss tage-, wenn nicht sogar wochenlang in der Dunkelheit kauern, bis er herausgezerrt und in die Folterkammer oder gleich zum Galgen von Tyburn abgeführt wird.

Dieser Kerker geht Dee, der nun seit Tagen gebückt und verkrümmt in knöcheltiefem, stinkendem Abwasser steht, nicht mehr aus dem Kopf. Unentwegt stellt er sich vor, wie es wohl wäre, wenn ein barmherziger Wärter die Luke seines Verlieses aufreißen und man ihn durch London schleifen würde, um ihn zu hängen, kurz vor seinem Tod wieder herunterzunehmen, ihm bei lebendigem Leib die Innereien herauszuschneiden und ihn zu guter Letzt zu vierteilen.

Es gibt Momente, da ihm das als Erlösung erscheint.

Irgendwo in der Nähe kauert auch Mistress Frommond in tiefster Dunkelheit, und er nimmt an, dass es ihr ähnlich geht.

Vielleicht passiert es ja sowieso, sinniert er. *Von Pferdediebstahl hält die Königin ähnlich viel wie von Geldfälschung.*

Jane sagt in der Regel nichts, wenn er versucht, gute Laune zu verbreiten. Eigentlich spricht sie immer weniger, seit die Stunden in Tage übergegangen sind, gefolgt von endlosen Nächten, in denen sie sich, zähneklappernd und am ganzen Körper bibbernd, aneinanderschmiegen müssen, um wenigstens etwas Wärme zu ergattern. Jetzt aber, da sie so gut wie nichts zu essen bekommen und in der Morgendämmerung lediglich ein halber Eimer Flusswasser zu ihnen heruntergelassen wird, merkt Dee, dass neben seiner körperlichen auch die geistige Kraft zu schwinden beginnt.

Er wird sehr bald etwas unternehmen müssen. Aber was?

»Warum tötet Ihr uns nicht einfach?«, hat Jane am Anfang geschrien. »Los, bringt es hinter Euch!«

An jenem ersten Tag haben sie noch Seite an Seite gestanden, mit nach oben gereckten Gesichtern ausgeharrt und sich nach und nach an diese aus vier Lichtlinien bestehende Parallelwelt gewöhnt, getrennt von allem anderen durch vier massive Scharniere und eine Luke, von der sie erwartet haben, dass sie jeden Moment aufgehen und sie freigeben würde. Aber mit dem Licht ist auch die Hoffnung verblasst, nur um von Empörung und Fassungslosigkeit abgelöst zu werden – und von einer ansteckenden Wut, die sich selbst nährte. Dee musste Jane mit Gewalt davon abhalten, sich die Finger an der Unterseite der Luke blutig zu kratzen, so wie sie ihn später von dem Dammbalken zurückzog, an dem er sich die Fäuste wund schlug.

Beide fluchten laut und trieben einander an, noch üblere, grässlichere und obszönere Flüche auszustoßen – blasphemische Äußerungen, für die man in der Welt außerhalb gehängt werden konnte. Doch die Umstände erforderten, dass man sich ihnen anpasste.

Die Erkenntnis, dass sie hier zusammen gefangen waren, kam ihnen am nächsten Morgen. Dee verspürte als Erster den Drang, seinen Darm zu entleeren, nach ihm traf es Jane Frommond.

»Schaut weg!« Sie brachte es fertig zu lachen.

»Ich kann sowieso nichts sehen, Mistress Frommond«, beteuerte er.

Und das stimmte auch, wenngleich er es riechen konnte und das Häuflein später mit dem Knöchel streifte, wobei allerdings nicht klar war, ob es von ihr oder von ihm stammte.

Das war am Anfang, als sie noch auf eine menschliche Regung ihres Kerkermeisters warteten. Hofften, dass er mit ihnen reden, ihnen seine Gründe für ihre Gefangennahme erklären würde. Dass er Hoffnung auf eine Zeit wecken würde, in der die Welt nicht völlig dunkel war, nicht aus Abwasser und verschleimten Balken bestand und nicht von Ratten verseucht war.

Doch dieser Kerl hier hat nicht ein Wort mit ihnen gesprochen! Sie bekommen mit, wie er oben seine Dinge erledigt. Sie hören ihn in der Nacht schnarchen und in der Morgendämmerung Blase und Darm in den Fluss entleeren. Gelegentlich sagt er ein paar Worte, die an die Katze gerichtet sein müssen, auch wenn sie nicht beurteilen können, welche Sprache er spricht.

Bisweilen gibt es überhaupt keine Geräusche. Dann fehlt sogar das sanfte Schaukeln des Boots auf den Wellen, das ihnen verrät, dass ihr Kerkermeister überhaupt da ist. Und das sind die Tage, da Dee die Tür mit seinem Speisemesser bearbeitet, was ihm freilich außer einer abgebrochenen Klinge nichts eingebracht hat. Wenn sich nur die Hakenbüchsen, die in seiner Vorstellung in Griffweite verborgen waren, nicht nach langem Tasten als halb im stinkenden Schlamm versunkener Anker entpuppt hätten, dann …

Ja, was hätte er dann getan? Den Mann erschossen, der den Eimer mit der Wasserration herabließ? Nur mit welchem Pulver, welcher Flamme und welcher Kugel?

Jetzt ist das Einzige, was er an Waffen hat, der dicke Griff seines abgebrochenen Messers. Und dann haben sie noch Jane Frommonds Schneidgerät, das so zierlich ist, dass es den Namen Messer gar nicht verdient.

Er denkt daran, den Stummel seines Messers nach dem Mann zu werfen, sobald er die Luke im Morgengrauen aufklappt. Ja, das wäre möglich, wenn er denn aufrecht stehen könnte. Aber der Verschlag ist so niedrig, dass man gar nicht mit dem Arm ausholen kann, um dem Wurf den nötigen Schwung zu verleihen. Und jetzt, da er die Klinge irgendwo im Schlamm verloren hat, ist sie ohnehin nutzlos.

Was er wirklich braucht, ist ein Bogen. Das wäre an diesem Ort die Waffe der Wahl. Aber woher nehmen?

Früh am Morgen des nächsten Tages spürten sie die Katze an ihren Füßen vorbeistreifen. Auf geheimnisvolle Weise hatte sie einen Weg durch die Schotten gefunden und jagte nun die Ratten. Das Quietschen der Nager war schrecklich zu hören, und beide, Dee wie Jane, schlugen wild um sich, als die Tiere ihnen über Gesichter und Haare huschten, doch das war nichts im Vergleich zum Kreischen einer Ratte, als die Katze sie zu fassen bekam. Sie mussten sich die Hände auf die Ohren pressen, bis es vorbei war.

Seitdem sinniert Dee darüber nach, auf welchen Wegen die Katze kommt und geht. Wahrscheinlich durch winzige Spalte zwischen zwei Brettern, kaum groß genug für einen Katzenkopf. Aber irgendwie hat sie sich durchgezwängt. Und wenn sie die Ratte im Laderaum gefressen hat, hat sie das Fleisch bestimmt an Ort und Stelle verdaut und ausgeschieden, um wieder zurück in die Kajüte schlüpfen zu können.

»Wie merkwürdig, wenn man anfängt, eine Schiffskatze zu beneiden«, ließ sich Jane damals vernehmen.

Ab dem dritten Tag bekamen sie in unregelmäßigen Abständen Wutanfälle, vergleichbar den Blitzen in einem Sommergewitter: plötzlich, heftig, im nächsten Moment verschwunden. Nach diesen Ausbrüchen spürten sie ihre Verzweiflung nur umso mehr, und spätestens am vierten Tag war ihnen klar, dass man sie hier verhungern lassen würde.

»Wir werden sterben«, sagte Frommond.

»Wir haben Glück, dass wir noch leben«, erwiderte Dee.

Heute Morgen nun erkennt er beim Erwachen aus einem todesähnlichen Schlaf, eingeklemmt zwischen Schott und Schiffsrumpf, dass es ihn sowohl erstaunt als auch deprimiert, noch am Leben zu sein.

»Jane?«, flüstert er.

»Mm?«

»Hör mal.«

Stimmen. Zwei verschiedene. Vielleicht am Ufer. Er und Jane hämmern mit den Fäusten gegen den Schiffsrumpf und schreien nach Leibeskräften um Hilfe.

»Wir sind hier! Wir sind gefangen! Hilfe! Helft uns!«

»Bleibt doch stehen!«

Dee streckt die Hand nach Jane aus.

Sie lauschen.

Nichts.

Stille.

Himmel. Dee sinkt in der Düsternis auf die Knie und presst den Kopf gegen die Holzplanken.

Im nächsten Augenblick kreischt Jane auf. Eine Ratte hat sie gebissen.

»Ich halte das nicht aus! Ich halt's nicht aus!«

Dee watet zu Jane hinüber und nimmt sie in die Arme. Beide klammern sich aneinander, diesmal aber nicht um der Wärme willen, sondern um einander zu trösten.

So fühlt sich das Sterben also an, denkt Dee und fragt sich, wie er sein Horoskop nur so falsch deuten konnte. Wieso hat er nicht erkannt, wo und wann er sterben würde? Im

Gegenteil, er hat sich ein langes, langes Leben mit vielen Reisen sowie einer Frau und Kindern ausgerechnet. Nun, vielleicht war der Wunsch der Vater des Gedankens, aber dennoch …

Plötzlich fangen die Ratten erneut an, aufgeregt zu quietschen. Das bedeutet, dass die Katze wieder da ist.

Mit einem Mal merkt Dee, dass Jane weint. Sie gibt nur ein leises Wimmern von sich, das von den Ratten übertönt wird, dennoch zerreißt es Dee schier das Herz. Verlegen streicht er ihr über den Rücken. Durch den Stoff ihres Umhangs ist das Korsett zu spüren, und er lässt die Finger die Fischbeinstange hinuntergleiten.

Abrupt hält er inne.

»Jane? Wie starr ist so ein Walknochen eigentlich?«

Sie sagt es ihm.

»Hm. Darf ich?«

»Das kommt darauf an.«

Es dauert nur einen Moment, dann hat er ihr den Umhang abgenommen und fummelt an der Schnürung ihres Mieders herum.

»Dee? Was … macht Ihr da?«

»Ich brauche Euer Mieder. Bitte.«

»Aber ich … ich brauche es doch selbst.«

Er spürt, dass sie drauf und dran ist, den Verstand zu verlieren.

»Ich brauche es nicht für mich, keine Sorge«, versichert er. »Aber mit seiner Hilfe kommen wir hier heraus.«

Als er das Mieder endlich in Händen hält, ist es immer noch warm und riecht nach Jane. Und während sie, in Unterhemd und Umhang gehüllt, auf dem Boden kauert, leiht sich Dee auch noch ihr Messer und schneidet damit die Fischbeinstangen aus dem Korsett. Eine einzelne würde unter Druck brechen, aber es sind insgesamt zehn, jede ungefähr einen Fuß lang, und zusammengebunden ergeben sie durchaus eine Sprungfeder, die für das, was ihm vorschwebt, stabil genug sein könnte.

Als Nächstes nimmt er sich seinen eigenen Umhang vor und schneidet ihn in Streifen. Inzwischen hat er ein gutes Gespür dafür entwickelt, was er wohin gelegt hat, sodass er auch bei völliger Dunkelheit alles auf Anhieb findet. Als er mit dem Schneiden fertig ist, bindet er die Korsettstangen zusammen, und als das geschafft ist, hält er eine Sprungfeder von eineinhalb Fuß Länge in den Händen.

»Ha!«, ruft er.

Jane gibt keinen Laut von sich. Sie schläft. Zumindest hofft er das.

Himmelherrgott – und wenn sie tot ist?

Er rüttelt sie, und sie bewegt sich. Gott sei Dank!

Er gibt ihr das Mieder – oder was davon übrig ist – zurück und hilft ihr dabei, es unter dem Umhang wieder anzuziehen. Danach lässt sie sich in ihrer Ecke gegen die Holzwand sinken, während Dee die Sprungfeder unter seinem Hemd verstaut.

Jetzt gilt es, sein eigenes Messer zu bergen, von dem er in dem Moment, da es in den Schlamm fiel, eigentlich gar nicht mehr glaubte, dass er es je wieder brauchen würde. Allerdings ist das brackige Wasser in der Zwischenzeit noch widerwärtiger geworden, doch er ist nicht minder schmutzig, sodass in dieser Hinsicht Gleichstand herrscht.

Egal, das darf ihn jetzt nicht stören. Er taucht beide Arme in die stinkende Brühe, in der auch ihre eigenen Exkremente schwimmen. Prompt ertastet er Dinge, über die er lieber nicht nachdenkt. Das ist eine Übung in der Zügelung der Fantasie, sagt er sich, so wie die Russen einen Schluckauf kurieren, indem sie zweimal um ihr Haus laufen, ohne an ihr Wort für *Wolf* zu denken.

Er muss lange im Dunkeln fischen. Immer wieder würgt er, lässt Speichel aus dem Mund triefen und würgt erneut. Sein Magen krampft sich zusammen, als würde ihn die Hand eines Riesen zusammenpressen, und einmal erbricht er bittere Gallenflüssigkeit. Dennoch macht er weiter, es bleibt ihm ja nichts anderes übrig. Zu guter Letzt wird er für seine Mühen belohnt: Die Klinge, die er so gut kennt, gerät ihm zwischen die Finger.

»Ich hab's!« Er zeigt Frommond das Messer. »Jane! Jane! Ich hab's!«

Sie erwidert nichts.

Er watet zu ihr hinüber, schüttelt sie.

Sie kippt zur Seite.

»Herrgott, Jane. Komm schon! Wir schaffen das.«

Er fügt nicht hinzu: *Und wenn es das Letzte ist, was wir tun*, denn falls sie es nicht schaffen … Er führt den Gedanken nicht zu Ende.

Sie murmelt etwas Unverständliches.

»Jane!«, schreit er. »Jane!«

Endlich regt sie sich. Sie streckt die Hand nach ihm aus, betastet sein Gesicht, legt ihm die Hand auf die Schulter.

»Mir geht's gut«, nuschelt sie.

Himmel, sie ist ja wie betrunken! Sie will wohl einfach

in Ruhe gelassen werden und ihren Rausch ausschlafen. Nur wird sie *diesen* Rausch eben *nicht* ausschlafen.

»Jane! Jane, bleib wach!« Er gibt ihr einen Klaps auf die Wange. »Bleib am Leben! Um der Liebe Christi willen! Sie werden uns nicht besiegen. Wir müssen nur noch diese Nacht überleben! Jane!«

»Schon gut! Schon gut, John Dee. Schon gut.«

Zögernd lässt er sie los.

»Sprich mit mir«, fordert er sie auf. »Erzähl mir irgendwas. Etwas über Bess. Über die Königin. Wie geht es ihr?«

»Gut. Gut. Alles gut.«

Jetzt hat er zwei Messerklingen. Ideal ist das nicht, bei Weitem nicht. Aber es wird schon klappen. Bestimmt.

»Bereitet es dir Freude, eine Ehrendame zu sein?« Dee macht sich an die Arbeit. Mit dem Griff seines zerbrochenen Messers klopft er die Klinge in eine der Sprossen der Leiter. Gleichzeitig bemüht er sich, Jane aufzumuntern. »Erzähl einfach. Ich höre dir zu.«

»Na ja, aufregend ist es nicht gerade. Nähen ist nicht unbedingt meine Sache, Tanzen auch nicht, obwohl ich nichts dagegen habe. Und diesen Sir Christopher Hatton kann ich nicht ausstehen, auch wenn er ein vorzüglicher Tänzer ist. Er kann Pirouetten drehen, ohne sich vom Fleck zu rühren und ohne dass ihm schwindlig wird. Aber er ist …«

Tap, tap. Tap, tap.

Dee hält inne und lauscht. Hat sich draußen etwas beweg?

Stille.

Er lacht leise vor sich hin. Dann wendet er sich wieder Jane zu.

»Was ist er?«, drängt er.

»Sehr beweglich. Er kann seine Hände überall gleichzeitig haben.«

Dee setzt sein Tun fort.

Tap, tap. Tap, tap.

Als die Klinge fest im Holz steckt, beginnt er, das Gleiche mit Janes Messer zu machen.

Tap, tap. Tap, tap.

»Ist das gut?«, fragt er.

Tap, tap.

»Nicht immer. Er kann beim Tanzen eine Position einnehmen, bei der einer Frau nichts anderes übrig bleibt, als ihn ans Glied zu fassen, sobald sie die Hand bewegt.«

Tap …

»Geschickt«, räumt Dee ein.

Nach einer Weile steckt auch diese Klinge im Holz. Vorsichtig begradigt er sie ein wenig, dann zieht er die Korsettstangen unter seinem Hemd hervor und knotet an ihre Enden jeweils einen langen Fetzen, den er vom Saum seines schönen Samtumhangs gerissen hat. Auf diese Weise hat er eine Art Bogen gebastelt. Die Frage ist nur: Wird er auch funktionieren?

Er zieht am Stoff. Die Stange biegt sich. Er zieht fester. Diesmal gibt es ein Geräusch, als schlüge er die Saite einer Leier an. Gut, aber wird es genügen?

Probehalber legt er ein Stück Kohle ein, das im Schmutz zu seinen Füßen lag, spannt die improvisierte Sehne und lässt los. Das Kohlestück schlägt irgendwo über ihm ein.

Er findet ein zweites Stück Kohle und wiederholt die Prozedur von eben, nur dass er den Bogen diesmal fester spannt. Das Kohlenstück prallt hörbar von der Decke ab und fällt ihm auf die Schulter.

Das tut nicht wirklich weh, denkt er.

Nach einigem Herumtasten bekommt er endlich den vorhin verlorenen Griff seines Messers zu fassen und spannt ihn in seinen Bogen aus Fischbein. Diesmal zieht er ihn zurück, bis er beinahe zerbricht, ehe er loslässt. Der Griff schießt ihm aus der Hand, prallt gegen die Sprosse über derjenigen, in die er die Klingen gerammt hat, und fällt wieder hinunter, um gleich darauf aufs Wasser zu klatschen.

Dee ist inzwischen alles egal. Er bückt sich und beginnt mit der Suche. Mittlerweile hat er sich an den Schmutz gewöhnt. Bestimmt könnte er sogar von dieser Brühe trinken, ohne mit der Wimper zu zucken.

Der Griff ist leichter zu finden als die abgebrochene Klinge. Er sagt sich, dass es eine gute Idee wäre, beides zu vertauschen: Griff auf die Sprosse, Klinge in den Bogen? Er hat ja Zeit.

»Jane«, sagt er. »Jane. Erzähl mir mehr über Sir Christopher. Wie ist es, mit ihm zu tanzen?«

»Ich habe mit ihm getanzt … Er hat mit mir getanzt. Vor ein paar Monaten. Er hat mir erzählt, dass er bald sehr reich sein wird. Sehr reich. Viel Geld.«

»Geld, sagst du?«

»Er hat was davon gesagt, dass er ebenfalls im Alchemie-Spiel mitmischen wird.«

»Im Alchemie-*Spiel*? Die Alchemie ist kein Spiel!«

Jane bringt ein Kichern zuwege. »Das waren seine Worte.

Er kennt … einen Admiral, der Goldklumpen aus der Neuen Welt mitgebracht hat.«

»Frobishers Erz!« Dee lacht. »Viel Glück damit.«

Dann spannt er die Klinge in den Bogen und lässt los. Diesmal fliegt das Geschoss nach oben und bleibt mit einem dumpfen Geräusch in der Luke stecken. Kein Platschen. Dee greift über sich und ertastet die Klinge an der Unterseite der Luke. Er zieht sie heraus und versucht es noch einmal, spannt den Bogen mit aller Kraft und lässt los. Diesmal gräbt sich die Klinge in die rechte Ecke der Luke und bleibt so tief im Holz stecken, dass er alle Kraft aufbieten muss, um sie wieder herauszuziehen.

»Ha!«, ruft er.

Von seiner Leidensgenossin ist nichts zu hören.

»Jane! Jane! Wach auf!«

Das tut sie aber nicht.

»Jane! Jane! Ich habe nicht vor, dich sterben zu lassen!« Er schüttelt sie. »Hörst du? Wach auf! Sprich weiter!«

Sie gehorcht und redet wieder, wenn auch kaum wahrnehmbar.

Von nun an schmeichelt und drängt er die ganze Nacht lang. Teils, weil er sie sprechen hören will, teils, weil er mehr über Hatton und dessen alchemistische Spiele erfahren möchte. Was sie sagt, wärmt ihn sogar, bringt ihn zum Lachen, gibt ihm einen Grund weiterzuleben, und wenn es nur aus Schadenfreude ist.

Doch Jane gleitet unentwegt davon, und er muss sie anstupsen, anspornen, antreiben. Er bringt sie dazu, ihn zu hassen, und erhält sie damit am Leben. Und so ist sie bei Sinnen, als er registriert, dass das Schnarchen auf der anderen Seite der Trennwand aufgehört hat. Um sie herum beginnen sich quälend langsam erste Schemen abzuzeichnen. Jetzt muss Dee Jane sich selbst überlassen und am Fuß der Leiter auf seine letzte – seine *einzige* – Gelegenheit warten, sie beide zu befreien.

»Bleib liegen«, flüstert er. »Sag kein Wort. Er soll glauben, dass wir endlich tot sind.«

Das wird nicht schwer, denkt er.

Am Fuß der Leiter kauert er sich halb ins Wasser und wartet. Den schönen grünen Mantel hat er bewusst nicht ausgezogen, denn das immer noch weiße Hemd soll bedeckt bleiben. Obwohl er im kalten Wasser bibbert, verharrt er – halb untergetaucht – im Dunkeln. Kein Laut ist zu hören.

Dann, endlich, regt sich oben etwas. Der Mann steht auf. Gleich darauf entsteht eine Pause, in der er seine Gebete spricht. Dee tut es ihm gleich und murmelt sein eigenes Gebet, in dem er inständig um das Gelingen seines Plans fleht.

Nach einer schieren Ewigkeit hört er den Mann aufs Deck treten. Gleich darauf verrät ihm ein plätscherndes Geräusch, dass der andere in den Fluss pinkelt. Dee nimmt an, dass er in der Nacht eine gehörige Menge Bier getrunken hat, denn der Strahl ist kräftig und lässt lange nicht nach. Zum Glück ist dies das einzige Geschäft, das der Mann zu erledigen hat.

Nun lässt er den an einer Winde befestigten Eimer in den Fluss hinab und zieht ihn, mit Wasser gefüllt, wieder hoch. Gleichzeitig stößt er den Hebel, mit dem die Luke sich ver- und entriegeln lässt, mit einem Fuß um.

Dee wagt kaum noch zu atmen. Langsam dehnt er seinen improvisierten Bogen, bis die Walknochen knarzen.

Jetzt hebt der Mann die Luke an. Grelles Licht dringt herein und blendet Dee. Durch halb geschlossene Augenlider sieht er den Mann mit dem Eimer in den Händen dastehen. Doch als das erwartete Sperrfeuer von Beschimpfungen ausbleibt, grunzt er vor Überraschung. Den Eimer in der rechten Hand, die Falltür in der linken, beugt er sich über die Öffnung und späht in den Laderaum, gewiss in der Hoffnung, dass seine Gefangenen endlich gestorben sind.

Das ist der Moment, in dem Dee die Sehne loslässt.

Wohin das Geschoss fliegt, sieht er nicht. Aber er hört ein Klatschen und einen Aufschrei, der jäh erstirbt, als die Luke zufällt und ihn erneut Dunkelheit umfängt. Im nächsten Augenblick ist Dee bereits auf den Beinen, jagt die Leiter hinauf, wobei er fast an den umgearbeiteten Korsettstangen hängen bleibt, und stößt die Luke auf.

Im ersten Moment versengt ihm das grelle Licht schier die Augen, doch immerhin kann er am Bug des Boots den Schemen eines torkelnden Mannes ausmachen, der sich die Hände ans Gesicht presst.

Wie Dee darauf kommt, den Haken, mit dessen Hilfe der Mann sie in den Laderaum hinunterbefördert hat, gleich neben der Luke zu suchen, weiß er selbst nicht. Aber dort liegt er, und auf einmal hat Dee ihn in der Hand, holt weit aus und drischt ihn dem Kerl ins Gesicht. Ihn packt ein mörderischer Zorn, eine unbändige Lust, den anderen mit so vielen Hieben wie nur möglich zu zerschmettern. Jeden einzelnen Gesichtsknochen will er ihm zertrümmern, jeden Zahn ausschlagen. Jede Rippe will er ihm brechen, beide Arme, jede Hand, Finger für Finger. Wieder und wieder schwingt Dee den Haken und drischt auf den Mann ein, bis dieser zu einem blutgetränkten Haufen zusammensackt, bestehend aus verrenkten Gliedern und einem Kopf, der schlaff bis zum Bauch hinunterhängt.

Und selbst dann schlägt Dee unentwegt weiter auf ihn ein. Er will die Wirbelsäule ins Deck rammen und die Wirbel so sehr zermalmen, dass selbst den Henker von Tyburn das kalte Grauen packen würde. Dabei schreit er unentwegt.

Als es endlich vorbei ist, bleibt Dee, keuchend über sein grausiges Werk gebeugt, stehen und starrt es an, ehe er den Haken mit einem letzten entsetzlichen Wutbrüllen in den Fluss schleudert.

Danach wendet er sich ab und klettert wieder in seine Zelle hinunter.

Diesen schwarzen Schlund noch einmal zu betreten kostet ihn unendlich viel Überwindung. Dennoch steigt er so, wie er ist, mit Exkrementen und Blut besudelt, hinunter in das stinkende Gebräu.

Jane Frommond ist in ihrer Ecke bewusstlos zusammengesackt.

»Jane! Jane! *Jane!*«

Sie rührt sich nicht.

Mit letzter Kraft lädt er sie sich auf die Arme, schleppt sie zur Leiter und wuchtet sie dann Sprosse für Sprosse, jeder Moment eine fast unerträgliche Qual, hinauf ins Licht.

16

London, letzte Dezemberwoche 1577

Es ist später Nachmittag, als Robert Beale sein Haus erreicht. Doch vor der Tür erwartet ihn bereits einer von Master Walsinghams Männern, der ihn auffordert, sofort in die Papey zu kommen.

»Es ist wegen Dee«, endet er.

Beale ist seit mehr als einer Woche ohne Pause unterwegs und müde bis auf die Knochen. Dennoch macht er auf dem Absatz kehrt, schwingt sich wieder in den Sattel und reitet zu Master Walsinghams Anwesen, den schweigsamen Boten an seiner Seite.

Bei seinem Eintreffen liegt der Privatsekretär Ihrer Majestät noch im Bett mit Eiterbeulen, halb geschlossenen Lidern und einer Flasche mit irgendetwas, das fürchterlich übel riecht.

»Dee ist gefunden worden«, lässt ihn Walsingham wissen.

»Er war verschwunden?« Beale, der gar nichts davon wusste, zeigt sich erstaunt.

»Oh ja«, bestätigt Walsingham. »Aber jetzt nicht mehr. Die Fahnder haben ihn heute Morgen am Fluss in einem Boot entdeckt. Er war bei Flut stromabwärts unterwegs, und es ging ihm überhaupt nicht gut, wie sie sagen. Er war halb tot und hat sich die Lunge aus dem Leib geschrien.«

»Weswegen?«

»Es war kein vernünftiges Wort aus ihm herauszubekommen. Darum haben sie ihn zu seinem eigenen Besten ins Bedlam gebracht. Aber woher habt Ihr diesen blauen Fleck an der Wange? Seid Ihr vom Pferd gefallen?«

»Ich bin müde, das ist alles«, antwortet Beale. »Ich mache mich sofort auf den Weg zu ihm.«

»Ich danke Euch, Robert. Euch und auch Mistress Frommond, wenn Ihr das bitte weitergeben würdet.«

»Mistress Frommond? Ist sie auch da?«

»Sie war mit Dee in diesem Boot und ist angeblich in einem noch schlechteren Zustand als er. Um ehrlich zu sein, als Ihr vorhin angeklopft habt, fürchtete ich schon, es wäre ein Bote mit der Meldung, dass sie diese Welt verlassen hat.«

Beale nimmt die für ihn ausgestellten Ermächtigungsschreiben entgegen. Er wird sie benötigen, dazu vier Männer sowie frische Pferde, weil es gleich weitergeht, noch einmal nordwärts durchs Bishopsgate, vorbei an den Wachposten der Königin und zur alten Abtei, links nach der St.-Botolphs-Kirche.

Das aus Natursteinen errichtete Gebäude ist – ebenso wie die Mauer, die es umgibt – tatsächlich schon sehr alt.

Ursprünglich war es als Ort gedacht, an dem sich geistig verwirrte Menschen erholen konnten, bis Gott ihnen ihren Verstand zurückgab oder – was meistens der Fall war – sie zu sich berief. Doch seit einer Weile wird es von geschäftstüchtigen Männern betrieben, die von der Stadt ernannt wurden – meistens handelt es sich um Bierbrauer oder Großhändler –, und das Pflegepersonal besteht aus Leuten, die in ruhigeren Zeiten durchaus selbst als Patienten gelten könnten.

Beale hämmert gegen das Tor und fordert im Namen der Königin, eingelassen zu werden. Riegel werden zurückgeschoben, Ketten von Haken gelöst und eine in das große Tor eingelassene Pforte geöffnet. Danach steht er in einem recht hübschen Innenhof, auch wenn es im Lampenlicht nicht viel zu sehen gibt.

»Wo ist Dr. Dee?«

Der Pförtner – ein Mann von der Sorte, die auf Jahrmärkten Zähne zieht – führt ihn eine Wendeltreppe hinauf zu einem Korridor mit mehreren Türen, hinter denen sich einst die Zellen der Stiftsherren befanden.

»Haltet Euch die Nase zu«, fordert er Beale auf.

Beale gehorcht eilig.

Bei der letzten Tür hält der Pförtner seine Laterne vor eine Ritze im Holz und späht hindurch.

»Schläft«, meldet er, dann schiebt er den Riegel zurück.

»Dee?«

Dee liegt auf einer Matte unter einer Decke. Seine Augen sind offen, folgen jedoch nicht dem Lichtschein. Womöglich sind sie erblindet.

»Ist er tot?«

»Kann sein.«

Der Zahnbrecher tritt Dee in die Seite.

»Um Christi willen, Mann! Das ist nicht irgendein Sträfling. Das ist Dr. Dee!«

Der Zahnbrecher weicht zurück und bekreuzigt sich.

»Josef und Maria«, murmelt er.

»Gebt mir die Laterne.« Beale greift nach der Lampe und beugt sich über den Liegenden. Das Licht offenbart Dee als Skelett, überzogen von einer wächsernen, an manchen Stellen rissigen und blutbedeckten Haut. Er verströmt einen Gestank, wie er einem sonst nur in Pestjahren in die Nase steigt.

»Ich bin noch nicht tot, Master Beale«, krächzt Dee mit einer Stimme, die klingt wie der Wind in ausgetrocknetem Schilf.

Beale lässt vor Schreck beinahe die Lampe fallen.

»Ich habe gehört, Ihr wärt es.«

»Beinahe, aber nicht ganz. Wenn ich mich absolut still halte und die alte Frau mir mehr Bier bringt, werde ich wohl weiterleben.«

»Ich gehe sie sofort holen!«

»Nein«, schnarrt Dee, jetzt mit einer Stimme wie eine Geigensaite, über die man mit den Fingernägeln kratzt. »Jane Frommond. Sie halten sie für tot. Ihr müsst sie finden; gebt ihr das Bier löffelweise ein.«

Beale ist froh, dass er die Zelle verlassen kann. Im Korridor läuft er wieder dem Zahnbrecher über den Weg.

»Wo ist die andere?«, fragt er. »Die Frau?«

Der Mann kneift die Augen halb zu. »Bei der werdet Ihr wohl zu spät kommen, denke ich.«

»Führt mich zu ihr, rasch!«

Sie steigen hinab in eine kühle Gruft, wo Jane Frommond, in ein Wachstuch eingehüllt, auf einer Steinplatte liegt. Man hat sie bereits für den Priester und den Leichenkarren vorbereitet. Ihre Füße fühlen sich eisig an, und ihre Haut gleicht der jener Leichen, die man immer wieder im Schlamm unterhalb der Isle of Dogs entdeckt.

»Sie hatte hübsche Stiefel an«, kommentiert der Zahnbrecher. »Aber die waren zu nichts mehr zu gebrauchen. Wegen der Nässe.«

Auf das Wort »Nässe« legt er besondere Betonung.

»Helft mir«, knurrt ihn Beale an.

»Sie wird steif sein wie ein Brett«, grummelt der Mann.

Aber das ist sie nicht, und gemeinsam heben sie Frommond von ihrem steinernen Bett hinunter. Angesichts des von Mistress Frommond ausgehenden Gestanks spuckt der Zahnbrecher angeekelt aus. Dennoch gelingt es ihnen, sie zu einem Tisch in der Halle zu tragen.

»Da könnt Ihr sie nicht hinlegen!«

Dieser Ruf kommt von einem alten Mann mit einem Schlüsselbund am Gürtel und drei Zähnen im Mund, der jetzt aus der Dunkelheit auftaucht.

»Hau ab«, knurrt Beale. Immerhin trägt er ein Schwert am Gürtel und eine von Walsingham ausgestellte Vollmacht in der Tasche. Er kann tun, was er will. »Bringt mir Bier«, befiehlt er dem Zahnbrecher. »Und einen Löffel. Und nehmt die Abdeckung vom Feuer.«

Der Zahnbrecher stapft in die Speisekammer, während der Alte die Abdeckung über der glühenden Asche im Kamin entfernt und ein Holzscheit nachlegt.

Beale schlägt unterdessen das grobe Tuch zurück, das Jane Frommond bedeckt. Gott, sie sieht aus wie ein Kadaver mit abgeschälter Haut! Aber warum ist sie nicht steif?

Jetzt kehrt der Zahnbrecher mit einem Krug Bier und einem Löffel zurück.

Beale beginnt sofort, ihr das Bier Tropfen für Tropfen zu verabreichen.

»Erstaunlich«, kommentiert der Zahnbrecher.

»Hat einer der beiden irgendwas gesagt, seit sie hergebracht wurden?«, will Beale wissen.

»Bloß der Mann oben«, antwortet der Alte. »Irgendwas über eine Katze. Jedenfalls hörte sich sein Gebrabbel danach an.«

»Wo mögen sie nur gewesen sein?«, murmelt Beale.

Er senkt den Blick auf Janes Hände. Sie erinnern an die Klauen eines Vogels, was natürlich am Kohlenstaub unter ihren abgebrochenen Fingernägeln liegen könnte. Tropfnasse Stiefel, Kohlenstaub und fauliger Verwesungsgeruch? Kann es sein, dass sie in *Yorkshire* waren?

Geduldig flößt er Jane weiter das süße Ale ein.

»Die hier war ein hübsches Mädchen«, murmelt der Alte. »Und die Kleider waren auch nicht schlecht – oder das, was davon übrig war.«

»Wo sind sie jetzt?«

»Beim Lumpenhändler«, meint der andere achselzuckend. »Aber sie müssen erst mal gekocht werden, ehe man was damit anfangen kann, das könnt Ihr mir glauben. Mit den Sachen von dem Mann oben ist es genauso.«

Sie hören Dee erst, als er mehr oder weniger neben ihnen steht. Sein nackter Körper ist in Decken gewickelt, und die Augen haben einen abwesenden Ausdruck.

»Ihr müsst ihr die Glieder reiben«, sagt er. »Und zwar sanft, von den Händen und Füßen ausgehend. Wärmt ihr das Blut. Ihre Lebenssäfte müssen wieder in Fluss gebracht werden.«

»Was macht Ihr denn hier?«, setzt der Zahnbrecher an.

»Mund halten!«, faucht Beale und beginnt, Jane sacht die Hand zu massieren.

»Ich fasse die nicht an«, erklärt der Zahnbrecher, den Blick auf Janes Füße gerichtet.

»Dann raus mit Euch!«, fordert ihn Dee auf, der nun seinen Platz einnimmt, die Hände auf Frommonds Füße legt – die Daumen auf den Sohlen – und damit beginnt, kreisförmige Bewegungen auszuführen.

Unter seinen Fingern lösen sich Hautfetzen in gespenstischen, feuchten Streifen wie das Innere von verfaulten Zwiebeln.

»Komm schon, Jane«, flüstert er. »Komm schon, verlass mich nicht.«

Dann spricht er ein Gebet in einer Sprache, die Beale noch nie gehört hat.

Wie lange sie auf diese Weise weiterarbeiten, weiß Beale nicht. Mehr Ale wird gebracht, und mehr Holzscheite werden ins Feuer gelegt. Bis in die frühen Morgenstunden reiben sie unentwegt weiter, lassen nicht nach in ihrem Bemühen, wieder Leben in Mistress Frommonds Körper zu locken.

»Das war's dann wohl«, meint Dee schließlich seufzend.

Damit setzt er sich auf einen Hocker, die Hände auf den Knien, und lässt den Kopf hängen.

»Versucht habt Ihr es wenigstens«, murmelt der Alte.

»Ihr könnt nur hoffen, dass jemand dasselbe für Euch tut, wenn Euch die Stunde schlägt«, meint der Zahnbrecher. »Aber *wenn* sie schlägt …«

»Pst«, zischt Beale und starrt gebannt auf Janes Brust. »Sie atmet!«

Einen Moment lang herrscht Stille. Dee zeigt keine Regung. Man könnte ihn selbst für tot halten.

»Bringt ihr noch eine Decke«, ächzt er schließlich – und kippt von seinem Hocker.

Es dauert vier Tage, bis aus den beiden ein zusammenhängender Satz herauszubekommen ist, doch bis dahin sind in der Papey längst Berichte über einen Mann eingetroffen, der am Fluss Lea auf bestialische Weise ermordet wurde, »als wäre er Kannibalen zum Opfer gefallen«.

Heiligabend zieht mit einem bitterkalten Morgen herauf, als Beale Sir John Jeffers befiehlt, einen Trupp von zehn Männern zusammenzustellen, die mit ihm nach Waltham Forest reiten sollen, um von dort aus Dees und Mistress Frommonds Spuren zu folgen: zum Fluss hinunter, das Westufer entlang und zu dem Boot, auf dem sie dann zu den Gehilfen des Sheriffs von Enfield stoßen werden, deren Aufgabe darin besteht, den Toten zu identifizieren und seinen Mörder zu fassen.

»Aber es ist doch Weihnachten!«, protestiert Jeffers.

Und außerdem hat es geschneit, aber das ändert nichts.

»Ihr werdet schon irgendwo ein schönes dickes Stück

Holz finden, das Euch im neuen Jahr Glück bringt«, tröstet ihn Beale und spielt damit auf die Sitte an, die Funken zu zählen, die beim Verbrennen von Holzscheiten auffliegen. Je mehr, desto glücklicher wird das neue Jahr.

Es ist ein langer Ritt, mit dem sie inzwischen zur Genüge vertraut sind, aber heute ist immerhin für etwas Abwechslung gesorgt, denn aus Hertford kommt ihnen Sir Christopher Hatton mit einem gut zwanzig Mann starken Trupp, alle schwer bewaffnet, auf edlen Rössern entgegen.

»Man kann nie vorsichtig genug sein«, erklärt er Beale. »Schon gar nicht dieser Tage.«

Beale verübelt ihm die versteckte Spitze gegen Walsingham, der kleinere Einheiten vorzieht, doch er schweigt.

»Und Ihr selbst, Master Beale?«, fragt Hatton mit jener Art von Lachen, die dem Gegenüber zu verstehen gibt, dass man die Antwort längst weiß. »Ihr scheint diese Straße ja täglich entlangzureiten. Fast könnte man meinen, dass Ihr hier irgendwo fern des Hofes eine Frau versteckt haltet und in aller Heimlichkeit der Fleischeslust frönt!«

Beales Gesicht verfärbt sich tiefrot.

»Ich habe immer viel für Master Walsingham zu erledigen«, murmelt er.

»Aber gewiss doch!« Hatton lacht.

»Nicht dass Euch das etwas anginge.«

»Ganz recht. Ganz recht.«

»Wie auch immer, wir müssen Euch jetzt verlassen, Sir Christopher, und wünschen Euch noch eine sichere Reise nach London.«

»Wie kommt Ihr darauf, dass ich auf dem Weg nach

London bin?«, fragt Hatton und stößt ein weiteres unangenehmes Lachen aus.

Dann zieht er kräftig an den Zügeln seines Pferdes, worauf Beale und seine Männer – darunter auch der leidgeprüfte Sir John Jeffers – eilig Platz machen müssen.

»Pah«, schnaubt dieser, als Hatton und sein Trupp entschwunden sind. »Als ob uns kümmern würde, wohin er reitet.«

Dennoch ist es etwas rätselhaft.

Sie folgen der Straße weiter, bis sie zu der Stelle kommen, wo das Attentat verübt wurde und sie die Pferde gefunden haben. Von hier aus können sie den Rand des Sumpfgebiets hinter den Bäumen zu Fuß erreichen.

»So wahr Gott mein Zeuge ist, bei Tageslicht hätte ich diesen Pfad gesehen, Master Beale.«

Beale fragt sich, ob das zutrifft. Wahrscheinlich schon.

Als sie schließlich am Fluss ankommen, wenden sie sich nach rechts, mühen sich durch die vielen Pfützen an seinem Ufer und überqueren Kanäle und Bäche, die eine ganze Reihe von Wassermühlen versorgen. Der vom Ostwind aufgewühlte Fluss ist schwarz, und von den Sträuchern dringt ein ständiges Wispern an ihre Ohren. Sie kommen an Booten vorbei, die in einem Teich vor sich hin dümpeln, und bald danach an einer halb fertiggestellten Schleuse, die einen der Soldaten an einen Galgen erinnert. Zu guter Letzt entdecken sie das Boot, das sie gesucht haben. Zwei Männer – die Gehilfen des Sheriffs von Enfield – versuchen, eine Krähe zu fangen, die krächzend am Bug des Boots hockt und ebenso unwillig ist, ihren Platz zu räumen, wie die Männer es sind, an Bord zu gehen.

Und an dieser Stelle begegnen sie dem anderen Suchtrupp. Während man einander begrüßt und Bemerkungen über den heutigen Tag austauscht – dass er doch wirklich besonders günstig für Unternehmungen wie diese sei –, hört der schwarze Vogel nicht auf zu kreischen. Es ist so kalt, dass er eine Dampfwolke ausstößt, sobald er den Schnabel öffnet. Da Beale klar ist, was der Vogel bewacht, möchte er ihn abschießen lassen, doch stattdessen versucht einer der Hellebardisten, diese Aufgabe mit einem Steinwurf zu erledigen. Aufgeschreckt flattert der Vogel davon und lässt sich auf einem Erlenzweig am anderen Ufer nieder.

Soweit noch vorhanden, haben die Männer des Sheriffs die Einzelteile des Toten auf dem Deck des Boots geborgen. Später sollen diese Überbleibsel nach Enfield gebracht werden, wo sie ein christliches Begräbnis erhalten werden.

»Wir haben auch schon mit ein paar der Schiffer hier am Fluss gesprochen«, berichtet der ranghöhere Gehilfe Beale. »Sie haben uns bestätigt, dass die Holländer, die die Schleuse dort drüben bauen, da drin gehaust haben.« Er deutet mit dem Kinn auf das Boot. »Nur haben sie sich schon vor einer ganzen Weile davongemacht, und es ist bloß noch einer da, ein Bursche mit rotem Haar – allem Anschein nach nicht übermäßig freundlich – und Bart, den er hier …« Er reckt das Kinn, um zu demonstrieren, welche Stelle er meint. »… verknotet hat.«

»Wir haben seine Reste vorne auf dem Deck gefunden«, fährt der jüngere Gehilfe fort, »und nehmen an, dass er ein Fall für Euch ist.«

Beale nickt. Das alles passt zu Dees Hinweis.

»Habt ihr auch die Kajüte durchsucht?«, hakt er nach.

Natürlich haben sie das – wenngleich nur, um zu sehen, was sie sich unter den Nagel reißen können.

»Dort war ein Laib von diesem schrecklichen schwarzen Brot«, meldet der Ältere, »und ein Stück von diesem orangefarbenen Käse, den die Holländer essen.«

»Und saures Bier, mit Hopfen und derlei darin.«

»Sonst nichts?«

»Eine Decke noch, das war's.«

»Wirklich?«

»Er hatte all seine Kleider an«, erklärt der jüngere Gehilfe des Sheriffs achselzuckend.

Beale starrt ihn durchdringend an. Schließlich gibt der junge Mann zu, dass da noch ein Löffel war, von dem sie hofften, dass er aus Silber sein könnte.

»Keine Feuerwaffen?«

»*Feuerwaffen?*«

Jetzt sind die beiden aufrichtig verwirrt, sodass Beale nichts anderes übrig bleibt, als ihnen zu glauben.

»Und der Frachtraum? Habt ihr den ebenfalls durchsucht?«

Die zwei blicken einander an. Nein, dort unten haben sie nicht nachgeschaut. Da sie nichts von Dees und Janes Martyrium wissen, haben sie eine Überprüfung nicht für der Mühe wert gehalten.

Der Frachtraum habe leer gewirkt, erklären sie, und außerdem stinke es dort so entsetzlich, dass es kein der Menschheit bekanntes Lebewesen darin aushalten könne.

»Selbst die Ratten hauen ab.«

»Trotzdem …«, sagt Beale.

Sie weichen auseinander, um ihn durchzulassen. Beale, in Umhang, Schal und Wollkappe gehüllt, zögert einen Moment, ehe er die grob gezimmerte Landungsbrücke betritt.

Ihm bietet sich ein Inbild der Trostlosigkeit. Verfaulendes Riedgras wächst am Ufer, über dem die Nebelschwaden wabern. Dann ist da der Fluss mit seinem eisigen schwarzen Wasser und dazu dieser elende krächzende Galgenvogel. Hinter ihm steht ein Dutzend Männer mit Stahlhelmen, die ihn beobachten, während von einem gänsegrauen Himmel Graupelkörner herniederprasseln. Er erschauert, dann zieht er sich den Umhang fester um die Schultern und geht an Bord.

Als Erstes nimmt er sich die Kajüte vor. Dort stinkt es nach Katze und ungewaschenen Männern. Er weiß: Die Gehilfen des Sheriffs haben sich nach Sachen umgesehen, die es sich zu stehlen lohnt, nicht nach Gegenständen, mit denen sich belegen ließe, dass die Kerle, die auf die Königin geschossen haben, an Bord dieses Schiffs waren. Darum haben sie auch nicht das Schott hinter dem Kochstein mit einem Messergriff abgeklopft, wie er das jetzt tut, denn dort ist ein Brett heller als seine rußverschmierten Nachbarn. Ächzend rückt Beale den verschmutzten alten Kochstein fort von der Wand – und tatsächlich: An der Leiste zwischen Wand und Boden ist das Holz zerfasert.

Nun rammt er die Klinge in den Spalt und stemmt die Planke heraus. Sie ist so lang wie die Kajüte hoch. Schon hört er Ratten quietschen, und ein scharfer Geruch erinnert ihn an die Nacht, die er einst im Bedlam verbrachte.

Jetzt wünscht er sich, er hätte eine Lampe, denn in dem dunklen Hohlraum kann er nichts sehen. Darin herumtasten will er nicht, weil er nicht die geringste Lust hat, von einer Ratte oder anderem Ungeziefer in den Finger gebissen zu werden, und so stochert er vorsichtig mit dem Messer in dem Spalt herum. Dahinter ist Platz. Viel Platz. Er hat den Unterarm bis zum Ellbogen in dem schwarzen Loch.

Dann, endlich, stößt die Messerspitze gegen etwas Festes, das Holz sein könnte. Das kann nur die Bootswand sein. Er tastet alles ab und findet – nichts. Wenn hier jemand was versteckt hat, wurde es längst fortgeschafft.

Er zieht die Rechte heraus und versucht es mit der linken Hand. Auch nichts. Oder …?

Plötzlich stößt die Messerspitze gegen etwas, was nachgibt. Ein Teil des Bootsrahmens kann es also nicht sein.

Beale zieht das Messer heraus und tastet mit den Fingern herum. Ein fester Gegenstand, der sich irgendwie ölig anfühlt. Er greift fest zu und zerrt ihn ganz heraus. Obwohl das Ding in eingefettetes Leinen verpackt ist, erkennt Beale auf Anhieb, worum es sich handelt: Es ist eine Hakenbüchse. Und er weiß, dass er in dem Loch auch alles andere finden wird, was dazugehört: Kugeln, Zündschnur und Schießpulver.

In diesem Hohlraum hat er zwar nur eine einzelne Waffe gefunden, doch in der Nähe gibt es sicher noch mehr.

Er trägt die Hakenbüchse aufs Deck und lehnt sie gegen das Dollbord. Die Gehilfen des Sheriffs, die noch immer am Ufer stehen, schwören Stein und Bein, dass sie die Waffen bestimmt entdeckt hätten, wenn sie gewusst hätten, dass danach gesucht wird.

Letzteres glaubt Beale ihnen sofort, doch jetzt muss er die Suche im Bauch des Schiffs fortsetzen.

Kaum hat er die Luke angehoben, prallt er zurück. Der Gestank ist selbst an der frischen Luft unerträglich. Seinen Schal vors Gesicht gepresst, versucht er es erneut und wagt sich Sprosse für Sprosse die Leiter hinunter. In einer davon steckt immer noch der Pfeil aus Dees improvisierter Armbrust, doch er steigt darüber hinweg, denn er sucht auf Jane Frommonds Geheiß nach etwas ganz Bestimmtem.

Auf der letzten Sprosse hält er inne, den Schal weiter gegen die Nase gepresst, und lauscht dem aufgeschreckten Quietschen der Ratten. Als seine Augen sich endlich auf die Dunkelheit eingestellt haben, stakst er über den schleimigen Boden zu einer Ecke, die er in Gedanken als »Jane Frommonds Winkel« bezeichnet. Hier tastet er die Wand ab und stößt, wie sie es ihm beschrieben hat, auf ein in eine Lücke zwischen der Schottwand und einer Verstärkungsrippe geklemmtes Päckchen. Sobald er es geborgen hat, klettert er wieder hinauf. Bei dieser Gelegenheit zieht er Mistress Frommonds Messer aus dem Holz, doch ihre Korsettstange und Dees Klinge lässt er zurück.

Wieder oben an Deck, nimmt er das blutbesudelte Holz am Bug in Augenschein, wo Dee laut seinem Geständnis den Fremden erschlagen hat. Die Regen- und Schneefälle der letzten Tage haben das meiste Blut weggewaschen, doch hier und dort haben sich in den Ritzen zwischen den Holzplanken ein paar Spritzer gehalten, und Beale ist überzeugt, dass es noch genug zu entdecken gibt, was das Interesse der Krähe auf sich ziehen kann.

Wieder überläuft ihn ein Schauer, dann beugt er sich über das Päckchen, das er auf Mistress Frommonds Bitte hin geborgen hat. Es enthält einen zusammengeknüllten roten Handschuh, in dessen Innerem sich ein winziges Amulett mit einem Bildnis von einem Mann mit einem modischen Kragen befindet.

»Schön, schön«, murmelt er. »Dann geht's jetzt endlich nach Hause.«

17

London, letzte Dezemberwoche 1577

Am Nachmittag desselben Tages werden John Dee und Jane Frommond aus dem Bedlam entlassen und nach Hause gebracht. Es ist ein langsamer Transport mit Karren auf mit Rosshaar umwickelten Rädern. Sie kommt in ihre Dienstbotenkammer im Whitehall Palace, er auf einer Bahre zum Boot Ihrer Majestät, in dem er zu seinem Elternhaus in Mortlake gerudert wird. Dort empfangen ihn am Ufer seine Mutter, Roger Cooke (mit frisch nachgewachsenen Augenbrauen) und Thomas Digges sowie dessen Mutter, die John Dee anweist, erst dann wieder an den Mantel ihres Sohnes zu denken, wenn er ganz genesen ist.

Er wird durch den Garten und die Treppe hinauf in seine Bibliothek getragen und in sein von Büchern umgebenes Bett gebracht. Die Königin hat ihm ein Stück von ihrer besten Seife geschickt und dazu eine Kiste Orangen, die sie selbst vom spanischen Botschafter geschenkt bekommen, aber als zu bitter empfunden hat. Außerdem gibt es Feuerholz, das aus einem Wald weiter stromaufwärts stammt, sowie Brot und Bier, geliefert aus dem Richmond Palace. Überdies hat man am Tor einen Wachmann postiert, der alle Bills und Bobs dieser Welt davon abhalten soll, ihn zu belästigen – zumindest eine Zeit lang.

Am Neujahrstag wird ihnen eine gebratene Gans geschickt, dazu schmackhafter mit Zimt gewürzter Reis, Bohnensprossen mit Mandeln, eine auf makabre Weise kuriose Süßspeise – arrangiert in der Form eines Boots, das vielleicht jenen Kahn darstellen soll, vielleicht aber auch nicht – und vier Flaschen von Sir William Cecils Lieblingswein. Dee rafft sich dazu auf, sich in eine Decke gehüllt auf ein Kissen zu setzen, damit seine Mutter ihn verhätscheln kann. Thomas Digges geht seine eigene Mutter holen, und die zwei bringen noch mehr köstliche Leckereien mit: gebratenen Kapaun mit gewürztem Hackfleisch und eine weitere Flasche französischen Wein, in den Dees Mutter etwas Rosenwasser gibt. Den Wachmann laden sie ein, seinen Posten zu verlassen und sich zu ihnen zu gesellen. Schnell stellt sich heraus, dass er eine raue, aber unerwartet gefällige Singstimme hat, obwohl es in seinen Liedern immer nur um ein Thema geht: die Leute in Cornwall und was Gott ihnen gern als Strafe für irgendein längst vergessenes Verbrechen antun würde. Danach rezitiert Digges ein Gedicht, das er über den Großen Kometen verfasst hat, und ein weiteres, in dem er das Kunststück fertigbringt, John Dees Entkommen aus dem Boot mit Jonas aus dem Alten Testament zu vergleichen, der im Bauch eines Wals überlebte.

Bald nachdem die letzte Flasche geleert worden und die Glut im Kamin erloschen ist, entschuldigt Digges sich selbst und seine schläfrige Mutter. Dees Mutter und Roger Cooke fallen die Augen zu, und der Wachmann entscheidet, dass die Pflicht ruft und er einen letzten Kontrollgang machen muss. Kurz, einmal mehr ist Dee allein.

Während er in seinem besten Wams und mit dem Hut aus fein gesponnener Wolle auf dem Kissen sitzt, wird er plötzlich wehmütig und steht ebenfalls auf. Auch wenn seine Beine immer noch wacklig sind, verspürt er ein übermächtiges Bedürfnis nach frischer Luft. Er tritt hinaus auf den mit Holzplanken ausgelegten Fußweg hinter dem Haus, wo er stehen bleibt und über den Garten hinweg zum Fluss hinunterschaut. Am Himmel gleiten Schäfchenwolken dahin, es weht eine sanfte Brise, und es ist anzunehmen, dass es morgen Frost geben wird.

Jane Frommond geht ihm nicht aus dem Kopf. Seit er ihr die Glieder gewärmt und ihr so geholfen hat, ins Leben zurückzukehren, hat er sie bloß ein einziges Mal gesehen: in dem kurzen Moment, als man sie auf einer Bahre, ähnlich der seinen, von ihrer Zelle zu einem Karren getragen hat. Damals hat sie die Hand geschlossen und halb zur Faust geballt, was er als Aufforderung verstand, tapfer zu bleiben. Allein schon beim Gedanken an sie muss er lächeln.

Wie eine Sternschnuppe, sagt er sich und späht zum Himmel hinauf nach einem Anzeichen von dem Kometen, den er fast vergessen hatte, bis Thomas sein Gedicht aufsagte.

Er steht noch immer da, tief in seine Gedanken versunken, als er auf dem Fluss ein mit Laternen erleuchtetes Boot bemerkt, das genauso aussieht wie das des Earl of Leicester. Von Ruderern angetrieben, kommt es um die Flussbiegung und hält, immer langsamer werdend, auf das Ufer zu. Jetzt wünscht er sich, er hätte wenigstens einen Becher Wein übrig gelassen. Dann hört er einen mit leiser Stimme ausgesprochenen Befehl und sieht, wie im Schimmer einer Laterne ein Landungssteg ausgelegt wird. Wer, in Gottes Namen, mag spät an einem derart kalten Abend wie heute noch unterwegs sein, wenn anständige Leute doch längst im Bett sein müssten?

Es ist niemand anders als Ihre Majestät, Königin Elizabeth von England, gehüllt in einen dicken, mit Pelz gefütterten Umhang und eine mit Seide ausgekleidete Haube. Sie ist allein, soweit das bei einer Königin möglich ist, wird also nicht von Beratern oder Höflingen begleitet, sondern nähert sich dem Anwesen nur umgeben von einem losen Ring aus Leibwachen. Als könnte hinter den knorrigen Stämmen von Dees Apfelbäumen ein Attentäter lauern!

Während er sie beobachtet, fällt Dee ein, dass sie immer noch diesen roten Teppich haben muss, der bei der Krönung für sie ausgerollt wurde. Da er eineinhalb Yards breit und fast eine Dreiviertelmeile lang war, vermutet er, dass dafür viele Teilstücke aneinandergelegt wurden. Hätte sie ihm da nicht eines für Anlässe wie diesen geben können?

Er nimmt seinen Hut ab und verbeugt sich tief. Dabei bemerkt er plötzlich, dass es ihm offenbar trotz größter Anstrengungen immer noch nicht ganz gelungen ist, den Gestank aus dem Kielraum loszuwerden.

»Bess«, sagt er. »Frohes neues Jahr.«

Er hört sie knurren. »Dee, in Anerkennung Eurer frisch überstandenen Strapazen und über die Jahre für Uns erbrachten Leistungen wollen Wir Euch diesen Verstoß gegen die guten Manieren vergeben. Aber wenn Ihr Uns noch einmal so nennt, lassen Wir Euch in den Tower werfen und für den Rest Eurer Tage ins Little Ease sperren.«

»Sehr richtig, Eure Majestät«, sagt Dee. »Exakt dasselbe würde ich auch tun.«

Die Königin lacht. »John, Wir freuen Uns ungemein, dich nach dieser Tortur so guter Dinge anzutreffen, und sind gekommen, dir ein Neujahrsgeschenk zu überreichen.«

Mit einer Geste bedeutet sie einem im Dunkeln stehenden Mann vorzutreten. Er ist ein wahrer Riese und hält ein kleines Fass in den Armen, das allerdings nicht von den üblichen Eisenringen zusammengehalten wird, sondern von einer Schnur. Und allem Anschein nach ist es sehr schwer.

»Wein?«, fragt Dee hoffnungsvoll. »Wie aufmerksam.«

»Nicht Wein, John, sondern das, was du für die Herstellung von Griechischem Feuer benötigst.«

Oh Gott, das Griechische Feuer. Das hat er ja ganz vergessen!

Dann fällt ihm ein, dass er noch gar nicht dazu gekommen ist, sich für das Loch in der Ringmauer des Tower zu entschuldigen oder das Missgeschick zu erklären. Nun, vielleicht ist auch jetzt nicht der richtige Zeitpunkt.

Er spricht der Königin seinen Dank aus.

»Aber mit dem wenigen, das es enthält, werden wir nicht sehr weit kommen«, gibt er zu bedenken.

»Es ist ja nur eine Probe«, meint die Königin beschwichtigend. »Es stammt von Master Jenkinsons Türken und soll nur eine Ahnung davon vermitteln, was noch alles möglich ist. Er hat es als Zeichen seines guten Willens gesandt. Man erzählt sich, dass er Unsere Person sehr schätzt.«

Sie lächelt verschmitzt und macht große Augen. Jäh fällt Dee ein, dass Ihrer Majestät bisweilen der Schalk im Nacken sitzt.

»Auf jeden Fall ist es sehr großzügig von Euch, es an mich weiterzureichen«, sagt er. »Vielen Dank. Kann Euer Mann es vielleicht dort drüben abstellen?«

Die Holzbohlen knarzen, als der Riese zum Haus geht und das Fass vor der Tür platziert. Die Königin blickt Dee erwartungsvoll an.

Oh Gott, denkt er. Jetzt muss er sich revanchieren.

»Ich habe auch etwas für Euch«, sagt er. »Allerdings …«

Sie blickt ihn mit leuchtenden Augen an. Dann wandert ihr Blick an ihm vorbei zur Bibliothek, in der Dee seine wertvollsten Besitztümer aufbewahrt: den Kreuzstab, das Astrolabium, die Globen, die ihm Mercator einst schenkte, und Frisius' astronomische Messingringe.

»Wirklich?«, drängt sie.

»Nun, vielleicht. Doch, ja.«

Er wendet sich ab, nur um sich gleich wieder zu ihr umzudrehen, weil man der Königin nicht den Rücken kehrt. Dann nähert er sich, unbeholfen rückwärts gehend, der Haustür.

Drinnen steigt er, mit einer Lampe bewaffnet, zur Bibliothek hinauf und beginnt hektisch zu suchen. Wo ist er? Wo ist dieser verdammte nutzlose Wahrsagekristall?

Er findet ihn schließlich auf seinem Pult, auf dem er ihm als Papierbeschwerer dient – vorwiegend für Rechnungen, darunter diejenige für den Kristall selbst. Doch er hat nichts Geeignetes, worin er ihn einwickeln könnte. Also gut, dann muss er ihn ihr eben so überreichen, wie er ist.

Das tut er dann auch.

»Ein Rubin?«, staunt sie und beäugt den Edelstein im Licht einer Lampe, die einer ihrer Männer hochhält.

»Nicht wirklich«, widerspricht er. »Es ist ein Wahrsagekristall. Über ihn kann man Botschaften der Engel erhalten.«

»Oh!«, ruft sie. »So etwas wie die Kugel, die Nostradamus besaß?«

»Genau.«

»Wie benutzt man ihn?«

Dee denkt an die Vision zurück, die er in jener Nacht hatte, als er beinahe getötet worden wäre.

»Ich habe einmal geglaubt, das zu wissen. Aber jetzt muss ich gestehen, dass ich mir nicht sicher bin«, räumt er ein.

»Also handelt es sich nur um einen Stein.«

»Ich werde mit doppeltem Eifer daran gehen, seine Geheimnisse zu ergründen.«

Sie reicht den Stein an den Mann mit der Lampe weiter. Kaum hat er ihn eingesteckt, kommt es Dee vor, als hätte es diesen Stein nie gegeben – abgesehen davon, dass er acht Pfund gekostet hat, die Dee zugegebenermaßen noch zahlen muss.

Dann gibt die Königin dem Wachmann zu verstehen,

dass sie ein Gespräch unter vier Augen führen möchte, worauf dieser sich zurückzieht. Nun, allein mit Dee, gleicht sie wieder etwas mehr der guten alten Bess von früher.

»Hab aufrichtigen Dank, John«, sagt sie und fasst ihn am Arm. »Du hast Mistress Frommond das Leben gerettet.«

Dee lächelt. »Das war das Mindeste, was ich tun konnte.«

»Ich habe sie sehr gern, auch wenn es ihr beim Sticken etwas an Geduld mangelt.«

Wenn es um Jane Frommonds Tugenden geht, fällt Dee noch sehr viel mehr ein, was er gern hinzufügen würde, doch er kennt die Königin gut genug, um es für sich zu behalten. So nickt er nur und erkundigt sich nach Janes Gesundheit.

»Sie ist weiterhin sehr schwach, und von ihren Füßen geht immer noch dieser fürchterliche Gestank aus«, lässt ihn die Landesherrin wissen. »Und das, obwohl sie von Kopf bis Fuß in Seifenlauge gewaschen wurde. In einer Badewanne, die mein Vater im Whitehall Palace hat einbauen lassen! Dennoch frage ich mich, ob sie jemals wieder frisch riechen wird.«

»Das Wasser dort war auch wirklich abscheulich!« Dee schüttelt sich unwillkürlich. Er hat nicht die geringste Lust, daran zu denken.

»Warum, glaubst du, hat dieser Mann euch dort gefangen gehalten?«, bohrt die Königin nach.

»Das ist eine Frage, die ich mir oft selbst gestellt habe«, erwidert Dee. Und das ist nicht gelogen. Während seiner Gefangenschaft hat er sich das ungefähr sechshundertmal pro Tag gefragt. »Als wir das Schiff entdeckten, haben wir beide auf Anhieb begriffen, dass es der ideale Unterschlupf für die Attentäter war. Sie konnten dort leben, ohne bei irgendjemandem Verdacht zu erwecken, während sie in Wirklichkeit auf die Nachricht von Eurer Ankunft warteten. Und nach dem Anschlag dürfte es ein Leichtes gewesen sein zu entkommen: Sie konnten einfach stromabwärts fahren; die Waffen haben sie unter einer Plane versteckt. Irgendwo konnten sie dann ans Ufer klettern und sich unbemerkt in alle Winde zerstreuen. Oder auch über das Schmale Meer segeln, nach Holland vielleicht …«

»Aber die Holländer lieben Uns doch«, wirft die Königin ein.

»Für die echten Holländer mag das wohl zutreffen.« Dee wählt seine Worte sehr vorsichtig, denn er vermutet, dass Bess' Aussage nicht notwendigerweise für die gesamte Bevölkerung der Niederlande gilt, seit die Königin es ablehnte, dem Land Truppen und Geld zu schicken. »Doch es gibt Volksgruppen, die Eure Majestät weniger hoch schätzen, zum Beispiel die Flamen oder die Wallonen. Die leben in Angst davor, dass die Holländer die Spanier aus den Niederlanden vertreiben und den Katholizismus unterdrücken, so wie wir das Gegenteil fürchten.«

Das ist der Königin natürlich bekannt.

»Aber warum haben sie dann einen Mann auf dem Boot zurückgelassen?«, rätselt sie.

»Das hat mich auch stutzig gemacht«, gibt Dee zu. »Vielleicht ist der Rest der Bande außer Landes geflohen, und als sie dann gemerkt haben, dass es ihnen nicht gelungen ist, Euch zu töten, haben sie einen Mann zurückgeschickt, damit er die Stellung hält, während sie einen neuen Anschlag auf Euch vorbereiten.«

Die Königin erschauert.

»Hättet Ihr ihn nur nicht getötet.« Sie seufzt. »Dann hätte Master Topcliffe vielleicht die Wahrheit aus ihm herausgekitzelt.«

Dee schweigt. Was an jenem Tag auf dem Boot geschehen ist, geht nur Gott, ihn selbst und den Toten etwas an, sagt er sich, aber keinesfalls Master Topcliffe. Der Folterknecht Ihrer Majestät ist ein widerwärtig aussehender Mann mit Wangen wie gut abgehangene Rinderkoteletts, auch wenn er dafür nichts kann. Wofür er aber sehr wohl etwas kann, ist seine Neigung, Männer und Frauen auf der Streckbank zu foltern, sie Spießruten laufen zu lassen oder ins Little Ease zu sperren, in dem sich jeder am liebsten selbst umbringen würde, wenn er nur könnte.

»Doch da es nun einmal ist, wie es ist«, schließt Elizabeth, »erachten Wir es für umso dringender, dass du deine Arbeiten am Griechischen Feuer vollendest, denn das wird es Uns zumindest ermöglichen, Uns selbst zu verteidigen.«

Ihr Blick wandert zu dem Fass neben der Hintertür.

»Muss ich wieder in den Tower?«, fragt Dee.

Mit zusammengekniffenen Augen mustert die Königin das Haus – Holz, Fachwerk, Strohdach –, das mit der größten Büchersammlung von ganz England gefüllt ist.

»Vielleicht einfach nur an irgendeinen etwas abgelegenen Ort«, schlägt sie vor. »Er sollte reichlich Platz für Experimente bieten. Und einen Zugang zum Fluss oder zum Meer – wegen des Wassers. Falls etwas schiefgehen sollte.«

Er denkt an Greenwich, die Königin fasst die Isle of Sheppey ins Auge.

»Wenn dort irgendein Schaden angerichtet wird, kann er die Gegend nur verschönern«, lautet ihre Begründung.

Dee rutscht das Herz in die Hose. Sheppey im Januar?

»Diesen Monat?«, fragte er bang.

»Morgen. Ich werde ein Boot entsenden.«

18

Whitehall Palace,
zweite Januarwoche 1578

Weihnachten, Neujahr und auch der Dreikönigstag sind vorüber, als Master Francis Walsingham an einem sonnigen Tag zum ersten Mal wieder in der Öffentlichkeit unterwegs ist. Begleitet von Robert Beale schreitet er zum Zollhaus am Wool Quay hinunter, um dort in ein Boot zu steigen, das ihn zum Palast bringen soll. Das ist eine Fahrt, die er schon zahllose Male unternommen hat, aber da die letzte bereits eine ganze Weile her ist, bemerkt er die Veränderungen nicht nur an Robert Beale, der mit den dunklen Ringen unter den Augen reichlich erschöpft wirkt, sondern auch diejenigen längs des Weges.

»Ich sehe, dass sie endlich den Zahn gezogen haben«, stellt er fest und deutet auf die Lücke in der Häuserreihe auf der London Bridge, kurz bevor das Boot unter einem Bogen hindurchgleitet.

Die Gezeiten wechseln gerade, als sie den Palast erreichen, wo sie von einem Diener in Empfang genommen werden, der sie zu Mistress Frommmond führen soll. Anders als gedacht, treffen sie Jane allerdings nicht in den Gemächern der Königin an, sondern in einem der Gärten, wo sie im Schein der fahlen Wintersonne auf einem Hocker sitzt. Sie ist dick in Pelze und Decken gehüllt, alles Leihgaben von Ihrer Majestät und Lettice Knollys, die, wie Jane ihnen erzählt, begonnen hat, sie wie eine ihrer eigenen Töchter zu behandeln.

»Vergebt mir, hohe Herren«, entschuldigt sie sich. »Ich musste dringend an die frische Luft.«

Wenn sie ausatmet, schweben dünne Wolken aus ihrem Mund, zart wie Schleier aus Gaze. Und obwohl sie sehr blass ist und fast einem ätherischen Wesen gleicht, sind ihre Augen alles andere als trüb, sondern rein wie flüssiger Honig bei Sonnenlicht. Bei ihrem Anblick stellt Walsingham sich vor, wie es wäre, neben ihr aufzuwachen. Vielleicht liegt das an ihren Lippen. Sie sind immer etwas rissig, und das weckt in ihm den Wunsch, sie zu küssen.

Die Narbe an ihrer Wange, denkt er, *heilt wirklich ganz ordentlich, auch wenn sie nie völlig verschwinden wird.*

Grüße werden ausgetauscht und Gott für ihre Rettung gedankt. Sie bedankt sich auch bei ihnen, nicht ohne sich nach Dr. Dee zu erkundigen.

Walsingham empfindet eine gewisse Genugtuung, als er ihr versichert, dass Dee wiederhergestellt ist und sich gerade im Auftrag der Königin auf der Isle of Sheppey befindet.

»Oh«, murmelt sie enttäuscht. »Ich hätte ihm gerne persönlich gedankt.«

Walsingham lässt zwei weitere Hocker und einen Tisch heranschaffen, und als das Gewünschte gebracht wird, setzen sie sich alle.

Beale kramt aus seiner Tasche Gegenstände hervor, von denen er behauptet, Mistress Frommond habe ihn gebeten, sie aus dem Boot zu bergen. All diesen Objekten haftet der unverkennbare Gestank des Kielraums an, und Walsingham ist erleichtert, dass sie sich im Freien befinden. Die Gegenstände an sich interessieren ihn nicht, vielmehr ist er gespannt darauf zu erfahren, warum diese Gegenstände Mistress Frommond so am Herzen liegen.

»Darf ich fragen, warum Ihr das alles so unbedingt haben wolltet?«, erkundigt sich nun auch Beale. »Das mit dem Amulett kann ich gut verstehen, wenn der Mann Euch etwas bedeutet. Aber ein schmutziger Handschuh?«

»Der Handschuh hat Alice Rutherford gehört«, erklärt sie.

»Ein Erinnerungsstück also?« Walsingham lehnt sich zurück. »Nun, warum nicht …?«

»Ich habe ihn im Wald entdeckt«, fährt Jane Frommond fort. »Zwischen der Straße, auf der Alice' Leiche gefunden wurde, und dem Boot.«

Walsingham beugt sich vor und betrachtet den Handschuh von Neuem.

»Wie ist er dorthin gelangt?«, fragt er.

Beale dreht und wendet ihn neugierig hin und her.

»Das weiß ich nicht«, erwidert Jane. »Aber er wurde auf der Toilette für den Zweck der Säuberung benutzt.«

Also fürs Arschabwischen. Beale legt den Handschuh hastig auf den Tisch.

Lange nimmt Walsingham das Kleidungsstück der Toten in Augenschein. Schließlich ergreift er es und breitet es auf dem Tisch aus. Einer der Finger ist umgestülpt. Der Zeigefinger.

»Habt Ihr den Handschuh in genau diesem Zustand gefunden?«, will er wissen.

Die Ehrendame nickt.

»Darf ich Euch beide bitten, den linken Handschuh abzustreifen?«

Beale und Jane Frommond kommen der Aufforderung nach, und Walsingham beobachtet sie dabei. Bei Beale sitzen die Handschuhe lockerer, und das Material ist nicht so kostbar wie bei denen von Jane, die von ähnlich hoher Qualität sind wie Alice Rutherfords Handschuhe, mit ihrem Gelbton aber eine auffallend andere Farbe aufweisen. Bei der jungen Frau dauert es etwas länger, weil sie den Handschuh Finger für Finger herunterzupfen muss.

Als beide fertig sind, liegen drei linke Handschuhe ausgebreitet vor Walsingham auf dem Tisch. Warum nur ist bei Alice Rutherfords Zeigefinger das Leder vollständig nach innen gestülpt? Das kann sie doch nur mit Absicht getan haben.

»Ein Code?«, fragt er.

Einen Moment lang herrscht nachdenkliches Schweigen, dann gibt Jane Frommond einen Laut von sich – halb seufzt sie, halb schnappt sie nach Luft.

»Oh, aber ja«, sagt sie. »Schaut: Fünf Kutschen, fünf Finger.«

Darauf erwidert Walsingham nichts, sondern blickt sie nur eindringlich an.

Jane greift nach Alice' rotem Handschuh und hält ihn an der Spitze des Daumens hoch.

»Die Kutsche der Königin war die zweite«, ergänzt sie.

Walsingham schweigt. Er überlegt fieberhaft: Ist das denkbar? Alice erfährt, in welcher Kutsche die Königin reisen wird, stülpt den entsprechenden Finger ihres Handschuhs nach innen und lässt ihn aus dem Fenster fallen. Am Straßenrand wartet ein mit einem guten Pferd ausgestatteter Mann, hebt ihn auf, entschlüsselt den zuvor vereinbarten Code und reitet sofort los, um seinen im Boot wartenden Spießgesellen Bescheid zu sagen. Seine Komplizen brechen sogleich auf, eilen durch den Wald und postieren sich am Straßenrand, wobei sie genau wissen, auf welche Kutsche sie schießen müssen. In der Zwischenzeit überkommt einen von ihnen – denjenigen mit dem Handschuh – ein dringendes Bedürfnis. Er geht, gegen einen Baum gelehnt, in die Hocke und erleichtert sich. Der Handschuh kommt ihm dabei gut zupass. Danach lässt er ihn einfach im Wald liegen – bis ihn Dee und Jane entdecken.

Beale schüttelt den Kopf. Es ist dieser Aspekt, der ihn am meisten zu stören scheint. Und in der Tat hat es etwas Entwürdigendes. Es ist, als hätten sie Alice bewusst und in voller Absicht beleidigt und das Risiko, das sie einging, wenn sie die Bande tatsächlich über das Nahen der Königin in Kenntnis setzte, nicht gewürdigt.

»Aber dann wiederum … warum hat sie die Bande überhaupt wissen lassen, dass die Königin unterwegs war?«, überlegt er laut.

Mit einem Mal zittert an Janes Augenlid eine Träne.

Walsingham weiß, wann man besser spricht und wann besser schweigt, und in diesem Fall bleibt er stumm.

Nach einer Weile deutet Jane auf das Amulett.

»Das ist der Vater von Alice' Kind«, verrät sie.

Beales Augen weiten sich. Walsingham hat versäumt ihm mitzuteilen, dass Alice schwanger war.

»Und wie heißt er?«

»Sein Name ist Jan Saelminck«, klärt ihn Jane Frommond auf. »Ein Holländer, der einem Alchemisten als Assistent diente. An dessen Namen kann ich mich nicht erinnern, aber er war einmal im Tower eingekerkert.«

»De Lannoy?«, spekuliert Walsingham. »Cornelius de Lannoy?«

Jane nickt. Jetzt sind ihre Augen wieder trocken. Sie öffnet den Mund, als wollte sie etwas fragen, verscheucht den Gedanken dann aber wohl.

»Na ja«, sagt sie. »Das ist der Grund, warum ich ursprünglich zu Euch wollte, Master Walsingham. Ich wollte, dass Ihr Bescheid wisst.«

Walsingham atmet tief durch. »Woher wusstet Ihr, dass er der Vater ist?«

»Nun, eigentlich habe ich keine Ahnung. Niemand kann es wissen. Aber dann habe ich das Amulett entdeckt; es war in Alice' Kleider eingenäht. Hier, im Palast, nachdem sie sie umgebracht hatten.«

Nachdem er das weiß, scheint Walsingham die Vermutung, dass Jan Saelminck der verschollene Vater sein könnte, durchaus logisch zu sein, aber …

Nun berichtet Jane Frommond von ihrer Begegnung mit Marcus Teerlinc, Levina Teerlincs Sohn.

»Die Porträt-Malerin?«

»Ja. Saelminck hat bei ihr zwei Amulette in Auftrag gegeben: ein Bildnis von sich selbst und eines von Alice. Bloß als es ans Zahlen ging, wollte er Teerlinc nur für eines entlohnen. Er wollte Alice das Porträt von sich schenken, das von ihr interessierte ihn nicht.«

»Also hat er sie nicht so geliebt wie sie ihn?«

»Ich spekuliere hier nur«, gibt sie zu. »Aber die Quittung für das Amulett ist auf Holländisch ausgestellt worden, und Marcus hat gesagt, dass seine Mutter und Saelminck immer Niederländisch miteinander sprachen. Und dann ist Mistress Teerlinc in jener Nacht gestorben, bevor ein Priester geholt werden konnte.«

»Glaubt Ihr, dass er sie umgebracht hat? Mit Gift vielleicht?«

»Ach, ich weiß nicht. Hier ist doch alles ungewiss. Selbst die Tatsache, dass John ... Dr. Dee das Amulett erkannt hat. Ist das wirklich Jan Saelminck? Oder nur jemand, der ihm ähnlich sieht?«

Beale hebt die Augenbrauen und wechselt einen kurzen Blick mit Walsingham.

Oh Gott, denkt Walsingham, *Beales Intrige mit Ness Overbury.*

Er hat sich immer noch nicht dazu aufraffen können, Arthur Gregorys Berichte zu lesen. Er ist der Mann, der Beale überwachen sollte – für den Fall, dass sein Vorhaben den Rahmen sprengt, und überhaupt, weil man schließlich nicht vorsichtig genug sein kann.

»Aber das ... legt ja den Schluss nahe, dass er sie schon vor Monaten verführt hat.«

»Vor mindestens einem Jahr«, meint Mistress Frommond. »Seht Euch das Datum an.«

1576.

Walsingham nimmt das Amulett genauer in Augenschein. Nun, da er es näher betrachtet, erkennt er, dass der Junge ein Abzeichen auf der Kappe trägt. Auf den ersten Blick wirkt es wie ein gewöhnliches Pilgeremblem, aber dann fällt ihm ein Detail auf, das ihm den Atem raubt.

»Robert«, sagt er, »schaut Euch das bitte genau an.«

Er reicht das Amulett weiter an Beale, der sich mit zusammengekniffenen Augen darüber beugt. Im nächsten Moment richtet er sich wieder auf und starrt Walsingham entsetzt an.

»Mein Gott«, ächzt er. »Die Schwarze Madonna.«

Damit werden Walsinghams schlimmste Befürchtungen bestätigt. Es überläuft ihn eiskalt.

»Die Schwarze Madonna?«, fragt Jane Frommond.

»Die Gilde der Schwarzen Madonna«, berichtigt Beale. »Seht Ihr das Abzeichen? An der Kappe? Auf den ersten Blick sieht es aus wie irgendein beliebiges Abzeichen, das jeder Pilger kaufen kann, um zu zeigen, dass er in Canterbury war oder in der Kathedrale von Santiago de Compostela, aber in Wirklichkeit ist es anders. Es wird nur an Mitglieder einer bestimmten Gilde ausgegeben, und zwar an den Kreis der Verehrer der Schwarzen Madonna in Halle, einer Stadt in Flandern.«

Jane Frommond mustert ihn stirnrunzelnd.

»Das sind die … pff …« Beale schüttelt den Kopf. Er findet keine Worte, um das Ausmaß des Irrsinns zu erklären, dem sich diese Leute verschrieben haben.

Walsingham ergeht es genauso.

»Das sind Eiferer«, ächzt er. »Gefährliche Fanatiker. Schlimmer als die Inquisition, weil sie außerhalb der Gesetze auftreten. Nicht einmal Bloody Mary würde sie in England dulden.«

»Und dann erst der Eid, den sie leisten«, setzt Beale nach, »die Feinde ihres Idols mit Feuer auszumerzen oder selbst in den Flammen zu sterben. Wie die Märtyrer früherer Zeiten.«

Jane erbleicht.

»Sollte Ihre Majestät jemals in ihre Fänge geraten, würden sie keine Gnade kennen. Das ist ein Todesurteil.«

»Wie viele sind es?«, erkundigt sich Jane zögernd.

»Das weiß niemand. Oh Gott, natürlich, das ist die Erklärung: Die Männer in dem Boot – das waren Mitglieder der Gilde.«

Walsingham nickt.

»Nun gut, aber es hat doch bisher keine weiteren Anschläge auf Ihre Majestät gegeben, oder?«, fragt Jane.

Davon geht auch Walsingham aus.

»Dann ist er – Saelminck – vielleicht heimgekehrt, zurück nach Halle? Oder ist er möglicherweise schon tot?«

Beale ist nicht so zuversichtlich.

»Nein«, sagt er und deutet auf das Amulett. »Oder vielleicht doch, aber haltet Euch nur das Datum vor Augen. Das war von langer Hand geplant. Sie haben über ein Jahr gewartet, bis sie zugeschlagen haben. Da wurde nichts dem Zufall überlassen. Sie wollten auf Nummer sicher gehen.«

Beale hat recht, denkt Walsingham. *Saelminck wird irgend-*

wo in Deckung gegangen sein. Bestimmt plant er aus seinem Versteck heraus schon wieder etwas Neues. Ein Mann wie er wird nie aufgeben.

Himmelherrgott, was soll er jetzt bloß Ihrer Majestät sagen?

»Aber warum hat er so lange gewartet?«, fragt Mistress Frommond.

Im ersten Augenblick will Walsingham sie daran erinnern, dass auch er selbst nicht gerade unfähig ist. Versuche, die Königin zu erschießen, sind allein schon deshalb kein Kinderspiel, weil er, Walsingham, dafür sorgt, dass sie keines sind. Aber vielleicht gibt es ja eine einfachere Erklärung.

»Womöglich war Alice nicht dazu bereit, das zu tun, was er von ihr verlangte«, spekuliert er. »Früher, meine ich. Oder vielleicht hat Saelminck sie erst darum gebeten, als er wusste, dass sie innerlich zerstört war – nachdem *er* sie zerstört hatte.«

»Aber selbst in diesem Fall … vielleicht hat sie die Königin erst verraten, nachdem Ihre Majestät ihr mit dem Tower gedroht hatte«, überlegt Jane. »Erst danach gab Alice ihm den Handschuh.«

Wieder mustern sie das Beweisstück, das verdrehte Überbleibsel einer toten Liebe, eines toten Mädchens und ihres toten Kindes.

Herrgott!

»Könnte Saelminck vielleicht der Mann gewesen sein, den Dee in dem Boot auf dem Fluss Lea erschlagen hat?«, fragt Beale. »Dee soll ihn ja entsetzlich zugerichtet haben.«

Walsingham hört eine Ahnung von Hoffnung in Beales Worten mitschwingen, doch Jane schüttelt den Kopf.

»Dann hätte er doch ganz bestimmt etwas gesagt. Wenn John ihn von früher gekannt hätte, dann hätte er doch … ich meine, in dem Moment, als der Mann aus der Kajüte kam, hätte er doch bestimmt …«

Sie fasst sich ans Genick. Die blauen Flecken sind fast verschwunden, doch die Narbe ist geblieben. Sie erschauert, was allerdings auch an der Kälte liegen könnte, da die Sonne hinter dem Stall versunken ist und sie jetzt im Schatten sitzen.

Plötzlich sieht Mistress Frommond so erschöpft aus, wie Walsingham sich fühlt. Gleichwohl ist ihm nicht entgangen, mit welcher Leichtigkeit sie Dees Vornamen verwendet. Nun, schließlich waren sie tagelang zusammen eingesperrt. Das muss also nichts bedeuten. Dennoch …

»Es ist wirklich ein Glück für uns alle, dass Ihr das Amulett entdeckt habt«, lobt Walsingham sie.

Jane sieht das genauso.

»Vor allem, weil ich nicht die Einzige war, die nach Alice' Tod danach gesucht hat«, erwidert sie.

Sie berichtet ihnen von den Fingerspuren auf dem verstaubten Schrankkoffer und ihrer Entdeckung, dass Alice' Taschen nach ihrem Tod durchwühlt wurden.

Jetzt ist Walsingham aufs Äußerste beunruhigt. Er hat das Gefühl, als würde ein gefangener Vogel in seiner Brust umherflattern.

»Und nichts hat gefehlt? Nichts war gestohlen worden?«

»Mir ist nichts aufgefallen. Es waren ein paar Münzen darin, auch Ringe; das war alles noch da. Es könnte aber sein, dass jemand etwas ganz Bestimmtes gesucht hat. Etwas, was versteckt war, vielleicht so etwas wie dieses Porträt.«

»Warum habt Ihr uns das nicht früher gesagt?«, fragt Beale.

Darüber muss Jane nachdenken.

»Master Walsingham, Ihr selbst habt mir gesagt – und zwar auf der Stufe dort drüben –, dass Ihr unter anderen Umständen vielleicht die Muße hättet, den Namen des Vaters von Alice' Kind zu ermitteln, aber jetzt einfach keine Zeit dafür habt. Und außerdem: Wie hätte ich wissen können, dass er … dass Jan Saelminck möglicherweise etwas mit Alice' Tod zu tun hat? Ich hatte nicht die leiseste Ahnung, bis ich ihren Handschuh im Wald entdeckt und erkannt habe, wozu er benutzt worden war. Aber da … na ja, da war es schon zu spät.«

Walsingham spürt, wie ihm die Situation entgleitet. Er stellt sich vor, wie Saelminck sich Zugang zum Palast verschafft und die Habseligkeiten einer Hofdame der Königin durchforstet, als wäre das eine Selbstverständlichkeit.

»Seid Ihr Euch da ganz sicher? Ihr sagt, dass Saelminck *nach* Alice' Tod im Palast war? Genau hier? Und er konnte in den Privatgemächern Ihrer Majestät in aller Seelenruhe nach etwas Bestimmtem suchen?«

Mistress Frommond nickt.

»Oder jemand anders in seinem Namen«, ergänzt sie.

Herrgott, das ist ja noch schlimmer! Saelminck selbst oder irgendein Dreckskerl von der Gilde der Schwarzen Madonna! Und dieses Gesindel schnüffelt im Palast herum!

Walsingham spürt, wie sich schon wieder Schweißtropfen auf seiner Stirn bilden. Er steht abrupt auf.

»Verdoppelt die Wachen, Robert«, befiehlt er Beale. »Riegelt den Palast ab. Ihr müsst herausfinden, wer hier alles kommt und geht. Um der Liebe Christi willen, findet heraus, wer gekommen und wer gegangen *ist*.«

Beale fertigt eilig eine Notiz an.

»Sofort, Robert!«, schickt Walsingham hinterher.

Beale gibt ein vielsagendes Hüsteln von sich und erinnert ihn so an das Täuschungsmanöver mit der falschen Königin.

»Dafür ist jetzt keine Zeit, Robert«, fertigt Walsingham seinen Untergebenen ab.

Doch Beale lässt sich nicht so leicht abspeisen. »Mit Verlaub, Sir, gerade jetzt *ist* der richtige Zeitpunkt.«

Für einen Moment bringt Beales Hartnäckigkeit Walsingham aus dem Konzept. Ein solches Verhalten grenzt ja an Gehorsamsverweigerung! Aber, bei Gott, vielleicht hat Beale am Ende doch recht. Vielleicht ist Walsingham in dieser Angelegenheit mit Blindheit geschlagen und sollte einfach nachgeben.

»Na schön.« Er seufzt. »Ich werde mich persönlich darum kümmern.«

»Meine Herren, ich überlasse Euch gerne Euren weiteren Erörterungen.« Damit beginnt Mistress Frommond, ihre Sachen einzusammeln, nur den Handschuh und das Amulett fasst sie nicht an. »Ich hoffe, ich muss das nie wiedersehen.«

So verstaut Walsingham die zwei Gegenstände in seiner eigenen Tasche, entschuldigt sich und überlässt es Beale, Jane Frommond für seinen Plan zu erwärmen. Er selbst will nichts damit zu tun haben, und überdies hat er genug anderes zu erledigen.

Eilig verlässt er den Raum und hastet weiter zu Sir William Cecils Kontor. Dort trifft er den Minister in einem äußerst betrübten Zustand an. Und Cecil blickt sogar noch kummervoller drein, als Walsingham ihm von der Gilde der Schwarzen Madonna berichtet.

»Diese Dreckskerle?« Cecil presst sich beide Hände an die Wangen. »Das hat uns gerade noch gefehlt.«

Dann wendet er sich ab und starrt ins Kaminfeuer.

»Was sollen wir jetzt tun?«, fragt er nach einer Weile.

»Was *können* wir tun, das wir nicht schon längst tun?«

»Aber sie könnten immer noch im Lande sein. Ein Feind im Inneren! Als ob wir nicht auch so schon genug von der Sorte hätten.«

»Und diese Kerle sind bewaffnet und gefährlich.«

»Ja, dieser vermaledeite Eid. Wie lautet er gleich wieder? Mit Feuer …?«

»… die Feinde Ihrer Heiligkeit auszumerzen, der Mutter Gottes … oder so ähnlich. Beale kennt ihn auswendig.«

»Das klingt ja so, als ob jeder außerhalb der Gilde ein Feind der Mutter Christi wäre!«

Walsingham zuckt mit den Schultern. Aber ihm ist klar: Cecil hat messerscharf erkannt, wie dumm die Rhetorik zwischen Katholiken und Protestanten in diesem Krieg ist.

Schweigen macht sich breit.

Schließlich stößt Cecil einen tiefen Seufzer aus und eröffnet Walsingham, dass Parma marschiert. Damit meint er, dass die Armee des Herzogs von Parma eine Offensive begonnen hat und auf dem Vormarsch ist.

»Zwanzigtausend Soldaten, alle zur Schlacht gegen die Rebellen bereit – und wir wissen ja, wie das immer endet.« Er reibt sich die Augen. »Vielleicht hatte Hatton ja doch recht. Stell dir nur vor, wir hätten Truppen dorthin entsandt! Sie wären bloß ein Kontingent von vielen gewesen, und das in einem Kuddelmuddel aus so gut wie allen Ländern und aller Glaubensrichtungen.«

Es scheint dunkler zu werden.

»Oh, soll sie doch der Teufel holen!«, stöhnt Cecil. »Wenn das so weitergeht, haben wir spätestens an Ostern den Herzog von Parma und seine Söldner bei uns in Westminster. Darum ist diese Sache hier umso wichtiger.«

Er klopft mit den Knöcheln auf seine Abschrift des von Jenkinson übersetzten Gedichts und beginnt, daraus vorzulesen:

»Von der Liebe heißt es:
Das Herz ward eines Tages gefangen von einem Prinzen.
Doch lange schon ist meines
im Bann von Englands Juwel mit dem zweifachen Zepter,
und auf jeder Seite mag der Weise
die heil'ge, die himmlische Ziffer seh'n …«

Er blickt auf.

»Es ist die letzte Zeile, über die ich einen Zugang finde. Da spricht der Dichter von einem Juwel – vergessen wir für einen Moment das mit dem zweifachen Zepter –, in dem der Weise die heilige, die himmlische Ziffer erkennen kann. Hier ist vermutlich schlicht von einem Sachverständigen die Rede.«

»Ja«, stimmt ihm Walsingham zu, während er für sich denkt: *So weit nichts Neues.*

»Aber was ist nun die heilige, die himmlische Ziffer?«

»Das wollte ich von dir hören.«

Cecil zieht eine säuerliche Miene. Dann gräbt er in seinen Akten, bis er das Dokument findet, das er Walsingham zeigen möchte. Es ist eine Auflistung der Geschenke, die die Königin am letzten Neujahrstag machte und erhielt. Erfasst sind darauf der Gegenstand, der Name des Gebers und der geschätzte Wert. Wie Walsingham daraus ersehen kann, bekam Cecil eine Tasse mit Deckel, die etwa drei Pfund kostete. Seinerseits schenkte er der Königin zwanzig Pfund in Gold. Die zwei Gläser mit grünem Ingwer, die Walsingham ihr schenkte, werden hingegen nicht erwähnt. Von Hatton bekam sie ein goldenes Kreuz, gespickt mit Diamanten und Perlen, sowie ein Medaillon mit einem Bild von einem Mann mit Hund auf der Vorderseite und einem Gedicht auf der Rückseite. Es ist dieses Gedicht, das Walsingham auf die Idee bringt, dass sie Hatton herbeizitieren sollten, damit er sich Jenkinsons Verse näher anschaut.

»Nur weil er die Gaillarde besonders gut tanzen kann, glaubst du, dass er auch Gedichte besser versteht?«

Walsingham weiß nicht, warum, aber doch, ja, das glaubt er.

Zerstreut kaut Cecil am schon angenagten Kiel seiner Feder herum, ehe er eine kurze Notiz anfertigt.

»Gut, dann schicke ich ihm eben eine Abschrift. Aber das ist nicht der Grund, warum ich dir die Liste zeigen wollte. Mir geht es vielmehr um das hier.«

Er zeigt auf einen Vermerk:

»Von Doctor John Dee: Wahrsagekristall, 7 Pfund, 6 Schilling.«

»Wusstest du, dass Dee Ihrer Majestät zu Neujahr einen Wahrsagekristall geschenkt hat?«, fragt Cecil.

»Ich wusste gar nicht, dass er einen besessen hat.«

»Jetzt nicht mehr, wenn er denn wirklich einen hatte. Master Bowes, ein Goldschmied in der Lombard Street, beantragt jedenfalls die Rückgabe seines Eigentums mit der Begründung, dass Dee es für acht Pfundmünzen in Gold erworben hat, die sich zwei Tage später als Katzengold entpuppt haben. Wie auch immer, Bowes beharrt deshalb darauf, dass der Wahrsagekristall nie in Dees Eigentum übergegangen ist und er also auch nie berechtigt war, ihn zu verschenken, nicht einmal an die Königin. Ich verstehe sein Argument, kann ihm aber nur viel Glück bei seinem Anliegen wünschen.«

»Das ist doch wohl nicht zufällig das in dem Gedicht erwähnte Juwel?«

Cecil seufzt. »Ich habe gehofft, du würdest sagen, dass es das tatsächlich ist. Sein Wert wurde mit sieben Pfund und sechs Schilling bemessen.«

»Na so etwas!« Walsingham lacht.

»Wissen wir von irgendwelchen anderen Wahrsagekristallen?«

»Wir könnten ja den von Dee benutzen, um es herauszufinden.«

»Mir ist nicht nach Scherzen zumute, Francis.«

Eine Weile noch rätseln sie über die Bedeutung des Gedichts, ohne zu einem eindeutigen Ergebnis zu gelangen. Wie auch bei Saelmincks Identität bleibt es, wie Mistress Frommond sagen würde, bei Spekulationen.

»Glaubst du, dass das etwas ist, was es nur im Osmanischen Reich gibt?«, fragt Cecil.

»Auf diese Weise einen Preis zu bestimmen? Oder diese Verse zu schreiben?«

»Beides.«

»Das kann ich nicht sagen. Ich bin kein Ottomane.«

Jetzt zeigt Cecil sich enttäuscht. »Ich denke, dass wir Jenkinson ausquetschen müssen. Er muss uns alles darüber sagen. Und uns verraten, wer dieser Mann ist.«

»Im Tower?«

»Im Tower.«

Nach der Besprechung wandert Walsingham zum Fluss hinunter und grübelt darüber nach, wo sich ein Wahrsagekristall auftreiben ließe, der dem Wert von hundertfünfzig Tonnen, egal welcher Substanz, nahekäme. Er ist so tief in seine Gedanken versunken, dass er seinen Namen erst hört, als zum dritten Mal nach ihm gerufen wird.

»Master Walsingham! Sir!«

Neben sich bemerkt er einen ihm unbekannten kleinen Mann, der eine ausgeblichene Anwaltsrobe trägt. Unter seinem Arm klemmen zusammengerollte Dokumente.

»Thomas Penyngton«, stellt er sich vor. »Ich bin Gerichtsschreiber am *Court of Sewers,* dem Wasseramt.«

Er will den Hut abnehmen und merkt erst jetzt, dass er keinen aufgesetzt hat.

»Ihr seid genau der Mann, den ich brauche«, erwidert Walsingham.

Der andere blickt ihn irritiert an. Vielleicht hat das noch nie jemand zu ihm gesagt.

»Ich habe mich sofort auf den Weg gemacht, als ich hörte, dass Ihr mich sucht«, erklärt Penyngton.

Eine der Rollen unter seinem Arm verrutscht. Er will sie fester packen, doch daraufhin entwischt ihm prompt die nächste.

Wie eine Maus, denkt Walsingham und sagt sich, dass der Mann wahrscheinlich bei sich zu Hause, wo man ihn liebt und akzeptiert, am glücklichsten ist.

Eilig schiebt er seine Gedanken beiseite und erkundigt sich nach den Arbeiten am Fluss Lea, insbesondere nach dem Bau der Schleuse unterhalb von Enfield. Schließlich ist Mister Penyngtons Behörde für alles zuständig, was mit fließenden Gewässern und Kanalisation zu tun hat.

»Ah, dann wollt Ihr mit Master Honrighe sprechen. Garrett Honrighe. Er ist Landvermesser. Und weil er Holländer ist, interessiert er sich sehr für Wasser. Oder vielmehr für die Vermeidung von Wasser. Sein größtes Interesse ist es, trocken zu bleiben, würde ich sagen.«

Walsingham fragt sich, ob dieser Honrighe wohl auch ein Mitglied der Gilde der Schwarzen Madonna ist. Nicht dass einer wie Penyngton darüber Bescheid wissen würde, es sei denn, Honrighe trüge das verräterische Abzeichen. Er erkundigt sich danach.

»Nein, Sir«, antwortet Penyngton. »Kein Abzeichen

oder sonst etwas dieser Art. Er ist gut, aber immer sehr schlicht gekleidet. Wie Ihr, Sir, wenn ich das so sagen darf, ohne Euch zu nahezutreten.«

»Beaufsichtigt er auch den Bau?«, will Walsingham wissen.

»Nein, Sir. Er hat ihn ausschließlich entworfen. Für die Umsetzung der Pläne sind die Arbeiter und Ingenieure zuständig. Warum? Gibt es ein Problem mit der Schleuse?«

»Nein, nichts dergleichen«, versichert ihm Walsingham. »Ich wüsste nur gerne den Namen ihres Erbauers, das ist alles.«

»Habt Ihr vor, eine eigene Schleuse bauen zu lassen? Ist es das? Ich kenne Lord Burghley …«

»Ich brauche nur seinen Namen.«

Hektisch beginnt Penyngton, die Rollen unter seinem Arm zu durchwühlen, sodass Walsingham ihm anbietet, diejenigen zu halten, die er schon aussortiert hat. Die vorletzte verspricht endlich, die gesuchte zu sein, und er entrollt sie. Die Schrift ist ein unbeholfenes Gekritzel, aber den Namen findet Penyngton fast auf Anhieb.

»Genau«, murmelt er. »Ich erinnere mich, wie überrascht ich damals war. Es ist nämlich ein Mann namens Henk Poos.«

Damit kann Walsingham freilich rein gar nichts anfangen.

»Warum wart Ihr überrascht?«, fragt er unwillkürlich.

»Nun ja …« Penyngton scheint sich mehr und mehr für sein Thema zu erwärmen. Als ginge es um einen unerhörten Skandal, beugt er sich zu Walsinghams Ohr und flüstert: »Master Honrighe ist ein Holländer aus der Provinz Westfriesland, die praktisch im Meer liegt und aus der die besten Wasserbauingenieure stammen; Henk Poos dagegen ist ein Flame.«

»Und was ist daran so überraschend?«

Es scheint Penyngton zu verwirren, dass ein Mensch derart begriffsstutzig sein kann.

»Die Flamen verstehen sich hervorragend auf Tuchwaren und Holz, Sir, aber nicht auf Wasser! Und da ist noch etwas: Mir ist schon beim ersten Treffen mit den beiden aufgefallen, dass sie sich nicht ausstehen können. Richtige Streithähne waren das! Und als wir uns zusammengesetzt haben, um die Einzelheiten zu erörtern, war ich schon drauf und dran, ihnen zu sagen, dass ich den Auftrag anderweitig vergeben muss. Das hätte ich auch getan, wenn Master Honrighe nicht so hartnäckig gewesen wäre.«

»Ihr kennt also diesen Henk Poos persönlich? Den Mann, der die Schleuse baut?«

»Allerdings, Sir, ein äußerst ungewöhnlicher Gentleman in unserem Gewerbe. Denn genau das ist er: ein Gentleman. Ein vornehmer Herr, so wie Ihr.«

Walsingham greift in seine Tasche und zieht Mistress Teerlincs Amulett hervor.

»Ist er das?«, erkundigt er sich. »Ist das Henk Poos?«

Penyngton neigt sich näher über das Porträt.

»Oh! Ja, Sir. Das ist er! Wie aus dem Gesicht geschnitten!«

19

Isle of Sheppey, Kent,
zweite Februarwoche 1578

Es ist Anfang Februar, Mariä Lichtmess ist vorüber, und es regnet immer noch, als Dr. John Dee und sein Assistent Roger Cooke in Stiefeln mit dem Rücken zum Meer am Strand stehen und wieder einmal jenen scheußlichen grauen Klumpen aus Schlamm und Unkraut betrachten, der sich Isle of Sheppey nennt.

Dee stöhnt. »Wenn es im ganzen Reich Ihrer Majestät eine trostlosere Gegend gibt, habe ich jedenfalls noch nichts davon gehört.«

»Und Ihre Majestät ebenso wenig«, knurrt Cooke. »Sonst hätte Sie uns stattdessen dorthin geschickt.«

Cooke glaubt, dass die Königin sie hierher, zum Schloss Shurland Hall, gesandt hat, um sie für das Loch, das Dee in die Ringmauer des Tower gesprengt hat, zu bestrafen.

Vielleicht hat er recht, denkt Dee. Doch dann erinnert er Cooke daran, dass der Vater und die Mutter der Königin hier, fern von London, in einem Pestjahr einen aufregend schönen Sommer verbrachten, unmittelbar bevor sie ihre verhängnisvolle Ehe schlossen.

»Aber danach sind sie nie mehr zurückgekehrt, richtig?«, stellt Cooke fest.

»Das stimmt«, bestätigt Dee. »Der Grund dafür ist allerdings nicht, dass es ihnen hier nicht gefallen hätte.«

Sie haben ihr gesamtes Instrumentarium vom Tower mitgebracht – zumindest alles, was ihren letzten Versuch, das Griechische Feuer zu erzeugen, überlebt hat. Doch es gelingt ihnen einfach nicht, den dicken schwarzen Schleim, das *Naft,* zu entzünden.

»Ich glaube, wir werden den Veredelungsvorgang einleiten müssen«, erklärt Dee.

»Das ist die Purifikation, nicht wahr, Sir? Dann los!«

Cooke liebt den Reinigungsvorgang, denn er erlaubt es ihm, sich ganz in der Nähe des in der alchemistischen Werkstatt brennenden Feuers aufzuhalten. Die Werkstatt haben sie sich in einer der aus Natursteinen erbauten Baracken mit Schieferdach eingerichtet, und momentan gleicht sie einem Bienenstock, so geschäftig geht es hier zu. In einer Ecke befindet sich die Werkstatt des Böttchermeisters Ihrer Majestät, der aus Greenwich hierherbeordert worden ist und an einem Fass mit doppelter Wand arbeitet. Dee glaubt, dass es sogar dem enormen, vom Blasebalg erzeugten Druck standhalten kann, den der Sattler, ein Mann mit mächtigen Armen und Daumen so hart wie Stahl, aus gut gegerbten Ochsenfellen hergestellt hat und selbst bedient. Zudem ist ein Schmied aus Yorkshire geholt worden, der zwar kaum ein Wort von dem hier im Süden des Landes gesprochenen Dialekt versteht, aber dennoch in der Lage ist, Dees komplizierten Anweisungen bis ins Detail zu folgen. Ja, er glaubt sogar, nicht nur Dees Ventil verbessern zu können, sondern auch seine persönliche Meinung mit Nachdruck verkünden zu müssen.

Die Zusammenkunft all dieser Handwerkszweige an einem so abgelegenen Flecken hat einen ungewöhnlichen Kameradschaftsgeist geschaffen. Fassbinder, Schmied und Kürschner sitzen, gemeinsam mit ihren jeweiligen Lehrlingen, in der Schmiede ums Feuer, spekulieren eifrig über den wahren Zweck ihres gemeinschaftlichen Unterfangens und schließen Wetten darüber ab, ob es ein Erfolg werden wird.

»Aber, Master Cooke, um der Liebe Gottes willen – und auch Eurer und meiner Haut zuliebe –, bitte seid diesmal vorsichtig«, beschwört ihn Dee.

Cooke tippt sich an die Kappe und eilt davon, um die frisch gelieferten Glasschalen auszupacken, die, in Holzspäne gebettet, aus Antwerpen übers Schmale Meer geschmuggelt worden sind. Er brennt förmlich darauf, sie zu beschmutzen, zu verrußen und zu zertrümmern.

Doch er soll enttäuscht werden.

Zunächst erhalten sie am nächsten Tag bei ihrem ersten Versuch einer Destillation etwas, von dem Dee glaubt, dass sie es suchen: ein übel riechendes Extrakt, das scheinbar die Luft zum Tanzen bringt, wenn man es hochhält. Ein glühender Holzspan sorgt dafür, dass ein Löffel voll von dieser Flüssigkeit mit einem leisen Schnauben und einer nicht allzu großen gelben Flamme explodiert, woraufhin sie in einer dicken schwarzen Rauchschwade verbrennt, die derart fürchterlich stinkt, dass ihnen beiden kurzzeitig schlecht wird.

Das Problem dabei ist allerdings, dass dieser eine Löffel aus einer Tasse voll mit jener schwarzen Brühe aus dem Fass einfach nicht brennen will – es sei denn, die Flüssigkeit wird extrem erhitzt, was an Bord eines Schiffs völlig unmöglich ist – und dass die winzigen Rückstände, die danach aus dem Kondensator kommen, zwar immer noch interessant sind, aber irdischere Anwendungen nahelegen als ein Griechisches Feuer.

»Ich fürchte, dass wir aus dem ganzen Fass kaum mehr als eine Tasse voll gewinnen werden«, vertraut Dee Sir Thomas Kemp, dem Hausherrn von Shurland Hall, an, von dem er weiß, dass er mit Sir William Cecil in Verbindung steht.

»Aber es wird trotzdem glücken, oder? Es wird Euch gelingen, Griechisches Feuer zu erzeugen? Ich kann Lord Burghley sagen, dass es den Aufwand wert ist?«

»Das wird auf den Preis ankommen, aber es hat definitiv Potenzial. Ich werde das, was ich gewinne, mit den anderen nötigen Elementen kombinieren, und sobald die Pumpe zuverlässig funktioniert, werden wir es versuchen.«

»Am Strand?«

Kemp meint den Bereich, wo der Schlamm nach den verfaulten Innereien von Fischen stinkt.

»Nach Lage der Dinge, ja.«

Das System, das Dee diesmal ersonnen hat, verspricht Großes. Als sie mit einem Fass übten, das mit Meerwasser gefüllt und im Schlamm vergraben war, ließen sie den Blasebalg von vier Jungen bedienen. Obwohl die Schläuche jedes Mal anschwollen und stanken wie verfaulte Schlangen, haben sie bisher gehalten. Dank Dees selbst gebauter Düse kam sogar ein Strahl heraus, der über das Dach jeder mittelgroßen Gemeindekirche hinausschießen würde, wenn denn eine in der Nähe wäre.

Am nächsten Tag stellen sie eine ausreichende Menge des Gebräus her, das Dees Ansicht nach Griechischem Feuer am nächsten kommt, und füllen damit ein Fass, das sie anschließend mit dicken Eisenringen versiegeln und so am Strand vergraben, dass nur die zwei Schläuche aus dem Sand herausragen. Käme man neu hinzu, könnte man fast meinen, ein Riese hätte die Erde zugenäht. Einen von den Schläuchen verbinden sie dann mit dem Blasebalg und den anderen mit der Düse, die sich auf einem von ihnen gezimmerten Podest befindet. Dieses muss dann mit Sand und Erde zugeschüttet werden. Zum Schluss ziehen sie einen herrenlosen alten Karren heran, stellen ihn an der Flutlinie auf und warten darauf, dass das Wasser steigt.

Als endlich die Flut da ist und das Meer die Achse des Karrens umspült, gibt Dee den Jungen das Signal, den Blasebalg in Betrieb zu setzen. Bald schwillt der erste Schlauch an und macht dabei ein Geräusch, wie es zehn Schwäne beim Abflug von einem Gewässer erzeugen würden. Aus dem vergrabenen Fass dringt ein unheimlicher Laut, der einige Zuschauer so sehr erschreckt, dass sie in panischer Angst davonrennen.

Als auch der zweite Schlauch zu zucken und sich aufzublähen beginnt, ist der Moment der Wahrheit gekommen: Dee legt den Sicherungshebel um, und die im Fass gefangenen Elemente können herausdringen. Die Luft entweicht mit einem *Wumm* und wird sofort durch die Flüssigkeit ersetzt. Diese entzündet sich, worauf ein Flammenbogen über den Strand schießt und den Karren verschlingt. Alle reißen die Arme hoch, teils aus Angst, teils vor Freude.

»Wie ein verdammter Drache!«, schreit Cooke.

Doch nur allzu bald ist es vorbei. Das Fass enthält einfach zu wenig Flüssigkeit, sodass der Strahl immer schwächer wird und nur noch auf den Schlamm plätschert wie die Pisse eines alten Mannes, der vor dem Zubettgehen noch einmal uriniert.

Dee muss unwillkürlich lächeln.

»Seht nur, Doktor!«, ruft Cooke. »Es brennt immer noch!«

Der Sand, der Karren und das Meer, alles steht in Flammen.

»Versucht mal, es zu löschen«, fordert Dee Cooke auf.

»Lieber nicht!«

So watet Dee selbst in die eiskalte See, schöpft mit seiner Kappe etwas von dem braunen Wasser und spritzt es über die brennende Fläche. Ungerührt tanzen die Flammen weiter. Wieder schöpft er Wasser und schleudert es über den Karren – vergeblich.

Es ist vollbracht, denkt er. *Ich habe Griechisches Feuer erzeugt.*

Doch Freude empfindet er nicht, nur Angst. Er hat eine schreckliche, grauenhafte Waffe geschaffen, eine, die den Lauf der Welt verändern könnte. Eine, die das Fleisch von Männern, Frauen und Kindern verbrennen, die sie bei lebendigem Leib braten wird. Eine, die Städte in Schutt und Asche legen und von Bibliotheken nichts mehr übrig lassen, die Leben in Tod verwandeln wird. Es ist, als hätte er eine alte Spezies wiedererweckt, die lange als ausgestorben galt, und der Welt neu beschert. Als hätte er Thanatos, den Gott des Todes, aus der Unterwelt heraufbeschworen, damit er wieder über die Erde schreitet und nichts außer Tod und Zerstörung bringt.

Gott sei Dank ist dann wenigstens endgültig Schluss.

Zwei Tage später kommt Robert Beale, den man eilends benachrichtigt hat, auf die Isle of Sheppey.

»Es hätte kaum zu einem günstigeren Zeitpunkt geschehen können«, beglückwünscht er Dee. »Am Tag nach Eurer Botschaft haben wir Kunde aus Gembloux erhalten.«

»Gembloux?«

»Die Armee des Herzogs von Parma hat die Holländer aufgerieben. Das ist zweifellos deren Ende. Bald werden die gesamten Niederlande unter dem Joch der Inquisition stehen.«

Dee lässt alle Luft durch den Mund entweichen.

»Darum ist die Nachricht von Eurem Griechischen Feuer hochwillkommen. Sogar Sir William Cecil höchstpersönlich hat ein Lächeln zustande gebracht, als Euer Name fiel.«

»Dann wird mir also gestattet, wieder nach Hause zurückzukehren?«

Beale zögert.

Dee seufzt. »Himmel, Robert, habe ich hier etwa nicht genug getan?«

»Doch, das habt Ihr, John. Niemand kann Euch etwas vorwerfen.«

»Aber?«

»Da ist noch etwas anderes, und Ihre Majestät braucht Eure Hilfe dabei.«

»Sie braucht mich nur darum zu bitten«, erwidert Dee. Und das ist nicht gelogen. Er würde alles für die Königin tun, selbst wenn sie ihn bäte, auf Sheppey zu bleiben. Doch just in dem Augenblick, da er das denkt, befällt ihn Übelkeit.

Mein Gott, sagt er sich, *das tue ich ja jedes Mal.*

Jedes Mal nimmt er an, dass man sich wegen seiner besonderen Kenntnisse – in der Mathematik, der Sternenkunde, der Sprache der Engel – an ihn wendet, doch stets wird ihm dann eine Aufgabe aufgehalst, für die ein Ziegenhirte oder ein Latrinenwart weit besser geeignet wäre. Vermutlich ist das die Strafe für seinen Stolz.

Beale hüstelt.

Er wirkt müde, denkt Dee.

»Es ist eine … heikle Sache«, räumt Beale ein, nicht ohne sich nervös umzublicken.

Gut, denkt Dee, *das klingt schon interessanter.* »Können wir ein bisschen rausgehen?«

Gemeinsam schlendern sie zum verrußten Skelett des Karrens und dem immer noch verschmutzten Sand, der ihn umgibt. Über den zeitlosen Geruch des Meeres hinweg steigt ihnen ein Hauch von *Naft* in die Nase. Erst hier draußen zeigt Beale ihm eines der Amulette, die Nicholas Hilliard von der Königin angefertigt hat.

»Hat Points das gemacht?«, fragt Dee. »Bei Gott, der Mann ist wirklich gut. Aber seht nur, hier hat er ihr einen kleinen Schönheitsfehler verpasst. Das wird Bess nicht gefallen, ganz und gar nicht.«

Darauf erklärt ihm Beale, dass das kein Porträt der Königin ist, sondern eines von Ness Overbury, und setzt ihm seine Idee auseinander.

Als er endet, ist Dee sich nicht sicher, ob er das Ganze wirklich verstanden hat.

»Ihr seid … wahnsinnig«, platzt er heraus.

»Wieso?« Beale starrt ihn bestürzt an. »Welchen Teil meint Ihr?«

»Das Ganze. Niemand wird darauf hereinfallen.«

»Wir werden aber doch gar kein Gewese darum machen. Es sind ja so wenige, die die wirkliche Königin tatsächlich kennen; so wenige, die Zugang zu ihr haben. Und diejenigen, die bemerken könnten, dass sie gar nicht Ihre Majestät ist, kann sie nach Lust und Laune davonjagen. Solange ihre Ratgeber ihr treu ergeben bleiben, ist diese Lösung für alle Seiten gut genug.«

Damit hat er wohl recht, überlegt Dee. Laut fragt er: »Aber wie ist es mit ihren Kammerdienerinnen? Die kennen sie aus nächster Nähe. Sie kleiden sie an und aus, pflegen sie, wenn ihr nicht gut ist, und so weiter.«

»Hat sie etwa nicht die freie Auswahl? Sie kann jederzeit eine neue Dienerin bestimmen, eine, die sie nicht so gut kennt, oder eine, die voll und ganz hinter unserer Sache steht. Mistress Frommond zum Beispiel.«

»Ah«, murmelt Dee überrascht. »Mistress Frommond. Sie ist eingeweiht?«

»Natürlich«, versichert ihm Beale, obwohl ein leichtes Zögern vermuten lässt, dass er lügt.

»Und diese Ness Overbury ist dazu bereit? Es handelt sich schließlich um ein todernstes Vorhaben.«

»Das ist sie. Sie hat das gewisse Etwas. Wäre sie als Mann auf die Welt gekommen, hätte sie vermutlich alles werden können: zum Beispiel Bischof oder der Entdecker der Nordwestpassage, vielleicht sogar beides. Ich kann sie nicht beschreiben.«

»Das klingt … Ihr klingt …«

»Wie?«

»Sehr eingenommen. Von ihr.«

Beale errötet, versucht aber nicht, das zu leugnen.

»Es geht hier nicht um das, was ich fühle«, erklärt er matt.

Dee glaubt ihm wenigstens teilweise, antwortet aber nicht sofort.

»Und wie, glaubt Ihr, wird das enden?«, fragte er nach einer Weile. »Angenommen, die Königin wird hundert Jahre alt – wollt Ihr Ness wirklich so lange warten lassen?«

Das hat Beale noch gar nicht bedacht.

»Sie … könnte in ihr normales Leben zurückkehren …«, beginnt er. Dann verliert sich seine Stimme.

Diese Unsicherheit verrät Dee Beales eigentliche Wünsche: Ness soll nicht in ihr früheres Dasein zurückkehren, sondern Teil von Beales Leben werden. Und kann Dee ihm das wirklich verdenken? Es ist eine Herausforderung, eine Frau wie sie in sein Bett zu locken, und es birgt große Gefahren! Aber gerade deswegen bewundert Dee ihn umso mehr.

»Und worum genau bittet Ihr mich? Dass ich ihr Unterricht erteile, wie ich es bei Ihrer Majestät getan habe? Ich war nicht ihr einziger Lehrer, das wisst Ihr. Ein Teil der Ehre gebührt Roger Ascham, auch wenn mir klar ist, dass es nicht ganz leicht sein dürfte, ihn dafür zu gewinnen.«

Ascham liegt seit zehn Jahren unter der Erde.

»Lesen und schreiben kann Ness bereits – ihre Handschrift ist passabel, allerdings hat sich die Ihrer Majestät in den letzten Jahren ohnehin sehr verändert. Auch beherrscht sie ein bisschen das Lateinische, aber nicht das Griechische. Das Gleiche gilt für Französisch und Italienisch.«

»Eine Hochzeit mit Anjou kommt also nicht infrage? Sehr gut.«

»Sie braucht nur ein wenig Algebra und Geometrie zu lernen, die Grundlagen der Astronomie und Astrologie, Philosophie, Theologie …«

»Und das alles müsste unter strengster Geheimhaltung geschehen.« Dee überlegt laut. »Wenn auch nur ein Wort nach außen dränge – und sei es geflüstert –, wenn nur der Hauch eines Verdachts aufkäme, dann wäre alles umsonst gewesen. Und wenn Bess dahinterkommt, was Ihr mit Ness vorhabt … mein Gott – die bloße Vorstellung ist unerträglich.«

Doch genau daran arbeiten die beiden soeben. Selbstverständlich würden alle Beteiligten aufgehängt, gestreckt und gevierteilt, den Frauen droht der Tod auf dem Scheiterhaufen.

»Immer vorausgesetzt, das Vorhaben bleibt unbemerkt – wenigstens bis zu dem Moment, in dem die Königin – Gott behüte – stirbt: Königinnen sterben nicht allein. Mehr Ärzte und Bischöfe, als Ihr Euch vorstellen könnt, würden um sie herumtanzen, ihre Hand halten und an ihrem Atem riechen. Und bestimmt hat Mary von Schottland schon überall ihre Strohmänner sitzen – Hatton zum Beispiel – und wartet nur noch auf die Nachricht von Bess' Tod.«

»Sicher lassen sich neue Ärzte finden. Und neue Bischöfe.«

Dee schüttelt den Kopf. Er versucht, seine Gedanken zu ordnen. Wie er das sieht, ist dieses Vorhaben komplett verrückt. Doch Beale bringt es fertig, es als, wenn auch nicht unbedingt vernünftig, so doch machbar darzustellen.

Vorsichtig erkundigt er sich, ob Beale an das von Gott gegebene Recht der Monarchen glaubt.

Beale sitzt da, den Blick auf seine Hände gesenkt.

»Und Ihr?«, fragt er zurück und hebt den Kopf wieder.

»Ich glaube an das heilige Recht Ihrer Majestät«, erklärt Dee.

»Aber nicht an das von Mary von Schottland?«

Dee versteht den Einwand. »Was sagen denn Walsingham und Cecil?«

Beale schweigt.

Ah, denkt Dee. *Jetzt kommen wir zum springenden Punkt.*

»Sie wollen nicht offiziell daran beteiligt sein? Sie wollen in der Lage sein, jedes Wissen bestreiten zu können?«

»Genau.«

Was für Scheißkerle die beiden doch sind, sagt sich Dee.

Beale soll das Risiko tragen, aber den Lohn wollen sie einheimsen. Doch dann denkt er etwas weiter: *Dennoch könnten dabei ein paar Vorteile für Beale herausspringen, die ihnen verwehrt bleiben. Mein Gott, wenn er Ness sicher durch das alles lotst und sie Königin wird, dann könnte er – Beale – alles von ihr verlangen, was er will. Er könnte ihr Lordschatzmeister werden! Ihr Mann! König. Was würde Walsingham dazu sagen?*

Er bricht in Lachen aus. Auf einen Schlag sieht er Beale mit anderen Augen.

»Wie sieht Euer Plan denn nun genau aus?«, fragt er.

Und damit, begreift er im selben Moment, ist er Teil des Ganzen geworden.

20

Tower of London, letzte Februarwoche 1578

Der Morgen des letzten Februartags bricht mit beißender Kälte an. Der Wassergraben um den Tower ist von einer Eiskruste bedeckt, die wie verschüttete Milch wirkt.

»Fast einladend, was?«, kommentiert Sir Christopher Hatton. »Man möchte glatt hineinspringen.«

Francis Walsingham vollführt eine sichtlich ironisch gemeinte Verbeugung. »Seid mein Gast.«

Zufällig sind sie zeitgleich am Tower eingetroffen. Beide sind warm angezogen, doch Walsingham empfindet sich als schlicht gekleidet im Vergleich zu Hatton. Der wirkt mit seiner Kappe und dem königsblauen Umhang, der mit Gold- und Silberfäden durchwirkt ist, sowie seinem geölten Spitzbart wie ein Pfau.

»Für den Tower seid Ihr ja wirklich prächtig herausstaffiert«, kommentiert Walsingham.

»Ich bin später im Palast eingeladen«, lässt ihn Hatton wissen. »Von Ihrer Majestät persönlich. Nachdem sie letztes Jahr ihren Geburtstag wegen Krankheit nicht feiern konnte, möchte sie ihn diesmal gebührend begehen.«

»Ah ja! Ich hatte ganz vergessen, dass Ihr die Feierlichkeiten organisiert!«, ruft Walsingham. »Endlich eine Aufgabe, der Ihr gewachsen seid! Und glaubt Ihr, dass dort auch getanzt wird? Vielleicht die eine oder andere Galliarde oder Pavane?«

Hatton läuft rot an. »Es freut mich, dass Ihr Euch erholt habt und kräftig genug seid, Euch über mich lustig zu machen, Master Walsingham. Letzten Monat musste ich noch um Euer Leben fürchten, und wann immer ich Eurem Diener Robert Beale begegnet bin, hat auch er mich an eine lebende Leiche erinnert. Ich habe schon befürchtet, es könne etwas Ansteckendes sein.«

Walsingham hält eine frisch eingetroffene Nachricht von Arthur Gregory – dem Mann, den er darauf angesetzt hat, Beale zu überwachen – in der Hand. Er nimmt sich vor, sie bei nächster Gelegenheit zu lesen, wenn auch nur, damit nicht der Eindruck entsteht, dass das Geld, das er Gregory zahlt, verschwendet ist.

Außerdem steckt in seiner Tasche ein Brief von einem städtischen Beamten. Darin versichert er Walsingham, sämtliche Baustellen persönlich inspiziert und sich vergewissert zu haben, dass jede Spur von Saelminck, Hank Poos und auch Garrett Honrighe fehlt. Offenbar sind sie, wie die meisten niederländischen Arbeiter, für die Wintermonate in ihre Heimat zurückgekehrt.

Allerdings weiß Walsingham nicht so recht, ob das eine gute oder eine schlechte Nachricht ist. Kann die Gilde der

Schwarzen Madonna etwa nur in den Sommermonaten tätig werden? Das bezweifelt er, obwohl es ihm das Leben immens erleichtern würde.

Als ihnen das Tor geöffnet wird, überlässt Walsingham Hatton den Vortritt, der ihn nachdrücklich daran erinnert, dass ihm dieses Recht als Ritter des Königreichs gebührt. Während sie schweigend eintreten, mustert Walsingham ihn von oben bis unten. Einschließlich Stiefeln und Schwert muss die Ausstattung dieses Mannes gut und gerne vierzig Pfund gekostet haben.

Woher nimmt er nur das ganze Geld?

Moment, hat Cecil ihm da nicht von etwas erzählt? Von einem neuen Unternehmen zusammen mit einem Kaufmann, der spekuliert und gewonnen hat? Oder war es nur etwas mit Frobisher? Mit Frobisher und diesem wertlosen Erz, das er von einer seiner Fahrten mitgebracht hat?

Ja, vielleicht. Er wird ihn beobachten lassen müssen. Warum nicht ebenfalls durch Gregory? Derselbe Gregory, der auch Beale auf den Zahn fühlt. Da würde sich gewissermaßen ein Kreis schließen. Walsingham muss unwillkürlich grinsen.

In den Wohnräumen des Vogts sitzen neben diesem bereits Cecil und der Generalfeldzeugmeister am Tisch. Ein Holzfeuer und warmer Wein aus einem guten silbernen Krug sorgen für eine gemütliche Atmosphäre, die man nicht unbedingt erwartet. Schließlich ist das hier eine Besprechung, die mit der Folterung eines Mannes enden könnte.

Das liegt wohl an dem Gedicht, überlegt Walsingham. *Oder an der Aussicht, das* Naft *zu erhalten.*

»Wir sprechen gerade über die Lagerung des *Naft*«, erklärt Cecil fröhlich und bestätigt damit Walsinghams Vermutung. »Der Vogt fürchtet seine brandstiftenden Eigenschaften und hegt nicht die Absicht, es in den Gewölben des königlichen Towers aufzubewahren.«

»Die Maurer schließen erst jetzt die Ausbesserung des Schadens ab, den Dee bei seinem letzten Aufenthalt hier angerichtet hat«, beklagt sich der Vogt bei Walsingham. »Hört nur.«

Und tatsächlich: Durchs Fenster ist das Hämmern zu vernehmen, mit dem die letzten Ziegel festgeklopft und so die Spuren des von Dee in die Mauer gesprengten Lochs beseitigt werden.

»Und das war noch, bevor er das *Naft* hatte.« Der Generalfeldzeugmeister seufzt. »Was wird er noch alles anrichten, wenn er dieses Zeug erst hat?«

Die anderen lachen gedämpft.

Alle kennen den Generalfeldzeugmeister als freundlichen, harmlosen Burschen, den Cecil auf diesen Posten gesetzt hat, weil er immun ist gegen Bestechungsgelder.

»Wir wollen doch nicht das Fell des Bären verteilen, bevor er erlegt ist«, hält Walsingham den anderen vor. »Schließlich kann es gut sein, dass Jenkinson über die nötigen Zutaten ebenso wenig Bescheid weiß wie wir.«

Jetzt werden Abschriften des Gedichts gebracht.

»Nun, Sir Christopher? Fällt Euch etwas dazu ein?«

Hatton zögert. Er errötet, stammelt irgendetwas und spricht dann von der Liebe, die der Verfasser für einen Prinzen empfinden muss.

»*Für einen Prinzen?* Glaubt Ihr denn, das hier wurde von einer Frau geschrieben?«

»Etwa nicht?«

»Es gibt keine falschen Antworten, Sir Christopher«, meint Cecil beschwichtigend. »Wir tappen schließlich alle im Dunkeln.«

»Nun ja, es gibt durchaus falsche Antworten«, widerspricht Walsingham. »Und wenn wir nur die finden, bekommen andere das *Naft*, höchstwahrscheinlich die Spanier.«

Jetzt lässt Hatton die anderen wissen, dass ihm die letzte Zeile gefallen hat, worauf Cecil Walsingham einen Blick zuwirft.

Siehst du?, scheint er damit zu sagen.

»Lasst uns Jenkinson holen«, sagt Walsingham.

Sofort wird die Besatzung des Bell Tower in Kenntnis gesetzt, in dem Jenkinson eine angenehme Nacht verbracht hat. Doch als er hereingeführt wird, ist ihm davon nichts anzumerken.

»Fass mich nicht an!«, schreit er. »Lass bloß deine Scheißfinger von mir!«

Die Warnung ist an einen sechs Fuß großen Soldaten der Leibgarde der Königin gerichtet, der offenbar gerade erst den Kinderschuhen entwachsen ist, dafür aber drei Waffen bei sich trägt, mit denen er Jenkinson die Eingeweide herausschneiden könnte. Als ob das nicht reichen würde, hat er zwei weitere Mitglieder der Leibgarde dabei. Daraus ergeben sich neun verschiedene Möglichkeiten, wie Jenkinson sterben könnte.

»Master Jenkinson, bitte setzt Euch zu uns. Niemand wird Euch berühren«, versucht Cecil, ihn zu beruhigen. »Es sei denn, Ihr wollt das.«

»Was soll das wieder heißen, du gottloser alter Halunke?«

Cecil verdreht die Augen.

Jenkinson ist nicht ganz so merkwürdig gekleidet wie zuletzt, als sie ihn in Market Harborough aufsuchten. Allerdings trägt er immer noch einen Turban aus weißer Seide mit einem über den Nacken fallenden weißen Tuch und einen Rock aus demselben Stoff, der von den Schultern bis zum Boden reicht. Seine Handschuhe sind von einem Grün wie Gras im Mai, und sein schwarzer Umhang muss aus der edelsten Wolle gewebt worden sein, die je gesponnen wurde.

»Genügt es Euch nicht, dass Ihr drei Jahre meines Lebens vergeudet habt, Cecil? Wollt Ihr jetzt noch eine Woche dranhängen? Ist es das? Ihr habt mich von Euren Schergen, die so primitiv sind, dass es jedes Kamel beschämen würde, aus dem Bett zerren und in Handfesseln schlafen lassen. Außerdem musste ich ihren Fraß hinunterwürgen!«

Jetzt platzt Cecil der Kragen.

»Reißt Euch zusammen, Jenkinson«, knurrt er, »sonst lasse ich Euch knebeln.«

Jenkinson setzt sich schnaubend. Unter seinen Augen sind schwarze Ringe zu sehen, und sein Gesicht ist voller dunkelroter Flecke.

»Hier steht schwarz auf weiß, was Ihr wollt.« Cecil legt das Gedicht auf den Tisch. »Nur werden wir nicht schlau aus dem Geschreibsel. Also, heraus mit der Sprache: Was will Euer Mann? Und drückt Euch verständlich aus. Ohne Eure heidnischen Eigenarten.«

Und da begeht Jenkinson einen verhängnisvollen Fehler. Ob aus Erschöpfung nach der langen Reise oder weil ihn der Tower eingeschüchtert und übernervös gemacht hat, jedenfalls lacht er. Was er ausstößt, ist ein höhnisches Kichern, als hätte er Mitleid mit Cecil, mit ihnen allen. Er mokiert sich über sie, und das aus einer ganzen Reihe von Gründen: wegen ihrer plumpen, dürftigen Kleider und ihrer hässlichen Schuhe. Wegen des warmen Weins in den bauchigen Pokalen, ihrer roten, von Frostbeulen entstellten Gesichter und ihrer Fäustlinge, die wie Schuhe an ihren Armen kleben, wegen ihres Unverstands, ihrer Engstirnigkeit und außerdem, weil sie so überheblich sind. Er lacht, als hätten sie nichts, was er für sich selbst will, als wäre ihre Macht unter seiner Würde und als könnten sie ihm nichts anhaben.

Es ist doch wirklich interessant zu sehen, wie die Menschen auf so etwas reagieren, denkt Walsingham.

Hatton betrachtet die Situation ganz offensichtlich mit Jenkinsons Augen: Er ist entsetzt und schämt sich vor sich selbst für seine maßlosen Ansprüche.

Cecil dagegen bläht sich auf wie ein Stier, bevor er angreift. Würde Hatton hier den höchsten Rang einnehmen, hätte Jenkinson vielleicht gewonnen, doch Hatton muss sich nun einmal Cecil beugen, denn Cecil führt den Vorsitz. Er ist es, der bestimmt.

»Topcliffe!«, brüllt er. »Topcliffe! Lasst Master Topcliffe holen!«

Darauf hat Topcliffe nur gewartet. Eilfertig kommt er hereingestürmt, ein junger Kerl mit den Hängebacken eines Trunksüchtigen und dem Gesicht eines Mannes, der andere Männer zwingt, mit an die Wand geketteten Armen auf einem Balken zu stehen und dabei zuzusehen, wie er ihre Frauen und Töchter vergewaltigt.

Was seine Helfer betrifft, möchte man ihnen nach Möglichkeit nicht begegnen, nicht in der Nacht und eigentlich überhaupt nie. Es sind zwei: Einer ist entsetzlich dumm und langsam, aber mit mächtigen Muskeln bepackt wie ein Zirkusriese, auf dessen Stirn ein drittes Auge gemalt wurde; der zweite ein immer kichernder, spindeldürrer Kümmerling, bleich wie eine Leiche und mit Zähnen wie eine Ratte.

Der Große packt Jenkinson mit seinen Pranken, hält ihn hoch, als wäre er eine Puppe, und lässt ihn ungerührt strampeln und *»Habeas Corpus!«* schreien, während er ihn nach draußen befördert.

Walsingham lacht. *»Habeas Corpus«*, äfft er ihn nach. »Als ob er noch Rechte hätte.«

Cecil ist immer noch wütend. »Ich sage dir, wer nicht im Recht ist: Er. Er lacht über uns, du hast es selbst gesehen! Dabei haben wir ihm jede Möglichkeit gegeben. Goldene Brücken haben wir ihm gebaut. Wie einen Gentleman haben wir ihn behandelt, wollten ihn hier in Euren Räumen befragen, Konstabler, und nicht in irgendeinem Verlies. Was gibt ihm das Recht, sich so aufzuplustern und auf uns herabzuschauen? Bloß weil er in Persien war? Die Perser hatten schon recht damit, dass sie nichts mit ihm zu tun haben wollten! Ich wünschte, wir wären ihn ebenfalls los!«

Walsingham schweigt. Mit jemandem in einem Raum zu sein, der sich soeben völlig unmöglich benommen hat, ist, als wäre man als Betrunkener in der Gesellschaft eines Stockbesoffenen: Es hat eine ernüchternde Wirkung.

Er fragt sich, wie es ihn verändern würde, wenn er nach Persien ginge. Vielleicht würde er dann auch über Männer wie Cecil lachen.

»Nun«, sagt er, »dann lasst uns sehen, ob wir ihm wenigstens das Leben retten können.«

Er nimmt seine Abschrift des Gedichts an sich und folgt den Schergen und dem immer noch herumkrakeelenden Jenkinson nach draußen. Es schneit wieder. Dünne Flocken rieseln aus einem schmutzig grauen Himmel, doch Walsingham braucht ja nur den Hof zu überqueren. Gleich geht es wieder hinein, diesmal in den White Tower – erst die Stufen zum Tor hinauf und dann hinunter zu dem Verlies, in dem die Streckbank steht. Dort herrscht eine Atmosphäre, die jeden auf Anhieb abstößt, ein permanent gegenwärtiger Gifthauch. Walsingham ertappt sich bei dem Versuch, die Luft anzuhalten.

In dem Raum, zu dem er strebt, verbreiten in Nischen aufgestellte Laternen ein fahles Licht, was aber durchaus genügt. Am liebsten will Walsingham die Stelle gar nicht anschauen, auf die Topcliffe und sein Helfer mit den Rattenzähnen jetzt den verzweifelt schreienden und wild um sich schlagenden Jenkinson niederdrücken, um ihn mit einem dicken Seil an Handgelenken und Knöcheln festzubinden.

Auf dem Boden ist Stroh ausgestreut, das Körperflüssigkeiten aufsaugen soll, und auf einer neben der Bank aufgestellten Kiste liegen Geräte bereit, die jeden Hufschmied in Angst und Schrecken versetzen würden.

Als alle Knoten fest verzurrt sind, liegt Jenkinson mit sternförmig ausgestreckten Armen und Füßen auf dem Boden. Während er mit den Handgelenken an ein massives Eichengestell gefesselt ist, hat man seine Füße an eine Winde gebunden, die sich am anderen Ende des Gestells befindet.

Jetzt dreht der Riese an der Winde, und Jenkinson wird etwas gestreckt, allerdings ohne dass sein Rücken den Kontakt zum Boden verliert. Mit einem Handzeichen gibt Walsingham dem Koloss zu verstehen, dass er es fürs Erste dabei belassen soll.

Jenkinson ist rot angelaufen und keucht.

»Master Jenkinson«, sagt Walsingham, »es tut mir leid, dass es so weit gekommen ist, und ich nehme an, dass Ihr ebenso empfindet. Wir wollen nichts als ein paar Auskünfte.«

Er nimmt an, dass Worte wie diese hier schon oft ausgesprochen worden sind, hat aber das Gefühl, dass die Situation, in der sie sich im Augenblick befinden, schnell außer Kontrolle geraten kann. Dabei könnten sie sich weitere Unannehmlichkeiten leicht ersparen, wenn sie sich in aller Ruhe hinsetzen und darüber reden würden. Schließlich geht es hier nur um ein paar Verszeilen, die es nicht wert sind, dass einem Mann die Arme aus den Schulter- und die Schenkel aus den Hüftgelenken gerissen werden.

»Ich weiß nichts darüber«, behauptet Jenkinson.

»Wirklich nichts? All die Symbole sagen Euch nichts? Wir scheren uns hier nicht um Versmaß und Reim, Master Jenkinson. Ihr haltet uns für primitiv, und das zu Recht.

Uns geht es einzig und allein darum zu erfahren, was das Gedicht bedeutet.«

»Da werdet Ihr den Mann fragen müssen, der es geschrieben hat«, knurrt Jenkinson.

»Oh, aber gern! Wer hat es denn geschrieben?«

Jenkinson schweigt. Er scheint zu bedauern, dass er ihnen einen neuen Ansatz geliefert hat.

»Es ist ein bisschen spät, um an den Schutz Eurer Verbindungsmänner zu denken, Master Jenkinson.«

Master Topcliffe steht bereit und wartet nur auf Walsinghams Zeichen. Walsingham nickt. Daraufhin dreht Topcliffe an der Kurbel der Winde, und die Seile knarren. Dann hält er inne und klemmt die Kurbel mit einem Holzkeil fest. Noch liegt Master Jenkinson auf dem Boden. Eine gemütliche Lage ist das wohl kaum, schon gar nicht für einen alten Mann, aber es könnte schlimmer sein.

»Gebt uns einen Namen, Master Jenkinson. Wir halten unser Wort. Ihr werdet bekommen, was Euch zusteht.«

Der Helfershelfer mit den Rattenzähnen kichert.

»Ihr bekommt, was Euch zusteht«, wiederholt er, meint aber nicht dasselbe wie Walsingham.

»Also, Master Jenkinson, wer ist es? Wer ist der Dichter?«

Die Folterbank ist schon ein eigenartiges Ding, sinniert Walsingham, während er auf Jenkinsons Antwort wartet. Manche Männer spucken sofort all ihre Geheimnisse aus, bloß weil sie *wissen*, dass es diese Bank gibt. Das sind diejenigen, die Walsingham in der Regel am meisten bewundert: kluge Männer, die ihre Stärken kennen und sich mit ihren Schwächen abgefunden haben. Findige Männer, die sich vorstellen können, wie es sich anfühlt, wenn der Körper gleichzeitig in verschiedene Richtungen gezogen wird.

Andere hingegen trauen sich zu, dem Schmerz widerstehen zu können, oder halten sich für so stark, dass nichts und niemand sie zerreißen kann. Doch oft genug sind es gerade Letztere, deren Geist gebrochen wird, noch bevor der Körper bricht.

Und dann gibt es natürlich noch eine dritte Spezies, die er allerdings noch nicht kennengelernt hat: diejenigen, die sterben, ohne ein Wort von sich zu geben oder irgendetwas zu bedauern.

Jenkinson stöhnt leise.

Wie grotesk, denkt Walsingham. »Also wirklich, Master Jenkinson, das ist albern. Ihr erduldet das alles – wofür? Etwas Geld? Davon habt Ihr doch genug. Und der Betrag, den Ihr Euch in dieser Angelegenheit erhofft, kann doch sicher nicht so gewaltig sein. Oder ist es … was? Die Möglichkeit, Cecil zu demütigen? Ist es das wirklich wert?«

Er gibt das nächste Signal. Winde und Seil knarren. Jenkinson saugt zischend die Luft ein. Topcliffe runzelt die Stirn und gibt Walsingham zu verstehen, dass der Mann immer noch nicht in der Luft hängt.

»Master Jenkinson«, sagt Walsingham, »Ihr habt ungefähr so viel ertragen, wie die meisten Männer in einem Durchgang aushalten. Ihr habt großen Mut bewiesen, aber jetzt ist es doch sicher an der Zeit, den Namen preiszugeben. Ich glaube nicht, dass der Dichter – wer immer es sein mag – von Euch erwartet, dass Ihr für so wenig so viel erduldet.«

Trotzig schiebt Jenkinson das Kinn vor. Anscheinend kann er doch noch etwas mehr verkraften.

»Ach, um Himmels willen!« Walsingham tritt vor, verpasst Jenkinson eine schallende Ohrfeige und brüllt: »Sag mir seinen Scheißnamen, du Idiot!«

Er hebt die Hand zum nächsten Schlag.

»Schon gut! Schon gut! Ich sag's Euch!«

Zurück in den Räumen des Konstablers, steht Cecil die Scham ins Gesicht geschrieben. »Und?«, fragt er.

»Sokollu Mehmet Pascha.«

Fassungslos wirft Cecil seine Feder auf das Pult und lehnt sich zurück. Keiner weiß mehr weiter, weder er noch der Konstabler des Towers noch der Generalfeldzeugmeister. Hatton ist ohnehin schon nicht mehr dabei. Er hat eine Audienz bei der Königin, es geht um die Organisation der Feier.

»Soko… was?«, fragt der Konstabler.

»Das ist der Großwesir der Ottomanen«, klärt Walsingham die anderen auf. »Nach dem Sultan der mächtigste Mann des ganzen Reichs.«

Lange herrscht Schweigen.

»Was, in Gottes Namen, bedeutet das: der Großwesir der Ottomanen?«

Wortlos schreitet Walsingham durch den Raum, bis er abrupt vor dem Fenster stehen bleibt und hinausstarrt. Die Maurer sind immer noch da und verrichten still ihre Arbeit, als wären sie eingeschüchtert von der Atmosphäre der alten Festung. Von ihrem sonst üblichen Pfeifen und Plaudern ist nichts zu hören.

Mein Gott, denkt Walsingham. *Was bedeutet das, »der Großwesir der Ottomanen«?*

Er spürt, dass er nach etwas gegriffen hat, was er für eine Blindschleiche hielt, nur um dann zu merken, dass es der Schwanz eines Tigers ist. Lange dachte er, er selbst würde mit diesem türkischen Kaufmann, den Jenkinson aufgetrieben hatte, spielen, doch jetzt weiß er, dass er und England das Spielzeug sind.

»Das wird einiges Nachdenken erfordern«, murmelt Cecil.

»Gut, gut«, erwidert Walsingham. »Damit ist wenigstens geklärt, warum in dem Gedicht nicht um Gold gebeten wird. Daran hat der Großwesir gewiss keinen Bedarf.«

»Aber weiß Jenkinson wirklich nicht mehr?«, meldet sich der Konstabler zu Wort. »Kann er Euch wirklich nicht sagen, was die unbefleckte Gemme genau ist?«

Walsingham schüttelt den Kopf. »Es ging ihm nur um seine Provision.«

»Aber Sokollu ist ein Ottomane?«, fragt Cecil. »Worum ging es bei dieser Sache mit den Persern?«

»Jenkinson hat versucht, den Preis in die Höhe zu treiben. Offenbar gibt es im Land der Ottomanen reichlich *Naft*, und zwar unten im Süden, in der Nähe einer Stadt mit dem Namen Basra, wie er mir gesagt hat.«

»Gerissener kleiner Teufel«, bemerkt Cecil und meint das als Kompliment.

»Irgendwie wollte er wohl die verlorenen drei Jahre zurückbekommen«, mutmaßt Walsingham.

»Und sie haben ihn nicht umgebracht?«, fragt der Konstabler.

»Oh nein, es geht ihm prächtig. Er ist höchstens einen Fingerbreit größer als bei seiner Ankunft.«

Cecil stößt sein leises, zischendes Lachen aus.

»Leck mich am Arsch«, flucht er dann. »Leck mich am Arsch.«

»Und wie geht es jetzt weiter?«

»Wir setzen uns mit Sokollu in Verbindung«, sagt Walsingham. »Ich kann nicht versprechen, dass es so schnell geht wie bei Jenkinson. Aber wir haben drei Männer in Konstantinopel, und da wir jetzt wissen, wer er ist, lässt sich auch herausfinden, was er wirklich will. Was dieses infernalische Gedicht zu bedeuten hat.«

Er fühlt sich wie von einer schweren Last befreit und fragt sich, worin sie eigentlich bestanden hat.

In Ungewissheit, gibt er sich selbst zur Antwort. *In nichts anderem.*

Und jetzt, da er weiß, mit wem er es zu tun hat, sieht er klar und deutlich den Weg vor sich.

»Ich werde also mit ihm sprechen und ihm sagen, dass er haben kann, was immer er verlangt: irgendeine unbefleckte, blöde Gemme.«

Als sie nach der Besprechung das Gebäude verlassen und unter herabsegelnden Schneeflocken den Innenhof durchqueren, beglückwünscht Cecil den Konstabler des Towers dazu, dass seine Maurer auch im Winter arbeiten.

»Meine haben im November ihr Werkzeug fallen lassen und sich davongemacht, nach Holland.«

Walsingham denkt an Jenkinson und die Straße, auf der dieser zu seinem Haus in Market Harborough wird fahren müssen. Und dann freut er sich, weil es nur wenige Stufen sind, die es zu erklimmen gilt, bevor er selbst sich vor sein eigenes Kaminfeuer daheim in der Papey setzen kann.

21

Sulgrave Manor, Northamptonshire, zweite Märzwoche 1578

»Etwas klein«, entschuldigt sich Robert Beale.

Er und John Dee sind nach Sulgrave gekommen, ein Weiler südwestlich der Stadt Northampton, und begutachten das Haus, das Beale für ihr neues Vorhaben gemietet hat. Vermittelt hat es ihm der Privatsekretär Ihrer Majestät, und das Anwesen ist so groß, wie es das inoffizielle Budget der Königin gestattet, ohne dass irgendjemand neugierig wird.

»Es wird seinen Zweck wunderbar erfüllen«, meint Dee, der zufrieden ist, solange der Platz für eine Bank und einen Tisch reicht und man die Buchstabentafel für das Mädchen aufstellen kann. Mehr braucht er nicht, um dieser Ness Overbury genau das beizubringen, was er Bess Tudor gelehrt hat.

Nun ja, in jedem Fall ist das hier gut genug, um das meiste zu bewältigen. Für alles Weitere wie Pferdestall,

Hundehütte und Voliere für die Falken wird sich bestimmt woanders eine Lösung finden lassen. Und wenn Ness den Bogen noch nicht so gut spannen kann wie Ihre Majestät, dann wird es, so Gott will, auch dafür ausreichend Zeit und Raum geben.

»Und was haltet Ihr davon, Mistress Frommond?«

»Es ist wie das Haus meines Vaters, nur dass wir kein Wappen über der Tür hatten.«

Sie deutet auf das über dem Eingang prangende Emblem Ihrer Majestät, auf dem der englische Löwe und der walisische Drache ein Schild mit Leoparden und Lilien präsentieren. Im trüben Licht wirkt es grau, doch bei Sonnenschein wird es wahrscheinlich golden glänzen.

Dee lächelt. *»Semper eadem«*, liest er vor. »Immer dieselbe.«

»Oder auch nicht, wie in diesem Fall«, kommentiert Jane lachend.

Nachdem sie sich geschworen hat, nie wieder in einer Kutsche zu reisen, ist sie zusammen mit ihnen hierhergeritten. Die Bücher, Kleider und Möbelstücke, die sie für die Vollendung ihres Werks für notwendig erachten, sind ihnen, auf zwei Karren verpackt, in geringem Abstand gefolgt.

»Und nun rasch hinein!«, drängt Beale und gibt seinem Pferd die Sporen, sodass er es ist, der die Gruppe in den kleinen Innenhof führt.

Der Eigentümer des Hauses tritt vor die Tür. Keine Diener.

»Master Travis«, begrüßt er Beale.

Er ist ein knochiger, spärlich behaarter und schon etwas

älterer Bursche mit schlechten Zähnen und einem Kopf wie ein Pferd.

Beale gleitet aus dem Sattel und reicht ihm die Hand.

»Master Washington«, sagt er, »das sind meine Bediensteten, Master Perkins und Mistress Drummond.«

»Schön.« Washington quetscht Dees Hand mit seiner schwieligen Pranke von der Größe einer Schaufel, dann wendet er sich Jane zu, die in nichts den Dienerinnen gleicht, die er kennt, und zieht vor ihr die Kappe.

»Zu den Ställen geht's hintenrum.«

Ein Nieselregen setzt ein. Zügig schaffen die Fuhrmänner das Gepäck in die Scheune und machen sich wieder auf den Rückweg. Sie haben genug Zeit, um Northampton noch vor der Sperrstunde zu erreichen.

Washington überlässt die Neuankömmlinge unterdessen sich selbst.

Das Haus ist noch von der alten Art und bietet zwei Kammern im ersten Stockwerk, von denen eine mit einem Bett ausgestattet ist.

»Die sollte am besten Ness bekommen«, meint Beale.

So etwas wie Glasfenster gibt es nicht, nur an Seilen aufgehängte Läden.

»Wenn niemand etwas dagegen hat, schlafe ich am Feuer«, kündigt Dee an.

Jane will es genauso halten.

»Ich auch«, sagt Beale.

»Wann können wir mit Ness rechnen?«, will Dee wissen.

»Ich reite in zwei Tagen los, um sie abzuholen.«

»Und was habt Ihr wegen Overbury unternommen?«

»Es ist etwas von einem möglichen Ritterschlag angedeutet worden – falls er sich als Freiwilliger meldet und Henry Sidney dabei hilft, die Rebellion in Irland niederzuschlagen. Damit dürfte er für ein Jahr aus dem Verkehr gezogen sein. Mindestens.«

»Sofern er dort nicht getötet wird.«

»Ja«, gibt Beale zu. »Also: Daumen drücken.«

Wie Uria der Hethiter, sinniert Dee, den König David erschlagen ließ, weil er dessen Frau für sich haben wollte. Laut fragt er: »Und was, glaubt Overbury, wird seine Frau machen, während er in Irland ist?«

»Er denkt, dass sie zu ihrer Schwester nach Ely fährt.«

»Wirklich sehr modern.«

Die nächsten zwei Tage verbringen sie damit, Mäusekot zu beseitigen und das ausgekühlte Haus aufzuwärmen. Damit niemand mitbekommt, was sie hier treiben, bleiben die Fensterläden geschlossen.

»Was hast du Washington gesagt?«, fragt Dee. Da sie nun auf unbestimmte Zeit Mitglieder eines Haushalts sind, haben sie sich auf die vertraute Anrede geeinigt.

»Er hält dich für einen Alchemisten.«

»Das bin ich ja auch. Nun, zumindest könnte ich einer sein.«

Sie haben eine Frau angestellt, damit sie ihnen Brot und Ale bringt, das Essen kocht und in die Speisekammer stellt sowie die Schmutzwäsche abholt. Weiter darf die Sache nicht gehen. Um Nachttöpfe und Klohäuschen will Beale sich kümmern.

»Ist das wirklich nötig?«, überlegt Dee. »Ich dachte,

dass wir in diese verlassene Gegend gezogen sind, weil hier noch nie jemand die Königin gesehen hat.«

»Wir können nicht vorsichtig genug sein«, warnt Beale.

Über ihre Gefangenschaft auf dem Kahn haben Dee und Jane kaum je ein Wort verloren. Noch immer sind sie im Umgang miteinander befangen und gewähren einander doppelt so viel Abstand, wie sie bräuchten. Nur ein einziges Mal haben sie sich versehentlich an den Händen berührt.

Als Beale aufbricht, um Ness zu holen, sind sie zum ersten Mal wieder allein. Am Abend sitzen sie vor dem Kaminfeuer wie ein altes Ehepaar.

»So gut wie auf dem Schiff ist es hier nicht«, bricht Dee das Schweigen.

»Nein«, bestätigt Jane. »Und es wundert mich, dass Menschen sich immer noch für ein Leben wie dieses hier entscheiden, wo sie doch in der Finsternis verhungern und bis zu den Knöcheln in der von ihnen selbst geschaffenen Suppe waten könnten.«

»Vergiss die Ratten nicht.«

Unwillkürlich fasst sie sich ans Gesicht und lässt ihre Finger über die lange Narbe gleiten, die das Messer des Bootsmanns auf ihrer Wange hinterlassen hat.

Wie lange es wohl dauern wird, bis sie sich daran gewöhnt?, grübelt er. *Einen Monat? Ein Jahr? Zehn Jahre?*

Was ihn betrifft, ist die Narbe schon zur Selbstverständlichkeit geworden, verleiht sie ihr doch eine Aura des Geheimnisvollen.

Eine geraume Weile später erkundigt er sich, warum sie eigentlich Beale bei seinem Vorhaben hilft.

Das weiß sie selbst nicht so genau.

»Wahrscheinlich, um dir auf diese Weise zu danken«, mutmaßt sie.

»Mir?«

»Er hat gesagt, dass es deine Idee war.«

»Dieser Narr!«

»Warum tust *du* es dann?«, fragt sie.

Darüber muss Dee nachdenken.

»Weil …«, sagt er nach einer ganzen Weile, »Bess – Ihre Majestät – so brillant ist. Sie ist wunderschön und tapfer und die klügste Frau der Welt. Aber da ist etwas an ihr – etwas Vorsichtiges, eine Reserviertheit vielleicht –, das sie daran hindert, das Allerbeste aus sich herauszuholen.«

»Glaubst du, das könnte daher rühren, dass sie als kleines Kind von gerade erst drei Jahren mitansehen musste, wie ihr Vater ihrer Mutter den Kopf abschlagen ließ?«

Dee muss lachen. »Kann gut sein. Wenn man in dem Glauben aufwächst, dass ein Mensch, den man liebt, einem auf ein Fingerschnippen hin entrissen werden kann und dass ein Mensch, den man ebenso liebt, sich mit demselben Fingerschnippen als Ungeheuer erweist, dann kommt einem das Leben und Lieben gewöhnlicher Menschen vermutlich wie ein Buch mit sieben Siegeln vor. Aber warum auch immer sie so ist, wie sie ist, sie wird sich nicht ändern, sondern ihr Leben lang wachsam und misstrauisch bleiben und eine Gelegenheit nach der anderen an sich vorüberziehen lassen. Man muss sie zum Handeln zwingen.«

Jane nickt. »Was soll sie tun?«

»Diesen Krieg beenden. Gegen Spanien, gegen den Vatikan und auch gegen Frankreich. Die Welt muss neu geordnet, die Bosheit der wenigen durch die Tugend der vielen ersetzt werden. Wir könnten das erreichen. Ich habe der Königin vorgeschlagen … na ja, ich habe versucht, ihr einen Plan vorzuschlagen, der meiner Meinung nach bald dazu führen würde, dass die gekrönten Staatsoberhäupter des Abendlandes Schwerter zu Pflugscharen schmieden lassen. Aber sie wollte mich nicht einmal anhören.«

»Du klingst … wütend.«

Dee gibt zu, dass er das tatsächlich ist.

»Aber Bess könnte ich nie lange böse sein«, schränkt er dann ein. »Ich liebe sie von ganzem Herzen und würde alles für sie tun, wenn sie mich nur ließe. Manchmal glaube ich sogar, dass das irgendwann geschehen wird. Es ist, als läge ihr die Aufforderung dazu schon auf der Zunge. Aber dann taucht wieder Hatton auf – oder Cecil oder Walsingham –, und wir folgen wieder der gewohnten Bahn … und scheitern.«

Er verstummt kurz, denn in Momenten wie diesem wird Dee erschreckend klar, welche Verantwortung auf Elizabeths Schultern lastet.

»Ohne sie«, schließt er, »sind wir alle tot, stirbt alle Hoffnung.«

Jane nickt. »Nun ja, wir müssen tun, was wir können.«

Zwei Tage später trifft Ness Overbury in einer Kutsche aus Bury St. Edmunds ein, die Kapuze gegen den heftigen Märzregen übers Gesicht gezogen. Dee und Frommond, die gerade im großen Saal sind, hören die mit Eisen beschlagenen Räder über den gepflasterten Innenhof rattern.

»Oh, es geht los.«

Aus irgendeinem Grund spürt Dee sein Herz bis in die Kehle schlagen, und er stellt sich vor, wie es wäre, mit einer lange verschollenen Zwillingsschwester wiedervereinigt zu werden. Er und Jane stehen in der Haustür und sehen dabei zu, wie Beale Ness aus der Kutsche hilft.

Jane seufzt. »Er sollte sie besser nicht auf diese Weise anfassen, wenn sie wirklich Ihre Majestät wird.«

Dee hat bereits vorher immer angenommen, dass Beale und Ness ein Liebespaar sind. Doch jetzt, da Jane ihn so nebenbei damit konfrontiert, versucht er, sich erstmals die Konsequenzen auszumalen.

»Das kann nicht gut gehen«, murmelt Jane.

Sie weichen einen Schritt zurück, damit Ness eintreten kann. Sie ist von oben bis unten in blauen Samt gewandet, wobei ihre Kapuze in einem Salbeigrün eingefasst ist, das sich hübsch von ihrem roten Haar abhebt.

Schweigend blickt sie die beiden an, ehe sie ihre Kapuze zurückschlägt. Nun kommt alles zum Vorschein: dieselbe blasse Haut, dieselbe breite Stirn, dieselbe leicht gekrümmte Nase und – das Wichtigste und Unheimlichste von allem – dieselben dunklen, amüsiert glitzernden Augen mit derselben die Seele erforschenden Intensität. Das Einzige, was sie von der Königin unterscheidet, ist das dunkle Muttermal unmittelbar über der Lippe.

Mein Gott, denkt Dee. *Mein Gott*.

Bevor er ein Wort hervorbringt, fängt er Janes Blick auf. Sie braucht nur die Augenbrauen zu heben, schon fasst er sich wieder.

»Mistress Overbury«, sagt er.

»Dr. Dee«, antwortet sie, »und Mistress Frommond.«

Diese Stimme! Sie ist angereichert mit jenem auf dem Land häufigen markant gerollten »R«, das unter anderen Umständen entzückend klingen würde, in diesem Fall jedoch, da die Königin nachgeahmt werden soll, eine gewaltige Hürde darstellt.

Und dann auch noch ihre Art, sich zu bewegen! Sie hat nichts von der vogelhaften Zurückhaltung oder der strengen Selbstbeherrschung der Königin, sondern nimmt völlig unverkrampft den Raum um sich herum ein. Allem Anschein nach weiß sie, wofür ihr Körper geschaffen wurde und wie sie auf andere Menschen – insbesondere auf Männer – wirkt. Als sie sich näher zu Dee neigt, packt ihn jäh der schier übermächtige Wunsch, sie tanzen zu sehen, wenn nicht noch mehr.

Nun taucht auch Beale auf. Von seinem Umhang tropft Wasser. Er sieht erschöpft aus.

»Und?«, fragt er. »Was hältst du von ihr?«

Dee lacht verlegen. Wenn man eine Frau beurteilt, tut man das irgendwie diskret, aber bei Mistress Overbury gleicht es eher der Beschau einer Zuchtstute. Fast fühlt er sich versucht, darum zu bitten, ihre Zähne sehen zu dürfen.

»Darf ich mal Eure Zähne sehen?«, fragt Jane im selben Moment.

Dee und Ness Overbury brechen in schallendes Gelächter aus. Wie auch immer, sie hat elfenbeinfarbene Zähne, allesamt gesund und breit. Ihr Lachen ist kehlig und frei von Hemmungen.

»Auf das Gebiss kommt es nicht unbedingt an«, kommentiert Jane. »Ihre Majestät versucht schließlich immer, ihres zu verbergen. Ihr braucht also nur ihrem Beispiel zu folgen. Aber bitte, Mistress Overbury, ich flehe Euch an: Lacht nie wieder so wie gerade eben.«

»Wie dann?«

Beales Versuch, eine Version zum Besten zu geben, lässt die anderen in erneutes Gelächter ausbrechen.

Dann kommt Frommond an die Reihe, nur um sich sofort in echter Heiterkeit die Hand vor den Mund zu schlagen.

»Es tut mir leid«, entschuldigt sie sich.

»Na gut«, räumt Beale ein, »wir wissen ja, dass wir noch viel Arbeit vor uns haben.«

Und so mühen sie sich ab mit ihrem Unterfangen, Ness in Bess zu verwandeln. Nacheinander führen alle vor, was die Königin in einer bestimmten Situation tut und wie sie sich dabei verhält – von dem Moment, wenn sie am Morgen die Augen öffnet, bis zu der späten Stunde, da sie sie schließt.

»Aber warum?«, ruft Ness unentwegt. »Wieso gibt sie sich mit so was ab? Wer ist denn auf diese Schnapsidee gekommen?«

Wie so oft ist das eine gute Frage. Wie hat sich um die Person der Königin bloß solch ein Zeremoniell entwickeln können? Jedes zusätzliche Ritual ist wie eine Muschel, die am Rumpf eines Schiffs kleben bleibt und zusammen mit den anderen die Navigation erschwert. Und so fühlt sich Ness, wenn sie morgens zwei Stunden lang mit Puder und Schminke zugekleistert und bis zum Ersticken mit Leinen und Seide zugeschnürt wurde, von dem ganzen Treiben derart angeödet, dass sie lieber auf der Stelle sterben würde, als mit Dee all die Dinge zu erörtern, die Ihre Majestät so brennend interessieren: euklidische Geometrie, die Georgica von Vergil, Senecas Werke, die Astrologie des Ptolemäus, griechische Grammatik, König Artus' untergegangenes Reich, die Notwendigkeit einer Nationalbibliothek, die Ernennung eines königlichen Astrologen.

»Quod homo amat virginem?«

Der Mann liebt eine Jungfrau?

»Mirantur quod virginem sed iunior puellae est quam in homine per decem annos et a superiore genere in familiam.«

Der Mann bewundert das Mädchen, aber es ist zehn Jahre jünger als er und von höherem Stand.

»Puella amat homines«, sagt Ness.

»Ach, das Mädchen liebt die Männer?«, fragt Dee.

»Puella amat hominem«, korrigiert sie sich.

Ah, das Mädchen liebt den Mann.

»Ipsum bonum«, sagt er.

Ness versteht es, sich mit Mimik und Gestik auszudrücken und auch so manches intuitiv zu erahnen, was Jane nicht vollständig vermitteln kann, wenn sie einfach nur ihre Handbewegungen oder ihre Haltung beim Gehen korrigiert. So machen sie in der ersten Woche trotz allem große Fortschritte, und wenn sie beim Stricken zusammensitzen, gelingt es Ness bereits durch geringe Veränderungen an ihrer Haltung und Stimme, genau wie die Königin auszusehen und zu klingen – oder zumindest so, wie Dee, Jane und Beale Ihre Majestät in Erinnerung haben.

Allerdings sind ihre Bewegungen beim Gehen immer

noch zu kraftvoll. Sie genießt das Essen zu sehr, füllt ihre Kleider mit allzu berückender Üppigkeit aus und hat keine Überbleibsel von Pockennarben auf der Haut. Aber wenn man ihnen noch etwas Zeit lässt, besteht durchaus die Hoffnung, dass sie, wenn nötig, eine perfekte Täuschung erschaffen.

Doch leicht ist das nicht, insbesondere für Ness, da sie sich sehr schnell langweilt und bei jeder Art von Zwang oder Untätigkeit die Geduld verliert.

»Oh, um der Liebe Gottes willen, lasst mich doch einfach in Frieden!«, schreit sie in der zweiten Woche, sodass ihnen nichts übrig bleibt, als ihr zu gestatten, ein wenig über die Felder zu laufen, wobei ihr allerdings Robert Beale in nicht allzu großem Abstand folgt. Gemeinsam kehren sie nach einer Stunde zurück, beide mit rotem Kopf und schlammverschmierten Knien.

In der dritten Woche teilt sie ihnen allen höchst aufgebracht mit, dass sie nichts mit dieser Sache zu tun haben will, wenn der königliche Alltag ein solches Leben mit sich bringt.

In der vierten Woche erklärt sie ihnen, dass das alles sogar noch langweiliger ist als ihr altes Leben und Beale ihr doch ein Abenteuer versprochen hat. Offenbar hat er ihr erzählt, er sei einmal jemandem begegnet, der in Persien war. Beim Gedanken an dieses fremde Land bekommt sie vor Fernweh glänzende Augen.

In der fünften Woche weigert sie sich aufzustehen. Beale muss sie stundenlang umschmeicheln, und selbst danach ist sie nicht bereit, sich herauszuputzen. Jane, deren Aufgabe es ist, sie jeden Morgen zu waschen, damit sie sich daran gewöhnt, beobachtet das Ganze sehr nachdenklich.

Die ersten Knospen zeigen sich an den Bäumen, der Regen lässt nach, das Gras sprießt in einem frischen Grün, und Dee denkt an sein Zuhause. Vor allem beschäftigen ihn die Gedanken an seine Mutter. Wie mag sie jetzt zurechtkommen? Er hat sie in Cookes Obhut gegeben und überdies Thomas Digges gebeten, zwischendurch bei ihr nach dem Rechten zu sehen, aber ihm wird zunehmend bewusst, dass sie ihm fehlt. Und zu versuchen, einer bei aller Schönheit völlig lustlosen Schülerin die Grundlagen der Algebra beizubringen, entspricht nicht dem, was ihm vorschwebte, als er dieses Unterfangen zusammen mit Robert Beale begann.

»Stehst du mit Master Walsingham in Verbindung?«, erkundigt sich Dee bei Beale.

»Hin und wieder.«

»Gibt es irgendwelche Neuigkeiten über die Männer, die Alice Rutherford erschossen haben?«

»Nichts«, antwortet Beale. »Master Walsingham hofft, dass sie heimgekehrt sind, nach Halle. Nach der Tat sind sie vermutlich den Fluss hinunter nach Leamouth geflohen, und von dort … nun, da ist alles möglich.«

»Wirklich?«, fragt Dee. Für sich denkt er: *So etwas zu hoffen ist ganz schön riskant.*

Dann fragt er sich, ob es irgendetwas gibt, das Beale ihm verschweigt.

»In gewisser Hinsicht haben sie ja ihren Auftrag erfüllt«, meint Beale. »Sie haben Ihrer Majestät solche Angst eingejagt, dass sie den Holländern weder Geld noch Truppen gesandt hat. Darum …«

Seine Stimme verliert sich. Das sind Wünsche, keine Tatsachen, und das wissen sie beide. Beale hätte gerne, dass die Attentäter für immer verschwunden sind, aber wenn sie tatsächlich der Gilde der Schwarzen Madonna angehören, dann werden sie lieber sterben, als zu scheitern.

»Dann ist die Gefahr also gebannt?«, fragt Dee absichtlich naiv.

»Sie wird immer bestehen«, räumt Beale ein.

Die Zeit vergeht – für manche langsam, nicht aber für Dee, der die Stunden der Muße mit Jane und Beale unendlich genießt. Eines Morgens dann, ungefähr in der sechsten Woche – Dee führt Ness gerade durch Dantes frühe Bücher, und sie liest, während sie in ihrem Gemach auf und ab schreitet, daraus vor –, bemerkt er durch das Fenster einen Schatten im Garten. Ein Mann schleicht verstohlen dort herum, womöglich ein Spion.

Doch bevor Dee sich rühren kann, hört er Ness stöhnen. Er fährt herum und erkennt, dass ihr schlecht ist.

»Oh nein!« Er seufzt. *»Wirklich?«*

Sie antwortet mit einem Schwall von Erbrochenem, der sich zwischen ihren Füßen auf den Boden ergießt.

»Robert! Robert! Komm bitte sofort!«

Beale gibt sich nach Kräften unbeteiligt, doch Ness stößt ein mattes Lachen aus.

»Tu nicht so, Robert. Das sind keine Dummköpfe.«

Ganz recht, denn in jenen ersten Tagen wackelte das

ganze Haus, wann immer die zwei miteinander allein waren.

Vielleicht, überlegt Dee, *war die Sache zwischen ihnen ohnehin der einzige Grund, warum sie hiergeblieben ist.*

»Wann ist damit zu rechnen?«, fragt er.

»Im August«, erwidert sie achselzuckend.

Danach herrscht für eine ganze Weile Stille. Alle vier versuchen zu ermessen, wie sich diese neue Entwicklung auf ihren Plan auswirken wird.

»Vielleicht gar nicht?«, murmelt Ness.

»Aber was wird dein Mann dazu sagen?«

»Ich kann ihm ja weismachen, dass es von ihm ist.«

Beale schnappt nach Luft. »Von *ihm*?«

»Warum nicht?«

»Weil es *mein* Kind ist!«

Ness mustert ihn wie einen ahnungslosen Narren.

»Aber ich bin mit John verheiratet!«, erinnert sie ihn.

Beale springt auf und wankt aus dem Raum und weiter aus dem Haus. Es wirkt, als suche er einen Ort, wo er sich seinerseits übergeben kann.

»Was ist denn in ihn gefahren?«, fragt Ness verwundert.

Beale bleibt bis zum Abend verschwunden. Die ganze Zeit wartet Dee auf ihn, weil er mit ihm über die Gestalt sprechen will, die er im Garten gesehen hat. Eigentlich war es nur ein flüchtiger Blick auf einen Mann, der sofort wieder hinter einen Baum glitt. Doch wer immer es war, er wollte nicht gesehen werden.

Mittlerweile unterweist Jane Ness im Bogenschießen.

Sie ist verdammt geschickt, denkt Dee, der ihnen zuschaut.

Gleichzeitig wartet er darauf, noch einmal einen Blick auf jenen Unbekannten zu erhaschen, den er am Morgen da draußen gesehen hat, aber den ganzen Tag über geschieht nichts mehr. War das vielleicht Washington selbst? Wollte er seine Mieter ausspionieren?

Als Beale zurückkommt, ist es fast schon dunkel, doch Ness ist immer noch allein draußen im Garten und schießt geduldig und mit beinahe tödlicher Präzision Pfeile ab.

Drinnen, vor dem Kaminfeuer, erkundigt sich Jane bei Dee über John Overbury.

»Doppelt so alt wie sie und, zumindest laut Beale, nicht allzu angenehm«, klärt Dee sie auf. »Aber das ist ja zu erwarten, dass er ihn so einschätzt.«

Vom Garten dringt Ness' helles Lachen zu ihnen herein. Und als die beiden wenig später – Arm in Arm und über das ganze Gesicht strahlend – hereinschlendern, weiß Gott allein, welche Vereinbarung sie getroffen haben. Jedenfalls hält ihr gutes Einvernehmen bis tief in die Nacht.

»Ich weiß nicht, ob mich das schockieren sollte oder nicht«, gesteht Jane.

»Am Hof wird es unter diesen neuen Umständen deswegen bestimmt lebhafter zugehen«, mutmaßt Dee, nur um sich gleich darauf zu fragen, ob sein Kommentar einen Hochverrat darstellt. Nun, wahrscheinlich. »Aber das soll nicht heißen, dass ich mir dort mehr Leben wünsche«, beeilt er sich deshalb, sehr zu Janes Erheiterung, hinzuzufügen.

Und dann erzählt er ihr von dem Mann, den er im Garten gesehen hat.

»Hier gibt es keine Äpfel, die man stehlen könnte«, scherzt sie. »Vielleicht war es ein Einheimischer, der wissen wollte, was wir hier so treiben.«

Er nickt. »Kann sein.«

Plötzlich schüttelt sie sich und flüstert, dass es ihr gerade eiskalt den Rücken hinunterläuft, also verriegeln sie die Fensterläden und die Haustür. Doch der Mann lässt sich nicht mehr blicken, und Dee kommt zunehmend zu der Überzeugung, dass es tatsächlich nur ein neugieriger Nachbar war. Damit ist die Sache für ihn erledigt.

»Hunde«, sagt Jane mitten in der Nacht. »Wenn etwas an diesem Haus merkwürdig ist, dann das: Wir haben keine.«

Gleich am nächsten Morgen bekommen sie einen, vom Mann der Köchin. Der Welpe ist eine Mischung aus Windhund und Collie mit fast bläulich schimmerndem schwarzem Fell, heller Brust und einem schielenden Auge. Dee verliebt sich auf Anhieb in ihn.

»Ich werde ihn Francis nennen.«

Der Hund, der sich am Fußende von Dees Matratze niedergelassen hat, grummelt die ganze Nacht im Schlaf.

Am Tag darauf stattet ihnen ein Schutzmann, ein junger Mann, der eigens aus Banbury gekommen ist, einen Kontrollbesuch ab. Er hat ein knallrotes Gesicht, trägt eine grüne Weste und führt einen massiven Stock bei sich.

»John Samson mein Name«, stellt er sich vor.

Er will wissen, warum sie in Master Washingtons Gutshaus eingezogen sind, aber noch nicht an der heiligen Messe in der St.-James'-Kirche teilgenommen haben. Er hat eine volltönende Stimme und riecht stark nach Heu und Mist. Während er den Kopf reckt, um über Beales Schulter hinweg in den Flur zu spähen, schwankt er gewaltig.

Beale sagt ihm, dass sie krank waren, sich jetzt aber wieder erholen und er der Jungfrau Maria, der Mutter Gottes, dafür dankt, dass es nichts Schlimmes war.

Seine Auskunft scheint den Schutzmann, der wohl befürchtet hat, sie könnten Anabaptisten sein, zufriedenzustellen. Jedenfalls verzichtet er auf weitere Fragen und zieht sich zurück.

»Aber es war in jedem Fall eine Warnung«, gibt Beale zu bedenken. »Kannst du mit Jane wenigstens am Sonntag in den Gottesdienst gehen?«

In den Tagen danach leidet Ness meistens zu sehr unter Übelkeit, um Unterricht zu nehmen, sodass Dee und Jane Zeit haben, im taunassen Garten zu verfolgen, wie Francis Bienen jagt und der Frühling erwacht.

»Es ist schön hier«, sagt er.

Sie stimmt ihm zu.

»Auf die Dauer kann es allerdings nicht so weitergehen, oder?«, wechselt sie dann das Thema. »Ich habe das Gefühl, ihr alles beigebracht zu haben, was ich weiß.«

»Robert hat das Anwesen bis zum Johannistag gepachtet.«

»Aber bis dahin ist es noch mehr als einen Monat hin!«, erwidert sie.

Dee weiß nicht so recht, ob er sich darüber freut oder nicht. Alles in allem ist er zufrieden.

»Wirst du bleiben?«, fragt er.

»Ich habe Ihrer Majestät nur versprochen, dass ich wieder da sein werde, wenn sie mit dem Hofstaat durchs Land zieht.«

Also im August.

»Willst du wirklich dabei sein?«

»Ich habe es ihr versprochen. Darum … muss ich wohl. Und du?«

»Ich?«

»Ja, du. Warum nicht?«

»Ich habe nie daran teilgenommen. Außerdem bin ich, ehrlich gesagt, kein besonders guter Tänzer. Wenn ich das Tanzbein schwinge, geht alles Mögliche zu Bruch.«

Er denkt an Teller, Tassen, Bänke und Fenster.

»Das würde ich zu gern sehen!« Jane lacht.

Dee denkt darüber nach, dass er im Sommer nach Wales möchte. Er hat mehr Lust, auf den Spuren von König Artus durch die Täler zu wandern und unter den Sternen an Flussufern zu schlafen, als sich den – auch auf Reisen stets strengen – Regeln des Hofes zu unterwerfen.

»Na ja, und dann hat sie natürlich Geburtstag«, meint Jane. »Es wird viel getanzt werden.«

Anfang September wird es wieder so weit sein. Die Königin nimmt ihren Geburtstag ernst, zumal sie mehr als die meisten anderen Grund hat, dankbar zu sein, dass sie ein weiteres Jahr überlebt hat.

»Ich werde rechtzeitig wieder da sein«, verspricht Dee. »Sofern ich eine Einladung erhalte.«

Letztes Jahr bekam er keine, aber damals war Ihre Majestät auch krank.

»Trotzdem könnte das Ganze zwei Monate dauern«, fügt er hinzu.

Sonnenlicht fällt auf die Bank und malt Sprenkel. Der Mai neigt sich bereits seinem Ende zu.

Jane Frommond atmet tief und genussvoll ein.

»Manchmal rieche ich immer noch den Frachtraum«, sagt sie dann. »Es ist, als hätte er sich mir in die Haut geätzt.« Sie schnuppert an ihren Fingerspitzen.

Danach gehen sie noch etwas spazieren. Gott, wie glücklich Dee dabei ist! Er stellt sich vor, womit er sich beschäftigen würde, wenn er jetzt nicht hier wäre. Bestimmt würde er versuchen, Gold aus Admiral Frobishers widerspenstigem Erz zu filtern, oder vielleicht würde er sich auf die Reise nach Wales vorbereiten. Womöglich wird er das ja wirklich tun, wenn – oder falls – die Angelegenheit hier erledigt ist. Eigentlich sollte er nach London, nach Mortlake, zurückkehren, doch andererseits wüsste er nichts, was ihn daran hindern sollte, weiter in den Westen des Landes zu ziehen. Es ist ja noch früh im Jahr, und er hat alles, was er braucht.

Ja, sagt er sich. Genau das wird er tun.

In der darauffolgenden Woche trifft ein Brief von Overbury ein, weitergeleitet von Ness' Schwester, die in Ely lebt. Er ist bei der Explosion einer Hakenbüchse verwundet worden, und sie soll ihm Geld schicken, das er für seine Heilung benötigt. Danach wird er heimkommen. Bis dahin soll sie keinen Penny mehr für diese oder jene Lieferung ausgeben. Außerdem soll sie bestimmten Pächtern kündigen und einen Advokaten entlassen.

Ness schreibt ihm einen Brief nach Munster, in dem sie ihm mitteilt, dass er Vater wird. Ihr Schriftbild hat sich deutlich verbessert, sodass sie ein paar Unebenheiten hineinkorrigieren müssen. Dann verlässt Beale das Haus, um den Brief aufzugeben.

Etwas später, kurz vor Mittag, glaubt Dee, wieder jenen Mann im Garten zu bemerken. Diesmal scheint der Spion Beale dabei zu beobachten, wie er zum Fischteich wandert.

Dee schleicht sich hinaus, doch als er den Garten betritt, ist der Mann verschwunden.

Diesmal berichtet er Beale davon. Der zeigt sich bestürzt, und das in einem Maße, das Dee nicht erwartet hat.

Plötzlich fragt ihn Beale, ob es nicht besser wäre, wenn sie alle in ihr altes Leben zurückkehren würden.

»Wie viel muss Ness noch beigebracht werden?«

»Sehr viel«, meint Dee, »auch wenn ihr Kopf vielleicht schon voll ist.«

Beale ignoriert die versehentlich herausgerutschte Kränkung.

»Ich hätte sie gern mit jemandem zusammengebracht, der die Königin einigermaßen kennt, einfach um zu sehen, wie gut sie sich schlägt. Aber jetzt wird man es ihr schon bald anmerken …«

Als sie Ness beim Bogenschießen im Garten beobachten, lässt sich die Veränderung an ihrer Figur tatsächlich nicht mehr übersehen.

Dee versucht, seine Gedenken zu Ness Overbury zu ordnen. Zwischendurch hat ihn eine beunruhigende Begierde nach ihr geplagt, doch die wich bald schon einer

Verdrossenheit wegen ihrer Frivolität und ihrer Unfähigkeit, sich länger als ein paar Augenblicke auf etwas zu konzentrieren. Allerdings hat auch diese milde Abneigung wieder etwas anderem Platz gemacht, und jetzt ist er schlichtweg sehr angetan von ihr. In seinen Augen ist sie wie eine gut genährte Katze: verspielt, liebevoll, neugierig und unabhängig, aber auch mit der Neigung, gelegentlich zu verschwinden und ihrem Vergnügen nachzugehen, ohne sich um irgendjemanden zu kümmern. Ihr fehlen die Intensität und das Ungestüm der Königin, andererseits hat sie, wie Jane es ausdrückt, nie miterleben müssen, wie ihr Vater ihrer Mutter vor einer johlenden Menge den Kopf von den Schultern schlagen ließ.

»Es wäre zu riskant, sie Leuten zu präsentieren, die nicht schon eingeweiht sind«, warnt Dee. »Walsingham oder Cecil vielleicht. Beide wissen Bescheid.«

Beale schüttelt den Kopf. »Sie würden sich weigern, persönlich mit ihr zu sprechen. Es sei denn – Gott behüte –, Ihre Majestät wäre tot.«

»Wem dann?«

»Wenn ich ehrlich sein soll: niemandem. Aber versuch einmal, ihr das zu sagen. Es juckt sie in den Fingern, irgendeinen arglosen Tölpel hereinzulegen.«

»Das musst du verhindern.«

»Das werde ich«, verspricht Beale, doch es soll ihm nicht gelingen.

Er kann nichts dafür. Es ist ein Missverständnis.

Ungebeten platzt Lawrence Washington herein, als Ness gerade als Königin in voller Aufmachung zwischen Küche und Garten auf einem Schemel posiert, so gut das eben mit gekauften, erbettelten und gestohlenen Kleidern möglich ist, also auch nicht mit Zepter und Weltkugel, sondern mit einer Weidenrute in der einen und einer Roten Bete in der anderen Hand und mit Beales Kappe als Krone auf dem Kopf. Ihr Gesicht ist weiß von vielen Schichten Puder. Dieses eine Mal wenigstens versucht Ness, ernst dreinzublicken. Die ganze Erscheinung ist eine Nachahmung eines Gemäldes, auf dem die Krönung der Königin dargestellt ist und das im Whitehall Palace im Audienzsaal hängt.

»Mein Gott!«, ruft Dee. »Nicht schlecht!«

Sie hören gerade noch Francis bellen, bevor Washington mit der Selbstverständlichkeit des Eigentümers (der er ja auch ist) den Garten betritt. Bei Ness' Anblick bleibt er wie angewurzelt stehen. Sie bemerkt ihn über Dees Schulter hinweg als Erste und beginnt sogleich mit einem Versuch, heiter mit Kugel und Zepter zu jonglieren.

»Wir sind Pantomimen!«, ruft sie. »Wir proben für ein Schauspiel zum Geburtstag der Königin!«

Washington starrt sie mehr als skeptisch an.

»Ich bin Athene, die Göttin der Weisheit«, fabuliert Ness aus dem Stegreif. »Die drei Männer hier sind meine Diener, und wenn Ihr uns in vollständiger Verkleidung seht und noch dazu auf unserer Bühne, würdet Ihr glauben, Ihr seid im alten Rom.«

»In *Athen*«, murmelt Dee in seinen Bart.

Für eine Weile sagt keiner etwas.

»Athene, das seid Ihr ganz gewiss«, erwidert Washington und fasst sich an die Kappe. Er hält sie ganz offensichtlich für verrückt.

»Kann ich helfen, Master Washington?«

»Ich wollte eigentlich nur berichten, dass John Samson – Ihr erinnert Euch, der Konstabler – einen Mann beobachtet hat, der sich hier herumgetrieben hat. Einen Fremden. Ich habe mir aber gedacht, dass er vielleicht irgendwie mit dem zu tun haben könnte, was Ihr hier treibt … was immer das auch sein mag.« Er deutet auf Ness.

Schweigend blicken sie und Dee einander an, bevor sie den Kopf schütteln.

»Das hat nichts mit uns zu tun, Master Washington. Gibt es eine Beschreibung des Mannes?«

»Nein.«

Als Washington gegangen ist, atmen sie hörbar auf.

»Er hat mich nicht mal erkannt!«, stellt Ness lachend fest.

»Irgendwann wirst du es aber mit jemandem zu tun bekommen, der tatsächlich weiß, wie Ihre Majestät aussieht«, hält ihr Beale vor, »und dann haben wir ein Problem.«

Dee dagegen befasst sich noch mit dem Fremden.

»Keiner kennt ihn, aber irgendetwas will er von uns«, fasst er zusammen. »Was kann das nur sein?«

Sie blicken einander ratlos an und kehren dann hastig ins Haus zurück.

Es folgt eine Zeit vorsorglicher Selbstbeschränkung. Ständig bewacht entweder Beale oder Jane vom Fenster aus den Randbereich des Gartens, die Streuobstwiese und die Außengebäude. Sie warten. Manchmal bellt Francis ohne ersichtlichen Grund. Ness zeigt sich zunehmend entmutigt, aber immerhin macht ihre Stickarbeit Fortschritte. Und es regnet die ganze Woche, was ihnen das Warten erleichtert.

Es wird Juni. Ness ist nun schon im sechsten Monat schwanger und kann sich längst nicht mehr so bewegen wie die Königin. Dennoch sitzt sie da und hört sich an, wie Dee versucht, ihr alles zu vermitteln, was er weiß – über die Geografie, die Bedeutung der Gezeiten und die Grundlagen der Metallurgie. Und Jane bringt ihr bei, wie man bei Kartenspielen wie Baccara oder Piquet schummelt und wie weit sie dabei gehen kann, wenn sie beim Würfeln ihren Rang als Königin ausnutzt.

Dann kommt Mitte Juni die Nacht, in der der Große Komet verblasst. Dee führt Jane in den Garten hinaus, um das Erlebnis mit ihr zu teilen.

»Was ist das?«

»Nichts.«

Eine Weile verharrt sie schweigend.

»Nun, aber interessant war es«, sagt sie dann.

Er denkt daran zurück, wie sein Freund Digges meinte, der Komet könne eine persönliche Botschaft oder vielleicht auch eine Warnung darstellen.

»Die Bedeutung solcher Ereignisse bleibt uns oft verborgen«, lässt er Jane wissen. Er hört sie lächeln, auch wenn das selbstverständlich gar nicht möglich ist.

Von Overbury hören sie nichts, auch wenn Beale von Walsingham erfahren hat, dass es in Munster wieder ein Massaker gegeben hat.

Im Morgengrauen des nächsten Tages taucht erneut der Späher auf.

»Ist es derselbe?«

Dee nimmt es jedenfalls an. Sie alle finden es unerträglich, dass sie bis zum Johannistag im Haus versteckt ausharren sollen.

»Ness wird das nicht durchstehen«, glaubt Beale zu wissen.

Sie schläft noch im oberen Stockwerk.

»Außerdem sollten wir herausfinden, wer er ist und was er will.«

So bleibt Jane mit Francis im Haus zurück, während Dee mit dem Bogen und Beale mit dem Schwert bewaffnet unter dem Wappen Ihrer Majestät durch die Haustür ins Freie treten, wo sie sich aufteilen: Jeder soll die Grenzen des Gartens in einer anderen Richtung halbkreisförmig abschreiten, sodass sie sich im Obsthain wiedertreffen. Als Dee den Pfeil in die Sehne spannt, spürt er seinen Herzschlag bis in die Zähne.

Mein Gott, denkt er, *ich jage einen Menschen.*

Er begibt sich in den Schatten der schon lange nicht mehr geschnittenen Hecke und bemerkt, dass das Gras dort zu einem schmalen Pfad niedergetreten ist. Dann steigt ihm der Geruch von abgestandenem Urin in die Nase.

Ist der Kerl hier etwa eingezogen?, schießt es ihm durch Kopf.

Er geht einen Schritt weiter, und plötzlich sieht er ihn im Schatten eines Baumes: den Mann in Schwarz. Er wirkt jung und kräftig, um eine Schulter hat er eine Satteltasche geschlungen. Bekleidet ist er mit einem dunklen Wams, einer schwarzen Hose und abgetragenen Reitstiefeln, und sein Schwert ist ohne Zweifel nicht bloß zur Zierde geschmiedet worden. Mit dem Rücken zu Dee steht er da und späht zum Haus hinüber, ohne darauf zu achten, was sich hinter ihm tut.

Durch die Bäume sieht Dee, dass Beale sich von der anderen Seite nähert. Der hat ihn auch schon bemerkt und gibt ihm mit einem Zeichen zu verstehen, dass er den Fremden in den Rücken schießen soll.

Wissentlich hat Dee nur zwei Männer getötet. Der erste war ein spanischer Priester in der Krypta der Abtei auf dem Mont Saint-Michel, der sonst ihn umgebracht hätte. Und der zweite war der Mann, der ihn und Jane vor nicht allzu langer Zeit im Frachtraum jenes Boots gefangen hielt. Einem Mann in den Rücken zu schießen, und sei es auch nur mit Pfeil und Bogen, hat er bisher noch nicht einmal in Betracht gezogen, und er erkennt, dass ihn schon die bloße Vorstellung abstößt. Außerdem: Wollen sie wirklich den Tod dieses Mannes?

Mit den Lippen formt Beale die Worte: *Schieß. Jetzt.*

Eine Art siebter Sinn scheint den Fremden zu warnen, dass jemand seinen Tod in Erwägung zieht; oder vielleicht bemerkt er Beale ja aus den Augenwinkeln. Jedenfalls wirbelt er herum.

Im selben Moment spannt Dee die Sehne und lässt los. Der Pfeil fliegt durch den von Sonne und Blättern geschaffenen Halbschatten und trifft den Mann an der Schulter.

Er fährt vor Schmerz herum, sieht Dee, zückt sofort sein Schwert und jagt, die Waffe schwingend, auf ihn zu.

»Du Hurensohn!«

Da er den nächsten Pfeil nicht so schnell einlegen kann, fuchtelt Dee wild mit dem Bogen herum und kann gerade noch ausweichen, sodass die Klinge haarscharf an seinem Ohr und seiner Schulter vorbeisaust. Im nächsten Moment stürzt sich der Mann auf ihn, und beide krachen zu Boden. Dee landet auf dem Rücken, der andere fällt auf ihn. Sofort setzt er dazu an, ihm die Finger der linken Hand in die Augen zu rammen. Benommen und mit zusammengepressten Lidern versucht Dee, ihn abzuwerfen, doch der Mann ist bärenstark und verzweifelt.

Zum Glück nähert sich jetzt Beale mit seinem Schwert und schlitzt ihm den Rücken auf. Vor Schmerz brüllend, lässt der Fremde von Dee ab, schnellt hoch und geht mit seiner Waffe auf Beale los. Der pariert den Angriff.

»Wer bist du?«, schreit Beale.

Der Fremde taumelt zurück, mitten ins Gebüsch. Dann dröhnt ein Schuss durch die Luft, und der Mann mit dem Schwert kehrt schwankend zurück, stürzt über Dees immer noch ausgestreckte Füße. Seine Brust ist ein einziges Chaos aus Haut, Fleisch und glänzendem Blut. Er hebt die Hände, wie um die Wunde zu betasten oder das Bluten zu stillen, doch bevor er irgendetwas davon tun kann, fallen seine Hände an den Seiten hinunter, und er sackt tot zu Boden.

Regungslos steht Beale da und starrt ihn an, Dee ist ebenfalls wie versteinert.

In diesem Moment tritt ein Mann aus dem Schatten der Bäume. Er trägt einen dunklen Wollanzug und hält eine immer noch rauchende Hakenbüchse in der Hand. Zum Gruß fasst er sich an seine Kappe.

»Master Beale«, sagt er. »Dr. Dee.«

»Oh Gott!« Ächzend lässt Beale sein Schwert sinken. »Gregory!«

Dees Herz hört nicht auf zu rasen.

»Wer seid Ihr?«, fragt er und stemmt sich auf die Ellbogen.

»Das ist Arthur Gregory«, klärt ihn Beale auf. »Wahrscheinlich ist das nicht sein richtiger Name. Jedenfalls gehört er zu Walsinghams Männern.« Er wendet sich zu Gregory um. »Warum hast du ihn erschossen? Jetzt werden wir nie erfahren, wer das war.«

»Ich habe versucht, euch das Leben zu retten.«

»Ich hatte die Sache im Griff«, kontert Beale.

Gregory schnaubt.

»Was machst du hier, Arthur?«, blafft Beale.

»Der Meister hat mich geschickt.«

»Damit du uns im Auge behältst?«

Gregory zuckt mit den Schultern. *Was sonst?*

Beale stößt ein erbostes Grunzen aus.

»Was sonst?«, verteidigt sich Gregory.

»Aber jetzt müssen wir ihn schleunigst verstecken, falls Washington den Schuss gehört hat. Los schon, hilf mir.«

Gemeinsam packen die beiden den Toten jeweils an einem blutverschmierten Handgelenk und schleifen ihn durch das hohe Gras zum Haus. Zurück bleiben eine breite blutrote Spur, ein Schwert und eine Ledertasche. Dee birgt Schwert und Tasche und bringt beides ins Haus.

»Mein Gott!«, stöhnt Jane, als sie ihnen die Tür öffnet.

Francis beginnt zu winseln.

»Sch, Francis«, beruhigt ihn Dee. »Das ist nur ein Toter. Kein Grund zur Sorge.«

Sie laden den Mann vor dem Feuer ab, das Gesicht nach oben. In der Sohle eines seiner Stiefel prangt ein Loch, in seiner Brust ebenfalls.

Gregory lässt sich auf einen Stuhl sinken. Er ist schweißgebadet.

»Bin so was nicht gewohnt«, erklärt er seufzend.

Fast hätte er die Füße auf der Brust des Toten ablegen können.

»Wer seid Ihr?«, will Jane Frommond nun wissen.

Sie meint natürlich Gregory, und nun werden sie einander vorgestellt.

»Und wer ist *er*?«

Jetzt meint sie den Toten.

»Keine Ahnung. Aber er hat euch schon seit Wochen beobachtet. Und dann hat er Anstalten gemacht davonzulaufen. Mein Gott, wenn er auch nur geahnt hat, was ihr hier macht ... Ich wage gar nicht, es mir vorzustellen. Wie auch immer, es war nicht meine Absicht, ihn zu töten.«

Nun öffnet Dee die Tasche des Toten. Sie enthält einen grünen Apfel und einen mit einer Flüssigkeit gefüllten Lederbeutel. Außerdem findet er eine Geldbörse mit einigen wenigen Münzen sowie einen Brief.

»Was steht darin?«

Gregory, der gerade noch gesessen hat, reißt Dee den Brief aus der Hand. Dee baut sich wütend vor ihm auf.

»Das geht nur den Privatsekretär Ihrer Majestät etwas an«, hält ihm Gregory vor.

Damit kann er ihn freilich nicht besänftigen. Doch

nachdem er den Inhalt stirnrunzelnd gelesen hat, reicht er das Schreiben an Beale weiter und setzt sich wieder auf den Holzstuhl, der zum Protest ein lautes Knarren von sich gibt.

Beale überfliegt den Brief. »Oh Gott.«

Ungeduldig reißt ihm Dee den Brief aus der Hand. Er ist an einen gewissen John Rhys adressiert – vermutlich der Tote – und enthält die Anweisung, Beale »im Auge zu behalten und Licht auf sein Treiben zu werfen, mit dem Ziel der Untersuchung und Bewertung des wahren Sinns und Zwecks selbiger Unternehmung dieses Herrn, der zuletzt in Diensten von Master Francis Walsingham stand und dieser Tage im Sulgrave Manor lebt. Alle Erkenntnisse müssen umgehend überbracht werden.«

Dee liest das Dokument mit zunehmendem Entsetzen, doch erst als er die letzte Zeile erreicht, sieht er, was auch Gregory und Beale aufgefallen ist.

»Für und im Namen von Sir Christopher Hatton.«

Herrgott!

In diesem Moment erbebt die Tür unter drei donnernden Schlägen.

»Aufmachen! John Samson hier! Konstabler dieser Grafschaft!«

22

London,
dritte Juniwoche 1578

Wieder einmal ist Francis Walsingham auf dem Fluss unterwegs. Diesmal spiegelt das Wetter – es ist warm und sonnig, und von Westen her weht eine leichte Brise – seine Stimmung auf vollkommenste Weise wider. Doch dann trifft er nach der Ankunft am Wool Quay und einem Marsch durch London Arthur Gregory vor seinem Haus an, der mit einer Botschaft von Robert Beale auf ihn wartet. Ein Blick auf Gregorys Gesicht genügt, und Walsingham weiß, dass es keine freudige ist.

»Worum geht es?«

»Ihr solltet das besser selbst lesen.«

Walsingham öffnet den Umschlag und sieht, dass die Mitteilung verschlüsselt ist.

»Also bitte, Arthur!« Er stöhnt. »Es wird mindestens eine Stunde dauern, bis ich das dechiffriert habe. Sagt mir einfach, was drinsteht.«

Doch Gregory weigert sich. Auch das ist kein gutes Vorzeichen.

»Gut, dann wartet hier.«

So trollt sich Gregory in den Küchentrakt, während Walsingham, ärgerlich vor sich hin grummelnd, zu seinen Gemächern hinaufsteigt. Oben angekommen, sperrt er die drei Schlösser auf und verriegelt sie gleich wieder, sobald er eingetreten ist. Dann setzt er sich an sein Pult, um die mit Beales primitivem Code verborgene Mitteilung zu dechiffrieren. Als er sie eine halbe Stunde später in Reinschrift übertragen hat, bleibt er auf seinem Stuhl sitzen, zu keiner Regung fähig, als wäre er unter Schutt begraben.

Zusammen haben Robert Beale, John Dee, Jane Frommond und Arthur Gregory es fertiggebracht, zwei Männer umzubringen – einer ein Konstabler, der andere ein Mitglied von Sir Christopher Hattons Truppe. Außerdem ist es ihnen tatsächlich gelungen, Sir Christopher Hatton – ausgerechnet ihm! – zu offenbaren, dass sie Pläne geschmiedet haben, die Königin durch eine Frau zu ersetzen, die aussieht wie sie.

Walsingham greift nach dem Code und der ursprünglichen Nachricht und sieht sich alles noch einmal genau an. Kann es sein, dass er etwas falsch verstanden hat? Sich bei einem Schlüsselwort getäuscht hat?

Doch es bleibt bei dem ersten Ergebnis: »*Nicht alles verloren, obwohl Ness jetzt schwanger & nicht mehr wie HMQ.*«

HMQ steht für *Her Majesty the Queen*. Hat es also einer von ihnen geschafft, die Frau, der sie beigebracht haben, die Königin zu imitieren, auch zu schwängern? Er sträubt sich dagegen, genau nachzurechnen, begreift aber schlagartig, dass dafür nur Beale infrage kommt.

Walsingham lässt sich in seinem Stuhl zurücksinken und überlegt angestrengt, ob es je ein Komplott gab, das katastrophaler scheiterte. Vielleicht ist es genau das, worauf der Komet hingewiesen hat. Und wenn es sich so verhält, stand dieses Unterfangen von Anfang an unter einem schlechten Stern.

Er beugt sich wieder über das Dokument. Darin heißt es weiter, dass sie alle ihre Sachen gepackt und das Haus in Northamptonshire verlassen haben. Dee und Jane werden in ihr altes Leben in London zurückkehren, während Beale Ness zu ihrer Schwester nach Ely gebracht hat, wo er nun auf weitere Anweisungen seines weisen Dienstherrn wartet, womit kein anderer als Walsingham gemeint ist. Er verabschiedet sich als »Euer treuer und ergebener Diener«.

Herrgott, denkt Walsingham.

Eigentlich sollte er sich den Mann sofort schnappen. Ihn verhaften lassen, bevor Hatton anfängt, seine Beziehungen spielen zu lassen, und herausfindet, wie eng sie zusammenarbeiten.

Herrgott! Genau, so und nicht anders muss er jetzt handeln. Er muss die Wunde sofort verätzen, sich selbst schützen.

Er steht auf und beginnt, im Zimmer auf und ab zu schreiten, hört die Dielen unter seinen Füßen knarren, als befände er sich auf einem Schiff auf hoher See. Er weiß nur allzu gut um die Folgen, die es haben wird, wenn er jetzt gegen Beale vorgeht: Das würde nicht nur für ihn das

Todesurteil bedeuten, sondern ebenso für Mistress Frommond, Dee und diese Ness. Und für Arthur Gregory.

Oh Gott! Schlagartig wird ihm klar, dass er nicht einen von Gregorys Berichten gelesen hat. Zu seiner Verteidigung kann er vorbringen, dass täglich etwa hundert Dokumente eintreffen – aus England, vom europäischen Festland und aus noch ferneren Gegenden – und Gregory nie den Eindruck erweckt hat, sie könnten eine Mitteilung von absoluter Dringlichkeit enthalten.

Jetzt findet er sie sorgfältig aufeinandergestapelt vor, allesamt immer noch versiegelt. Er öffnet den ersten Umschlag – und entdeckt sofort einen Hinweis darauf, dass Beale und Ness ein Liebespaar sind, das sich regelmäßig im Haus eines Arztes in Bury St. Edmunds zu einem Stelldichein trifft, nach dem Beale jedes Mal aus dem Haus wankt, als wäre ihm bei einem Aderlass mindestens ein Pint Blut abgezapft worden. Ausdrücklich macht Gregory Walsingham darauf aufmerksam, dass Ness Ihrer Majestät zwar in der Tat sehr ähnlich sieht, aber ansonsten eher eine Frau vom Land ist, die selbst reitet, statt mit der Kutsche zu fahren. Rein persönlich empfindet Gregory das zwar als Vorzug, betont aber, dass er Ihre Majestät damit keineswegs herabsetzen will.

In den weiteren Mitteilungen ist ebenfalls regelmäßig von den Treffen des Pärchens die Rede und auch von dem Tribut, den sie von Beale fordern, der, wie Gregory schreibt, »weibstoll« ist. An einer Stelle wird sogar geschildert, wie Beale im Sattel eingeschlafen und von seinem Pferd gefallen ist! Dann will Gregory wissen, ob er weiterhin Beale folgen soll, der sich gebärdet wie ein brunftiger Bock, oder eher Ness, deren Mann zumindest den Verdacht hegen muss, dass sie liederliche Dinge treibt, da sie aus Bury St. Edmunds stets »erhitzt und arg zerfleddert« zurückkehrt.

Natürlich hat Walsingham bisher nie geantwortet, sodass Gregory weiterhin Beale bei dessen Reisen zwischen London und Bury St. Edmunds gefolgt ist. Er hat immer mehr oder weniger dasselbe abgeliefert, bis er auf einmal in heller Aufregung meldet, dass Beale zusammen mit John Dee und einer Frau, die er bisher nicht identifizieren konnte, Ness in ein Dorf in Northamptonshire bringen will.

Erst dort beginnt Gregory nach ein paar Wochen zu ahnen, was Beale vorhat: *»Sie beabsichtigen, diese Ness Overbury in Ihre Majestät zu verwandeln, und haben sie nicht nur weit über ihrem eigentlichen Rang gekleidet, sondern sie auch gelehrt, auf eine Weise einherzuschreiten und sich zu bewegen, die dazu angetan ist, die Königin nachzuäffen.«*

Zwei Wochen später, nach einer Phase, in der er nichts zu berichten hat, außer dass sie alle noch leben, meldet er sich mit der dringenden Nachricht zurück, dass ein Fremder aufgetaucht ist, der das Haus samt seinen Bewohnern beobachtet. In der Woche danach fällt ihm ein, dass er den Mann schon einmal irgendwo auf der Straße gesehen hat, vielleicht in einem Gasthof in der Nähe von Great Dunmow in Essex, und später noch einmal in Bury St. Edmunds.

Walsingham spürt, wie sich zwischen seinen Ohren ein Druck aufbaut. In plötzlicher Hektik steht er auf, entriegelt seine drei Schlösser und brüllt nach Gregory. Als er aus dem Schatten tritt, wirkt er wie ein geprügelter Hund, der weiß, dass er gleich wieder die Peitsche bekommen wird.

»Begleitet mich«, fordert Walsingham ihn auf.

Sehr langsam, wie ein Tropfen Sirup von einem Löffel, löst sich Gregory aus dem Dunkel, und gemeinsam marschieren sie zum Zollhaus, um ein Boot nach Whitehall zu nehmen.

»Einer von Hattons Männern?«, schreit Walsingham, als sie die Mitte des Flusses erreicht haben. »*Und* ein Konstabler?«

»Es ist so schnell passiert. Wir hatten keine Wahl.«

Himmel!

»Was habt Ihr mit den Leichen gemacht?«, setzt Walsingham nach. »Nein, sagt es mir nicht. Wie könnt Ihr so sicher sein, dass Hatton es wusste?«

»Ich kann mir nicht sicher sein, aber der Mann hatte das hier dabei.«

Gregory zeigt ihm ein Schreiben mit der Anweisung, dass ein gewisser John Rhys die Beobachtung von Robert Beale übernehmen soll.

»Es war schon so abgegriffen wie jetzt, als wir es ihm abnahmen. Er muss es also schon eine ganze Weile bei sich gehabt haben. Wenn er regelmäßig Berichte geschickt hat – und wenn Hatton sie gelesen hat –, dann muss Hatton Bescheid wissen.«

Oh Gott. Außerdem stammt Hatton aus Northampton. Er hat ein Anwesen dort. Wusste Beale das etwa nicht? *Oh Gott!*

Jetzt muss Gregory Walsingham alles verraten, was er

weiß. Das Verhör dauert bis zu ihrer Ankunft in Whitehall. Dann begibt sich Walsingham im Laufschritt zu Cecils Amtsträumen, platzt nach einem kurzen Anklopfen sofort hinein – und erkennt zu spät, dass Cecil nicht allein ist.

Auch das noch! Ausgerechnet Hatton!

Cecil in Schwarz, Hatton in nüchternem Blau, wie es sich für einen Mann ziemt, der Regierungsgeschäfte betreibt und nicht gerade irgendwelche Feiern vorbereitet.

»Ah, da ist er ja persönlich!«, ruft Cecil. »Sir Christopher hat dich gerade erwähnt, Francis, und ich habe ihm gesagt, dass du bestimmt eine Erklärung hast. Einer seiner Leute ist deinem Mann, Robert Beale, wie ein Schatten gefolgt, und jetzt sagt er mir, dass er seit Kurzem verschwunden ist.«

Jetzt muss Walsingham schnell reagieren und zugleich Zeit schinden.

»Verschwunden, sagst du? Und er hat Master Beale beschattet? Wieso? Warum, in Gottes Namen, hat er so etwas getan?«

»Versucht bloß nicht, Euch da herauszuwinden, Master Walsingham«, faucht Hatton. »Ich war letztes Jahr wegen Beale beunruhigt, weil er sich so sprunghaft verhalten hat, als damals im Wald auf die Königin geschossen wurde.«

»Und eine Frau gestorben ist, wenn Ihr Euch erinnert, Sir Christopher!«

Ein verzweifelter Versuch, wie Walsingham selbst weiß, und sogar Cecil runzelt überrascht die Stirn. Oder aber ein kühner Zug, wenn es ihm gelingt, jeden Verdacht abzuwenden.

Doch Hatton lässt nicht locker. »Und dann bin ich ihm immer wieder auf der Straße nach Schottland begegnet. Er ist mir permanent ausgewichen, hat eindeutig versucht, etwas vor mir zu verbergen. Darum habe ich einen Mann beauftragt, seiner Spur zu folgen und herauszufinden, was das sein könnte. Ich hatte wirklich den Verdacht, er hätte sich Eurer Aufsicht entzogen und betriebe seine eigenen zwielichtigen Machenschaften. Aber dann habe ich gehört, dass er in Eurem Haus in der Papey immer noch ein und aus geht. Da wurde mir klar, dass Ihr ihn sehr wohl unter Kontrolle habt und er immer noch Euren Geboten folgt.«

»Gebote? Wovon sprecht Ihr? Vom Kartenspielen?«

»Ach, seid still, Walsingham!«, blafft Hatton. »Mein Verdacht hat sich nach wenigen Wochen bestätigt, als Master Beale dabei gesehen wurde, wie er sich mit der Frau eines gewissen John Overbury im Haus eines Arztes getroffen hat. Eines Arztes, von dem ich zufällig weiß, dass Ihr ihn als einen Eurer Spürhunde beschäftigt, die an jedem herumschnüffeln, von dem Ihr annehmt, dass er Euren Glauben nicht mit dem gebotenen Eifer praktiziert.«

»Es tut mir leid, Sir Christopher, aber ich verstehe nicht, wovon Ihr redet.«

»Ihr vielleicht nicht, Sir Christopher, aber ich sehr wohl. Ich weiß, dass mit dieser Frau, John Overburys Gemahlin, gewisse Vereinbarungen getroffen worden sind und dass John Overbury unmittelbar darauf zu Henry Sidneys Einheit abkommandiert wurde, die in Irland für Königin und Vaterland kämpft. Dort ist er verwundet worden, und während Ihr noch Eure teuflische Intrige verfolgt habt …«

»Hatton …«

»Für Euch immer noch *Sir* Christopher Hatton, Master Walsingham. Bitte gesteht mir meinen Titel zu, so wie ich Euch den Euren zugestehe.«

Cecil schneidet eine vielsagende Grimasse, sagt aber nichts.

»Kaum also war Overbury aus dem Weg geräumt, wurde Euer Mann, Beale, dabei beobachtet, wie er mit der Frau dieses Mannes durchgebrannt ist und sie gemeinsam in der Gemeinde Sulgrave in Northamptonshire in ein Haus gezogen sind, das keine zwanzig Meilen von meinem entfernt liegt. Und dort hat sich erst so recht erwiesen, wie tückisch und widerwärtig Eure Machenschaften sind. Denn in diesem Haus habt Ihr auch Dr. Dee und Mistress Frommond untergebracht – dieselbe Ehrendame, die einen so schlechten Eindruck hinterlassen hat, als das Attentat auf die Königin verübt wurde. Ausgerechnet sie soll Overburys Gattin bedienen. Warum wohl?«

»Warum?«

»Weil Mistress Overbury Ihrer Majestät wie aus dem Gesicht geschnitten ist! Ihr bildet sie dazu aus, Ihre Majestät zu *ersetzen*!«

»Das sind schwerwiegende Beschuldigungen, Sir Christopher«, dröhnt Cecil. »Habt Ihr Beweise?«

»Allerdings«, erwidert Hatton. Doch dann flackert sein Blick, er benetzt sich die Lippen und wischt sich die Finger an seiner teuren Hose ab – und Walsingham weiß, dass er lügt.

»Beweise welcher Art?«

Hatton zögert.

»Hört zu, Sir Christopher«, sagt Walsingham in beschwichtigendem Ton und klingt wie die Vernunft in Person. »Ich weiß nichts über diese Angelegenheit. Wenn Master Beale das getan hat, was Ihr mir berichtet, werde ich der Erste sein, der sein Todesurteil unterschreibt. Aber solange ich keine Beweise habe …« Er spricht den Satz nicht zu Ende.

Hatton schweigt.

»Habt Ihr das Mädchen?« Cecil beugt sich vor, ganz die gutmütige alte Schlange. »Die Frau, von der Ihr sagt, dass Francis sie dazu ausbildet, Ihre Majestät zu ersetzen.«

Hatton gibt zu, dass sie nicht bei ihm ist.

»Aber ich weiß, wo sie ist«, beteuert er. »Ich weiß, wo man sie findet.«

»Nun denn«, antwortet Cecil, »dann lasst uns dorthin eilen.«

Hatton rührt sich nicht von der Stelle.

Walsingham springt rasch Cecil bei.

»Wohin soll es gehen, Sir Christopher?«, erkundigt er sich. »Wo finden wir sie? Benötigen wir viele Männer? Pferde? Soll ich im Tower Handfesseln anfordern?«

Hatton erhebt sich und reckt sich, um den Hut von der Garderobe zu nehmen.

»Das ist ein großzügiges Angebot, Master Walsingham. Aber unter den gegebenen Umständen finde ich es das Beste, sie zu Euch zu bringen. Seht Ihr das nicht auch so?«

»Aber müsst Ihr nicht diese Feier vorbereiten?«

Hatton wirft Walsingham einen Blick von der Art zu,

über die man im ersten Moment lachen mag, aber in den frühen Morgenstunden nachdenken wird.

Als er gegangen ist, richtet Cecil seinen berüchtigten Blick auf Walsingham.

»Nun, Francis. Da sitzen wir ja schön in der Klemme.«

23

Insel Ely, Huntingdonshire, dritte Juniwoche 1578

In der Ferne sieht Robert Beale die Kathedrale von Ely aus dem Sumpfgebiet aufragen, aber noch sind es zwanzig Meilen bis dahin.

»Bis zum Anbruch der Nacht werden wir bei deiner Schwester sein«, versichert er Ness.

Sie nickt … oder vielleicht ist es auch nur der Zustand der Straße, der ihren Kopf wackeln lässt.

»Möchtest du einen Schluck Ale? Ich habe noch etwas übrig.«

Sie schließt die Augen, und jetzt schüttelt sie eindeutig den Kopf.

Wortlos stöpselt Beale die Feldflasche wieder zu. Er hasst es, mit der Kutsche zu reisen. Das ist einfach nichts für Männer! Vielmehr sollte er vorausreiten und Ness' Schwester darüber in Kenntnis setzen, dass sie bald Besuch bekommt.

Andererseits möchte er Ness nicht mit ihren Gedanken allein lassen, auch wenn seine Rücksicht vielleicht gar nicht angebracht ist, denn bisher ist es ihm ohnehin nicht gelungen, sie abzulenken. Im Gegenteil, seit sie Sulgrave in aller Eile verlassen haben, hat sie jeden Versuch, ein Gespräch zu beginnen, zurückgewiesen.

»Glaub mir, Ness, wir *mussten* ihn töten«, wiederholt er.

Sie würdigt ihn keines Blicks, sondern starrt weiter durch das von einem dünnen Vorhang verhüllte Fenster, hinter dem das flache Marschland als grüner Schemen vorbeizieht. Sie hat Hitzewallungen und ist gereizt. Ihr Bauch wirkt wie ein Fass.

»Seit wir aufgebrochen sind, hast du kein Wort gesagt.«

Und auch jetzt schweigt sie.

Für sie war es eine schreckliche Szene, wie er jetzt begreift …

Ness trat aus ihrer Kammer, nur um zu sehen, wie Arthur den Konstabler im großen Gemach erdrosselte, zwei Schatten vor der glühenden Asche im Kamin. Der Mann stieß die schrecklichsten Würgelaute aus, und seine Absätze hämmerten hilflos gegen den Boden. Es dauerte entsetzlich lange. Jane kauerte zusammengekrümmt auf dem Boden, die Hände auf die Ohren gepresst, und auch Dee drehte den Kopf weg.

Beale bemerkte Ness erst, als sie nach hinten kippte. Sie prallte mit dem Kopf gegen die Wand, und als er sie mit fünf großen Sätzen erreichte, zitterte sie am ganzen Körper, als schüttelte sie ein Fieberfrost, ja, als wäre sie es, die von Arthur Gregory erdrosselt wurde. Beale hob sie auf und bettete ihren Kopf so fürsorglich in seinem

Schoß, wie es ihm nur möglich war. Danach hielt er sie an sich gedrückt, bis sie aufhörte zu zittern. Nachdem das Schlimmste vorbei war, schien sie in einen tiefen Schlaf zu sinken, aus dem sie nichts wecken konnte, und fing sogar an, laut zu schnarchen. Als feststand, dass der Mann tot war, ließen ihn die anderen liegen und gruppierten sich um sie, um zu warten und sie zu beobachten.

Irgendwann hörte sie auf zu schnarchen. Einen Moment lang befürchteten alle, sie wäre tot, doch dann erwachte sie abrupt. Vor Erleichterung küsste Beale sie auf die Lippen, doch sie schien zu glauben, er hätte die zwei Toten, die nur zwei Schritt von ihr entfernt auf dem Rücken lagen und mit leeren Augen zu den Deckenbalken hinaufstierten, schlichtweg vergessen.

»Lass mich!«, rief sie, die Augen wild verdreht, rammte ihm die Hände ins Gesicht und kratzte ihm mit den Fingernägeln drei tiefe Furchen in die Wangen, bevor er sich von ihr losreißen konnte.

Als Jane und Dee sich endlich aus ihrer Schockstarre lösten, gelang es ihnen, Ness einigermaßen zu beruhigen. Mit gutem Zureden lockte Jane sie zurück ins Schlafgemach, während Beale sich den Ärmel auf die Wunde drückte.

»Herrgott«, war alles, was Gregory hervorbrachte.

Danach suchten und fanden sie eine geeignete Stelle, an der sie die zwei Toten verscharren konnten, und machten sich sogleich ans Werk, während Jane im Haus über Ness wachte. Als die Grube tief genug war, war es auch schon so dunkel, dass man die Leichen unbemerkt herbeischleppen und versenken konnte: zuerst Hattons Spion, dann den Konstabler, der es am wenigsten verdient hatte zu sterben und darum zuoberst ins Grab kommen sollte. Während Dee ein Gebet sprach, bedeckten die anderen die beiden mit Erde. Als das Loch zugeschüttet war, traten sie die Erde fest und legten Efeu darüber, den sie von einer Mauer gerissen hatten. Inzwischen war der Mond aufgegangen, und als sie zum Haus zurückkehrten, begleitete sie das heisere Bellen eines Fuchses.

»Was meint Ihr, würdet Ihr das ein tüchtiges Tagwerk nennen?«, fragte Dee Gregory.

Gregory schwieg.

Am nächsten Tag trennten sich ihre Wege. Dee und Jane Frommond warteten mit Ness, während Beale nach Banbury ritt, um einen Karren mitsamt Pferd zu mieten und einen Mann zu finden, der bereit war, sie nach Ely zu bringen. Das erforderte das ganze Gold, das Beale noch geblieben war, und zudem einen Teil von Janes Ersparnissen, weil Beale mit seinen verschorften Wangen und den Blasen an den Händen, die er sich beim Ausheben des Grabs zugezogen hatte, nicht gerade vertrauenerweckend aussah.

Nach Beales Rückkehr zog Dee allein westwärts los, und eine verweinte Jane half einer nicht minder verweinten Ness in den Karren, um dann ihr eigenes Pferd zu besteigen und neben den anderen her zu reiten, bis sie die Straße nach London erreichten. Dort verabschiedete sie sich von ihnen und schloss sich einer Gruppe an, die südwärts unterwegs war und an der Prozession der Königin teilnehmen wollte.

Beale, unvermittelt allein mit der plötzlich so verschlossenen Ness sowie einem misstrauischen Kutscher und dessen Gehilfen, beneidete auf einmal die anderen darum, dass sie sich mir nichts, dir nichts entfernen konnten – zumal Gregory sich schon zuvor mit Nachrichten für Master Walsingham davongestohlen hatte.

Und so sitzt er nun neben Ness in einer Kutsche. Ihr Gesicht ist tränenüberströmt, Füße und Bauch sind geschwollen, und sie schnieft unaufhörlich, ganz in ihr Elend versunken, während Robert sich in Grund und Boden schämt. Was Walsingham zu der ganzen Sache sagen wird, steht in den Sternen, und er hat keine Ahnung, wie er es Ness' Schwester erklären soll, die schlicht hoffte, Ness zu helfen, diesem Overbury zu entkommen. Beale hat immer nur versucht, alles richtig zu machen, und jetzt bringt er sie in diesem Zustand zurück!

Das Schweigen hält an, bis sie Ely erreichen.

»Hier«, sagt Ness und klopft zur Bestätigung gegen das Dach der Kutsche.

Ness' Schwester lebt mit ihrem Mann und ihren drei Kindern in der Cat Lane. Ihr Mann ist Stoffhändler, und sie führt den Laden. Am Haus sind die Fensterläden geschlossen, doch als die Kutsche anhält, kommen die Kinder und Nachbarn neugierig heraus.

Beale bedenkt Ness mit einem letzten, angespannten Lächeln und versucht, ihre Hand zu ergreifen. Sie zieht sie zurück und weicht ihm aus. Gleich darauf steigt er aus.

Nun lässt sich auch Claire, Ness' Schwester, draußen blicken. Dank ihrer drei Kinder und der Arbeit im Laden sieht aus wie eine ältere, ausgelaugte Version von Ness. Sie trägt eine Leinenschürze über ihrem blauen Wollkleid und eine Haube auf dem Haar, das genauso rot ist wie das ihrer Schwester.

Eilig läuft sie zur Kutsche und öffnet die Tür. Der Kutscher bleibt einfach sitzen und starrt sie an, während sein Geselle die Pause nutzt, um seine Blase zu erleichtern.

Als Claire Ness sieht, schnappt sie nach Luft.

»Gott im Himmel!«, ruft sie aus. »Ness!«

Zögernd nähert sich Beale von der anderen Seite. Insgeheim wünscht er sich, Claire würde ihn hinauswerfen, ihn als Schlange, verkommenes Ungeheuer, brünstigen Teufel, Frauenschänder und verdammte Seele beschimpfen, weil ihm das erlauben würde, sich zu empfehlen, aber das tut sie nicht. Vermutlich ahnt sie, dass ihm das einen allzu leichten Ausweg böte.

»Hilf mir«, fordert Claire ihn stattdessen auf, und gemeinsam führen sie Ness zum Haus, er wieder mit festerem Schritt.

Zwei von Claires Kindern begreifen, was mit Ness los ist, das dritte dagegen ist geistig zurückgeblieben. Ausgelassen tanzt es um Tante Ness herum und fragt sie unentwegt, warum sie denn weint, wo sie doch glücklich darüber sein sollte, ihre Familie wiederzusehen. Schließlich ziehen die Geschwister es fort.

Sie bringen Ness in einen Nebenraum hinter dem Laden, wo in dem neu gemauerten Kamin bereits ein Feuer brennt. Als Ness sich am Tisch niedergelassen hat, bereitet Claire ihr eine Brotsuppe zu, sodass sie fürs Erste nicht mehr dazu kommt, ihr irgendwelche Fragen zu stellen.

Zu guter Letzt trifft Claires Mann, Master Vernier, ein.

»Was will sie hier? Oh …«

Er bemerkt Beale.

»Master Vernier, Gott schenke Euch einen guten Tag.«

Vernier, ein unscheinbarer, biederer Mann, erfasst die Stimmung im Raum sehr schnell. Normalerweise würde er um Beale herumscharwenzeln – schließlich ist der ein Londoner, trägt ein Schwert und ist ein Mann von der Sorte, die gewöhnlich auf Vernier hinabblickt, wenn sie ihn überhaupt wahrnimmt. Doch heute, da Beale hier nach Hilfe sucht, wittert Vernier eine Gelegenheit, sich für all die über die Jahre erlittenen Herabsetzungen und Demütigungen zu rächen. Dazu kann er es endlich seiner Schwägerin heimzahlen, der hochnäsigen Ness, nach der es ihn immer gelüstet hat, während sie ihn stets mit an Verachtung grenzender Gleichgültigkeit behandelte. Jetzt ist sie so klein und armselig, wie er es von Anfang an prophezeit hat.

»Ojemine, ojemine, was haben wir denn hier?«

Er hat eine dünne, quäkende Stimme, die an das Summen einer hinter Glas gefangenen Fliege erinnert.

Claire dreht sich müde zu ihrem Mann um.

»Nigel, Ness wird ein paar Tage bei uns bleiben, bis es ihr wieder gut geht und sie zu Overbury zurückkehren kann.«

»Ach, wird sie das, ja?«

»Mit deiner Erlaubnis?«

Und so beginnt ein schrecklicher, zermürbender Abend. Claire ist nur allzu vertraut mit Situationen wie dieser, da sie nicht zum ersten Mal versucht, ihrem verbitterten und rachsüchtigen Mann einen Gefallen abzuringen. Hilflos ist Ness dem Zank ausgeliefert, während alle über sie sprechen, als wäre sie gar nicht da.

Beale sieht die Tränen, die ihr über die Wangen rinnen, sehr wohl, doch Schuldgefühle und Scham lähmen ihn. Er weiß, dass er hier keine Rechte hat und alle drei sofort auf ihn losgehen würden, sollte er es wagen, bloß ein Wort zu sagen. Auch die Kinder würden sich gegen ihn wenden, sogar das zurückgebliebene, das ihn immer nur mit großen Augen anschaut, als wären sie alte Freunde.

»Hört zu«, bietet er den Eltern an, als er es nicht mehr ertragen kann. »Ich werde schon ein Zimmer finden.«

Er meint ein Zimmer für sich allein, aber die anderen denken, er wolle ihnen Ness schon wieder wegnehmen. Sie beschuldigen ihn, schon mehr als genug Schaden angerichtet zu haben. Er habe es nicht einmal geschafft, sich um sie zu kümmern, als sie gesund und bei Kräften war. Was könne man da jetzt noch von ihm erwarten, da sie hochschwanger sei und bald niederkommen werde?

Darauf hat er keine Antwort.

»Geh«, sagt Ness irgendwann mit sehr leiser Stimme.

Da lässt Beale es darauf ankommen. Wortlos verlässt er das Haus und findet sich gleich darauf in der Cat Lane wieder.

Erst als er den Marktplatz erreicht, wird ihm bewusst, dass er weint. Er vermisst Jane Frommond. Er vermisst John Dee. Sogar den Welpen Francis vermisst er. Sie alle waren ihm in den letzten Monaten beständige Gefährten und haben ihn nie verurteilt – auch dann nicht, als er wegen Ness den Kopf verlor. Sie waren immer da und haben ihm stillen Trost gespendet, wenn sie ihn aus ihrem Zimmer warf.

Doch jetzt hat er anscheinend keine Freunde mehr auf

dieser Welt und steht ohne Geld auf der Straße. Zugegebenermaßen hätte er das auch nicht gehabt, wenn Ness damit einverstanden gewesen wäre, ein Zimmer für sie beide zu suchen.

Was hat er nur getan?

Er weiß, dass er dringend Master Walsingham erreichen muss. Er muss in Erfahrung bringen, wie viel Sir Christopher Hatton über Ness weiß und was in dieser Sache unternommen werden kann.

Im Zwielicht des frühen Abends wandert er den Hügel in Richtung Marsch hinunter. Doch erst als er Ely hinter sich gelassen und tatsächlich den Sumpf erreicht hat, dämmert ihm, was er angerichtet hat: Er hat Ness als Schachfigur, ja, als Bauernopfer benutzt, so wie auch Robert Dudleys Familie Lady Jane Grey als ihren Bauern hinrichten ließ. Nur dass Ness nicht der Scheiterhaufen beschieden sein wird, sondern der Richtblock, da sie nicht in der Lage ist, irgendetwas zu bestreiten. Ihr Gesicht, ihr Körper und die Farbe ihres Haars legen nur allzu beredt Zeugnis von ihrer Mitschuld an diesem Hochverrat ab. Er hat sie in eine auf sie selbst gerichtete Waffe verwandelt. In den Funken, der ihren Scheithaufen entzünden wird.

Er stößt einen Schrei aus.

Wenn Hatton weiß, *dass* sie existiert, wird er auch wissen, *warum* sie existiert: um ihm zu schaden. Dieser Mann wird seine ganze Macht dafür benutzen, sie zu finden. Denn mit ihr als Beweismittel hat er es in der Hand, nicht nur Beale zu vernichten, sondern auch Walsingham und vielleicht sogar Cecil.

Er dreht sich um und geht in Richtung Ely zurück.

Kein Licht ist zu sehen, denn es ist schon nach der Sperrstunde. Doch immerhin ist der Mond aufgegangen, sodass er die unverkennbaren Umrisse der Insel mitsamt der in den Himmel ragenden Kathedrale ausmachen kann.

Mein Gott, denkt er. *Ness.*

Er muss sie von hier fortschaffen. Fort von allem. Fort an einen Ort, wo niemand sie finden kann.

Er beginnt zu rennen, dorthin zurück, von wo er gekommen ist.

24

Mortlake, westlich von London,
zweite Augustwoche 1578

Dee ist aus Wales zurück – so erfolglos, sonnenverbrannt, mager und mittellos wie immer. Er steht vor dem Tor und mustert den hohen schwarzen Steinhaufen, der während seiner Abwesenheit vor der Mauer aufgeschüttet worden ist, als er plötzlich eine Bärenpranke auf seiner Schulter spürt und neben seinem Ohr eine raue Stimme hört.

»Alles gut, Dr. Dee?«

Ein strenger Zwiebelgeruch weht ihm um die Nase.

»Bob!«, ruft Dee.

»Bill, wenn es Euch nichts ausmacht, Doktor. Bob ist im Garten – nur für den Fall, dass Ihr Lust bekommt, zum Fluss zu gehen. Was für ein süßes Hundchen! Hat es auch einen Namen?«

»Francis. Er ist eine Promenadenmischung.«

Bill bückt sich, um Francis zu streicheln und ihm zu sagen, was für braver Hund er doch ist. Francis hingegen zeigt weitaus größeres Interesse daran, das Bein an den Gesteinsproben zu heben, die Bill und Bob für wertlos erachtet und zurückgebracht haben.

»Nun, wie viel ist es denn diesmal, Bill?«

»So leid es mir tut, Euch das mitteilen zu müssen, aber der Betrag ist in Eurer Abwesenheit gestiegen, Doktor. Ursprünglich war es die Summe von zwei Pfund, sechs Schilling und acht Pence, die Ihr Master Inglestone, dem Buchhändler in der Gutherons Lane, schuldig wart. Dann kamen die drei Pfund hinzu, die der Schneider Master Truefitt, ansässig in der Lombard Street, für einen grünen Samtmantel von Euch fordert. Und zu meinem Bedauern muss ich Euch nun sagen, dass es zudem Verbindlichkeiten in Höhe von acht Pfund gibt, zu zahlen an Mr. Bowes, Goldschmied in der Lombard Street, für irgendeinen seltsamen Stein.«

»Aber das ist mehr, als die meisten in einem Jahr verdienen!«

»Richtig, Doktor«, stimmt ihm Bill zu. »Da habt Ihr wohl über Eure Verhältnisse eingekauft.«

»Im Haus habe ich etwas Gold.«

»Das ist aber nicht das Zeug, das zwei Tage später grün wird, oder?«

»Hm. Geschieht das damit? Nun ja. Anscheinend habe ich den Prozess noch nicht ganz optimiert.« Dee räuspert sich. »Und an den Proben, die Ihr mitgenommen habt, hattet Ihr keine Freude?«

»Nicht die geringste, wie Ihr seht, Doktor. Und wie sich herausgestellt hat, ist momentan eine große Menge von diesem Zeug im Umlauf. Wenn Ihr also kein echtes Gold an Eurem Körper tragt, Dr. Dee, sehe ich mich zu meinem Bedauern gezwungen, Euch zum Ludgate mitzunehmen. Gleich hinter dem Stadttor ist dann Euer Bestimmungsort.«

»In Handfesseln? Wirklich? Dazu besteht doch sicher keine Notwendigkeit.«

»Tut mir leid, Doktor, aber es ist nun einmal so. Bob würde jetzt sagen: Legst du mich einmal rein – Schande über dich; legst du mich zweimal rein – Schande über mich.«

»Bob ist offenbar ein weiser Mann. Aber hört zu, Bill: Darf ich wenigstens meine Tasche im Haus abstellen und meine Mutter küssen? Außerdem muss ich Francis Master Cooke vorstellen, denn er wird sich in der Zeit, in der ich Euch zur Verfügung stehe, um ihn kümmern müssen.«

»Ich sehe nichts, was dagegen spricht, Dr. Dee. Schließlich seid Ihr ein Gentleman, der zu seinem Wort steht. Nur auf den Handfesseln muss ich bestehen.«

»Ich will nur …«

»Nein, Doktor.«

»Aber …«

»Entweder mit diesen Dingern hier, oder ich kann Euch nicht reinlassen, so leid es mir tut, Doktor.«

Mit vor Verwirrung schief gelegtem Kopf beobachtet Francis, wie Dee Bill beide Hände entgegenstreckt.

»Tja, Francis, schon ein bisschen merkwürdig, was? Aber so ist das nun mal.«

Bill legt Dee die Handfesseln an und sperrt beide Schlösser mit einem Schlüssel zu.

»Mein Gott, Bill, sind die aus Silber?«

»Das sind sie, Doktor. Wie aufmerksam von Euch, dass Ihr das bemerkt. Ihr kriegt von uns eben nur das Beste. Wir haben sie einem Gentleman aus Edinburgh als Pfand abgeknöpft. Weil er ein Vertrauter der Königin der Schotten war, ist es gut möglich, dass Mary sie höchstpersönlich getragen hat, vielleicht als Teil ihres Kostüms bei irgendeinem Maskenball.«

Bill zeigt Dee den Schlüssel, der in der Tat mit einer Distel verziert ist, dem Wahrzeichen Schottlands.

»Du meine Güte, Bill! Welch eine Ehre! Aber wenn Ihr mich jetzt entschuldigen wollt … Komm, Francis. Lass uns weitergehen, damit ich dich Johanna Dee vorstellen kann, die meine Mutter zu nennen ich die Ehre hab, und danach Roger Cooke, den Roger Cooke zu nennen ich die Ehre habe und der sich um dich kümmern wird, bis ich dreizehn Pfund, sechs Schilling und acht Pence aufbringe. Wärt Ihr so freundlich, mich anzukündigen, Bill?«

Bill klopft ans Tor.

Gleich darauf ist Cookes Stimme zu vernehmen. »Wer da?«

»Ich bin's, Roger, John.«

»Ach, Dr. Dee! Ihr klopf ja wie ein Gerichtsvollzieher!«

Das Tor wird aufgesperrt, und Cooke entdeckt Bill. »Oh!«

»Seid so gut und macht nicht zu lange, Doktor. Wir müssen Euch zum Ludgate bringen, bevor es geschlossen wird.«

Dee trägt Francis ins Haus und schlägt dann Bill die Tür vor der Nase zu. Dieser bleibt ungerührt davor stehen.

»Schnell, Roger, wir haben nicht viel Zeit. Holt das Glas mit dem *salis amoniaci* und den Nitratgeist. Wir brauchen sofort *aqua regia.*«

Sie haben schon öfter *aqua regia* hergestellt, das seinen Namen – Königswasser – der besonderen Eigenschaft verdankt, dass es sämtliche sogenannte edle Metalle zersetzt, darunter auch Gold und Silber. Und dieses Mittel stellen sie jetzt her, indem sie im letzten ihrer Tiegel jene auffällige rote Flüssigkeit anrühren. Anschließend gießen sie die in einen einfachen glasierten Krug.

»Wie ist es dir ergangen, John?«, ruft seine Mutter von der Küche herüber, während sie arbeiten. »Du siehst so müde aus!«

Sobald es fertig ist, löffelt Cooke das *aqua regia* auf die Kette, die die Handschellen miteinander verbindet. Fürchterlich stinkende Dämpfe steigen auf, und Dee wendet hastig das Gesicht ab.

»Macht weiter.«

Der Vorgang der Zersetzung zieht sich hin, doch sie haben eine stark konzentrierte Lösung hergestellt.

Draußen hämmert Bill gegen das Tor.

»Macht schon, Doktor!«, ruft er. »Die Zeit ist gleich abgelaufen!«

»Soll ich das nehmen?«, fragt Dees Mutter.

»Nein, Mutter! Nicht anfassen!«

Das Hämmern nimmt zu.

»Der ist aber sehr hartnäckig«, meint Dees Mutter.

»Warte, Mutter!«

Dee versucht, die Hände auseinanderzuziehen, und Cooke träufelt noch mehr Säure auf die Kette.

»Es geht nicht ganz so schnell, wie ich gehofft habe. Vielleicht brauchen wir doch eine Axt.«

In der Ecke liegt das Beil, mit dem sie Holz hacken. Kann er Cooke vertrauen? Dazu müsste er die Hände auf den Holzklotz legen und Cooke weit mit der Axt ausholen lassen.

Das Hämmern wird immer lauter. »Doktor!«

»Soll ich ihn herein…?«

»Nein!«

Dee blickt Cooke an. Nun wird er sich ihm wirklich auf Gedeih und Verderb ausliefern müssen. Er unternimmt einen letzten Versuch, und die Kette reißt doch noch.

»Ha!«

Bevor seine Mutter fragen kann, ob sie Bill nicht doch hereinlassen soll, jagt Dee die Treppe hinauf und weiter zum Fenster. Auf dem Dachfirst schlittert er bis zum Rand und springt, ohne für einen beschaulichen Moment innezuhalten, um vielleicht den Fluss zu betrachten oder den Bau eines Observatoriums in Erwägung zu ziehen. Wie schon einmal reißt er sich am Ast des Baumes die Hände auf. Doch diesmal landet er nicht in der Obhut von Thomas Digges, der zufrieden seine Zwiebeln ausgräbt, sondern in der von Bob und dessen Hund sowie einem weiteren Mann, der einen großen, knotigen Stock schwingt.

»Du hast die Armkette der Königin zerbrochen!«, schreit Bob.

»Ich habe sie nicht zerbrochen, ich habe sie aufgelöst. Es besteht ein Untersch…«

Dann trifft der Stock seinen Kopf, und die Welt entgleitet ihm.

Mitten in der Nacht wacht er in einer Art Hölle auf: im Londoner Schuldnergefängnis Ludgate. Im fahlen Licht der sterbenden Flamme einer einsamen Laterne sieht er eine brodelnde Menge von Männern, Frauen und auch Kindern. Sie alle versuchen, auf einem der verdreckten Strohhaufen, die aus den sich durch diesen Raum windenden Strömen aus Exkrementen und Abfällen herausragen, einen Platz zum Schlafen zu ergattern. Ratten und Insekten nagen an allem, was nach Fleisch riecht, ob tot oder lebendig, und der durchdringende Gestank von Fäulnis und Verfall ist infernalisch.

Das Erste, was Dee auffällt, ist, dass seine Handschellen viel enger und schwerer sind als alle Fesseln, die ihm je angelegt wurden. Wahrscheinlich sind sie aus teuerstem Stahl gefertigt. Jetzt bereut er seine törichte Bemerkung über die Armbänder der schottischen Königin zutiefst. Der Kopf dröhnt ihm noch von dem Hieb, den ihm der Büttel mit seinem Stock verabreicht hat. Als ob er nicht schon genug gestraft wäre! Gegen seinen Knöchel drückt der Kopf eines Mannes, der vielleicht bereits tot ist.

Dee reißt sich los und winkelt die Beine an, bis seine Knie die Brust berühren. In dieser Haltung versucht er, bis zum Morgengrauen zu schlafen. Er kennt jede List, mit der sich die Zeit verkürzen lässt.

Ist es hier etwa schlimmer als im Frachtraum des Schiffs? Immerhin hat er einen trockenen Platz – was ihm allerdings fehlt, ist Janes Gesellschaft. Andererseits verleiht ihm der Gedanke an sie irgendwie Kraft.

Wo sie jetzt wohl sein mag? Wahrscheinlich zurück im Whitehall Palace, wo sie wohl wieder den Hof der Königin mit ihrem kühlen Blick seziert. Oder nein, eher bereitet sie den Zug des ganzen Hofstaats durch die Provinz vor.

Lieber Himmel, denkt er, *ich muss sofort zu ihr.*

Er versucht aufzustehen und sich einen Weg zu der Lampe an der Zellentür zu bahnen. Dabei tritt er auf Menschen und Dinge, über die er sich lieber keine Gedanken macht. Immer wieder muss er Beleidigungen und Tritte von rachsüchtigen Gefangenen einstecken.

An der Tür angekommen, hämmert er mit den Handschellen gegen das Holz und ruft nach einem Wächter, obwohl alle anderen in seiner Nähe ihn auffordern, den Mund zu halten und den Lärm bleiben zu lassen. Sie prophezeien ihm, dass sonst die Wächter kommen und mit ihren Knüppeln auf jeden eindreschen, der gerade im Weg liegt. Doch Dee hört nicht auf zu brüllen, dass er John Dee ist und mit Francis Walsingham sprechen muss.

Wie vorausgesagt, erscheinen die Wächter tatsächlich und prügeln jeden nieder, der in Reichweite ist, darunter auch Dee. Danach knallen sie die Tür zu, aber Dee versucht es sofort wieder, nur erfolgt die Antwort diesmal noch schneller.

Zu guter Letzt sieht Dee ein, dass er nur noch mehr Elend über all die Männer um ihn herum heraufbeschwört, und sinkt, den Rücken an die Tür gelehnt, zu Boden, bedeckt mit Blutergüssen, zerschlagen und zerschrammt. Doch trotz aller Not verzweifelt er nicht, denn all das wird vorübergehen.

Es muss vorübergehen. Es muss.

Und das tut es auch … vielleicht.

Irgendwann später – es könnte im Morgengrauen sein, aber woher soll er das wissen? – wird er von groben Händen geweckt, die ihn am Kragen hochreißen.

»Aus dem Weg, du Arschloch!«, zischt ihm jemand ins Ohr.

Doch er kann nicht ausweichen. Das schiere Gewicht all der anderen Gefangenen, die ihn gegen die Tür pressen, lässt keinerlei Bewegung zu. Im diffusen Licht sieht er sich einem Glatzkopf gegenüber, dessen Nase so übel gebrochen ist, dass sie ein Stück weit zum Ohr hinüber gewandert ist. Dees Hinterkopf wiederum lässt sich angesichts des Drucks durch die anderen nicht von der Tür lösen, und was seinen Rücken betrifft, so spürt er die Spitze jedes einzelnen Nagels, der aus dem Holz ragt. Dann beginnt die Tür sich Zoll für Zoll zu öffnen, und er wird zu einer noch engeren Umarmung mit dem Kerl mit der gebrochenen Nase gezwungen, der sich auf einmal als Frau entpuppt, als sie loskeift und ihn beschuldigt, ein Dreckskerl von der schlimmsten Sorte zu sein.

Im nächsten Moment macht sich unvermittelt eine frenetische Ausgelassenheit breit, eine Art von kollektivem Wahnsinn, ein Veitstanz. Darauf kann sich Dee nun überhaupt keinen Reim machen, aber er hört jäh auf zu grübeln, als die Tür so weit geöffnet ist, dass die Menge sich in den Raum dahinter ergießen kann. Ob er will oder nicht, Dee wird mitgerissen und mehrere Stufen hinauf in den nächsten Raum gespült. Der ist immerhin mit natürlichem Licht gesegnet, das durch zwei breite Fenster hoch oben knapp unter der Decke hereinfällt. Es sind diese Fenster, zu denen alle drängen, alle in der Hoffnung, diesem Elend zu entkommen. Doch die massiven Gitter davor ersticken jede Zuversicht im Keim. Was die Gefangenen durch die Stangen sehen, sind die Füße und Beine der vorbeigehenden Bürger, und endlich dämmert Dee, wo er ist: in der Bettlerzelle des Zuchthauses.

Die anderen scheinen das auch begriffen zu haben. Schlagartig stürzen alle zu den Fenstern und beginnen zu klagen und zu schreien.

»Bitte, Mistress, ich flehe Euch an, einen Penny!«

»Master, einen Penny, um der Barmherzigkeit willen!«

Nur Dee bleibt im hinteren Bereich zurück.

»Zaghafte Bettler kommen zu nichts«, belehrt ihn ein Wärter.

Dee nimmt an, dass der Mann recht hat. Doch wie die meisten, die nicht im Elend geboren wurden, sondern unversehens in Not gerieten, geht auch er davon aus, dass irgendetwas geschehen wird, das ihn erlöst.

Doch das tut es nicht. Den ganzen Tag steht er da und wartet. Worauf, das weiß er selbst nicht. Und als es Abend wird und er wieder in das stinkende Loch im Keller gesperrt wird, hat er Magenkrämpfe vor Hunger.

Diese Nacht verbringt Dee im Stehen. Irgendwann nickt er dennoch ein.

Am nächsten Morgen stürzt auch er zu den Bettlerfenstern, bereit, alles – wirklich alles! – anzunehmen. Tatsächlich bekommt er Speichel und noch Schlimmeres, aber weder Münzen noch Brot. Zwar wird am Fenster den ganzen Tag erbittert um jeden Zoll gerungen, und er verteidigt seinen Platz mit Zähnen und Klauen, doch wozu?

Für nichts.

Dee glaubt, dass er irgendwann einen Bekannten vorbeigehen sehen wird. Tief in seinem Herzen hofft er sogar, dass es Jane sein wird.

An diese Hoffnung klammert er sich selbst dann noch, als er zur Seite gestoßen wird und einen zweiten Tag ohne Nahrung überstehen muss. Wieder gibt es nichts außer Wasser, das in Eimern vom Fluss Fleet herbeigeschafft und in einen Trog geschüttet wird. Die Brühe ist nicht nur von vornherein von den Abfällen der Stadt verseucht, sondern wird zusätzlich getrübt, weil allzu viele Hände und Gesichter hineingetaucht werden, an denen alles Mögliche klebt.

Am nächsten Tag ist Dee derart verzweifelt, dass er nicht mehr davor zurückschreckt, einen Kopf Brokkoli zu erbeuten, der sonst in den Händchen eines schmutzigen kleinen Kindes geblieben wäre. Er fällt über das Gemüse her wie ein Wolf über einen Kadaver und verflucht jeden, der sich in die Nähe wagt. Jetzt hat er die Gewissheit, dass er keinen Deut besser ist als die anderen in der Zelle, aber das ist ihm egal, denn es ist bereits August, die Königin ist längst zu ihrer Rundreise durch das Land aufgebrochen, und mit ihr auch Jane.

Herrgott, denkt er. *Ich muss hier raus, oder ich werde in diesem Loch verrecken!*

Trotz all seiner Talente, trotz all seines Wissens hat Dee nichts, was es ihm gestatten würde, sich in ein anderes Wesen zu verwandeln, eine Katze zum Beispiel, die einfach durch die Stangen schlüpfen und verschwinden könnte. Von einem Zauberer würde man so etwas vielleicht erwarten, einem Gefährten von Höllenhunden, der die Geister der Bösen und Verdammten heraufbeschwört.

Was hat ihm Dudley damals auf dem Boot gesagt? Dass die einfachen Leute nicht deshalb Angst vor ihm haben, weil er seinerzeit am Trinity College jenen riesigen goldenen Käfer zum Fliegen gebracht hat, sondern weil er den Verdacht der Hexerei nie ganz abstreifen konnte, seit ihm 1555 wegen eben dieses Verbrechens der Prozess gemacht wurde. Damals sind alle Kinder eines der Kläger erkrankt, und eines starb sogar.

Auch wenn er freigesprochen wurde, macht ihm diese Sache immer noch zu schaffen. Aber womöglich, so sagt er sich, ist es jetzt an der Zeit, sie zu seinem Vorteil zu nutzen.

Es ist wirklich gar nicht so schwer. Er braucht nur einem Wächter einzuflüstern, dass er – Dee – das Leben und die ganze Familie desjenigen mit einem Fluch belegen wird, der seinen Tod herbeiführt. Dazu muss er ihm natürlich zuerst klarmachen, wer er ist. Sobald er das Ohr des Wärters gewonnen hat, bietet er ihm an, sein Horoskop zu erstellen, und erinnert ihn daran, dass er dasselbe auch schon einmal für die Königin getan hat. Danach kann er jedem Interessierten in Aussicht stellen, ihm zu erläutern, was die Sterne für seine Zukunft bereithalten. Sie werden ihn nicht mit Geld bezahlen, sondern mit Privilegien, und allein schon deswegen sollte die Zukunft, die er ihnen voraussagt, bei allen rosig sein.

Es ist geradezu entmutigend, wie banal die Wünsche der Wärter im Ludgate-Gefängnis sind. Die wenigsten haben Ambitionen, die mehr umfassen, als durch die Arbeit anderer reich zu werden und mit den Frauen anderer Männer zu schlafen.

Es fällt Dee leicht, genau das vorherzusagen, aber insgeheim ärgert er sich darüber, derartige Scharlatanerie zu betreiben. Schließlich kann keiner von den Wärtern mit Sicherheit sagen, in welchem Jahr er geboren wurde, geschweige denn zu welcher Stunde dieses unglückselige Ereignis stattfand.

Trotzdem … Am ersten Tag verdient er sich Brot, Bier und ein Stück Käse. Und da sich die Kunde von seinen Diensten unter den Wärtern verbreitet, wird er am zweiten Tag in eine Zelle im nächsthöheren Stockwerk verlegt, wo der Boden nicht mit Abwässern bedeckt ist und er sich eine – wenn auch mit Ungeziefer verseuchte – Matratze mit einem Gewürzhändler aus Bucklebury teilen darf, der ihm die ganze erste Nacht hindurch süße Worte ins Ohr flüstert, aber zum Glück darüber hinaus nichts unternimmt.

Am dritten Tag gibt es Feder, Papier und ausgetrocknete Tinte, die sich mit Spucke wiederbeleben lässt. Und am vierten endlich erreicht er, was er von Beginn an angestrebt hat: eine Auszeit auf dem Wehrgang.

»Los, Doktor, hier geht's raus.«

So tritt er an einem schwülen Sommermorgen mit einem tiefen Atemzug endlich aufs Dach hinaus. Von der Freiheit trennt ihn nur noch die mit Zinnen versehene Brüstungsmauer.

Und er hat seine Nachricht dabei – das Versprechen sagenhaften Reichtums für denjenigen, der Ihrer Majestät die Kunde zukommen lässt, dass ihr ergebener Diener, Dr. John Dee, zu Unrecht ergriffen und ins Ludgate-Gefängnis gesperrt wurde –, um eine Zwiebel von passender

Größe gewickelt und bereit, hinunter in die Fleet Street geworfen zu werden, sollte er eine ihm bekannte oder eine einigermaßen vertrauenerweckende Person erblicken.

Ein wasserdichter Plan ist das nicht, aber fürs Erste wird er genügen müssen.

Selbstverständlich ist er nicht der Einzige, dem die Genehmigung erteilt wurde, auf dem Dach zu stehen. Außer ihm sind noch zwei Frauen hier draußen, die aussehen, als wären sie schon eine ganze Weile in diesem Gefängnis, und eine Familie, die sich gerade über ein Stück Käse hermacht.

In einem schattigen Winkel schließlich entdeckt er eine Gruppe von Männern, alle recht jung, vielleicht Mitglieder einer Gilde, die zusammen auf dem Boden hocken, jeder von ihnen mit dem Rücken zur Mauer und sehr wachsam. Als sie ihn bemerken, mustern sie ihn unverhohlen.

Wenn man einer Ansammlung von mehreren Personen begegnet, weiß man oft nicht so recht, wen man herausgreifen und zuerst begrüßen soll, aber in diesem Fall scheint die Sache klar. Es kann nur einer sein, ein junger Bursche mit blutroter Kappe, an deren Krempe ein Abzeichen prangt, eines jener Gedenken an eine Pilgerreise. Er hat einen spärlichen rötlichen Bart und einen steten, entschlossenen und herausfordernden Blick.

Es ist Jan Saelminck.

25

Seething Lane, London,
zweite Augustwoche 1578

Seit dem Johannistag kann Francis Walsingham nicht mehr gut schlafen, und auch heute wacht er schon in der Morgendämmerung auf, als Wasser- und Abfallträger einander unter seinem Fenster lebhaft begrüßen. Eine Weile bleibt er im Bett liegen und versucht, nicht daran zu denken, dass Sir Christopher Hattons Männer inzwischen das ganze Land nach Robert Beale durchkämmen. Diese Jagd betreiben sie in einem sich stetig erweiternden Kreis um das Dorf, in dem Ness zusammen mit John Overbury lebt – oder vielmehr lebte. Über Letzteren will Henry Sidney in Erfahrung gebracht haben, dass er in Irland verwundet wurde, möglicherweise von seinen eigenen Männern, und sein Überleben als unwahrscheinlich gilt.

Wenn das tatsächlich zutrifft, sinniert Walsingham, dann ist es der einzige Aspekt seiner Intrige, der ungefähr nach Plan verlaufen ist.

Aber was, wenn Hatton Ness doch noch findet? Was wird er dann mit ihr machen? Diese Frage verfolgt Walsingham schon seit mehr als eineinhalb Monaten. Was würde er wohl an Hattons Stelle tun? Das Naheliegendste wäre, sie dazu zu benutzen, Beale zur Strecke zu bringen – und mit Beale auch Walsingham und Cecil. Und es geht noch weiter: Falls es Hatton gelingt, Ness für seine Zwecke zu benutzen, dann könnte sie sogar zu seiner Waffe werden. Und wenn Hatton noch einen Schritt weiter denkt, könnte er erkennen, dass es das Beste für ihn wäre, zwei Fliegen mit einer Klappe zu schlagen: Beale, Walsingham und Cecil nacheinander zu zerstören, um dann eine fügsame Ness auf dem Thron von England zu installieren und sie als krönenden Abschluss zu heiraten.

Das ist also die Lage: Walsingham lässt seine eigenen Männer in dieser und den umgebenden Grafschaften nach Beale und Ness suchen, während er andere wiederum auf Hattons Männer angesetzt hat. Er ist sich fast sicher, dass Hatton seine Männer auch ihn und seine Leute verfolgen lässt. Es ist ein verrückter Zirkus, bei dem die Geheimagenten einer Nation durch das ganze Land hintereinander herjagen!

Bloß was geschieht unterdessen mit den Männern, die *wirklich* versuchen, die Königin zu töten? Was führen die Leute von der Gilde der Schwarzen Madonna im Schilde? Die bloße Tatsache, dass Saelminck unauffindbar ist, bedeutet noch lange nicht, dass er sich über das Schmale Meer nach Halle abgesetzt hat, oder?

Nun, natürlich könnte er dorthin zurückgekehrt sein, so wie die holländischen und flämischen Handwerker den

Winter zu Hause verbringen. Doch genauso gut könnten er und die Gildemitglieder nach der verheerenden Schlacht von Gembloux, bei der die Kavallerie des Herzogs von Parma den bunt zusammengewürfelten Haufen des Protestanten Wilhelm von Oranien aufgerieben hat, mit der nächsten Welle von holländischen Flüchtlingen nach England zurückgereist sein. Sind womöglich Saelminck und seine Gildemänner mit ihnen zurückgekommen? Arbeiten sie jetzt vielleicht in aller Stille an irgendeinem neuen Bauwerk mit und warten nur auf eine Gelegenheit, Zelt, Hütte, Boot – oder welche Unterkunft auch immer – zu verlassen, zu den Waffen zu greifen und Ihre Majestät zu erschießen? Sie mit Feuer auszumerzen?

Das könnten sie allerdings!

Der für die städtischen Baumaßnahmen zuständige Beamte hat Walsingham einen ganzen Stapel von Listen mit unaussprechlichen Namen zugesandt, doch es ist kein Henk Poos oder Jan Saelminck darunter, auch wenn das natürlich nichts zu besagen hat. Gleichermaßen hat sich auch der für Abwässer verantwortliche Amtsträger bei Walsingham gemeldet, unglücklicherweise mit demselben Ergebnis: Weder er selbst noch einer seiner Untergebenen hat ein Lebenszeichen von dem Mann entdeckt.

Mittlerweile ist die Königin auf ihrer Rundreise durch das Land in Hampshire angelangt. Zu Gast ist sie bei Gott weiß wem, über dessen Grund sich nun jedenfalls ein riesiges Heer aus Trägern, Fuhrmännern und Vertretern jedes beliebigen anderen Berufsstands unter der Sonne windet. In ihrem Gefolge befindet sich auch Robert Dudley, der Earl of Leicester, der ihm mitteilen lässt, dass dort so gut wie nur möglich für ihre Sicherheit gesorgt wird, es aber zweifellos sicherer wäre, sie in Windsor einzusperren.

Walsingham steigt der Geruch von brennendem Holz in die Nase. Die Köche sind zugange und sorgen dafür, dass die ohnehin schon warme Sommerluft noch schwüler wird. Zu dieser Jahreszeit ist die Luft in London stets schlecht, und Walsingham verübelt es der Königin keineswegs, dass sie sich lieber woanders aufhält.

Es gelingt ihm aufzustehen, ohne Ursula oder die Kinder zu wecken, und er tapst nackt ins nächste Gemach, wo er sich von oben bis unten kräftig abreibt und dann anzieht. In seinem Kontor entdeckt er die Botschaften, die seine Bediensteten dort abgelegt haben: eine verschlüsselte Nachricht aus Brüssel; eine aus Malta, ebenfalls verschlüsselt; eine aus Cádiz, selbstverständlich verschlüsselt; eine vom französischen Botschafter in London – verschlüsselt. Doch immer noch ist nichts von Beale oder Ness Overbury dabei.

Beale ist natürlich schlau. Ihm muss also klar sein, dass Hatton hinter ihm her ist. Dennoch fragt sich Walsingham, warum er ihm keine neuen Nachrichten schickt. Glaubt er etwa, dass Walsingham ihn aus seinem Netzwerk entfernt hat?

Er versucht sich vorzustellen, was Beale tut, doch jede Theorie löst sich in nichts auf angesichts dessen, dass Beale jetzt ein Liebesverhältnis mit Ness Overbury unterhält und sie schwanger von ihm ist. Walsingham nimmt an, dass sie ein Dasein wie Josef und Maria fristen müssen, dass sie bei schnell schwindenden Geldmitteln von Stadt zu Stadt ziehen und nirgends eine Bleibe finden.

Er macht sich an die Arbeit, die Botschaften zu entschlüsseln. Er entdeckt nichts von Bedeutung, bis ihm am Vormittag ein Stoß neuer Nachrichten gebracht wird, darunter ein Dokument von Cecil, auf dem nur ein Wort steht: *Naft*.

Mein Gott, denkt er. *Es ist da. Endlich! Das restliche* Naft.

Langsam erhebt er sich, zieht sein Wams an und befiehlt seinen Dienern, ihn zum Fluss zu begleiten. Eigentlich erwartet er dort die Ankunft einer Trireme mit Lateinersegel und leuchtend rotem Rumpf, doch stattdessen findet er nur ein ramponiertes Handelsschiff vor, das weiter draußen auf dem Trockenen liegt und auf die Flut wartet.

Am Hafen sieht er Master Jenkinson wieder, den er sofort anhand seiner exotischen Kleider erkennt. Anscheinend will der Mann hier einen alten Geschäftsfreund treffen und nebenbei beweisen, dass es für ihn noch nicht zu spät ist, neue Handelsabschlüsse zu erzielen.

Walsingham streckt ihm die Hand entgegen, doch Jenkinson zieht seine demonstrativ zurück.

»Euch ist doch nichts geschehen!«, hält ihm Walsingham vor.

Die Sonne brennt herab, die Schatten sind kurz, und Walsingham schwitzt, obwohl er nur leichtes Leinen trägt. Das Handelsschiff schaukelt jetzt im langsam wieder steigenden Wasser und wird bald am Kai anlegen.

Walsingham lässt den Blick über die auf dem Seitendeck versammelten Besatzungsmitglieder schweifen, die ihrerseits über die verschmutzte Themse hinweg den Tower anstarren. Was die Männer aus der Levante wohl von dieser alten Festung denken mögen?

Walsingham wirft selbst einen langen Blick darauf. Nun, beeindruckend ist sie ganz gewiss. Sie hat den Jahrhunderten widerstanden und wird noch viele mehr überdauern, sofern man Dr. Dee von Zündschnüren fernhält. Dort, wo er das Loch in die Mauer gesprengt hat, ist immer noch ein Flickwerk aus mit Mörtel angebrachten Steinen zu sehen.

Stromaufwärts kann Walsingham endlich Cecils Boot ausmachen. Unter einem Brückenbogen gleitet es näher, die Ruder eingezogen.

Als es wenig später gegen die Kaimauer stößt, erscheint auch Cecil. Für einen Moment vergisst er sein Alter und springt von Bord. Übermütig wie ein Kind, dem ein Leckerbissen versprochen wurde, läuft er dann den Kai hinunter und klatscht in freudiger Erwartung in die Hände. Dann kommen ihm auch schon der Konstabler des Towers und der Generalfeldzeugmeister entgegen.

»Ist es wirklich da?«, erkundigt sich Walsingham.

»Überzeug dich selbst davon«, fordert Cecil ihn strahlend auf.

Während das Schiff an den Pollern festgemacht wird, starren die Matrosen zu ihnen hinunter, alle mit dunklen Augen in einem dunklen Gesicht und einem Turban aus schmutzigem Leinen um den Kopf. Schnell bildet sich am Kai eine Menschenmenge, aber auch hoch oben auf dem Tower ist der Wehrgang gesäumt von Schaulustigen, die sich die Ankunft der Sarazenen nicht entgehen lassen wollen.

»Lass sie glotzen, Francis, lass sie glotzen! Sollen sie die Kunde nur weiterverbreiten! Je früher der spanische Botschafter Wind davon bekommt, dass wir eine Lieferung *Naft* bekommen haben, desto früher erfährt es auch König Philipp. Und desto früher ruft er seine Bataillone zurück.«

»Aber wir kennen immer noch nicht den Preis«, mahnt Walsingham.

Cecil seufzt.

»Ich habe mir die Listen mit den Schmuckstücken der Königin angeschaut«, lässt er Walsingham wissen. »Es ist ein Rubin dabei, der ist so groß wie mein Knöchel und absolut makellos, aber der Teufel soll mich holen, wenn ich irgendwo daran die heilige Ziffer entdecke. Auch ist er keineswegs so berühmt, dass dieser Sokollu von ihm gehört haben müsste. Apropos, haben dir deine Leute in Konstantinopel irgendwelche neuen Erkenntnisse übermittelt?«

»Nur einige Einzelheiten zu seiner Vergangenheit: dass er auf dem Balkan geboren wurde und als Junge gezwungen wurde, zum Islam zu konvertieren, aber dass es ihm jetzt an nichts fehlt und er einen Harem hat, der dem des Sultans in nichts nachsteht.«

»Alle Wetter!« Cecil pfeift anerkennend durch die Zähne. »Dann fehlt es ihm wirklich an nichts.«

»Und er hält große Stücke auf die englische Nation.«

»Nun, das ist doch etwas, würde ich sagen.«

»Außerdem hat er ein Porträt Ihrer Majestät bei sich an der Wand hängen«, ergänzt Walsingham, doch Cecil hört ihm nicht mehr zu.

Vom Schiff nähern sich jetzt vier Männer, allesamt mit

hervorragend gearbeiteten silbernen Brustplatten sowie mit langen Federn geschmückten Helmen und bewaffnet mit Hellebarde und Schwert. Ihre Kleider ähneln denjenigen, die Jenkinson an dem Tag trug, da sie ihn fast gefoltert hätten.

»Vielleicht wird dieser kleine Kerl hier uns etwas sagen können«, meint Cecil.

Am oberen Ende der Planke erscheint ein Mann und hält für einen Moment inne, um seine Umgebung zu erfassen. Seine Pluderhose ist aus Samt und Seide gefertigt und schillert in tausend Pfirsichtönen; von seinem ungeheuer ausladenden Turban – vielleicht ein Hinweis auf seinen hohen Rang – hängt ein rotes Bändchen herab, das keine erkennbare Bedeutung hat.

Vor ihm rollt ein Knabe einen Teppich aus, über den er nun mit seinen Schnabelschuhen schreitet.

»Kann das Sokollu Mehmet sein?«, fragt Cecil den neben ihm stehenden Jenkinson. Es ist das erste Mal, dass er dessen Gegenwart zur Kenntnis nimmt.

»Natürlich nicht!« Jenkinson schnaubt verächtlich. »In einer solchen Aufmachung würde Sokollu Mehmet Pascha nie vor die Leute treten. Außerdem ist er, bei Gott, größer als jeder Mensch, den Ihr je gesehen habt! Wenn er ausreitet, darf niemand in seine Richtung blicken. Dabei wird er jedes Mal von einer Truppe Kavalleristen begleitet, die so groß ist, dass die Erde bebt und der Staub, den sie aufwirbelt, sich einen Tag lang nicht legt.«

Cecil lacht abschätzig.

»Und wer ist dann dieser Bursche?«, fragt er.

»Sein Name ist Mustafa Beg. Er ist der Dragoman

von Konstantinopel. Sokollu Mehmet Pascha hat ihn gesandt, damit er die Vergütung abholt, der Ihr zugestimmt habt.«

Cecil murmelt etwas davon, dass er überhaupt nichts zugestimmt hat.

Jenkinson zittert vor Wut, kann sich aber gerade noch beherrschen. Anscheinend hat er in diesem Land einen Ruf zu verlieren.

Jetzt betritt Beg die Planke. Ihm folgen fünf Männer, die genauso bunt gekleidet sind wie er.

»Gott sei's gedankt, dass Hatton nicht da ist«, raunt Cecil Walsingham zu. »Wenn er das sähe, würde er alles stehen und liegen lassen und zu seinem Schneider rennen. Wie auch immer, bleiben wir höflich.«

In diesem Moment schreitet Mustafa Beg auf sie zu. Jenkinson macht eine tiefe Verbeugung, fast bis zum Boden, wohingegen Cecil, der nicht so beweglich ist, nur für einen langen Moment den Kopf neigt. Walsingham folgt Cecils Beispiel. Darauf folgt seitens Mustafa Begs ein Wortschwall, von dem Cecil und Walsingham nicht das Geringste verstehen.

»Fragt ihn einfach, wo das *Naft* ist«, fordert Cecil Jenkinson auf.

»Ihr habt die Bedeutung dieser Situation nicht erfasst, Cecil«, tadelt ihn Jenkinson. »Ihr könnt ihn nicht einfach so ansprechen. Mustafa Beg ist der Stellvertreter von Sokollu Mehmet Pascha. Tatsächlich könnte man sagen, er *ist* Sokollu Mehmet Pascha.«

»Also kein einfacher Kaufmann?«

»Oh nein. Er ist wesentlich mehr als das. Schon jetzt ist

er für alle Sterblichen der Großwesir der Ottomanen. Gewöhnlichen Männern und Frauen ist es bei der Strafe der Blendung verboten, die Augen auf ihn zu richten.«

»Warum trägt er dann diese prächtigen Farben? Er sollte Master Walsinghams Beispiel folgen und ganz in Schwarz kommen.«

Cecil versteht es wahrhaftig, die Leute bis aufs Äußerste zu reizen.

»Welchen Rang bekleidet er denn? König Beg kann man ihn wohl kaum nennen. Lord Beg? Sir Mustafa? Klingt alles nicht richtig. Nicht christlich.«

»Nennt ihn Wesir«, schlägt Jenkinson vor.

Während der kurzen Unterhaltung der beiden Engländer wirkt Wesir Beg etwas irritiert.

»Wer von Euch ist Lord Walsingham?«, fragt er schließlich in stockendem Latein.

Es dauert einen Moment, bis sie begreifen, dass er sie angesprochen hat.

»*Lord* Walsingham?«, fragt Cecil an Walsingham gerichtet.

Walsingham errötet. »Es kann sein, dass ich in meinem Brief bei den Angaben zu meinem Rang etwas übertrieben habe. Jenkinson hat mir gesagt, dass der Mann sich nie mit einem bloßen ›Master‹ abgeben würde und selbst ein ›Sir‹ ihm zu gering wäre.«

»Sehr richtig. Was habt Ihr denn noch alles reingeschrieben? Ich glaube nicht, dass ich eine Kopie Eures Briefs gesehen habe.«

Walsingham schweigt betreten. Wenn er es recht bedenkt, hat er auf Jenkinsons Vorschlag hin allen möglichen Unsinn über sich behauptet. Ja, fast las der Brief sich so, als wäre er der König von England.

»Und wo ist Eure Königin?«, fragt Wesir Beg in diesem Moment.

Cecil starrt ihn erschrocken an. »Wieso?«

»Sie sollte hier sein. Wenn sie nicht da ist, bin auch ich nicht da. Wir sind nicht da.«

Er vollführt eine weit ausholende Geste, die, wie Walsingham glaubt, ihn, sein Gefolge, ja, ganz England umfasst.

Plötzlich breitet sich unter den Männern hinter ihm Unruhe aus. Sie beginnen zu tuscheln und recken die Hälse, als erwarteten sie etwas. Sollte das etwa Ihre Majestät sein? Erwarten sie tatsächlich die *Königin*?

»Was sagen sie, Jenkinson?«, will Cecil wissen.

»Dass sie uns das *Naft* erst zeigen werden, wenn sie die Königin gesehen haben.«

»Aber sie macht gerade eine Rundreise durch das Reich!«, ruft Cecil. »Mit ihrer Rückkehr ist in frühestens zwei Wochen zu rechnen. Gut, andererseits verschafft uns das Zeit, das Geld aufzutreiben oder den Edelstein oder weiß der Kuckuck, was der Kerl haben will. Bloß, was sollen wir bis dahin mit ihm anstellen? Ich hatte eigentlich mit so etwas wie … wie einem Zunftgenossen gerechnet. Müssen wir ihn in einem Gasthaus unterbringen?«

»Er wird auf seinem Schiff bleiben«, erklärt Jenkinson. »Und er bittet lediglich um frisches Wasser und ausreichend Lammfleisch, Zwiebeln und Paprika.«

»Im Ernst?«, fragt Walsingham.

»Und Holzkohle.«

»Ich denke, das können wir besorgen«, meint Cecil. »Könntest du dich darum kümmern, Francis? Ich werde dir außerdem alles anvertrauen, was seine Unterhaltung und so weiter betrifft. Nicht dass er sich noch langweilt. Ihr könnt ihm vielleicht den Beargarden zeigen, was meint Ihr?«

Walsingham liegt schon ein Widerspruch auf der Zunge –, schließlich hat er keine Zeit, die Suche nach Beale und Ness Overbury hat Vorrang –, doch Cecil scheint sich durch nichts von seiner Idee abbringen zu lassen.

»Und bringt in Erfahrung, was genau er für dieses *Naft* haben will«, ergänzt er.

Ach Gott, dieses verfluchte Gedicht!

26

Südlich von Ely, Huntingdonshire, August 1578

Inzwischen ist es August. Robert Beale und Ness haben sich von so gut wie allem zurückgezogen und fristen, beinahe wie Landstreicher, ein Dasein im Haus eines Studienfreundes von Beale am Rand eines Dorfes mehrere Meilen nördlich von Cambridge. Jetzt allerdings, da Ness' bald niederkommen wird, müssen sie zu Nigel Verniers Familie nach Ely zurückkehren. Ness' Schwester Claire wird eine Hebamme auftreiben, eine Betreuerin für die Tage nach der Geburt und einen Pfarrer, der das Kind tauft, wenn … falls es, so Gott will, die Geburt übersteht.

Darum hat Beale alles, was von Ness' Gold übrig geblieben ist, für eine Kutsche ausgegeben, mit der sie nun auf einer von der Sonne gebratenen Straße nordwärts zuckeln.

»Ich will dieses Haus niemals wiedersehen, hörst du?«

Er hat es gehört, und er teilt ihre Meinung, dass die letzten Wochen eine besondere Form der Folter gewesen sind, eine Art Buße für ihre Sünden. Die Sonne brannte den ganzen Tag lang unbarmherzig hernieder, der Brunnen trocknete aus, und er war mit Ness in einem Haus gefangen, in dem es selbst in den viel zu kurzen Nächten so heiß war, dass das Harz vom Gebälk tropfte.

Ness' Körper ist mindestens genauso erhitzt, obwohl Beale die Tage und Nächte damit zugebracht hat, zwischen dem Haus und dem gut eine halbe Meile entfernten Fluss hin und her zu laufen, Eimer um Eimer voller Wasser heranzuschleppen und es über sie zu schütten. Manchmal hätte er schwören können, dass das Wasser zischte, sobald es ihre Haut berührte.

Aber jetzt, da die Wehen begonnen haben und grässliche Schmerzen durch ihren Unterleib ziehen, sind sie endlich auf dem Weg nach Ely. Nur noch zehn Meilen haben sie vor sich, doch es fühlt sich an, als wären es hundert.

Bei jedem Ruck, der die Kutsche erschüttert, wenn die Holzräder über einen Stein poltern, befällt Beale die Angst, dass sie zu spät losgefahren sind, das Kind vorzeitig auf die Welt geschüttelt wird und er es selbst entbinden muss.

»Manche Frauen legen sich … schon … Monate vor … der Geburt ins Wochenbett«, lässt ihn Ness zum wiederholten Mal wissen.

Beale wiederum erinnert sie daran, dass er sie schon früher zu ihrer Schwester gebracht hätte, wenn sie denn bereit gewesen wäre, ein klein wenig mehr Zeit unter Nigel Verniers Dach zu verbringen.

»Oh Gott«, stöhnt sie, »lieber gebäre ich mein Kind wie

eine Zibbe in einem Straßengraben, als dass ich mich diesem Mann verpflichtet fühlen muss.«

Beale hat keine Ahnung, wie es weitergehen wird. Diesen Gedanken hat er aus seinem Kopf verbannt, und er will ihn erst zulassen, wenn das Kind geboren ist. Das ist auch genau das, was Ness ihm befohlen hat.

»Wer weiß schon, ob ich das überhaupt erleben werde«, hat sie zu bedenken gegeben.

Und damit hat sie recht. Das Schlachtfeld ist für Männer sicherer als das Kindbett für Frauen.

»Alles wird gut, Ness«, hat er ihr versichert und tut das auch jetzt wieder.

Du hast leicht reden, denkt sie – das muss sie nicht eigens aussprechen.

Als sie in der Cat Lane eintreffen, ist Vernier bereits im Laden und durchwühlt mit einem anderen Mann von seiner Sorte ganze Stöße von Wäsche.

»Wenn er auch nur ein Wort sagt«, knurrt Beale, »steche ich ihn ab.«

Ness klammert sich mit aller Kraft an seinen Arm, als die nächste Wehe durch ihren Unterleib zieht.

»Ich … ich glaube nicht … dass wir … noch genug Zeit haben, um ihn … abzustechen.«

Statt darauf zu antworten, führt Beale sie rasch ins Haus und weiter in das hinterste Zimmer, das wohltuend kühl ist. Dort spielt das zurückgebliebene Kind mit einer Puppe.

Im nächsten Moment kommt Claire mit gerötetem Gesicht und einem hohen Stapel steifer Wäsche auf den Armen aus dem Garten hereingestürzt. Bei Ness' Anblick stößt sie einen Schrei aus, gibt die Wäsche hastig an Beale weiter und befiehlt der Magd, Wasser aufzusetzen und die Kräuterhexe zu holen.

»Raus mit dir!«, herrscht sie Beale an, der sich sofort in den Küchengarten zurückzieht, um sich zu den Hühnern in den Schatten des Apfelbaums zu retten und darüber nachzusinnen, wie es denn nun weitergehen soll.

Während er dasteht, taucht neben ihm der kleine Simpel auf, die Augen so blau wie der Himmel, die Haut grau wie Staub, und reicht ihm einen Zettel, der vielleicht schon seit einem Monat im Haus herumliegt. Er ist schmutzig, abgegriffen von zahllosen fettigen Fingern, und stammt von Master Walsingham. Es sind nichts als ein paar knappe Worte. Wärme oder gar Liebe scheinen zu viel verlangt zu sein.

Nicht heimkommen. SCH sucht N in ganz England.

Eine Unterschrift fehlt.

»Wann ist das gekommen?«

Das kann der junge Einfaltspinsel natürlich nicht sagen. Stattdessen gellt in diesem Moment ein herzzerreißender Schrei aus dem Haus. Es soll für den Rest eines langen Tages und für eine noch längere Nacht nicht der letzte sein.

Beale schläft so gut, wie es unter dem Apfelbaum eben möglich ist, und wird lange vor der Morgendämmerung von einem Hahn geweckt, der ihm aus vielleicht einem Yard Entfernung ins Ohr kräht. Im Haus haben die Lampen die ganze Nacht lang gebrannt, und Ness' Schreie ähneln immer mehr dem Heulen eines Wolfs. Beale steht auf, schüttelt sich und zieht sich hinter das Toilettenhäuschen und noch weiter zurück, wo ihn die Schreie nicht mehr quälen können.

Dann endlich, kurz vor Mittag, ist es vorüber.

In der Tür erscheint Claire Vernier, ein undefinierbares Bündel in den Armen. Obwohl sie wie gerädert und so düster wie eh und je wirkt, wiegt sie das Bündel so stolz in den Armen, wie nur Frauen das tun, und Beale begreift, dass er ein Kind hat.

Er rennt ihr entgegen.

»Ein Junge!«, verkündet Claire Vernier.

»Und Ness?« lautet Beales erste Frage. »Ist sie …?«

»Oh ja«, sagt Claire, als ob die Wehen nicht so schlimm gewesen wären.

Gehüllt in eine Leinendecke, das Haar von einem Tuch bedeckt, liegt Ness auf der mitten in der Küche ausgebreiteten Strohmatratze der Magd. Sie ist blass und erschöpft, vielleicht auch etwas durcheinander, aber sie lebt und ist glücklich. Eine alte Frau macht sich an ihr zu schaffen und zieht eine Decke ab, die mit Blutflecken übersät ist.

Beale kniet sich vor Ness auf den Boden und ergreift ihre Hand, die sich endlich wieder kühl anfühlt.

»Ein Junge«, sagt sie.

Beale muss unwillkürlich lächeln.

Den ganzen Sommer lang haben sie Namen erörtert und sich für John entschieden.

In diesem Moment dringt von der Haustür Lärm zu ihnen herüber. Eine erhobene Stimme. Claire Vernier, die immer noch das Baby in den Armen hält, erstarrt. Ness' Finger krallen sich um die von Beale.

»Was ist hier los?«

Die Stimme, die sie hören, kennt sie gut.

»Wo ist sie? Ich weiß, dass sie hier ist!«

Alle Köpfe fliegen zum Licht im Flur herum.

Es ist John Overbury. Frisch zurückgekehrt aus dem Krieg, hat er sein Haus leer vorgefunden und erfahren, dass seine Frau mit einem anderen zusammen ist. Jetzt will er ihnen die Hölle heiß machen.

Umgeben von einer nach Schwefel und faulendem Fleisch stinkenden Wolke, poltert er durch das Geschäft. Sein Gesicht ist von einer grässlichen Wunde entstellt, und er hat bei der Explosion ein Auge verloren. Das andere glüht vor Wut.

Hinter ihm tippelt Vernier herein.

»Eine Frau sollte bei ihrem Mann sein!«, brüllt Overbury.

Beale zieht sein Schwert – der letzte Wertgegenstand, den er besitzt – und stellt sich zwischen Overbury und dessen Frau.

»Da bist du also, du Scheißkerl!«, schreit Overbury und stürzt sich mit seinem kurzen Dolch auf Beale.

Dieser sieht die Waffe erst im letzten Moment, und noch während er zur Seite springt, spürt er einen brennenden Schmerz in den Rippen. Jetzt drischt er seine Klinge in Overburys Gesicht, doch der hat im ganzen letzten Jahr nichts anderes getan, als in Munster Männer, Frauen und Kinder zu töten, und trotz der Wunde und seines Alters ist er immer noch schnell wie eine Schlange. Er duckt sich unter Beales Hieb hinweg, wirbelt herum und sticht Beale hinten ins Bein.

Gott! Beale ahnt, dass er diesen Kampf verlieren wird. Er zieht den Kopf zurück, als Overburys linke Faust ihn über dem Ohr trifft.

Er muss ihn unbedingt auf Distanz halten, doch Overbury stürmt gnadenlos vor. Beale weicht aus und versucht, nicht auf seine eigenen Verletzungen zu achten.

»Zurück!«, donnert er.

»Leck mich am Arsch, du Hosenscheißer!«

Erneut springt Overbury vor und drängt Beale immer weiter zurück. Der bemerkt den mit Ness' Blut gefüllten Eimer hinter sich nicht, stolpert und kracht rücklings zu Boden. Verzweifelt krabbelt er nach hinten. Doch es kommt noch schlimmer. Mit Beales Sohn auf den Armen, den dieser noch gar nicht gesehen hat, stellt sich Claire Vernier zwischen die Kämpfenden und starrt Overbury aus glühenden Augen an.

»Wag es bloß nicht!«, faucht sie. »Wag es bloß nicht, mein Haus und meine Küche mit deinem Hass zu verseuchen!«

Doch es ist zu spät. Der Hass ist schon da. Blanker Hass. Er hat schon immer in Overbury gesteckt, und jetzt ist er frisch aus Munster zurück, wo Männer Babys mit dem Kopf auf Herdplatten gedroschen und dann ihre Mütter vergewaltigt haben. Und der neue Schmerz, ausgelöst durch diese Demütigung, macht alles noch viel schlimmer. Was er hier vor sich hat – das von einem anderen gezeugte Kind seiner Frau in Claires Armen –, ist der Inbegriff von allem, was er an dieser Welt hasst.

Und darum macht es ihm nichts aus, das kleine Bündel aus den Armen seiner Schwägerin zu reißen und mit bloßen Fäusten auf sie einzudreschen. Auf eine Frau, die er schon immer verabscheut hat, weil sie ihm von Anfang an mit ihrer kalten Art ihre Überlegenheit gezeigt hat.

Die ganze Zeit über kreischt Ness in blankem Entsetzen.

Unterdessen rappelt sich Beale auf, und plötzlich hat das Schwert in seiner Hand einen ganz konkreten Zweck. Ein schneller Schritt, ein Stoß, und die Klinge durchbohrt die Luftröhre dieses Teufels, bis sie hinten mit der Spitze wieder austritt.

Einige Sekunden lang scheint Blut in der Luft zu schweben. Der Moment erstarrt zu einem Gemälde, in dem ein rosafarbener Nebel einen von außen hereinfallenden Lichtstrahl trübt. Jede Bewegung erstirbt. Overbury steht, von der Klinge aufgespießt, regungslos da, bis Beale sie wieder herauszieht und der Mann mit einem Seufzer, der sich anhört wie der Furz eines Pferdes, leblos zu Boden sackt. Fast könnte man meinen, seine Seele wäre erleichtert, endlich von diesem widerwärtigen, fleischigen Körper befreit zu sein.

Das Schwert fällt Beale aus den Händen. Benommen steht er da und starrt den Mann an, aus dessen Wunde in rhythmischen Stößen Blut spritzt.

Nach einem Moment wendet er sich zu Ness um, die ihr Kind an sich genommen hat und es, immer noch in seine Decke gehüllt, an ihre Brust presst. Unbeholfen versucht er, sie in die Arme zu schließen, doch sie bleibt steif und nimmt seine Liebkosungen nicht an, obwohl er ihr in diesem Moment nichts als seine Fürsorge schenken will.

»Ness«, flüstert er. »Ness. Alles ist gut. Er ist weg. Er ist tot. Er kann dir nichts mehr antun.«

Aber sie hört nicht auf zu zittern und hebt noch nicht einmal den Kopf. Es ist, als wäre sie in einer eigenen Welt; er kann nicht zu ihr durchdringen.

Hilfe suchend blickt er zu Claire Vernier auf, doch die hat die Hände vor den Mund geschlagen. Voller Entsetzen starrt sie nicht etwa auf die zu ihren Füßen ausgestreckte Leiche des Teufels Overbury, sondern auf Ness und den Jungen in ihren Armen.

Erst jetzt sieht Beale genauer hin und bemerkt es: das Blut. Ein großer Fleck hat sich über das Tuch ausgebreitet, das den Kopf seines Sohnes bedeckt.

Ein entsetzlicher Schreck fährt Beale in sämtliche Glieder. Er versucht, Ness' Griff um das Baby zu lösen, doch ihre Arme haben sich um den Kleinen gekrallt. Erst als Beale sie mit Gewalt aufstemmt, findet ihr stummes Weinen in einem verzweifelten, herzzerreißenden Kreischen Ausdruck.

»Bei Gott, Ness! Lass mich doch!«

Aber es ist zu spät. Etwas ist geschehen. Als Beale schließlich das Kind der vor Trauer schier wahnsinnigen Mutter entwindet, hängt der Körper des Jungen schlaff in seinen Händen. Etwas ist zerbrochen. Kein Lebenszeichen. Nichts.

Das Kind ist tot.

Wie lebt man nach einem solchen Schicksalsschlag weiter? Beale wird nie etwas dazu sagen können, außer dass er aus unerfindlichen Gründen nicht gestorben ist. Die Zeit vergeht. Ness' Schreien geht in ein immer leiser werdendes Wimmern über, bis es irgendwann ganz versiegt. Und jetzt sieht sich Beale mit einer ganzen Reihe von Problemen konfrontiert, die auf der Stelle gelöst werden müssen. Er muss aufstehen. Er muss seinen Sohn wegbringen. Er muss Ness mitnehmen. Sie müssen aus dem Haus und aus Ely verschwinden, bevor das Geschrei losgeht und die ganze Stadt ihn als Mörder jagt.

Behutsam wickelt er den Jungen in die blutgetränkte Geburtsdecke, die nun zu seinem Leichentuch geworden ist, und legt ihn in den Eimer mit den für die Geburt benötigten Tüchern, Lappen und Lumpen. Zum Schluss deckt er den Eimer mit einem Tuch ab, wie man das mit einem Milchkübel macht, um die Fliegen fernzuhalten.

Jetzt muss er noch das Blut von seinem Schwert wischen. Dafür benutzt er eines von Overburys Kleidungsstücken, das nicht mit dessen Blut getränkt ist. Als auch das erledigt ist, steckt er das Schwert in die Scheide.

Zu guter Letzt rückt er sein Wams zurecht, holt tief Luft und wendet sich zu Ness um. Sie ist längst wieder in demselben Nebel versunken, in dem sie schon einmal steckte, als sie zusehen musste, wie Arthur Gregory jenen armen Konstabler erdrosselte. Aus Dees Sicht hat diese Apathie wenigstens etwas Gutes, bedeutet sie doch auch, dass Ness zu benommen ist, um ihren Schmerz wahrzunehmen.

Claire Vernier kniet immer noch auf dem Boden. Ihr Kopf hängt herab, ihre Hände hängen herab. Es ist fast so, als spräche sie ihre letzten Gebete, bevor sie den Kopf auf den Richtblock legt.

Beale schiebt eine Hand unter ihren Arm und versucht,

sie zum Aufstehen zu bewegen, sie zu tragen. Doch sie ist zu schwer für ihn, sodass er sie lässt, wo sie ist.

Er wendet sich wieder Ness zu. »Wir müssen weg. Hier können wir auf keinen Fall bleiben. Bald werden sie Zeter und Mordio schreien, es kann jeden Moment losgehen.«

Sie versteht nicht ein Wort.

»Hilf mir«, fordert er den kleinen Simpel auf, doch das Kind wendet sich stumm ab und rennt in den Garten.

Die Hebamme – oder Kräuterhexe oder was auch immer – ist längst verschwunden. Vernier ebenso.

So macht sich Beale allein an die Arbeit. Er birgt alles an Ness' Kleidern, was er findet, beugt sich dann zu ihr hinab und richtet sie auf. Sie ist verblüffend leicht, als hätten die Strapazen der Geburt sie ausgezehrt und sie hätte nicht mehr Substanz als ein Bündel Reisig. Was jetzt noch fehlt, ist Gepäck – oder wenigstens ein paar Sachen, die sie brauchen wird.

Er legt ein Hemd auf das erste, das er gefunden hat, und gibt einen Kittel dazu. Um auf Feinheiten zu achten, reicht die Zeit nicht.

»Mach schon, Ness, komm jetzt«, flüstert er.

Insgeheim spitzt er schon die Ohren nach den Schreien der Häscher.

»Das könnt Ihr nicht«, flüstert ihre Schwester mit einem Mal. »Ihr könnt sie nicht mitnehmen.«

»Ich muss. Ich muss. Wenn sie bleibt, stirbt sie.«

»Nein, sie stirbt, wenn sie geht.«

Beale hält inne und betrachtet Ness, die Frau, die er zugrunde gerichtet hat. Er stellt sie sich auf dem Scheiterhaufen vor.

»Ich muss«, wiederholt er. »Ich muss, oder sie wird bei lebendigem Leib verbrannt.«

Claire Vernier verstummt. Da kein Lebenszeichen mehr von ihr kommt, dreht er sich besorgt nach ihr um. Sie tut nichts, sondern starrt ihn nur durchdringend an, als wäre er keinen Deut besser als der Teufel Overbury.

Nun, vielleicht hat sie recht. Vielleicht ist er wirklich nicht besser.

Erneut wendet er sich Ness zu, die kraftlos und apathisch dasitzt, zu keiner Bewegung fähig. Immerhin kann sie so keinen Widerstand leisten.

Als er sie angezogen hat, muss er sie dazu bringen, stehen zu bleiben. Das schafft sie gerade so eben, aber sie ist fürchterlich schwach. Darum setzt er sie noch einmal auf die Bank vor dem süßlich riechenden Kaminfeuer und sammelt dann alles zusammen, was er tragen kann: Overburys schweren Geldbeutel und den Eimer, in den er seinen toten Sohn gelegt hat. Dann schickt er sich an, Ness endgültig auf die Füße zu stellen. Wenn es ihm gelingt, sie aus Ely herauszuschaffen, wird er – werden *sie* – vielleicht überleben.

In der Gasse draußen ist es sehr hell, doch bis auf ein prächtiges Pferd, das vor dem Haus angebunden und mit einer Satteltasche beladen ist, ist die Straße wie leer gefegt. Das Tier muss Overbury gehört haben.

Vorsichtig nähert Beale sich ihm, doch es hat eindeutig Angst. Offenbar ist es schlecht behandelt worden. Er muss es mit viel Geduld beruhigen, ehe er Ness in den Sattel helfen kann.

Als sie endlich oben sitzt, muss sie den Eimer halten, damit er die Hände frei hat und hinter ihr aufsteigen kann. Nach einigem Zureden nimmt sie den Behälter mechanisch in die Hand.

Doch kaum hat er sich aufgeschwungen, scheut das Pferd und beginnt zu zittern. Das verspricht wahrlich kein angenehmer Ritt zu werden. Beale bleibt nur die Hoffnung, dass sie irgendwo an der Straße nach London eine Kutsche finden werden.

Behutsam drückt Beale dem Pferd die Fersen in die Seiten, und es trottet los. Im Schritttempo verlassen sie die noch unbelebte Stadt und biegen in die Landstraße nach Cambridge ein.

Tränen treten Beale in die Augen. Ness wimmert vor sich hin. Das macht ihm zu schaffen, das Gewicht seines toten Sohnes im Eimer dagegen nimmt er gar nicht wahr.

Welche Richtung sollen sie einschlagen? Norden? Süden? Einerlei. Hauptsache, sie kommen weg von diesem Ort.

Als er einen Blick zurückwirft, fällt ihm unvermittelt ein, wie er einmal von seinem Vater mit einer Pferdepeitsche geschlagen wurde. Danach hatte er nur noch den Wunsch, seinen Hintern in einen mit kaltem Wasser gefüllten Trog zu tauchen. Weil keiner zur Verfügung stand, rannte er los, einfach um dem Schmerz zu entrinnen.

So ähnlich fühlt er sich jetzt. Er rennt, ohne zu rennen. Und er schaut, ohne zu sehen. Was sucht er? Wasser vielleicht? Einen Fluss? Den Great Ouse. Der wird ihn gen Norden führen. Nach King's Lynn.

Doch dann tauchen vor ihm vier Männer auf, die geradewegs auf ihn zureiten. Schon jetzt ist ihm klar, dass er nichts tun kann, um sie aufzuhalten. Hier also wird sein Weg enden. Und er hat keine Möglichkeit, irgendetwas wiedergutzumachen.

»Mein Gott, Ness«, flüstert er der jungen Frau ins Ohr. »Das alles tut mir so schrecklich leid.«

Eigentlich sollte er sie jetzt töten. Zumindest würde Walsingham das vorschlagen. Damit würde er ihr großes Leid ersparen, das ihr Männer wie Richard Topcliffe zufügen werden, wenn sie ihnen in die Hände fällt.

Andererseits weiß er, dass er für so etwas zu weich ist. Er ist zu menschlich, zu schwach. Also zügelt er nur behutsam das Pferd und vergewissert sich, dass Ness bequem sitzt. Eigentlich sinnlos, sagt er sich, aber was kann er tun?

Mit fliegenden Frackschößen, hinter sich eine Staubwolke aufwirbelnd, preschen ihnen die Männer entgegen. Sie wissen, wer er ist, da ist er sich sicher. Nun zügeln sie ihre Pferde und bleiben vor ihnen stehen. Sie alle tragen Masken zum Schutz gegen den Staub. Ihr Anführer nimmt seine ab.

»Beale!«, donnert er.

Beale spürt, wie ihm die Knie weich werden.

Oh heiliger Himmel, es ist Arthur Gregory!

27

Hampton Court Palace, westlich von London, August 1578

Jane Frommond steht am Fenster eines der Privatgemächer im Hampton Court Palace und beobachtet, wie Master Walsingham eine Gruppe von Männern vom Fluss in den Schlosspark führt, ganz offenbar Besucher. Einerseits lässt sie die exotische Kleidung einiger von ihnen unvermittelt an Schauspieler denken. Womöglich werden sie hier im Schloss ein Stück aufführen? Andererseits spricht aus ihrem Gebaren eine natürliche Würde, während Walsingham und seine Sekretäre und Begleitsoldaten aufgeregt und verwirrt wirken.

»Was ist dort draußen los, meine Liebe?«, erkundigt sich Mistress Parry.

Sie sagt es ihr.

»Was, um alles auf der Welt, hat er vor? Er muss doch wissen, dass Ihre Majestät und der Hofstaat durch die Provinz ziehen.«

»Wollen wir es herausfinden?«

Mistress Parry wirft Jane über ihren Stickrahmen hinweg einen strengen Blick zu.

»Verzeihung«, murmelt Jane.

»Ach nein«, erwidert Parry. »Wenn sich jemand entschuldigen muss, dann ich. Es ist nett von dir, dass du mir Gesellschaft leistest, wo ich doch weiß, dass du lieber bei Ihrer Majestät wärst.«

Bevor Jane das abstreiten kann, ergeht sich Parry in Anekdoten über frühere königliche Umzüge, an denen sie teilnahm, als sie jung und noch nicht krank war. Das alles hat die junge Frau schon einmal gehört, aber sie ist froh, es wieder erzählt zu bekommen, denn sie mag Mistress Parry, die im Übrigen eine Base von Dr. John Dee ist. An ihn hat sie in letzter Zeit viel gedacht.

Wo mag er nur stecken?, sinniert sie. Nachdem sie so viele Tage zusammen mit ihm verbracht hat, vermisst sie ihn und fragt sich, warum er nichts mehr von sich hat hören lassen.

Nun gut, sie selbst hat sich auch nicht bei ihm gemeldet, aber so etwas schickt sich für eine Frau eben nicht. Nur ein einziges Mal hat sie gegen diese Regel verstoßen: als sie erfuhr, dass Master Walsingham und Lord Burghley planten, Dee erneut zu verhaften.

»Vielleicht sollte ich hingehen und fragen, was sie vorhaben.«

»Tu das, meine Liebe«, sagt Mistress Parry lächelnd.

Das lässt sich Jane nicht zweimal sagen, und tatsächlich freut sich Master Walsingham über das Wiedersehen.

»Ich wusste gar nicht, dass Ihr hiergeblieben seid.«

Sie erklärt ihm, was sie im Palast macht, und Walsingham äußert sich im Gegenzug über seine Aufgaben.

»Der Dragoman wirkt ja nicht sonderlich beeindruckt, oder?«, erkundigt sie sich.

»Das ist er bestimmt nicht«, gibt Walsingham zu. »Wie ich gehört habe, soll Konstantinopel um einiges prachtvoller sein. Wie auch immer, das hier ist wenigstens mal etwas anderes als die Bärenzwinger im Beargarden.« Er deutet auf den Palast.

»Aber was tun sie hier in England?«, fragt Jane.

Walsingham antwortet nicht sofort, sondern weicht ihrem Blick aus.

Er schämt sich, denkt Jane. *Wofür nur? Oh, weil er ihnen nicht überlegen ist! Das ist es!*

Doch mit einem Mal scheint er eine Entscheidung zu treffen.

»Mistress Frommond, vielleicht seid Ihr genau diejenige, die mir helfen kann«, meint er hoffnungsvoll.

Sie zieht eine Augenbraue hoch, und das nicht nur, weil er so lange um den heißen Brei herumredet.

»Ich muss sagen, es widerstrebt mir, Euch etwas zu versprechen«, gesteht sie. »Als Ihr und Master Beale mich beim letzten Mal um Hilfe gebeten habt, ging es angeblich nur darum, einem unbedarften Mädchen beizubringen, wie man richtig knickst – und dann hat das Ganze in einem Blutbad geendet.«

»Da habt Ihr leider nur allzu recht«, murmelt Walsingham.

Schweigend gehen sie ein Stück weit nebeneinanderher, wobei er die Hände hinter dem Rücken verschränkt.

Unter ihren Sohlen knirscht der Kies. Es ist ein schöner, warmer Tag.

»Sprecht weiter«, fordert sie ihn schließlich auf.

Er holt tief Luft und lässt sie durch die Nase entweichen.

»Danke, Mistress Frommond. Darf ich Euch fragen, wie gut Ihr Euch mit Gedichten auskennt?«

»Mit Gedichten?«

»Genauer gesagt, mit ihrer Bedeutung.«

Worte versteht sie wohl zu deuten, das ja, erwidert sie.

»Wo habe ich es bloß?« Er greift in seine Tasche und wühlt darin herum. »Ah, da ist es.«

Er zieht ein Blatt Papier heraus und gibt es ihr.

Sie liest es durch und erklärt dann, dass das Geschriebene ihr irgendwie kalt und steif vorkommt und sie nicht ganz begreift, was es bedeuten soll. Ist der Dichter – es ist unbedingt ein Er – vielleicht in etwas oder jemanden verliebt und glaubt, dass ein Mensch oder Gegenstand an ihn weitergereicht werden sollte wie ein Glas Wein, das man gemeinsam trinkt?

»Vielleicht sollte ich Euch die Umstände etwas näher erläutern«, meint Walsingham und berichtet ihr von dem *Naft*, das Dr. Dee für sein Griechisches Feuer benötigt. »In dieser Strophe geht es um den Preis, den sie dafür verlangen.«

»Ist so etwas üblich?«, fragt sie.

»Nichts daran ist üblich«, verneint Walsingham seufzend.

»Habt Ihr ihn denn danach gefragt? Den Dragoman?«

»Selbstverständlich. Aber er hat lediglich rätselhaft gelächelt und dann laut gelacht. Ich kam mir vor wie ein Dummkopf. Vielleicht bin ich ja am Ende einer?«

Statt auf sein Heischen nach einem Kompliment einzugehen, konzentriert sie sich auf den Vers.

»Zweifaches Zepter … merkwürdig. Was könnte das sein?«

»Das habe ich mich auch gefragt.«

»Ich meinte, was genau ist ein Zepter?«

»Ein Stab«, klärt er sie auf. »Das Symbol für die Herrschaft eines Königs.«

»Oder einer Königin«, erinnert sie ihn.

»Ja, natürlich«, bestätigt er ein wenig ungeduldig.

Sie liest weiter, sucht nach einer Stelle, mit der sie etwas anfangen kann.

»Der Löwe und der Drache«, murmelt sie vor sich hin und denkt an die Zeit, da sie mit John Dee im Garten von Sulgrave Manor spazieren ging und sie stehen blieben, um zu den Dachsparren hinaufzuspähen, unter denen der Eigentümer das Wappen Ihrer Majestät mit einem Löwen auf der linken und einem Drachen auf der rechten Seite angebracht hatte.

»*Semper eadem*«, sagt sie. »Immer dieselbe. Unveränderlich.«

Er blickt sie nachdenklich an, dann senkt er den Blick und betrachtet die Stelle, auf der ihr Finger gerade verweilt.

»Könnte das womöglich heißen, ›sie hält Kurs‹?«, fragt er.

»Warum nicht? Und seht nur: mit dem zweifachen Zepter … Das bedeutet nicht, dass irgendein Juwel zwei

Zepter hat – was immer das heißen soll –, sondern dass Englands Juwel zwei Zepter hat.«

»Aber was *ist* Englands Juwel?«, fragt Walsingham derart trotzig, dass Jane unwillkürlich lachen muss.

»Versteht Ihr nicht? Wenn hier zu lesen ist, dass das Juwel zwei Zepter hat, dann ist damit natürlich gemeint, dass Englands Juwel zwei Königreiche hat.«

Walsingham schließt die Augen und versucht, sich die zwei Zepter vorzustellen.

»Ist das eine Metapher, die ich nicht begreife?«

»Nein, das ist wörtlich gemeint. Sie *hat* ja zwei Königreiche. England und Frankreich.«

»Sie?«

»Ihre Majestät bezeichnet sich doch immer als Prinzen, nicht wahr?«

Walsingham nickt. Auf diesem Titel besteht die Königin tatsächlich.

»Sie … ist ein Prinz«, fährt Jane fort. »Sie ist *der* Prinz.« Sie pocht mit den Fingerspitzen auf das Papier.

»Aber ja. Und sie hat zwei Königreiche, nicht wahr? England und Frankreich …«

»Der Dichter sagt also, zu lieben ist wie der Gefangene eines Prinzen zu sein, und sein Herz ist von einem Juwel geraubt worden – womit er aber bestimmt keinen Rubin oder Saphir meint, sondern eine Frau. Diese Frau hat zwei Königreiche und herrscht über sie aufgrund des göttlichen Rechts – das ist die heilige Ziffer. Der Löwe und der Drache sind ihre Wappentiere. Und ihr Motto ist *Semper eadem* – trotz der Gefahren, die ihr aus dem Ausland drohen, unveränderlich und beständig dieselbe.«

Walsingham sieht aus, als wäre ihm schlecht. Wie um einen Schmerz zu bannen, presst er die Hände gegen die Schläfen. Dass ihm dabei die Kappe herunterfällt, merkt er nicht.

»Er will *Ihre Majestät*? Ist das sein Preis?«

»So scheint es«, erwidert Jane. »Seht nur. Mir ist nicht klar, was *Hoca* bedeutet – eine Person vielleicht? –, aber der Dichter will wohl sagen, dass jeder ihn beneidet oder Ehrfurcht vor ihm hat, er aber insgeheim traurig ist, und dass das einzige Heilmittel gegen diese heimliche Trauer darin besteht, dass Ihre Majestät das Meer überquert und nach … Nun ja, ich kenne mich mit den Konstellationen der Sterne nicht aus – da müsstet Ihr Dr. Dee fragen. Und was die Vollendung des Laufs der Plejaden betrifft: Vielleicht hat er eine Sammlung von Sternen, die nicht vollständig ist. Und wenn der fehlende Stern dazukommt, darf auch er von dem Wein trinken, der in der Runde gereicht wird, und der Wein wird köstlich sein.«

Jane merkt, dass sie errötet ist, doch Walsingham starrt sie voller Entsetzen an.

»Oh Gott«, ächzt er. »Oh Gott, oh Gott, oh Gott.«

Er springt auf und wendet sich in Richtung Kai.

»Wohin wollt Ihr?«

»Ich muss mit Cecil sprechen. Sofort.«

»Oh, ich wollte Euch nach Dr. Dee fragen.«

Doch er ist schon weg.

28

Ludgate-Gefängnis, London, letzte Augustwoche 1578

Einem Häftling glaubt niemand, vor allem dann nicht, wenn seine Erzählungen weit hergeholt klingen. Doch in John Dees Fall lohnt sich dessen Hartnäckigkeit zu guter Letzt, und er wird zu einem der Wärter gebracht.

»Ich kenn den Kerl, den Ihr meint«, eröffnet ihm der Mann. »Aber jetzt ist er weg.«

»*Weg?* Er war doch auf dem Dach.«

»*War* auf dem Dach. Jetzt hat er anscheinend seine Schulden bezahlt, oder jemand anders hat sie für ihn bezahlt, jedenfalls ist er heute Morgen freigekommen. Schade. War ein angenehmer Bursche. Hat nie jemandem was getan, soweit ich das beurteilen kann.«

»Er hat auf die Königin geschossen und eine ihrer Ehrendamen getötet!«

»Ach, wirklich?« Leerer Blick. Die Sache betrifft den Wärter nicht.

»Und die anderen? Die Männer, mit denen er immer zusammensaß?«

»Die Holländer? Die haben sich auch heute freigekauft. Einer nach dem anderen sind sie bei mir reinmarschiert und haben das Geld auf den Tisch gelegt. Ich hab noch mit ihnen gescherzt, ob sie vielleicht eine Wette gewonnen haben!«

Ein guter Scherz ist das nicht.

»Hört zu, Ihr müsst mich noch heute rauslassen.«

»Hoho, Dr. Dee!« Die Augen des Wärters funkeln belustigt zwischen den Speckfalten seines Gesichts. »Ihr seid mir ja einer!«

»Das ist mein Ernst. Dieser Mann – er hat sich als Jens Blenk ausgegeben – heißt in Wahrheit Jan Saelminck, wenn das nicht auch gelogen ist, und plant, die Königin umzubringen. Francis Walsingham hat im ganzen christlichen Abendland nach ihm und seinen Männern gefahndet, und Ihr habt ihn gerade laufen lassen!«

Der Wärter kann nicht anders, als den Einfallsreichtum dieser Leute zu bewundern.

»Was für ein treffliches Versteck!«, ruft er aus. »Direkt unter Walsinghams Nase!«

»Ja, ja. Aber darum geht es jetzt nicht. Es geht darum, dass ich hier herausmuss.«

»Warum spaziere ich nicht einfach nach Whitehall – oder wo immer Master Walsingham arbeitet – und melde es ihm selbst? Ich könnte eine fette Belohnung verlangen, mit dem Geld nach Kent gehen und dort Katzen züchten.«

»Weil er Euch nie zuhören würde.«

»Aber *Euch* würde er zuhören?«

»Für derlei Spielchen haben wir jetzt keine Zeit, guter Mann! Saelminck könnte in diesem Moment das Attentat auf die Königin vorbereiten!«

Der Wärter breitet die Hände aus – ein Bild der Unschuld.

»Ich lasse Euch aber nicht raus, Dr. Dee, und das ist mein letztes Wort. Euch zuliebe werde ich über die üblichen Wege die Nachricht weitergeben, dass ein Mann, für den Master Walsingham sich interessiert, hier war, aber dass er jetzt zusammen mit seinen Komplizen – wenn wir sie mal so nennen wollen – das Gefängnis verlassen hat, nachdem Ihr ihn identifiziert habt und er seine Schulden beglichen ...«

»Moment! Das war doch nicht mein Fehler!«

»Nein? Ihr habt sie doch wissen lassen, dass Ihr sie identifiziert habt.«

»Ich habe versucht, es *Euch* zu sagen, aber Ihr wolltet mich nicht anhören!«

»Wenn wir jeden dahergelaufenen Sträfling erzählen ließen, warum er nicht hier sein sollte, und wir ihn anschließend frei hinausspazieren lassen müssten, könnten wir unsere Arbeit hier gar nicht mehr erledigen.«

Der Wärter ist ein Dickwanst mit Lederwams und Armen wie Speckschwarten. Gerade schiebt er sich eine rohe Zwiebel in den Mund.

»Was für Arbeit erledigt Ihr denn schon?«, ruft Dee verzweifelt.

»Genug«, knurrt der Mann. »Und jetzt zurück mit Euch in die Zelle!« Er droht ihm mit seinem Wurstfinger.

Dee möchte ihn am liebsten in die Hand beißen, versucht aber, ruhig Blut zu bewahren. Was soll er bloß tun? Walsingham muss unbedingt erfahren, dass Saelminck hier war und jetzt wieder in London sein Unwesen treibt. Er muss unbedingt wissen, dass der Gesuchte seine Komplizen an seiner Seite hat, und zwar seit … Dee hat nicht den Schimmer einer Ahnung, wie lange schon. Immerhin hatten sie genug Geld, um sich beim Gefängniswärter Sonderrechte zu erkaufen. In die mit Abwässern verseuchte Zelle mussten sie nie. Ebenso wenig hatten sie es nötig, sich um einen Platz am Fenster zu balgen, von dem aus man die Leute draußen anbetteln kann.

Dee weiß, dass die Zellen in den oberen Stockwerken des Ludgate als vergleichsweise feudal gelten und den Insassen mit dem meisten Geld vorbehalten sind. Mit seiner geschichteten Struktur ist das Gefängnis durchaus mit Roger Cookes erfolgreicheren Destillationen vergleichbar. Saelminck und seine Männer hätten dort Monate, wenn nicht sogar Jahre in allem Komfort leben können, ohne dass irgendjemand etwas geahnt hätte … wenn ihm nicht Dees entsetzter Blick verraten hätte, dass er erkannt wurde. Daraufhin hat er offenbar beschlossen, alle Schulden zu begleichen und sich davonzumachen. Für Dee wiederum steht fest, dass er, falls er diesen Ort jemals lebend verlässt, Walsingham nie verraten wird, dass er derjenige war, der Saelminck durch sein Verhalten gewarnt hat.

Gleichwohl muss Dee schleunigst freikommen oder jemanden finden, der Francis Walsingham warnt.

Er schabt die Botschaft von dem letzten ihm gebliebenen Stück Papier ab, das jetzt stark nach Zwiebeln riecht, und überschreibt sie mit einer Nachricht an Walsingham, dass Saelminck aus dem Ludgate-Gefängnis ausgebrochen ist und jetzt irgendwo in der Stadt frei herumläuft. Nachdem er unterschrieben hat, wickelt er das Papier wieder um die Zwiebel und bindet es mit Stoffstreifen, die er vom Ärmel seines Hemds reißt, daran fest.

Gerade will er zur Mauerbrüstung zurückkehren und die Botschaft aufs Geratewohl in die Fleet Street schleudern, als ihm ein Wärter den Weg versperrt.

»Nichts da!«

Seine Zeit ist abgelaufen. Er muss zurück in den Keller.

Himmelherrgott!

Dee will dem Mann schon sagen, dass er die Kinder desjenigen verfluchen wird, der ihn in den Keller hinunter beordert, aber etwas hindert ihn daran. Diese Flüche bergen eine große Gefahr. Und außerdem: Hat dieser Tölpel überhaupt Kinder?

Der Wärter stößt ihn zu der Treppe, die zu den Zellen hinabführt. Ihnen weht ein fürchterlicher Gestank entgegen.

»Ich kann nicht«, sagt Dee.

»Natürlich kannst du.«

»Ich muss auf der Stelle Francis Walsingham sehen.«

»Vergiss es. Das Einzige, was du sehen wirst, ist meine Faust.«

Dee ist kein Freund von Gewalt, versteht sich eher als friedvoller Mensch. Aber *das* will er sich nicht bieten lassen. Mit Macht kehren Bilder von dem brutalen Kerl auf dem Boot zurück, und er wünscht sich, er hätte einen Haken, mit dem er diesen Haudegen hier abfertigen könnte.

Aber nein. Bevor der den Gedanken weiterverfolgen kann, versetzt ihm der Wärter einen solchen Stoß, dass er taumelt. Dee erlangt das Gleichgewicht wieder und wartet auf den nächsten Angriff, der auch sogleich erfolgt. Im letzten Moment weicht er ihm aus, bekommt den Schlüsselbund am Gürtel des Kerls zu fassen und verpasst ihm einen kräftigen Ruck. Leider ist der Mann stark wie ein Stier und rührt sich nicht von der Stelle. Außerdem hat er für Fälle wie diesen einen Knüppel dabei, den er jetzt hebt.

Dee weicht zurück. Der Wärter kommt mit drohender Miene näher.

Just in diesem Moment ertönt ein Ruf.

»Hey, Ihr da!«

Beide erstarren. Der Durchgang hinter dem erhobenen Arm des Wärters füllt sich plötzlich. Fünf Männer, alle gut gekleidet, unter Führung eines Oberaufsehers, desselben, mit dem Dee kurz zuvor zu tun hatte.

»Da ist er.« Der Oberaufseher feixt. »Gesund und wohlbehalten. Wie ich's Euch gesagt habe.«

Dee kennt die fünf Männer nicht, hat aber doch eine ungefähre Ahnung, für wen sie arbeiten. Walsingham? Cecil?

»Dr. Dee?«

»Allerdings.«

»Ich bin von Sir Christopher Hatton geschickt worden und soll dafür sorgen, dass Ihr sicher von diesem … Ort fortgebracht werdet.«

Hatton? *Hatton?*

»Was will er denn von mir?«

»Ich würde sagen, das werdet Ihr bald selbst herausfinden.«

Beide Wärter treten einen Schritt zurück, und Dee streicht über sein stark verschmutztes Wams.

»Schön«, sagt er. »Dann geht voran.« Er wendet sich an die Aufseher. »Lebt wohl, meine Freunde. Wenn ich Master Walsingham sehe, werde ich ihm sagen, wie hilfsbereit Ihr wart, Master Oberaufseher und Master Unteraufseher.«

Ihm liegt schon die Prophezeiung auf der Zunge, dass ihr Leben kurz und von Gewalt, Verlusten und Krankheiten geprägt sein wird und sie in schrecklichem Elend enden werden, aber vielleicht wissen sie das ohnehin. Und außerdem tun sie ja nur ihre Pflicht.

Der Anführer von Hattons Truppe, ein gewisser John Buckfast aus Northampton, ist ein Mann mit imposantem Auftreten, aber wenig Wissensdurst.

»Mir ist egal, wie Ihr und Francis Walsingham zueinander steht«, stellt er gleich nach der Begrüßung klar. »Ich stehe in Sir Christopher Hattons Diensten, und was mich betrifft, ist damit alles gesagt. Ihr kommt jetzt mit.«

Mit festem Griff umfasst er Dees Arm knapp oberhalb des Ellbogens, und so marschieren sie hinaus aus dem Gefängnis, The Strand hinunter und vorbei an der alten Kirche St. Dunstan-in-the-East, bis sie zu einem größeren Anwesen kommen.

Nachdem der Pförtner sie durch das Tor eingelassen hat, wird Dee über einen Kiesweg zu einem prächtigen, im neuen Stil erbauten Ziegelhaus mit Giebeln und sehr guten Glasfenstern gebracht. Hinter dem Haus befindet sich ein erst kürzlich angelegter Garten, dessen Rasen und Hecken noch sehr spärlich grünen. Auch die frisch gepflanzten Bäume müssen noch wachsen. Begrenzt wird der Garten von einer pinkfarbenen Ziegelmauer, in die ein weiteres Tor eingelassen ist – Dee vermutet, dass es zum Fluss führt.

Am Rand des Rasens steht Hatton inmitten einer Gruppe von vornehmen Herren in Reitstiefeln, die dabei zusehen, wie ein Mann sich an einer Reihe von Vorrichtungen zu schaffen macht, die auf den ersten Blick an alchemistische Instrumente erinnern. Dee steigt der Geruch von Schießpulver in die Nase.

Noch während sie sich dieser Gruppe nähern, springen die Männer plötzlich aufgeregt auseinander. Es ertönt ein Geräusch wie das Zischen einer wütenden Gans, das dafür sorgt, dass Dee die Haare zu Berge stehen, und etwas Undefinierbares schießt in die Luft, um sogleich zu explodieren und in Form eines Regens aus unzähligen roten Sternen zurück auf den Rasen zu fallen.

Alle zucken erschrocken zusammen, doch als sie sehen, dass nichts zerstört wurde und niemand verletzt ist, überhäufen sie Hatton mit Glückwünschen, als hätte er höchstpersönlich ein Wunder vollbracht. Freilich hat es bei der Explosion einen derart heftigen Knall gegeben, dass Dee die Ohren dröhnen und ein Schwarm Tauben erschrocken aufgeflattert ist. Während der Rauch sich langsam auflöst, fliegen die Vögel immer noch hin und her, unter sich ihre über das Gras flitzenden Schatten.

Jetzt erst bemerkt Hatton den Neuankömmling.

»Nun, nun«, sagt er und weicht eilig zurück, als befürchte er, sich mit einer Krankheit anzustecken.

Diese Sorge ist auch gar nicht so unberechtigt, sagt sich Dee.

Hatton ist mit blauem Leinen und zinnoberroter Seide bekleidet, wohingegen Dee seit mindestens einer Woche dieselben Sachen trägt.

Als Dee ihm nun dafür dankt, dass er ihn aus dem Ludgate-Gefängnis befreit hat, meint Hatton nur kühl: »Hoffentlich werdet Ihr Euch dieses Privilegs auch würdig erweisen.«

Wovon redet er nur?, überlegt Dee. *Egal, jetzt ist keine Zeit für Spekulationen.*

In dringlichem Ton erklärt er Hatton, dass er schleunigst Francis Walsingham sprechen und ihn über Jan Saelminck informieren muss.

Als er hört, dass Saelminck in London ist, erstarrt Hatton. Auf einmal erinnert er Dee an eine Ratte, die sich zwei Fallen gegenübersieht. Offenbar versucht er blitzschnell zu ermessen, womit seinen Interessen am besten gedient ist. Seine Blicke schießen dabei in alle Richtungen.

Was tun? Walsingham warnen und damit vielleicht die Königin retten, ohne dafür Ruhm einzuheimsen? Oder in eigener Verantwortung nach Saelminck fahnden und seinen Lohn dafür einfordern? Oder aber einfach abwarten und sehen, wie die Dinge sich entwickeln?

Dee hat Walsinghams Meinung über Hatton nie wirklich geteilt. Kann er sich tatsächlich die Absetzung der

Königin wünschen? Einer Frau, die ihn aus dem Nichts in den Adelsstand erhoben hat? Etwas Bedeutsameres als das kann er doch gewiss nicht von der Königin der Schotten erwarten, oder? Es sei denn …

»Ich werde Master Walsingham benachrichtigen«, beschließt Hatton. Doch seine Stimme ist viel zu laut.

Er will es lediglich hinausposaunen, sagt sich Dee. *Wie eine wahre Aussage, obwohl es auf der Hand liegt, dass er lügt.*

»Ich kann selbst gehen«, drängt ihn Dee. »Lasst mich durch das Tor, und ich bin in einer Stunde im Tower.«

»Nein, nein, nicht nötig. Ich werde einen meiner Männer schicken. In der Zwischenzeit brauche ich Euch für etwas anderes. Etwas Wichtiges.«

»Was wäre wichtiger als das Leben der Königin?«

»Ich habe gesagt, dass *ich* ihn benachrichtigen werde, und dabei bleibt es, Punkt«, erwidert Hatton gereizt. »Ich habe Euch doch nicht aus dem Gefängnis herausgeholt, damit Ihr mit mir streitet, Dr. Dee. Ich benötige Euch in einer anderen Angelegenheit.«

»In welcher?«

Was es auch sein mag, Dee hat nicht die geringste Lust dazu. Er muss fort von hier, doch überall sind ihm Hattons Männer im Weg, und die Arme schmerzen ihn ohnehin noch von ihrem Griff. Dennoch hat er keine Wahl, als Hatton über den frisch angelegten Rasen und zwischen ein paar Bäumen hindurch zu einem malerisch von Efeu überwachsenen Häuschen zu folgen, das sich an eine Mauer schmiegt.

Das hier würde ein perfektes Labor abgeben, schießt es Dee durch den Kopf.

Aber es ist nicht das Haus, was Hatton ihm zeigen möchte. Vielmehr will er ihn auf einen Stapel unmittelbar daneben aufmerksam machen, der mit einem grünen Segeltuch abgedeckt ist und von einem Mann in blauem Waffenrock bewacht wird.

Nicht eben eine aufregende Tätigkeit, denkt Dee.

Dann aber kommt Bewegung in die Szene. Auf ein Nicken Hattons hin zieht der Wachmann das Tuch vom Stapel.

Ein Grinsen legt sich über Dees Gesicht. Jetzt ist es an ihm »Nun, nun« zu sagen.

Frobishers Erz.

»Woher habt Ihr das?«, fragt Dee.

»Möglicherweise stammt es von einem Schuldeneintreiber, der es verkauft hat. Ich bin mir nicht sicher.«

Bill und Bob kommen Dee in den Sinn. Die werden einen Teil des Erzes für sich behalten haben, um es zu Geld zu machen – den Rest haben sie bei ihm zu Hause abgeladen. Und nach dem Verkauf der ersten Ladung könnten sie zurückkehren und mehr holen.

Mit dem Gewinn wird sich ein beträchtlicher Teil meiner Schulden tilgen lassen, hofft er und fragt sich, wie viel sie wohl dafür bekommen haben.

»Und?«, fragt Hatton. »Was haltet Ihr davon?«

Was ich davon halte?, denkt Dee. *Nichts.*

»Damit bin ich vertraut«, sagt er, ohne sich genauer festzulegen. »Ich versuche schon seit mehreren Wochen, Gold herzustellen.«

»Ohne Erfolg?«

»So etwas erfordert viel Zeit.«

Dee ist nicht klar, worauf genau Hatton abzielt. Doch unvermittelt regt sich in ihm eine Erinnerung. Als sie auf dem Schiff gefangen waren, hat ihm Jane erzählt, dass Sir Christopher Hatton nicht nur ein guter Tänzer mit strammen Waden ist, sondern auch ganz gern Frauen in den Hintern zwickt und ihre Brüste begrabscht und dass er im Übrigen vorhat, sich an einer Sache zu beteiligen, die er das »Alchemie-Spiel« nannte.

»Nun, ich habe einen Mann an der Hand, der mir sagt, dass er dazu in der Lage ist«, vertraut ihm Hatton an.

Dee starrt ihn verblüfft an. »Wer soll das sein?«

»Sein Name ist Cornelius de Alneto.«

»Cornelius de Alneto?« Dee lacht. »Ein Holländer, ungefähr so groß …« Er hält die Hand auf Höhe seiner Brust. Das mögen etwa fünf Fuß sein – ungewöhnlich für einen Holländer. »Trägt er Augengläser?«

»Äh … ja.«

»Sein wirklicher Name ist de Lannoy. Er ist ein Scharlatan und Betrüger.«

Hatton prallt erschrocken zurück. Niemand hört gern, dass er einem Hochstapler auf den Leim gegangen ist.

»Das stimmt nicht! Das kann nicht stimmen! Er hat mir ja gezeigt, was er aus dieser kleinen Probe gewonnen hat: Gold im Wert von über zehn Pfund!«

Dee kennt den alten Spruch: *Geld bloß sparen, das tun Narren, es anlegen, das bringt Segen*. De Lannoy wird Hatton Gold im Wert von zehn Pfund gegeben haben, um ihm zu zeigen, was alles möglich ist, und nun greift Hatton tief in die Tasche, um Erz zu kaufen – wenn er sich nicht sogar dafür in Schulden stürzt.

Dass andere sich schröpfen lassen, kümmert Dee freilich wenig. Ihn beschäftigt vielmehr der Gedanke an Saelminck. Vielleicht beteiligt der schlaue Fuchs sich an den Intrigen seines alten Meisters. Was für eine Vorstellung: Ausgerechnet in Hattons Haus verbirgt der Mann sich vor Walsingham! Die alten Hebräer haben ein Wort dafür.

»Hat er einen Helfer? Dieser de Alneto?«

»Woher soll ich das wissen? Verflucht noch mal, Dee! Weder weiß ich, noch kümmert es mich, ob jemand irgendeinen Helfer hat. Die Antwort ist zweifellos Ja. Er muss Hunderte haben!«

»Wäre es möglich, ihn zu treffen?«

»De Alneto? Nein. Er ist nach Flandern zurückgekehrt, um dort das spezielle Glas zu kaufen, das er benötigt. Das englische Glas ist nicht klar und durchsichtig genug, meint er.«

Dee verbirgt ein Grinsen. *Oh ja, das ist de Lannoy, wie er leibt und lebt.*

»Und was wollt Ihr nun von mir, Sir Christopher?«

»Mir ist gesagt worden – oder vielmehr hat es de Alneto von Eurem Gehilfen, Roger Cooke, gehört –, dass Ihr die Möglichkeit habt, an noch viel mehr von diesem Erz heranzukommen. Und da Ihr selbst nicht in der Lage seid, Gold daraus herzustellen, nützt es Euch ja nichts.«

Das steckt also dahinter?, überlegt Dee.

Kaum ist Hatton verstummt, scheint er zu begreifen, dass es ein Fehler war, Dee zu verraten, wie viel Gold de Alneto/Lannoy aus dem Erz gewonnen hat.

»Zufällig habe ich in der Tat ein bisschen was davon«, sagt Dee lachend.

Wahrscheinlich entspricht das nicht mehr ganz der Wahrheit. Allerdings weiß er sehr wohl, wo sein Vorrat und noch viel mehr von der Substanz zu finden sind: Insgesamt zweihundert Tonnen liegen in einem Lagerhaus in Deptford. Dass es im Grunde nicht ihm gehört – oder vielmehr noch nicht, sondern dem Waffenamt –, muss er ja nicht an die große Glocke hängen.

»Für wie viel würdet Ihr es verkaufen?«

Darüber hat sich Dee noch nie Gedanken gemacht. Außerdem feilscht er nicht gern.

»Wie viel würdet Ihr dafür zahlen?«

Bevor Hatton sich eine Antwort zurechtlegen kann, fliegt die Tür auf, und ein Mann mit rotem Gesicht und aufgeregtem Gebaren platzt herein. Es ist einer von Hattons Leuten, und er kommt direkt von der Schleuse. Er stürzt auf seinen Dienstherrn zu und streckt ihm eine Papierrolle entgegen. Hatton überfliegt sie, zerknüllt sie dann fluchend und eilt hinaus, dem Mann von der Schleuse hinterher und weiter zum Fluss. Zurück bleiben der Wächter im blauen Waffenrock und Dee mit den wertlosen Steinen.

29

Hampton Court Palace,
westlich von London,
derselbe Tag, letzte Augustwoche 1578

Robert Beale und Arthur Gregory haben das Kind selbst begraben. Es blieb ihnen nichts anderes übrig. Kein Priester wäre bereit gewesen, geweihte Erde dafür zu opfern, denn der Junge war ermordet worden, bevor man ihn hatte taufen können. Auf dem Friedhof eines jener Dörfer mit Backsteinkirche und viereckigem Turm haben sie zum zweiten Mal gemeinsam ein Grab ausgehoben, diesmal mit Tränen in den Augen, und das kleine Bündel behutsam hineingelegt, um es dann mit warmer roter Erde zu bedecken. Beale war furchtbar elend zumute, und Ness hatte gar nicht die Kraft, die Kutsche zu verlassen. Gregory meinte nur, es sei wohl auch besser so.

Danach ging es südwärts weiter, bis London sie wieder in Empfang nahm. Ihre Kutsche passierte das »Dolphin«, den Gasthof, in dem sie einander vor einer halben Ewigkeit kennengelernt hatten, und erreichte schließlich die Papey. Dort erfuhren sie, dass Master Walsingham nicht im Haus war, sondern am Hampton Court. Also setzten sie die Fahrt fort, in westlicher Richtung diesmal.

In diesem Moment treffen sie vor dem Palast ein, dessen Ziegel im Licht der untergehenden Sonne rot leuchten.

Kaum ist Beale abgestiegen, erscheint Walsingham vor dem Portal.

»Robert!«, ruft er und eilt die Treppe hinunter.

Tränen der Rührung schießen Beale in die Augen, und er beginnt, hemmungslos zu schluchzen. Einmal wenigstens ist Walsinghams Rücken nicht so steif durchgestreckt, und er drückt Beale fest an sich. Und der Jüngere, ganz der verlorene Sohn bei der Wiedervereinigung mit dem Vater, weint leise weiter. Schließlich lockern sie den Griff, halten einander aber immer noch umfasst.

»Robert«, sagt Walsingham, »eines Tages wird die Zeit kommen, um all das zu trauern, was geschehen ist. Es wird eine Zeit der Ruhe sein, in der wir alles an uns vorüberziehen lassen und über die Ereignisse sprechen können. Aber noch ist es nicht so weit. Es gibt Dringendes zu erledigen.«

Sie wenden sich zur Kutsche um, in der Ness sitzen geblieben ist, ohne sich zu rühren.

»Wie geht es ihr?«, will Walsingham mit gedämpfter Stimme wissen.

Beale schüttelt den Kopf. »Sie ist völlig gebrochen. Es lässt sich nicht in Worte fassen, wie schlimm das ist. Ich halte alles von ihr fern. Vor einem Jahr noch war sie ein ganz anderer Mensch.«

Walsingham nickt. »Das war sie gewiss. Hatton lässt das ganze Reich nach ihr durchkämmen. Seid Ihr seinen Leuten nicht begegnet?«

Und ob Beale ihnen begegnet ist! Als ihre Kutsche zuletzt angehalten wurde, übernahm Gregory die Zügel und wies mit einer Bestimmtheit, die er sich beim Privatsekretär Ihrer Majestät abgeschaut hatte, sämtliche Fragen der Verhörer zurück. Währenddessen ritt Beale allein über Felder und Wiesen, weinte fast unablässig und wünschte sich, er könnte die Geschehnisse des letzten Jahres rückgängig machen und vergessen, dass er Nicholas Hilliard je getroffen und dieses verfluchte Amulett gesehen hat.

»Robert, ich muss Ihnen leider sagen, dass sie nie wieder in Sicherheit sein wird.«

Dieser Satz stürzt Beale in tiefe Verzweiflung, hat er doch alle Hoffnung darauf gesetzt, dass Master Walsingham eine Lösung finden wird.

»Wir können doch ihr Äußeres ändern«, sagt er mit einem Flehen in der Stimme, obwohl er ahnt, dass es vergebens ist. »Sie hat sich auch jetzt schon gewaltig verändert.«

Das hat sie allerdings. Und das Schlimmste daran ist, dass sie in den letzten Monaten viel von dem verloren hat, was an ihrer Figur und auch ihrem Charakter so wunderbar üppig war. Damit ist sie der Königin sogar noch ähnlicher geworden.

Beale macht nun Anstalten, Ness beim Aussteigen zu helfen, doch Walsingham hält ihn zurück.

»Sie kann hier nicht bleiben, Robert, das wisst Ihr doch sicher. Vor allem kann sie nicht bei Ihnen bleiben. Oder aber Ihr geht ebenfalls fort von hier. Ihr *müsst* sie woanders hinbringen. Wohin, das weiß ich auch nicht. Sie hat kein Zuhause mehr. Und solange Ihr mit ihr zusammen seid, werdet auch Ihr heimatlos sein. Sie ist eine Gefahr für sich selbst – eine fürchterliche, tödliche Gefahr. Und jeden, der ihr beistehen will, zieht sie mit hinein.«

Beale fühlt sich leer und ausgehöhlt, zudem schmutzig und schuldig wie ein Verräter, der dafür, dass er diese junge Frau in all das hineingezogen hat, den Tod verdient.

»Was … was soll ich ihr sagen?«

Das weiß Walsingham auch nicht.

»Liebt Ihr sie?«

Beale starrt ihn verständnislos an. »Was hat das denn damit zu tun?«

»Alles.«

»Natürlich, ja, ich liebe sie.«

»Und sie Euch?«

Beale schüttelt niedergeschlagen den Kopf. Ihre Liebe ist erloschen. Wann genau? Als sie gesehen hat, wie er einfach nur dastand und zuschaute, während Gregory den Konstabler ermordete? Oder an dem Tag, da er nicht verhindern konnte, dass ihr Kind in Mistress Verniers Haus umgebracht wurde? Oder war es am Ende gar kein bestimmtes Ereignis, sondern eine Entwicklung, die sich im Laufe des letzten Jahres ergeben hat? Einfach so, wie bei so vielen Paaren?

Ist es geschehen, als seine Versprechen eines Lebens voller Abenteuer eines nach dem anderen als leeres Gerede entlarvt wurden? Als sie sich wochenlang in einem von der Gluthitze aufgebackenen Haus verbargen und es nicht verlassen konnten, da Soldaten das ganze Land durchkämmten mit dem Auftrag, Ness zu ergreifen, zu foltern und schließlich als Verräterin auf dem Scheiterhaufen zu verbrennen?

Hat sie ihn überhaupt je geliebt? Schließlich hat sie Jane Frommond und Dee von Anfang an um ihre lockere Kameradschaft beneidet.

Warum müssen wir immer miteinander schlafen?, hat sie ihn einmal gefragt, und er wusste keine andere Antwort, als zu versuchen, sie ins Bett zu ziehen.

Herrgott! Ihm wird speiübel.

»Was soll ich tun? Was soll ich nur tun?«

»Es gibt eine Lösung«, sagt Walsingham langsam.

»Nennt sie mir. Ich akzeptiere alles.«

»Nun ja, die Entscheidung liegt natürlich bei ihr«, erklärt Walsingham, der in diesem Moment unbeschreiblich düster wirkt. »Darf ich mit ihr unter vier Augen sprechen?«

Beale nickt. »Wenn sie es zulässt.«

Walsingham drückt Beale aufmunternd den Arm. »Ihr müsst jetzt stark sein, Robert.«

30

Hampton Court Palace, westlich von London, derselbe Tag, letzte Augustwoche 1578

Walsingham pocht an die Tür der Kutsche und wartet. Als niemand reagiert, öffnet er sie und klettert ins abgedunkelte Innere. Ohne zu fragen, lässt er sich gegenüber der Frau nieder, von der er schon jetzt viel zu viel gehört hat.

Bei ihrem Anblick muss er unwillkürlich an jenen in einen engen Holzkäfig gesperrten Tiger denken, den er einmal in Basel gesehen hat. Nie hätte er damit gerechnet, ausgerechnet dort mit einem solchen Wesen konfrontiert zu werden, und allein schon deshalb hat sich diese Szene nachhaltig in sein Gedächtnis eingebrannt. Gebieterisch starrte ihn das Tier an, und etwas geradezu Überirdisches ging von ihm aus.

Einen Nachhall von dieser Begegnung spürt er auch jetzt, da er zum ersten Mal Ness Overbury zu Gesicht bekommt. Vollkommen regungslos und gefasst sitzt sie da und mustert ihn mit einem so eisigen Blick, dass ihm jäh der Atem stockt.

»M…mein G…Gott«, stammelt er. »Ihr seid …«

Er wagt es kaum, ihr so ins Gesicht zu schauen, wie er das bei jeder anderen Frau tun würde. Und erst recht nicht bringt er den Mut auf, sie zu fragen, ob sie nicht womöglich die Königin ist. Ein solches Ansinnen wäre schließlich der Gipfel der Unverschämtheit, wenn sie es tatsächlich wäre.

Nach einem Moment scheint sie genug gesehen zu haben. Sie wendet sich ab und späht durch den dünnen Vorhang nach draußen, eine Bekundung von Abscheu und Enttäuschung, wie sie auch die Königin nicht drastischer zum Ausdruck bringen könnte. Und damit stürzt sie Walsingham in tiefste Verlegenheit.

Nach einer Weile fasst er sich wieder und nimmt einen neuen Anlauf.

»Mistress Overbury, es tut mir aus tiefstem Herzen leid, dass Ihr in den letzten Wochen solch grauenvolle Verluste erlitten habt. Ich kann so wenig tun, um Euren Schmerz zu lindern, aber es ist nun einmal die traurige Wahrheit, und es beschämt mich, das zugeben zu müssen: Ihr steht erst am Anfang bei der Bewältigung all dieser Schicksalsschläge.«

Sie stößt einen Seufzer aus, der so entfernt klingt, dass er ihn kaum wahrnimmt.

»Verzeiht mir«, murmelt er. »Vielleicht habt Ihr all das schon einmal gehört.«

»Allerdings.«

Sie *klingt* sogar wie Ihre Majestät.

»Er hat mich zu dem gemacht, was ich jetzt bin«, setzt sie hinzu. »Meine bloße Existenz beweist mein Verbrechen.«

Walsingham kratzt sich am Kinn.

»Er ist kein schlechter Mann«, sagt er.

»Nein. Er ist überhaupt kein Mann. Er ist ein Knabe. Ein Kind. Er hat etwas gesehen, wollte es haben und hat es sich genommen.«

»Ihr hättet Nein sagen können.«

Sie stößt ein bitteres kleines Lachen aus. »Ich soll also zum Tod auf dem Scheiterhaufen verurteilt werden, weil ich der Versuchung nachgegeben habe? Weil er mir geschmeichelt hat? Weil ich meinen Mann gehasst habe, und er – Master Beale – mir versprochen hat, mich von diesem Joch zu befreien? Er hat mir versprochen, mich von all dem wegzubringen: von den Schafsweiden und dem Talg, von Suffolk, von den endlosen Vergewaltigungen durch meinen Mann, von diesem schrecklichen Leben. Und er hat mir gesagt, ich würde etwas Erhabenes und Großes tun. Und weil ich ihm geglaubt habe, weil ich *an* ihn geglaubt habe, soll ich jetzt als Verräterin auf dem Scheiterhaufen verbrennen, ist es das?«

»Niemandem ist gedient, wenn man sich darauf versteift, wer Gutes getan hat und wer nicht«, hält Walsingham dagegen. »Vielleicht hatte Robert ursprünglich gute Absichten. Oder vielleicht wurden sein Geist und Euer Geist – ja, ich wage zu behaupten: unser aller Geist – durch Überlegungen getrübt, die nicht dem entsprachen, was sie zu sein schienen. Aber es lässt sich nicht daran rütteln, dass wir alle uns in einer bedrohlichen Lage befinden und es mehr denn je darauf ankommt, wie wir jetzt handeln.«

»Das klingt ganz so, als hättet Ihr einen Vorschlag, Master Walsingham.«

Unvermittelt bricht er in ungläubiges Lachen aus. Er kann es einfach nicht fassen!

»Ihr seht nicht nur so aus, Ihr klingt sogar wie Ihre Majestät.«

Sie blickt ihn an, ohne zu lächeln, und zwingt ihn so erneut dazu, den Blick abzuwenden.

»Nun, wie lautet er? Euer Vorschlag?«

Walsingham weiß nicht so recht, wo er anfangen soll. Wäre ihm nicht so eindringlich bewusst, wie schnell die Zeit vergeht, würde er sich eine elegante Einführung zurechtlegen, doch diesen Luxus kann er sich jetzt nicht leisten. So kann er sie nur an den Mut erinnern, den Beale einst an ihr erkannte – sie könne eine Bischöfin sein oder die Nordwestpassage entdecken, hatte er ihr damals gesagt –, und noch einmal auf die Gefahren und die Schmerzen hinweisen, die ihr nun bevorstehen.

»Oder?«

»Oder Ihr ergreift die Chance, all dem zu entgehen. Und wenn Euch das gelingt, könnt Ihr vielleicht unendlich viel mehr erreichen als alles, was Master Beale Euch je in Aussicht gestellt hat.«

Ness schweigt, doch in ihren Augen glimmt Interesse auf, etwas, was sie tatsächlich von der Königin unterscheidet.

»Fahrt fort«, sagt sie.

Als Mistress Overbury sich seinen Vorschlag aufmerksam angehört hatte, blieb sie zunächst schweigend sitzen.

»Warum nicht?«, fragte sie schließlich schulterzuckend.

Walsingham vermied eine Antwort auf diese Frage.

Er kann es immer noch kaum glauben. Dennoch lässt er Arthur Gregory holen und schickt ihn umgehend zum Tower, damit er dort Verschiedenes vorbereitet. Danach gibt er den Bediensteten für den Rest des Tages frei und bestellt Mistress Frommond zu sich. Die trifft auch umgehend ein, wirkt aber verunsichert.

»Mistress Overbury ist da«, lässt er sie wissen.

»Ich habe Master Beale am Fluss unten gesehen. Er kam mir ziemlich … bedrückt vor.«

»Mag sein«, erwidert Walsingham. »Allerdings ist er nicht so bedrückt wie Mistress Overbury.«

Jane tut gar nicht erst so, als ob sie das verstehen würde.

Als er ihr dann von dem Kind erzählt, verdüstert sich die Atmosphäre im Raum.

»Gott im Himmel!« Jane stöhnt auf. »Wie konnte so etwas bloß passieren?«

Walsingham nickt. »Es ist nicht das geringste ihrer Probleme … aber auch nicht das größte. Das größte besteht vielmehr darin: Sir Christopher Hatton weiß, dass Arthur Gregory es seinen Männern nicht gestattet hat, Mistress Overburys Kutsche zu durchsuchen, als sie aus Ely kam. Also ist er mit fünfzig Leuten bei mir in der Papey aufgetaucht, um nach ihr zu suchen. Jetzt ist er auf dem Weg hierher und hat noch mehr Männer dabei.«

Er zeigt Jane ein Dokument, das, wie er erklärt, eine entsprechende Nachricht aus der Papey enthält.

»Dann müssen wir sie von hier wegbringen!«, ruft Jane.

Walsingham nickt. »Bloß wohin?«

»Ihr habt doch bestimmt eine Unterkunft für sie, in der ihr nichts passieren kann.«

»Nicht wirklich«, bekennt er seufzend. »Es sei denn …«

»Es sei denn … *was?*«

»Nun, ich sehe eine Möglichkeit, zwei Fliegen mit einer Klappe zu schlagen. Kann ich auf Eure Hilfe zählen, Mistress Frommond?«

Sie wartet lieber ab, bis er es ihr erklärt hat.

Als sie alles gehört hat, zeigt sie sich keineswegs bereit, sich darauf einzulassen. Mehr noch, sie ist fassungslos, dass er sie überhaupt darum bittet.

»Nein! Sie kann unmöglich zugestimmt haben! Sie muss den Verstand verloren haben!«

Walsingham räumt ein, dass das der Fall sein könnte, aber so liegen die Dinge nun mal. Sie können sie nicht monatelang in einem verdunkelten Raum einsperren und ihr bloß Suppe zu essen geben.

»Werdet Ihr mit ihr sprechen?«, fragt er.

Jane mustert ihn schockiert. »Werde *ich* mit ihr sprechen? Werde *ich* mit ihr sprechen? Eines kann ich Euch sagen: Wenn ich mit ihr spreche, werde ich es ihr ausreden!«

»Und welche anderen Möglichkeiten werdet Ihr ihr bieten? Trockenes oder grünes Holz für ihren Scheiterhaufen? Ketten oder Stricke? Wird sie – verzeiht mir, dass ich das in Eurer Gegenwart sage, Mistress Frommond – wird sie wollen, dass der Folterknecht Ihrer Majestät, Master Topcliffe, sie vergewaltigt oder nicht? Von vorne oder von hinten? Oder beides? Es tut mir leid, dass ich vor Euch so grobe Worte benutze, Mistress Frommond, aber das sind die einzigen realistischen Möglichkeiten, die Ihr ihr bieten könnt.«

Jane starrt ihn wie vom Donner gerührt an. »Aber … was werden sie tun, wenn herauskommt, dass Ness nicht die Königin ist?«

»Wie gut kennt Ihr die Bibel, Mistress Frommond?«, fragt er.

Sie zuckt mit den Schultern. »So gut, wie es jeder tun sollte.«

»Das Neue Testament nach dem heiligen Matthäus, Buch sechs, Vers 34?«

Sie überlegt einen Moment.

»Ah!«, ruft sie dann. »Das meint Ihr: ›Darum sorgt nicht für morgen, denn der morgige Tag wird für das Seine sorgen. Es ist genug, dass jeder Tag seine eigene Plage hat.‹ Das also ist Eure Rechtfertigung? Man soll erst dann daran denken, eine Brücke zu überqueren, wenn man davorsteht?«

Er streckt ihr beide Hände entgegen. »Das ist alles, was ich tun kann, Mistress Frommond. Wenn ans Licht kommt, dass Mistress Overbury gar nicht die Königin ist, werden sie schon in der Türkei sein und damit viel zu weit entfernt, um etwas gegen uns zu unternehmen, selbst wenn sie es wollten. Und wir werden bis dahin im Besitz des *Naft* sein.«

»Und sie? Was wird aus Mistress Overbury? Was werden sie mit ihr machen?«

»Nichts, was wir nicht auch täten, wenn sie ihnen nicht

folgen würde. Versteht Ihr nicht? Es ist möglich – ja, sogar wahrscheinlich –, dass sie überhaupt keine Schritte gegen sie ergreifen. Warum sollten sie auch? Sie ist eine liebenswerte Frau. Und sie weiß sich sehr wohl zu helfen.«

Ist das wirklich wahr? Er glaubt es selbst nicht, aber das ist nicht so wichtig. Er muss tun, was nötig ist, um das Reich und die Königin zu schützen, und Mistress Overbury muss gleichfalls tun, was sie zu tun hat. Ihr wird eine Gelegenheit geboten zu überleben, und sie muss sie ergreifen.

»In einem Beruf wie dem meinen, Mistress Frommond«, beginnt er nachdenklich, »ergeben sich oft Situationen, die dringend einer Lösung bedürfen. Dinge müssen vorangetrieben werden, Menschen müssen vorangetrieben werden. Damit will ich nicht sagen, dass Mistress Overbury entbehrlich wäre, aber zugleich muss ich gestehen, dass sie es leider doch ist. Sie darf nicht bleiben, versteht Ihr? Ich muss dafür sorgen, dass sie Robert Beale nicht in diese Angelegenheit verwickeln kann, denn er könnte mich hineinziehen und mit mir Sir William, dessen Sturz zur Folge hätte, dass Ihre Majestät Krämerseelen wie diesem Hatton in die Hände fällt.«

»Aber es ist Euer eigener Schutz, der Euch am meisten am Herzen liegt, nicht wahr?

Walsingham seufzt. Was erwartet diese Frau von ihm? Dass er es zugibt? Nun denn …

»Ja«, sagt er. »Mir geht es vor allem um meinem eigenen Schutz.«

Er will noch etwas hinzufügen, doch er weiß nur zu gut, wann Schweigen angebracht ist. Mit allem, was er jetzt noch sagen würde, brächte er Mistress Frommond in eine stärkere Position ihm gegenüber.

Es dauert einen Moment, bis Jane begreift, dass sie nicht mehr von ihm erfahren wird.

»Gut, Ihr wollt also, dass ich ihr etwas sage?« Sie seufzt. »Was genau soll das sein?«

»Bereitet sie darauf vor. Legt ihr die passenden Kleider zurecht. Packt ihr alles ein, was sie mitnehmen muss. Beruhigt sie.«

»Oh. Glaubt Ihr denn, dass sie beruhigt werden muss?«

Walsingham seufzt ebenfalls. »Mir ist bewusst, dass das ein großer Schritt ist, Mistress Frommond. Aber Dragoman Beg ist ein reizender Gesellschafter. Glaubt bloß kein Wort von den Märchen, die man über die Barbarei der Ottomanen hört. In vieler Hinsicht sind sie unendlich viel zivilisierter als wir. So hat er bereits für die Überfahrt die vornehmste Kajüte für sie reserviert. Und einen Monat lang auf See in solchem Luxus zu leben … das würde Mistress Overbury doch sicher sehr behagen.«

In der Tat hat Walsingham die Kajüte bereits besichtigt. Sie ist komfortabler als alles, was Mistress Overbury je gesehen haben kann. Überall Seide, welch ein Luxus!

Aber hat all das wirklich etwas zu bedeuten? Das glaubt er eigentlich nicht, doch immerhin lässt es eine gute Absicht erkennen. Oder zumindest eine, die gut genug ist, um sein Gewissen zu beruhigen.

»Um sechs Uhr ist Gezeitenwende, Mistress Frommond. Da sollten wir abfahrbereit sein. Könntet Ihr dafür sorgen, dass sie bis dahin angemessen gekleidet ist? Der erste Eindruck, den sie hinterlässt, wird derjenige sein, an den sie sich erinnern werden. Könnt Ihr also alles, was nicht ganz stimmt, so verpacken, dass es nicht auffällt?«

Damit meint er, dass sie exakt so wie die Königin aussehen soll.

Jane nickt.

»Nehmt Edelsteine – nicht ihre besten – von Mistress Parry. An jedem Finger muss ein Ring stecken, und sie muss unbedingt ein Diadem im Haar haben. Aber, Mistress Frommond, wenn ich Euch bitten darf: Sorgt unbedingt dafür, dass niemand, kein einziger Mensch, ja, nicht einmal ein Hund, sie zu Gesicht bekommt, ja? Treibt einen langen Umhang für sie auf und achtet darauf, dass sie die ganze Zeit vollständig bedeckt ist. Und wenn Ihr so weit seid, öffnet Ihr ein Fenster und stellt eine Kerze hinein. Ich komme sie dann holen.«

In diesem Moment wirkt Jane hilflos, verzagt und traurig.

»Nur eines noch«, bittet sie, bevor sie geht. »Wieso, um alles auf der Welt, sollte ein Mann je eine Frau, noch dazu eine Königin, sein Eigentum nennen und sie als Bezahlungsmittel benützen dürfen?«

Walsingham fällt wieder jener Brief ein, den er Jenkinsons damals noch namenlosem Kaufmann geschrieben hat. Wie hat er das gleich noch formuliert?

Jetzt wünscht er sich, er hätte eine Kopie davon behalten, denn er erinnert sich nur noch an den lächerlichen, aufgeblasenen Tonfall, den er darin anschlug, als wäre er selbst die Person von wahrer Macht hinter dem Thron und die Königin, Ihre Majestät, nur eine unerhebliche Repräsentationsfigur.

Ist am Ende vielleicht *er* derjenige, der Sokollu diese vermaledeite Idee in den Kopf gesetzt hat?

»Ich kann es nicht sagen«, murmelt er.

Doch Jane weiß, dass hinter dieser Gesinnung – Frauen als beliebig verfügbares Eigentum des Mannes – eine Jahrtausende alte Denkweise steckt. Sie nickt versonnen, wendet sich ab und geht, um sich um ihre eigenen Aufgaben zu kümmern.

Walsingham blickt ihr nach.

Was für eine Frau, denkt er. Dann denkt er an sich selbst: *Was für ein Mann* – und schämt sich. Allerdings nicht so sehr, dass er irgendetwas an seiner Lebensweise ändern würde.

So wendet auch er sich ab und schlägt den Weg zum Fluss ein, auf dem Cecils Boot – ein Luxusgefährt mit sechzehn Ruderern, deren uneinheitliche Abzeichen auf den Livreen Mustafa Beg nicht allzu sehr stören werden – schon auf sie wartet, bereit, Ness zu ihrer Verabredung mit dem Schicksal zu bringen.

31

London,
derselbe Tag, letzte Augustwoche 1578

Dee verlässt Hattons Haus am Prachtboulevard The Strand durch die hintere Tür, die zum Fluss führt, und winkt ein Boot herbei.

»Ach, Dr. Dee! Hallo!«

Es ist Jiggins.

»Was ist mit Euch, Doktor? Ihr seht irgendwie mitgenommen aus.«

Natürlich, Dees Kleider sind verschmutzt.

»Kümmert Euch nicht darum, Jiggins. Bringt mich einfach zum Tower.«

»Das geht nicht, Sir. Erst müssen die Gezeiten wechseln. Vorher kommen wir nicht unter der Brücke durch.«

Das ist ein häufiger Einwand. Bei Flut ist der Wasserdruck so gewaltig, dass sich an den Brückenpfeilern reißende Strudel bilden.

»Und so nahe wie möglich an den Tower heran?«

»Das wird einen Penny mehr kosten.«

»Ich werde Euch erst beim nächsten Mal bezahlen können.«

Jiggins verdreht die Augen, willigt aber ein.

»Auf dem Fluss ist heute viel los, Doktor«, bemerkt er, während er das Boot in die Strömung in der Mitte bugsiert. »Sir Christopher Hatton und eine Bootsladung von seinen Männern ziehen auf der Themse in einem fort rauf und runter wie die Pferdeäpfel, die bei Flut immer ins Wasser gekippt werden. Und Master Walsingham ebenso.«

»Wisst Ihr, wo er gerade steckt?«

Das kann ihm Jiggins nicht sagen. Zudem sind sie bereits am Ziel. Dee bittet ihn, am Drinkwater Wharf anzulegen, und klettert auf den Steg. Von dort geht es in östlicher Richtung zu Fuß weiter: Thames Street, Billingsgate, Petty Wales und schließlich durch das Lion Gate auf das Gelände des Towers, wo sich ihm die Wachsoldaten in den Weg stellen.

»Was wollt Ihr?«

»Mit Master Walsingham sprechen.«

»Tja, er ist nicht hier, und selbst wenn er es wäre, würde er nicht … Ach, Ihr seid es, Dr. Dee. Himmel, was ist denn mit Euch passiert, Sir? Fast hätte ich Euch nicht erkannt. Ihr seht ja fürchterlich aus.«

»Danke. Wisst Ihr, wo er ist?«

»Er ist wirklich nicht hier. Aber sein Adjutant, Master Gregory, ist im Kontor und trifft die Vorkehrungen für heute Abend. Kann er Euch vielleicht helfen?«

Dee hat keine Zeit, darüber zu rätseln, was für den

Abend ansteht, aber es wird wohl genügen müssen, mit Gregory zu sprechen. Er wird den Ernst der Lage erfassen.

»Bringt mich zu ihm.«

Gregory empfängt Dee im Lanthorn Tower. Als Erstes klärt Dee ihn umfassend über Saelminck auf.

»Herrgott!« Gregory stöhnt abgrundtief. »Wann wurde er freigelassen?«

»Heute Morgen.«

»Und wie viele von seinen Leuten waren dabei?«

»Fünf oder sechs, nehme ich an.«

»Warum sind sie verschwunden?«

»Woher soll ich das wissen? Besuch eines reichen Onkels aus Brügge?«

Gregory macht ein skeptisches Gesicht.

»Er hat gemerkt, dass Ihr ihn erkannt habt, und deswegen das Weite gesucht, richtig?«, mutmaßt er.

»Wollen wir hoffen, dass das der Grund ist«, erwidert Dee. »Und nicht irgendeine Aufgabe, die er erledigen muss.«

Gregory stimmt ihm zu. Er teilt Dees Sorge.

»Ihr müsst sofort Walsingham davon in Kenntnis setzen«, fordert Dee. »Er muss das Ganze absagen.«

Gregory nickt. »Er dürfte zum Gezeitenwechsel zurück sein. Können wir so lange warten?«

»Das müssen wir wohl.«

In der Zwischenzeit könne Dee sich waschen und andere Kleider anziehen, schlägt Gregory vor, und damit rennt er bei Dee offene Türen ein.

Als Dee frisch gewaschen und neu eingekleidet zurückkommt, sitzt Gregory immer noch da und trinkt ein Ale. Es mag auf fünf Uhr nachmittags zugehen, und Dee hat einen Bärenhunger. Was für ein merkwürdiger Tag.

»Was habt Ihr in den letzten Tagen getrieben?«, erkundigt er sich. »Als ich Euch zuletzt gesehen habe, wart Ihr dabei, für zwei Männer, die Ihr getötet hattet, ein Grab zu schaufeln.«

»Seitdem habe ich noch eines ausheben müssen«, murmelt Gregory. »Ness hat ihr Kind verloren.«

Darauf verschlägt es Dee für eine Weile die Sprache. Arme Ness. Armer Robert.

Dann, endlich, werden Brot und Wein gebracht, und Dee macht sich sofort darüber her. Gregory hat sich unterdessen vor das Fenster gestellt und zeigt auf die Stelle, an der Dee das Loch in die Mauer gesprengt hat. Es wurde inzwischen ausgebessert, wenn auch nur provisorisch.

»Die meisten Gefangenen ritzen einfach ihren Namen in die Mauer.«

»Glückliche Tage«, bemerkt Dee.

Seine Zeit im Tower scheint nun schon so lange zurückzuliegen, und in seinem Bewusstsein ist sie für immer mit der ersten Begegnung mit Jane Frommond verbunden.

»Wie auch immer«, meint Gregory. »Es ist schön, dass Ihr jetzt hier seid. Inzwischen ist auch das *Naft* eingetroffen. Der Ottomane aus der Türkei – oder welchem Land auch immer – hat es angeliefert, auch wenn es noch entladen werden muss. Master Walsingham wird darauf drängen, dass Ihr es gleich wieder knallen lasst.«

»Das werde ich nicht«, sagt Dee.

Verlegenes Lachen. »Warum nicht?«

»Wisst Ihr, wie gefährlich es ist, eine solche Waffe zu haben?«

»Wisst Ihr, wie gefährlich es ist, sie *nicht* zu haben? Die Spanier sind drauf und dran, die Holländer ins Meer zu treiben, und dann haben auch wir die Spanier am Hals. Alles, was Euch lieb und teuer ist – Eure kostbaren Bücher und Eure Gelehrtheit –, wird dann als Verbrechen gelten. Sie werden Euch auf dem Weg zum Scheiterhaufen in Smithfield geißeln, nur weil Ihr glaubt, dass die Erde sich um die Sonne dreht.«

»Trotzdem ist es zu gefährlich. Allein schon die Tatsache, dass es existiert, ist eine Bedrohung für den Weltfrieden. Die Spanier wissen, dass wir es haben, richtig? Sie werden ihre Alchemisten darauf ansetzen, sein Geheimnis zu ergründen, und es wird ein Rennen darum geben. Alle werden es besitzen und vervollkommnen wollen. Und wir werden bis in alle Ewigkeit aufeinander losgehen und uns gegenseitig abschlachten!«

»Wir gehen einander doch schon jetzt an die Kehle, Dee. Sagt bloß, Ihr habt das nicht bemerkt. Wahrhaftig, Ihr vergrabt Euch einfach zu oft in Eure Bücher!«

»Ich kann das nicht tun«, beharrt Dee.

»Jetzt ist es zu spät, um Euch zurückzuziehen. Ihr seid wie eine schwangere Frau, die plötzlich erklärt, dass sie von Anfang an kein Kind wollte.«

»Aber ich kann immer noch Nein sagen. Hört zu: Nein.«

»Seht Euch an, wo wir sind!« Grinsend deutet Gregory

auf die Wände, die sie umschließen. »Seht Euch an, wo *Ihr* seid. Ihr habt keine Wahl.«

Darauf entgegnet Dee nichts.

»Hört zu, Dee.« Gregory hat jetzt eindeutig Oberwasser. »Es gibt dreißig Fässer *Naft*, nicht wahr? Aber Ihr werdet nie in der Lage sein, es in einer Menge herzustellen, die ausreicht, um die Welt in Brand zu setzen. Was bringt Ihr denn im besten Fall zusammen? Zwei Fässer? Drei?«

Zehn, glaubt Dee.

»Welchen Unterschied kann das schon bewirken? Na gut, man kann eine Flotte damit verbrennen, mehr aber nicht. Seine wahre Macht liegt in der Tatsache, dass die Spanier *wissen*, dass wir es haben. Das wird sie uns vom Leib halten. Es dient lediglich der Abschreckung. Es ist eine Verteidigungswaffe.«

»Aber was, wenn es in die falschen Hände gerät? Was, wenn Ihr es verliert? Wenn es gestohlen wird?«

»Von hier?«

»Ihr wisst selbst nur zu gut, wie Ihr und Walsingham seid. Da kann alles passieren.«

»Das ist ja der Grund, warum es hier, im Waffenschrank des Towers, aufbewahrt und von zweihundert Soldaten der königlichen Leibgarde bewacht wird.«

»Und meine ganzen Geräte? Wo sind die?«

»Im Keller sicher verwahrt, zusammen mit Euren Zylindern, Fässern, Phiolen, dem Blasebalg und so weiter. Ist alles von Sheppey hierhergebracht worden. Es ist alles unter Verschluss und ständig unter dem wachsamen Blick des Konstablers und seiner Soldaten.« Gregory späht durch das Fenster zum Himmel hinauf, als wollte er abschätzen, wie weit der Tag vorangeschritten ist. »Wie auch immer, es ist Ebbe, und Walsingham wird bald hier sein. Außerdem werdet Ihr Euch das Spektakel draußen nicht entgehen lassen wollen.«

Im Gänsemarsch erklimmen sie den Lanthorn Tower und gesellen sich zu den Wächtern an den Zinnen des frisch restaurierten Südturms, von wo aus sie den Kai sehen können, an dem Dee den Kran in Brand gesetzt hat. Auf der anderen Seite des Wassergrabens stehen etwa hundert Soldaten in Reih und Glied, alle mit Hakenbüchsen und Hellebarden in Habachtstellung. Sie sind dem Schiff zugewandt, und vor ihnen ist ein Teil jenes berühmten roten Teppichs ausgerollt, über den die Königin bei ihrer Krönung schritt.

»Was zum ...?«

Bei dem am Kai vertäuten Schiff handelt es sich um eine Handelsfregatte, die viel ordentlicher und sauberer wirkt als alles, was Dee je gesehen hat. Das liegt unter anderem daran, dass das Deck nicht, wie üblich, turmhoch mit Käfigen voller Schweine, Ziegen, Hühner und so weiter beladen ist und dort auch keine zahnlosen Matrosen herumlümmeln. Stattdessen sind weitere Teppiche ausgelegt. Ungefähr ein Dutzend Männer mit Helmen und langen Gewändern bevölkert das Deck. Sie sind mit Spießen bewaffnet, also höchstwahrscheinlich Soldaten.

»Soll etwa Ihre Majestät kommen?«, erkundigt er sich.

Gregory schneidet eine Grimasse.

»Wartet es ab«, sagt er und deutet stromaufwärts.

Die Augen mit der flachen Hand gegen die untergehende Sonne abgeschirmt, späht Dee in die ihm gewiesene Richtung. Unter einem der Brückenbogen in der Mitte der Themse, wo das Wasser am schnellsten fließt, nähert sich ein Boot. Schnittig, schwarz, beflaggt, acht Ruder an jeder Seite.

»Cecils Boot?«

Gregory nickt. Es steuert auf die Anlegestelle direkt unter ihnen zu und stößt gegen einen Pfosten. Sogleich springen mehrere Männer heraus und vertäuen es. Unmittelbar darauf ertönt an Bord der Handelsfregatte ein Ruf, und von einem Augenblick zum anderen herrscht dort reger Betrieb. Die Soldaten nehmen ihre Stellung ein, und der Koch löscht eilig das Herdfeuer mit zwei Eimern voller Wasser. Ein Matrose läuft zur Kajüte des Kapitäns, und einen Moment später taucht dort eine Gruppe von Männern in farbenfrohen Gewändern auf, alle herausstaffiert wie Pfauen.

Unterdessen wird auf Cecils Boot eine Landungsbrücke ausgelegt, die von noch mehr roten Teppichen bedeckt ist. Darüber schreitet nun, in einen Seemannsumhang gehüllt, eine Frau. Dee könnte schwören, dass es die Königin ist, nur dass sie von keinerlei Fanfaren angekündigt und bloß von einer kleinen Schar von Höflingen begleitet wird, darunter Sir William Cecil und Francis Walsingham.

»Himmel«, ächzt Dee, »ist das etwa … *Ness*?«

Gregory erwidert nichts.

Schweigend verfolgt Dee, wie Ness zunächst zögert und dann umherspäht, als hielte sie nach jemandem Ausschau – Robert Beale vielleicht, den sie einmal geliebt hat. Als sie jedoch nicht zu entdecken scheint, was sie sucht, wendet sie sich ab und starrt stattdessen das Schiff an, das gerade angelegt hat.

Jetzt tritt Cecil auf sie zu und bleibt neben ihr stehen – wie ein Adliger, der seine Tochter abholt, um sie zu dem Mann zu bringen, mit dem er sie verheiraten wird. Gemeinsam setzen sie sich in Bewegung und nähern sich dem Schiff. Die Männer in den fließenden Gewändern, die sich über den Kai verteilt haben, verbeugen sich nicht einfach, sondern werfen sich regelrecht vor ihr zu Boden. Genauso verhalten sich die Soldaten.

Es entbehrt nicht einer gewissen Komik, als Ness und Cecil einfach stehen bleiben, offenbar ohne recht zu wissen, was sie tun sollen. Dann rutscht einer der Männer auf den Knien auf Ness zu und küsst ihr ehrerbietig die Füße. Dee kann sich lebhaft vorstellen, was Ness dazu sagen würde, wenn sie die Szene als Außenstehende verfolgen könnte. Doch in diesem Moment lassen weder ihr schief gelegter Kopf noch sonst etwas an ihrer Haltung erkennen, was sie empfindet.

»Puellam in nave questus est?« – Hat das Mädchen das Boot betreten?

Gregory schweigt. Wahrscheinlich spricht er kein Latein. Doch dann stößt er einen tiefen Seufzer aus.

Unten sind die Männer inzwischen auseinandergewichen, damit Ness zwischen ihnen hindurchschreiten und den Steg betreten kann. Nun nähert sie sich dem Schiff.

»Warum?«, fragt Dee.

Gregory schweigt noch immer, doch plötzlich greift er nach Dees Arm und deutet auf die Brücke.

»Seht nur, dort«, sagt er.

Tatsächlich kommt, begleitet vom Klatschen der Ruder, ein weiteres Boot in Sicht. Es ist kleiner als das von Cecil, aber durchaus imposant. Dee sieht vertraute Fahnen im Wind flattern.

»Hatton?«

»Hatton.«

Dem Boot folgen zwei Kähne, beide mit Soldaten gefüllt.

»Sie muss möglichst schnell an Bord«, meint Gregory. »In der Kajüte wäre es wohl am sichersten. Aber auch schon einfach an Bord zu sein ist gut genug. Für sie, meine ich.«

Gespannt verfolgen sie, wie Ness einen Fuß auf die Landungsbrücke setzt.

»Weiter, weiter«, flüstert Gregory.

»Warum eigentlich?«, fragt Dee

»Es geht um irgendein Gedicht«, murmelt Gregory. »Der Ottomane will die Königin als Gegenleistung für das *Naft*. Aber natürlich kann Cecil *sie* nicht verschenken. Darum ist Eure Ness das nächstbeste Tauschmittel. Laut Beale will sie selbst dorthin.«

»Sie *will*?«

»Hier gibt es doch nichts mehr für sie. Ihre Angehörigen leben alle nicht mehr, und dann droht ihr auch noch die Todesstrafe. Nicht gerade das, was man sich wünscht, oder?«

Damit hat er wohl recht.

»Außerdem wird sie in einem Palast leben, in einem Harem. Es gibt Schlimmeres. In jedem Fall ist es besser als Suffolk.«

»Da ist was dran«, murmelt Dee. Trotzdem denkt er: *Verdammte Scheiße.*

»Das ist ein hartes Geschäft, Dee. Männer von dieser Sorte verscherbeln ihre Töchter an Wildfremde, die sie nie zu Gesicht bekommen haben, und das für nicht mehr als ein-, zweihundert Morgen sumpfiges Marschland.«

Mittlerweile ist Ness am Ende des Landungsstegs angekommen. Ihre Schritte werden langsamer. Plötzlich gerät sie leicht ins Stolpern, dann bleibt sie stehen, dreht sich noch einmal um und blickt – vielleicht zum allerletzten Mal – zu dem Land zurück, in dem sie geboren wurde. Ihre Haltung drückt etwas wahrhaft Königliches aus.

Dann bemerkt sie plötzlich den hinter den Mauerzinnen stehenden Dee. Ihre Blicke begegnen sich und bleiben lange ineinander verhakt.

Was mag sie denken?, sinniert Dee.

Irgendwie erinnert sie ihn an eine der Erzählungen in Malorys *Arthurs Tod*, auch wenn er sich nicht mehr daran erinnern kann, an welche genau. Wie auch immer, auf einmal kommt es ihm so vor, als hätte das Boot sich in eine Totenbahre verwandelt und als würde Mistress Overbury sich für die Liebe zu ihren Gefährten opfern.

»Mein Gott, Dee, wie Ihr dreinschaut!«, ruft Gregory lachend. »Sie geht ja nicht zum Schafott! Es ist nicht so, als ob ihr gleich der Kopf abgeschlagen würde. Ich wette um zehn Pfund mit Euch, dass sie in drei Jahren wieder bei uns hereinspaziert und die eine oder andere Geschichte zum Besten gibt.«

Dee schüttelt den Kopf. Diese Ansicht teilt er ganz und gar nicht. Für ihn ist Ness eine gute, anständige Frau, der übel mitgespielt wurde und die ihr Los jetzt mit Würde und Mut trägt.

Mehr kann ein Mensch nicht für sich erhoffen, denkt er und hebt die Hand zum Abschied.

Ness nickt ihm zu. Dann schlägt sie die Kapuze ihres Umhangs zurück, sodass das Laternenlicht auf ihr rotes Haar fällt und sich in den Juwelen ihres Diadems spiegelt. Sie gibt sich einen Ruck und tritt an Bord.

Gregory seufzt erleichtert auf. Endlich. Es ist vollbracht.

32

Tower of London,
derselbe Tag, letzte Augustwoche 1578

Da Sir Christopher Hatton keine Anlegestelle findet, muss er mit den St. Katharine Docks vorliebnehmen. Als er endlich festen Boden unter den Füßen hat und eilig losmarschiert, um sich über die jüngsten Entwicklungen in Kenntnis setzen zu lassen und vielleicht Mistress Overbury zu verhaften, befindet sie sich auf einem fremden Schiff, auf das er keinen unmittelbaren Zugriff hat.

»Ich weiß über Eure Machenschaften Bescheid, Walsingham!«, ruft er. »Holt sie runter von dort! Ihre Majestät besteht darauf!«

Doch der neben ihm stehende Cecil gibt mit einem leisen Zungenschnalzen sein Bedauern zu verstehen und erklärt ihm, dass Dragoman Beg als Botschafter der Hohen Pforte gekommen ist und diplomatische Gepflogenheiten es verbieten, sein Schiff zu stürmen.

»Dieses Schiff ist wie eine Diplomatentasche«, erklärt er. »Und Ness ist in dieser Tasche. Versteht Ihr das nicht?«

Er lacht ein leises, rieselndes Lachen, und Hatton bleibt nichts anderes übrig, als zähneknirschend zurückzustecken.

»Herrgott, Walsingham«, zischt er. »Ich weiß, was Ihr getan habt. Welche Risiken Ihr eingegangen seid, welche Lügen Ihr erzählt habt, welche Täuschungsmanöver Ihr angewandt habt.«

Walsingham kann darüber nur lachen. »Ihr wisst höchstens die Hälfte, Hatton!«

»Beraubt mich nicht meines Titels, Master Walsingham! Ihr sprecht mich immer noch mit *Sir* Christopher an, *Master* Walsingham.«

In diesem Moment tritt Cecil vor und führt Hatton kurzerhand zu dessen eigenem Boot zurück. Dabei empfiehlt er ihm, stromabwärts nach Greenwich zu fahren, wo er Ihre Majestät antreffen wird und bei den Vorbereitungen zu ihrer Geburtstagsfeier helfen kann.

»Was habt Ihr denn alles geplant, Sir Christopher?«, hört Walsingham Cecil fragen, bevor die beiden sich entfernen.

Dann zieht Walsingham sich in den Schatten zurück und beobachtet, wie die Luken zum Laderaum des türkischen Schiffs hochgeklappt werden und Lastenträger und Matrosen sich anschicken, das *Naft* an Land zu bringen. Dieses Mittel verströmt wirklich einen eigenartigen Geruch. Er spürt schon ein Kitzeln in der Nase.

Unauffällig bleibt er im Schatten stehen, bis das letzte Fass *Naft* entladen ist und dafür die englischen Tuchwaren, die die Ottomanen wahrscheinlich weder brauchen noch wollen, an Bord gebracht worden sind, wo sie vor allem als Ballast dienen werden.

Als das Schiff beladen ist, die Luken wieder zugeklappt sind und die letzten Vorbereitungen für das Auslaufen getroffen werden, lässt sich Mustafa Beg auf dem Seitendeck blicken.

»Auf Wiedersehen, Lord Walsingham! Auf Wiedersehen, England!«

Dieser Dragoman Beg ist ein lustiger, kleiner Bursche, und Walsingham hat seine Gesellschaft genossen.

»Ihr werdet doch gut auf sie aufpassen, nicht wahr?«, fragt er, nur um sogleich ins Zweifeln zu geraten.

Was, wenn Beg angesichts der Vorstellung, er könnte Ness schlecht behandeln, schockiert reagiert?

Doch Beg lächelt. »Es wird der Himmel auf Erden für sie sein!«, versichert er lachend. »Viel besser als dieser Ort hier! Nichts für ungut.«

Ich bin dir bestimmt nicht böse, denkt Walsingham.

Die Leinen werden gelöst, und ein Beben geht durch das Schiff, als es von zwei Ruderbooten in die Strömung gezogen wird. Fast gleichzeitig mit dem Sonnenuntergang erscheint Ness, in ein exquisites karmesinrotes Kleid gehüllt, an Deck, um sich von England und ihrem früheren Leben zu verabschieden.

Walsingham hebt zum Gruß die Hand.

Sie würdigt ihn keines Blicks.

An diesem Abend trinkt Walsingham Wein, zwei ganze Flaschen, und schläft danach wie schon seit Monaten nicht mehr. Wie nicht anders zu erwarten, fühlt er sich am nächsten Morgen erschlagen, doch nach einem kräftigen Frühstück mit kaltem Schweinebraten, Eiern und einem Pint Bier nimmt er voller Elan den Stapel neue Botschaften in Angriff. Überrascht stellt er fest, dass ihn nichts davon aus der Ruhe bringt, außer vielleicht eine Nachricht von Cecil, aus der hervorgeht, dass die Königin immer noch von Feuer träumt.

Danach geht er im Schein der Spätsommersonne zum Tower. Dort hat John Dee bereits mit der Aufbereitung des *Naft* begonnen. Bei Walsinghams Eintreffen sitzt er mit dem Rücken zur Waffenkammer auf einer Bank und lässt sich das Gesicht von der durch die offene Tür hereinscheinenden Sonne wärmen. Ein zu seinen Füßen liegender Hundewelpe leistet ihm Gesellschaft. Gelegentlich ruft er seinem Diener, Roger Cooke, der für ihn alle Arbeit erledigt, eine Anweisung zu und erinnert ihn an die Rezeptur für das Griechische Feuer, die sie auf der Isle of Sheppey optimiert haben.

»Heißer!«

»So lange rühren, wie es dauert, das Vaterunser zweimal zu sprechen!«

»Nicht die Dämpfe einatmen!«

Cooke kümmert sich außerdem um ein Feuer, das er unter einem großen eisernen Dreibein entfacht hat. An diesem Stativ hängt ein merkwürdig geformtes Becherglas, das durch einen langen Schnabel Dampf ausspuckt. Des Weiteren ist er von den für sein Werk nötigen Zutaten umgeben. Dazu gehören: Talg, Honig, Olivenöl, Drachenblut (für die Farbe) sowie ein angezapftes Fass *Naft*.

Wie Walsingham annimmt, erklärt Letzteres den merkwürdigen Geruch und ist wohl auch der Grund, warum sich die Soldaten auf dem Tower oben hinter den Zinnen verschanzt haben.

Dee ist im Gefängnis natürlich abgemagert und blasser geworden. Der Welpe dagegen hat die Farbe von Rauch in der Nacht und wird mit der Zeit sicher sehr ansehnlich werden.

»Wie heißt er denn?«

Lächelnd sagt Dee den Namen, den Walsingham als Kompliment auffasst.

»Wie geht es voran?«

Dee hebt beide Hände, was Walsingham als Ausdruck von Bedauern und Resignation wertet.

»Gregory hat mir gesagt, dass Ihr in jüngster Zeit Zweifel hattet«, meint Walsingham.

»Mmm.«

Neben Dee steht ein dritter Mann, ein gelehrt aussehender jüngerer Bursche. Er ist damit beschäftigt, verschiedene Gefäße und Geräte einzufetten, darunter mehrere Blasebälge, einer größer als der andere, ein nicht minder massives Fass, das von mächtigen Eisenreifen eingefasst ist, sowie zwei dreißig Fuß lange Schlangen aus zusammengenähten Lederstreifen, die jeweils in einer Messingschnalle enden. Mit einem Ohr scheint er sich anzuhören, was Dee ihm aus einem dicken, schweren Buch vorliest, dessen Titel er versucht, unauffällig vor Walsingham zu verbergen.

»Und Ihr, Master Walsingham? Seid Ihr vorangekommen?«

Er meint in Hinblick auf Saelminck.

»Nicht einen Zoll.« Walsingham seufzt. »Er scheint sich in Luft aufgelöst zu haben. Oder er hat sich zu Hause unbemerkt unters Volk gemischt. So etwas ist mir im ganzen Leben noch nicht untergekommen.«

»Habt Ihr schon mit Hatton gesprochen?«

»Nicht über Saelminck. Nicht, seit er in einer Mitteilung angedeutet hat, dass Ihr meine Aufgabe übernommen habt und dass ich hätte wissen müssen, wo Saelminck sich die ganze Zeit herumgetrieben hat. Herrgott, Dee! Ich hasse diesen Kerl! Ich wünsche ihm nichts als Schlechtes.«

»Wahrscheinlich könntet Ihr Euch immer darauf berufen, dass Ihr Saelminck sehr wohl hinter Gittern hattet. Aber da gibt es noch etwas. Und zwar zu Hatton und Saelminck. Erinnert Ihr Euch noch an Cornelius de Lannoy? Den kleinen holländischen Betrüger, für den Saelminck gearbeitet hat? Ich glaube, er steht jetzt in Hattons Diensten.«

Walsingham setzt sich neben Dee auf die Bank. »Als Alchemist?«

Dee nickt.

»Dann weiß er vielleicht, wo Saelminck steckt.«

»Vielleicht, ja. Allerdings ist er jetzt wieder in Flandern, um Glas zu kaufen.«

Walsingham lacht. Diese List hat er nicht vergessen. Gleichwohl fasst er ins Auge, eine Durchsuchung von Hattons Anwesen zu veranlassen, während dieser bei der Königin in Greenwich weilt.

»De Lannoy nennt sich jetzt de Alneto«, fährt Dee fort. »Den Vornamen Cornelius hat er aber behalten.«

»De Alneto ist sein wahrer Name. De Lannoy war nur sein Name als Alchemist. Hilft das weiter?«

Dee gibt zu, dass es von Nutzen sein könnte.

»Und was macht er in Hattons Namen?«

Dee zögert. »Irgendetwas Alchemistisches.«

Walsingham spürt, dass Dee noch mehr weiß. Nur was? Obwohl er genügend andere Aufgaben hat, ist seine Neugierde geweckt. Er beschließt, einfach zu schweigen, bis der andere von selbst redet. Und tatsächlich: Es dauert nicht länger als fünf Atemzüge, bis Dee, der zu so etwas nicht taugt, aufgibt.

»Erinnert Ihr Euch noch an das Erz, das Frobisher aus der Neuen Welt mitgebracht hat?«

Walsingham lacht erneut. Dieses Zeug! Daran hat er nicht mehr gedacht, seit es unter großem Brimborium entladen wurde, nur um sich dann hartnäckig allen Bemühungen – unter anderem auch Dees Versuchen – zu widersetzen, daraus auch nur eine Unze Gold zu gewinnen.

»Er behauptet, er könne es in Gold umwandeln?«

»Ja, er *behauptet* es.«

Walsingham studiert den Boden unter seinen Füßen. Jetzt ist Dee derjenige, der schweigend wartet.

»Was glaubt Ihr? Wird er nach England zurückkehren?«, sinniert Walsingham.

»Nur wenn er mehr Erz entdeckt.«

»Nun, wir hätten welches. Wir können ihm so viel anbieten, wie er will. Wir sitzen auf fast zweihundert Tonnen.«

Dee nickt. »Aber Hatton wird den Braten riechen, wenn Ihr es ihm anbietet. Der Vorschlag sollte besser von mir kommen.«

Walsingham lächelt. Daher weht also der Wind! Dee will seinen Anteil aushandeln. Na gut, warum nicht? Er wird ihn ohnehin nur für Bücher ausgeben. Allerdings ist es bemerkenswert, dass John Dee sich zu schäbigem Schachern herablässt!

»Seid Ihr sicher, dass er kein Gold daraus machen kann?«, fragt er.

»Das Erz hat nur dann einen Wert, wenn ein Narr es haben will.«

»Ihr meint also, wir sollten de Alneto dabei helfen, Hatton zu betrügen, und ihn dann verhaften?«

Dee zuckt mit den Schultern. »So kann man es auch formulieren.«

»Mein Gott, Dee«, erwidert Walsingham, »Ihr habt mich tatsächlich zum Lächeln gebracht. Wie viel, glaubt Ihr, ist Hatton bereit zu zahlen?«

»Wie viel seid Ihr bereit zu nehmen?«

Walsingham denkt daran, dass de Alneto/Lannoy Cecil und der Königin mehr oder weniger das Blaue vom Himmel versprach, und daran, wie sie sich haben blenden lassen.

»Ich werde nicht weniger als zehn Pfund pro Tonne nehmen«, erklärt er. »Das sind zweitausend Pfund von Hatton. Bei jedem höheren Preis, dem ihr zustimmen könnt, teilen wir. Das wird dann Euer Lohn für all das hier sein.«

Er deutet auf Roger Cooke, der inzwischen schweißgebadet ist. Dee akzeptiert mit einem knappen Nicken.

Gott, wie undankbar er ist.

»Nun gut, ich werde Euch nun Eurer Arbeit überlassen, Dee«, sagt er. »Ich selbst muss noch mit Cecil und Hatton die letzten Einzelheiten des geplanten Festzugs zum Geburtstag Ihrer Majestät besprechen. Ich denke, da muss noch einiges geändert werden angesichts von Saelmincks – wie nennen wir es … – Flucht?«

Dee nickt.

Walsingham strebt schon zur Tür, als Dee noch etwas einfällt.

»Oh, Master Walsingham? Bekomme ich eine Einladung? Zur Geburtstagsfeier Ihrer Majestät?«

Walsingham bleibt überrascht stehen. »Möchtet Ihr denn eine? Ihr kamt mir nicht vor wie jemand, der gern tanzt.«

Dee macht ein pikiertes Gesicht. »Ich würde sagen, zu meiner Zeit war ich ein ziemlich guter Tänzer.«

»Nun gut. Wisst Ihr was, Dee? Wenn es Euch gelingt, das ganze *Naft* vor ihrem Geburtstag in Griechisches Feuer umzuwandeln, sorge ich dafür, dass Ihr auf die Liste kommt. Wie klingt das?«

Dee zieht eine Augenbraue hoch. »Kommt Mistress Frommond auch?«

»Ah!« Walsingham schmunzelt. »So ist das also. Wir werden sehen.«

»Er will ein Feuerwerk«, berichtet Cecil Walsingham bei einer Besprechung in dessen Haus. »Eines wie ein Komet, nur dass es eben von Menschen gemacht und vielfarbig ist. Aus Cathay. Wird garantiert die ganze Stadt niederbrennen.«

»Dann können wir das vergessen«, meint Walsingham,

nicht ohne Schadenfreude. »Erinnere die Königin einfach daran, dass sie von einem Feuer geträumt hat.«

Cecils Augen funkeln vor Entzücken über diese Idee.

»Außerdem will er einen Umzug vom Tower durch die ganze Stadt zur St.-Pauls-Kathedrale und dann nach Westminster«, fährt er fort. »Er schlägt vor, dass in den Straßen Bühnen für die üblichen Gaukler aufgebaut werden, und macht sich für Themen aus der Artus-Sage stark, die den Respekt vor dem Erbe Ihrer Majestät bekunden sollen.«

»Lass mich raten: Hatton als Lancelot? Weiße Schlachtrosse?«

»Da wird er jedenfalls ganz in seinem Element sein.«

»Schon möglich, aber wir können einen Umzug durch die Stadt nicht dulden. Nicht, solange niemand weiß, wo Saelminck steckt. Bei einem Umzug zu Pferde wäre sie eine lebende Zielscheibe. Wir könnten höchstens einen Umzug veranstalten, *ohne* sie reiten zu lassen.«

»Versuch mal, Elizabeth Tudor zu verbieten, sich ihrem Volk zu zeigen. Die Leute lieben sie.«

Hm.

»Das Beste, was wir ausrichten können, ist ein Umzug zu Wasser«, regt Walsingham an.

Cecils Augen weiten sich vor Entsetzen. »Du kannst doch nicht vergessen haben, was beim letzten Mal passiert ist!«

»Das war nicht beim letzten Mal«, erinnert ihn Walsingham. »Und seitdem ist Ihre Majestät hundertmal den Fluss hinauf- und hinuntergefahren. Sogar bis Limehouse und noch weiter.«

Cecil überlegt. »Nun, immerhin wäre sie auf einem Boot weniger sichtbar als in einer Kutsche oder zu Pferde. Hatton wird toben. Aber kann er seine Bühnen für die Pantomimen nicht genauso gut am Ufer aufbauen, bei den Kais? Dort könnten sie doch auch vor Ihrer Majestät auftreten, wenn sie vorbeikommt.«

Es ist ihnen ein Vergnügen, Hattons Pläne zu durchkreuzen. Als sie ihm ihre eigenen unterbreiten, tobt er.

»Bei einem Mann von Eurem Rang kann ich nicht erwarten, dass er versteht, was ›Majestät‹ bedeutet!«, brüllt er Walsingham an. »Aber Ihr sollt für alle Zeiten wissen, dass Ihre Majestät sich vor niemandem duckt!«

»Man duckt sich nicht, wenn man sich nicht als Guinevere verkleiden will, Sir Christopher.«

»Ich werde mit Ihrer Majestät sprechen!«, schreit Hatton. »Ich werde ihr sagen, dass diese Änderung von Euch stammt und dass euer Plan niederträchtig, willkürlich und feige ist, außerdem die Folge Eures Unvermögens, die Männer zu verhaften, die fast auf den Tag vor einem Jahr auf ihre Kutsche geschossen haben! Das Ganze zeugt von Eurer zum Himmel stinkenden Unfähigkeit!« Damit stürmt er zur Tür hinaus.

Lange herrscht Schweigen.

»Du weißt, dass er im Grunde recht hat, nicht wahr, Francis?«, sagt Cecil schließlich leise.

Walsingham streitet es nicht ab. »Es hat nicht an Bemühungen gefehlt, das versichere ich dir.«

»Nun …« Cecil seufzt. »Wir haben noch ein paar Tage Zeit bis zu ihrem Geburtstag. Da können wir am St. Paul's Cross ein Plakat aufhängen mit der Ankündigung, dass sie mit dem Boot den Fluss hinunterfahren wird, und zwar … wann? Am frühen Abend, wenn die Strömung am günstigsten ist? Auf diese Weise wirkt es dramatischer. Und vielleicht sind auch ein, zwei Feuerwerke möglich, was meinst du?«

Widerstrebend stimmt Walsingham zu. Es wird Hatton ein wenig beschwichtigen.

»Das verschafft dir fast eine Woche, Francis, in der du zwischen dem Tower und Westminster an beiden Flussufern sämtliche Warenlager und Werften durchsuchen kannst für den Fall, dass Saelminck sich dort irgendwo verkrochen hat. Meinst du, das gelingt dir? Selbstverständlich werden dir die Wachsoldaten der königlichen Garde zur Verfügung stehen.«

Walsingham dankt ihm. »Ihr versteht Euch trefflich darauf, anderen reichlich Bewegungsfreiheit zu lassen, Sir William.«

Cecil lacht, und seine kleinen, dicken Finger krabbeln über sein Pult wie die Beine einer Spinne.

Dank Mistress van Teerlincs Amulett kann Walsingham den Soldaten von der Leibwache ein Abbild des Mannes zeigen, vor dem sie sich hüten müssen. Nachdem es jeder gesehen hat, teilt er sie in zwei jeweils hundert Mann starke Trupps ein, die sich an beiden Flussufern vorarbeiten sollen. Der am Nordufer durchkämmt, unter Führung von John Jeffers, am Wool Quay alles vom Zollamt bis zur Innenstadt, den Strand hinunter bis nach Whitehall und lässt dabei auch keines der Privathäuser außer Acht, die die Straßen bis hin zum Palace of Westminster säumen. Alle zweihundert Yards wird ein Wachsoldat postiert, der darauf zu achten hat, dass niemand sich der Königin nähert.

Am Südufer wird ebenso penibel vorgegangen, auch wenn das eine schlammigere Geschichte ist, da Felder, Weiden und auch gefährliche Sümpfe an den Fluss grenzen. Hier vertraut Francis das Kommando über den Suchtrupp Robert Beale an, als Strafe. Auch hier gilt: zwei Wachsoldaten alle zweihundert Schritt.

Doch von Saelminck fehlt jede Spur.

Ist das gut? Oder schlecht?

Kann es sein, dass ihm ein Strich durch die Rechnung gemacht wurde, weil Dee ihn im Ludgate-Gefängnis entdeckt hat? Ist er nach Flandern – oder aus welcher Gegend er auch immer stammt – zurückgekehrt?

Wer weiß.

Das Einzige, was Walsingham tun kann, ist beten, dass es so ist, und am Abend vor dem Geburtstag geht er in dem Glauben zu Bett, dass er alles Menschenmögliche getan hat.

33

Tower of London, der Geburtstag Ihrer Majestät, 7. September 1578

Noch vor der Morgendämmerung wird Walsingham von einem dröhnenden Hämmern am Haustor geweckt. Das kann nichts Gutes verheißen.

Der Nachtwächter ist noch bei ihnen im Haus, und ein Diener kommt mit einer Laterne die Treppe heraufgerannt. Walsingham tritt ihm vor seiner Schlafkammer entgegen. Später wird er sich daran erinnern, dass er versucht hat, den Burschen daran zu hindern, seine Frau und seine Töchter zu wecken.

»Was ist los?«

»Der Tower, Sir! Der Tower! Ein Einbruch, Sir! Jemand ist in den Tower eingebrochen!«

»In den Tower? Jemand ist in den Tower eingebrochen?«

Walsingham fragt sich, ob sich da ein Schwachsinniger

einen Scherz erlaubt hat, eine Dummheit von der Art, wie sie vielleicht Leicester begehen würde.

»Der Konstabler des Towers hat gesagt, dass Ihr es sicher sofort erfahren wollt.«

Walsingham ist noch fast nackt.

»Richtig«, sagt er. »Richtig.«

Als er den Tower erreicht, dämmert der Tag bereits. Vor dem Lion Gate steht ein einsamer Wächter. Das wirkt irgendwie … merkwürdig.

»Wo sind die anderen?«, fragt ihn Walsingham.

»Wenn ich das wüsste, Sir.«

Walsingham kümmert sich nicht weiter um ihn und betritt den inneren Bereich. Vor sich sieht er eine Traube von Männern, die sich um jene Mauer drängen, in die Dee seinerzeit ein Loch gesprengt hat. Es ist nun wieder da, und davor liegen aus der Mauer herausgeschlagene Steine.

»Der Mörtel ist nie fest geworden«, knurrt einer der Männer. »Das hab ich den Leuten von Anfang an gesagt. ›Es ist hier immer arschkalt‹, hab ich ihnen gesagt – verzeiht mir mein Französisch –, ›aber Mörtel braucht Wärme, damit er die richtige Härte bekommt.‹«

»Master Walsingham!«, ruft jemand.

Hinter ihm, dort, wo sich das Quartier des Generalfeldzeugmeisters befindet, stehen die Türen sperrangelweit offen. Walsingham dreht sich um und tritt auf den Mann zu. Die Situation wirkt so irreal. Draußen bricht ein wunderschöner Morgen an, den nicht einmal das Krächzen der Raben trüben kann. Der Sonnenaufgang ist von herrlichem Pink.

Drinnen ist von dieser Stimmung allerdings nichts zu spüren.

»Es ist weg«, stöhnt der Feldzeugmeister. »Alles weg.«

Oh Gott. Oh Gott.

»Auch seine Maschine. Die ganzen Blasebälge und Schläuche.«

Walsingham kann kaum noch einen klaren Gedanken fassen. »Wo ... wo sind die verdammten Wächter?«

Der Beamte starrt ihn ungläubig an. »Alle am Flussufer, Master Walsingham. So, wie Ihr es befohlen habt.«

Wankend steigt Walsingham ins Kellergewölbe hinab. Er kann es schier nicht fassen! Hier muss ein Irrtum vorliegen. Wurde das Zeug vielleicht woanders gelagert?

Aber nein, der Feldzeugmeister schüttelt den Kopf. Er ist in Gedanken schon weiter als Walsingham und hat das Geschehene akzeptiert.

Ist wirklich jedes von den Fässern, die Dee mit *Naft* gefüllt hat, verschwunden? Jedes einzelne? Die Lücke erscheint ihm geradezu obszön!

»Erst gestern hat er das letzte Fass zugestöpselt«, jammert der Feldzeugmeister. »Der Doktor. Bevor er ein Boot nach Hause genommen hat, zu seinem schönen, gemütlichen Bett, wie er gesagt hat.«

Walsingham wendet sich ab und kehrt zum Burghof zurück, um noch einmal das Loch in der Mauer zu studieren. Über dem Graben liegen zwei dicke Balken, vermutlich haben die Diebe die Fässer darüber gewälzt.

Dann steigt er selbst durch das Loch und balanciert zur anderen Seite des Grabens hinüber. Das Wasser unter ihm erneuert sich mit jeder Flut, aber jetzt ist Ebbe und der Graben fast leer. Drüben, auf der anderen Seite, kann er im Staub die Spuren der Einbrecher ausmachen. Der Sommer war bisher sehr trocken, sodass das Gras jetzt dürr und brüchig ist. Er kann den Spuren mühelos folgen. Nur beim Abstieg zum Kai gerät er leicht ins Rutschen. Er bleibt stehen und blickt sich um. Am Kai haben die Kerle natürlich ein Boot genommen. Und danach?

Herrgott, sie könnten überall sein!

Die Hände in die Hüften gestemmt, steht Walsingham da und starrt auf die gekräuselte Oberfläche der Themse, erst in die eine, dann in die andere Richtung. Vor seinem inneren Auge sieht er …

Ja, was? Stellt er sich etwa vor, wie die Diebe mit dem Griechischen Feuer davonsegeln?

Halt!, hört er sich schreien. *Halt! Kommt sofort zurück!*

Er spürt rasende Wut in sich hochsteigen, und er hat das dringende Bedürfnis, irgendwen zu erdrosseln. Zur Not sich selbst.

Aber dann sagt er sich: *Wenigstens wissen wir jetzt, warum Saelminck noch in London geblieben ist: Er wollte das Griechische Feuer stehlen. Es war dumm von Cecil hinauszuposaunen, dass wir es hatten.*

Mein Gott. Was soll er nun Cecil sagen? Was der Königin?

Soll er das einem anderen überlassen? Oder soll er womöglich versuchen, die Geschichte zu manipulieren?

Herr im Himmel, ist es dafür nicht längst zu spät?

Er muss sofort losgehen und Cecil suchen. Bestimmt wird er ihn im Whitehall Palace antreffen.

Für eine Bootsfahrt über die Themse hat er keine Zeit.

Besser, er geht zu Fuß. Im nächsten Augenblick bricht er auch schon auf.

In Situationen wie diesen vermisst er Robert Beale. Er stellt sich vor, dass Beale gerade an ihn denkt und ihn ebenfalls vermisst, während er bei Rotherhithe in einer Fähre sitzt, die im dichten Bootsverkehr nicht vorankommt.

Walsingham marschiert mit schnellen, entschlossenen Schritten: Stockfishmonger Row, Thames Street, dann die überdachte Brücke über den Fluss Fleet, hinter dem Bridewell Palace in die Fleet Street. Er schwitzt und brabbelt wie einer, der den Verstand verloren hat, alles Mögliche vor sich hin.

»Sie werden Euch noch ins Tollhaus stecken!«, ruft ihm ein Wachsoldat zu.

Fleet Street, Temple Bar, The Strand.

Eigentlich herrscht heute jene eigenartige Stille, die oft einem großen Ereignis vorausgeht. Es ist, als hielte alles die Luft an.

Walsingham indes kann kaum den Groll beschreiben, den er in sich spürt, das Gefühl, von den Dieben persönlich beleidigt worden zu sein. Er kommt sich so verloren vor, als triebe er im Wasser oder wirbelte wie ein Korken in einem Strudel herum.

Was genau ist geschehen? Wurde der Raub des Griechischen Feuers schon damals geplant, als …? Nun, wann genau haben sie Jenkinson auf der Streckbank gefoltert? Im Januar? Februar? Ist das wirklich schon so lange her? War das Zeitverschwendung oder vielmehr eine Gelegenheit, die sie genutzt haben?

Er sieht wieder die senkrecht aufragenden, so schrecklich abweisenden Ringmauern des Towers vor sich, deren Türmchen, den Wassergraben. Nein, plötzlich ist er sich ganz sicher: Das war von noch längerer Hand geplant. Diese verdammten Maurer fallen ihm wieder ein, und er denkt daran, wie sie stumm vor sich hin gearbeitet haben. Damals glaubte er, sie seien dem bedrückenden Bann des Towers verfallen.

Mein Gott! Wahrscheinlich war Saelminck damals noch dort!

Womöglich war er der Vorarbeiter und wusste ganz genau, dass der Mörtel sich nie richtig verfestigen würde. Ebenso gut hätte man ihm den Schlüssel zum Gebäude überreichen können! Er brauchte ja nur noch zu warten! Einfach abwarten, bis das Griechische Feuer brannte. Und dann schlug er in einem Moment zu, da Walsingham den Wachtrupp auf eine Rumpfmannschaft verkleinert hatte, weil er vermutete, Saelminck plane einen Anschlag auf die Königin.

Schweißgebadet trifft er im Palast ein.

»Ach, Francis«, begrüßt ihn Cecil heiter. »Du siehst so aufgeregt aus. Stimmt etwas nicht?«

Cecil ahnt noch nichts. Doch als er es erfährt, fällt er aus allen Wolken.

»Nein!« Kraftlos plumpst er auf den nächstbesten Stuhl. »Verschwunden? Alles weg?«

Walsingham nickt stumm.

Wortlos wendet Cecil sich ab und schaut zum Fenster hinaus. Nach einer Weile dreht er sich wieder um.

»Wohin?«, will er wissen.

Wohin? Nach Spanien? Frankreich? In die Niederlande?

»Glaubst du etwa, ich würde nicht alles daransetzen, es zurückzuholen, wenn ich das wüsste?«

Sie beschließen, Sofortmaßnahmen zu ergreifen: Boten zu Edward Clinton, dem Großadmiral, zu entsenden. Ihn anzuweisen, seine ganze Flotte Cecil zur Verfügung zu stellen. Seine Männer müssen sämtliche Fahrrinnen im Schmalen Meer durchkämmen, jedes Schiff muss angehalten und überprüft werden, sie müssen jede Bucht und jede Mündung an allen Stränden zwischen Lincoln und Dorset sowie zwischen Brill und La Rochelle absuchen. Das Griechische Feuer kann auf keinen Fall verloren gehen! Es *darf* nicht verloren gehen! Eher muss Clinton es versenken und auf dem Meeresgrund verderben lassen, bevor es den Spaniern in die Hände fällt!

»Herrgott! Wir hätten es nie im Tower aufbewahren dürfen. Wir hätten es in Sheffield lagern sollen, genau unter dem Thron von Mary, der Königin der Schotten.«

An jeden einzigen Büttel in Kent, Essex und auch Suffolk werden Meldungen geschickt: Sie sollen die Straßen so aufmerksam beobachten wie noch nie. Ihre Suchmannschaften müssen jedes einzelne Fass überprüfen. Doch unter Androhung der Todesstrafe dürfen sie dabei weder Fackeln noch Laternen benutzen.

Herrgott! Herrgott! Herrgott!

»Wir müssen den Umzug Ihrer Majestät absagen. Dem Volk weismachen, dass sie krank ist.«

Cecil steht die Aufregung förmlich ins Gesicht geschrieben.

»Es ist nicht nur das Volk, das die Prozession will, Francis. Du wirst auch der Königin erklären müssen, dass sie krank ist«, erinnert er ihn.

Walsingham stöhnt auf. »Wir können sie das nicht tun lassen!«

Statt etwas zu entgegnen, streicht sich Cecil nur über den Bart.

»Bitte lass das.«

Walsingham meint den Bart. Im Moment irritiert ihn einfach alles.

Cecil gehorcht. »Schon gut, Francis. Ich habe nur überlegt. Wenn es so ist, wie du glaubst, und dieser Saelminck tatsächlich dein Griechisches Feuer gestohlen hat …«

»*Mein* Griechisches Feuer?«

»Dann eben *unser* Griechisches Feuer. Wenn er es also hat, dann hat er sich bestimmt nach Artois oder Hennegau abgesetzt oder wohin auch immer. Da wird er doch wohl kaum einen Umweg über den Palast machen, um einen Blick auf Ihre Majestät zu werfen, oder?«

Walsingham überlegt. Vermutlich hat Cecil recht. Wenn Saelminck diese magische Waffe tatsächlich geraubt hat, wird er nicht lange herumtrödeln und damit seine Verhaftung riskieren. Im Gegenteil, er wird sie zügig nach Hause bringen.

»Das ist wirklich eine Hiobsbotschaft, Francis. Aber was hindert uns daran, wenigstens einen Vorteil daraus zu ziehen? Gerade *weil* Saelminck verschwunden ist, können wir Ihrer Majestät den Geburtstag schenken, den sie sich wünscht«, spinnt Cecil seinen Gedanken weiter. »Morgen können wir uns dann immer noch zusammensetzen und entscheiden, was zu tun ist. Du hast beide Themse-Ufer gesichert, richtig? Dann lass uns doch wenigstens den heutigen Tag genießen.«

Walsingham stößt einen langen, zittrigen Seufzer aus. Er ist sich nicht so sicher, ob ihm das möglich sein wird. Andererseits strahlt Cecil eine gewisse Gelassenheit aus und steht obendrein dem Rang nach über ihm.

»Na schön. Wenn du meinst.«

»Das tue ich.« Cecil lächelt und tut sein Bestes, um ein richtiges Lachen zu bewerkstelligen. »Und damit bist du mir noch mehr schuldig, denn mit der Absage deiner Absage habe ich dir einen neuerlichen Vortrag von Hatton über die Bedeutung des Wortes ›Majestät‹ erspart.«

Das ist nur zu wahr.

»Ihre Majestät duckt sich vor niemandem«, imitiert Cecil den Höfling.

»Danke, Sir William, wenn auch nur dafür.«

»War mir ein Vergnügen. Jetzt geh heim, zieh dich um und mach dich für die Feier fertig. Wir werden tanzen, wenigstens heute. Um alles andere kümmern wir uns morgen, wenn es so weit ist.«

»Es ist genug, dass jeder Tag seine eigene Plage hat?«

»Genau.«

Walsingham bedankt sich mit einem zögernden Nicken und geht zum Ufer hinunter, um ein Boot zu ergattern.

34

Southwark, Süd-London,
der Geburtstag Ihrer Majestät,
7. September 1578

Beale weiß, dass man ihm die Verantwortung für das Südufer zu seiner Bestrafung übertragen hat: für das, was er getan hat, und für das, was er versäumt hat zu tun. Ebenso ist ihm klar, dass er in Zukunft noch mehr Aufgaben dieser Art wird akzeptieren müssen, wenn er jemals Master Walsinghams Vertrauen zurückgewinnen will. Darum macht er sich mit Feuereifer an die Arbeit, allerdings sehr zum Verdruss der Soldaten der königlichen Leibgarde, die schon gehofft hatten, ein paar erholsame Tage zu verbringen oder sogar ins Nachtleben von Southwark eintauchen und seine Fleischesfreuden genießen zu können.

Sein Stellvertreter, ein griesgrämiger Bursche aus Nordengland namens Samuelson, scheint derlei Vergnügungen allerdings nicht zu billigen. Das erkennt man schon an seiner Art zu reiten: Er ist grundsätzlich einen Schritt langsamer als Beale, sodass er stets einen Moment nach ihm ankommt. Aus diesem Grund sind seine Männer jedes Mal unsicher darüber, an welchen von den Kommandanten sie sich wenden sollen.

Das hat Beale freilich nicht daran gehindert, jeden Tag etliche Male am Fluss entlang hin und her zu reiten, durch den ekelhaften Schlamm von Rotherhithe, durch Southwark und vorbei an den Gasthäusern, die das Ufer säumen: »The Castle«, »The Bull«, »The Hart«, »The Elephant«, »The Bear, »The Hartshorn«, »The Barge«, »The Unicorn«, »The Boar's Head«, »The Cross Keys« und schließlich das »Fleur-de-Lys«. Es ist ein Vergnügungsviertel mit Biergärten und Bordellen, zwischen denen jetzt auch Theater gebaut werden, weshalb es von Bauarbeitern nur so wimmelt. Bei ihnen hat Beale sich umgehört, wobei er darauf geachtet hat, sie unter vier Augen anzusprechen. Doch keiner will je von Jan Saelminck oder Henk Poos gehört haben.

Jetzt geht es bereits auf die Mittagszeit zu, und er hat den ganzen Morgen nichts Nennenswertes in Erfahrung gebracht. Allmählich schwillt der Besucherstrom an, aber noch gilt das Hauptinteresse dem anderen Ufer, wo die Königin mit ihrem Gefolge vorbeiziehen wird. Am Abend hingegen wird hier ein sehr großer Andrang herrschen, wenn Laster und Zügellosigkeit um sich greifen, ohne dass die Londoner Behörden, die auf dieser Seite der Themse kein Zugriffsrecht haben, einschreiten können. Bis dahin wird der Umzug Ihrer Majestät allerdings längst vorbei sein, und Beale, Samuelson und seine Soldaten werden woanders ihre Pflicht erfüllen.

»Ein paar von diesen blöden Schauspielern bauen mitten auf der Brücke eine Bühne auf«, meldet Samuelson.

Samuelson gehört zu den Leuten, die keinen Sinn für Schauspieler und ihre Kunst haben. Mehr noch, er hasst sie geradezu. So gibt ihm Beale den Auftrag, sich die Sache näher anzuschauen, obwohl die Brücke eigentlich gar nicht in ihren Zuständigkeitsbereich fällt.

Er selbst reitet unterdessen in Richtung Westen, um mit den auf den Feldern und sumpfigen Landvorsprüngen etwas weiter stromaufwärts postierten Männern zu sprechen. Dort ist alles ruhig, und als er zurückkommt, stinkt Samuelson nach zu viel Bier und schwärmt in den höchsten Tönen von den Schauspielern.

»Sie führen Georg und der Scheißdrache auf. Der Drache hockt in seiner Höhle, und als der heilige Georg auf der Jagd nach ihm vorbeireitet, kommt das Vieh raus, spuckt Feuer und so weiter, und da schlägt ihm Georg seinen Scheißkopf ab. Daran ist weiß Gott nichts auszusetzen!«

Es klingt in der Tat richtig erbaulich.

»Aber blockieren sie dann nicht die Straße?«

Samuelson schüttelt den Kopf. »Sie benutzen den Rahmen von dem Haus, das sie dort bauen. Mit den Teilen aus Holland.«

Beale grummelt etwas Unverständliches.

»Lasst uns zurückkehren und unser Augenmerk auf Rotherhithe richten«, sagt er dann.

35

Whitehall Palace, der Geburtstag Ihrer Majestät, 7. September 1578

Der Vormittag ist durchaus angenehm verlaufen. Sie hat Mistress Parry beim Kartenspiel geschlagen und sechs Pennys gewonnen. Trotzdem hat Jane Frommond beschlossen, noch vor Weihnachten um ihre Entlassung zu bitten. Sie hat noch keine klare Vorstellung davon, wie es danach weitergehen soll. Doch ihr Vater hat ihr ein bescheidenes Vermögen hinterlassen, und wenn sie sich selbst gegenüber ehrlich ist, muss sie sich eingestehen, dass das Leben am Hof sie zu Tode langweilt. Könnte das vielleicht an der Zeit liegen, die sie mit Dr. Dee in Sulgrave verbracht hat? Sie wünscht sich, sie wäre so weit gereist wie er. Sie wünscht sich, sie hätte Löwen, Prag, Basel und Genf besucht, und glaubt, dass jetzt vielleicht der richtige Zeitpunkt dafür ist.

Doch heute hat zunächst einmal die Königin Geburtstag. In Westminster Hall soll es einen Maskenball und Tänze geben, und darum muss Jane jetzt dorthin. Das Problem ist nur, dass Master Walsingham jeden Bootsverkehr auf der Themse verboten hat, solange Ihre Majestät in ihrem königlichen Schiff unterwegs ist. Also nimmt Jane sich vor, einfach zum Palast zu reiten. Vielleicht gelingt es ihr auf diese Weise, ihre Lustlosigkeit abzuschütteln.

Kurz entschlossen läuft sie zu den Stallungen.

»Hallo, Mistress Frommond«, begrüßt sie der Pferdeknecht.

»John!« Schlagartig fällt ihr der Name wieder ein. »Gott schenke dir einen guten Tag. Wie geht es dir?«

Seit dem Tag, als sie nach Stepney geritten sind, um mit dem Maler erotischer Bilder zu sprechen, hat sie den Jungen nicht mehr gesehen.

»So einigermaßen gut, Mistress. Kann mich nicht beklagen. Bin aufgestiegen.«

Er sieht in der Tat nicht übel aus und trägt, wie sie jetzt bemerkt, Stiefel aus festem Leder und ein Wams in den Farben der Königin. Höflich erkundigt er sich nach Dr. Dee, den er seit ihrer Begegnung damals nicht mehr gesehen hat.

»Er ist ebenfalls wohlauf, glaube ich«, antwortet sie, obwohl sie Dee seit jenem Tag, an dem sie Sulgrave voller Entsetzen verließen, nicht mehr begegnet ist.

Sie vermutet, dass er nach Wales gereist ist, um nach König Artus' Schatz zu suchen. Zumindest hat er ihr das damals erzählt und sie zugleich versprechen lassen, es niemandem zu verraten.

»Seid Ihr wegen eines Pferdes hier, Mistress?«

Das ist sie in der Tat. Er bringt ihr dasselbe Pony, auf dem sie auch damals geritten ist, sattelt es für sie auf und lässt sie über sein Knie aufsteigen. Als sie fest im Sattel sitzt und gerade losreiten will, schnippt er plötzlich mit den Fingern.

»Ach, Miss, heute habe ich diesen jungen Gentleman gesehen.«

Sie starrt ihn verständnislos an.

»Den Kerl, von dem Ihr mir damals dieses kleine Bild gezeigt habt.«

Sie spürt, wie sich ihr die Nackenhaare sträuben.

»Du hast Jan Saelminck gesehen?«

»Wenn das sein Name ist, Mistress, dann ja.«

»Wo? Wo war das?«

»Er war auf der Brücke. Dort, wo sie das neue Haus aufstellen. Ich hab ihn nicht sofort erkannt, weil er so komisch angezogen war. Jedenfalls war er mit einem ganzen Haufen von Kerlen zusammen, die sich alle angehört haben, als wären sie nicht ganz richtig im Kopf, wenn Ihr versteht, was ich meine.«

»Wann?«

»In aller Früh.«

»Bei der Brücke?«

»Nördlich davon. Dort, wo sie die Bühnen für den Festzug Ihrer Majestät aufbauen.«

Das Pony hat sich von Frommonds Erregung anstecken lassen, sodass sie es im Kreis trotten lassen muss, um es zu beruhigen.

»Bist du sicher?«

»Na ja, nicht ganz. Aber ich hab den Mann gesehen, und ich hätte gleich schwören können, dass ich ihn von irgendwoher kenne. Und dann ist mir eingefallen, wie ich ihn damals über den Hof hab schlendern sehen … an dem Tag, als sie meinen alten Herrn erschossen haben. Ich hab Euch doch mit Mistress Rutherfords Reisetruhe geholfen, und Ihr habt mir dieses Amulett gezeigt, wisst Ihr noch?«

Sie hat es noch lebhaft in Erinnerung.

»Du hast mir … nie erzählt, dass du ihn im Hof getroffen hast.«

»Ach, na ja, Er … Um ehrlich zu sein, er hat mir einen Schilling gegeben, damit ich niemandem was sage. Das ist auch der Grund, warum ich ihn nicht vergessen habe. Es tut mir leid, Miss. Ich hatte doch kein Geld mehr.«

Frommond fragt sich, wie viel Not dem Jungen damit erspart wurde. Man weiß ja so wenig.

»Schon gut«, sagt sie. »Ich muss jetzt aufbrechen.«

»Ihr bringt sie später zurück?«

Er meint die Stute, doch Frommond ist schon losgeritten und prescht den *Strand* ostwärts in Richtung Ludgate hinunter, so schnell es das Gewühl in dieser Straße zulässt. Die Straßen sind gedrängt voll mit allen möglichen Passanten und Müßiggängern, die sich zum Flussufer treiben lassen.

Dort stehen Dutzende von Händlern und Hausierern und preisen lautstark ihre Waren an. Einer hat es sogar fertiggebracht, seine Schafherde über die Brücke zu führen, und wandert jetzt mit den Tieren weiter nach Smithfield.

Frommond wünscht sich, sie hätte John mitgenommen,

damit er den Leuten zuruft, dass sie den Weg frei machen und Rücksicht nehmen sollen. Als sie selbst ruft, erntet sie nur Gelächter.

Sie reitet vorbei an der Brücke über den Fleet, durch das Ludgate-Tor, vorbei an der St.-Pauls-Kathedrale und durch Cheapside. Die Menschenmenge wogt um sie herum, und mehrere Schauspielertruppen bauen längs der Straßen ihre improvisierten Bühnen auf. Jane bahnt sich ihren Weg unbeirrt weiter in Richtung Osten.

»Master Walsinghams Haus?«

»Einfach hier entlang, Mädchen.«

Sie biegt in die Seething Lane ein.

Dort trifft sie den Hausmeister an, der gerade eine Pastete verspeist.

»Sagt ihm, dass Jane Frommmond gekommen ist. Sagt ihm, dass ich Neuigkeiten über Jan Saelminck habe.«

36

*Greenwich Palace, Ost-London,
der Geburtstag Ihrer Majestät,
7. September 1578*

Da Dee Kähnen nicht mehr so recht traut, hat er ein Pferd gemietet und reitet jetzt über Felder und Wiesen nach Greenwich, den Hund Francis hinter sich. Es geht auf direktem Weg in Richtung Osten, sodass sie kurz nach zwölf Uhr mittags ankommen. Unterwegs erzählt er Francis, wie er es anstellen wird, Frobishers – oder vielmehr Walsinghams – Erz für sage und schreibe fünftausend Pfund zu verkaufen.

»Ich werde daran fünfzehnhundert Pfund verdienen, Francis! Stell dir nur vor, was ich damit machen kann! Als Erstes bezahle ich meine ganzen Schulden – na ja, einen Teil davon –, und dann kaufe ich mir die übrigen Bücher, die ich noch brauche.«

Er schiebt den Gedanken beiseite, dass das, was er vorhat, Diebstahl ist und dass mit de Lannoy zusammenzuarbeiten ihn zum Dieb macht. Stattdessen stellt er sich lieber vor, wie es sein wird, der Eigentümer weiterer Werke zu sein, nämlich von *Introductio in Divinam Chemiae Artem Integra* von Petrus Bonus, *De Excidio et Conquestu Britanniae* von Gilda und schließlich von Sebastian Münsters *Canones Super Novum Instrumentum Luminarium* als Einführung in die Materie. Ihm ist klar, dass es mühselig und sehr teuer sein wird, sich all diese Bücher zu besorgen, aber das sind sie seiner Meinung nach wert. Und wenn ihm noch etwas Geld übrig bleibt, wird er sich mindestens *Exotericarum exercitationum* von Julius Caesar Scaliger besorgen, das eine Antwort auf Girolamo Cardanos enzyklopädisches Werk *De Subtilitate* darstellt und sich mit der verborgenen Natur der Engel befasst. Darüber hinaus möchte er Jane Frommond ein Geschenk machen und überlegt, ob er sich deswegen vielleicht an Points Hilliard wenden soll.

Dee ist seit gut fünfzehn Jahren nicht mehr im Palast von Greenwich gewesen, hat aber lebhafte Erinnerungen an den Spiegelsaal der Bibliothek und an die Wiesen und Gärten, die sich bis unten zum Fluss mitsamt der malerischen Werft erstrecken. Heute sind diese Wiesen von Zelten bedeckt, wie es sie zur Zeit von König Artus gegeben haben mag, und fast kann man sich vorstellen, wie Artus aus einem davon steigt, bereit zum Zweikampf mit Sir Tristan, Sir Lancelot oder irgendeinem anderen Narren.

Natürlich ist keine dieser Heldenfiguren zu sehen. Stattdessen wimmelt es von Höflingen und deren Bediensteten, die alle darauf warten, der Königin die Ehre zu erweisen und an ihrer Seite zu sein, wenn sie auf der Themse nach Westminster zieht.

Dee fühlt sich fehl am Platze unter all den aufsehenerregend gekleideten Lords und ihren Ladys, die sich über die Gärten ergießen. Die Damen tragen zinnoberrote oder pfauenblaue Taft- und Seidenkleider, die mit Perlen besetzt sind, während auf ihren Köpfen diese wunderschönen Spitzhüte thronen, deren prachtvolle Federn bei jeder Bewegung anmutig wippen. Leider fällt ihm im Augenblick nicht ein, wie sie heißen ... Ach ja, das waren die sogenannten Hörnerhauben, mit denen Guinevere und ihre Hofdamen sich einst schmückten. Bei ihm dagegen könnte man angesichts all dieses Prunks meinen, er wäre gerade aus dem Bett gestiegen.

Dann wiederum sagt er sich, dass er eine anstrengende Woche hinter sich hat. Erst hat er das *Naft* destilliert, das ihm die Grundlage für das Griechische Feuers liefert, dann musste er es mit all den anderen Zutaten kombinieren und das Ergebnis schließlich in Fässer abfüllen, die im Kellergewölbe gelagert wurden. Schmutzarbeit war das, immer mit Gestank verbunden, und am Ende war er am ganzen Körper von Flecken bedeckt, erschöpft und merkwürdig kurzatmig. Abends ist er so spät heimgekehrt, dass er ebenso gut gleich im Tower hätte bleiben können.

Jedenfalls sieht er auch jetzt so aus, als käme er geradewegs von dort: staubiges Wams, ausgefranste Hose, abgetragener Gelehrtenhut. Zwar hat er recht gute Stiefel, doch er wünschte, er besäße auch ein Schwert wie all die anderen Männer hier.

Erneut muss er an Jane Frommond denken. Er fragt sich, wo sie stecken mag.

Während er noch nach ihr Ausschau hält, schmettern Trompeten eine Fanfare, und die Menge wird unruhig, weil nun die Königin vor dem Palast erscheint. Ein bewunderndes Raunen geht durch die versammelten Höflinge, doch bei Bess' Anblick befällt Dee eine jähe Wehmut wegen Ness Overburys Schicksal. Einmal mehr fragt er sich, wie irgendjemand glauben konnte, dass Robert Beales Vorhaben ein gutes oder auch nur halbwegs gutes Ende finden würde.

Heute trägt Ihre Majestät blassblaue Seide, alles reichlich mit Perlen besetzt und mit Diamanten gespickt. Begleitet wird sie von Sir Christopher Hatton, der ihr mit seinem Putz fast ebenbürtig ist und dessen mit Gold verbrämte, silberfarbene Kleider an eine Rüstung erinnern, wie sie hundert Jahre vor ihm König Artus trug.

Der Reihe nach verneigen sich die Höflinge vor Elizabeth, sobald sie an ihnen vorbeischreitet.

»Eure Majestät.«

»Eure Majestät.«

Sie indes wandelt mit einem starren, abwesenden Lächeln an allen vorbei, während ihr Blick sich in Dees bohrt. Direkt vor ihm bleibt sie abrupt stehen.

»John Dee.«

»B…«

»Wag es bloß nicht!«

»Eure Majestät«, bringt er hervor und sinkt auf ein Knie, um ihr die Hand zu küssen.

Als er den Kopf wieder hebt, bemerkt er, dass Hatton

ihn mit weit geöffneten Augen anstarrt, als hätte er ihm etwas Wichtiges mitzuteilen. Das löst zwiespältige Gefühle in ihm aus, teils Freude, teils Schmerz.

Das Erz! Er will immer noch das Erz!

»Du siehst sehr elegant aus, John. An Unserem Geburtstag.«

»Ich bin als König Artus gekommen«, lässt er sie wissen. »Bevor er das Schwert aus dem Stein zieht.«

»Er war ein Junge«, knurrt Hatton. »Kein Latrinenputzer.«

»Ganz recht.«

»Wie auch immer, Uns wurde zugetragen, dass du in Unserem Namen große Mühen auf dich genommen hast, John. Ist das wahr?«

Damit meint sie: Jedenfalls siehst du ganz danach aus.

»Es war mir ein Vergnügen«, lügt er. »Wie immer.«

»Und darum wollen Wir dir als Zeichen unserer Dankbarkeit und entgegen den üblichen Gepflogenheiten an Unserem Geburtstag dieses Geschenk überreichen.«

Sie winkt einen Diener herbei, der nun vortritt und ein Tablett präsentiert, auf dem ein in Stoff gewickelter Gegenstand liegt: der Dee wohlvertraute Wahrsagekristall.

»Ihr seid zu freundlich, Eure Majestät.«

Dee hatte gehofft, es wäre ein Schwert oder ein neues Wams. Trotzdem nimmt er den Kristall mit beiden Händen entgegen.

»Er hat einmal Nostradamus gehört«, belehrt ihn Hatton. »Und er ist von unschätzbarem Wert.«

Dee schweigt. Die Königin ebenso. Um ihre Lippen spielt ein vages Lächeln.

Immerhin ist Dee froh, den Stein zurückzubekommen, und er verneigt sich dankbar. Natürlich wird er ihn Bowes, dem Goldschmied, zurückgeben müssen.

»Leidet Ihr noch unter Träumen von Feuer?«, erkundigt er sich.

Sie gibt zu, dass es so ist.

»Aber das liegt nur daran, dass Euer Griechisches Feuer gestohlen wurde«, faucht Hatton mit großer Geste. »Und das vor Master Walsinghams Nase!«

Dee weicht einen Schritt zurück und tritt beinahe auf den Welpen Francis, der überrascht aufjault.

»Gestohlen?«

»Zusammen mit Eurer Vorrichtung, mit der auf unseren Feind geschossen werden kann.«

»D…d…das ist ja furchtbar!«, stammelt Dee.

Herrgott!

»Von wem?«, setzt er nach. »Und wie?«

»Von den Feinden Ihrer Majestät«, schnaubt Hatton. »Sie sind durch das Loch, das Ihr in die Mauer gesprengt habt, in den Tower eingebrochen.«

»Wir sind aufs Äußerste verstimmt«, ergänzt die Königin.

Dee sieht, wie sie den Wahrsagekristall beäugt, als wollte sie ihn zurücknehmen. Rasch verbirgt er ihn hinter seinem Rücken.

»Das war ein Unfall«, verteidigt er sich. »Und ich dachte, sie sei repariert worden.«

»Offenbar nicht gut genug.«

Aber dafür kann Dee nun wirklich nichts.

Nachdem Elizabeth sich mit ihrem Gefolge entfernt

hat, treibt Dee etwas zu trinken auf. Wieder kreisen seine Gedanken um das Griechische Feuer, und er versucht sich auszumalen, was der Verlust bedeuten könnte. Wenn es den Spaniern in die Hände fällt, werden sie es hundertfach kopieren und das ganze protestantische Europa buchstäblich aus der Landkarte brennen. Er sieht förmlich, dass niederländische Löwen in Flammen aufgehen, hat all die Leichen vor Augen, all die Bücher – verkohlt, mit Blasen bedeckt –, hat bereits den Gestank von verbranntem Fleisch und loderndem Papier in der Nase. Schon sieht er die Schergen der Inquisition wahllos ganze Städte niederbrennen, sämtliche Stadttore verriegeln, alle ermorden, die dahinter leben, und systematisch alles vernichten.

Herrgott, denkt er. *Ich habe eine schreckliche, schreckliche Waffe erschaffen. Ich habe den Tod erschaffen. Wir müssen sie zurückholen. Wir müssen sie zerstören.*

Er hastet zum Flussufer, wo eine lange Reihe von vertäuten Booten im Wasser dümpelt, jedes so üppig mit Girlanden und Fahnen geschmückt, dass es kaum noch an ein Wasserfahrzeug erinnert. Beim Schiff Ihrer Majestät, es ist das letzte in der Reihe, wurde die Kajüte entfernt und durch ein mit dem Wappen der Königin bemaltes Zelt ersetzt. Dort wird sie thronen wie auf einer Waldlichtung, als würde sie auf einen Ritter warten, der um sie wirbt.

»Wo ist Walsingham?«, fragt er einen der Bootsführer.

»Der ist in der Stadt aufgehalten worden«, lautet die Antwort. »Hat nur seine Frau und seine Kinder geschickt.«

Himmel, auch das noch!

»Wann fahren wir?«, erkundigt er sich.

Der Mann wirft einen Blick auf die Wasseroberfläche.

Das Wasser steigt noch immer. Sie müssen den richtigen Zeitpunkt abpassen, damit das Boot unbeschädigt unter der Brücke hindurchfahren kann: zu früh, und es wird gefährlich, zu spät, und es ist nicht mehr möglich.

»Muss bald so weit sein«, sagt der Mann.

Dee beginnt, auf und ab zu marschieren.

»Mach schon, mach doch endlich«, murmelt er vor sich hin.

Die Schatten im Gras bewegen sich. Dee schätzt, dass es noch eine Stunde dauern wird, bis das Wasser auf beiden Seiten der Brücke gleich hoch ist und die noch auf dem Trockenen liegenden Boote wieder auf den Wellen schaukeln. Danach wird es sich für eine Weile zurückziehen, und die am Ufer vertäuten Boote werden sich mit dem Bug in die Fließrichtung drehen.

Dee steht noch immer am Ufer und mustert den Fluss, als Hatton, in diskretem Abstand gefolgt von Wächtern und Dienern, auf ihn zutritt.

»Dee«, begrüßt er ihn knapp. »Bevor wir weiter nach Westminster ziehen, möchte ich mit Euch einen endgültigen Preis für dieses Erz festlegen.«

Dee könnte nicht abgeneigter sein. Die Hiobsbotschaft vom Raub des Griechischen Feuers hat ihm jede Vorfreude auf sein Leben als reicher Mann genommen. Die Titel der Bücher, die er kaufen wollte – vergessen. Einerseits nimmt er an, dass die veränderte Lage ihm einen gewissen Vorteil beim Aushandeln des Preises verschaffen würde. Andererseits ist er nicht bereit, die wahren Zahlen und Sachverhalte vor Hatton zu verschleiern. Dann wäre er ein Betrüger und nicht besser als de Lannoy.

»Ach, ich weiß nicht, Hatton. Ich bin mir nicht sicher, ob ich es wirklich verkaufen will. Wenn Euer Mann, de Lannoy, daraus Gold machen kann, warum sollte dann nicht auch ich dazu in der Lage sein?«

Hattons Züge gefrieren. »Wisst Ihr, was Euer Problem ist, Dee?«

Dee ist ganz Ohr.

»Euer Problem ist, dass Ihr ein drittklassiger Alchemist seid, ein aufgeblasener Wicht, dem Cecils und Walsinghams Schmeicheleien zu Kopfe gestiegen sind. Ihr seid ein einfacher Bürger, der sich als Gentleman ausgibt, ein Hochstapler, wie er im Buche steht. Gebt zu, dass Ihr versagt habt, und macht Platz für andere, die es besser können.«

Dee könnte ihn küssen.

»Sehr gut, Sir Christopher«, sagt er. »Ihr habt recht. Danke für diese Lehrstunde in Anstand und Demut. Es ist höchste Zeit, dass ich erfahre, wohin ich gehöre. Kurz, ich bin bereit, Euch das Erz zu überlassen. Was ist es Euch wert? Fünfzig Pfund die Tonne?«

Noch während er das sagt, muss er fast lachen. Das ist ein gewaltiger Betrag. Hatton zuckt zusammen, doch Dee ist das alles inzwischen gleichgültig. Jetzt ist nicht die Zeit, sich um Geld oder Alchemie zu sorgen. Etwas sehr viel Bedeutsameres ist im Entstehen. Gleichwohl bemerkt er, dass Hattons Augen denselben schlüpfrigen Ausdruck annehmen wie schon einst, als Dee ihm erzählte, dass Saelminck im Ludgate war.

Himmel, er will tatsächlich darauf eingehen. De Lannoy muss ihm eingeredet haben, dass sich damit Geld scheffeln lässt!

Tatsächlich willigt Hatton ein.

»Fünfzig Pfund die Tonne, Dee. Nicht einen Penny mehr.«

Dee muss unwillkürlich grinsen. Er reicht Hatton die Hand, der sie nach kurzem Zögern ergreift. Seine Hand fühlt sich wunderbar glatt an.

»Morgen früh werde ich mir in den Hintern beißen, Sir Christopher«, sagt er. »Und dann noch einmal, wenn ich Euch in einem goldenen Boot über die Themse fahren sehe.«

Was für eine schöne Vorstellung. Hatton lacht vergnügt auf.

»Immer langsam, Doktor. Man soll den Tag nicht vor dem Abend loben.«

Dee nickt. »Sehr richtig.«

»Es wird eine Woche dauern, bis ich das Gold aufgetrieben habe«, erklärt Hatton. »Doch wenn es so weit ist, werden wir das Geschäft zum Abschluss bringen.«

Das Geschäft zum Abschluss bringen! Der Kerl tut wirklich so, als ob er ein Geschäftsmann wäre.

Dee nickt. Zu einer Antwort kommt er nicht mehr, da in diesem Augenblick eine weitere Fanfare ertönt und die Höflinge plötzlich allesamt zu den Booten drängen. Dee wird ein Platz im vorletzten zugewiesen, während Ihre Majestät als krönender Abschluss im letzten fahren wird.

Dee setzt sich auf einen Platz gleich hinter den Ruderern, alles kräftige Burschen, und zu seinen Füßen streckt sich Francis aus. Neben ihm lässt sich ein Mann nieder, der sofort beginnt, ihm etwas von einem Landgut in Shropshire zu erzählen. Dee hört ihm nicht zu.

Komischer Kerl, denkt er. *Aber immerhin hat er ein Schwert.*

Und jetzt fahrt endlich los!

Nach einer gefühlten Ewigkeit legen die Boote ab und steuern auf die Strömung in der Mitte zu. Im vordersten sitzen Trompeter, die eine Fanfare anstimmen, als sie die Biegung bei Limehouse umrunden. Von dort aus hat seinerzeit der Attentäter Hamilton versucht, die Königin zu erschießen.

Unwillkürlich reckt Dee den Hals und späht nach hinten zu Elizabeth, um zu sehen, ob sie Hatton die Stelle zeigt. Sie tut es, und trotz allem freut Dee sich darüber.

Aber das war früher. Die Gegenwart ist jetzt.

37

Southwark, London, der Geburtstag Ihrer Majestät, 7. September 1578

Außer Schlamm, Mücken und bestialischer Gewalt hat Rotherhithe nichts Interessantes zu bieten. Und inzwischen ist es auch wieder vorbei mit Samuelsons Gutmütigkeit. Sobald von den provisorischen Theaterbühnen die Rede ist, die jetzt das Ufer säumen, wird er fuchsteufelswild. Wenn er könnte, würde er sie alle niederreißen und ihre Inhaber ins Irrenhaus stecken.

»Das ist doch nichts als Mist!«, schimpft Samuelson. »Wie kann sie sich so was anschauen? Scheißschauspieler! Die führen sich auf wie Esel.«

Eine hohläugige Frau aus Kent versucht, ihm ein paar Blumen in die Hand zu drücken, doch er schnauzt sie nur wütend an und verjagt sie.

»Lasst uns umkehren und sehen, wie der heilige Georg diesem Scheißdrachen den Kopf abschlägt.«

Mein Gott, ja, denkt Beale, *warum nicht?*

Sie gehen am Ufer entlang zurück. Als das erste Boot im schwimmenden Tross der Königin hinter dem Landvorsprung hervorkommt, bleiben sie stehen und spähen über die Schultern zurück. Es ist voller Trompeter.

»Dreckskerle«, schnaubt Samuelson. »Tun nichts, als in ihre Tuten zu blasen, während andere schuften. Und jetzt ist auch noch die Scheißgezeitenwende. Da müssen sie gegen die Scheißströmung rudern.«

Vorbei an all den Brauereien, die hier angesiedelt sind, gehen Beale und Samuelson zurück nach Southwark und stapfen die Straße zur Brücke hinauf. Natürlich ist die Zugbrücke heruntergelassen. Dahinter entdecken sie das Gerippe des neuen Hauses, das frisch aus den Niederlanden herangeschafft worden ist. Die Balken sind mit Holznägeln aneinandergefügt worden, und es gilt als Wunderwerk. Schon jetzt hat man es »Nonsuch House« getauft, das Unvergleichliche.

Was die Bauart und den Standort auf der Brücke betrifft, ist es tatsächlich einzigartig. Heute ist in einem Seitenflügel, in dem später einmal die Bediensteten wohnen werden, der Boden verlegt worden. Mit einem ausgeklügelten Kransystem hat man auf der Westseite der Brücke die Planken hochgehievt.

»Und das alles haben sie heute Morgen geschafft?«, fragt Beale ungläubig.

»Den Boden haben die Schreiner gelegt, von denen auch der Rohbau stammt«, lässt ihn Samuelson wissen. »Der hält einiges aus. Würde auch ein gutes Schafott abgeben, findet Ihr nicht auch?«

Er deutet mit Gesten eine Enthauptung an. Hinter dem Rohbau wurde ein gigantisches Tuch aufgespannt, das im Hintergrund eine Landschaft aus Himmel und entfernten Hügeln andeutet und im Vordergrund graue Klumpen zeigt, mit denen wohl Felsbrocken gemeint sind. Auf der Bühne selbst wurde ein im gleichen Grau gehaltenes Zelt aufgestellt. Seine Wand weist einen Schlitz auf, der einen Höhleneingang darstellen soll. Aus dieser Öffnung, so die Vermutung, wird wohl der Drache hervorbrechen, sobald das Boot der Königin auftaucht. Vorne auf der Bühne steht ein Mann mit Rüstung und einem Stoffhelm. Das Ganze ist natürlich eine Parodie auf die Heldendramen.

Mit lauter Stimme verkündet der Behelmte nun, dass er Georg von England ist, gekommen, um die Welt von einem gefährlichen Drachen zu befreien, und fragt die Zuschauer, ob sie die Bestie gesehen haben. In seinem Rücken wird unterdessen durch den Schlitz eine auf einen Holzspieß aufgesteckte, mit grellen Farben bemalte Drachengestalt geschoben, die mit jedem Moment größer wird. Jetzt brüllt die Menge Georg zu, dass der Drache hinter ihm ist, worauf er herumwirbelt – um nichts zu sehen, denn das Monster ist wieder verschwunden.

Beale merkt, dass die Leute sich königlich amüsieren, auch wenn die Szene natürlich viel zu lange dauert, weil der Drache ja genau in dem Moment aus der Höhle kriechen muss, in dem das Boot Ihrer Majestät am Fluss unten um die Biegung kommt.

Er drängt sich durch die Zuschauermenge zum östlichen Ende der Brücke und lässt den Blick über Köpfe und Schultern hinweg bis zum Tower schweifen. Dort rudern etwa zwanzig Boote als Speerspitze der königlichen Eskorte gegen die Strömung an. Den Abschluss bildet die Barge Ihrer Majestät.

»Wo ist der Drache?«, schreit der Schauspieler auf der Bühne, unablässig sein Schwert schwingend. »Hat jemand meinen Drachen gesehen?«

»Hinter dir!«, johlt die Menge.

Erst jetzt fragt sich Beale, wie es der Königin je möglich sein soll, diese Aufführung zu sehen, wenn die Bühne westlich der Brücke errichtet ist und nach Westen zeigt, sie aber aus östlicher Richtung kommt. Wissen diese Leute etwa nicht, dass sie sich niemals umdrehen wird, um sich die Aufführung anzuschauen?

Warum also ist dann alles hier falsch herum aufgebaut?

38

*London,
der Geburtstag Ihrer Majestät,
7. September 1578*

Dee hat den nicht allzu bedeutenden Lord von Shropshire neben sich so schwer beleidigt, dass dieser nicht mehr mit ihm spricht, und eigentlich ist ihm das ganz recht. Still sitzt er da, lauscht den Kirchenglocken und betrachtet den Tower, der nun langsam ins Blickfeld kommt. Zu seinen Füßen schläft Francis tief und fest – und das, obwohl diese Füße höchst ungeduldig wippen.

»Fahr schon, fahr schon«, flüstert er unentwegt vor sich hin.

Er muss dringend in den Palast. Er muss mit Walsingham sprechen.

Er hält den Wahrsagekristall mit beiden Händen umfasst und kann einfach nicht aufhören, ihn immer wieder eindringlich zu mustern. Wann immer er aufschaut, befällt ihn ein eigenartiges Gefühl. Es ist, als würde etwas aus ihm herausgesogen oder ihm aus einer in der Tiefe verborgenen Quelle eingeflößt. Das ist eine sowohl physische als auch spirituelle Erfahrung, wie eine Art Beschwörung. Doch sobald er glaubt, das, was er herbeigerufen hat, tatsächlich fassen zu können, entzieht es sich ihm, das Gefühl erstirbt, und er sieht nichts als einen glänzenden Stein. Es gelingt ihm einfach nicht, in dieser Erfahrung aufzugehen oder mit dem Kristall zu verschmelzen. Er umkreist den Rand von einem fremden Etwas und kann nicht weiter vordringen als bis zu dessen äußeren Ringen.

Bloß was ist dieses Etwas eigentlich? Und was ruht dort in dessen Mitte?

Nun ja, vielleicht ist ein Boot – zumal eines, in dem man von lauter Dummköpfen umgeben ist – nicht der ideale Ort, um alle Möglichkeiten des Kristalls auszuschöpfen.

Die Ruderblätter glitzern im Licht der Spätnachmittagssonne, und hinter dem Boot liegt der lange Schatten des Steuermanns auf dem Wasser. Dee mag den freundlichen älteren Kerl mit dem gestutzten silberfarbenen Bart, der zu seiner vollen Größe aufgerichtet dasteht und stolz sein Boot und die von der pinkfarbenen Sonne angestrahlten Ruderer betrachtet. Doch ein ums andere Mal wirft der Mann einen leicht besorgten Blick zurück über die Wasseroberfläche, auf der zu Ehren der Königin zahllose weiße Rosenblüten ausgestreut worden sind, denn hinter ihm ist das Boot Ihrer Majestät anscheinend zurückgefallen.

Die bereits tief am Horizont stehende Sonne strahlt Dee direkt in die Augen, nun, da sie den Landvorsprung von Rotherhithe umrunden und auf den wuchtig vor ihnen aufragenden Tower zugleiten. Wenn er ihn von diesem Winkel aus betrachtet, sieht er wieder, was sich zuvor seinem Blick entzogen hat: Das Loch, das er in die Mauer gesprengt hat, ist wie durch Zauberhand wieder aufgetaucht. Einmal mehr verspürt er Gewissensbisse. Wie dumm er doch war. Aber im Grunde war es wirklich nichts weiter als ein Unfall – gewissermaßen.

Vom Tower an drängen sich auf den Kais und den Promenaden beider Ufer immer größer werdende Menschenmassen. Es ist erbauend, ihre Jubelrufe zu hören, bis das Läuten der Kirchenglocken alles andere übertönt. Vom Deck des Boots aus winken Matrosen und Passagiere den Schaulustigen am Ufer zu, und schließlich wacht auch Francis auf und beginnt zu bellen.

Dee dagegen sitzt stumm und regungslos da. Plötzlich glaubt er zu beobachten, wie sich die Zeichen auf dem Wahrsagekristall bewegen. Doch dann bricht er unvermittelt in Lachen aus.

Herrgott! Er ist wahrhaftig drauf und dran, verrückt zu werden. Im Kristall spiegeln sich lediglich die Wolken. Und wenn er ihn in einem bestimmten Winkel hält, erscheint er selbst darauf. Was für ein Narr er doch ist!

Er hebt den Kopf und blickt sich um. Ihm fällt auf, dass der Steuermann noch besorgter wirkt als zuvor. In einem fort blickt er jetzt zurück zum Boot Ihrer Majestät, dessen Rückstand noch größer geworden ist. Offenbar ist es die Königin selbst, die den Ruderern einen langsameren Takt befiehlt, damit sie mehr von den Darbietungen der Pantomimen am Ufer sehen kann. Wäre jetzt er jetzt anstelle von Hatton an Bord, würde er sie daran erinnern, dass niemand über die Gezeiten herrschen kann, nicht einmal die Königin von England, und dass sie zu spät zu ihrem eigenen Umzug kommen wird, wenn sie die Brücke nicht rechtzeitig vor dem Gezeitenwechsel passieren.

Beim Gedanken an Hatton spürt Dee, wie Schuldgefühle in ihm aufsteigen, aber mal ehrlich: Was für ein Narr dieser Sir Christopher doch ist. Insgeheim hofft er, dass Hattons Eingeweide vor Sorge zu Essigsäure gerinnen – schließlich ist er es, dem sie bei einer Verspätung die Schuld geben wird.

39

London,
der Geburtstag Ihrer Majestät,
7. September 1578

Walsingham und Jane Frommond treffen Sir John Jeffers am Portal der Kirche St.-Magnus-the-Martyr an. Er steht auf der obersten Stufe in der Sonne.

»Ruft Eure Männer zusammen. So viele, wie Ihr nur könnt.«

Jeffers beginnt, seine Soldaten, die in Grüppchen am Ufer stehen und die sich nähernde Flottille beobachten, herbeizurufen und -zuwinken. Diese gehorchen eilfertig und versammeln sich am Ende der Brücke um Walsingham. Es sind allesamt junge, kräftige Burschen, ordentlich bewaffnet, und unter normalen Umständen würde ihre Gegenwart beruhigend wirken.

Walsingham erklärt ihnen, dass Saelminck in London gesehen worden ist. »Ich glaube, dass er etwas Schreckliches plant und seine Pläne gegen Ihre Majestät gerichtet sind.«

»Da kommt sie schon!«, ruft Jeffers. »Schaut! Ihr Boot!«

Und plötzlich geht alles ganz schnell.

Walsingham fordert Jane auf zu warten, doch sie lehnt ab.

Für einen Streit hat er keine Zeit. Es geht um den Schutz Ihrer Majestät, nicht um den von Jane Frommond.

Schon wühlen sich die Soldaten von der Leibgarde mit ihren Hellebarden durch die Menge. Wer nicht rechtzeitig ausweicht, wird zur Seite geschoben und gestoßen. Dann stürmen sie auf die von den hohen Häusern zu beiden Seiten verdunkelte Brücke. Die Luft ist schwül, feucht und erfüllt von strengen Gerüchen; dazu wimmelt es von Mücken.

»Wonach suchen wir, Master Walsingham?«, fragt Jeffers keuchend.

»Das weiß ich selbst nicht. Überprüft einfach jedes Fass, das Ihr seht.«

Jeffers zuckt zusammen. »Hat er etwa das *Griechische Feuer*?«

»Pst.«

Walsingham will vermeiden, dass die Menge noch mehr in Panik gerät, als es ohnehin schon der Fall ist, angesichts eines Dutzends Soldaten, die sich eine Schneise durch die Leute prügeln. Auch wenn dies hier eine Brücke ist, handelt es sich doch um eine völlig normale Straße mit Wohnhäusern und kleinen Geschäften. Nur ist sie jetzt brechend voll mit Schaulustigen, obwohl es überhaupt nichts zu geben scheint, das merkwürdig oder ungewöhnlich wäre oder das an einem Tag wie heute nicht geschehen dürfte.

Mitten ins Tragwerk des neuen Hauses, das gerade auf der Brücke errichtet wird, hat jemand auf Mannshöhe eine Bühne für eine der neuen Schauspielertruppen gezimmert. Leicester leistet sich ein solches Ensemble, der Großadmiral ebenfalls.

Wer diese Burschen hier sind, weiß Walsingham freilich nicht. Er nimmt an, dass sie sich eine Lizenz besorgt haben, hat aber keine Ahnung, ob das überhaupt jemand überprüft hat. Beale jedenfalls nicht, Jeffers auch nicht.

Einer der Schauspieler, der gekleidet ist wie ein Ritter aus vergangenen Zeiten, stolziert, sein Schwert mit groteskem Gebaren schwingend, über die Bühne, und die Leute biegen sich vor Lachen. Den Hintergrund liefert ein Bild mit Himmel und grauen Felsbrocken; ab und an schiebt eine unsichtbare Hand einen roten Drachen vor, und …

Nun ja, das Stück ist, was es ist.

Mit einem Mal entdeckt Walsingham Beale. Robert steht mit dem Rücken zur Bühne und späht über die Köpfe der Zuschauer hinweg in Richtung Osten zur Themse, wo Ihre Majestät erwartet wird. Als er den Lärm vernimmt, den die Soldaten von der Leibgarde veranstalten, dreht Beale sich um. Auch der Ritter auf der Bühne lässt sich ablenken und hört für einen Moment auf, seine Rolle zu spielen.

In diesem Moment taucht der Drache aus der Höhle auf, ein rotes Ungetüm aus Stofffetzen, das eigentlich furchterregend scheppern sollte, aber mangels Blech nur lautlos mit dem Kopf wackelt. In gespielter Panik schnappen die Zuschauer nach Luft und stoßen entzückte Schreie aus. Walsingham sieht hinter all den Stoffen den Mann, der den Drachen führt, und erkennt, dass der Kopf des Monsters auf einem Gestell ruht, wie es für Hakenbüchsen benutzt wird. Der Ritter kreischt vor Schreck und gibt vor zu fliehen. Der Drache jagt ihm über die Bühne nach, den endlos langen Schwanz hinter sich her ziehend. Die Menge lacht und johlt.

Beale hat Walsingham über die Köpfe der Leute hinweg bemerkt und tippt sich zum Gruß an die Kappe.

Walsingham bleibt stocksteif stehen.

Himmel! Was ist das für ein Geruch?

40

Themse, London,
der Geburtstag Ihrer Majestät,
7. September 1578

Die Ruderer legen sich jetzt entschlossen in die Riemen, und grünliches Wasser spritzt über die edlen Kleider der Gäste. Die Lenker der königlichen Barge haben sich sogar noch mehr Mühe gegeben als ihre Kollegen, sodass nun der ursprüngliche Abstand wiederhergestellt ist und sie nur noch zehn Yards hinter Dees Kahn herfahren.

Dennoch haben sie das Tempo womöglich zu spät angezogen. Die Gezeiten haben bereits gewechselt, und sie müssen gegen die Strömung ankämpfen. Dass inzwischen andere Bedingungen herrschen, ist auch an den auf den Wellen schwimmenden Rosenblüten zu erkennen. Sie haben es sich anders überlegt und treiben aufs Meer zu.

Fünfzig Yards weiter vorne ragt die Brücke auf. Wahre Menschenmassen drängen sich dort. Verständnislos schüttelt Dee den Kopf. Er hätte sie längst räumen lassen. Zudem schießt ihm eine neue Sorge in den Sinn.

Was, wenn jemand von dort oben eine Schlange auf Ihre Majestät schleudert?

Der Bootsführer steuert die Barge unter dem mittleren Brückenbogen hindurch, just dort, wo die Zimmermänner aus den Niederlanden das neue Haus errichten. Dee versucht sich zu erinnern, was genau ihm der Mann damals über den Abbruch des alten Gebäudes gesagt hat, als er mit Jane Frommond über die Brücke ritt. Das war noch, bevor sie im Frachtraum jenes Boots eingesperrt wurden. Schließlich fällt es ihm wieder ein: *Geschickte kleine Scheißer.* Damals konnte er noch darüber lachen.

Obwohl die Ruderer sich jetzt noch kräftiger gegen die Strömung ins Zeug legen, lässt sich das Boot immer schwerer bewegen. Fast könnte man meinen, der Bootsführer versuche, einen Ziegel durch die Fluten zu lenken. Normalerweise würde das nichts ausmachen, denn die Ruderer sind stark genug, um mit jeder Strömung fertigzuwerden. Doch unter dieser Brücke herrschen spezielle Verhältnisse. Hier ist selbst der weiteste Bogen nicht breit genug, um ein Boot mit ausgebreiteten Rudern durchzulassen – die Pfeilerköpfe, auf denen die ganze Konstruktion steht, benötigen einfach zu viel Platz. Die Folge ist natürlich, dass die Themse plötzlich auf die Hälfte ihrer Breite verengt wird. Und das bedeutet: Wenn die Strömung gerade die Richtung wechselt, rauscht das Wasser plötzlich mit doppelter Geschwindigkeit hindurch. Die einzige Möglichkeit, diese Herausforderung zu meistern, besteht darin, die Ruderblätter im Näherkommen besonders tief einzutauchen und so schnell und kräftig wie möglich durchzuziehen, um dann, unmittelbar vor der Brücke, die Ruder einzuziehen, den Schwung auszunutzen und darum zu beten, dass er ausreicht. Wenn man auf der anderen Seite herauskommt, kann man die Ruder wieder ausbreiten und die Fahrt fortsetzen.

Dee fiebert mit den Männern mit. Er beobachtet, wie die Riemen sich unter dem Druck biegen und die Ruderer sich bis ins Letzte anspannen. Der Bootsführer bedient die Pinne, auch er ist hoch konzentriert. Von außen betrachtet, scheint sich das Boot nicht gleichmäßig, sondern geradezu in Sprüngen zu bewegen. Der Wasserstand ist hoch und die Strömung sehr stark. Offenbar hat es weiter oben in Somerset heftig geregnet.

»Jetzt!«, brüllt der Bootsführer unvermittelt, und die Ruderer ziehen die Riemen genau in dem Moment ein, da das Boot in den Schatten der Brücke eintaucht, um gleich darauf unter dem mittleren Bogen hindurchzuschießen.

Zwischen all den Strudeln und Wirbeln gerät das Boot so heftig ins Schwanken, dass Dee besorgt zu Francis hinunterblickt, doch das Tier wirkt völlig unbesorgt. Gerade will er wieder den Kopf heben, um einen Blick auf die Unterseite der Brücke zu werfen, als sein Blick auf den Wahrsagekristall fällt. Oder vielmehr stellt er an diesem entscheidenden Punkt, an dem all seine Sinne auf Hochtouren arbeiten, eine Verbindung zu dem her, was ihm die Geister schon zu vermitteln versuchen, seit er in jenem Saal im Whitehall Palace stand.

Leider hat das, was er sieht, so gar nichts Engelhaftes oder Himmlisches: Es ist ein Gesicht mit verschlagenen

Augen, ein Mann, der einen Helm mit Visier trägt, wie die Ritter sie zur Zeit seiner Großeltern in der Schlacht benutzten. Das hochgeklappte Visier zeigt eine Fratze, die an die Wasserspeier unter den Dächern mancher alter Kathedralen erinnert.

Im nächsten Moment wird Dee klar, dass das tatsächlich ein Wasserspeier war, der ihn von der Brücke oben angegrinst hat, dass die Ruderer es geschafft haben und das Boot die Gefahr überwunden hat – und noch einen Wimpernschlag später erkennt er, dass das, was er sieht, mitnichten eine Widerspiegelung einer verborgenen Welt ist, die sich dem menschlichen Verstand entzieht, sondern die Reflexion der Wirklichkeit. Es ist ein Mann aus Fleisch und Blut, der feixend über die Brüstung auf ihn hinabstarrt und einen dieser veralteten Helme trägt. Ist das etwa … *Saelminck*?

In diesem Moment hört er ein Geräusch wie von zehn Schwänen, deren Flügel beim Abflug aufs Wasser klatschen.

Er wirbelt herum und entdeckt etwas, dessen Existenz er nie für möglich gehalten hätte außer in einem Ammenmärchen: einen Drachen, ein rot angemaltes hässliches, plumpes Ungetüm mit toten Augen und einem weit aufgerissenen Maul, in dem etwas steckt, das er gut kennt, weil er es selbst gebaut hat: die Apparatur, die Griechisches Feuer schießt.

Die Schwäne scheinen immer schneller und lauter mit den Flügeln zu schlagen, und Dee ahnt, dass der Blasebalg im Inneren des Drachens mit aller Macht pumpt. Jeden Moment wird das von ihm so raffiniert ausgetüftelte Griechische Feuer aus der Düse schießen, auf die Flamme treffen und ihn und das ganze Boot mit kochender Lava überfluten, die sich nicht löschen lässt.

Das Heck des Boots ist noch unter der Brücke, als er aufspringt und losstürzt. Er verliert keine Zeit, nicht eine Sekunde. Mit einem schnellen Hieb schlägt er den Bootsführer nieder und reißt das Steuerrad herum. Das Ruder schwenkt nach links, und träge wendet das Boot. Sofort wird es von der Strömung erfasst, sodass es sich querlegt.

Alle an Bord schreien auf vor Wut, vor allem die Ruderer, die als Erste begreifen, was Dee angerichtet hat. Doch schon befördert die Strömung das Boot zurück in Richtung Brücke, und sie müssen dafür sorgen, dass es nicht kentert, bevor sie auch nur daran denken können, es von dem Wahnsinnigen, der sich des Steuerrads bemächtigt hat, zu befreien.

Und dann geschieht es: Das Boot rammt den ersten Pfeilerkopf, wird herumgeschleudert, prallt gegen den nächsten und bleibt zwischen den beiden stecken. Das Wasser staut sich davor und drückt eine Seite immer tiefer hinunter. Auch wenn der Kahn nicht kentert, klammern sich die Männer, vor Angst brüllend, an allem fest, was Halt verspricht.

Irgendwie bekommt der Mann aus Shropshire den Welpen Francis zu fassen, bevor er ins Wasser fällt, womit er sich Dees ewigen Dank verdient.

Dann taucht auch schon die Barge der Königin auf. Der vergoldete Bug nähert sich rasch und steuert direkt auf den mittleren Bogen zu – und damit auf sie. Über sich und flussaufwärts hört Dee das Brausen des nun aufflammenden Griechischen Feuers: die zehn Schwäne fliegen auf! Noch mehr Schreie steigen in die Luft, und in Dees Rücken wird es immer heißer. Der Brückenbogen über ihm flackert im orangefarbenen Schein des Feuers.

Dee steht in der Mitte seines Kahns und starrt die geradewegs auf ihn zuhaltende Barge der Königin an. Soeben haben die Ruderer, wie ursprünglich geplant, ihre Riemen eingezogen.

Unterdessen hat Dee den Bootshaken aufgetrieben, und als die Gondel der Königin an Fahrt verliert, rammt er ihn in den goldenen Bug und versucht, sie zurückzudrängen oder wenigstens aufzuhalten. Dennoch brüllen die Männer hinter ihm vor Angst und Panik, und auch die Ruderer der Königin wirbeln nun herum, bereit, gegen das Hindernis und gegen Dee vorzugehen. Dann entdecken sie das Griechische Feuer hinter der Brücke, das inzwischen über dem ganzen Fluss lodert, und erstarren vor Verblüffung und Entsetzen.

Dee umklammert weiter den Bootshaken und stemmt sich mit aller Kraft gegen das Gefährt der Königin. Es geht um Leben und Tod, und nun muss er dafür sorgen, dass die Barge der Königin, die von der Strömung wieder flussabwärts getrieben wird, nicht den Schutz der Brücke verlässt.

Ihre Sicherheit steht auf dem Spiel. Er muss sie retten!

41

London Bridge, der Geburtstag Ihrer Majestät, 7. September 1578

Der Lärm, ein fürchterliches Flattern und Hämmern, dringt aus der Stoffhöhle – oder vielleicht von irgendwo unter der Bühne. Alle erstarren vor Überraschung und Schreck. Eine Bewegung ist nur noch dort zu sehen, wo der heilige Georg einen Gegenstand aus der Stoffhöhle herausgezerrt hat, der an einen gigantischen, fetten Wurm erinnert und den er jetzt so hält, dass seine merkwürdige Messingnase über das Brückengeländer hinausweist. Als er sie nach unten aufs Wasser richtet, schießt plötzlich mit einem satten Knall eine Flamme heraus, und ein bestialischer Gestank breitet sich aus. Eine schwarze Rauchwolke steigt auf und verschlägt allen auf der Brücke den Atem. Jane Frommond, die abseits steht, bekommt die Hitze zu spüren.

Walsingham scheint sofort zu wissen, was hier geschehen ist, Beale ebenso. Beherzt springen sie auf die Bühne, doch im selben Moment reißen drei Männer die Kulisse ein. Anders als der heilige Georg sind sie mit echten Schwertern bewaffnet und gehen auf Walsingham und Beale los. Kurz können die drei die beiden zurückdrängen, und das Klirren von aufeinanderprallenden Klingen zerschneidet die Luft. Doch im nächsten Moment greifen auch schon drei Leibgardisten ein. Eigentlich müssten die drei Angreifer jetzt die Flucht ergreifen, doch das tun sie nicht. Stattdessen tauchen hinter ihnen drei weitere Kerle auf, und die sind nicht bereit, ihr Leben billig zu verkaufen.

»Um Himmels willen, löscht das Feuer!«, brüllt Walsingham einen der Leibgardisten an.

Jane Frommond erkennt, dass es sich um Jeffers handelt.

Doch der Mann ist noch unter Schock und reagiert nicht. Dafür fällt Jane mit einem Mal Dees Beschreibung ein: Blasebalg, Schlauch, Fass, Schlauch, Düse, Feuer.

Sie windet sich unter die Bühne, von wo das ganze Donnern kommt. Im Halbdunkel macht sie vier Männer aus, die sich damit abmühen, den Blasebalg zu betätigen. Die vier bemerken sie zwar, halten aber nicht inne. Was soll eine Frau denn schon ausrichten, noch dazu eine, die nicht mit Schwert oder Pistole bewaffnet ist? Nicht einmal ein Speisemesser hat sie dabei!

Entschlossen packt Jane den ersten Schlauch mit beiden Händen. Er ist steif und rutschig, weil die Lederhülle eingefettet ist. Überdies hat er zwei Innenwände und ist derart prall mit Luft vollgepumpt, dass sie ihn weder biegen noch zudrücken kann. Nichts zu machen.

Der Schlauch schlängelt sich weiter zu einem Fass am hinteren Ende, das beinahe so groß ist wie sie selbst. Wie sie nun erkennt, führt von dort der zweite Schlauch – fast ebenso dick und nicht minder starr – nach oben zum heiligen Georg, der auf der Brüstung der Brücke steht und immer noch versucht, den Mechanismus des Dings in seinen Händen unter Kontrolle zu bekommen. Da ihm das nicht vollständig gelingt, schießt das Feuer ungezähmt aus der Düse und ergießt sich in hohem Bogen auf den Fluss. Eine Handbreit über Janes Kopf bebt und dröhnt währenddessen die Bühne unter dem Stampfen der miteinander kämpfenden Männer.

Von niemandem bemerkt, macht sie sich auf den Weg zum heiligen Georg. Eine Waffe hat sie zwar nicht, wohl aber eine Haarnadel. Sogar zwei. Sie muss sich verbiegen und ducken und dabei aufpassen, dass sie mit ihren Röcken nicht an all den Verstrebungen in diesem Gebäude hängen bleibt, aber irgendwie kämpft sie sich zu dem Schauspieler durch. Als sie sich aufrichtet, sind ihre Augen auf Höhe seiner Waden – er steht mit dem Rücken zu ihr.

Sie schielt nach oben. Im selben Moment registriert er eine Bewegung, dreht den Kopf und senkt den Blick.

Jane erkennt ihn auf Anhieb. Saelminck! Der Mann, der Alice Rutherford verführt, ruiniert und schließlich ermordet hat. Der Mann, der schuld daran ist, dass sie beinahe unter Deck in dem Boot gestorben wäre.

Sie starren einander an. Seine Augen sind von einem wässrigen Blau und einer schier unfassbaren Kälte. Seine Hände umklammern den mit einer Düse versehenen Lederschlauch, aus dem geschmolzenes Feuer spritzt.

Und ihre Hände? Sie halten immer noch die zwei silbernen Haarnadeln. Jede davon ist sechs Zoll lang, so dick wie die Stricknadeln einer armen Frau und dabei so scharf wie das Messer eines reichen Mannes. Sie umschließt sie mit den Fäusten wie ein Häftling das Gitter vor seiner Zelle – und dann hebt sie die Fäuste und rammt Saelminck die Nadeln in die Waden.

Er brüllt auf und rudert wild mit den Armen, wobei ihm der Schlauch entgleitet. Der entwickelt auf dem Boden plötzlich ein Eigenleben, und Feuer spritzt in einem wilden Bogen über den Fluss.

Hektisch versucht Saelminck, die in seinen Beinen steckenden Nadeln zu erreichen. Doch während er so auf der Brüstung herumfuhrwerkt, schlägt Jane voller Wut nach ihm, bis er das Gleichgewicht verliert. Er kracht auf die Brüstung, schafft es aber, sich im Fallen umzudrehen und sie an den Schultern zu packen. Sich an ihr festkrallend, versucht er, sich wieder aufzurichten. Sie brüllen und kreischen einander ins Gesicht, während Jane sich wie eine Wilde gegen ihn wehrt. Natürlich ist er viel größer und stärker, außerdem hat er sich fest in sie verkrallt, doch sie windet sich in seinem Griff und versucht, sich loszureißen. Saelminck hängt mittlerweile schief auf der Brüstung, die Füße über dem Wasser.

Langsam erlischt das Griechische Feuer, denn das Fass ist so gut wie leer. Aber die Konstruktion, die Dee gebaut hat, ist alles andere als perfekt. Obwohl die Flamme des flüssigen Feuers nur noch matt flackert, fallen die letzten Tropfen der Flüssigkeit auf Saelmincks Bein und setzen es in Brand.

Mit einem Knurren, das rasch zu einem Brüllen anschwillt, wälzt er sich zum Fluss hin. Nun kann ihn nur noch Wasser von seinen Qualen erlösen – glaubt er. Auf einmal zerrt er Jane zu sich heran und umklammert ihre Arme mit einem Griff so fest wie ein Schraubstock. Sie hat keine Möglichkeit mehr, sich dagegen zu wehren, kippt auf die Brüstung und wird von Saelminck mit in den Fluss gerissen.

42

London Bridge, der Geburtstag Ihrer Majestät, 7. September 1578

Dee sieht zwei Menschen in die Tiefe stürzen, einen Mann und eine Frau. Sie schlagen gegen den Rumpf der königlichen Barge, prallen davon ab und verschwinden in dem Flammenmeer, das durch die Bogen links und rechts des Bereichs wirbelt, den das Boot blockiert hat. Der glühende Schlick türmt sich längs des Dollbords auf und droht aufs Deck zu schwappen. Zum Glück teilt sich die Masse und rutscht an den Außenwänden hinunter. Alle, die sich an Bord befinden, sind auf eine Seite geschleudert worden und versuchen nun, sich aus dem Wirrwarr von Rudern und Menschen ringsherum zu befreien. Francis klemmt dazwischen und hört nicht auf zu bellen. Irgendwo liegt auch der Bootsführer, der allmählich das Bewusstsein wiedererlangt. Zwei Ruderer, die von ihrem Platz geflüchtet sind, kehren nun wieder zurück und helfen mit, das Boot an dem Ihrer Majestät vorbeizumanövrieren.

Dee sieht etwas unter Wasser aufblitzen und brennen, ehe es unter der Barge der Königin verschwindet.

»Runter vom Boot!«, ruft er allen zu, die noch an Bord sind. »Rettet Euch!«

Er ist sich ganz sicher, dass das Boot jeden Moment in Flammen aufgehen wird.

Erst dann kommt in seinem Bewusstsein an, was das Auge soeben registriert hat: ein Mann und eine Frau, die ins Wasser stürzen. *Jane Frommond.*

»Nimm das!«, ruft er dem Bootsführer zu, der sich wieder berappelt hat und langsam begreift, was um ihn herum geschieht. Der Mann übernimmt den Bootshaken von Dee und fordert die Ruderer auf, die Barge der Königin an seinem Kahn festzumachen.

Im nächsten Moment springt Dee auf den Bug der Barge und läuft gleich weiter zum anderen Ende. Die Ruderer stößt er einfach beiseite. Dass er sich beim Sprung auf das Seitendeck den Kopf an der Unterseite der Brücke anstößt, bemerkt er gar nicht. Entschlossen jagt er weiter.

Vor ihm ist Hatton aufgetaucht.

»Was zum Teufel …?«

Auch er wird zur Seite geschubst. Dees Blick trifft auf den der Königin. Sie sitzt in ihrem Zelt, erstarrt und in höchster Alarmbereitschaft.

»Bess«, keucht er im Weiterlaufen.

Der Führer der königlichen Gondel, irgendein Sir, schon ein betagter Herr, steht reglos da, als Dee auf ihn zu hastet und die lange Schlinge am Ende eines roten

Taus packt, das eigens für das Boot der Königin geflochten wurde. Damit hechtet er ins Wasser, während sich das rote Tau abwickelt und der Schlinge folgt.

Da das Wasser trüb ist, lässt sich zunächst kaum etwas erkennen. Immerhin hebt sich Jane Frommonds helles Seidenkleid davon ab – unter Wasser schimmert es hell wie ein Fischbauch –, und bald sieht er sie verzweifelt paddeln, auf der Flucht vor einem Mann, dessen Beine sogar unter Wasser brennen.

Seit Dee vor Jahren den damals noch nicht berühmten Gerhard Mercator aus einem Kanal retten musste, in den dieser beim Schlittschuhlaufen auf dünnem Eis eingebrochen war, beschäftigt er sich mit der Theorie des Schwimmens und der Mechanik der Fische, insbesondere der Delfine, die er nie gesehen hat, aber aus vielen Büchern kennt. Davon ausgehend hat er seine eigene Theorie zum Phänomen des Schwimmens entwickelt, die er jetzt erstmals in der Praxis anwendet.

Und sie funktioniert auch – irgendwie. Tatsächlich bekommt er Jane Frommond gerade noch zu fassen, bevor das rote Tau restlos abgespult ist, schlingt ihr einen Arm um die Taille und hält sie fest, während die Strömung sie beide mit sich zu ziehen versucht. Doch dann strafft sich das Tau und hält ihn zurück. Und er hält Jane. Der brennende Mann wiederum klammert sich an sie. Sie wehrt sich mit aller Kraft, dreht und windet sich, und Dee kann nichts weiter tun, als sie zu halten. Mit dem Mut der Verzweiflung kämpft Jane gegen den brennenden Mann, sie beißt und tritt nach ihm, und schließlich gelingt es ihr tatsächlich, sich aus seinem Griff zu befreien. Seine Arme wirbeln herum, er streckt die Hände nach ihr aus – doch vergeblich. Die Strömung ist zu stark, und seine Kraft reicht bei Weitem nicht aus, um dagegen anzukommen. Einen Moment hält er sich noch, dann verschwindet er in der Dunkelheit. Jane will in panischer Angst an die Oberfläche schwimmen, doch Dee zieht sie zurück. Er weiß, dass das Wasser oben immer noch in Flammen steht und das Griechische Feuer sie verschlingen wird, wenn sie jetzt auftauchen.

Dee muss sich also am Seil entlanghangeln. Mit einem Arm bewegt er sich hastig voran, immer ein kleines Stück fort von der Vereinigung der zwei brennenden Strömungen, mit der anderen Hand umklammert er weiter Jane.

Schließlich – er ist am Ende seiner Kräfte – kommen sie nach oben. Keuchend schießen sie an die siedend heiße, stinkende Luft. Doch hier sind keine flüssigen Flammen und auch kein Griechisches Feuer. Gierig saugen sie den Gestank ein, als hätten die Götter ihnen Ambrosia gereicht. Nach einer Weile haben sie sich so weit erholt, dass sie sich umsehen können – und erkennen vor sich, mitten auf dem Fluss, einen Flammenvorhang, der mit der Strömung dem Meer entgegentreibt.

Die beiden klammern sich aneinander. Obwohl die Flammen erloschen sind, scheint das Wasser immer noch zu dampfen, doch nachdem auch das vorbei ist, sieht es aus, als wäre nie etwas geschehen.

Einen Moment später hören sie von etwas weiter stromabwärts einen grässlichen Schmerzensschrei.

»Saelminck?«, fragt Dee

»Saelminck«, bestätigt Jane grimmig.

»Merkwürdig«, murmelt Dee. »Ich habe ihn nie als Hitzkopf eingeschätzt.«

»Oh, Dee.«

43

Westminster Palace, im Westen von London,
der Geburtstag Ihrer Majestät,
7. September 1578

Es ist spät am Abend – und es ist ein schöner. Francis Walsingham steht, etwas von den anderen entfernt, im Freien und genießt Hattons Feuerwerk. Während die letzten Lichter am Himmel über dem Fluss verglühen, fragt er sich, ob Ihre Majestät nicht längst genug pyrotechnische Darbietungen für einen Tag gesehen hat. Wenn das Spektakel vorbei ist, soll es noch mehr Tänze und noch mehr Wein geben, doch obwohl bei den meisten die Erleichterung über die wunderbare Rettung Ihrer Majestät vor dem Griechischen Feuer einer wilden Ekstase gewichen ist, hat ihn selbst eine Stimmung überkommen, die sich durchaus als melancholisch beschreiben lässt.

Er kann die Freude der anderen – *Die Königin lebt! Ihre Feinde sind besiegt! Lasst uns noch einen heben! Noch einen Tanz! Noch einen Kuss!* – einfach nicht teilen, denn er hat das unangenehme Gefühl, nach all den Bemühungen und Strapazen des letzten Jahres wieder da angekommen zu sein, wo er angefangen hat … nur dass die Spanier noch näher daran sind, die Niederlande zu erobern. Und wieder einmal muss er zugeben, dass die Königin jetzt tot wäre, hätte es nicht Dee gegeben.

Und da das so ist, muss er sich weiter eingestehen, dass Hatton recht hat: Er, Walsingham, hat versagt. Er hat sein Land und die Königin im Stich gelassen. Noch einmal darf ihm das nicht passieren. Er versucht sich vorzustellen, was der Vater der Königin mit ihm gemacht hätte, wenn er unter ihm versagt hätte. Prompt überläuft ihn ein Schaudern.

So kann es nicht weitergehen, denkt er.

Sie können nicht weitermachen wie bisher und einfach darauf warten, dass der Feind auf sie losgeht. Sie können nicht darauf warten, dass sie verlieren. Sie müssen ihre Taktik ändern. Vielleicht ist es schlicht an der Zeit, Dees Rat zu befolgen, auf ihn zu hören und ihn seinen Kopf durchsetzen zu lassen. Vielleicht verdient er das.

Und jetzt sieht er Dr. Dee mitten im Audienzsaal, die Augen aller auf ihn gerichtet, selbst die der Königin. Allerdings erweckt er nicht den Eindruck, das zu genießen. Er nickt und lächelt, doch sein Blick schweift woandershin. Vielleicht sucht er einen Fluchtweg … oder aber – wie Walsingham vermutet – Jane Frommond. Er kennt Dee und weiß, wie wenig ihm die widerwärtigen Schmeicheleien der Höflinge bedeuten. Viel lieber würde Dee wohl die eine oder andere stille Stunde mit Mistress Frommond verbringen, als die mit Bedacht eingesetzten Koketterien von Frauen wie Lettice Knollys über sich ergehen zu lassen. Deren Leben besteht schließlich nur aus drei Dingen: mit dem Fächer wedeln, pikiert dreinschauen und sich anbiedern, sonst nichts.

Allmählich ist Dee anzusehen, wie unbehaglich er sich fühlt. Doch jetzt setzt die Musik ein, und die Tänzer müssen sich aufstellen. Abrupt blickt der Doktor auf und bemerkt etwas – oder jemanden. Das scheint ihn aufzuschrecken, denn sogleich setzt er sich in Bewegung, und zwar erstaunlich schnell und geschmeidig.

Walsingham, der ihn durchs Fenster beobachtet, sieht ihn, wie von Zauberhand gelenkt, genau in dem Moment an Mistress Frommonds Seite auftauchen, da Sir Christopher Hatton sich mit einem raubtierhaften Glitzern in den Augen an das bedauernswerte Mädchen heranmacht. Doch sie entdeckt Dee, und plötzlich lässt ihr Lächeln den ganzen Saal erstrahlen.

Unwillkürlich lächelt auch Walsingham in der Dunkelheit vor sich hin. Eine Weile schaut er den Tänzern zu. Es beginnt mit einer Gaillarde.

»Oh, du mein Gott«, murmelt er.

Er wird Zeuge, wie Dee den Tanz komplett demontiert, ihm seine Würde nimmt und ihn auf unnachahmliche Weise zu etwas Neuem formt. Doch nun eilen auch andere auf die Tanzfläche, und aus einer steifen Zeremonie mit gemessenen Schritten zurück und vor wird ein wildes, freudiges Fest. Es ist eine Feier dessen, was es bedeutet, lebendig zu sein. Eine verquere Art von Dank an Gott für seine Wohltaten.

Walsinghams Lächeln wird immer breiter, obwohl er

weiß, dass er nur ein begrenztes Maß von diesem Frohsinn ertragen kann, bevor es anfängt, ihn zu beunruhigen.

Er hört einen Teller klirren, und einen Moment später, als er schon fürchtet, dass das Maß jetzt voll ist, vernimmt er hinter sich eine Stimme.

»Master Walsingham, Sir?«

Es ist ein Leibgardist, entsandt von Ihrer Majestät. Nachdem sie sich für eine Weile in ihre Privatgemächer zurückgezogen hat, wünscht sie nun, ihn unter vier Augen zu sprechen.

Walsingham war schon vorher klar, dass ihr Ruf ihn ereilen würde – zur abschließenden Bewertung dessen, was er getan, und dessen, was er unterlassen hat. Wenn Ihre Majestät über Ness Overbury im Bilde ist, könnte diese Nacht zur letzten seines Lebens werden.

Als er zu Elizabeth gebracht wird, wirkt sie müde und geistesabwesend, was nach den Strapazen des Tages wahrhaftig kein Wunder ist. Auf einem Tisch neben ihrem Stuhl liegt ihr Diadem, als wäre es ein gewöhnlicher Hut und keine Sammlung unschätzbar wertvoller Edelsteine. Im Kamin brennt ein Feuer, davor stehen ein paar Kerzen. Dort sitzt auch Elizabeth und trinkt warmen Wein, gemischt mit Ingwer und Traubensaft.

»Nicht sehr lecker«, sagt sie. »Trinkt auch was.«

Er bedankt sich, und eine Dienerin schenkt ihm ein. Walsingham nippt bloß daran, denn die Königin hat recht.

Eine Weile sitzt sie schweigend da und starrt in die Flammen.

»Nun, Francis«, sagt sie schließlich. »So treffen wir uns wieder. Am Leben, wenn auch nur um Haaresbreite, und wieder einmal sieht es ganz so aus, als hätten wir das Dr. Dee zu verdanken.«

Eine Woche früher hätte es Walsingham einige Selbstüberwindung gekostet, das zuzugeben. Jetzt nickt er einfach nur.

»Habt Ihr ihn tanzen sehen?«, fragt er.

»Er hat versucht, es mir beizubringen, als wir im Tower waren.«

Walsingham muss lachen.

»Tanzt er mit Jane Frommond?«

Erneut nickt Walsingham. Darauf setzt die Königin eine unergründliche Miene auf, aus der er herauszulesen glaubt, dass sie sich mit einem Verlust abgefunden hat, der in einem anderen Leben und zu einer anderen Zeit unerträglich wäre.

»Habt Ihr gehört, dass sie den Hof verlassen möchte?«

Das ist Walsingham neu.

»Sie möchte nach Basel und Genf, nach Straßburg und sogar Prag reisen. Alles Orte, die ich nie sehen werde.« Ihr Blick fällt auf das Geschmeide auf dem Tisch. Es scheint an diesem Abend besonders schwer zu wiegen – in einem wörtlichen wie auch einem metaphorischen Sinn. »Wird John sie vielleicht begleiten? Oder sie ihn?«

Walsingham schweigt.

»Glaubt Ihr, dass sie heiraten werden?«, fragt die Königin nun ganz direkt. Ihre Stimme klingt auf einmal rau.

»Sie scheinen die gleiche Lust auf Abenteuer zu haben und haben sogar schon eines gemeinsam durchgestanden. Und keiner der beiden ist verschuldet, wenn ich mich nicht täusche. Möchtet Ihr das denn nicht?«

Elizabeth schürzt die Lippen. »Ich bin mir nicht sicher.« Sie nippt an ihrem Wein.

Natürlich ist sie neidisch, und sie hat auch jeden Grund dazu. Um sie herum finden alle die Liebe, Männer wie Frauen, und heiraten, während sie einsam und isoliert bleibt. Ihr steht nichts dergleichen offen.

Walsingham gestattet sich einen Seufzer aus Mitgefühl, doch eigentlich wirkt die Königin eher nachdenklich als melancholisch.

»Wie Ihr wisst, sind wir eine kleine Nation, Francis. Unsere Mittel sind in jeder Hinsicht begrenzt, und wir sehen uns einem Todfeind gegenüber, der aus dem Vollen schöpfen kann.«

»Ma'am?«

»Darum müssen wir unsere Mittel sorgfältig einteilen, würdet Ihr mir da nicht zustimmen?«

Doch, natürlich.

»Und eines dieser Mittel, mit denen wir sparsam umgehen müssen, ist Vertrauen.«

»Vertrauen?«

»Ja. Ihr … wir betreiben ein schmutziges, widerwärtiges Geschäft, Master Walsingham. Glaubt bloß nicht, dass ich das nicht weiß. Ich kenne die moralischen Kompromisse, die Ihr in meinem Namen eingeht.«

»Wirklich?«

»Und ob. Ich glaube, dieses Jahr seid Ihr sogar mehr von diesen Kompromissen eingegangen als in diesem Geschäft üblich.«

Sie weiß also doch über Ness Overbury Bescheid.

»Ferner glaube ich, dass sie auf Euch abfärben«, fährt

sie fort. »Ihr habt Euch so sehr an den Umgang mit diesen Falschspielern, den Unehrlichen, den Betrügern, den Korrupten gewöhnt, dass ihre Gepflogenheiten in mancher Hinsicht auf Euch übergehen.«

»Eure Majestät!«

»Bitte unterbrecht mich nicht, Francis. Ich sage das nur aus Sorge. Mir ist bewusst, dass Ihr, wären Euch meine Person und unsere Nation nicht so wichtig, niemals ein Komplott Gestalt annehmen lassen würdet, an dessen Ende eine andere Frau meinen Thron an sich reißen und als Marionette von wer weiß wem herrschen könnte.«

Walsingham senkt den Kopf und fällt, ohne zu zögern, auf die Knie.

»Ma'am«, bringt er hervor. Er kann sie nicht einmal um Verzeihung bitten. So viel steht ihm nicht zu.

Schweigen breitet sich aus. Er starrt den Teppichläufer an. Seine Knie. Dann spürt er, dass die Königin sich bewegt. Er sieht ihr Kleid, hört sie atmen. Sie seufzt.

Himmel. Was soll er jetzt tun? Sich auf den Boden werfen? Ihr die Füße küssen? In Tränen ausbrechen?

»Francis.« Ihre Stimme ist jetzt weicher und, wie er glaubt, von unendlicher Trauer erfüllt. »Was immer Sir Christopher Hatton sagen mag, welche Motive auch immer er Euch unterstellen mag, ich weiß, dass Euer Herz für mich und für England schlägt. Und darum, Master Walsingham …«

Er spürt einen Druck auf der Schulter. Aber ihre Hand ist das nicht. Es ist … ein Schwert.

»Ich schlage Euch hiermit zum Ritter, Sir Francis Walsingham. Für geheime Dienste, die Ihr unserem Land erwiesen habt.« Sie legt ihm das Schwert erst auf eine Schulter, dann auf die andere und schließlich auf den Kopf. »Erhebt Euch, Sir Francis.«

Er gehorcht. Tränen schießen ihm in die Augen. Und als er steht, sieht er hinter ihr Sir William Cecil. Vermutlich war es seine Hand, die hinter einem Vorhang aufgetaucht ist und ihr das Schwert gereicht hat.

Jetzt klatscht er vergnügt mit seinen zarten Händchen. »Eine edle Tat, Eure Majestät, wirklich eine edle Tat.«

Ein Diener hat ein Tablett mit goldenen Bechern gebracht, die mit bestem Wein gefüllt sind. Nun stehen die drei beieinander und stoßen wieder und wieder an, erst auf Sir Francis, der es immer noch nicht so recht fassen kann, dann auf Lady Ursula. Die traurigen Ereignisse des Tages scheinen vergessen zu sein.

»Bevor ich Euch entlasse, damit Ihr es Eurer Gemahlin sagen könnt, gibt es noch zwei Dinge, die Ihr für mich tun müsst, Sir Francis.«

»Was Ihr wollt, Eure Majestät.«

»Habt Ihr nicht in Eurer Bibliothek ein bestimmtes Buch stehen? Ein unscheinbares, kleines Ding, wie es beispielsweise ein Wollhändler führen könnte?«

Allerdings hat er so etwas, und es ist das Allererste, was er verbrennen wird, falls die Spanier in England landen, denn es enthält die Namen seiner sieben geheimsten, diskretesten und am höchsten geschätzten Agenten.

»Es gibt noch einen Namen, um den ich diese Liste erweitern möchte«, erklärt Elizabeth. »Den Namen einer Person, die grenzenlosen Einfallsreichtum, Geduld und überragenden Nutzen bewiesen hat.«

»Eure Majestät?«

»Ich möchte Frommond hinzufügen. Lady Jane Frommond.«

»008, Eure Majestät?«

»008, Sir Francis, warum nicht?«

Allerdings, warum nicht?

»Ihr spracht von zwei Dingen, Eure Majestät. Was ist das andere?«

»Ich möchte, dass Ihr John Dee gehen lasst. Lasst uns ihm zuhören. Gebt ihm die Freiheit, nach seinen Wünschen zu handeln. Lasst ihn ins Ausland gehen. Lasst ihn unseren Kampf in Spanien, im Vatikan, im Heiligen Römischen Reich Deutscher Nation führen. Lasst uns ihn entfesseln! Lasst uns sehen, wie ihnen das schmeckt!«

»Sehr schön, Eure Majestät. Ja, lasst uns sehen, wie ihnen das schmeckt.«

Nachwort

Dieses Buch ist reine Fiktion, aber wie alle historischen Romane beruht es natürlich auf geschichtlich verbürgten Tatsachen. Das soll freilich nicht bedeuten, dass Dr. John Dee 1578 das lange verlorene Geheimnis des Griechischen Feuers wiederentdeckte und Königin Elizabeth vor seinen verheerenden Auswirkungen nur bewahrt wurde, weil jemand unter einer Londoner Brücke Geistesgegenwart bewies, dass Robert Beale ein Mädchen aus Suffolk zu einer Doppelgängerin von Königin Elizabeth heranzog und dieses Mädchen später als Gegenleistung für dreihundert Fässer Rohöl auf ein osmanisches Schiff verfrachtet wurde oder dass es in Halle so etwas wie eine Gilde der Schwarzen Madonna gab. Doch es bleibt hervorzuheben, dass all das, was hier geschildert wird, damals durchaus hätte geschehen können.

Nun ja, vielleicht.

Vielleicht wäre es zutreffender zu betonen, dass *Im Dienst der Königin* sich vor dem Hintergrund einer wahren Begebenheit abspielt und sowohl viele Nebenfiguren als auch der Wendepunkt reale Vorbilder haben: Sir Christopher Hatton – auch als »Der tanzende Kanzler« bekannt – versprach Mary, der Königin der Schotten, tatsächlich, dass er sie nach dem Tod von Elizabeth in einem prunkvollen Umzug zur Thronbesteigung nach London geleiten würde, obwohl er Walsingham später keinen Anlass zu dem Verdacht gab, er könne an Putschplänen beteiligt sein, und obwohl er in dem Schauprozess gegen Mary eine wesentliche Rolle spielte. Was den holländischen Alchemisten Cornelius de Lannoy betrifft, der der Königin exorbitante Gewinne versprach, so wurde er tatsächlich nur deshalb in den Tower gesperrt, weil sie glaubte, er hätte seine Waren irgendwo gestohlen. 1566 »entkam« er, nachdem er die Wärter mit etwas bestochen hatte, das möglicherweise Gold war, vielleicht aber auch nicht.

Anthony Jenkinson, der in dieser Erzählung vielleicht etwas schlecht wegkommt, war in der Tat eine beeindruckende Persönlichkeit, die Tausende von Meilen reiste, sich mit Zar Iwan dem Schrecklichen anfreundete und danach über das Kaspische Meer fuhr. Er war der erste Engländer, der den Hof von Schah Tahmasp in Qazvin, dem heutigen Iran, erreichte, wo ihm allerdings aus den Gründen, die in diesem Roman beschrieben werden, nicht viel Glück beschieden war. Auch der Maler Nicholas Hilliard ist der Geschichte entnommen. In der Zeit der Handlung in den späten 1560er-Jahren hatte er gerade den Höhepunkt seines künstlerischen Schaffens erreicht. Er hatte viel von der großen Porträtistin Levina Teerlinc gelernt, der Tochter von Simon Bening, dem letzten der großen niederländischen Maler, von dem wir heute wissen, dass er Francis Walsinghams Spion am französischen Hof war. Dafür, dass Hilliard den Spitznamen Points gehabt haben soll, gibt es keinerlei Belege, aber er war trotz seines überwältigenden Erfolgs chronisch knapp bei Kasse. Und der alte Trick, beim Betreten einer Kneipe einen Moment zu zögern und die Kleidung glatt zu streichen, ist so alt wie die Menschheit selbst – warum also nicht?

Das Nonsuch House (nicht zu verwechseln mit dem Nonsuch Palace) – das seinen Namen dem Umstand verdankt, dass es in ganz England kein vergleichbares Gebäude gab –, war tatsächlich das erste Fertighaus, das in England errichtet wurde, und es stimmt, dass Holländer die Einzelteile 1577 nach England brachten und auf der London Bridge aufstellten. Dass dabei keine Nägel verwendet wurden, ist in die Geschichte eingegangen und gilt als ungemein cool. Aber gemeint ist nur das Fehlen von Eisennägeln. Denn Holznägel, in der Regel aus Eiche, wurden sehr wohl benutzt, wie übrigens auch bei den meisten anderen Gebäuden. Sie waren billiger und leichter zu bekommen.

Das Jahr 1577 erlebte auch den Bau der ersten Schleuse am Fluss Lea unter der Oberaufsicht des Wasseramts (Court of Sewers). Sie wurde unter anderem dafür eingesetzt, William Cecil Material für seinen eigenen Palast zu beschaffen, den er in Hertfordshire von holländischen Ingenieuren und Arbeitern errichten ließ, die tatsächlich ganz in der Nähe in Booten hausten. Wie auch heute verließ sich England auf Einwanderer, während seine Herrscher sich aus der Steuerkasse bedienten.

Apropos öffentliche Gebäude: Wer Zeit hat, dem sei Sulgrave Manor in Buckinghamshire empfohlen. Es gehörte einmal George Washingtons Großvater, der in diesem Buch einen Kurzauftritt hat, auch wenn es keinerlei

Beweis dafür gibt, dass er das Haus an Robert Beale vermietete. An seinem Giebel prangt übrigens heute noch das Wappen von Königin Elizabeth mit Löwe und Drachen, mit dem Jane Frommond so vertraut wurde, als sie sich einen Sommer lang unter seinem Dach aufhielt. Inzwischen ist es ein den anglo-amerikanischen Beziehungen gewidmetes kleines Museum.

Es war ungefähr zu dieser Zeit, als die Engländer begannen, auch andere Meere zu erkunden, um ihre Beziehungen mit allen Teilen der Welt zu festigen, insbesondere mit den Feinden ihrer Feinde, und da vor allem mit den Ottomanen. Königin Elizabeths Kontakte mit Sultan Murad III. waren extrem freundlicher Natur, sodass die Engländer die Ottomanen gewissermaßen als die Protestanten des Ostens betrachteten, während die Ottomanen in den Briten die Muslime des Westens sahen. Beide Seiten fassten einander als natürliche Verbündete im Kampf gegen Spanien und die katholische Kirche auf. Der Handel blühte, und man pflegte einen regen diplomatischen Kontakt. Mehr dazu findet man in Jerry Brottons faszinierendem Buch *The Sultan and the Queen* (Penguin, London, 2016), in dem dargestellt wird, welche bedeutende Rolle die Beziehungen mit den Türken für die Blütezeit Englands auf der Bühne der Welt spielte.

Es gibt noch andere Fakten, die die Erzählung umrahmen, von denen einige den Lesern bekannt vorkommen mögen. Darunter fällt beispielsweise das Auftauchen des Großen Kometen 1577, das – ebenso wie das Erscheinen des neuen Sterns fünf Jahre zuvor – die Befürchtung eines möglichen Weltuntergangs nährte und zu wilden Endzeitspekulationen führte. Außerdem wird vielen die öfter wiederkehrende Bezugnahme auf das Steigen und Sinken der Themse und auf ihre Strömungen aufgefallen sein. Das liegt daran, dass die Themse bis zum neunzehnten Jahrhundert Londons wichtigste Hauptverkehrsader war. Darüber hinaus war es leichter, den Fluss zu überqueren, als die verdreckten und verstopften Straßen. Allerdings erforderte das die Kenntnis der Gezeiten und Vertrautheit mit den Strömungen unter der einzigen Brücke der Stadt, wo die Köpfe der Pfeiler unberechenbare Strömungen und lebensgefährliche Strudel verursachten. Nur erfahrene und tollkühne Bootsführer wagten dort eine Überquerung des Stromes.

Noch eine Bemerkung zu den zweihundert Tonnen Erz, die Martin Frobisher aus dem heutigen Kanada in der Hoffnung mitbrachte, dass Dee daraus vielleicht Gold destillieren könnte. So merkwürdig und ironisch das auch anmuten mag, aber sie lagen tatsächlich jahrzehntelang wertlos in einem Depot in Deptford herum, bis sie endlich eine Verwendung fanden – ausgerechnet für den Bau einer Straße.

Oliver Clements
Oktober 2020

Danksagung

Mein ewiger Dank gilt dem geheimen Kreis der Personen hinter diesem Buch und all den für diese Reihe über den Spion der Königin zuständigen Agenten: Lisa Gallagher, die unser James Bond ist; Libby McGuire, unsere Meisterspionin; Kaitlin Olson, unsere Q; und last but not least unseren furchtlosen Jade Hui, Claire Sullivan, Jason Chappell, Falon Kirby und Raaga Rajagopala. Ein besonderes Dankeschön geht an unseren hauseigenen Alchemisten Toby Clements, der meine Ideen in Gold verwandelt hat.

Auflistung der historischen Persönlichkeiten

Beale, Robert (1541–1601)
Der englische Diplomat war eine Zeit lang Walsinghams Sekretär, später wurde er ein hoher Beamter in England, teilweise auch Walsinghams Stellvertreter als Staatssekretär. Privat waren die beiden Männer ebenfalls verbunden, und Beale heiratete Walsinghams Schwägerin.

Cecil, William, First Baron Burghley (1521–1598)
William Cecil wurde von Elizabeth als Lord Burghley in den Adelsstand erhoben und zum Staatssekretär ernannt. 1572 stieg er zum Lordschatzmeister auf. Obwohl er kein fanatischer Gegner des Katholizismus war, befürwortete er früh die Hinrichtung Mary Stuarts.

Dee, John (1527–1607 oder 1608)
Der englische Mathematiker, Geograf, Astronom, Astrologe, Mystiker und Experte für Navigation bildete spätere Entdeckungsreisende aus, die unter anderem nach der Nordwestpassage suchten. Dee soll die größte Bibliothek Englands besessen haben und wurde in der Zeit der Regentschaft von Mary Tudor wegen angeblicher schwarzer Magie und Verschwörung verhaftet, allerdings kam er später wieder frei. Unter Elizabeth I. wurde er zum königlichen Berater.

Digges, Thomas (1546–1595)
Der englischer Astronom, Mathematiker und Militäringenieur war Schüler von John Dee. 1573 veröffentlichte er einen Bericht über eine

Supernova, die ein Jahr zuvor beobachtet worden war und für erhebliches Aufsehen gesorgt hatte. Er erkannte früh, dass das Universum unendlich ist.

Dudley, Robert, First Earl of Leicester (1532–1588)
Als Günstling von Königin Elizabeth war er Oberstallmeister (eine besondere Ehre) und hoher Staatsmann.

Frommond, Jane (1555–1605)
Dienerin von Königin Elizabeth. Sie heiratete den deutlich älteren Dee und hatte mit ihm acht Kinder.

Hatton, Christopher (1540–1591)
In seinen jungen Jahren war er Schauspieler und gewann die Aufmerksamkeit und Gunst von Königin Elizabeth. Sie erhob ihn in den Adelsstand, ernannte ihn zum Justizminister und berief ihn in den Kronrat. Wegen seiner Tanzkünste nannte man ihn auch »the dancing chancellor«.

Hilliard, Nicholas (1547–1619)
Maler, der auch Porträts der Monarchen Elizabeth und James anfertigte.

Sidney, Sir Philip (1554–1586)
Der englische Höfling, Soldat und Schriftsteller war ein Freund und Mitarbeiter von Walsingham; später wurde er sein Schwiegersohn.

Stuart, Mary (1542–1587)
Königin von Schottland. Da Henry VII. ihr Urgroßvater und Elizabeths Großvater war, war sie eine Großcousine von Elizabeth. Zwar greift sie in diesem Roman nicht direkt ins Geschehen ein, aber sie wird wiederholt erwähnt. Da sie aufgrund des Erbrechts durchaus englische Königin hätte werden können, stellte sie eine Gefahr für Elizabeth dar. Ab 1568 lebte sie in England, wo sie festgesetzt und

überwacht wurde. Als ihre in Geheimschrift geführte Korrespondenz entschlüsselt wurde, konnte ihr nachgewiesen werden, dass sie den Sturz von Königin Elizabeth plante. 1587 wurde sie wegen Hochverrats hingerichtet.

Teerlinc, Levina (circa 1510–1576)
Die später in England eingebürgerte Niederländerin war Hofmalerin unter Henry VIII. und dessen Kindern bis hin zu Elizabeth.

Tudor, Elizabeth (1533–1603; Königin von 1559–1603)
Die Tochter von Henry VIII. und dessen zweiter Frau, Anne Boleyn. Die Protestantin wurde nach Henrys Tod von Königin Mary erst im Tower und danach in Woodstock, Oxfordshire, unter Hausarrest gestellt. Nach dem Tod von Mary der Blutigen wurde sie 1559 zur Königin gekrönt. In der Zeit ihrer Herrschaft erlebte England eine kulturelle Blüte und stieg zur Seemacht auf. Sie vollzog die Trennung von der katholischen Kirche und erhob den Protestantismus zur Staatsreligion, tolerierte aber den Katholizismus.

Walsingham, Francis (1532–1590)
Der Protestant verbrachte die Zeit von Mary Tudors Regentschaft auf dem europäischen Festland. Als Elizabeth Königin wurde, kehrte er zurück und baute in ihren Diensten einen Geheimdienst auf. Walsingham verfasste systematisch Nachrichten in Geheimschrift, fing Botschaften ab, dechiffrierte sie und fälschte Dokumente. Bereits früh erkannte er die Gefahr, die von Mary von Schottland ausging, und infiltrierte deren Umgebung mit eigenen Agenten. So konnte Marys Geheimschrift entschlüsselt werden, und es gelang, ihre Putschpläne zu vereiteln.

Autor

Oliver Clements ist Roman- und Drehbuchautor und lebt in London.

Oliver Clements im Goldmann Verlag:
Der Spion der Königin. Historischer Roman
Im Dienst der Königin. Historischer Roman

(Alle auch als E-Book erhältlich)